凡人传

和晓 著

MORTAL BIOGRAPHY

上海文艺出版社

目录

第1卷　去美国 VS 留下来

第1章	"露一手"之后	001
第2章	放弃是最容易的，也是最痛苦的	004
第3章	小瘦胳膊 VS 当红粗大腿	007
第4章	轮盘赌最后一把的启示	010
第5章	尘埃落定……了吗？	013
第6章	世界上最爱他的人病倒了	016
第7章	外公其人	019
第8章	当生命进入最后一年倒计时	022
第9章	似乎……闯祸了	025
第10章	即使高三还会挨打的他	028
第11章	不准备说出口的"谢谢"	031
第12章	奔赴前途！	034
第13章	等待手术结果	038
第14章	即使时光重来	041
第15章	避无可避的第3件事	044
第16章	预判余生无法再相见	047

| 第 17 章 | 选学校还是选城市？ | 050
| 第 18 章 | 李礼刚的信 | 052
| 第 19 章 | 邻国归来的女邻居 | 055
| 第 20 章 | 和平饭店请吃饭 | 058
| 第 21 章 | 打脸！措手不及 | 061
| 第 22 章 | 身价是个不敢想的数字 | 064
| 第 23 章 | 路边的窝棚 | 066
| 第 24 章 | 秋季金山行 | 069

第 2 卷　服从分配 VS 自主择业

| 第 25 章 | 服从分配，还是自主择业？ | 073
| 第 26 章 | 屋漏偏逢连绵雨 | 076
| 第 27 章 | 淮海路上路遇刘流 | 079
| 第 28 章 | 探望外公 | 082
| 第 29 章 | 回金山的这一路 | 085
| 第 30 章 | 话在口边嘴难开 | 088
| 第 31 章 | 奔赴书店挨骂 | 091
| 第 32 章 | 校内书店 | 094
| 第 33 章 | 介绍金山的独特方式 | 097

第 34 章	桑塔纳旁的推心置腹	100
第 35 章	唐骏的结论	103
第 36 章	他比我更喜欢你	106
第 37 章	2700 块换回毕业证	110
第 38 章	携手奔赴上海市区	113
第 39 章	蓬莱路上的 10 平方米小屋	116
第 40 章	双方父母非正式会晤	119
第 41 章	意外扯下遮羞布	122
第 42 章	直男眼中的交流方式	125
第 43 章	一切的根源在于没钱吗？	128
第 44 章	铁血兄弟开始嫉妒	131
第 45 章	她看到了……吧？	134
第 46 章	亲孙被"谋杀"	137
第 47 章	天降救星！	140
第 48 章	面试路上收到噩耗	143
第 49 章	一定要挖出这段家庭秘密！	147

第 3 卷　留浦西 VS 去浦东

| 第 50 章 | 工作来得很突然 | 150 |

| 第51章 | 哥哥冲回家反对 | 153
| 第52章 | 总经理秘书的功用 | 156
| 第53章 | 他像外公一样倔 | 159
| 第54章 | "负责人出了一个坏主意" | 162
| 第55章 | 被隐瞒的原因 | 165
| 第56章 | 简单背后有复杂 | 168
| 第57章 | 骑铃木的老同学 | 171
| 第58章 | 上海市区成"浦西" | 175
| 第59章 | 发现财富漏洞 | 178
| 第60章 | 要辞职与已辞职 | 181
| 第61章 | 亏钱的男人不值得温柔以对吗？ | 184
| 第62章 | 10倍杠杆！无知者无畏 | 187
| 第63章 | 朱盛庸新属性 | 190
| 第64章 | 二次择业：向西向东？ | 194
| 第65章 | 想隔着万里之遥问值不值？ | 197
| 第66章 | 与妈妈成盟友 | 200
| 第67章 | 周中的面试 | 203
| 第68章 | 下个月去青浦上班 | 207
| 第69章 | 青浦可以，金山为什么不可以？ | 210

| 第70章 | 唐骏老婆给出惊人建议　213
| 第71章 | 有点担心，没有筹办婚礼的经验　217
| 第72章 | 等待周六　220
| 第73章 | 未来丈母娘提及婚房　223
| 第74章 | 诚信与利益的轻重　226
| 第75章 | 幺蛾子跳出　230

第4卷　买新房 VS 存银行

| 第76章 | 购房和芝加哥的烦恼共通　234
| 第77章 | 观摩退休5年后的生活　237
| 第78章 | 女朋友又被他气跑了　240
| 第79章 | 青浦东大门　243
| 第80章 | 富豪"乡下人"　246
| 第81章 | 主和派组局　250
| 第82章 | 劝说朱盛庸和解　253
| 第83章 | 三个字的魔力　256
| 第84章 | 客服部新天地　259
| 第85章 | 买房投资的家庭讨论　262
| 第86章 | 周五的这一晚　265

第 87 章	怎好看	268
第 88 章	当拼搏被点评为"虚荣"	271
第 89 章	良师益友	275
第 90 章	林彬不可貌相	278
第 91 章	大四的刘熙已经把自己安排妥当	281
第 92 章	用钱打通一条捷径	284
第 93 章	嗅到金融危机的味道	287
第 94 章	细碎时光	290
第 95 章	买房买房	293
第 96 章	1998 年的张江高科	296
第 97 章	古镇川沙之沙田公寓	300
第 98 章	"冯嫣,你别多心"	303
第 99 章	拆二代,也有烦恼	305
第 100 章	拒绝升级当爹	309

第 5 卷　创业 VS 打工

第 101 章	把老板炒了之后呢?	313
第 102 章	骑着摩托车在轿车中穿梭	316
第 103 章	"希望到时候我们厚道些"	319

第 104 章	他想创业，想自己当老板	323
第 105 章	更年期后的朱妈妈	326
第 106 章	创业项目竟然是!	330
第 107 章	四目相向时，升起尴尬	333
第 108 章	暴雨不断的 1998 年之夏	336
第 109 章	静安寺旁的老洋房	340
第 110 章	春田与盛夏	343
第 111 章	"我知道她是对的人"	347
第 112 章	拉妈妈充"人头"	350
第 113 章	过家家吗?	353
第 114 章	一步错，步步错	356
第 115 章	"她有多崇拜我，只有我知道"	359
第 116 章	台企创业路	362
第 117 章	本以为要暴富	365
第 118 章	"我心里有数"	368
第 119 章	找了一夜	371
第 120 章	陈总暗中挑衅	374
第 121 章	阴差阳错	377
第 122 章	是认真的吗?	381

第 123 章	措手不及	384
第 124 章	选择的根源	387
第 125 章	炽烈如火	390

第 6 卷　结婚 VS 单身

第 126 章	疑点重重的求婚	394
第 127 章	为什么是她？	397
第 128 章	"谁都有翻盘的机会"	401
第 129 章	归于平静	404
第 130 章	风吹过兰婷的裙子	407
第 131 章	为富婆组局	410
第 132 章	钓鱼	414
第 133 章	发现一枚隐藏款儿子	417
第 134 章	这婚还要结吗？	420
第 135 章	从激烈到发蔫	423
第 136 章	墙上专门挂的日历	426
第 137 章	"是的，终究要往前走"	429
第 138 章	李礼刚在芝大	432
第 139 章	人头最齐的年夜饭	435

第 140 章	世纪尴尬	439
第 141 章	接受了他的执念	442
第 142 章	"就坑我一个"	446
第 143 章	漏算	449
第 144 章	蓄意挑起争宠心	452
第 145 章	梦	456
第 146 章	相守望	459
第 147 章	于茫茫人海中邂逅	462
第 148 章	去机场接李礼刚	465
第 149 章	十年，混出了啥？	468
第 150 章	两难抉择	471
第 151 章	不撒谎	474

第 7 卷　爆发 VS 和解

第 152 章	"只要你肯结婚"	478
第 153 章	记住了一个教训	481
第 154 章	挖陷阱	484
第 155 章	女主出现章	487
第 156 章	"老姜"的计谋	490

| 第 157 章 | 朱古力招供 | 494
| 第 158 章 | 约他去冒充 | 497
| 第 159 章 | 世界上最悲伤的两个女人 | 500
| 第 160 章 | "哦对了，冯嫣也在" | 503
| 第 161 章 | 她的话凿开他的偏见 | 506
| 第 162 章 | 食指失控 | 509
| 第 163 章 | 进攻方被迫防守 | 512
| 第 164 章 | 三角乌龙 | 515
| 第 165 章 | 不平静的 2005 | 519
| 第 166 章 | 等赚完这一波 | 522
| 第 167 章 | 危机公关 | 525
| 第 168 章 | 算算开销账 | 528
| 第 169 章 | 挖空心思 | 531
| 第 170 章 | 颠倒了个个儿 | 534
| 第 171 章 | 硬碰硬 | 537
| 第 172 章 | 机缘凑巧 | 541
| 第 173 章 | 现实魔幻 | 544
| 第 174 章 | 隐忍等待 | 547
| 第 175 章 | 意外售出 | 550

| 第 176 章 | 至暗的另一面 | 553 |
| 第 177 章 | 感觉很幸福 | 556 |

第 8 卷　隐忍 VS 追光

第 178 章	周画白的考博成绩出来了	560
第 179 章	官宣恋爱	563
第 180 章	绝处逢生	567
第 181 章	国富与民富	570
第 182 章	硅谷的生活	573
第 183 章	求婚顺利……了吗？	576
第 184 章	超市里的意外	579
第 185 章	突然发现一个 5 岁女儿！	582
第 186 章	不肯再妥协	586
第 187 章	关于动迁	589
第 188 章	办公室暗潮汹涌	592
第 189 章	真谈婚论嫁	595
第 190 章	有人跳出来争遗产	598
第 191 章	另一面	601
第 192 章	历史新高：6124 点！	604

| 第 193 章 | 笑泪参半 | 607

| 第 194 章 | 风云变幻十几年 | 610

| 第 195 章 | 被神秘人跟踪 | 614

| 第 196 章 | 追光 | 617

| 第 197 章 | 想向神许愿 | 620

| 第 198 章 | 锦江乐园变惊悚乐园 | 623

| 第 199 章 | 金融危机之下 | 626

| 第 200 章 | 被上门求教 | 629

| 第 201 章 | 聪明是新式…… | 632

| 第 202 章 | 买房租房之辩 | 635

| 第 203 章 | 是时候搬家了 | 638

第 9 卷　当梦想照进现实

| 第 204 章 | 第二套房 | 642

| 第 205 章 | 熬出头 | 648

| 第 206 章 | 深似海 | 651

| 第 207 章 | 诡异的安静 | 654

| 第 208 章 | "我不怪爸爸" | 657

| 第 209 章 | 遗产讨论 | 660

第210章	邂逅冯妈	663
第211章	吃飞醋	666
第212章	箭在弦上	670
第213章	公司第三次被收购	673
第214章	指间流过的时光	676
第215章	庆祝解套	679
第216章	2018	682
第217章	有血缘关系	685
第218章	新生代	688
第219章	没有见好就收的觉悟	691
第220章	从此有了假想敌	694
第221章	当意外发生	698
第222章	孩子的好处	701
第223章	当年不肯出国的原因	704
第224章	很早的时候	707
第225章	三家相约	711
第226章	难得重聚时能笑谈	714
第227章	"老朱一家人"	717
第228章	"给我一张全家福"	720
第229章	终章(平凡亦伟大)	723

| 第 1 卷 |

去美国 VS 留下来

第 1 章　"露一手"之后

1991年9月的一天,大境中学高三班的学生正在教室里上课,教室门忽然被推开,露出班主任焦急的面孔。班主任当众叫出了朱盛庸。

一出教室,班主任就迫不及待说起来:"快!美国有个大学校长来咱们学校考察,听机房老师说你编过一个程序,咱们刘校长让我把你喊过去,露一手!"

美国大学校长?考察?

朱盛庸脑海里立刻想象出一群棕黄头发蓝绿眼睛的外国人,他们怀着好奇,想看看中国上海的高中生有什么花头。

班主任手搭朱盛庸肩头,推着他大步流星往电脑机房走。

20世纪80年代末90年代初,上海有计算机机房的高中并不多。大境中学是市重点,因此有间计算机机房。

有机房,但没有安排计算机课。很多学生压根不知道本校有机房,就算是知道,也不愿意花时间摸索那新鲜玩意儿。又不计入高考成绩。

朱盛庸之所以常逛机房,还是受他在上海中学读书的哥哥影响。至于班主任口中的"编过一个程序",那实在太恭维他了。其实是他在学校机房实操了一遍报纸上发表的趣味编程成果而已。

"那个钟表程序是我从报纸上抄来的。"正义少年挣扎着止住脚步。

"不重要!不重要!"班主任推着他继续往机房赶。

机房门口,一反往日的冷清,站了三四个成年人。待朱盛庸走得又近些,才发现其中一位确实是外国人。

发色比黑色稍浅,鼻子比国人的略高,嘴巴和眼睛倒明显更大,可惜因为肥胖，眼睛和嘴巴都不能充分张开的样子。总之，如果只看背影的话，只能认出来是个胖子，看不出更多异域风采。

朱盛庸目光瞟了瞟，并没有看到更多的、更典型的外国人。

按照校长的意思，朱盛庸开机当场演示了他的钟表编程，一行行代码敲入后，画面上出现了一只会走动的钟表。

外国校长用夸张的表情盛赞了朱盛庸一番。

少年张口用英文表示感谢赞誉。发音说不上多标准，但是字正腔圆，含着一种别样的自信。大境中学的刘校长看了很喜欢，觉得很长面子。

这位外国校长显然没想到上海的高三学生可以用英语聊天，不由得来了兴趣，寒暄起来。朱盛庸也不怯场，你来我往聊了一会儿。其间，少年还问外国校长："上海现在流行观看《神探亨特》，你们在美国是不是也看这部电视剧？"

刘校长更觉得长脸了。

机房表演部分结束，聊天告一段落，朱盛庸便被刘校长打发回教室了。

下一节课正好是班主任的课，趁上课前，班主任截住朱盛庸，问："你和那外国校长，聊了什么？"

少年不禁嘴角噙笑，眼前的班主任虽说是学校里的大红人，却只懂俄语，不懂英语。他于是简要转述了一遍，脸上得意之情，溢于言表。

班主任虽然是教化学的，但洞察人心，他觉得有必要抛出点少年不知道的，好打压那份得意。"你知道这位校长来我们学校要干什么吗？"

少年摇头。

"他过来准备招两个学生过去，去他们学校读大学！免费！带全额奖学金！"

少年耸肩，并没有将之与自己关联起来。

直到当天晚上，躺在床上，睡思懵懂间，脑海里忽然如晴天霹雳一样闪过一个灵感！朱盛庸猛地坐了起来。

这是一间3.3米长、3.3米宽的房子，这也是一个四口之家的家。四口人蜗居在不足10平方米的小房子里，在当时并非特例。

跟那些住石库门、老弄堂的上海人相比，他们算好的。至少这10平方米的家，安在一幢四层楼内。

在蓬莱路，这幢四层楼，是鹤立鸡群般的存在。虽然共用厨房，好歹有抽水马桶，不必每天早晨捏着鼻子倒马桶。

父母是寻常双职工，母亲在电镀厂当出纳，父亲在同一家电镀厂当送货司机。母亲平和温柔，父亲英俊暴躁。

家里有一个在上海中学读书的聪慧异常的哥哥。

自认为资质平平的朱盛庸，最自得的，是他的"勤能补拙"思想。勤奋努力，勤奋思考。

这夜深人静的时刻，少年又思考上了。

招两个，带全额奖学金的学生去美国读大学！

一时间他热血沸腾起来，思绪飞速盘算。

千军万马挤独木桥的高考对他来说并不容易，要是他另辟蹊径，联系上今天来考察的外国校长，保持书信往来，是不是就可以挑选他去美国读大学了？

只要能拿到外国校长的通信地址，他绝对有信心不间断给对方写信，哪怕对方像长腿叔叔一样不回信。

早在读初一的时候，他就不断寻找用英语写信的机会。他给美国驻上海总领事馆写信，给德国驻上海总领事馆写信……而且，还收到过回信！

一个来自"德意志联邦共和国驻上海总领事馆文化交流处"的包裹通知单，某一天被投递在他们家的信箱里。那个包裹里，足足塞了三十几本德语及英语书籍。

就是因为他在给德国驻上海总领事馆的信中，问他们是否有适合初学者看的德文书单推荐给他。

德国领事馆寄来的书和杂志中，有一本德国刊印的《世界青年》杂志，里面收录了一些渴望拥有国际笔友的人的姓名和地址。

朱盛庸从中挑了一个法国加来的，一个美国马萨诸塞州的当笔友。其中，美国马萨诸塞州的那个国际笔友，是一位天主教徒，一位作家，同时也是一位婚礼公证员，很积极地给他回信，并且热衷于在信中跟他讨论国际形势。

写信……需要地址和收信人信息！

放学路过校门口时，特意看过告示板。他倒是看到了"欢迎雷马坡大学罗伯特·斯科特校长莅临我校"一行字，可全是汉字。身处闭塞的环境里，身边没有一个在美国的亲友，他该如何知道雷马坡大学的地址呢？

第2章 放弃是最容易的，也是最痛苦的

周日是一周里面唯一一天不用早起上班、上学的日子，但高三的人没有资格过周日。

第二天一早，朱盛庸被妈妈叫醒。

9月的早晨，6点钟天光就已经大亮。10平方米的家里呼噜声正此起彼伏。爸爸的粗犷放肆，哥哥的尖细绵长。

托哥哥从学校回家过周末的福，朱盛庸从地铺睡到了床上。他睡眼惺忪，蹑手蹑脚下床。地铺上躺着这个家里说一不二的霸主——爸爸，他从爸爸的手和腰的缝隙里踮着脚往门口走。

脚感不对！

吓得朱盛庸一下子清醒过来，恨不得生出一双翅膀凭空飞起。然而3秒过去，并没有想象中的拳头皮带乱飞，这才稍稍魂回体内。低头一看，原来，他只是踩到爸爸的背心而已。

赶紧睁大眼睛过雷区。

妈妈塞给他一两粮票和4分钱，算是对他周末早起，坚持到隔壁公园读书的奖励。

点心要钱加粮票，缺一不可购买。大饼不分咸甜，都是同价。朱盛庸秉承上海人的口味，喜欢吃甜食。夹着英文课本，啃着甜大饼，顶着一头倔强头发的少年朝蓬莱公园走去。

晨读嘛，往常也是装样子居多。今天就更不可能读了。今天朱盛庸要思索如何弄到雷马坡大学的通信地址。

这个目标目前显得遥不可及，他甚至连雷马坡大学的英文怎么写都不知道，仅仅是知道雷马坡大学位于美国新泽西州而已。

打太极拳的退休阿婆阿爷目不斜视。公园里的流浪猫瘦骨嶙峋。抱膝坐在石板凳上的朱盛庸忘记咀嚼，他在回忆他所认识的美国人。

有个马萨诸塞州的笔友丹尼斯，可丹尼斯不认识汉字。

有个外滩认识的鲍勃，正经大学毕业，供职于贝尔公司，住在和平饭店。他应该能帮到自己！

这条线索激励了朱盛庸，他定下心来，好好吃甜大饼。

朱盛庸不是滑头滑脑的人，他号称晨读却不看书，只是因为他认为背英文课本没有用而已。某种程度上说，他是一个很努力的人，但只肯按自己认为对的方式去努力。他安静的外表下，有个倔强的灵魂。

人民广场里有个英语角，他和哥哥跑去参加。哥哥兴致勃勃，他却嫌弃里面只有三脚猫水平的上海人。

哥哥被他说服，灵机一动决定去外滩找真正的外国人搭讪。那时候的外滩是来上海旅游的外国人必去的景点。他们笑嘻嘻地见人就说hello，竟然也得到不少友善的回复，最后还神奇地结交到比利时贝尔公司的鲍勃。

鲍勃长得十分欧美，蜷曲的金黄头发，碧蓝的眼睛，白雪似的皮肤，笑起来有明亮青春的感觉。

他们以为鲍勃是游客，结果他长住上海。

鲍勃是比利时贝尔公司派往上海贝尔的技术员。当时上海的固定电话才6位数，城市扩容，亟需电信设备供应商。比利时贝尔在商机和当时政府的引导下，投资成立上海贝尔有限公司，旨在建立程控交换设备制造平台，满足当时的通信需求。

鲍勃工作之余，最爱逛上海的大街小巷，对东方文化充满热情，对遇到的人和事都充满好奇。他邀请小兄弟俩去他长住的和平饭店里玩；投桃报李，小兄弟俩邀请他到家里看看。

有个金发碧眼的高大外国人来家里吃饭，这事在吃饭结束后的好几个月里，都是爸爸最爱炫耀的。

问鲍勃！

鲍勃那么热情，就算他自己不知道，也会替他向亲友打听的！

打太极拳的阿婆阿爷们散场了，朱盛庸也开始夹着英文课本往家里走。

他家住蓬莱路上的一幢4层筒子楼里。筒子楼被楼道分成左右两翼，左右各住8户人家。这8户人家又分南北各4户。每户人家的住房都四四方方。

朝南的冬暖夏凉，算是优质户型。

朝北的也毫无抱怨，毕竟当时大批人家住不上楼房，用不上抽水马桶，每日过着捏着鼻子倒马桶的生活。

每4户人家公用一个厨房,家家女主人将螺蛳壳里做道场的本领发挥得淋漓尽致。

朱盛庸从一楼走到四楼,每层楼的小小公用厨房里都挤满了身影。煮妇煮夫的比例基本对半,大伙儿边聊天边煮剩菜泡饭。

回到位于四楼右翼北向的自己家时,家里地铺已经收起,取而代之的是在打地铺的地方支起了一张小活动餐桌。

10平方米里布置了一张床、一个立柜、一个五斗橱和一张小折叠方桌,难免有满满当当之感。

爸爸和哥哥坐在餐桌旁,正吃泡饭。妈妈坐在床头,争分夺秒织毛线裤。

"喏,你的。"爸爸拿筷子敲他旁边的泡饭碗,头也不抬地对朱盛庸说道。

朱盛庸对爸爸怀有深深的敬畏,恨不得一天24小时敬而远之。不敢有半分迟疑,赶紧落座埋头扒泡饭。

吃完早饭,朱盛庸朝哥哥使眼色。兄弟俩来到走廊。

"什么事?"哥哥懒散地问。哥哥现在今非昔比,虽然还在念书,已经不是寒窗学子——他在读大三。

"我想去找鲍勃!"

"除非你能去美国。"

"什么意思?"

"他昨天已经离开上海了。"

朱盛庸如遭当头棒喝,愣在原地。

希望破灭!下一步该怎么办?

放弃是最容易的选择。就当雷马坡大学的副校长从来没有来过他们学校,就当他从来没有从班主任那里听说过会有两个幸运儿免费去美国读书。

可是放弃也是最痛苦的。

朱盛庸垂头丧气回到房间,坐在床尾,双目无神地盯着妈妈织毛衣的手,脑子里还在不甘心地思索可能的办法。

一个模糊的想法慢慢浮现在脑海。

虽然是个大海捞针的笨办法,但值得一试!

少年从床上一跃而起,两三步来到五斗橱前,翻找起图书证来。他决定去上海图书馆碰碰运气。

虽然不知道"雷马坡"怎么写,好歹知道它在新泽西。也许,他可以找到一份新泽西的地图,一点点攻坚,寻找一个发音类似"雷马坡"的大学!

"站住!"要出门时正好遇到爸爸洗碗归来,一声呵斥,吓得朱盛庸立刻住脚。

"干什么去?"

"图……图书馆。"

"去吧。"

第3章 小瘦胳膊VS当红粗大腿

少年骑行到上海图书馆,直奔最上层的外文书籍处。

1952年创立的上海图书馆彼时成立不足40年,外文藏书很有限,且所有的外文书籍都不允许外借,只能在图书馆内阅览。

本来准备撸起袖子大干一场,没想到,运气好得很。美国地图还没有找到,先找到一本类似于美国大学黄页的书。里面收集了美国所有大学的通信地址、联系电话。

朱盛庸如获至宝,盘腿坐地上,就着灯光迫不及待翻找起来。

新泽西是个小州,州内的大学不多。很快,一个叫Ramapo College的学校进入朱盛庸的视野。他翻遍了整个州的大学名录,就这所学校发音类似"雷马坡"。

原来只要再坚持一下,成功就会在转角出现。

少年怀着浓烈的喜悦,仔仔细细抄下通信地址——电话就算了,他没有财力打国际长途。

拿到通信地址的当天,朱盛庸就写了一份长达6页的信。信里详细介绍了他住的楼,他的父母哥哥,他的性格和对学习的态度,他在国内参加高考无望考上优秀大学的现状,以及,他渴望抓住机会到美国扩展见识的心。

这是封坦诚的信。他甚至没有在信中美化他自己。

邮件寄出后,朱盛庸继续投进卷子像雪花一样多的高三生活中。闲暇时刻,他最爱谈论的就是那封寄往美国的信了。

他甚至鼓励他的好朋友李礼刚也去写那么一封信,争取俩人同时成为特招生。此举经常招致他的同桌范思绮拿怪异的目光看他。

有一次,范思绮问他:"你是不是傻?你难道没有意识到,每一个往美国学校写信的人,都会成为你的竞争对手?"

朱盛庸像刺猬一样根根竖起的头发,在9月的阳光里反射出光泽。他露出恍然大悟的表情,逗得同桌范思绮忍不住抿嘴笑。

范思绮接着说:"那些没有亲自往美国学校写信的人,也可能是你的竞争对手。"

朱盛庸福至心灵:"譬如,你?"

"此木可雕也。"

范思绮的爸爸不是别人,正是他们的班主任。班主任范老师绝对是校长眼里的大红人。

教化学的他社交极广,认识不少中国科学院生物化学研究所的人,还牵线找人投资创办了校办工厂。全校教职工逢年过节拿到的福利,半数以上来自校办工厂的盈利。

而范思绮的学习成绩,比朱盛庸的还不如。基本可以确认是高考战场上的炮灰。范老师没有道理放弃从天上掉下来的馅饼。

朱盛庸心中回响起悲情的 Goodbye Ramapo, please pray for me.(再见了,雷马坡,请为我祈祷吧。)自此果然不再兴致高昂地提给雷马坡大学写的信。

信寄出约一个月后,峰回路转,朱盛庸竟然收到了回信。

雷马坡大学负责国际招生的一位主任,写的这封回信。

这位主任在信里也尽显坦诚,说副校长亲手将朱盛庸的信件交给他。副校长就是到大境中学参观的人。副校长对朱盛庸印象深刻,在回美的飞机上,还特意看了《神探亨特》。

收到朱盛庸的来信后,他们内部决定,将朱盛庸作为到上海特招的两名国际学生中的一名,希望他按照表单提供相应资料,好方便他们办理入学手续。期待春季新学期开学的时候,能在雷马坡大学的校内遇到朱盛庸。

从小到大没走过大运的朱盛庸,简直受宠若惊。

他特意憋了两天,拣哥哥从学校返家的日子,向父母和哥哥公开了这封信。

相比之下，哥哥要汇报的他就读的"上海市业余工业大学"正式改名为"上海第二工业大学"的喜讯，已经不值一提。

"去美国读书吗？"哥哥瞪圆了双眼。他还不习惯羡慕弟弟。

"免费？学费不用付？住宿费不用付？连饭钱都不用付？"爸爸一脸惊喜。

"你去美国，是为了逃避被哥哥比较和被爸爸打骂吧？"妈妈幽幽地追问。

朱盛庸挠着后脑勺，畅快地大笑，眼睛都眯成了缝儿。

因为房间太小，视线憋屈，所以大家平日不睡觉的时候都喜欢打开门，与四周邻居们一起过着抬头不见低头见的半开放式生活。

只一顿饭的工夫，整幢楼都知道了老朱家的老二要去美国读书了。

"啊唷，老朱运气也太好了吧？长公子小辰光读一等一的上海中学，二公子大了自己找了门路去美国读大学。啧啧。"

邻居们交头接耳议论。

朱盛庸在众邻居的赞叹声中，感到深深的满足。

周一去上学，他迫不及待将这个逆天的好消息分享给自己的好朋友李礼刚，当然也没有忘记向同桌范思绮炫耀。

李礼刚的羡慕止于表层。他是学霸级别的存在，复旦、同济或交大，全都胜券在握。等待高考的过程对他来说并不痛苦，反而可以多角度思考一下到底读什么专业。

范思绮的羡慕是炸裂式的。激烈程度仿佛免费名额是从她那里偷窃来的。她获知这个消息后，晨读都不读了，起身就跑出了教室。

李礼刚目光追着她的背影，侧身向朱盛庸："肯定去找她爸去了。"

朱盛庸毫无危机感："我这是美国那边招生办主任钦点的！雷马坡校长同意的！板上钉钉的！"

李礼刚慢吞吞转过头："要是你没有办法如约提供他们要求的各种证明材料呢？"

朱盛庸大吃一惊！学霸的脑子……在下佩服！

后来，还真被李礼刚那个乌鸦嘴说中了。

诸如学籍证明、学生证、往年各科成绩单等材料都要到了，唯独"校长推荐信"卡壳了。

刘校长憋红了脸，憋出"不写"俩字。

朱盛庸手撑校长办公桌，起身追问刘校长为什么不肯写？难道他朱盛庸不算大境中学的一分子？难道就料定他没有出人头地的那一天？

刘校长目光躲闪，再不肯多说。

无计可施的朱盛庸，目光忽然被校长办公室窗帘下露出的一双脚吸引。那双打孔印花皮鞋好眼熟！

虽然模模糊糊觉得一旦拆穿就没了回旋余地，可耐不住年轻气盛，朱盛庸还是失控地急奔过去，一把扯开了窗帘。

班主任范老师整个人露了出来。

他吹胡子瞪眼地瞪了朱盛庸一眼，弹弹胸前并不存在的灰，大剌剌离开校长办公室。临行前睥睨的目光，深深动摇了朱盛庸的信心。

他这个小瘦胳膊，拧得过范老师那个当红粗大腿吗？

第4章 轮盘赌最后一把的启示

不久，有消息灵通人士告诉朱盛庸，校办工厂的厂长以撤资做威胁，替他儿子索要一个出国名额。

本来，学校已经做好安排，校办工厂的儿子算一个，范老师的女儿算一个。哪知道，半路杀出来朱盛庸这匹黑马。

现在好了，搞不定朱盛庸的话，只能在工厂儿子和范老师女儿之间二选一。偏这两个候选人，一个手握经济大权，一个拥有众多人脉，谁都得罪不起的样子。负责此事的刘校长，平白愁出几根华发。

"哈哈哈，你这不是给学校出难题嘛。"消息灵通人士摇头晃脑点评朱盛庸。

此消息灵通人士叫马骏，家里父母全在中科院生物化学研究所。他还在读初中的时候，就被父母安排好了高中后留美的人生道路。

整个高中时代，因为没有压力，他过得很抽离，很佛系。

高一、高二的时候，每天追在朱盛庸屁股后面，希望逮到朱盛庸意志松懈的时刻，好跟他一起杀两盘象棋，玩儿局围棋。要是能凑够4个人，打半下午桥牌，能活活美死。

进入高三，良心发现，终于意识到自己一直在拖朱盛庸的后腿，将会给朱盛庸的人生留下难以忽视的负面影响，才忍痛割爱，不再追着朱盛庸讨闲暇时光。

听说朱盛庸求校长推荐信而不得后,他马上积极替朱盛庸打探。很快从父母口中得知了事情的原委,接着一字不漏转述给朱盛庸。

所谓"给学校出难题",不过是铁血兄弟间的调侃。马骏无疑是站在朱盛庸这一边的。只是,他身单力薄,无力可贡献。

"要不然咱们曲线救国,劝范思绮别出去了。她长得挺清秀,人也四舍五入算温柔,好好在国内结婚生子,省得便宜那些大鼻子老外。"

马骏说得眉飞色舞,一点没留意到朱盛庸和李礼刚的笑容有些扭曲。

他坐在桌子上,背对着门,摇头晃脑,还要再说,后脑勺忽然迎来一阵风。多亏他经常跑到隔壁弄堂混社会,身体早就有了防范本能。就势一躲,堪堪躲过扫帚尖。

"妈耶。我忘了你们一组值日。"马骏边喊边逃。

马骏跑了。

李礼刚低头扫地。

范思绮狠狠盯住朱盛庸:"你死了那条心吧!我是绝对不会放弃的!"

朱盛庸面上笑着,心里一阵绝望。

明明是金秋十月,却感到寒气四起。

走投无路的朱盛庸,只能再次给雷马坡大学的招生办主任写信,告诉那边,说学校里的校长不肯写推荐信。办公室主任很惊诧,反问朱盛庸为什么校长不肯为他的学生写推荐信?

刘校长为什么不肯给他写推荐信?当然是利益所致呗。可这就算是将事情原原本本讲给雷马坡的招生办主任听,也有一面之词的嫌疑。

朱盛庸陷入新的思考:他该如何公允地证实确实是刘校长不肯给他写推荐信呢?

关于这个问题,他很快从马骏身上得到启发。

又是一个哥哥从上海第二工业大学回到家的周末,马骏拿着一个轮盘赌玩具,来到朱盛庸家。

马骏总有市面上买不到的新鲜玩意儿。那是他的父母去美国或德国出差带回来的。他极度怀疑父母打着让他开眼长见识的名义,其实是在补偿他们自己小时候没玩过玩具。

马骏跟朱盛庸的哥哥朱盛中也相识,听说朱盛中周末返家,便拿了新到手的轮盘赌找他玩,顺便往衣服口袋里塞了个便携式索尼录音机。

穿着卫衫,戴着耳机,摇晃着身体,马骏敲开了朱盛庸家的门。见过朱家爸爸妈妈后,马骏以冠冕堂皇的名义把朱盛中叫出家门。

在小书桌上弓着后背写卷子的朱盛庸,因为心中烦闷,无心学习,也跟了出去。

"我们去哪?"

"去公园玩轮盘赌。"

"电影里的那种轮盘赌吗?"

默默跟在他们后面的朱盛庸接道:"为什么不到家里玩?"

马骏和朱盛中转过身,异口同声批评道:"小子你翅膀硬了,胆肥了还是昏头了?在家里玩轮盘赌不会被(你)爸爸揍扁吗?"

朱盛庸耸耸肩:"4点钟他们就要出门吃酒席去了。大姨妈家的大女儿结婚。"

"我们不去?"朱盛中吃惊地追问。周末刚回家,他不知道这件事。

"大姨妈坚持按人头收酒水钱,爸爸嫌贵,就说你在学校有活动回不来,说我要忙着考大学,没时间。"朱盛庸波澜不兴地回。为了省钱,爸爸在任何时候都能3秒钟内想出完美拒绝的理由。

马骏潇洒地抬起手腕,那里戴着一枚很多老师都羡慕的卡西欧全钢结构手表。

"帅啊。还差3分钟就4点钟。"

三个一米七朝上的男孩子窝在一处隐蔽的角落,亲眼看着打扮一新的朱家爸妈拎着个红礼盒,上了公交车。等公交车开出很远,三个人才壮胆回家。

房门一关,就是热血男儿的天下。

他们都是看过007的男生,男神邦德在赌场大发神威的热血镜头,今日轮到他们来体验了。

小试牛刀几局后,朱盛中提议玩真的。那样才刺激。

马骏开心得不行。他是出了名的败家公子。

朱盛庸之所以答应,全因为堆积在胸口的郁闷无从排遣。

奇了怪了,自从朱盛中提议玩真的之后,他一局都没有赢过。盘盘皆输。一开始是输光他口袋里的零钱,后来把藏家里的压箱底钱也翻了出来,仍旧挡不住输的势头。

马骏和朱盛庸势头均等,对半赢去了朱盛中的钱。

朱盛中有些输红了眼,他搬出他中奖来的大录音机,往床上一放:

"最后一把！赌注就是它。"

马骏也豪爽，不仅将钱都堆到床上，还将口袋里的袖珍录音机也压了上去。

看到袖珍录音机的那一瞬，困扰朱盛庸的难题就地破解！

对的！他可以偷偷藏一个袖珍录音机，录下刘校长拒绝他的话，把磁带作为证据邮寄给雷马坡的学校招生办，以此证明他没有说谎！

关于那次轮盘赌的"最后一把"的结局？朱盛中冒险成功，赢回了所有。包括那个索尼袖珍录音机。朱盛中高兴坏了，马骏也不见难过。

第5章 尘埃落定……了吗？

"校长秘书"之角色神奇地出现了。

每逢朱盛庸揣着索尼录音机要去见刘校长，都会出来一位笑眯眯的中年阿姨，自称校长秘书。

秘书阿姨东拉西扯，云天雾地，打得一手好太极。朱盛庸脑子里一直嘀嗒响着一座钟，没工夫听她闲扯，又打不断她流水一样的话，每每只能落荒而逃。

就在朱盛庸痛定思痛，决定拉一帮子同学为他打掩护时，他收到了雷马坡大学招生办主任写来的回信。

招生办主任说，他们是因为无从认识上海的高三学生，才委托学校帮忙推荐。既然已经认识了他，就无需再让学校写推荐信了。

朱盛庸手捂心脏处，近乎喜极而泣！

此时距离明年2月份春季开学，只剩下4个月了。作为一个谨慎至上的人，他当然不会收了招生办主任的回信就放弃高考准备。只有拿到录取通知书，且办好了护照，他才会放下复习。

在等待中又过去了一个月。

如同深水静流的道理，朱盛庸拿到一个出国名额后，并没有发现班主任范老师有什么烦恼加身。范班主任照旧窥窗、窥门缝儿，恨其不争那些不努力学习的同学，不厌其烦陈述自己当年的辉煌以激励同学们。

范老师的目光，甚至没有多在朱盛庸身上停留，由衷让朱盛庸真心佩服，觉得他确实是有城府的人，不愧广交行业人脉。

同桌范思绮那里，还是能窥探出点什么的。

有时候她兴高采烈，常常哼小曲儿；有时候她一连几天静默不语，眼眶红肿。最终，在11月底的时候，她罕见地朝朱盛庸露出笑脸，并且伸出纤纤小手，道："我原谅你了。握手言和吧。"

朱盛庸为了拍证件照，刚修剪过头发。也许是发型的缘故，他笑起来还有点小帅。

"这么说，你拿到了二选一的名额？"他没有立即伸出手。

"不然呢？让我败给校办工厂厂长的傻儿子吗？我宁肯跳楼。不活了。"

"你就是这么威胁你爸的？"

"不然，他又怎么肯全力以赴？"范思绮挑着一边的眉毛，异常生动道。

坐朱盛庸另一边的李礼刚目光从朱盛庸头顶扫过去，正好扫到范思绮眉飞色舞的一幕。他"哎呀"叫了一声。

朱盛庸回头。

李礼刚连忙运笔如飞，做苦读模样。

当天晚自习，例行在8点半放学。

李礼刚站在学校门口，等朱盛庸从车棚里推自行车出来。

范思绮于人潮中出现了。李礼刚一眼认出了她。她小脸圆圆的，两只眼睛大大的，齐眉刘海又厚又整齐。身高约一米六，在女生中不算矮。也就到他下巴那么高吧。

宽大的校服穿在她身上特别好看，她的举手投足，带着一股难以言说的娇气，连说话的语气，都比同班的女生嗲。

这样一个连自理能力都不充分具备的可爱女孩子，要只身一人去美国了吗？李礼刚的眉宇间，充满了担忧。

范思绮跟别的女生一起走过李礼刚身边，她压根没留意到他。

李礼刚发现自己甚至没有勇气在范思绮路过他身旁时，说一声"嗨"。她即使什么也不说，什么也不做，也足以激起他的自卑。

不一会儿，踩着单车，在人群中骑得歪歪扭扭的朱盛庸出现了。

在1991年，有辆单车是件不得了的事情。朱盛庸的这辆单车并不是他父母购买的，而是外公给他的奖励。他每个周日下午，雷打不动去看望外公，并且在外公午睡前，给外公读半个小时英文报纸。

高二那年，外公送给了他这辆大凤凰。

为了免于被偷，学美术的哥哥混合出一种铁锈红，斑驳地涂在了新自行车上。上学锁在学校自行车车棚内，放学后会不厌其烦搬上家所在的四楼，很有技术性地锁在楼梯上。朱盛庸很珍爱这辆自行车。

自打发现李礼刚每天放学后徒步往返南市区和徐汇区之后，热心肠的朱盛庸就主动包揽送李礼刚回家的重任。李礼刚是班上最高的男生，1米84的大个儿，即使很瘦，也很重。

幸亏外公送给他的是载重性能超好的凤凰自行车。

李礼刚的父母是上海知青，援建新疆。李礼刚生在新疆，长在新疆，直到后来有政策出来，知青子女可以优先返沪。他的父母根据政策，将他的户口迁回了上海。

他只身一人，回到从来没有见过的故乡，借住在唯一一家能为他提供住宿的亲戚家。这位亲戚家住徐汇区，而他被统筹分配到南市区大境中学入读。

住亲戚家，是要交饭费的。为了减轻父母的经济压力，他自觉放弃乘坐公交车，每天额外花2个小时走路上、放学。

所幸，李礼刚在插班后的第一次大考中就露出与他沉默寡言的形象截然不同的逼人气势：他直接干掉了班上稳居第一名的才子！并且超才子总分40分！简直是怪物般的存在。

朱盛庸对他另眼相待，正是因为他成绩优异。

两个男生碰头后，按照惯常分工，李礼刚载朱盛庸，朱盛庸骑坐在后座。

那时上海晚上的街头有些冷清。出租车偶尔驶过。路灯有些低矮昏暗。

前一天刚下过雨，挂在枝头的梧桐树叶子被深秋的风雨无情地拽落枝头，湿答答地粘在沥青地面上。

"你到那边以后，能多照顾一下范思绮吗？"酝酿良久，李礼刚开口。

"哪边？哦，你说到美国之后啊。"朱盛庸大笑起来。每逢提到美国，提到雷马坡，就像戳中朱盛庸的笑点一样，总能惹他开怀大笑。

敏感的李礼刚，还以为朱盛庸是因为窥破他隐秘的内心而笑。

"你，你别乱想啊！我，我纯粹是出于纯洁的同学情谊，才这么要求你的。"

朱盛庸的笑声陡然中断："你不会是在暗恋范思绮吧？"

李礼刚握着的车把猛烈地拐了一个弯,他赶紧用脚支地维持平衡:"没,没有。别瞎说。"

朱盛庸拍拍李礼刚的后背:"别犯傻。等你考上复旦,考上同济或交大,会发现,大把妹子又漂亮又聪慧又幽默又温婉又可人。范思绮有什么好!"

李礼刚没说话,脚下用力,重新骑行起来。

坐在后座的朱盛庸悠哉悠哉,完全没有意识到,命运给他开的残酷玩笑,就在不远处的拐角处等着他。

第6章　世界上最爱他的人病倒了

12月,出国准备已经进行到着手兑换美元的地步。

官方人民币兑换美元的价格是3.6元人民币兑换1美元。其实,黑市的兑换价格已经涨到8块人民币兑换1美元。

中午,同学们吃过学校统一提供的午饭后,有一刻钟的闲散时光。这天午后,朱盛庸背靠栏杆,正跟几个同学聊他昨晚看到的一则新闻。

那则新闻里说,美国有些公司开始印一种印花的塑料袋,取代之前的黑色塑料袋。有水果图案、可爱动物图案可供选择购买。

旁边同学们脸上的表情,明显是想起了自家厨房里又臭又脏粘满不明物体的垃圾桶。

朱盛庸继续说,这样一只塑料袋折合人民币为0.5元。

旁边同学们脸上的雀跃,立刻萎靡下去。

5毛钱!那是很多双职工家庭一天收入的四分之一了!

正在大伙纷纷出言表示羡慕或惋惜之际,班主任从走廊中间的楼梯口出现:"朱盛庸!跟我来一下。"

朱盛庸脸上的笑容顿时凝固。

他心存犹疑,极度担心学校在他出国这件事上再出幺蛾子。

班主任范老师带他走下二楼,并没有继续往前走。站在12月的初冬阳光里,范老师开口:"你有外公?"

朱盛庸一脸戒备,点点头。

"你外公多大了?"

"89岁。"

"你妈妈刚才往我办公室打电话,说你外公昏迷了。你不要慌,老人家已经在中山医院了。下午的课你不用上了,回去看看老人家。万一有不测,也不至于留遗憾。去吧。"

朱盛庸的心剧烈跳动起来。少年脸上的慌乱是真实的。

对朱盛庸来说,他说不出"世界上最爱我的人是外公"这种情意绵绵的话,但无论谁、什么时候问他他最敬重的人,答案一定是"外公"!

范老师的"去吧"还没有落地,朱盛庸拔腿就跑。他往校门口跑,跑了几步才想起来自己有自行车。又折返回来,往车棚跑。跑了几步又想起来,需要回教室收拾书包,并告诉李礼刚他下午缺课,晚自习后不能送他回家了。

一分钟里面,朱盛庸来回几次掉头。

范班主任忍不住出声:"稳住!小鬼头!"

朱盛庸神色肃穆地来到教室,一边快速收拾书桌,一边低声跟李礼刚说他下午要缺课去医院看外公的事。

范思绮听到后,插话道:"我都没有见过我外公。听说我妈妈十几岁时外公就走了。"

"我也是。"李礼刚紧跟道。

朱盛庸将书包往身上一挎,大步流星出教室。

范思绮目光一直追随他的背影,一回头,看到李礼刚在盯着她看,连忙解释道:"那家伙书包拉链都没有拉好,说不定半路书会掉出来。"

李礼刚除了点头,想不出一句合适得体的话去回应。

凤凰自行车的车轮飞速转动。那时候,上海马路上的私家车还不多,人人都认为开车是一件危险的事情,即使有钱,也不会轻易动买车的念头。

老城厢不大,按照记忆地图一路抵达中山医院,神奇地在医院门口遇到了小姨妈。

小姨妈站在12月的阳光下,阳光在她额头以下的脸部投了一团阴影,使她的表情隐藏在小小的阴影中。

朱盛庸还是从她低垂的双手中一眼看出她的无助。

小姨妈是外公的小女儿,最受宠,也最少受教育。因为年代的缘故,小学毕业后就没有再读过书。

她上面的哥哥姐姐,学历最差就是二姐姐。二姐姐即朱盛庸妈妈,财会专业大专毕业。

大姨妈在有机生物化学研究所做研究员,正经本科大学化学专业毕业。

大舅舅和二舅舅都是研究生。一个工作后被单位调去东北支援边疆建设,一个毕业后去了外地扬州做粮食系统的公务员。

几个子女都很独立,只有小阿姨,从婚前到婚后,不曾离开过外公身边。她婚前婚后都住在外公的砖木自建房里。

小阿姨跟一位长她10岁的山东籍退伍军人结的婚。

本来,那位貌不惊人的山东籍退伍军人只是借住在外公家,后来不知道怎么跟小阿姨情愫暗生。再后来嘛,赶在小阿姨肚子大起来之前,外公做主,赶紧让两个人结了婚。

这些长辈们的秘史,全是朱盛庸从哥哥朱盛中口里得知的。

朱盛中甚至给朱盛庸讲了他们父母结婚的故事。不仅具备细枝末节,还有点评分析。只是遭遇家族变故的当下,朱盛庸没有心思追忆。

"小阿姨!"朱盛庸刹车。

"阿庸头!"小阿姨未语泪先流,"阿公独自在家的时候昏迷,倒在了地上。我中午从街道工厂回家,在厕所发现了他。当时大便小便一地,也不知道他一个人倒在大小便里多久了。阿庸头,好作孽啊。"

朱盛庸听得头皮一阵阵发麻。

他锁好自己的自行车,跟小阿姨一起往医院深处走。

"小阿姨是专门出来接我的吗?"

"不是。我只是心里难受,想出来透透气。"

"阿公现在怎么样了?"

"还在抢救中。"

在简陋的医院走廊里,朱盛庸并没有看到更多亲戚。大舅舅和二舅舅不在上海,在上海的女儿们中,大姨妈是个将全部的爱奉献给自己的一双儿女的人,她一年最多看望阿公两次。而小姨夫深知阿公对他看不上,素来与阿公面和心不和。

当朱盛庸在简陋走廊里看到妈妈和爸爸的面孔时,内心充满欣慰。那一瞬,他原谅了爸爸的暴虐和妈妈的软弱,心中激荡着温暖。

朱爸爸显然没有做好看到小儿子的心理准备,看到朱盛庸的一刹那,眼珠子顿时鼓了起来。紧绷的腮帮子里,可想而知藏着的不是一句好话。

"是我打电话给他班主任，叫他过来的。"朱妈妈开口道，"爸爸在第三代中最疼爱的就是阿庸头了。毕竟89岁高龄了，万一他挺不过今天，好歹也能看一眼他最疼爱的外孙。"

朱盛庸生怕爸爸暴喝一句"给我滚回学校看书去"，还好，爸爸素有公共场所的概念，不会在大庭广众之下翻脸，露出暴君的面孔。

贴着大红"抢救"二字的静音门紧紧闭着，朱盛庸既盼着它打开，又怕它打开。

第7章　外公其人

外公是江苏人，他初来上海时，还是个半大孩子。

跌跌撞撞，老乡托老乡，最后进了一家钟表铺当学徒。学徒其实就是免费的家佣。给师娘干了几年活后，他二十出头，终于能在师傅身旁打下手。

后来，见师傅实在捂手艺捂得紧，他偶然见一家报馆招聘机修师，斗胆报了名，运气加持，他竟然被录取了。

是家英文报馆。

报馆里的机修师比钟表铺里的师傅大度得多。外公愿意学，机修师离职前，就尽其所能地教。

耳濡目染，外公能用英语跟报馆里的人简单交流，只是不能阅读。所以朱盛庸读英文报给他听，正是投其所好。就算听不太懂，也能让他想起在报馆工作时的时光。

朱盛庸虽然是外公的外孙，然而外公本人并没有亲孙。舅舅们不仅在外地，养的也都是女儿。而外公因为在英文报馆工作很多年，深受欧美文化影响，知道对欧美人来说，亲孙和外孙，是同一个称呼。

在英文报馆工作几年后，攒下一笔钱。后来逢上报馆撤馆，外公就辞了职，用存款开了家小杂货商店。

在开杂货商店的日子里，他发现当时的线卷锭对寻常主妇来说，实在太大。要是能把大的线卷锭分装成小的，就会受欢迎得多。他开始手动分装，销路很好，供不应求。

后来他发动家里的孩子们一起分装，可效率还是太低。

最后，外公凭借他在报社积累的机械知识、他的聪慧和坚持不懈，竟然发明了简易有效的分装机器!

靠着分装线卷锭,外公的杂货铺在上海立住了脚。每次赚到钱,外公都仔细地存着,最终利滚利,攒下很大一笔。

外公在四十几岁时,用这笔钱建立了一个纱线厂。一开始规模很小,慢慢增大投资,变成了有几十个工人的真正的工厂。

如果只是有经商头脑,朱盛庸还不至于如此敬重外公。

外公来上海,稍稍经济宽裕之后,就开始接济江苏老家的亲人。到后来,他几乎是靠一己之力,养活了江苏老家大大小小几十口人,帮他们走过吃穿困难的年代。以至于,江苏老家的人,从老到小,几乎各个将外公当恩人看待。

后来江苏经济发展起来,老家的人来上海,都会专门给外公捎故乡的特产。他们对待外公的态度之恭敬,让朱盛庸看了热血沸腾。他无数次在少年时期,幻想外公其实是金盆洗手、隐匿江湖的武林大佬。

外公对故乡的亲人舍得,对自己和小家却极尽苛刻。外公的衣服鞋袜,新三年旧三年,缝缝补补又三年。孩子们也穿得像赤贫的无产阶级。

外婆离世后,没有人给他缝补衣物,他就自己颤抖着手补。外公的很多袜子,根本看不出原来是什么颜色、什么材质的。

也许是外公对自己小家太苛刻了,以至于他的孩子们,除了小姨妈,都不恋家。大姨妈甚至剑走极端,疯狂迷恋华丽的服装。就业后好多年里,倾数将自己的工资全买成衣服鞋帽。

一生勤俭、一生努力、一生奋斗不息的外公,还没有用过抽水马桶,还没有住过高楼,难道就止步于此了吗?

朱盛庸替外公感到不甘。

他靠墙而立,目光一刻不离地盯着写有"抢救"的隔离门。

比起庸庸碌碌的父辈,外公少小离家并在大上海闯下一席之地的人生传奇,才是朱盛庸向往的目标。外公一定要挺过这个关头,亲眼看到他在异国他乡也闯出一片天地才好!

正浮想联翩,突然劈头挨了一巴掌。

朱盛庸愕然回头,看到悻悻然的爸爸。爸爸压低声音:"小赤佬!站都站不来?磨来擦去,好好的衣服都被你磨坏了!"

朱盛庸头一低,乖顺地离开墙壁。

"啪。"又一巴掌。

"小赤佬！你翻我白眼！你敢翻你老子白眼？"

朱盛庸这回连头都不抬了。

低垂的视线看到妈妈的脚走过来："不想待这里你回去吧。勿要指桑骂槐，借题发挥了。"

"啥么桑啊槐啊，听不懂你在说什么。"

"我让你走！"妈妈难得大嗓门一回。

朱爸爸嘟嘟囔囔，小声骂骂咧咧地走了。

小阿姨温声劝姐姐不要生气："阿哥性子急，没有耐心枯坐着等。侬不要跟伊计较。"

朱妈妈摇摇头，没有说话。

写有"抢救"的门在此时突然打开了。一位戴手术帽、穿手术衣的中年医生走了出来，他一边揉搓做手术的手，一边喊："盛义仁老先生家属？老先生现在已经醒过来了。"

小阿姨径直扑过去："我爸爸怎么了？他为什么会昏迷？"

好几名医护人员推着移动床，将挂着点滴的外公从急救室里推出来。朱盛庸才要上前，被一名护士拦住："病人现在比较虚弱，稍后会安排探望，现在病人需要休息。"

外公被人推走了，在走廊拐弯不见了。

小阿姨和妈妈跟着医生去了医生办公室。走廊上只剩下朱盛庸。远处的窗户在走廊尽头撒下一片光，视线跟着光线摇晃起来。

那是第一次，朱盛庸有"生活如此虚幻"之感。他想紧紧抓住些什么，可除了自己的双拳，再无别的可抓。

当天晚上，哥哥也从第二工业大学回到家。

一家四口围坐在小小的餐桌前，讨论外公的病情。

据妈妈转述，医生怀疑外公在排大便的时候过于用力，一口气没缓过来，昏厥过去。栽倒在地的时候，又磕到脑袋，造成二次伤害。脑震荡又使他昏了过去。

"这么惨。"朱盛中点评。

医生认为外公的肚子又大又硬，怀疑肠道有问题。建议切片送去活检，以排除癌变可能。

"你和小阿姨同意了吗？"朱盛中追问。

"当然同意了。"妈妈回。

"钱谁付？"爸爸插话。

"爸爸有钱。"妈妈冷冷地回。

"要通知舅舅们，让他们回上海吗？"朱盛中又问。他的声音带着莫名的兴奋。这隐藏的兴奋让朱盛庸有种说不出的恼火。

"等活检结果出来了再说。"妈妈字句铿锵。

第8章　当生命进入最后一年倒计时

朱盛庸很高兴妈妈如此有态度。

通常情况下，她都是柔弱无声的。无数次爸爸胖揍他和哥哥的时候，妈妈只是缩在门口的角落里，默不作声。

晚上，兄弟俩睡床，爸爸和妈妈睡地铺。

朱盛庸临躺下前，特意将折叠起来的小方桌塞到衣柜和门之间的小缝隙里。他曾经因为这个小方桌挨过打，至今心有余悸。

那时候他好像才八九岁，大他3岁的哥哥刚去读上海中学——那是一所被荣耀光环笼罩的住宿中学，至今也是高不可攀的名牌中学。哥哥周末从学校回来，他跟哥哥一起睡床，半夜的时候，也不知道是他的脚还是哥哥的胳膊，碰倒了竖在床边的小餐桌。

小餐桌倒了下去，正好砸到爸爸脸上。

黑夜中的爸爸"嗷"地叫了起来，怒火冲天的他，于黑暗中抽出皮带，掀开被子，不管三七二十一，就胡乱抽打起来。

哥哥变声期的公鸭嗓子凄惨地叫了起来，在安静的黑夜里格外瘆人。朱盛庸是那种挨打会坚毅地忍住的孩子。他拼命蜷缩着自己，绝望地接受命运发给他的糟糕至极的牌。

被吵醒的妈妈打开了灯。邻居们纷纷来敲门。

发过那阵失心疯，爸爸松弛下来。将皮带扔一旁，什么话也不说地躺下，用被子闷着头，瓮声瓮气说了声："关灯。睡觉。"

妈妈打开门缝，小声地向邻居们解释。一位邻居看到床上孩子们痕迹累累的腿，赶紧让妈妈关门收拾一下。

朱盛庸倒吸着气扭头，正好看到妈妈用忧郁的目光看着他和哥哥。妈妈和他们之间，隔着一个爸爸。

如他所料，妈妈并没有跨过爸爸来安抚他和哥哥。从小到大，无数次被打,妈妈从来都置身事外。

他以为女性是柔弱的,早已不寄厚望,没想到,在外公生病的事情上,妈妈如此有态度。

第二天,朱盛庸想跟哥哥一起去中山医院看望外公,被爸爸呵斥。他只好满心牵挂地去上学。

"你外公怎么样了?"范思绮一见到他,就关心地询问起来。

"还在等医院通知。"朱盛庸不想解释,推脱道。

"你不会因此不去美国吧?"范思绮脸上浮现担忧之情。

朱盛庸一脸不明白地看向范思绮。范思绮解释道:"好歹我认识你3年了,你还行吧,还算靠谱。我可不想跟一个我不熟悉的人一起留美。"

朱盛庸心烦意躁,没接腔。

他隔壁的李礼刚已经陷入呆滞。

一天后,外公大肠活检结果出来了:正如医生所担心,外公罹患了直肠癌,且已经是中晚期。

幸运的是,还没有发生转移,最好的治疗方式是尽快手术。只是,外公已经89岁高龄,他是否撑得住长达几个小时的手术?对此的担心,使主治医生无法开出手术单。

朱盛庸晚自习回到家,从哥哥口中听说了这一切。

"那么,手术做还是不做?"朱盛庸问。

"这是个复杂的问题,不能一冲动就拍板下定论。拍板的人,是要负责任的。"朱盛中批评道。

"可外公的身体拖不起啊。"

"你这话里话外的意思就是做手术喽?"朱盛中进入辩论状态,"你当手术你想做就能做?术前医院要做体格检查与评估,要查心功能、肺功能、肝肾功能、营养状态等等,全部达到医院的手术标准线之后,才会考虑安排手术。"

"你以为手术做完就结束了吗?还有术后护理和术后康复的问题。每天吃多少饭?吃什么饭?排痰、呼吸康复、屎尿袋替换清洗消毒……事无巨细,光聘请一位保姆是不够的。外公的5个孩子,谁来照顾外公?"

"舅舅们肯定指望不上,他们工作在外地,有家有小,不可能为了照顾89岁的老父亲辞职来上海。这不现实。大姨妈能指望吗?她心里只有她的两个孩子。小阿姨或许能指望,但小姨夫绝对会拖后腿的。"

说到这里，朱盛中斜眼瞟了一眼门口，他们的父母在公共厨房里忙碌，为了确保安全，他压低声音："你当爸爸会心甘情愿让妈妈抽出时间照顾外公吗？他比小姨夫还没有耐心！他既自私，又无知，这两样品质，只会让他变得更加冷漠无情。"

朱盛庸惊呆。

不光是为哥哥向他揭露了残酷的现实，还因为哥哥评论起爸爸来，言论是如此直白放肆。

"那么，他们倾向保守治疗？"过了一会儿，缓过来的朱盛庸追问道。

"我看是。只是谁都不好意思第一个说出口。保守治疗的话，外公大概只有半年到一年可活。"

这个结论如同大锤，狠狠锤在了朱盛庸的胸口。

热血少年猛然想起同桌范思绮的询问："你不会因此不去美国吧？"

如果外公真的只有半年到一年的存活期，他还能义无反顾奔赴美国吗？

当天晚上，朱盛庸被这个问题折磨得无法入睡。

第二天，他顶着两只熊猫眼，心事沉重地来到学校。明明是晨读时间，他却把坐他左手边的李礼刚执意拉到男厕所。

"礼刚，你想过去美国吗？"

"什么意思？"

"如果我把我的出国名额让给你……"

"他们肯吗？"

当李礼刚脱口而出的是这句话时，两个少年顿时心意相通。朱盛庸明白了李礼刚的真实意愿，李礼刚也明白了他自己的隐秘心思。

"他们未必同意吧？"李礼刚重复道。

"我去和他们写信沟通。你不要声张，悄悄去教务处把你的各科成绩复印一遍，你的一沓竞赛证书也复印一遍。我决定不去了！他们应该会接受你。你本来就比我更优秀。"

"你，你为什么突然不去了？"

"我外公只有半年到一年可活了，我想在他人生的最后阶段多陪陪他。"

"你爸妈肯同意？"

"这是我的人生！去美国读书本来也不是他们为我争取的，我不去也不需要征求他们的同意。"朱盛庸说这些时，一脸坚毅。

李礼刚本来就不是能言善辩的人，此时此刻，虽然腹中有千言万语，却什么也说不出来。

"走吧，回教室。不然老范又要唾沫星子满天飞了。"朱盛庸看出了李礼刚眼中的感激，拍了拍他的肩膀。

俩少年从卫生间离开。

隔壁的厕所单门打开，露出"老范"班主任的脸。

第9章 似乎……闯祸了

朱盛庸如他所承诺，给美国雷马坡写了一封言辞恳切的信。在信里，他详尽地剖析了他放弃去美国的原因。

当平凡的人生被迫直面"接受美国校长的邀请去美国深造"和"留下来陪外公走完生命的最后时光"，他陷入两难选择；他发现，理智和情感是割裂的。从理智上讲，他应该选择前者，可情感却明白无误地希望他选择后者。

"倘若有一天，我功成名就，我该怎么面对我的孩子，向他讲述我当年的选择？"

"中国有句古话，己所不欲，勿施于人。我不希望我的人生薄情而无义，那会使我迷失生命的意义。"

"我想了整整一宿，最后决定要尽我所能，做我认为正确的选择——我决定陪我外公，度过他生命的最后时光。"

剖析完自己放弃去雷马坡的原因后，朱盛庸热情洋溢地介绍了李礼刚。他贴心而周到地用铅笔为李礼刚提供的每份材料都做了英文翻译，方便雷马坡大学的招生老师评估李礼刚的实力。

两个少年秘密做完这件事后，时间进入12月末。

外公经历了最初昏倒后的虚弱之后，体力和精神都慢慢在恢复。子女们和医生合力隐瞒他罹患直肠癌的消息。以为只是大便过于用力而昏厥的他急着出院，怕花太多的钱。

外公的5个子女商量来商量去，最终也没有商量出一致通过的结论。大舅舅和二舅舅倾向于将事情坦白，告诉外公，让外公自己拿主意。如果手术费用和术后陪护的费用超出了外公的存款，那么就由5个子女垫付。

这番话从免提里一经播出，就遭受到大姨妈激烈的反对。她表示她是一个死了老公的可怜女人，靠微薄的工资勉强拉扯大一双儿女，在此过程中自力更生，没有向老父亲要过支援，她已经仁至义尽。想要让她从牙缝儿挤钱出来，恕难办到！

大姨妈声音本来就有些尖利，又说得铿锵有力，气势难挡，舅舅们就不再坚持。

小姨妈总是在哭泣，她自己左右摇摆，本来倾向于支持做手术，一听手术可能人财两失，又不敢表态了。

朱妈妈某种程度上跟大姨妈站一派。她认为老父亲已经年近90，没有必要再冒险折腾。孤独地生活在家徒四壁的家的日子就那么值得留恋吗？不如顺其自然，呼应生命的循环。她当然知道这个观点太离经叛道，因此从不在小家之外的地方说。

周六中午，在学校吃过午饭后，朱盛庸收拾书包。那时候实行"一周48小时工作制"，周六不必上全天，只需要上午上半天学或半天班。

他早上上学前，已经跟父母说好，中午放学后去中山医院看望外公。

由于朱爸爸和朱妈妈在生产型企业里上班，轮休日子未必跟学校的节奏相一致。

恰逢朱爸爸去外地送货，而月底加年底，作为出纳的朱妈妈要加班。第二工业大学面临毕业的哥哥朱盛中也开始隔周回家。

导致那个周六下午，只有朱盛庸一个人去探望外公。

外公心情很好，露出只有3颗门牙的笑脸，挥着手欢迎朱盛庸。他一捉到朱盛庸的手，就用跑风的腔调跟小护士和病友介绍，这是他"要去美国读书的外孙"，而且一脸骄傲地追加"门路是他自己寻的哦"。

每次都如此。搞得朱盛庸都有些习惯了。

"外公，我不准备去美国读书了。"等四周的关注消散后，朱盛庸趴在外公耳边说道。

"他们不肯给你钱？"外公犀利反问。

朱盛庸摇摇头，欲言又止。

"他们说钱不够？"

朱盛庸又摇摇头。

"只怕是舍不得老人家您。这孩子心软。"给隔壁床打针的老护士笑着接道。

"我有什么舍不得的?"外公笑眯眯地接。接完,愣在那里。

外公是个头脑聪慧的人,不然也不会当年在外国人开的报馆里零起点学会机器维修了。他低头独自想了一会儿,再抬起头,捉住朱盛庸的手,用平静的表情和平静的语气问道:"他们都以为我不知道,其实我什么都知道。"

朱盛庸的哀伤失控地呈现出来。既然外公什么都知道,他也就不用克制了。

"阿庸头,你读的书比阿公的多。你告诉阿公,你要是我,你会怎么做?"

年轻的朱盛庸露出迷茫。他无数次设身处地地替外公着想,是谨慎求稳保守治疗?还是破釜沉舟冒险一搏?但没有哪一次,真的得出过答案。

所以他格外能体会小阿姨的彷徨。

朱盛庸无奈地摇摇头。

"哦?你告诉阿公,你为什么没法得出结论?"

朱盛庸没有意识到外公是在循循善诱他。不设防的他开口说道:"如果不手术,保守治疗的话,至少能保证半年到一年的生命时光。可半年到一年这么短暂,终究是太残酷。如果手术,成功的话自然是皆大欢喜;万一不成功……"

朱盛庸说不下去了:"所以我实在是不知道该怎么选。"

外公拍打着他的手,陷入沉思。

两天后,周一晚自习放学。

朱盛庸还没有推开家门,就感受到家里不同往日的紧张气息。才手搭门把,开了一条缝儿,大姨妈尖厉的声音就从里面冲了出来。

"我就想知道,谁是叛徒?"

朱盛庸吓得手一松。大姨妈虽然是堂堂正正的本科毕业,撒起泼来却宛如社会学派的精英。一哭二闹三上吊之类的手段,她熟稔得很。

很多上海女人不管多凶蛮,在外面都还是顾及面子的。大姨妈不,她面子里子都不顾,只顾她自己和她的两个囡。

据说大姨夫就是被她天天吵闹,心情郁结,早早生病离世的。

"谁把消息捅给了爸爸?现在么好来!爸爸自己去跟医生谈,坚持要做手术！99％的可能人财两空哦。人财两空！安生一些就那么困难吗？"

朱盛庸脑海里"轰"的一声响，惊呆在原地。

也不知道过去了多久，他渐渐在人来人往的走廊里缓过神来。同时意识到，他可能闯祸了。

第10章 即使高三还会挨打的他

"大哥老实，二哥狡猾，他俩断然不可能背着我们打电话进医院告诉爸爸。在上海的就我们三姊妹！内鬼就出在我们三姊妹中间！阿妹家里小囡发烧生病，为了防止交叉感染，她已经3天没有去看过爸爸了。你说！你我之间，谁是内鬼？"

大姨妈一定激动得跳了起来。朱盛庸被这个突如其来的念头逗得活泛起来。

朱妈妈被逼急了，争辩起来。但她无论语速上，还是气势上，均不是大姨妈的对手。

"小庸！你站在门口干什么？怎么不进去？忘记带钥匙了？"对面的阿嫂大嗓门喊道。

朱盛庸措手不及，下意识就推了门。

门本就虚掩着，吱扭，打开了。

脸色血红的朱盛庸出现在两姊妹的面前。

大姨妈猛吸一口气，一脸恍然大悟，手指朱盛庸："是你！"

朱盛庸胸口起伏，想解释，又无从下口。

"不是他！"朱妈妈拉了一把大姨妈，"他还是个孩子。"

"他忙着出国。他添什么乱？没有可能的！"门后传来朱爸爸的声音。原来房子里并不是只有两姊妹。

大姨妈狐疑地盯着朱盛庸，看样子不准备轻易放过他："阿庸头你自己说，是不是你告诉的外公他得了直肠癌？"

尽管朱妈妈在拼命挥手，朱盛庸还是点头承认了。

刚才火冒三丈的大姨妈，反而有点不知所措，她喋喋不休地念叨："看吧，看吧，你还说没有可能是他。结果呢？结果正是他。真坏！要出国了还不忘横插一腿，搅乱一锅粥！"

"大姨妈，我不出国了。"

刚才喧闹不已的室内，此刻像是被按了静音。三个大人不约而同歪了歪脑袋，将目光聚焦在朱盛庸身上。

"你说什么？"门口的爸爸追问，声音里盛满愤怒。

朱盛庸浑身的汗毛已经竖起，他皮肤紧绷，做好了挨打准备："外公只剩下最后半年可活了，这种情况下，我怎么能安心离开？我会一辈子……"

"啪。"脑袋上挨了一巴掌。

"我没有办法……"

"咚。"腿上被踹了一脚。朱盛庸踉跄，撞上了衣柜，倔强地试图分辩。

"如果人生只剩下算计和功利……"

"啪。"一嘴巴子甩在了朱盛庸的脸颊上。

朱妈妈别过脸不忍看下去。

从没有见过这等暴力局面的大姨妈"啊"地惨叫起来，她叫个不停，一声比一声高，一边叫一边哆嗦着手收拾自己的包、手套、围巾、帽子，丢三落四、惊慌失措地往门外跑。

她叫得歇斯底里，反倒吓到了朱爸爸。

朱爸爸茫然地用目光追随大姨妈的身影，一脸不明白。这倒使他短暂分神，暂时停下他的暴力行为。

等大姨妈消失不见，朱爸爸又回过神。才将鸡毛掸子握手上，大嗓门的阿嫂就探头进这10平方米的家里。

阿嫂的丈夫跟随部队从山东来到上海，是位小军官，孔武有力。阿嫂则是个大嗓门的热心肠女子。夫妻两个乐于助人，在邻居们中间颇有声望。

阿嫂这么一探头，朱爸爸扬起的鸡毛掸子就没好意思往朱盛庸身上落。他别扭地转了一个弯，愤恨地扫在衣柜门上。

"刚才你们大姐叫得那么惨，我还以为杀人了呢。她怎么啦？"

"她，她……看到了一只老鼠。"

"啧，不愧是上海的大小姐！一只老鼠有什么了不得，大惊小怪成那样……对了，小庸，妹妹有道应用题不会做，你可以来我家帮我那个榆木脑袋讲讲题吗？"

朱盛庸低着头，试探性地往门口走。

爸爸没有拦下他。他带着劫后余生的庆幸，走进了对面邻居家里。

热心肠的女主人默不作声地关了门，满脸怜惜，拿出紫药水，用棉花球蘸着，给朱盛庸沁血的嘴角涂紫药水。

玲玲妹妹一脸愤慨："你爸又打你啦？"

朱盛庸低着头，士气萎靡。

"你都读高三了。你都长得比你爸还高了。你都要出国了……"

"小点声！"阿嫂提醒女儿。

南向的这户人家虽然住房面积约有12个平方米，可房子里住了6口人，实则比朱盛庸家还拥挤。

自打一搬进这幢筒子楼，对门的这户人家就是朱盛庸的羡慕对象。他们家看上去并不整洁，但人与人之间却亲密和睦。爸爸宽容、大度，经常搂着大的，抱着小的；妈妈温柔，会骂孩子们但从不骂得尖酸刻薄，会打孩子但仅限于轻轻拍一下。

坐在南向家庭的凳子上，朱盛庸暗暗发誓，有朝一日他要是结婚，绝对不仗着性别优势欺负伴侣，更不仗着年龄优势欺负孩子。他将宁肯单身到老，也绝不要三天两头爆发争吵打闹的婚姻！

即使是假借给玲玲补课逃避，也不能逃避得太久。

幸而那个周末，是朱盛中从第二工业大学回家的周末。

全家唯一一个敢跟暴虐父亲顶嘴的人就是朱盛中了。

听到哥哥跟邻居们打招呼的声音后，朱盛庸辞别对门婶婶和玲玲妹妹，回到自己家。

朱爸爸悻悻然剜了他一眼，没有说话。

朱妈妈平平静静地剥橘子，剥好了一瓣瓣掰开，丢进水杯里。水杯上方蒸发着氤氲热气。很多时候，妈妈的平静对朱盛庸来说都是谜。

"你小子决定不去美国啦？"哥哥问，尾音昂扬。

朱盛庸点点头。

"是不是因为他们老在你面前说没钱、没钱？"哥哥扫向父母的目光，明显是鄙夷的。

三年前哥哥高中考大学的时候，想考上海美院——他打小有绘画的天赋，对颜色特别敏感，然而爸爸拒绝了他，因为舍不得花钱让他上培训班。

哥哥倔强地坚持，一直按自己的方式画画。一进素描考场，他才知道业余和专业的区别大如鸿沟。幸而最终被业余大学的工业美术专科录取。幸而业余大学赶在他毕业之前更名为"第二工业大学"。

父母是在他面前全方位多角度阐述过家里没有钱，但那不是朱盛庸放弃去美国的真正原因。

"告诉过你他不去美国是为了陪外公，你还不信！"朱爸爸嘟囔道。跟在老二面前气场全开不一样，朱爸爸已经下意识在老大面前收敛行为了。

"真的？"朱盛中盯着弟弟问。

朱盛庸点点头。

"你会后悔的！"朱盛中飞快下结论，"现在告诉美国学校，你改主意了，还来得及吗？电话费我付！"

第11章　不准备说出口的"谢谢"

所有人都反对他的决定，这反而令朱盛庸更加坚持。

他拨浪鼓一样拼命摇摇头："没用了！新的人选已经报过去了。"

"谁？"

"李礼刚。"

李礼刚的名声让这个家里的谁都说不出反驳的话。

"可，可这个名额不是学校给你的，是你自己争取来的呀。学校怎么能这么轻易就把你替换下来……按我的意思，学校应该给你一些补偿……"朱盛中拧着眉头，一脸正义道。

朱盛庸没有解释。他此刻有些庆幸哥哥是个自以为是的人，问也不问就按自己想的下了结论。

当天晚饭时间，家里凝重的气氛很快被哥哥朱盛中带动起来。他说他还有半年就要毕业了，现在是卖方市场，各行各业都缺人，大学生很好就业。他准备找一家杂志社，做插画师。

"工资怎么样？"朱爸爸插话。

"这个……需要面谈。但一个毕业生，不应该掉钱眼里，处处以薪资衡量，那会显得太短视！太急功近利！要想看职业累积。也就是说，最开始毕业的几年，不应该想着赚钱，应该想着赚经历！"

"××。"朱爸爸来一句上海骂。

不管怎样，此时气氛已经趋向正常。

"我跟你们说过没有？我在学校谈了个女朋友。在我们学校，我们专业，我不是吹牛哦，我就是校草。全专业的女生都暗恋我。但我这个人事业心重，情情爱爱的不高兴弄，所以一直拖着没谈……"

"你哮喘，发育晚。"妈妈抢准节奏，接道。

"世界上有这么拆台的妈吗？"朱盛中夸张地"仰天大问"。

"××。"朱爸爸一边骂一边笑。

家里气氛凭朱盛中一己之力推向高点。

朱盛庸擅自作主不去美国的事，在这个小家里算是翻篇儿了。朱爸爸的一大优点就是健忘。他的情绪来得又快又急，浓烈的总是不持久的，所以过去得也又快又急。

那股子恨铁不成钢的愤怒过后，他开始换一种角度看小儿子不去美国这件事：显而易见省了他一大笔钱；长在眼前，好歹有事可以用到他……这么一想，他简直不能明白，以前为什么那么高兴小儿子将去美国。

进入1月份了。外公的手术已经安排上日程，将在1月20日上午8点，作为当天第一台手术开刀。安排上手术台这件事，在中山医院被予以反复讨论，最终由专家拍板定了下来。这也是外公四处游说，极力争取来的。

上手术台的前提条件，是外公的5个子女必须都签署免责书。万一手术中或手术后有不测，医院免责。5个子女中的4个很快签署了免责书。大舅舅是用挂号信的方式，二舅舅则是亲自跑来上海。

只有大姨妈不肯签。外公叫来大姨妈，关起门来私下里谈话。3分钟就搞定了大姨妈。

朱爸爸为此对老丈人充满了敬佩之情，朱妈妈和朱盛中则一口咬定，肯定是外公给了大姨妈一笔私房钱。

不管怎样，外公将于1月20日一早进行手术。这已经是板上钉钉的事。1月20号，正好是朱盛庸寒假放假的日子。

1月10号，临近放寒假，朱盛庸和李礼刚牵肠挂肚的事情也迎来了板上钉钉的结局。

雷马坡的招生办主任说，他很难过朱盛庸外公的事，也理解朱盛庸的决定，"这个决定很勇敢，也很有意义"。

既然朱盛庸已经决定放弃去雷马坡读书,又推荐了优秀的同学,学校决定以开放的姿态欢迎李礼刚同学。这封回信里,有一份寄给李礼刚的入学通知书。

李礼刚久久注视那份入学通知书,嘴角渐渐浮出笑容。

拿到雷马坡大学的入学通知书后,朱盛庸和李礼刚换了座位。这样方便李礼刚和范思绮讨论出国准备事宜。

朱盛庸则是以前所未有的专注,投入大复习中。

有一天晚自习放学,照例是李礼刚载着朱盛庸奔赴徐汇区。

"今天思绮跟我说,他爸爸知道我们俩偷偷替换名额出国的事。"李礼刚边弓背蹬,边说。嘴边一阵阵白色雾气。那时候的上海冬天,冷得到处是冰凌子。

"不可能!他怎么知道的?"

"他在厕所里不小心听到的。"

"……"朱盛庸一回忆,发现还真有这个可能。

"想想真是后怕。要是在那个节骨眼上,学校强势一些,坚持再推荐一个人,雷马坡大学说不定就接受官方的推荐人了。"李礼刚感慨。

天空飘雪了。

朱盛庸因为骑坐在后座,双手被解放出来,伸出去接雪花。雪花落在破棉手套上,其实并不能看出对称六角形。

自行车骑过一个又一个路灯投在地上的光晕。雪渐渐大了,漫天飞舞。

"一切都是命运。"朱盛庸呢喃。

"一切都是命运。"李礼刚重复着感叹。

"一切都是烟云。"朱盛庸接,声音昂扬。

"一切都是没有结局的开始,一切都是稍纵即逝的追寻。"李礼刚大喊着接。

朱盛庸随即加入进来。

两个男生一起在寂寞的雪夜里喊北岛的《一切》:

一切欢乐都没有微笑

一切苦难都没有泪痕

一切语言都是重复

一切交往都是初逢

一切爱情都在心里

一切往事都在梦中

一切希望都带着注释

一切信仰都带着呻吟

一切爆发都有片刻的宁静

一切死亡都有冗长的回声

到了斜土路大木桥路口，李礼刚刹车，朱盛庸从后座上跳下来。这里是李礼刚借住亲戚家的楼下。

朱盛庸要推车掉头离开的时候，李礼刚突然抓住他的胳膊："兄弟，我从来没有对你说出'谢谢'两个字。"

朱盛庸看到他的眼睛晶亮，似乎有泪水要涌出，连忙说："我们之间，不需要。"

"不！我是认为'谢谢'两个字太轻飘了。要是有一天我在那边过得好，我一定会涌泉相报。"

朱盛庸也湿了眼角："你过去，会比我过去过得更好。"

雪花绕着两位少年飞舞，仿佛要点缀这热血的岁月。

1991年的上海，每一个大学毕业的人，不管他在哪里读的大学、读的什么专业，一旦工作，每个月都可以领到54元的基本工资；如果是大专毕业，每月可以领到52元的基本工资；职业培训学校毕业，则每月可以领到48元的基本工资。

以后，随着工作年限的增加，基本工资则适当上调。

那是一种一眼望到头、令人后背发麻的死水生活。

也曾经是朱盛庸想拼命逃离的生活。

第12章　奔赴前途！

高三寒假到了。

经历过昏天昏地的三天大考之后，所有同学都感受到一种轻快。成绩将在返校日公布，在成绩公布之前，先稀里糊涂快活几天。

范思绮从外面跑进教室，又忽然在门口停下脚步，她倚靠着门框，远远眺望朱盛庸。

朱盛庸收拾了一会儿书包，渐渐感觉异样。他顺着感觉抬起头，看到了门框处的范思绮。

"怎么啦?"他用口型问。

"出来一下。"范思绮用口型回答。

朱盛庸将剩余的书装进书包,将单肩背包挎身上,走了出去。

一出教室,看到范思绮等在楼梯口。待他走到楼梯口,范思绮已经到了一楼。

朱盛庸加快步伐,追了上去。

在自行车车棚附近,他终于追上了范思绮。

"你最好有个合理的理由。"朱盛庸有些不悦。

范思绮听闻此言,推搡了一下朱盛庸。

朱盛庸更不悦了,反手推了范思绮一把:"干吗,你?"

范思绮哭笑不得,娇嗔地又推朱盛庸一把。没想到,朱盛庸加倍地返还回来。下手还挺重。

范思绮有些恼羞成怒,手脚并用地朝朱盛庸打去。她本身力气小,又不是真打,朱盛庸并不吃痛。

可是挨打几乎是朱盛庸碰不得的痛点。

他拼命压抑的委屈在这一刻迸发,本能失控,激烈反击起来。

其实他已经在克制了,可惜成效不显著。

范思绮被打疼了,哭起来。她咬着嘴唇,尽量不发声音。正因为如此,面部格外扭曲。

朱盛庸吓坏了。

他陡然停下,吃惊地看着自己那双张牙舞爪停在半空中的手,一脸的难以置信。

"对不起。"朱盛庸嘶哑着声音道歉。

范思绮咧嘴哭起来,用袖子遮住嘴巴,扭身跑走了。

朱盛庸比范思绮还难过。

他觉得自己刚才像父亲附体。

时间失去了度量的意义。可能只过去了一瞬,也可能已经过去了一个小时。有人轻轻拍了一下朱盛庸的后背,朱盛庸扭头,看到了李礼刚。

"你……怎么哭了?"李礼刚吃惊道。朱盛庸脸颊上淌过两行泪痕。

朱盛庸转过头,用手背擦脸上的泪珠,仰起头:"风吹的。"

朱盛庸没有跟李礼刚讲他和范思绮之间莫名的掐架;李礼刚也没有

告诉朱盛庸,其实他尾随在后面,什么都看到了。范思绮哭着跑开后,他还想过追过去看看。

"下午班上有聚会。大伙嚷嚷着要去共青森林公园。"

"我不去了。我要去医院,等外公的消息。"

"需要我陪你吗?"李礼刚问。

朱盛庸摇摇头。两个人在车棚前互道再见。

接下来的寒假,李礼刚忙着办护照,筹款,一点点兑美元,忙着托亲戚朋友找美国新泽西的接机人,见缝插针充电补英语。

朱盛庸在年前找过李礼刚两次,见他实在太忙,没怎么说话就散了。直到李礼刚踏上飞机前的头天下午,两个人才得空,聚了一下。

朱盛庸旷课,冒着被班主任狂批的风险跑出校园,在复兴公园见到了李礼刚。

李礼刚明显瘦了。他本来就不胖,现在险些瘦得脱了像。

事情比料想得要糟糕,李礼刚只兑换了345美元。这345美元,还是举全家之力,借了亲戚外债才凑到的数目。这笔钱在美国,甚至不够从机场打车到雷马坡学校的出租车费。

最要命的是,李礼刚还没有联系到能接机的人。飞去美国,落地新泽西机场之后,他该怎么去雷马坡大学,还是个未知数。

2月又是新泽西最冷的季节,以前看地理杂志,一米朝上的积雪在新泽西并不罕见。

朱盛庸望着凄惶的李礼刚,头脑不受控制地联想起他在异国他乡,将忍冻受饿,凄惨如流浪汉的悲情画面。

"你想过放弃吗?"朱盛庸问李礼刚。

李礼刚目光坚毅起来:"梅花香自苦寒来。所有的困难,都会过去的。"

"可……到底怎么过去呢?"

"我坚信水到桥头自然直!"

朱盛庸望着李礼刚。他想起来了,李礼刚是靠一身正气度上海冬天的人。

"可以让接范思绮的人顺便也把你接走!"朱盛庸猛然想起这种可能性。

李礼刚摇头:"我俩买的不是同一趟机票。"

"为什么不买同一趟?"

"她提前一周飞。有亲戚要带她逛纽约。"

朱盛庸不由叹了一口气。坐在同一间教室的同学,看起来是平等的,其实,背后的家庭,早已注定了彼此间的参差。

"我倒认识一个美国人……不,两个……"朱盛庸动起脑筋,"我家里有他们的电话。一个是马萨诸塞州的笔友,另一个是家在纽约的贝尔公司的员工……"

朱盛庸不敢将话说得太肯定。

鲍勃是个快活的年轻人,回美国后,就没有再联系了。他会不会早已遗忘了上海认识的小伙伴?再说了,纽约虽然毗邻新泽西,到底不在同一个地方,让鲍勃在寒冬驱车去接不认识的李礼刚,会不会太过分了?

可只要看一眼只身无助的李礼刚,朱盛庸便下定决心,厚起脸皮替他问一问。

他将想法说给李礼刚听。李礼刚感激欲涕零。

两人一起回家,朱盛庸将攒了好多年的零钱揣身上,有两百多块。他们要去能打国际长途的地方,往美国打电话。

先给纽约的鲍勃打电话,毕竟纽约距离新泽西机场更近。鲍勃没让朱盛庸太意外,他快快活活地找了个无法反驳的理由,拒绝了朱盛庸。顺便还没心没肺地祝福"你的朋友一路顺风"。

五十几块没有了。李礼刚有些急了:"算了。天无绝人之路,总会有办法的。"

然而朱盛庸有他的倔强,他说:"来都来了,钱都带了,不差这一会儿。这回我长话短说,绝不任由他们客套寒暄。"

马萨诸塞州笔友的电话很快接通,听说是上海的笔友迈克后,美国的迈克惊喜至极。朱盛庸争分夺秒,将李礼刚的事情大致说了一遍,询问美国的迈克是否有亲朋好友,可以当天接机送李礼刚去雷马坡大学?

美国的迈克说,他很想帮忙,可是心有余力不足。他没有朋友在新泽西。他在马萨诸塞州的家,距离新泽西机场大约450公里,而他自己没有钱支撑这样的往返驾驶。

这通电话花去了朱盛庸七十几块。

半数存款消耗殆尽,没有得到一个正面回复。

"别担心。一定会有办法的!"李礼刚反倒来宽慰朱盛庸。

他要真有他说得那么不担心，也不至于爆瘦了。但生活的艰辛，拆穿了也没有意义。朱盛庸于是热烈地附和他："嗯！多在飞机上跟坐你旁边的人寒暄，说不定会遇到好心人！"

关于李礼刚令人忧心忡忡的美国求学之旅，先放一边，让时间线重回外公做手术的那一天。

第13章　等待手术结果

朱盛庸拒绝了和同学们一起去共青森林公园玩耍，同时将范思绮莫名其妙的"约架"放一边，骑着他的大凤凰，直奔中山医院。

这一回，手术室外面走廊上等待的亲戚多一些。

大姨妈在，父母在，小阿姨一家四口在。两个小表妹一个读初一，一个读初三，已经出落得亭亭玉立。大的表妹很乖巧地向朱盛庸问好，小的那个头一低，没有说话。

这两个表妹打小就性格鲜明：大的不怯不惧，温和恬静；小的则暴躁腼腆，胆小寡言。饶是如此，听说小姨夫还是偏心小的。

很多人家都是小的受宠，大概只有他们家是例外吧。身为幺子的朱盛庸想。

大人们坐在简陋的塑料椅上等，两个表妹和朱盛庸就站着等。走廊里偶然有人来往，其余时间充满了厚重的沉默感。三个孩子不知不觉，一步步远离他们的父母，聚到了走廊尽头的窗口处。

"小哥哥，听说你不去美国读书了？"大表妹刘溪问道。

大姨妈家的大女儿在几个在沪表亲中排行老大，朱盛中其次，大姨妈家的儿子排行老三，朱盛庸排老四，接下来是小阿姨家的两位表妹。是以，刘溪称呼朱盛中为"大哥哥"，称呼朱盛庸为"小哥哥"。

大姐姐和二哥哥，是大姨妈家的。

小表妹刘流眼珠斜在眼角，显然很关注答案。

"是的。"朱盛庸回答。

"多可惜啊。当初外公给你们兄弟俩取名'中庸'。大哥哥还好，分到了'中'字，你不幸分到了'庸'字。这个字太容易让人联想到'平庸''庸才'了。我还想，二哥哥要去美国读书了，再也没有人能取笑二哥哥名字中的'庸'字了。没想到，你竟然主动放弃了。"

小表妹刘流忽闪着眼睛看身边长她两岁的姐姐，仿佛在传递密语。

果然，刘溪又开口问道："为什么不去了？真的是为了陪外公度过他生命的最后时光？"

朱盛庸继续点头："这样的选择，不违背我受到的教育，我不必承受撕裂的痛苦。"

刘溪露出苦笑："可是，像我这个年龄的人都知道，课本是课本，生活是生活啊。课本教我们要有礼貌，你看我们身边，到处是因为鸡毛蒜皮吵架的人；课本教我们要遵纪守法，可身边顺手偷小东小西的大人却那么多；课本教我们诚实，有时候，连我们的父母都要为点小利益教我们撒谎呢。"

刘溪转头看了一眼刘流，继续开口道："譬如今天来医院，明明我和阿妹都到了买车票的年龄和身高，妈妈却教我们谎报年龄，还教我们把后背塌一塌，腿湾弯一弯。"

朱盛庸目光望向窗外："我管不了别人，总可以按照自己的意愿过自己的生活吧？"

"小哥哥你这样倔，将来是要吃亏的。"刘溪小大人一样说道。

朱盛庸因为吃惊，深深看她一眼。

刘溪跟范思绮多少有些像，都是圆脸，齐刘海，学生头。不同的是，刘溪长得不高。她的妹妹刘流隐隐超出她一个小头顶。

"小哥哥，我多希望你没有放弃去美国读书啊。"刘溪叹息道。

"他去不去，跟你有什么关系？"刘流难得开口。语言简洁，语速飞快，语调有些冲。

"我总是盼着认识的人过得好一些，尤其小哥哥还是我们的亲戚。而二姨夫又那么暴烈野蛮！像你这种受宠的小孩，是不懂不受父母喜欢的小孩内心的苦的。就算我一时半会儿脱离不了苦海，也总盼着别的受苦的孩子尽快脱离苦海。而且，也并非跟我没有关系，小哥哥成功离开家的话，也会带给我希望和力量的。"

朱盛庸忍不住又深深看刘溪一眼。不知道是女孩子都能言善辩，还是刘溪表妹特别会表达。

"对了，有一次，我和阿妹去看电影，看到大哥哥和他女朋友了！"换一个话题时，刘溪就换一种语气。谈及朱盛中和他女朋友，刘溪语气轻快多了。

"他女朋友长得一般,但是穿得很时髦,所以看起来很漂亮。大哥哥的帅气和他女朋友的时髦正好匹配,两个人在人群中好抢眼,所以我和阿妹一眼就看到了他们。不过要反应一下,才认出那是我们的大哥哥。"

朱盛庸淡淡笑了一下:"他是说过他谈了一个女朋友,还说女朋友家超有钱。"他笑着摇摇头。哥哥恐怕都没有意识到,他跟爸爸一样爱谈钱。

"大哥哥还挺开放的,等待电影院查票放人的时候,他跟他女朋友……嗯……就是……反正好多人看,他们也不害臊。哈哈哈哈。"刘溪娇俏地捂嘴小声笑。

朱盛庸露出一丝不明白。

"亲嘴。"刘流突然补充道。她脸上的表情充满了嫌弃。

朱盛庸没来由地想起当天发生的,他和范思绮之间莫名其妙的打斗。那应该是他和女生之间最"密切"的接触了吧。

窗口的谈话还在继续。身后突然传来一阵喧闹。

三个人齐齐回头,发现给外公做手术的门已经开了!有医生从里面走了出来,外公的女儿女婿们立刻围了过去。

窗口的三小只没有立刻跑过去。他们中的两个,被刘流的话定在原地。

"猜结果?我赌两块钱。"

刘溪先反应过来:"你还没有说你赌成功还是不成功。"

"看你们。你们赌成功,我就赌不成功。反之也一样。"

朱盛庸拿出长兄的威严来,严肃地盯着刘流。刘流毕竟才读初一,很快屈服,不再继续赌一把的话题。

走廊那头,医生又回到了手术室门内。外公的子女们却都卸去了等待的焦灼,身姿也活泛起来,他们开始收拾东西,手套啦,围巾啦。收拾完了就朝三个孩子所在的楼梯口走来。

那一瞬,朱盛庸内心充满了恐惧。

他甚至觉得,大人们如释重负的样子,也有可能是因为医生通知他们外公的手术没有成功。这样他们就可以心安理得地分外公的遗产了。

外公一身勤俭。公私合营的时候,每个月领两百多块钱的工资,是普通工人的10倍。外公的遗产,一定很丰厚。

第 14 章　即使时光重来

好在走廊并不长。

大人很快近在眼前。

小姨夫离孩子们还有几米远就开始高声责备三个孩子竟然不关心外公的死活，躲得那么远。

责怪完，小姨夫追加道："老天保佑，你们外公的手术取得了'最大程度上'的成功。这是医生的原话。虽然现在还没有从麻醉中苏醒过来，但是已经缝合好了，已经过了最危险的时期。医生通知我们可以回去了，外公一定会好好继续活下去的。"

小姨夫说这番话时，多次偷看朱盛庸。

朱爸爸路过朱盛庸时，嘴角噙着明显的讥笑之意。

大姨妈路过朱盛庸时，补刀道："你这孩子要是不自作主张，现在就是两全其美。所以哦，小孩子还是要听大人的话啊。"

朱妈妈路过朱盛庸时，几乎没有多看他一眼。

只有小阿姨是最温柔的："阿庸头，我有时候忍不住想，一定是上天感动于你的付出，才不舍得带走阿公，让阿公多活几年的。等阿公醒了，他一定很感动。阿公没有白疼你一场。阿庸头！"

是他自作主张、自作多情了吗？

是他过于冲动、过于意气以至于成了众人眼中的笑话了吗？

朱盛庸有头重脚轻之感，下楼梯的时候觉得天地轻微地摇晃。

多亏有小阿姨的话。小阿姨的话犹如定海神针，令他不至于摇晃得太厉害。

那时候才下午三四点，虽然不是个大晴天，天光却很亮。出了医院之后，大姨妈和小姨夫一家分别乘坐公交车走了。朱妈妈坐上了朱爸爸开的工厂小货车的副驾驶位。

临开车前，朱爸爸摇下车窗户，冲路边开自行车锁的朱盛庸大喊："我跟你妈妈还要回厂里加班，你早点回家。"

朱盛庸抬起头，没有说话，也没有表态。

没说话没表态不是因为胆子肥了，而是因为急性子的爸爸还没有等他说话表态，就急吼吼开车上路了。

朱盛庸骑到自行车上，漫无目的往前蹬。路过一处转头垒砌的乒乓球台，看到几个像刘溪那年龄的孩子在打乒乓球，他脚支在地上，停了下来。

心里有一个自我怀疑的声音在叫嚣。朱盛庸不想独处，他需要点热闹，好驱散那个充满冷嘲热讽的声音。

他抬脚下车，问可不可以加入战局。

那时候上海的街头，菜市场的门口，经常有这种砖头垒砌成的乒乓球台子，中间也没有球网，而是竖着摆一排砖头当网。

大家组队打乒乓球。谁输谁下场。经常有不认识的路人手痒痒加入战队。万一是个高手，就会给全队队员带来意外惊喜。

那群少年看朱盛庸是位大哥哥，暗猜他或许身手不错，争先恐后抢他入自己这方的队伍。眼看两方要打起来，朱盛庸只好主动表示他观战就好了。

打乒乓球的队伍这才重新归位。

朱盛庸找了个合适的角落，两手揣在胸前，默默看起来。他藏身在无忧无虑的少年们的中间，眼看着他们打闹，耳听着他们聊天，确实得到了片刻的心灵安宁。

少年们的话题无所不包，天马行空，上至太空，下至邻居。

"我爸跟我说，我们课本上学的九大行星是不对的，科学界早就对'冥王星'的定位有争议，他们认为改为'八大行星'比较适合。"

"你爸爸是天文学家啊？"

"不是。他是业余专业级天文学爱好者。"

朱盛庸嘴角弯了弯。敏锐地捕捉新鲜的词汇——业余专业级。

"你们知道九大行星是哪九大吗？"人群中有人问。

"知道。按照离太阳的距离从近到远，它们依次为水星、金星、地球、火星、木星、土星、天王星、海王星、冥王星。"好几个少年异口同声回答。

朱盛庸惊诧他们回答的完整性。要是让他说，他不见得会加上"按照离太阳的距离从近到远"这样的字眼。

"记住我的话，'九大行星'早晚要变'八大行星'，'冥王星'早晚要划为'矮行星'。"第一个挑起这个话头的少年自信地说道。

朱盛庸发现读高三的他，都不太懂什么叫"矮行星"。没有脸去问，他就闷声听着,并预备回家后查资料。

"你们知道吗?我家对门那对小夫妻,他们下班后要上夜校。"

"那叫深造。"

"可他们学的内容,连我们学的都不如。"

"这就匪夷所思了。"

"千真万确!我阿娘的邻居们下班后也要读夜校。我阿娘说他们读夜校是为了涨工资。"

"不对!我妈妈说那些人之所以要去读夜校,是因为他们什么都不会。他们像我们这么大的时候,没有好好坐在学校里读书。"

"那他们干什么去了?"

所有人恍然大悟,露出笑容。朱盛庸也不由跟着笑。

少年们那种勇于发言、积极表达自我的气质,让紧张时就口吃的朱盛庸颇为羡慕。这些少年也让朱盛庸生出"后生可畏"的感受。

天色暗一些的时候,乒乓球台前的少年们散了场。他们很有礼貌地称呼朱盛庸"大哥哥",人多口杂地说着"大哥哥再见",挥挥手转了身。

乒乓球台前只剩下朱盛庸一个人。

刚才那些在这里谈天说地的少年们,他很可能一辈子不会再遇见。苍茫天地间,到处是一辈子不会再产生交集的人们。所以,他何必太在乎别人的看法?

他不必在乎小姨夫,也不必在乎大姨妈;他不必在乎邻居,也不必在乎同学。比起在乎他的父母,他更应该在乎自己的感觉。

平心而论,当初做了留下来陪外公的决定后,内心沉静很多,夜里也能睡着了。如果时光重来,相信他还会做相同的决定。既然无悔,就不必自我怀疑。

一番心理疏导之后,朱盛庸重获自信。

他骑上自行车,朝家的方向突飞猛进。还不到大人下班的时间,路上很空旷。他心血来潮,大撒把起来。手平举起来,风从耳边吹过。

突然好想大声喊叫。想歌颂这充满力量的青春,以及,因未知而迷人的将来。

留下来就留下来吧。

他相信,在上海,即使比不上在美国的李礼刚,他至少会过得比父辈们好!

第15章　避无可避的第3件事

朱盛庸的高三寒假生活被3件事填满：1. 复习；2. 探望外公；3. 父母与兄长的争吵。

复习这件事乏善可陈。主要是他不擅长死记硬背。外公整个寒假都将在医院度过，要调养20天后才能出院。亲属只被允许每天探望一次，每次不超过半小时。

避无可避的是第3件事。

父母——主要是朱爸爸，因为不满意朱盛中的女朋友，希望朱盛中与其女朋友分手。朱盛中执意不肯。不仅不肯，还借题发挥，指责父母作为监护人是何等失职。双方各不相让，于是，10平方米的家里大吵三六九，小吵天天有。

朱盛庸经常稳坐争吵声中，面无表情地温习功课。有时候拖鞋会从他面前飞过，有时候正飞的拖鞋也会折翼垂直降落到他的卷子上。

房子当然是不隔音的，不过也没有人在乎。有时候吵起架来，连房门都懒得关。

那时候的人们火气格外旺，指着鼻尖跳着骂的情形在街头屡见不鲜。邻居们对老朱家发生的争吵，开始还竖起耳朵听一听，听到后来，也懒得听了。

有必要解释一下朱爸爸为何对朱盛中的女朋友不满意。

朱爸爸是电镀厂里公认的大帅哥。同时也是一位遗腹子。

据说朱家爷爷出生在一个家境优渥的官宦家庭，因为坐吃山空，人到中年时也只沦落到比一般劳动阶层好一丁点儿的分上。这种情况下，朱家爷爷依旧娶了小老婆。

朱家爷爷娶小老婆的时候大房还健在。大房只养了两个女儿。后娶的小老婆倒是不负厚望，养了一个儿子。只是，朱爷爷至死未曾亲见。这个遗腹子，便是朱爸爸。

朱爸爸的娘亲据说很年轻，家中无以为生计，被父母卖给朱家爷爷。她从一嫁进朱家就一直郁郁寡欢，身体不好，于一次生病中不幸离世。那时候，朱爸爸才五六岁。大妈妈不久也不在人世。朱门凋落得只剩下朱爸爸这支小幼苗。

已嫁的长姐接手这个后娘养的弟弟，勉强养到十几岁，送进了部队。

朱爸爸从部队复员回到上海，当年的房产已经被长姐变卖。朱爸爸想到长姐抚养他成人，有恩于他，就没有追问卖房产的钱财分配问题。当时长姐已经是做外婆的人了，顾不上他，且顾忌他追问房产的事情，越发不待见他到家里去。

朱爸爸二十一二岁，正正经经成了赤条条一个人。无父无母无家产，真真正正的一个人吃饱，全家不饿。全部的优势是长得漂亮、英俊、帅气。

打眼一看，有点混血的感觉。

他母亲身上，确实有四分之一的俄国血统。

他的鼻子比常人高挺；他的双眼皮比常人的深，又不会深得过分；他的嘴巴最为周正，笑起来风采迷人。唯一的败笔是眉毛，稍稍有扫把眉之嫌。可那个时代，审美并没有细化到眉毛的形状。

朱爸爸其实不高，但显得高。可能是脑袋和肩宽的比例好，而且上半身和下半身的比例也好。两条腿显得又长又直。总之，他是个无可争议的漂亮小伙。

朱爸爸复员后被分配进一家电镀厂。一进电镀厂就吸引了全厂未婚姑娘和已婚阿姨的目光。年轻的姑娘会朝他羞涩地笑，年长的阿姨则拉着他不松手，说要给他介绍女人，热情得吓人。

朱爸爸在人生的关键时刻，异常冷静。他于人群中一眼看中了朱妈妈。

朱妈妈跟别的女子都不一样。她文文静静的，经常静默不语；她要么不说话，说话就带着一股书卷气；她笑起来比寻常姑娘更落落大方，言谈举止流露出一种大家闺秀的气度。

稍一打听，就打听出她的父亲经商开厂，能力出众；两个哥哥是名牌学校硕士毕业生，大姐姐也很优秀，是中科院生化有机研究所的研究员。

朱爸爸顿时目光再也无法从朱妈妈——当时还不是朱妈妈——身上移开。他以为他高攀不起，没想到朱妈妈开明大义。朱妈妈提议两人结婚，一不要彩礼，二不出嫁妆。男女平等，公平结婚。

朱爸爸顿觉喜从天降。他哪里出得起彩礼，全部的资产就是下个月的工资。有时候去约会，穿的裤子还是借的隔壁老王的。

空手套白狼的结婚，是朱爸爸能吹一辈子的事。

婚后，朱妈妈凭借着学识、理性与能干，让朱爸爸深深折服。她辅导起孩子们的功课游刃有余，她很早就开始买国库券并从中赚差价补贴他们的生活，她让家里每个人都穿得整洁体面，而且她并没有在婚后变胖、变市侩、变泼辣。

她还像当初一样文文静静，要么不开口说话，要么开口就充满书卷气。说起话来条分缕析，让人心服口服。

朱爸爸因此得出人生重要结论：男人一定要娶一个贤妻。何况，还有这么一句古语佐证他的经验：娶妻当娶贤！

朱盛中的女朋友？不好意思，他只有一个词好形容：十三点。跟贤惠半毛钱关系没有。

瞧那张调色盘一样的脸！

瞧那短得连肚脐都快盖不住的毛衣！

瞧那不正眼看人的小细眼睛！

朱爸爸越想越生气，气到夜不能寐，吃饭不香，牙槽痒痒。

这天，他因为去外地送货而早到家。到家之后，牛饮一样咣咣喝了一搪瓷缸的冷水，然后坐在小凳子上呼哧呼哧直喘气。两眼瞪着虚空，明显在想心事。

正在一旁小餐桌上温习功课的朱盛庸吓得缩紧身子，头低得都快趴到卷子上了。果不其然，没有过去两分钟，朱爸爸就爆发了。他"啪"地拍在小方桌子上。小方桌子差点散架。

"有我没她！有她没我！我不信我拆不散他们！"朱爸爸咬牙切齿。

朱盛庸不敢抬头看爸爸。

爸爸一定双眼通红，鼻喘粗气，犹如牛魔王附体。

可，怕什么来什么。就在朱盛庸努力屏息缩小存在感的时候，偏偏被爸爸点名："阿庸头！"

朱盛庸只好抬起头。

"你认为我能不能拆散你哥哥和他的女朋友？"

第 16 章　预判余生无法再相见

朱盛庸支吾难言。

他其实想跟爸爸说，爸爸反对得越起劲，哥哥和他的女朋友越团结。倘若爸爸肯置身事外，以他看，哥哥和他女朋友未必能长久。哥哥那样自说自话的人，怎么肯长久听从于更自说自话的女朋友呢？

可他人微言轻，坦诚说出自己的想法，爸爸只会疑心他在为哥哥打掩护。

正为难，房门打开了。

朱盛中牵着他女朋友兰婷的手，说说笑笑开门进来。他们正说着一件什么事，脸上的表情分外生动，不期然一扭头看到火冒三丈的爸爸，马上哑口。想退出去已经来不及，只好沉下勇气来应战。

"爸爸。"朱盛中下意识将兰婷拉在身后。

个头儿只到朱盛中肩头的兰婷露出细长眼，毫不怯场地来回扫视怒气冲冲的朱爸爸。

"去哪儿鬼混去了？都快毕业的人了，天天就知道往外跑。没羞没臊！不要脸！狐狸精！"朱爸爸骂着骂着就直奔主题去了。

"你骂谁呢？"兰婷跳出来，手指朱爸爸。

"就骂你！"朱爸爸还没有这样被一个晚辈对待过，他愤怒地将小餐桌拍得啪啪响。餐桌上的卷子大幅度位移。

"为老不尊！你凭什么骂我？"兰婷小身板里爆发大能量，嗓门惊人。

朱盛中对爸爸的表现失望极了，他加入骂战："爸爸你也太武断了！你问过我们干什么去了吗？我们去了人才市场！婷婷她刚找到一份工作！爸爸，你真让我失望！"

朱盛中说完，拉着兰婷的手，转身就往外走。

一不抵二的朱爸爸在文绉绉的对骂中败下阵来。而且，对手走了，让他的怒火中烧而无处发泄。忽然一瞥眼，看到呆瓜一样的小儿子，顿时咆哮起来："看什么看！没用的东西！小赤佬！也不知道帮腔！白养你个没用的东西。"

朱盛庸长吸一口气，低下头来。

朱爸爸在家里没完没了地嘟囔、抱怨，直到朱妈妈下班回到家。

年底的时候,送货员朱爸爸反而比较清闲,而作为出纳的朱妈妈则进入一年中最忙碌的季节。

疲惫的朱妈妈还没有回到家,就有多嘴多舌的邻居跟她汇报,说朱爸爸跟大儿子的女朋友吵架了。

厂里只有她和师傅两位做账的。师傅是会计,她是出纳。事实上,师傅有眼疾,绝大多数的账都是她做的。找人事科要一名财会人员,人事科光嘴上答应,增援人手迟迟不到位。

朱妈妈连日做账,每天超过 8 小时伏案在条件简陋艰苦的办公室内,用手和算盘算应收账款,核报销单据。办公桌上的墨水瓶已经完全冻住,只能在用的时候临时打杯开水焐化。

一双做账的手因为长时间暴露在冷空气中,生了冻疮。奇痒难耐,又抓挠不得。生活于她,实在是狼狈。

疲惫不堪的朱妈妈回家之后只想清静一下,却不想遇到不知进退的朱爸爸,只管喋喋不休地发泄心中的不满。10 平方米的屋子很快被"×××""他娘的""老子""白眼狼"之类的词语填满,乌烟瘴气。

"闭嘴!"朱妈妈突然大叫起来,目眦欲裂,五官扭曲。

朱爸爸惊骇在那里,张着的嘴巴里发不出声来。

朱盛庸也大吃一惊。他从来,从来没有想过,妈妈会有这样一张面孔。

接下来,10 平方米的小家里安静极了。落针可闻。受不了这压抑气氛的朱爸爸无声地愤怒着,从衣柜里挑了件衣服,大步离开了家。

不出意外的话,他应该跳舞去了。

朱妈妈浑然不在意的样子,她靠在床头,佝偻着肩,残喘一样呼吸着。眼睛垂着,一只手来回摸着另一只手。

朱盛庸起身,将复习资料全部收拢起来,放进床底下的一处缝隙里。拿起铝餐盒,轻轻出了门。

他去楼下买了两份阳春面。

清汤白面撒葱花。粮票加两毛钱,能买两份。

端上来,分出一半,朱盛庸端到妈妈面前。

朱妈妈无声接了过来,依旧歪靠在床头,端着饭盒吃完了这份光秃秃的阳春面。

等朱盛庸在小餐桌上吃完他的那一份,一抬头,意外看到妈妈在哭。

大滴大滴的泪水，一颗一颗坠落到饭盒里。她本人毫无察觉似的，照旧扒着面条吃。

"你想过跟他离婚吗？"

朱盛庸先被这句话吓到，然后才不得不承认，他终究没有忍住，问出了这句藏在心中很多年的话。

朱妈妈像是没有听见一样。

朱盛庸再也没有勇气问第二遍。

那天晚上，妈妈照常铺地铺，睡地铺。朱盛庸默默留出一半的床给哥哥，第二天才发现，哥哥竟然一夜未归。

以为爸爸也一夜未归，结果他起床的时候，看到他拿着毛巾和脸盆从外面回来。父子相视，很有共识地都转开目光。

别别扭扭的高三寒假，终究还是过去了。

外公行将从医院出院回家。子女们商量着是否给他请一个照顾起居的保姆。不过，那是大人的事情了。

朱盛庸早上7点一刻到校参加早读，晚上8点半放晚自习。

他坐回原来的位置，左边同桌和右边同桌都没有了，只剩下空荡荡的座位。马骏想搬过来坐，一想到会拖朱盛庸复习的后腿，又忍住了。

晚自习放学后，再也没有李礼刚在校门口等他，也没有人陪他走过放学路上的一个又一个昏暗路口。

朱盛庸顺着惯性骑车，骑了一会儿才意识到那是去李礼刚亲戚家的路。又下车掉头，往回骑。

李礼刚要飞美国的前一天下午，专门来了一趟学校。他离校的时候，朱盛庸逃课出校园去送他。

俩人在复兴公园聊了一会儿去美国落地后的细节。不忍见李礼刚忧心忡忡，朱盛庸还专门跑回家，拿出私房钱，尽他所能地托付他所认识的美国人。

可惜，电话费花去不少，人也没有托成功。

分别的时间到了，李礼刚跳上公交车，站在公交车门口向朱盛庸挥手道别。

朱盛庸要很努力，才忍住不让泪水落下来。

就此一别，只怕整个余生都难再相见——这，是两位青少年不敢点破的共同心声。

多年后，两位旧时好友机场再度相拥时，都忍不住嘲笑年少时的悲观和狭隘。当然，这是后话了。

第 17 章　选学校还是选城市？

李礼刚一走，5 个月后才传来消息。

这 5 个月里面，发生了很多事情。

朱盛庸高考结束了，考得一如模拟考时的预判。分数可供他去外地读一所本科院校，或者在上海读一所专科院校。他有几天的时间可以权衡考虑。

朱盛中从第二工业大学美术设计专业毕业了，没能如他所愿进入杂志社当插画师，最后进了一家规模不是很大的广告公司，做广告版面设计。也算学有所用。

他的那位越遭棒打越团结的女朋友兰婷，也正式毕业，成为一名日语导游——在 1992 年，那几乎是朱盛庸所知道的，身边的人所从事的最赚钱的职业了。

外公找到了一名长期遭受家暴、忍无可忍只身逃进上海的可怜女人当保姆。这位叫"小叶"的阿姨，有点像惊弓之鸟，一听到大点的声音就会吓得缩起身子。她将外公照顾得很好，并不嫌弃外公腰间外挂的屎尿袋。

大姨妈家的女儿结婚才 8 个月，就开始闹离婚。跟父辈们不作兴离婚正相反，那时候上海年轻的夫妻间，离婚仿佛是件时髦的事情。

大姨妈家的儿子考进了朱盛中心仪的上海美院。这让朱盛中心酸了好一阵子，羡慕大表弟有个肯对他倾囊付出的妈，而他苦命，只摊到一对守财奴父母。

小姨妈家的大女儿刘溪考进了大同高中。在朱盛庸看来，大同比大境要好一些。不过，在哥哥朱盛中看来，那些都是凡夫俗子级别的学校。他当年读的可是响当当的上海中学！当时整个南市区总共只录 9 个学生，他是其中之一。中考再次考进上海中学。连他自己都佩服自己！

可惜最关键的高考，他因为哮喘发作而考试失常。

小姨妈家的小女儿刘流要升初二了，成绩一塌糊涂。小姨妈找到高考结束的朱盛庸，想问问他暑假可否给刘流补课。不能找姐姐刘溪补，是因为姐妹俩待在一起超过3分钟必吵架。

朱盛庸承诺填完高考志愿就开始给刘流补课。

关于他到外地读本科，还是本地读专科，哥哥恨不得握住他的双臂，摇晃着他，强迫他选填本地专科。理由是外地太贫穷、太落后。到落后的地方待4年，还不成傻子？朱盛庸从没有离开过上海，对此半信半疑。

妈妈一副去哪里读都可以的无所谓态度。朱盛庸努力回想，想不出一件妈妈对他有所要求的事情。妈妈对他，究竟是包容，还是冷漠？

爸爸很摇摆。今天言之凿凿告诉他能选本科当然选本科，明天态度坚决告诉他一定不能离开上海，否则离开容易回来难。朱盛庸暗想，爸爸果真是个空皮囊，当天态度如何，完全取决于他遇到了谁，听到了什么观点。

外公摩挲着朱盛庸的手，一脸遗憾地说，他老了，老到不敢给小辈们出主意，怕老朽观念耽误了小辈。他只盼望朱盛庸能踏踏实实、勤勤恳恳就好。"千万不要像你哥哥那样一门心思走捷径。"外公大着嗓门补充。最后补充的这句话，着实让朱盛庸意外。

正难下决心之际，李礼刚的信，漂洋过海地到了。

朱盛庸以信为契机，拜访了班主任范老师，征询范老师的报考意见。范老师笑眯眯地喝着龙井，惬意地吃一口奶油小方蛋糕，喟叹一声："全中国教化学的老师何其多！又有几个像我这样混得如此如鱼得水？"

那时候上海人的人均居住面积才是个位数，范老师一家三口已经住上了50平方米的大二室户，独享厨房和卫生间。女儿又赴美留学，夫妻俩人均住房面积25平方米，甩绝大多数的上海人几条马路，确实称得上春风得意，如鱼得水。

"我也选化学？"朱盛庸问道。

范老师以看愚生的目光笑着看朱盛庸："选不选化学不重要，重要的是选上海！"

见朱盛庸依旧是不开窍的样子，心情大好的他继续点拨道："个人的努力，跟时代的洪流相比，不值一提。当下的时代洪流是改革开放，是努力实现四个现代化。在这个过程中，会涌现出无数的机会，所以老师认为你选什么专业不重要，重要的是留在上海，留在改革开放的前沿阵地，这样才能最先沾到时代红利。在机会多的地方，你只要能抓住哪怕一次，也足够一生滋润了。"

朱盛庸茅塞顿开。

新闻联播不时提到"四个现代化"。都说 2000 年要实现"四个现代化"，身边没有一个大人知道"实现四个现代化"到底意味着什么。朱盛庸也从来没有深想过。

经范老师一点拨，他才反应过来：原来，新闻联播里的实现四个现代化，并非跟他没有关系！

问完报考志愿的事，师生开始交换范思绮和李礼刚在美国的事。范老师爱人也凑过来听。

范思绮的旅美留学生活也过得如鱼得水。她已经在新泽西考好了驾照。范家在纽约的亲戚顺便淘汰给她一辆二手车。"奔驰哦。"范师母美滋滋地补充。

"囡囡打电话说，她的美国同学很笨的，大学里学的数学连我们高中的都不如。"范老师摇头笑，"这美国将来怎么搞？"

说完范思绮，范老师询问李礼刚在美国过得怎么样。朱盛庸突然语塞起来。跟范思绮相比，李礼刚的留美日子实在是太狼狈了。

"不怎么好，是吧？"范师母收敛脸上的笑意，"我囡囡在电话里提过几句。在新泽西，没有车寸步难行，只能困在校园里。囡囡几次说要载他出校园，他自尊心蛮强，都不同意。好在是男孩子，艰苦的日子过过也没什么了不起。毕业就好了。毕业争取留下。"

朱盛庸心不由衷地点头。

从范老师家出来后，正好有个街心绿地。绿地居中有个六角亭，正好遮夏日的烈阳，朱盛庸便走了过去。

坐在亭子里，他拿出李礼刚寄给他的信，又重读了一遍。

哪里是狼狈，简直是愁云惨淡。

第 18 章　李礼刚的信

盛庸：

吾友！见信好！

很早以前我就在心里默默酝酿给你写这封信。以我报喜不报忧的性格，这封信注定只有几行字：借你吉言，我幸运地在飞机上遇到一个怜悯我的白人老太太，她恰好去过上海，于是专门绕路送我去雷马坡大学。

我顺利完成入学注册。我开学了。坐在一群外国人中间,开始为学分而战。结束。

然而你是我最好的朋友,一些事情,如果我连你都不能如实相告,我还能告诉谁呢?而且,我也确实需要倾诉。我已经受够了一周7天无法张口说话的痛苦!

新泽西很冷,积雪很厚,我随行李携带了两双鞋子,其中一双是电工劳保鞋,模样类似靴子。我母亲给我织了厚厚的毛线袜,我指望着它帮我度过新泽西的冬天。

然而那双电工劳保鞋是带3厘米鞋跟的,而且,走在水磨石地上会发出脆响。我穿着它去上课,被嘲笑穿得像个"妓女"。洋鬼子可真的一点都不含蓄啊。我血往头上涌,假装没有听懂。

第二天我换了一双鞋。不穿电工劳保鞋,我只能穿单鞋。可校园总有积雪没打扫。我急着去食堂吃饭,一脚踏进积雪堆,再拔出来,已经变成光脚。

不,比光脚还不如。

我的袜子上,补了两块不同颜色的补丁。我尴尬地单脚跳着,弯腰去雪堆里拔我的单鞋。这一幕偏偏被人群中的范思绮看到,我感觉,她都替我脸红了。

学校补助的餐费很有限,而我因为个子高消耗大,总觉得吃不饱。每次去食堂,对我来说都很煎熬。目光扫过那些牛排,我嘴里疯狂分泌唾液,可我知道,我吃不起。我只能匆匆拿一个汉堡,连坐餐厅的勇气也没有,总是边走路边吃。

雷马坡大学坐落在半山腰,风景美是美,可惜孤零零的。生活上的牙膏、肥皂等,学校里也有卖,但是比较贵。不少同学周末会去镇边上的大超市配备生活所需,而我这样没有车的人,要么搭同学的顺风车,要么花4个小时来回,坐学校的免费班车去超市。

范思绮已经有了自己的汽车。她非常适应在雷马坡的生活,每一个见到她的人,都不相信她刚来美国。她做了头发,每天披着爆炸头,涂着口红,踩着高跟鞋去班上上课。她在男生中非常受欢迎。我有点不敢相信,自己过去竟然胆敢喜欢她。她那么耀眼,像是个小女神。

现实教会我不配对她有肖想。而且,我的生活中,有太多问题等着我去解决,也无暇顾及我夭折的初次暗恋。

我需要尽快将挣钱纳入日程。学校提供的住宿费和餐费,仅覆盖上学期间。等暑假来临的时候,我若还想继续住学生宿舍,必须缴纳住宿费。吃饭更是如此。我算了一下,暑假的住宿和餐费,最低需要1000美元,而我只有345美元。

而且,345美元也行将保不住了,因为我确实需要牙膏和肥皂。我从上海带来的牙膏,一周前,就已经挤得只剩下两张皮儿了。

我花了4个小时,坐免费校车去超市。在供求极充足、琳琅满目的超市里,我像个透明游魂,什么都只能看看。最后,只有没有品牌的牛奶,是我勉强有能力能买回来的。别人大包小包,我只有两样:牙膏和牛奶。

必须把欲望压缩到最低值,我才能不脱轨,在举目无亲的美国活下去。

幸运的是,我在学校的招生办谋到了一份兼职。这份兼职的内容简单到匪夷所思,就是复印资料和用碎纸机碎不要的资料。为此,学校每小时支付我5.4美元。可惜每周最多只能上5个小时的班。

每周26美元,一个月104美元。这几乎是我父母一整年的工作积蓄了。可这样的攒法,依然不够我凑够暑假的住宿费和餐费。

雷马坡孤零零矗立在半山腰,没有交通工具,我连出校门都困难,更不可能打工了。虽然知道焦虑于事无补,我仍不可避免地陷入焦虑。焦虑常常让我夜半醒来,再也无法入睡。

有一天照镜子,我发现我左边太阳穴那里,已经长出了几根白发。我才19岁!

跟这些实际的经济压力相比,上课听不懂、无法用口语跟别人交流,已经不算什么了。不勤工俭学、不上课的时候,我就去图书馆。对着英汉字典查课本上的生词。学业虽然举步维艰,到底有望克服。

我住在一套类似两室一厅的宿舍里,我和隔壁室友共用一个客厅、一个简易厨房和一个卫生间。听上去很奢侈,住在里面的感觉却如同住牢——永远一个人,室友像是个传说。

打开宿舍门,朝门廊上张望,间间都房门紧闭。

猛然置身于这样注重个人隐私的环境里,像是进入了感情沙漠。我像是一个独步沙海的人,发疯地渴望得到人际互动回馈。

有一天,我实在寂寞难耐,就刻意留在客厅。等得我昏昏欲睡,终于见到我那如同隐形人的室友。

他是个从丹麦来的留学生，长得跟我不相上下，而且也很瘦。他也顶着一头深色的头发，而且头发比我舍不得理发钱而长长的头发还长。他笑嘻嘻地跟我打招呼，听我说我日日孤单一人待宿舍后，大包大揽地说要带我混兄弟会。

我追问他什么时候？他说晚上。我想，可以接受。毕竟那时候我到雷马坡已经4个月了，马马虎虎能听懂老师上课在说什么。当时春暖花开，我越发像一个流窜在校内的身只影单的野狼。为了恢复身上的社会属性，我决定跟他去混兄弟会。

第二天是个周末，我等着室友来叫我。我都睡了一觉，他才来敲门。原来他说的"晚上"，跟我想的"晚上"，不是一个概念。

晚上11点，我揉着惺忪睡眼，跟着只见过两次面的室友混兄弟会。去的路上我很激动。兄弟会的房门一朝我打开，我就腿软了。我没有办法用华丽的辞藻描绘那种乌烟瘴气的场面。人人都在大笑，人人都在酗酒，人人都在吹牛。搞不懂他们怎么那么幼稚。

我待了半小时就离开了。

这就是我在美国的半年生活缩影：忧愁长伴，寂寞长随，前途未卜，幸好也有些微的苦中作乐。我计划向学校申请增加工作时间，希望学校能答应，好避免暑假时流落街头。祝福我吧！

挚友：礼刚

1991年5月1日

第19章　邻国归来的女邻居

收起李礼刚的信，朱盛庸从街心公园走到公交车站，坐上电轨公共汽车，回南市区的家。

依照从范老师那里讨来的观点，朱盛庸填报了志愿，并推算他可能会被金山县——金山于1997年才撤县设区——的一所石油化工职业技术学校录取。

这是个令他沮丧的推算。好在他长期被爸爸和哥哥打压，导致他忍受能力强，消化能力也强，很识时务。

给小表妹刘流补课的日子开始了。

刘流要求在朱盛庸家补，理由是不想看到姐姐那张满是得意的脸。

小姨夫对小女儿言听计从，小阿姨偷偷塞给朱盛庸20块钱，算是他的辛苦费。

然而刘流根本无意补课，她只是到朱盛庸家报个到，就嘻嘻哈哈地逃课跟同学一起跑着玩去了。也不知道大夏天的有什么可玩的。

"去逛大马路呀。"有一次，朱盛庸以不帮着圆谎做威胁，刘流才以实相告她和同学去了哪里玩，"小哥哥，南京路上的百货公司老有劲的，自动扶梯呀，冷气呀，餐饮呀，杂耍呀，就是什么钱也不花，光看看热闹也够开心了。你想跟我们一起逛吗？我介绍我同学给你认识呀，很可爱的妹妹哦。"

朱盛庸闹了个大脸红："小心你考不上高中！"

"考不上就考不上。大哥哥考上了不也没有读大学吗？照我看，大专和中专差不多，我初中毕业后，读个中专就好了。"

朱盛庸更脸红了。他紧闭嘴巴，不再说教，以免到时候被刘流嘲笑"你不也读了高中没有考取大学吗"。

8月中旬，朱盛庸的录取通知书到了。不出所料，他果然是被金山的一所石油化工职业技术学校录取，将要读的是"外事秘书"专业。

位于金山的石油化工企业在外事秘书专业长期招委培生，只需要签个名，学费就由企业支付。学生毕业后，企业包分配。

朱爸爸对这一点满意得无法更满意，欢欣鼓舞，到处宣扬朱盛庸考了个"金饭碗"。

朱盛庸班上的才子——在李礼刚插班进来前总是稳居班级第一名的家伙，不负众望，考进了复旦大学；好几个排名仅次于才子的，分别去了同济大学、交通大学，华东师大、华东政法学院等。

马骏高考一结束，不等放榜，就去了日本。据说本来可以去欧美国家留学的，只因为他妈妈嫌飞欧美看儿子太不方便，才折中让他去日本的。

那年暑假快要结束的时候，正逢朱妈妈办公室里的师傅的领养女儿从日本回国。朱爸爸因为大儿子已经就业，小儿子也有了出路，分外高兴，自告奋勇要开车厂的小货车接机。

朱盛庸闲来无事，就跟着爸爸去了上海虹桥国际机场。

小货车开过大片农田和低矮的自建屋，开过纵横交叉的大小河浜上的桥，抵达上海虹桥国际机场。

朱盛庸像是进了城的乡巴佬，看机场里的什么设施都新鲜。接机的过程很顺利，妈妈师傅的领养女儿吉吉推了一辆行李车从人群中向他们走来。行李车上堆满了行李箱。

朱爸爸热情地抢过行李车，因为不晓得刹车机关，怎么也推不动车，还闹了笑话。吉吉大笑起来，欢快地拍着朱爸爸的肩膀："大帅哥，你行不行啊？"

朱爸爸绯红着脸："什么鬼设计！日本带回来的？"

"机场的呦。"

朱爸爸脸又深红了一层："坐飞机就赠送？"

吉吉眼睛都笑出光来："租的。"

朱爸爸有点不敢说话了，每说一句都在暴露他的无知。

"多少钱租一次？"一旁的朱盛庸好奇地问。

"弟弟现在长得好高啊。你小时候我还抱过你呢。"吉吉转向朱盛庸，亲昵地摸了摸他的脸颊。一阵馨香向朱盛庸鼻孔扑来，"小推车一块钱哦。"

"不会吧？就这几步远，它敢要一块钱？"本来决心不说话的朱爸爸忍不住高喊起来。

"切。一块钱也叫钱？"吉吉终于露出惯常上海人在乡下人面前会露出的鄙夷神色。

朱爸爸彻底被吉吉暴发户的气势征服，送吉吉回家的路上特别恭敬。他让朱盛庸坐小货车后厢里，他请吉吉坐上副驾驶位置前还谦恭地擦了擦副驾驶的靠背。

回到自己家后，朱爸爸对着朱妈妈感慨起来："本来觉得吉吉非要跟风去日本打工，不惜当大学老师的丈夫离婚，脑子坏掉了，尽干又疯又傻的事。可你看她现在，真的是搽脂抹粉，穿金戴银，完全是有钱人的样子！你没听她怎么说的那句话——'一块钱也叫钱？'××！你跟我俩人上一天的班才挣一块钱！"

朱妈妈一边织毛线裤一边回答："听我师傅说，吉吉在日本是又结过婚的。那个男的好像还是大公司的小领导。看上去特别客气。吉吉跟他结婚之后才发现，原来那人有第二张脸，关起门来打吉吉，打得老凶的。吉吉报过警，还住过院，最后又请了律师，才离成婚。吉吉也是本事大的。怕日本的前夫报复她，她一离婚就匆匆回上海。据说分了好大一笔离婚财产。"

朱爸爸脑海里闪过吉吉那张并不漂亮的面孔,呢喃道:"女人变坏就有钱。"

朱妈妈瞥一眼朱爸爸,有些发怔:"离婚……离婚就是变坏吗?"

朱爸爸义正词严起来:"好女人哪有离婚的!"

朱盛庸就坐在地上的小餐桌旁。他无声无息,以至于爸爸妈妈当他不存在似的聊天。就在朱盛庸腹诽"离婚"和"变坏"之间才不能简单画等号的时候,10平方米家的房门打开了,哥哥从公司下班回来了。

哥哥从白玉兰广告公司下班,并不总回这10平方米的家。问他夜不归宿的时候在哪里睡觉,他倒从来都不避讳,嘻嘻哈哈笑着说"找女朋友睡觉呗",反倒让问的人不好意思再问下去。

哥哥一回到家,一摸清父母在聊什么,就加入了谈话,并且很快控制了话语权。

第20章　和平饭店请吃饭

朱盛中用羡慕的语气说"弹丸之地的岛国达到了米国经济总量的一半,成为世界第二经济体",说东芝,说三菱,说索尼,说飞到全世界买买买的有钱日本人,扫荡各种奢侈品商店,买下洛克菲勒中心,甚至花重金买下假的梵·高《向日葵》……

他侃侃而谈,风度翩翩,有大话江山之感。

朱爸爸看长子的目光充满了崇拜和欣慰。

朱盛庸终于怯生生插问一句:"新闻上说,去年日本的股市就断崖式暴跌40%。"

全家人一愣。

朱爸爸露出茫然表情。通常他听不懂或想不明白的时候会露出这样的表情。

朱盛中很快反击:"把东京的房子全卖了就能买下整个美国!要知道日本全国GDP只是美国的一半,而首都的房价却能买下整个美国!多么强大啊!股市那种东西,虚妄得很,涨涨跌跌又有什么参考价值……"

朱盛庸刚想说什么,就听妈妈问道:"婷婷做日语导游,她应该更了解日本经济吧?"

朱盛中立刻眉飞色舞起来："当然，89年的时候，读大一的婷婷还被她父母带去过日本旅游呢。哎哟，告诉你们，日本的娱乐产业发达得很，到处都有品牌公司招募年轻漂亮的女孩当平面模特什么的。她们穿的衣服样式，比我们穿的新潮一百倍！瞧我们满大街都是穿军装的人，一点美感都没有！"

朱盛庸暗暗嗤笑。"一百倍"这种小学生都不屑于用的表达，居然还出现在哥哥口中。

朱爸爸本来听得挺认真，一见长子用那样的语气提兰婷，立刻心情大变。他冷哼起来："哼，小日本儿！有钱就了不起啊。还不是被我们打跑了。"

朱盛中本要反驳，暗中被妈妈拉扯一下，立刻变成笑脸，哄小孩一样说道："对对对，日本坏，让婷婷做好带队服务，多赚他们小费，多花他们钱，报复他们！"

朱爸爸觉得这是歪理，又指不出哪里歪，只能哼唧了事。

闲聊过后，朱爸爸和朱妈妈去公共厨房做晚饭。

爸爸一走，朱盛庸就恢复几分生气："哥哥，我觉得你盲目崇拜日本了。"

"嗯？"倒在床上的朱盛中舒适地躺着，慵懒地嗯了一声。

"去年日本股市断崖式暴跌是一种事实。这是一个信号，预示有危险的事情要发生。因为股市不是虚幻的存在，股票不是一张废纸，它是有其价值的。股价从长期看，是代表公司盈利能力的……"

"停！"朱盛中激动地从床上坐了起来，不敢相信地望着弟弟，"你从哪儿看来的这些观点？"

"我自己想的。"

激动的朱盛中发出一声嗤笑后，又倒了下去："得了吧。"

"观点是否正确，看的是它本身，而不是它来自哪里。"朱盛庸红着脸争辩。

"记住我的话，"朱盛中跷着腿，头枕双手，一派笃定，"日本股市下跌，只是短暂的休整。看着吧，它很快会继续沿着之前的速度赶超美国的。"

朱盛庸强烈不服："绝无可能！股市暴跌，银行、投行资产大幅缩水，为了保住他们自己，必然会抛售一些固定资产来获得流动性。马上日本的房价就会下跌。若没有强有力的政策力挽狂澜，这一回日本经济会跌得很惨。"

朱盛中被弟弟的言论惹毛了，他愤恨地起身，冷嘲热讽道："你以为你是谁啊？能判断日本房价？疯了吧你？"

朱盛庸还要辩解，房门由外面推开，朱爸爸肩头搭了块毛巾，一脑门热汗地走进来。朱盛庸马上闭嘴不言。

因为朱爸爸的暴虐和阴晴不定，朱盛庸早就决定在爸爸面前尽可能"不说不做"。不说不做，总不会错。

又过一会儿，朱妈妈端了一锅菜饭进来。一家四口每人盛一碗，各自找地方端着饭碗吃饭。

"今天晚上怎么吃得这么简陋啊。"朱盛中不满。平时也不见得丰盛，可好歹有豆腐乳、紫菜汤充数，三四个小碟小碗还是有的。

"明天吉吉要请我们吃饭。"朱爸爸言简意赅。中间的关联靠自己想。

朱盛中扑哧笑出声："好家伙，从头天晚上就开始为吃饭店做准备了。吉吉是要在哪里请我们吃啊？"

"和平饭店。"

朱盛中口中的菜饭直接喷了出来："哪儿？"

和平饭店是上海市的地标性建筑，位于南京东路和外滩的交叉口，楼高77米，共12层，落成后身负远东第一高楼的美誉。落成之后的几十年里，都算是上海的"摩天高楼"。

解放前，它大门朝外滩开放，因奢华尊贵、纸醉金迷而闻名遐迩。解放后，闻名遐迩的爵士乐队继续演出，铜质的绿色金字塔尖延续昔日经典地标风景，和平饭店再续风华，成了外国代表团及重要人物访华的接待场所。

总而言之，它在上海人心目中是高大上的存在，一般人不会把下饭店请吃饭跟和平饭店联系在一起。

"吉吉说她的钱多得一辈子都花不完。每天可以放心花100块。100块！每天！她这么有钱，当然要挑全上海最好的饭店请我们吃饭喽。我和阿庸头冒着夏天的大太阳去虹桥机场接的机。"朱爸爸说道。

"所以，她并没有亲口说要在和平饭店请我们吃饭？"朱盛中反问。

"你等着吧，她会挑和平饭店的。"

朱盛中长出一口气："是你自说自话就好，省得我压力大。我现在连进和平饭店的衣服都没有。你倒是提醒了我,我要赶紧攒钱买行头了。"

"衣服?吃饭跟衣服有什么关系?"朱爸爸茫然发问。

没有人为他解答。好在他也不执着于得到答案。

全素的菜饭过后,大家洗洗刷刷——洗洗脸,刷刷牙——躺下准备睡觉。家里热得像个蒸笼,朱爸爸卷了一个破草席,下楼睡马路边。

无独有偶,像朱爸爸这样豪爽的爷叔有很多。爷叔们穿条大裤衩,大剌剌往路边一躺,摇着蒲扇,嘎山胡,聊到兴尽,呼噜着睡去。

女性含蓄一些,睡在家里。

年轻的男子,譬如朱盛中和朱盛庸这样的,因为爱面子,比父辈更注重个人形象,既不当街撒尿,也不夜宿街头,渐渐连上海骂也不说了,而且,夏天开始羞于在家外面打赤膊了。

第21章 打脸!措手不及

吉吉果然如她所承诺,要请朱爸爸全家吃饭。

不过,并不是和平饭店。

对于一年下馆子的次数取决于当年认识的熟人结婚次数的朱家来说,有饭店可吃就不错了。

朱爸爸早早打来一盆水,仔仔细细将胡子和鬓角都刮了刮,穿上自认为最体面的短袖和短裤,以及袜子——坐在床边穿袜子的时候,忽然明白过来昨晚长子的话:连进和平饭店的衣服都没有!吓得他差点后背一身冷汗!

"吉吉请我们吃饭的这家饭店规格怎么样?我们这样穿不会显得太寒酸吧?"朱爸爸不放心地问朱妈妈。

朱妈妈正给自己找裙子。找来找去找不到一件得体的,只好继续穿裤子。可一条好的裤子刚洗还未干,剩下的两条都打着补丁。

朱妈妈闻言叹气道:"日子这么拮据,谁还在意饭店规格和配套着装啊。太讲究的话我不去了,总可以吧?"

一听朱妈妈要打退堂鼓,朱爸爸连忙闭嘴。严格说起来,吉吉这条线,是朱妈妈的人脉。吉吉是朱妈妈办公室里的师傅的领养女儿。

朱妈妈办公室里的师傅叶老师,说起来也是个苦命的女人。适合婚恋的年龄,家里给说下一门亲。还没到结婚的日子,定下亲的男子跑了,跑去了台湾。明明不曾见过面，叶老师却从此被拖累一生。

因着这层关系，在婚恋市场上算是断了机缘。叶老师年轻的时候，女性20岁朝上就算老小姐了。叶老师到30岁的时候，连她自己都死了婚恋的心，于是托人领养了一个儿子和一个女儿，一心一意做起单亲妈妈来。

儿子养到二十出头，不知怎的，也偷偷跑了。别人问起，叶老师就说跑去了广州。有一次叶老师在办公室里说漏嘴，朱妈妈才知道，她的养子实则是偷偷跑去了香港。

仅剩的一个女儿吉吉，好不容易跟一个大学老师结了婚，又非要随大流去日本打工。女婿恳请吉吉生下肚子里的孩子再出国，吉吉一转身竟然狠心将孩子堕了胎。为此伤透了女婿的心，女婿狠心以离婚做威胁，也未能阻挡吉吉奔赴日本的心。

吉吉去日本后，叶老师又成了孤身寡人。

逢年过节，朱妈妈出于师徒情谊，会邀请叶老师到家里来过节。叶老师知道朱妈妈家里逼仄，每次都婉拒了。朱妈妈便每年春节，提着水果蛋糕去看望叶老师。

就这样，两家的友谊在工作之外保持下来。

叶老师早已退休，如今受工厂返聘。吉吉回国后，叶老师决定不再接受返聘，享女儿的福，过闲适的退休生活。她提议让朱妈妈接手她的会计岗位，被朱妈妈拒绝了。

接手叶老师会计岗位的，反而是朱妈妈带出来的徒弟。朱妈妈继续干出纳。

"我怕出错，不想担责任。"事后，朱妈妈这样向朱盛中解释。朱盛中摇头批评道："妈妈，收益和风险成正比。责任与岗位成正比。你不想担责任，只怕一辈子都不会有大出息。"

朱盛庸目光在哥哥身上转。很多时候，哥哥说的话都充满了哲理。譬如小时候，他们一起在菜市场门口的砖头乒乓球台上打乒乓球，对方喂给他一个漂亮球，他反手一抽，赢得干净利落，不由大喊一声"好机会"。哥哥在一旁道："只要技术足够好，每个球都是机会。"

哥哥朱盛中穿的是短袖衬衣，特意系了一根红色领带，看上去时髦极了。又帅又时髦，比以往任何时候都熠熠生辉。

朱盛庸接过妈妈递过来的及膝短裤，那是哥哥的旧衣服改成的短裤。

为了掩盖一边屁股磨了个洞，朱妈妈打了个补丁；为了不使补丁太突兀，朱妈妈索性将好的那一边也打了个同样的补丁。

"弟弟都要读大学了，妈妈你怎么还给他穿补丁裤子？"朱盛中打抱不平道。

"管好你自己！"朱爸爸蛮横阻止道。策反的事情岂能容忍？

一番挑三拣四和忙乱后，一家人齐齐整整地出门了。

吉吉挑的请客饭店是老正兴菜馆。

巧了，两家人正好在老正兴菜馆门口遇上。

吉吉三十三四岁，正是风韵年华，微微发胖，又没有胖走形，微圆的身子裹在丝绸旗袍内，说不出的富贵。烘托富贵气氛的，还有她脖子里绕了两三圈的珍珠项链。她烫着在上海绝没有见过的中波浪头发，化了淡妆，伸出来的手上，手指甲涂得鲜红。

她看起来很富态。

叶老师显然被女儿打扮过，虽然穿的是中式斜襟衣服，因为戴了珍珠耳钉、画了眉毛、拎了个小包而显出几分时髦来。

跟叶老师相比，年轻的朱妈妈反而朴素得多。

因为年龄相近，不太适合对着吉吉猛夸，朱爸爸夸赞起叶老师来。朱妈妈则默契地自我分工，夸赞起吉吉来。可惜她在公共场合比较腼腆，翻来覆去也只有"哪能噶好看啊""像画报上走下来的人""一点也不见老"之类的。

客气寒暄之后，吉吉挽着她母亲打头阵，昂首挺胸地走进老正兴菜馆。

吉吉边走边回头说，她在日本的那3年，想死上海的油爆河虾、脆鳝、白斩鸡、四喜烤麸……那一道道浓油赤酱的老上海滋味，令她魂牵梦绕，恨不得马上插翅回上海。

"吉吉阿姨住东京？"朱盛中搭讪。

"是啊。东京。大得像个迷宫。"

"东京那么发达，吉吉阿姨舍得回来？"

"东京不行了，"吉吉嗤笑着摆摆手，"我前夫那家伙，说起来还要感谢我。幸亏跟我离婚，为了支付离婚费用，他将名下的两套房子卖掉。要是拖到现在，房价暴跌，有价无市，只怕要被房贷拖累死了。"

"什么！"朱盛中表情瞬间凝固。他不是没有听清，而是不敢相信。

尤其是昨天晚上，他还傲慢地批评了弟弟的狂妄预测，还信誓旦旦拍过胸脯，说日本经济一定会重振雄风。

第 22 章　身价是个不敢想的数字

朱盛中偷偷瞥一眼弟弟朱盛庸，见他面无表情，暗自庆幸饭店大堂人多音杂，弟弟没有听见吉吉的这番言论。

其实，朱盛庸分明听到了。

他只是没有因为自己观点被吉吉佐证而欣喜若狂而已。正如昨天也不曾因为哥哥不认同他的观点而沮丧。他已经模模糊糊进入"不以别人赞同喜，不以别人反对悲"的状态。

朱盛中偷瞥弟弟一眼。朱盛庸也前后脚偷瞥了哥哥一眼。

朱盛中梳着年轻人中流行的大背头，睫毛逆天的眼睛很快转向别处，嘴巴闭得紧紧的。朱盛庸隐秘地笑了一下。就知道哥哥不会夸赞他。好在，他也不需要哥哥的认同和夸赞。

吉吉坚持要一间包房。落座之后，吉吉点餐，一口气点了十几个上海本帮菜。朱妈妈客气地阻止，吉吉爽快地挥手："阿姐，别为我担心！我算过账的，我现在的钱，可供我每天花 100 块，花到 100 岁。不是说丧气话哦，我肯定活不到 100 岁。也就是说，我有生之年，很可能花不完我的钱！"

送水的服务员听呆了，茶水顺着杯子流出来。直到水从桌面流到了吉吉的腿上，她惊叫一声，服务员才反应过来。

吉吉用日语骂了服务员一句，气得服务员当场将茶水壶重重掼在桌面，扭身走了。

"这什么态度啊？还有没有服务意识啊？"

吉吉嚷嚷着要让大堂经理过来，众人劝说后，平息下来。

"上海不行的，连麦当劳都没有！服务员连基本的服务意识都没有！"吉吉气鼓鼓评论。

"麦当……"朱爸爸想问那是什么东西，一想到问得多，暴露得多，就睿智地闭上了嘴巴。

老正兴的服务员或许服务意识不高，老正兴厨子的水平却着实不低。吉吉吃得极满意，临走前，甩了一小叠一元钞票在餐桌上。

"这是？"朱爸爸忍不住，问了起来。

"小费。"吉吉耀武扬威，下巴冲服务员，"给你们的。"

服务员红了脸，没说话也没有动。

朱家一家四口告别吉吉，回到自己家后，朱妈妈倒在床上："吃个饭比上个班还累。"

"瞧吉吉阿姨那耀武扬威的劲，真让人看不惯！"朱盛中一脸不爽。

"可她是真有钱啊！"朱爸爸感慨。

"大约50万。"朱盛庸开口。

全家人都惊呆了。50万在当时绝对是天文数字。"万元户"就能上电视新闻。"50万元"是普通人想都不敢想的数字！

"50万人民币？"朱盛中吃惊地问道，"她告诉你的？"

"她说每天花100块，可以花到100岁。那么一年花费三万六，花上60年，将花去近200万。事实上，存款有利息，利息还有复利，她并不需要真的有200万。存款按照每年7%的利率增长，15年翻个倍；60年可以翻4倍……"

"好了好了。"朱爸爸阻止道，"知道了知道了。"别人有巨额财产令他莫名压力山大，看着平时里闷声不响的小儿子麻溜地算他听不懂的账，他也觉得心烦意躁。

朱盛中拍了拍弟弟的肩膀，喝了口放凉的水，说是要去找兰婷，独自出门去了。

朱妈妈床上躺了一会儿，对枯坐在小餐桌旁的朱盛庸说道："你明天去看看你外公，问问他生活上有什么需要。"

"怎么，你还想帮他补上？"朱爸爸冷哼。

"总要表示一下关心吧？外公的补助房要发下来了。"

朱盛庸本来隔三岔五要去看外公的，妈妈吩咐他明天去，他自然应承下来。只是，他从未听外公提起过补助房的事情，他想当然地认为，因为老人家在路边搭了个窝棚，街道里出于怜悯，决定给外公补助一套房。

外公术后恢复得很好，只是，他腰间常挂着一个塑料的盛屎尿的袋子，因此周身弥漫着屎尿的味道。不几天，家里变得臭味熏天。两个花季小表妹因此食欲大减，日益清瘦。小姨父以女儿们的健康为借口，将外公"请"出家门。

小姨父在房子旁边找了个避风角落，给外公搭了个窝棚，让外公住在窝棚里。

朱盛庸第一次走进窝棚的时候，拳头都硬了。

木板不能严丝合缝地拼接，窝棚是漏风的。没有电灯扯进来，窝棚是昏暗的。一张竹制行军床，窄得连翻身的余地都没有。上面铺着陈年败絮，硬得堪比木板。外公缩水的身躯坐在行军床上，逆光的缘故，要朱盛庸走进去之后，他才认出是他最爱的外孙来看他了。

老人脸上闪过一丝窘迫，很快镇定下来。

朱盛庸是个暖心的孩子，他没有揭外公的痛处，直接略过窝棚的寒酸凄凉，像往常一样跟外公讲他在一周内的所见所闻。自从接到李礼刚的信之后，外公最爱借李礼刚的异国生活而生发开来。

"我知道置身人群中，却听不懂他们在说什么的滋味。当年我在英国人开的报馆……"

"我知道坐监的滋味。太难受了，能让人发疯。当年闹革命……"

"我知道吃不饱的滋味，抓心挠肺的，饿得半夜睡不着。当年大饥荒……"

第一次从外公的小窝棚里回到家，情感内敛的朱盛庸都会在家大哭一场。他哭着求妈妈："让外公住我们家来吧！"妈妈举目四望，反问他："把外公悬在半空中生活吗？"是啊，家里总共10平方米，要放生活物资，余出来的空间，也不过是仅够他们一家四口勉强住下而已。

想联合舅舅他们一起声讨小姨父鸠占鹊巢的行径，然而只得到大舅舅的一声叹息。小舅舅看似说了一大通，也不过是表达了"无能为力"的意思罢了。

朱盛庸鼓起勇气找了大姨妈——大姨妈一直像怪物。抛开人凶脾气坏不说，外公健康的时候，有时候在家里做家宴请孩子们去聚餐，大姨妈一定会自己带筷子和碗，并且当众酒精消毒，要求分餐。

大姨妈说起话来还带着说一不二的强悍劲儿。

第23章　路边的窝棚

大姨妈住的是中科院分的单位房子。她结婚的时候，夫家找人重新分的房子。

因为婆婆、丈夫也是中科院的人,这套房子当初是按一家四口及婆婆共计5口人分的。没承想,大姨妈的小儿子还在她肚子里,婆婆就撒手人寰。大姨妈的小儿子还不足3岁,丈夫就蹬腿去了西天。

5口人的房子变3口人住,本来就宽裕,加上大姨妈大女儿结婚外住(闹离婚但当时还没离成),大姨妈小儿子读上海美院住校,大姨妈的居住环境非常宽裕,一个人守着50平方米,堪称奢侈。

朱盛庸一见到面相严厉到凶狠的大姨妈,就忍不住口吃。等他好不容易结结巴巴询问大姨妈是否愿意把外公接过来住后,大姨妈劈面就朝他伸出巴掌。

吓得朱盛庸脖子一缩。

然而大姨妈的手却落在了他的额头上。

"你发烧脑子烧坏掉了吗?"

大姨妈本来是批评朱盛庸小鬼人大,瞎操大人的心,说着说着,不知怎么走了味,变成了控诉。

"你不知道爸爸对我有多差!"大姨妈竟然抽泣起来。

大姨妈说,她是外公外婆的长女,在她之上,还有个哥哥。她从一出生,妈妈就忙到没有时间给她喂奶。她经常在湿答答的尿布上入睡。她长到六七岁,经别人提醒,外公才意识到她到了上学的年龄。

可外公还是没有带她去学校,是不相干的邻居小姐姐热心领她去报到。学校学不会的作业,一想着问爸爸,爸爸就挥手叫她走开,想上哪儿玩上哪儿玩去。

有一次,她在外公工厂的纱线原材料上睡着了。工人们没有发现她,下班之后就关灯落锁离开了厂房。她半夜被尿憋醒,发现自己一个人在漆黑的厂房里,吓得哭泣起来。她在阔大的厂房里大声喊"爸爸",喊到嗓子嘶哑,也没喊来爸爸。

第二天,工厂的工人一开厂房门,她就冲了出去。她火急火燎地跑回家,生怕晚回家一秒,惹得外公多担心一秒。

她以为家里鸡飞狗跳,找她找了一宿。结果家里风平浪静,祥和得不能再祥和。爸爸坐在餐桌前吃早餐,有鸡蛋,有面包,有牛奶,还有盐煮毛豆。

"他吃一口鸡蛋,喝一口牛奶,不慌不忙咀嚼。他平静地看着我,我还以为妈妈故意隐瞒他我昨晚不在家,哪知道,他是知道的,他张口问我昨晚去哪了,问得漫不经心。那一刻,作为女儿,我心就死了!爸爸他根本不管我的死活,他根本就不爱我!"

大姨妈转向朱盛庸,双眼血红:"我他妈就是作为一个孤儿长大的!他不在意我,我为什么要在意他?"

朱盛庸骇得说不出话来。

过了一会儿,他才想起自己的使命,结结巴巴劝说道:"也许,也许是,是外公太忙了?"

大姨妈露出狞笑:"忙?老家乡下一个从来没有见过面的小妹妹生肺病,他都记得惦记,三番五次让人家来上海看病。他忙?他忙着舍小家为大家呢!虚伪!嘴里不说,心里就贪图着别人赞誉他,顺便赞誉他老爷子。他心里想着光耀门楣呢。"

朱盛庸再度语塞。

"我逢年过节还肯露面参加家庭聚餐,圆他一个家人团圆的念头,已经算仁至义尽了。"大姨妈下结论。

朱盛庸灰溜溜地离开了大姨妈家。

他晃荡在小小的复兴公园里,心里充满了困惑。他为大姨妈感到遗憾,大姨妈竟然是带着恨意长大的。他为外公感到遗憾,外公处理了那么多复杂的外部关系,却没有处理好内部关系。

几经努力,均以失败告终。朱盛庸不得不接受外公住路边小窝棚的事实。

有一次,他跟哥哥讲起外公住小窝棚的事,哥哥拍着他的肩膀,劝他:"别太多愁善感了。我今天跟婷婷去肇家浜北边的嘉善路上看她外婆,好家伙,一条路上都是窝棚,窝棚把路都堵严实了。人家日子不也照过?当年皇帝没有喝过氯气消毒的自来水,没有睡过席梦思,没有吃过雪糕,没有用过电话,不也活得挺开心?痛苦来自对比。不对比不就行了?"

不得不说,哥哥朱盛中天马行空的劝说,竟然发挥了奇效。朱盛庸不再钻"外公竟然晚年流落到睡窝棚的境地"之牛角尖。

外公招聘来的小叶,反倒睡在了之前外公睡的家里。

小叶是外公花钱聘请来的,但更像是给小阿姨一家做保姆的。小阿姨本身是个孝顺女儿,可架不住枕头风。日子一久,就习以为常。

这天,朱盛庸来到外公的小窝棚,他一边往外拿给外公买的奶油小方,一边喜滋滋问外公:"阿公,听说你的补偿房要下来了?"

"嗯。"外公接过奶油小方,很珍惜地小口吃起来,一脸满足。阳光从木板缝隙里斜照进来,窝棚内的光线一道一道的。

"外公知道的?"

"知道……好多年了。"

"好多年?"朱盛庸听糊涂了。外公住小窝棚,明明是这半年的事。

"对!是当年公私合营的补偿。好多年前,政策下来之后,工作人员就来跟我协商过补偿方案。因为双方无法达成一致,一直没有谈妥。估计现在又有新政策,要求尽快完成这项工作。"外公虽然90岁高龄,头脑依旧清晰过人。

"补偿得太少?"

"不是。"

"那是什么?"

"他们只肯补偿成居民住房。可他们收走的是厂房!我要求他们补偿给我能经商的门面房,他们不肯同意。"

朱盛庸望着气鼓鼓的外公,说不出话来。

回家之后,朱盛庸将之转述给妈妈。显然,妈妈是早已知情的。

"你外公都90岁了,还想着做生意,真是魔怔了。"妈妈点评道,"虽说不肯按外公的意思补偿成门面房,好歹肯按面积算,能折算成好几套居民住房呢。"

好几套!朱盛庸吃惊得说不出话来。

下一回,朱盛庸又去探望外公,发现外公竟然没有睡窝棚,而是睡回了之前的砖房内的房间。

小阿姨笑容满面地接待朱盛庸,如释重负地感慨,说小姨夫突然想通了,不应该迁就小的,让老的受委屈,所以又请外公住回他原来的房间了。

外公端坐在木头床上,一副看穿人情冷暖、不悲不喜的淡泊模样。

第24章　秋季金山行

待只剩下朱盛庸和外公的时候,朱盛庸小声问外公:"阿公,您都90岁高龄了,何必还惦记做生意的事情呢?答应下来,住进有抽水马桶的商品房里，想什么时候洗澡什么时候洗澡，不好吗？"

外公怒目圆睁："该怎么样，就怎么样，这是颠扑不破的'理'。拿走的是做生意的厂房，就应该还给我做生意的门面房！这跟年龄有什么关系！"

朱盛庸哑口。

争辩不过外公，朱盛庸也不以为意。本来就是外公挣下的财产，外公想怎样就怎样，与他无关。

朱盛中听说了这件事，直言不讳评论："外公老了！一根筋！死脑筋！太脱离实际，不现实！"

"人老了就会很固执。"妈妈微笑着评论。她并没有呵斥哥哥言论中的不尊重。

"你们外公比相信他的子女还相信小叶。"爸爸愤愤然，"听说他把存折交给小叶保管。他认识小叶才几天！"

朱盛庸狐疑地看向爸爸，不知道他是从谁那里听说的这一消息。

"要是外公有生之年都谈不拢补偿，会怎么样？"朱盛中问，语气满是不满和惋惜。

"××！"爸爸狠狠骂了一声。

"跟我们有什么关系！那是外公的事情！"朱盛庸斗胆开口。

朱盛中怪异地看弟弟一眼："你是真傻，还是装傻？我们一家四口蜗居在 10 平方米的家里，外公的补偿房子一旦落实下来，我们就能人均 10 平方米！"

"每家？每个人？"爸爸吃惊地反问。

"当然！他们收走的可是一座厂房，你们不会以为就补偿一套房子吧？妈妈看过补偿方案，他们计划补偿给外公 5 套房！5 套！"

爸爸倒吸一口冷气，惊呆在原地。

朱盛庸也暗自吃惊不已。

外公有 5 个子女，意味着每个子女都能分到一套房。一想到"人均 10 平方米"，朱盛庸就有些沸腾，转念又想到哥哥刚才说的"倘若外公有生之年谈不拢"，不觉就生出焦躁之情。

情感起起伏伏后，又突然开悟道：厂房是外公的厂房，财产是外公的财产，确实外公说的算。不能见财起意，那就违背初心了。

外公厂房补偿方案，在那个暑假的最后几天并没有新进展。

不管有无进展，朱盛庸都要去新学校报到了。

目的地：金山县。

去金山石油化工职业学校之前，朱盛庸特意去上海图书馆翻过金山县的县史。浮光掠影地看过之后，模模糊糊记得一些金山历史。

1978年，是金山改革开放的起始年，年初时曾出动民工8000人，开挖潮里泾。当年年中，由金山县承建的上海石油化工总厂黄浦江引水工程正式开工。年底，疏浚新张泾、中运河、斜塘，出动民工5.7万人。

有种金山县是个大合作社的感觉。

他要去读的金山石油化工职业学校，正是金山县承建的上海石油化工总厂的企业办学校。

朱爸爸利用职务之便，从电镀厂开来小货车，将朱妈妈为朱盛庸打点好的行李放车上，载着朱妈妈和朱盛庸奔赴金山。这种重大家庭日子，朱盛中已经不屑于参加了。

小货车一路颠簸，开过无数的小河浜、小桥、农田，建筑越发稀疏、低矮。

"真是乡下地方。"朱爸爸一路摇头。

朱盛庸跟妈妈一起挤在副驾驶位。天气已经不那么炎热，车跑起来，有风灌进来，虽然是热风，到底不必冒热汗。朱盛庸怀着小时候跟着老师去郊游的好心情，听爸爸抱怨。

"当年送哥哥去上海中学读书，也觉得上海中学好偏好远！"朱盛庸陈述道。

"那能一样吗？你哥哥读的可是上海中学啊。"朱爸爸继续摇头。

朱盛庸无法不承认，上海中学无可比拟。

当时上海总共只有两所住宿中学，上海中学是其一。在没有昂贵私校的年代，上海中学在上海人心中就是高级、高贵学校的代名词。上海中学面对整个上海招生，只有天资聪颖的孩子才可能被录取。

报到的那天，一家人为哥哥送行，舟车劳顿从南市奔徐汇上中路400号。所谓"上中路"，正是以上海中学之名命名的，可见上海中学的影响力。

上海中学，足足占地20公顷，有上海动物园的三分之一那么大！时至今日，上海中学依然是莘莘学子心中永远的神。

"可阿中读了6年上海中学，最后不也只考进一所专科院校嘛。"妈妈用嗤笑的口吻接道。

朱盛庸心中一喜，完全没敢奢望，妈妈竟然会维护他……呃，妈妈这样说哥哥，应该是在维护他吧？

爸爸无言反驳，大约是想到自己的两个孩子好歹也算成材了，心中高兴，也不去计较妈妈的话。

金山石油化工职业学校的大门乏善可陈，教学楼也比较朴实。跟上海中学校门的豪阔、教学楼的宏伟无法相提并论。没有大理石地面，没有高高的天花板和枝形吊灯。朱爸爸一边四处张望，一边不住摇头。

金山石油化工职业学校的校内景观布置也充满了务实精神，全然不像上海中学那样拥有灌木丛、草坪、小溪、全尺寸足球场和6个篮球场，以及众多学生宿舍。它简单、简洁到让人忍不住疑心这是不是一座大专院校。

也就是想到了学费免费，朱爸爸才勉强维持好心情。

帮朱盛庸办好入学手续，认领宿舍和床铺后，朱爸爸迫不及待带着朱妈妈走了。

朱盛庸打量着这个简陋8人间宿舍，心中充满了安宁。一想到从此不必日日生活在爸爸的眼皮底下，不必小心谨慎地讨生活，再简陋也平添一层美好。

何况，金山县城也还看得，麻雀虽小，五脏俱全。金山大街上走来走去的人，跟市区里的大多数人一样，穿着深蓝中山装或军装，女孩子们则梳着麻花辫，穿着过膝裙子，三三两两挽在一起。

除了市区里楼更高些、人更多些、有轨电车密一些、百货门店稠一些、汽车高档一些、摩登女郎多一些，也没有更大的不同了。

朱盛庸全然不介意金山县的落后，高高兴兴投入他的大专新生活。

| 第 2 卷 |

服从分配 VS 自主择业

第 25 章　服从分配，还是自主择业？

满怀期待地去金山石化职业学校报到，沿途细节还不曾褪色，大专三年已经接近尾声。

虽然是"大专"，跟复旦、同济、交大等名牌高校无法相提并论，但在当时也算镀过一层金——显然不是贵金属，是鹤立鸡群的存在了。

7月正式毕业。

7月的前一月，朱盛庸陷入两难选择：服从分配，任由中国石化定夺他的工作岗位，还是拒绝统一分配，自主择业？

他反复思量其中利弊。

倘若服从分配，不是离开上海，就是留在金山。这两个去向，他都不满意。

在金山县读书的这3年，金山城区并没有太大变化，而每隔两个月回一趟上海市区，上海市区则每次都不一样。小到沿街商铺的牌匾、路上普通行人的着装，大到南浦大桥通车运营、上海地铁1号线开通、南北高架热火朝天在建……

上海市区像是被惊雷叫醒的种子，日日都在积蓄破土的力量，让朱盛庸分外着迷。他不想在这种时候离开它，他太想看到它长大的模样！

内心的天平朝"拒绝统一分配"倾斜。朱盛庸冒出一个大胆的想法：这个周末就回家，跟父母商量补齐学费、自主择业的事情！

一想到跟脾气暴虐又小气抠门的爸爸要钱，朱盛庸就感到压力山大。

饭后，他踱步在早就逛得烂熟的简陋校园内，散心。6月的风迎面吹来，夕阳斜照，给校内高高低低的建筑打上一层光影，勾勒出金色的轮廓。

室友唐骏远远从篮球场看到他,朝他奔跑过来。

唐骏胳膊下夹了个篮球,笑嘻嘻问他:"看你一脸愁容,我心里突然升起希望,你跟你女朋友分手了吗?"

"滚。"

唐骏每逢朱盛庸不开心,必来问"你跟你女朋友分手了没"。

校园里爱慕朱盛庸校花女友冯嫣的,不计其数,像唐骏这样执着又无耻的,没有。

朱盛庸性格里渐渐有了他外公认死理的苗头,觉得唐骏有问的权利,因此也不觉得被冒犯。久而久之,唐骏反而成了最在意他喜怒哀乐的人。

朱盛庸不打算向唐骏公开他内心的秘密,主要是唐骏太随波逐流了。唐骏随遇而安,得过且过,不思进取……哦,当然也可以正面形容为"踏实稳重"。

周末,冯嫣送朱盛庸去金山汽车站。她一双如烟似雾的漂亮眼睛来回扫视朱盛庸,明显欲言又止。朱盛庸当然明白她想跟他一起回市区,可这一次不是时候。

"我这次不方便带你回去,我这次回去有事要跟我父母商量。"以前也没有方便过。从金山到市区,要坐汽车颠簸好几个小时,没法当天打来回,而市区的家里又没有多余的房间给冯嫣睡。

冯嫣嘟起嘴巴:"提起这个我更要生气了。到底什么事,你为什么不肯先告诉我?"

冯嫣家就在金山,她的父母就供职于中国石化,她相当于金山石化职校最正统的子弟学生。像她这样的子弟学生,是没有拒绝统一分配的先例的。

朱盛庸可以想象,一毕业,冯嫣势必会留在金山工作。到时候他和她被迫异地,只怕恋情难保。

他很喜欢冯嫣,可到底没有喜欢到愿意为冯嫣舍弃前途的分上。这使得他更难提前跟冯嫣说他想放弃统一分配的事。

嘴巴几次嚅动,什么也没有说出来。看着朱盛庸为难的模样,冯嫣气极反笑:"好啦,我不为难你了,你快走吧,车都要开了。"

握了握冯嫣的小手,朱盛庸转身上车。

破旧的汽车灵活地开出简陋的金山汽车站,朝北边的上海市区驶去。

往事如烟,在朱盛庸脑海里飘荡。

他们这一届"外事秘书"专业，是第一届，只招了一个班，还专门配备了外教老师。过去的这3年，他确实因为这个专业和外教老师，英语实力大为提升。英语成了他不折不扣的优势，他甚至可以和李礼刚在信里飙英文讨论复杂问题。

他还记得初见冯嫣时的情形。冯嫣站在女生中，卓尔不凡，纤细的腰身不盈一握，束在一条大红百褶裙里。她别着一个黄色带蓝色星星图案的发卡，头发披在肩头，回眸一笑，令最明媚的阳光也黯然失色。

班主任刘老师同样令人难忘。刘老师第一次走进教室的时候，是肚子先进的教室，胡子刮不干净的样子，镜片也永远模糊。正是这位刘老师，用眺望诗和远方的模糊目光，激励了他向往丰富世界的内心……最终导致他现在的不安分。

思绪从回忆中拽回。

朱盛庸开始思索他即将面临的困境。

补齐学费需要交2700块。据他所知，他父母当年的月工资大约350元，除去生活开销，一个月能积攒下100块，已经算很节约了。这样下来，一年也不过是攒下1200元。

2700块，是在不生病、没有任何意外花销的情况下，攒两年半才能攒到的数字。这一定是一个让爸爸肉痛、心痛的数字！

只怕困难还不止体现在钱上。包分配，分配进大型国企，在爸爸眼中一定是铁饭碗式的存在，意味着一辈子的安稳与保障。他要提出自主择业，爸爸一定觉得他疯了吧？

家里虽然有哥哥朱盛中大专毕业后自主择业的先例，但在父母眼里，他和哥哥向来没有可比性。

哥哥考入大专，是马失前蹄；他考入大专，是佛祖保佑。

哥哥大专毕业自主择业，是天高任鸟飞，是海阔凭鱼跃；他大专毕业自主择业，是不知天高地厚，是痴心妄想。

"唉。"朱盛庸重重叹口气。

窗外街景渐渐从农田过渡到稀疏的建筑，建筑渐渐稠密高大起来，上海市区到了。

如今，朱家已经从南市区10平方米的小家，迁移到了徐汇区的二室户。外公终究同意了公私合营补偿方案，他的5个子女都因此受惠，各分得一套房。

第26章　屋漏偏逢连绵雨

外公分到的5套房并不是均等大小。其中一户最大，是三室户，其次就是朱盛庸家分到的这套两室户，余下均为一室户。外公和小阿姨一家住了三室户，大姨妈和两位不在上海的舅舅分别分到一室户。

朱盛庸还暗自嘀咕过，一向凶猛的大姨妈怎么肯接受这样的分配方案？哥哥朱盛中食指和拇指来回摩擦，言外之意，现金补偿了呗。

人的幸福感来自两个维度，一个是横向与他人比较得来，一个是纵向和自己过去比较得来，相较一家四口住10平方米的过去，家里平添60平方米的大房子，别的邻居们还人均住房不足两位数，按说，父母应该喜形于色才对。但父母却一反常态，并不多说此事，让朱盛庸感到蹊跷。

哥哥的解释是：房子是外公的缘故才拿到的，爸爸心虚气短，所以不提。妈妈向来沉稳内敛，很能顾及他人的情绪，因此也不主动说新房子。

一家人闷声不响搬进大二室户，是在朱盛庸读大二时发生的事情。

蓬莱路上10平方米的小房子还在，妈妈送给了哥哥当婚房。哥哥和日语导游女友兰婷已经结婚。这是朱盛庸读大三上学期时发生的事情。

爸爸一直试图棒打鸳鸯散，可惜越打人家小情侣越团结。这婚，几乎是爸爸一己之力促成的。

朱盛庸还清楚地记得，爸爸一直愤恨不已，多次公开表达，他绝对不参加哥哥的婚礼。结果，他还真的没有参加。

不是他不去，而是哥哥朱盛中压根没有办婚礼。

时至今日，朱盛庸也不知道哥哥和兰婷到底是哪天结的婚。只知道有一次爸爸又看不惯兰婷了，当场破口大骂兰婷"不要脸"，兰婷愤然反击，拿生鸡蛋直接砸在爸爸的脸上，房门打开，大喊大叫，质问爸爸："我结婚后和老公住一起，怎么就不要脸了？"一家人才惊然得知哥哥已经偷偷打过结婚证。

生米煮成熟饭。爸爸只有干生气的分。

朱盛庸想，幸亏他已经长大，有金山的学校和住宿可以躲避爸爸的怒火。爸爸和兰婷吵架的那天，他偷偷打电话给唐骏，让唐骏稍后给他打电话，务必用十万火急的姿态要求他马上返校。

阴谋得逞。

他赶在爸爸找碴儿迁移怒气前逃了出去。

家里的电话是哥哥付费装的。第二工业大学美术设计专业毕业的哥哥，工作后干得风生水起，薪水很快赶超父母的。不满足于每个月才领一次薪水，哥哥决定开启第二副业，很快将目光投向股市，为了赚更多的钱，先投资装了固定电话。

"只怕从前逃掉的怒气，这一次爸爸会加倍返还。"朱盛庸不安地嘀咕道。

从人民广场转市内公交车，到斜土路大木桥路站下车。朱盛庸拎着他刻意从金山买回来的亭林雪瓜和枫泾状元糕，往家的方向走去。

新家在小区第二排的四楼。小区四周不似蓬莱路那么热闹，但也不像金山那么陈旧。家旁边就是一所小学，站在阳台上能眺望到校内玩耍的孩子们。

取出房门钥匙，朱盛庸在门前犹豫了一下：是敲门，还是自己开门？现在进入一级警戒状态，每一步都要仔细想好。

正拿不定主意，家里房门开了。

嫂嫂兰婷一脸傲然地冲出来，陡然看到朱盛庸，不由刹住脚步："弟弟回来啦？"

爸爸摔摔打打的声音从里面传出来："辞职！辞职！娶了媳妇，能耐大了！说辞职就辞职！也不撒泡尿照照自己模样，丑人多作怪，怂恿我儿不安生！"

"够了！爸爸！我跟你说过多少遍，是我自己要辞职的，跟婷婷无关！"哥哥的咆哮声紧随其后。

家门口，兰婷和朱盛庸尴尬地对视。兰婷苦笑一声："偏见之所以是偏见，就是因为不讲理。算了，让他们吵吧，我先走了。回头请你吃麦当劳哈。"

兰婷一阵风一样，高跟鞋有节奏地敲击着水泥地面，噔噔噔地跑下楼。

朱盛庸心中一阵抽搐，大事不妙的感觉。怎么这么巧，他要提拒绝统一分配，偏偏遇上哥哥自行辞职！屋漏偏逢连绵雨！

还没有来得及踏进家门,迎面又是一阵风。哥哥着急忙慌跑出来,要去追兰婷。门口换鞋,边跳着脚换,边抬头跟弟弟打招呼:"回来啦?不好意思,我刚捅了马蜂窝。"

朱盛庸咧出一个比哭还难看的笑。看来自己这个周末凶多吉少。

哥哥换好鞋子,也噔噔噔地跑下楼。

朱盛庸定了定心神,看到妈妈从屋里厢走出来。妈妈走过四四方方的大厨房,默默接过朱盛庸手中的亭林雪瓜和枫泾状元糕,拎起来仔细看了两眼:"新的。你买的?"

"嗯。"

"买这东西干什么?"

朱盛庸咬住嘴唇,思量着要不要先跟妈妈透个口风。只是,他还没有下定决心,爸爸就气鼓鼓地露头了。

朱爸爸连跟小儿子打招呼都顾不上,将餐桌拍得啪啪响:"反了!反了天了!不把老子放眼里了!翅膀硬了!"

幸好这张餐桌已经不是当年用铁丝加固的小餐桌。

朱妈妈将亭林雪瓜和枫泾状元糕往小圆木头餐桌上一放,语气平静道:"喏,你小儿子买来孝敬你的。你消消气吧,钱挣得没有中中多,人嘛,也已经老了。现在是儿子们的天下了,你好歹也睁睁眼睛认认现状,再闹下去,闹僵了,老了不管你,让你住养老院去。"

朱爸爸脸上闪过一丝愕然。显然,他从来没有想过这种可能。

朱妈妈的恐吓取到了立竿见影的效果,朱爸爸的怒气肉眼可见地收敛了。

整个下午,朱盛庸小心翼翼地陪着爸爸看电视。电视里正播放《再见黄埔滩》。片尾主题曲响起,朱爸爸跟着一起唱:"滔滔江水,滚滚东去,壮烈如歌,凌历似风……"朱盛庸赶紧鼓掌称赞。

朱爸爸笑呵呵地拍了朱盛庸的后脑勺,顺手好心情地搂住了他的肩膀。这就是暴脾气的好处了,脾气来得快,去得快。

"爸爸,我有件事情想跟你和妈妈说。"

"说。"

该来的,即使是暴风雨,还是会来。朱盛庸不是苟且畏缩的人,长痛和短痛之间,他选择了后者。

第 27 章　淮海路上路遇刘流

按照头天想好的策略，朱盛庸先夸赞上海市区的巨大变化，再贬低金山这 3 年的缓慢发展，最后小心翼翼提出："我毕业后回市区工作怎么样？"

"当然好啦。"朱爸爸快乐地赞同。

朱盛庸眼睛一亮。他都没敢想，幸福来得这么突然！

"那是要补齐 2700 块学费？"一旁踩缝纫机的妈妈一针见血问道。

朱盛庸硬着头皮点头。

朱爸爸顿时就不快乐了："什么？要交钱？你的意思不是让我带着礼物找你们班主任开后门分配到市区，你的意思是不要统一分配，扔了铁饭碗？"

"他老师哪有那么大的本事。分配到哪里，肯定是中石化总部决定的。"妈妈头也不抬地说道。

朱爸爸的目光扫到朱盛庸脸上，朱盛庸再次硬着头皮点头。

朱爸爸因为暴露无知而恼羞成怒，但恼羞成怒很快被现实问题取代，他失魂落魄地呢喃重复起来："2700 块！"

朱盛庸太熟悉那种爆发前的低沉气息了，他仿佛提前听见爸爸接下来暴跳如雷的怒吼："你死了那颗心！"

室内死寂，回响着妈妈踩缝纫机的机械哒哒声。

朱盛庸一颗心正悠悠往下沉，忽听妈妈说："可以。反正也是最后一次为你付学费了。这笔钱我们出。"

朱爸爸好像钱包里的钱已经被划走，急急抢道："可以不出的！包分配不好吗？"

朱妈妈停下踩缝纫机，她平静地望着朱爸爸，说道："违反他的心意，省下 2700 块，又怎么样呢？你能靠这 2700 块发家致富？还是满足他吧。阿庸头从小到大，挨过你多少打？就算是将挨打次数折算成钱，一次一块，也不止 2700 块了。"

朱爸爸惊恐地睁大眼睛："哪有！"

"怎么没有？两岁生日没过就开始挨打，一年 365 天不是挨骂就是挨打，打到高中毕业还在打。一二十年，那么长，你敢说低于 3000 次？"

"你！你！"朱爸爸急促地呼吸起来，像看怪物一样看着朱妈妈，一脸骇然。

朱盛庸已经泪湿双眼。

他一直觉得他有个冷漠的妈妈，原来，只是个不轻易表达的妈妈。

这些年他受的委屈，妈妈都看在眼里，记在心里呢。只此一点，就足够慰藉他的心了。

"自从你搞出……自从你爸爸……自从……你变了！"朱爸爸几次语塞，也没有"自从"个所以然来。他手指朱妈妈，指尖颤抖。

朱妈妈冷静地跟他对视。

最终，朱爸爸败下阵来，一跺脚，穿上外套摔门而出。

这种场景，朱盛庸早就多次目睹。

生气后，挑着漂亮衣服出门，必然是去迪斯科舞厅了。

朱盛庸从来没有去过迪斯科舞厅，据哥哥朱盛中说，当时上海迪斯科舞厅有很多穿露脐装、涂黑色口红的青年，个别奔放的女生，还会将文胸刻意穿在外面。场面火热。

朱盛庸很后悔听过这样的描述，本来，他设想的爸爸去舞厅跳舞，跳的是高大上的国标。

朱爸爸离开家之后，朱盛庸活络起来。他给妈妈端茶倒水，讲他的室友糗事、校园趣事。朱妈妈笑笑地听着，不时点评一二，句句在理。家里气氛很快轻快、亲密起来。

"明天去看看外公吧？他感冒已经超过一个月了。我很担心他。"母子二人相对而坐吃晚饭的时候，妈妈开口说道。

朱盛庸点点头，想当然地以为妈妈和他一起去。

然而到了第二天，才知道妈妈并不去。朱妈妈依靠在门框处，恋恋不舍地注视着朱盛庸。昨天从金山买回来的亭林雪瓜和枫泾状元糕，此刻又被朱盛庸拎在手里了。

"妈妈不一起去吗？"

"不了。我还有很多活要做。要做内裤，要缝裤子，还要收拾家。"妈妈目光躲闪起来。

朱盛庸有一瞬的疑惑。转念一想，昨晚爸爸一宿未归，妈妈难免为此分心。也许心情不好，不想应酬小阿姨一家人。于是不再强求。

小阿姨家的三室户比邻淮海路，要坐"小辫子"公交车。从 26 路上跳下来，入眼的姑娘们陡然摩登起来。她们精神抖擞地穿着漂亮时装，三五成群漫步在淮海路上，分外好看。

朱盛庸暗想，这么多漂亮小姑娘，没有一个有冯嫣好看。正惆怅将来和冯嫣的结局，忽然被路人拍了一下肩膀。

朱盛庸回头，赫然看到小表妹刘流。

刘流弯着蓬松的刘海，穿着紧身的短袖，将身材勾勒得毫无保留。朱盛庸一时目光不知该往哪里放。

这位小表妹弯道超车，初级中学毕业后，因为考不上高中，直接念了中等专科职业学校。算起来明年就要毕业踏入社会了。

今天看看，果然已经很社会了。

"阿庸头，果然是你呀。"刘流拖了一个小姐妹，笑嘻嘻地跟朱盛庸打招呼。她跟她姐姐刘溪不一样，她从不肯规规矩矩喊他"小哥哥"。大哥哥朱盛中也不曾被喊过。

"你去哪儿？"刘流瞥一眼朱盛庸手中的礼品，笑道，"该不会是去我家吧？阿公感冒还没有好，小心过给你！"

朱盛庸沉下脸。

"哎哟，忘记了。阿庸头最护阿公，阿公也最护阿庸头。我不该在你面前说阿公的坏话。"刘流叽叽咯咯，相当快活，跟少年时沉默不语的形象截然不同，"阿庸头，你要做好心理准备哦，阿公的脾气变得比上次更坏啦。他甚至不允许你妈妈到我家里来。"

朱盛庸听得心里一惊："为什么？"

可惜刘流的小伙伴迫不及待要拖刘流进百货商店，刘流急急应付道："谁知道呢。年龄大的人心思可不好猜。阿公已经变成老怪物啦。拜拜，阿庸头。"

余下的路程并不远，朱盛庸却走出了万水千山的感觉。

当他深一脚浅一脚来到小阿姨家家门口时，一颗心早已吊到了嗓子眼。也是他临近毕业比较忙，算起来，他差不多有3个月不曾看过外公了。

"丁零"，他紧张地按门铃。

房门很快打开，露出小阿姨日渐丰腴的面孔："阿庸头来啦。阿爸！快看谁来看你啦？"

朱盛庸急切地放牧目光，搜寻外公的身影。

第 28 章　探望外公

并没有人从任何一间内室走出来。

小阿姨压低声音对朱盛庸说:"阿公觉得身体没力气,有两天没有下床了,反正不用大便,小便就用手拎马桶。"

朱盛庸心情沉重地走进外公的卧室,暗中深嗅一口气。得益于造瘘袋技术的发展,外公身上的异味大为减少。

6月上午的阳光和煦地照进室内,照在外公的脸上,留下对比强烈的光影。朱盛庸走到外公躺着的床前,将手中的礼物放在小床旁的小书桌上,轻轻地拉了把椅子,坐了下来。

他拉住外公放在床沿的手,轻轻摩挲起来。外公的手,老得只剩下皮包着骨头。

"阿公。我好久没有来看你了。"

外公的胸口往下塌陷了一瞬,应该是无声地叹了口气。

"你们都大了。"外公声音含混道。

"阿公,我要毕业了。等我毕业后,就每周来看您。"

外公终于肯扭脸看朱盛庸了。朱盛庸于是明白,外公这是在生他许久没来的气。不过,这气消得也太快了。

朱盛庸松开外公的手,开始按揉他瘦骨嶙峋的腿。

"听说阿公两天没下床了?腿会不会乏力?"

外公偷偷擦了擦眼角,心里欣慰极了。

在朱盛庸的搀扶下,外公起床了,心情大好地晒了一会儿太阳,吃了半块状元糕。

小阿姨高兴坏了,直夸全是阿庸头的功劳,非要留他在家里吃午饭。快到中午的时候,小姨父从外面回来了。他脖子里挂了一个相机,脸上笑得容光焕发。

朱盛庸起身向小姨父问好——他早已熟知小姨父很在意别人是否尊重他。小姨父果然笑得更加灿烂了:"好,好。阿庸头是几个外甥、外甥女中最有礼貌的一个。"

大表妹刘溪正在读高三,成绩非常好,据老师估计,考上上海本地的本科院校，几乎是板上钉钉的事情。小姨父每每提及大女儿，总是扬扬得意，仿佛他从来不曾偏心过小女儿一样。

午饭前的闲聊，正是从刘溪谈起。

"溪溪的老师说，让溪溪选化工专业。学会数理化，走遍天下都不怕。我溪溪将来是要挣大钱的人。"

朱盛庸附和着听。

"看到我的相机了没有？日本索……索什么牌的！花了好多钱！"说到这里，小姨父心虚地看外公一眼。相机的钱，是他死缠烂打求外公赞助的。

"索尼？"朱盛庸替小姨父补充。

小姨父一拍大腿："对！原来你也懂！"

朱盛庸微笑着沉默以对。他早就摸准在小姨父面前不能侃侃而谈的特点，能不说话不说话，反正小姨父有本事不冷场。

去年，读大三的时候，学校组织过一场摄影展。唐骏想推陈出新，于是张口向朱盛庸借女朋友，朱盛庸差点松口答应，幸亏机智地反问一句想干什么？

唐骏那厮竟然坦然相告：拍裸照，角逐摄影头奖。朱盛庸思量一二，觉得送他一个"滚"字不足以平心中被冒犯的怒意，只能友善地踢了他一脚。

唐骏一计不成，又生一计。他决定去虹桥国际机场，拍飞机！这是一个不亚于拍裸照的爆炸主意。朱盛庸初听时嗤之以鼻。唐骏就问他："要是我能弄来佳能单反EOS5，你敢不敢跟我一起去机场拍飞机？"

佳能单反EOS5，是当年高档摄影相机中的神，很贵不说，有钱也未必能买到。唐骏敢吹牛，他就敢答应。

朱盛庸以为他的推断万无一失，偏偏唐骏竟真的弄到了佳能单反EOS5！被逼无奈，朱盛庸只好跟着唐骏奔赴虹桥国际机场。

以朱盛庸浅薄的见识，他认为他们应该压根就进不到机场。可偏偏唐骏知道一些偏门，还真就给他们混进去了。

他们一进停机坪，就被保安发现。保安在身后边喊边追，朱盛庸双腿发软，唐骏则像打了鸡血，只管往飞机跑道上跑。害怕只身被抓，朱盛庸只好鼓起勇气紧跟唐骏。

唐骏像是脱缰的野马，径直跑到飞机跑道上。

快要抓住朱盛庸的俩保安，气喘吁吁地说："不行，咱们不能上飞机跑道。这是规定。"

朱盛庸扭头向身后看，那俩保安，果然停了下来。

那一天，他们神奇地拍到了很多飞机的近景照。

其中一张飞机以30度角一飞冲天的壮观景致，落入摄影框里。飞机前的朱盛庸头发被吹向一边，盖住了半张脸。现场感十足。

唐骏靠那张照片，真的拿到了摄影展的头奖。最让朱盛庸震撼的是，横冲直撞进机场，对着跑道上的飞机拍照，他们竟然全身而退！

真不知道是狂妄到出格，反而没有人敢管，还是因为背景够硬，所以可以狂妄到目中无人。总之，唐骏给他上了一课。

当小姨父在他面前炫耀索尼时，朱盛庸想起跟唐骏一起在风和噪声都超大的飞机跑道上狂奔的场景，嘴角不由泛起微笑。

小阿姨性子慢，做出来的饭菜滋味很足。午饭端上来，都是些寻常上海菜。红烧落苏（茄子），毛豆咸菜炒肉丝，炒青菜，紫菜蛋花羹。朱盛庸盘盘都爱吃。

"刘流中午不回来吃饭吗？"吃到一半，朱盛庸想起小表妹来。

"她在学校呢，一般周末不回家，因为要温功课。虽然是职业中专，功课抓得还是蛮紧的。"小阿姨笃定地说，丝毫不怀疑这些话的真实性。

朱盛庸偷偷看小姨父一眼，见小姨父正猛夹毛豆咸菜炒肉丝，似乎压根没有听到小阿姨的话。

外公吃得很慢，一口饭菜含在嘴巴里，要咀嚼半天才吞咽下去。

午饭过后，外公体力不济，要休息。朱盛庸便服侍他躺下，又执意帮他周身按揉过两遍，才停下来。

"阿庸头，你别走，在阿公身边多留一会儿。阿公的时间不多了。"外公闭着眼睛，嘴巴漏风地说道。

朱盛庸听得心头一酸："阿公会长命百岁的。阿公还要等我上班挣钱孝敬您呢。"

两行浊泪，从外公的眼角蜿蜒淌下。

朱盛庸看到了，却不敢伸手去擦。

第 29 章　回金山的这一路

下午 2 点半,朱盛庸不得不离开外公,离开小阿姨家。他下午还要回金山学校。

紧赶慢赶回到自己家,妈妈已经替他收拾好行囊。

父母卧室的房门没有关,从门外可以瞥见床的一角。朱盛庸看见床角露出一双赤脚,看脚型应该是爸爸的无疑了。

"爸爸回来了?"朱盛庸低声问妈妈。

妈妈点点头。

"你们没有吵架吧?"

妈妈笑着摇摇头:"我现在已经看穿他了,既不像以前那么害怕他,也不像以前那么在乎他。吵不起来了,你放心吧。"

妈妈的音量说得并不小,如果爸爸没睡着,一定会听到。朱盛庸胆战心惊,唯有希望爸爸睡着了。

偏偏卧室里传来爸爸的声音:"××!以前你还说过后悔生阿庸头呢。"

朱盛庸不由抬眼对视妈妈。无声的注视中饱含祈求,他多希望妈妈能出声否认。可是,妈妈就像不曾听到爸爸的话一样,什么也没有说。对妈妈的亲近感,在那一刻碎裂。

得不到妈妈否认的朱盛庸背起背包,转身下了楼。

回金山的长长路上,爸爸的那句拆台的话,好像自带魔法,不住地在朱盛庸的脑海里回放:以前你还说过后悔生阿庸头呢……你说过……你后悔……

妈妈后悔生养了他?

所以妈妈才长久以来对他这么冷淡?

妈妈是不是一直忍耐着不表现出讨厌他?

朱盛庸的眼睛充满潮气,明明是微热的 6 月,却觉得周身寒冷。

他还小的时候,爸爸经常跟他提起他出生的故事。那时候他当传奇故事听,这会儿再细品,才意识到,那不是故事,那是事故。

据说他出生的时候,因为妈妈没有长辈教授经验,没有意识到二胎会比头胎产程快。妈妈去医院去得晚了,他在医院走廊就等不及,开始冒头。妈妈吓坏了，医护人员一边手忙脚乱做接产准备，一边高声大喊："屏牢！现在还不能生！屏牢！"

好一番手忙脚乱，他总算顺利降生了。可一出生，医生就发现一处明显异常：他的头顶上，异乎寻常地鼓起好大一块血包。

说不清楚血包是胎里就有，还是出生过程中因为操作不当而产生。

医生的评估并不乐观，怀疑这血包预示着颅内或许有问题。医生告诉父母，"如果是颅内出血导致，就算不死，也可能会是个傻瓜"。

爸爸讲述这一段时，难得幽默一回，说他当时六神无主地呆坐在产科的走廊座椅上，本想忍住，像血性男儿一样承受命运拍来的板砖，最后还是没有做到，当众号啕大哭起来。

小时候的朱盛庸一厢情愿地认为医生的误判等于给了父母意外的惊喜，却从来没有设身处地地想过在这个过程中父母承受的煎熬。

年轻贫穷的夫妻，有一个体弱多病的哮喘长子，盼着第二胎是个健康的孩子，却不想一出生就被医生宣判可能是个傻瓜。除了无尽的担惊受怕，他们还要承担小婴儿住保温箱留院观察的高额费用。

一想到自己的出生给父母带来这么多的磨难，连朱盛庸自己也不敢奢望父母爱自己了。

车窗外的景色从眼前流过，因为双眼含泪，朱盛庸已经什么都看不清了。

他第一次尝试去想象妈妈产后独自回到家，每天辛苦挤奶送去医院，日夜无法摆脱她生养的儿子可能是个傻瓜的恐惧。

他第一次尝试去想象婆婆和妈妈早亡的年轻母亲，一边坐月子一边自己做饭一边带哮喘的长子。爸爸必然是牢骚满腹。妈妈是怎么熬过那段日子的？

泪水从眼眶里冲出。

朱盛庸用双手捂住脸颊。他觉得，一定是在他出生的第一个月，耗尽了一位母亲所能对孩子产生的所有母爱，往后余生，妈妈才没有力气再爱他。他应该理解、原谅妈妈！

拿袖口擦了又擦眼泪。

汽车驶入金山汽车站的时候，朱盛庸停止了哭泣。

他表情平静地跳下车，挎着他的背包，在暮色中走向能通往校区的公交车。他有了坚定不移的结论：他能，可以，也应该谅解妈妈有过后悔生养他的想法。

突然，有人从身后抱住了他。

他骇了一跳。低头一看那双莹莹白玉般的手，马上意识到，应该是冯嫣。

果然，冯嫣娇甜软糯的声音从背后传来："你怎么回来得这么晚？我都等得害怕了。"

朱盛庸转过身，紧紧抱住了冯嫣。

冯嫣欣喜地笑出声。很快，她发现这个拥抱紧得异乎寻常；接着，她发现这个拥抱长得不正常。

"你怎么啦？"

"冯嫣……我想跟你讲讲我妈妈。"

"我们是不是先坐上公交车？"

路灯四周的夜色更加浓了，朱盛庸牵着冯嫣的手，上了停泊在金山汽车站门口的金山3路公交车。俩人一直走到车尾最后一排。

靠窗坐下后，冯嫣迫不及待："可以开始讲了。"

朱盛庸张开嘴巴。拥堵在胸腔里的，是无法用语言表达的浓重情绪。真要给冯嫣讲，又觉得怎么讲都是以偏概全。妈妈是复杂的存在。

"我给你讲讲我妈和我爸结婚的故事吧。"朱盛庸决定退而求其次。

"好呀好呀。"

"我爸爸长得挺好看，嗯，是那种超出普通人一大截的好看，很多人喊他帅哥。我妈妈就容貌平凡很多。但我爸爸华而不实，徒有外表；妈妈就不一样了，妈妈大专毕业，知识丰富，善于思考，冷静又理性。他们俩，完全不是一路人……"

容貌平凡的妈妈早在结婚之前就察觉到爸爸英俊的面孔所覆盖的脑袋，是空的。

她之所以依然跟英俊超凡的爸爸结婚，并非贪恋男色，而是因为爸爸"根正苗红"——一个由姐姐抚养长大的遗腹子。

妈妈一直深深恐惧于她"资本家女儿"的身份。她自己的妈妈，一个大字不识的寡言而柔顺的老妇人，就是因为恐惧于命运的大转折，茶饭不思而亡。那时候她还没有正式毕业，已经提前感受到命运的恶意。

她像一个溺水的人，理智判断后，认为朱爸爸是个能庇护她安全的人。

"不爱，也嫁？"冯嫣一脸疑惑。

第 30 章　话在口边嘴难开

那个年代，谈"爱"，太奢侈。

朱盛庸侧身对单纯的冯嫣点点头："不爱也嫁。她很理性。当时有明哲保身的意思。"

为了彰显自己跟"资本家父亲"脱离了关系，朱妈妈自作主张将自己嫁给朱爸爸。去杭州新婚旅游的时候偶然邂逅外出走亲戚的老父亲，才告知他"她已婚"。

外公气得大骂，妈妈则轻描淡写："不是你经常这么说吗？所谓结婚，不过是把两床被子放在一起而已。"

外公直摇头："我说是那么说，你怎么能真的那么做！"

外公看不上脑袋空空、脾气臭臭的爸爸。大约……妈妈自己也看不上吧。

受时代洪流裹挟，妈妈做出了她认为的最有利于她的抉择。

要是大儿子不哮喘，要是小儿子没有一出生就顶了一个大血包，或许婚后生活能顺遂些，爸爸的脾气不那么暴烈些，她受的苦难会少些，对孩子们的爱就会多一些吧。

可惜，生活没法假设。

"你怎么突然想到跟我讲你爸妈结婚的事？"冯嫣柔情蜜意，又带着娇羞询问。联想到朱盛庸回家之前说的"我有事要跟父母商量"，冯嫣忍不住猜测，既然他们毕业在即，朱盛庸会不会回家跟父母提他想毕业就结婚？

"没什么。"朱盛庸的回答浇灭了冯嫣的粉色幻想。

"就是突然发现，我妈妈，她过得，"朱盛庸斟酌用词，"没有我以为的好。"

"我们不一样！"冯嫣很快振作起来，快乐地喊出她的口号。

朱盛庸的沮丧，因为冯嫣的乐观而一扫而光。

他扭头爱怜地注视她，心里一点一点痛起来。他还没有向她坦白，他要拒绝统一分配，他要离开她的家乡。

正如他不甘心为了爱情而牺牲自己的前途，他又怎么能奢望冯嫣为了爱情而牺牲她的舒适圈？

"冯嫣，你知道这周我回家干什么去了吗？"

时不凑巧，朱盛庸想向冯嫣坦白择业问题的时候，正逢公交到站。金山话报站声打断俩人的交谈。冯嫣像只可爱的小兔子，蹦蹦跳跳下了车。朱盛庸紧随其后。

俩人一下3路公交车，就看到唐骏带了一帮狗朋狐友在公交车站旁。他们站得东倒西歪，彼此勾肩搭背，好好的衣服穿得奇奇怪怪，不是T恤袖子挽起来露出胳膊，就是腰里挽个结露出一截肚子。总之，一看就是不良青年。

"讨厌。我最看不惯他们。"冯嫣嘟囔道。

唐骏和冯嫣一样，是金山石化职校最正统的子弟学生，据说唐骏父母的职位，比冯嫣父母的还要高一些。

入校伊始，所有男生都爱慕冯嫣的俏丽容颜，唐骏本来是最近水楼台的人，可惜，冯嫣看不惯他吊儿郎当、不思进取、每回考试成绩必垫底的样子。冯嫣选了从不缺课、门门第一、英语口语出类拔萃的朱盛庸。

唐骏在人群中朝朱盛庸招手——或许是朝冯嫣招手也说不定。

距离太近，假装没看见不现实。朱盛庸抬手跟唐骏打招呼。

其实朱盛庸一点不讨厌唐骏，不仅不讨厌，甚至很多时候对唐骏充满欣赏。唐骏会弹吉他，会打篮球，会唱英文歌。唐骏蔑视规则，脑洞很大。唐骏性格随和，真诚坦率。

唐骏最大的缺点是他什么都有了。

不必费力追逐，家里已经为他提供好。久而久之，他变得只会在生活中小打小闹地作妖，而无法倾尽所有地长久付出。

"下回早点回。天晚了不安全。"唐骏将才吸了一半的烟掷到地上，胳膊搭在朱盛庸肩头。朱盛庸将他的胳膊拨开。

"我说的是真的。就今天，徐汇区吴兴路发生一起杀人案。主妇在家里睡午觉，被人用匕首杀死了。"

朱盛庸不由驻足。

"真的！吴兴路大院，新盖的32层塔楼，命案发生在第30层。现在流窜人员太多了，都想到上海捞一把。所以天黑别出门，回家的话早点回来。省得……"唐骏有意无意扫了一眼冯嫣，语气停顿，复又开口，"省得我担心。"

切,唐骏才不会关心他朱盛庸的。

朱盛庸顺着唐骏的目光侧脸看了看挽着他臂弯的冯嫣,意识到唐骏这么晚之所以傻傻等在公交车站,其实是在等冯嫣。

"谢谢你。"朱盛庸拍了拍唐骏的肩膀,牵上冯嫣的手,往前走。

唐骏留在原地,注视着他们离开。

"你谢他什么!"冯嫣语气不满道。

"谢他提醒我。"

"谁知道他说的是真是假。他向来嘴里没正形,真真假假分不清。"

"向来?"

"你不知道吧?我从上幼儿园起,就认识他。他打小就谎话连篇。幼儿园时为了逃避睡午觉,就说自己肚子疼。天天肚子疼,反正这毛病医生也没办法。

"上小学后,谎话也跟着升级。不是说头疼,就是说脚疼,要么就是嗓子疼。哪里疼要取决于当天不想上什么课。

"他奶奶拿他当心肝宝贝儿,有他奶奶在,谁都别想教训他。他就这么歪歪扭扭、随心所欲地长大了。

"你知道吗?他其实连咱们学校都没有考进。全靠他奶奶颠着一双半解放的脚东跑西跑,给他通融求来的入学名额。他爸妈嫌丢人,不肯管这事。

"进了学校,一点没有知耻后勇的样子,该旷课旷课,该撒野撒野。这下好了,他奶奶去年离世,看今年毕业谁还管他分配的事情。

"不在石化职校读书也罢了,远香近臭,大家还不知道他到底是什么货色。现在嘛,在大人眼皮子底下厮混了3年,原形毕露,哪个分公司,哪个部门要这么一位小爷?"冯嫣说起唐骏,多少有点怒其不争的味道。

"他在学校的事情,金山石化公司里的人也打听?"

"也不是刻意打听。总有学校老师和总部里的人有拐弯亲戚,子弟学生每届并不很多,不刻意打听也够风闻了。"

"那你谈恋爱的事,他们也知道了?"

冯嫣扑哧笑出声:"大学谈恋爱不是很正常吗?恋爱又不是见不得人的事情。要不是你腼腆,我早把你带回家了。"

朱盛庸内心漫过一阵心酸:"冯嫣。"他有些难以开口,但又不能不说,"马上要毕业了……"

冯妈正了正神色，眉目含情："你放心，有些话，你不说，我也心里有数呢。"

第 31 章　奔赴书店挨骂

朱盛庸这个人，向来后知后觉。在感情上更是如此。

譬如高三那次。

同桌范思绮在寒假结束的时候把他叫出教室，明显是有话要说。明晃晃的浪漫开头，硬生生被他弄成打架收尾。

他也是在半年后的一次夜半醒来，才忽然领悟到范思绮一开始推搡他，是出于某种害羞。

这一次也一样。

不过这次在顿悟的时间上进步巨大。

当天晚上就顿悟了。

在简陋的宿舍水房冲过澡，朱盛庸躺在凉席上，准备入睡。他向来不熬夜，入睡的时候室友们还生龙活虎，寝室的日光灯也大亮着。他侧身面朝墙，心态如佛，闭眼听英文歌，哄自己入睡。

行将成功之际，猛然清醒过来。

双眼一睁，瞬间确认了"只怕冯妈说的'心里有数'，跟他心里想说的，不是一回事"。

不行，明天一定要找个时间，明明白白、清清楚楚地跟冯妈沟通拒绝统一分配的事。

第二天，朱盛庸去教务处打听了拒绝统一分配要走的流程，打听出只要带着 2700 块现金，交给学校会计，凭借会计出具的收据，就可以兑换毕业证。手续意外简单。

妈妈承诺他两周内就会备齐 2700 块。他只需要 2 周后再回一趟家，这事就算搞定。

从教务处出来后，朱盛庸到女生宿舍楼下，请宿管阿姨帮他叫 302 房间的冯妈。

不多久，林青青从宿舍楼里走出来。

朱盛庸还以为她是路过，没想到，林青青在他面前停下来了。林青青是冯妈的室友，也是冯妈的闺蜜。在"闺蜜"之名没有流行起来的年代,她和冯嫣已经行闺蜜之实。冯嫣若不跟他在一起,必定是跟林青青在一起。

林青青对朱盛庸的态度一直称不上友善,她本人又有毒舌潜质,让朱盛庸多少有点忌惮她。

"我等冯嫣。"朱盛庸站直,表态。

"她没在寝室。"

"哦。"朱盛庸转身想走。

"站住!"身后一声暴喝。

朱盛庸赶紧立定。

"你要对冯嫣好!"林青青双手叉腰,一副母夜叉架势,"冯嫣这些天,因为你分配的事吃不好睡不好,跟她家人都吵架了!你以后要是胆敢辜负她,我第一个饶不了你!"

朱盛庸听得汗毛乍起:"你说什么?什么分配的事?"

冯嫣口中的"我心里有数",难道指的就是他不必开口她也会帮他运作分配的事情?

林青青有些懊恼:"冯嫣她不许我提前告诉你,她想给你一个惊喜。"

分明是惊吓好吗?本来就有愧于冯嫣,现在好了,感情债更还不清了。

"冯嫣现在在哪儿?"

"她自从跟家里人吵架后就不肯回家,现在,她爸妈齐齐来学校劝她,啊不,很可能是联手骂她来了。你敢不敢出面替她挡?"

林青青满脸挑衅加潜在的鄙夷。

朱盛庸沉下脸来:"废话那么多!告诉我冯嫣现在在哪儿?"

"义气!"

林青青拔腿就跑,边跑边扭头喊朱盛庸跟上。

跟着林青青,朱盛庸来到校内唯一一家书店。书店历来是学校不可或缺的存在。幸之又幸,石化工业职校也有这么一家能提供几张配套桌椅的书店。

隔着大玻璃窗,朱盛庸一眼看到冯嫣浓密的秀发和秀发中半隐半现的发卡。林青青推了朱盛庸一把,把他推进书店的门内。

因此,朱盛庸是以跟跑的姿态第一次出现在冯嫣父母的眼中的。确切地说,是以这样的姿态出现在冯嫣父亲眼中的。冯嫣和她妈妈背对着门。

一定是冯嫣爸爸的目光太特别了,以至于冯嫣和她妈妈纷纷别过头。那时候朱盛庸已经站稳。他稳步朝最靠里面的冯嫣在的那张桌走去。

"朱盛庸!"冯嫣出声叫了一声。

冯家父母早就对这个名字耳熟能详,今朝第一次将人名和人对上号,心中的逆反情绪立刻熄灭过半。

打眼一看吧,朱盛庸这孩子确实有与众不同之处。不光是容貌周正——不跟家里的爸爸和哥哥比,朱盛庸颜值过关——还气质超群。小年轻眉宇间弥散着浩然正气,举手投足不卑不亢,一看就是优质有志青年。

冯妈妈瞬间暴露丈母娘看毛脚女婿的天性,第一时间转变立场,并用行动表示出来。她站起身,让出女儿身旁的位置,不由分说走到小桌对面,将丈夫挤在了条凳的里面,朝朱盛庸露出和善的笑容:"哦,你就是小朱啊。请坐请坐。"

冯嫣娉婷而立,含笑地望着从天而降的朱盛庸。刚才还盈盈欲泣的双眼,此刻已经雨过天晴。

两小只脉脉含情地对望一眼,酸度已经超过冯爸爸能承受的极限。冯爸爸威严地咳嗽了一嗓子。

朱盛庸赶紧移开目光。

见冯爸爸坐在靠窗位置,朱盛庸便也坐了靠窗的里面。冯嫣水到渠成地在他身旁落座。

"小朱,介绍一下自己?"冯妈妈笑盈盈地问。

冯嫣嗔怪地叫了一声"妈妈",意欲阻止。

"嗳,自我介绍确实是最快的了解方式。"冯爸爸帮腔。

冯嫣不再吭声。

三双目光集中在朱盛庸脸上,朱盛庸深感压力山大。

"我姓朱,朱元璋的朱,我妈妈姓盛,虽然我这个人很平庸,但名字中的'庸'字,本意是取'中庸'的意思。"

冯爸爸一脸不悦:"平庸和中庸,又有什么区别!"

"冯爸爸说得对,不过是感情色彩有别。我有个哥哥,他叫朱盛中,我叫朱盛庸,合起来即'中庸'。"

"可惜你是老二。"冯爸爸像捧哏一样接话。暗遭冯妈妈一掐。

冯爸爸强忍着痛,执着发话:"你这个人,有什么优点?"

"我比较理性,情绪波动不是很大,比较有责任心,轻易不迟到,遇到问题积极向内反省,一般不推卸责任。另外英语口语比较好。"朱盛庸一边觉得画风不对,一边不得不回答问题。

"你还真当你在面试啊!"冯爸爸不满。不配合不满,配合也不满,总之他今天就是来找碴儿的。

朱盛庸露出窘迫。

是的,他不是来面试的。他不仅不是来面试的,甚至不是来跟冯嫣站同一战线的。

他是来摊牌和挨骂的。

第32章 校内书店

朱盛庸的尊重和恭敬,在窘迫中也显露无遗。这一点让冯爸爸很满意。

冯妈妈一见小年轻窘迫得红了脸,连忙打断冯爸爸,问起家常话来。

"你父母还上班吗?他们做什么工作?你哥哥结婚了吗?从事什么工作呢?你们家具体住哪里啊?要是你将来留金山,你父母不会有意见吧?"

前面的话题都还好回答,虽然未必见得有必要回答。最后一个问题,终于给朱盛庸的勇气找到了出口。

"冯妈妈妈,我毕业后不打算留在金山。"

此言一出,热腾腾的相亲场面瞬间降至冰点。

"你说什么?!"冯爸爸手"啪"地重重拍向桌面。轻薄的桌面上,水杯轻轻一跳,一两滴茶水荡了出来。

"爸爸!"冯嫣急切阻止道,"我从来没有跟他说过!他还不知道……"

"不知道你热脸要贴人家的冷屁股?"

冯妈妈扯了一下冯爸爸,警觉地看了一下四周,威严地呵斥道:"小点声!疯啦你!"

冯爸爸大口喘着粗气,像水牛一样。

朱盛庸已经做好了挨骂挨打的准备,没想到风暴还没有掀起,已经行将结束。不得不说,同学的父亲,相较他的父亲来说,都是温柔型的。

"你们两个先沟通,我跟你爸先回去。这事……晚上我们再议。"冯妈妈简单交代女儿后，拖着冯爸爸离场。

冯爸爸走得心不甘情不愿，恨不得目光能化成刀子，刀刀戳在青胡茬的年轻人身上。

冯爸冯妈走后，冯嫣仿佛力气用尽，跌坐在条椅上。朱盛庸试图触摸浑身颤抖的她，被她狠狠推开。

"我是没有提前透口风……可，难道你自己不知道我喜欢金山，不想离开金山？"冯嫣双眼含泪，双肩颤抖。她这样自己难受着，比打骂朱盛庸还令朱盛庸难受。

"冯嫣。对不起。"

"闭嘴！"冯嫣狠狠呵斥道，虽然声音娇嫩，却很有几分她妈妈精干的影子，"道歉有屁用！我不要听你道歉，我只问你，你心里到底有没有我？"

朱盛庸下意识手捂心口："我心里当然有你。"只是，这是个半截句——我心里当然有你，但这是我的心，优先考虑的是我自己。眼看冯嫣伤心得上气不接下气，朱盛庸实在没有勇气将话说完。

冯嫣咧开嘴巴，不知是哭是笑："你既然心里有我，为什么不替我考虑？我不止一次明示暗示，表露过我不想离开金山，你偏要……等等，你说你要离开金山，你已经找到工作了？"

朱盛庸也算是服气她的眼泪刹车功底了："并没有。"

"并没有？"

"暂时还没有，肯定会找到的。我哥哥说，现在是卖方市场，市场上的人才供不应求，对擅长英语的人更是……"

"啪！"冯嫣也拍了一下桌子。虽然气势没有她爸爸拍的足，也足够令朱盛庸住口了。

"你的意思是说，你没找到工作，你就是单纯不想待在金山？你确信不是为了甩掉我？"冯嫣濒临崩溃。

朱盛庸轻轻拉一下她，遭遇抗拒后就没敢再拉。四周散落各处的同学们八仙过海，都在偷窥。

"我知道有些话说出来，对你来说太残酷，我也知道这些话说出来，显得我就是渣滓。可是为了对你公平，我还是应该坦率地说出来。冯嫣，我心里是爱你的，可我不是恋爱至上的人。我对你的爱，不足以让我心甘情愿地留在金山。我内心深处不愿意留在这个偏僻荒凉的小县城（当时金山尚未撤县设区,金山与到处破土动工的上海内环相比,确实称得上偏僻荒凉)。你骂我,打我,我都认。可我依然没有办法放弃我的梦想。"

冯嫣漂亮的双眼里尽是失落和不敢相信:"朱盛庸!你就是个渣滓!"

她这样尖锐的喊叫声,使得那些偷窥的人理直气壮起来。

"那个好像是'谁与争锋'杯英语辩论大赛的冠军选手。叫什么来着?"

"我认识那个女生。漂亮的师姐!我也一时想不起她叫什么名字!"

"他俩一直一起去图书馆的,还被我和我同学偷偷取名叫'图书馆最美恋人'。这架吵得好凶哦,有人听到是因为什么事吗?"

当大家七嘴八舌议论时,冯嫣已经渐渐恢复了一些冷静。

两个人彼此注视,彼此的视线里都有很多东西。可冯嫣是抗拒的,她不想倾听,不想理解。滔天的委屈令她忍不住当胸狠狠推了朱盛庸一把。没有将喝剩下的水泼他脸上,算是她客气!

冯嫣哭着跑离书店。

朱盛庸去追,被店员无情地拦下:"不好意思,你们那桌买了饮料还没有付款。"

朱盛庸在众目睽睽之下是没脸拒绝的,他只好沉心静气:"多少钱?"

"42。"

"多少?"

"42元人民币。"

权当破财消灾吧。

可……朱盛庸一摸口袋才想起来,他平日里最多随身携带10块钱,以免不小心丢掉。正尴尬,唐骏气喘吁吁跑进书店。

他手扶着铁框门,视线焦急地搜索,直到来回扫视两遍,才对焦上朝他眺望的朱盛庸。显然,他搜索的就不是朱盛庸。

"好巧,"唐骏话不由衷地打招呼,"你也在啊?"

"有没有50块?先借给我。"

唐骏不问,只需要看看店员的表情,就明白了一切。他拿出钱包,取出崭新的钞票,递给服务员50元整,拉着朱盛庸就往店外走。或许用"拖拽"更准确。

"还要……找零8块。"朱盛庸边抗拒,边解释。

"不要了!"唐骏扬声道。

出了店,一直走到没人的教学楼后面,唐骏才松手。朱盛庸再迟钝,也明白唐骏是闻讯来打抱不平的了。

"到底怎么回事?"唐骏发问的声音闷闷的。

"就是,我以实相告,跟冯嫣说毕业我要拒绝统一分配,自主择业。"

唐骏深感意外:"你……不肯留在金山?"

朱盛庸摇摇头。

唐骏张大嘴巴。那没有发出的声音显然在问:"真的不肯为冯嫣留下?"

朱盛庸于是善解人意地加以回答:他明确地、认真地、大幅度地摇了摇头。

两个人你看着我,我看着你。不知情的,还以为爱情跨越了性别。

终于,唐骏反应过来,咆哮起来:"为什么?!"

第33章　介绍金山的独特方式

注视着唐骏发红的双眼,朱盛庸有一瞬,曾想向他剖析内心。他想向这位纨绔子弟一讲上海市区令人血脉偾张的城建,那些到处破土的工程,那些拔地而起的高楼,那些穿地而入的地铁……

可一想到唐骏的质问只因儿女情长,就断了倾诉的心。

"人各有志。"说完这话,朱盛庸转身走了。

当天晚上,唐骏没有回宿舍住。

这种事情时有发生,没有哪一次,像这一次一样让朱盛庸心中充满担忧。他总觉得,今晚唐骏的夜不归宿,跟白天发生的事情有关。

今晚注定是辗转难眠的一夜。

深受煎熬的不只是他、唐骏,还有冯嫣。

第二天,天光终于亮了。朱盛庸早早起床,换好衣服鞋子。虽然一宿未睡,胸中还是积存着很多无处发泄的情绪。他决定到操场上,跑上几十圈,好好累累自己。

晨跑的人不多,正好适合撒脚丫子狂奔。

朱盛庸正挥汗如雨,一辆桑塔纳忽然停在他前方。他差点以为是自己的幻觉。驾驶位那侧的门打开,唐骏从车里跨步出来。

朱盛庸恢复平静。

能跑到停机坪上拍飞机的人，把车开进学校操场，应该是情理之中的事情吧。

"上车。"唐骏严肃着一张脸，飘逸的中分头发被晨风吹散，他打开后车门，以不容商量的语气对朱盛庸说道。

朱盛庸拉了拉自己的背心和运动短裤，还没有来得及开口，就听唐骏再次重复。

"上车！"

既然唐骏不在意他的着装，他更不在意了。自打小学被爸爸逼着穿带补丁的裤子后，他对着装就彻底看开了。

从1983年桑塔纳在中国市场推出，到当时的1994年，桑塔纳的外壳几乎没有发生过改动，十多年不变的造型让它成了辨识度很高的车。

事实上，到2012年停产，桑塔纳的外壳都几乎没有发生过改动，以至于它从"辨识度高"，发展成为"家喻户晓"。

朱盛庸坐进了桑塔纳。

90年代初的桑塔纳，大约相当于现在的进口奥迪A6、奔驰S、路虎、保时捷卡宴等豪车。一般的小富人买不起。

朱盛庸屁股刚坐稳，又被唐骏拉出来。

"坐前面！"

"我不会开车。"

"坐我旁边！"

"你有驾照吗？"

唐骏黑着脸，不回答。朱盛庸于是知道这位坐在驾驶位上的唐同学，将要带他无证驾驶。

"去哪儿？"

1994年的桑塔纳市值约20万人民币一台，那时候大部分人的月工资才200块。朱盛庸并没有格外惧怕什么，大约内心深处觉得把他卖了也不值20万吧。

唐骏开的桑塔纳如同一头被困的野兽，横冲直撞。有惊无险掉头冲出操场后，莽莽撞撞开出校区，直奔金山市的街头。

唐骏打开朱盛庸侧的车窗，大量的晨风灌进来，令人头发乱飞。

朱盛庸默默系上安全带。

"看看你的右边！那是8000民工开挖的潮里泾！"

潮里泾里从黄浦江引渡来的水静静流淌，泛着微光。

"看看我们的朱泾万安桥！15年前就建成了！投资83万元！"

大桥两侧挤满骑自行车的人。桑塔纳于其中是耀眼的存在，很多人向车上投来羡慕的目光。跟从容骑自行车的人相比，这辆黑色桑塔纳显得有些暴躁。

唐骏拿手砸喇叭。

但并没有人刻意给车让位置，行人还是照样见缝插针过马路。

"你听说过朱泾镇罗星路吗？听说过朱泾镇万安街吗？10年前就路宽24米了！"

桑塔纳在前方路口激烈地转了一个弯，开上一条略繁荣的马路。司机的情绪全面爆发。

"我们金山松隐棉纺厂生产的'宝塔牌'人造棉纱，出口马来西亚！新加坡！越南！"

朱盛庸手拉扶手，紧咬牙关。小时候挨爸爸胖揍的倔强此刻已经全面觉醒。他是绝对不会开口央求唐骏镇定些，开慢些的。

"那是我们的金山电影院！投资103万元！有1032个座位和冷气设备！"

朱盛庸慢慢将目光从险状百出的路况上，移到唐骏面孔上。唐骏很激动，周身笼罩着愤怒的气息。

"我们金山也是有博物馆的！我们的农民画是到北京开过画展的！"唐骏近乎咆哮。桑塔纳也充满了愤怒。不是急刹车，就是响喇叭。

桑塔纳在市区内像没头苍蝇一样乱窜，好几个交警对它吹哨。唐骏根本不予理睬。

最后，桑塔纳终于停泊在一条在建公路旁。轮胎摩擦地面，发出刺耳的声响。

朱盛庸打开车门，钻出车身。脚踩在地面，地面都是软的。

唐骏摔着车门下车，手指在建公路，用跟哭没什么差别的声音喊道："国家一级公路！总投资人民币4个亿！"

唐骏绕过车身，来到朱盛庸身后，试图抓住他。

"我们金山不好吗？我们金山哪里不好了？"

"呕——"朱盛庸来不及走到路边，呕吐起来。早晨压根没有吃早饭，呕吐的多是胃液，味道极为令人印象深刻。

唐骏不由止步，转身。他双手叉腰，等着朱盛庸恢复。

吐过之后，朱盛庸感觉天地摇晃得不那么厉害了。

他一边撩起背心擦嘴巴，一边在摇晃的错觉中力争站稳。嘴角噙着一丝苦笑，他用平静的声音对唐骏说道："金山好不好，都是你的故乡。我心的归属，在上海市区。"

"混——蛋！"唐骏大喊，也终于哭出声，"你抢走了我最心爱的姑娘！你还不满足！你还伤害她！"

朱盛庸因为呕吐，因为唐骏的失控，因为一早的崎岖经历，也双眼蓄满泪花。他定定地看着抓狂的唐骏，良久，开口："我知道你喜欢冯嫣。"

唐骏头一昂。

随着朱盛庸挑明关系，他胸中激荡的情绪也因此找到发泄口。

"是的。我喜欢她。我喜欢她不是一天两天，不是一年两年。我放在心口放了十几年的小姑娘，就这样被你抢走了！"

朱盛庸嘴巴张了几张，艰难出声："我跟冯嫣之间，并没有越雷池。"

唐骏一时没听明白。

第34章　桑塔纳旁的推心置腹

同为青春期尾巴上的男性，唐骏很快意识到朱盛庸在指什么。

这没能安抚他，反而使他更暴躁，更愤怒。他直接朝朱盛庸扑过去："你他×在说什么啊！"

拳头直冲冲打在了朱盛庸的脸上。

生平第一次，朱盛庸决心不忍耐了！

他二话不说，反手就送出一拳。管他鼻子眼，哪里得势就往哪里打。两个男人很快像笨熊一样扭打在一起。

时间约是上午八九点，本应是路人很多的时段，无奈他们身处未通车的地段，连个劝架的都没有。四周空无一人，远处在使用的马路上倒是蜂拥着无数骑自行车的男男女女。只是上班时间，谁也没工夫眺望别处。

一直打到他们俩都累了，打不动了，才停下来。

衣服离褴褛也差不多了，脸上青一块紫一块，嘴角各自挂了彩，两个小年轻手脚并用爬到桑塔纳车身旁，背靠车身或轮胎，坐着喘气。

终于能和谈了。

"冯嫣怎么办？"唐骏苦恼道。

"如果她更爱金山，就抛弃我。在这个问题上，抛弃是双向的。"朱盛庸手搭在屈起的膝盖上，冷静地说。

"你到底爱不爱她？"

"爱。只是没有更爱我自己而已。"

"你真薄情！你真冷漠！你真……渣滓！"唐骏绞尽脑汁，想找出最刻薄的那个词。

朱盛庸扭转头看唐骏，脸上有不解："一个人，连自己都不爱，又怎么会爱别人？我把自己排第一位，难道不是天经地义的？我总要先处置好自己的人生，再顾及他人吧？"

唐骏嘴巴张了张，说不出反驳的话，脖子梗了梗。

喘气了一会儿，唐骏复又愤愤然开口："那冯嫣怎么办啊！这对她不公平！她的青春都给了你！"

"难道我的青春没有给她？我要是有本事从一开始就知道自己会拒绝分配，我一定不会答应冯嫣的追求。"

"滚！"唐骏又愤怒了。他最听不得朱盛庸说是冯嫣追的他。只可惜，已经没有再干一架的力气了。

"你为什么认为提到冯嫣追求我，就是对冯嫣的侮辱？我恰恰跟你相反，我认为这是对她的赞美。她是新时代受过教育的独立女性，有能力、有勇气选择属于她的幸福。这难道不是对她的赞美？"

唐骏再一次说不出反驳的话。他朝另一边啐一口，吐出一口带血的唾沫。

"你跟冯嫣提分手了吗？"唐骏停歇一会儿后，又开口。朱盛庸算是看明白了，他的所有问题，全跟冯嫣有关。

"我只是跟冯嫣讲了我的内心。是不是要分手，冯嫣说了算。"

"嗯。"这一点令唐骏多少感到满意，"'分手'两个字，只能由冯嫣说。"

朱盛庸有些哭笑不得："这些都是细枝末节，不重要。"

"不！重要！"

"好吧。重要。"

"这是你对我的承诺!你要永远记住:分手只能由冯嫣来提!"唐骏试图抓朱盛庸的衣服。可那件背心因为质量一般,已经在打架时被他扯断一根带子。朱盛庸半个胸露出来,说不出的滑稽。

"OK。'分手'两个字,只能由冯嫣来提。"朱盛庸无奈地摇摇头。不明白为什么唐骏要在细枝末节上纠缠。

"我和冯嫣分手后,你会向她表白吗?"朱盛庸斜觑身旁无比颓废又无比焦灼的唐骏。既然说到这份上了,索性揭开所有的面纱。

"妈的。你以为你们恋爱时我停止过向她表白?"唐骏突然笑了。

"原来挖墙脚的事一直在发生。老天有眼!"

"她看不上我。"唐骏难得低下高傲的脑袋。

"她看不上的,不是你,是你什么都不在乎、一点没有上进心、天天狗朋狐友混一堆的样子。"

唐骏陡然半转过身,殷切地注视着朱盛庸。还以为他要说出什么话,结果问的是:"什么意思?"

"你们从幼儿园就认识,认识那么久,就是块丑礁石也早看顺眼了。"

"呸,"唐骏又笑了一次,"我跟她才不是从幼儿园认识。我跟她是在妈妈肚皮里时就感受到彼此的存在,一出生就住进了相邻的保温箱,整个穿开裆裤的时代都在同一个大院、玩同一个游戏、晒同一方太阳。"

朱盛庸也听笑了,很美的青梅竹马的感觉。可他嘴里是不肯让唐骏得到慰藉的:"可惜,落花有意,流水无情。"

"滚。"唐骏笑着拿胳膊肘推了一下朱盛庸,"冯嫣还没有出落成漂亮小姑娘的时候我就喜欢她。这是我最得意的事。我看上她,不是因为她好看,而是因为……是因为,她就是她,独一无二的她。"

"我也不是见色起意。"朱盛庸解释。

两个人都沉浸在只属于自己的跟冯嫣有关的美好回忆中,各自微笑着追忆了一会儿。

"你到底是怎么想的?工作哪里不是干?这里跟市区的工资并没有差别。再说了,我们金山就算是县,好歹行政上也归上海管,说起来不都是上海?"唐骏万分不解地问道。

"第一个跟冯嫣没关系的问题。"朱盛庸点评。

唐骏扭过脸,不看朱盛庸,任朱盛庸嘲讽。

"三年前我也是这么想的,生活到处像死水一潭,大家不管从哪里毕业,毕业后领着同样的工资,穿着同样的衣服,过着同样的生活。

"我拼命想逃离这种恐怖,差点就成功了。

"我还没有跟任何一个金山的同学提起过,我曾经有过免费出国读大学的机会。恰巧当时外公查出直肠癌,他的几个子女都倾向保守治疗。

"当我得知外公只有半年可活的时候,我选择了放弃出国。名额让给了我当时最好的哥们儿。

"那一阵子我总是半夜醒来。放弃出国读书,陪伴外公,我内心从未对这个决定感到过后悔,可就是总失眠。

"我躺在寂静的黑夜里,反复琢磨,我为什么活着?

"如果只能按部就班,只能人云亦云,我,为什么还要活着?"

唐骏脸上的讶异,明白无误地显示他从未思考过这种生死哲学问题。

第35章 唐骏的结论

6月中旬的太阳,在早晨9点时射出明亮灿烂的光线。

衣衫不整的两个青年背靠在时代豪车桑塔纳上,推心置腹,展开对话。

"如果生活还没有正式展开,就已经一眼望到底。还有什么意思!我才20岁,已经有了80岁的绝望。"朱盛庸试着表达自己,"我是不会自寻短见的,就算带着80岁的绝望,也只能绝望地继续活下去。"

"可,偏偏在我试图说服自己接受现状的时候,在我在金山读书的这三年,上海市区发生巨大变化。

"你没有一次次看过上海市区,你的感受可能不那么深刻。我是亲眼看过的。

"这三年,市区像是沉睡后苏醒过来一样,到处在破土动工,我迷恋那种'动起来'的生机勃勃的感觉!它让我热血沸腾!

"自从我意识到上海市区在迅速变化之后,就再也没法容忍金山的沉寂了。

"2700块钱对我的家庭来说,并不是一个说拿就能拿出来的小数目。光是筹这笔钱,就需要两个星期。尤其我爸爸还那么贪财小气,我向我父母提出想补齐学费,自主择业,其实是承受着巨大的心理压力。

"如果我父母不答应，我也无计可施。所幸我妈妈答应下来。

"我的生活，就像是密不透风的小黑屋，终于开了一扇窗。我很快乐，内心充满期待。就像80岁老翁吃了灵丹妙药，正在重返青春。"朱盛庸远眺的目光充满了向往。

唐骏开始理解朱盛庸，他点着头接道："你这个80岁老翁正在重返青春，冯嫣就像80岁老伴，她拉着你，让你为了她不要重返青春……"

朱盛庸笑了笑。

"她拉着你，是她自私。"

朱盛庸不敢苟同，但内心深以为然。

"可他妈你独自吃仙丹，独自重返青春不管她，算你自私啊。而且，你先自私！"唐骏得出结论，重新愤然。

"这仙丹你也可以吃，冯嫣也可以吃，谁都可以吃！金山的户口本质上也是上海户口。上海市区是大家的市区，你们也可以去啊。是你们自己安土重迁，不肯去。"

"我们为什么明明有家，还非要离家到外瞎折腾？我们明明可以过得安逸舒适，为什么还要跟自己过不去选择漂泊动荡？"唐骏问得气势斐然。

朱盛庸点头赞同："你说得对！这里面没有对错，只是选择不同罢了！人各有志，不同的人有不同的选择，这很正常。不需要道德评价。"

唐骏思索着。

风一阵阵吹过来，夹杂着远处城市的喧闹和近处的鸟鸣声。

唐骏思索了好一阵子，终于点头："我明白了。"

"你明白了？"

"你是个自私自利的人。"

朱盛庸哭笑不得。

"同时你也是个坦率坦荡的人。"

朱盛庸表示接受。

"同时你也是个虽然自私自利但是稳定可靠的人。"

朱盛庸目露欣喜。

"因为你不肯辜负自己，所以你活得无怨无悔，所以你内心宁静不抱怨，所以你没有情绪内耗，所以你会一心一意认真努力，所以……"唐骏停顿。

朱盛庸面色大喜:"所以?你的最终结论是?"

"你是一个自私自利、无怨无悔、不知道值不值得托付的人。"

朱盛庸泄气。

懒得搭腔。

两个人静默不语。

"万一,"过了一会儿,唐骏重新开口,语气犹疑,"我是说万一,万一冯娅为了你,放弃了金山的稳定生活,她跟你去了上海市区,她要是找不到工作,你肯养她吗?"

"她肯定能找到工作的。"朱盛庸对这个假设的接受度很高,说明他暗中期待过这种结果。

"万一呢?"

"没有这种万一。现在是卖方市场,雨后春笋一样冒出大量公司,对人才有大量需求,市场上的人才供不应求,我们这种外事秘书又掌握英语技能,极度稀缺的。"

唐骏白他一眼,陡然提高嗓门:"闭嘴!听我说!万一,她找不到工作,你肯养她吗?"

"养。我有多少能力,按照多少能力的标准养。"

"好。万一她想家……"

"我陪她坐车回金山。"

"万一她心情不好闹情绪……"

"合理范围内,我哄。"

"万一有一天她后悔了,想离开你回到金山……"

"我支持她的决定。"

"……"唐骏假设不出更多的万一,头一低,脸埋在臂弯。看样子是哭了。

朱盛庸幽幽叹口气,不得不承认:"其实你比我更爱她。"

唐骏没接话。

一群头戴安全帽的工人从远处走过来,为首的一个小跑过来,大声质问他们:"你们是谁?为什么要把车开过来?这条路不通!快离开!"

唐骏本来心中郁闷,这会横横地与之对吼。去除无数的附加语气词后,大意是"你管得着吗"。

一个工人从小领导后窜出来,一把把唐骏搡到车窗上,手臂横卡着唐骏的脖子，眼睛里露出野蛮的光。

唐骏的脸很快憋得通红。

朱盛庸赶紧表态，他们这就离开。

小领导拉扯了一下那个孔武有力的员工，吐出一口烟雾："行了吧，小年轻最容易不知道天高地厚。让他们走。"

唐骏还想骂回去，被朱盛庸提前捂上了嘴巴。

正如来的时候唐骏强逼着朱盛庸上车，回去的时候，朱盛庸逼着唐骏上车。

桑塔纳像是强大的无声宣言，让工地上的人无形中开了绿灯。他们纷纷为车让路，站到了路边。

跟来时的横冲直撞不一样，回去时的桑塔纳和顺多了。

"你爸的车？"朱盛庸问。

"不。他级别不够。"

"那是哪来的？"

"偷来的。"

朱盛庸骇了一大跳。

"偷的我爷爷的司机的。不要紧。我爷爷会包庇我的。"

哦，原来唐骏在奶奶之外，还有一个更厉害的爷爷。

"虽然不是我亲爷爷。"唐骏补充。

朱盛庸看了一眼唐骏，内心多少有些怜悯。这家伙该不会连"亲疏有别"都不知道吧？不是亲爷爷，最多忍着性子包庇一次、两次。之后呢？

"你以后还是收敛一些吧。"朱盛庸劝他。

没想到，唐骏顺从地点点头。

"是啊。冯嫣要是走了，我还作给谁看。"

"别甩锅啊。你作妖是因为你三观不正。跟我冯嫣无关！"

第 36 章　他比我更喜欢你

唐骏笑起来："你维护冯嫣，我听了很高兴。"

两个小年轻驱车赶到校门口，还没到校门口，唐骏就开始踩刹车。

"他们找上门来了。"

"谁?"朱盛庸没有看到任何形迹可疑的人,他的全部注意力,都被校门口的冯嫣吸引了。

冯嫣穿了一袭过膝白裙,腰里系了一条红腰带,乌黑发亮的头发披在肩头。有超凡脱俗之感。

朱盛庸只想唐骏再开得近一些。

"怎么不往前开了?"

"离校园门口远一些,免得死得太难堪。"

朱盛庸没明白过来不要紧,现实马上教会他看明白。好几个成年人朝桑塔纳快步走过来,其中一个人走出了身高八丈的气势。朱盛庸觉得自己都不需要有一双慧眼,就能看出那人周身燃烧着愤怒的火焰。

"谁啊?"车内,朱盛庸小声问。

"我爸。"

"爸"字余音未落,愤怒的中年男已经狂暴地拉开车门,唐骏身形一缩。那只要拖拽唐骏的手,忽然迟疑了。

"自己下车。"中年男威严地说道。

唐骏缩着脖子下车了。朱盛庸紧随其后。

两位难兄难弟不知不觉依靠在一起,彼此汲取力量。

此时好几个中年人和冯嫣一起走到跟前。冯嫣一看朱盛庸鼻青脸肿的模样,忍不住倒吸一口冷气,避免自己哭出声,冯嫣捂上了嘴巴。

朱盛庸冷静下来,偷偷打量眼前的好几双脚的主人。好家伙,其中一个正是昨天见过的冯嫣爸爸。冯爸爸双眉紧锁,目光凌厉地盯着朱盛庸。朱盛庸赶紧垂下目光。

"你们怎么回事?"开口问话的是唐骏爸爸。余光发现,有个人围着车子在转,大约是司机,在检查车况。

"摔跤。跌的。"唐骏顺口胡扯。

"开着车摔跤?"唐骏爸爸暴跳如雷。

"从车上下来以后。"唐骏一副死猪不怕开水烫的架势。

"你不跟二爷爷打招呼,直接把他的车开走,这叫偷!二爷爷可以去报案!你可以被关进去!"

唐骏闷声不言。朱盛庸暗自想,原来还有暴怒时耐心给儿子讲道理的爸爸。

"你偷了二爷爷车,都去干了什么?"唐骏爸爸的声音犹如天雷滚滚,响在耳边。

朱盛庸瞄到检查车况的人朝唐骏爸爸摆了摆手。这一路虽然横冲直撞，好在既没有发生交通事故，也不曾刮擦碰撞。除了喇叭受累，就是轮胎受损。

"带同学参观金山的县容县貌。"唐骏这时倒彰显起不卑不亢的姿态来。

他老子背着手，来回踱步。大约唐骏爸爸也有心理压力的，周围一圈同事，他既不能显得武断专制，也不能显得软弱溺爱。

"他是你同窗三年的同学？"唐骏爸爸大手一挥，手指朱盛庸。朱盛庸骇了一跳。以为他要像爸爸一样二话不说劈头照脸对着他打起来。其实并没有。

"对。睡我上铺的兄弟。"

几个大人中不知道谁，非常不应景地扑哧笑了一声。

"他都在金山待三年了！他能不熟悉金山？还轮得到你带他去看金山的县容县貌？"

"他眼瞎。我指给他看。"

听到这里，冯嫣忍不住，"嘤嘤嘤"哭出声来。别人看不明白，她如何不明白？一个她爱的人要离开金山，一个爱她的人为了她暴力挽留。个中情义，难以承受。冯嫣的一颗心都要碎了。

冯爸爸一见女儿哭了，心不由一沉，知道两个大男孩这般尴尬，怕是跟自家千金脱不了干系。这样的话，还是不要审案了。难得糊涂。于是，赶紧出言相劝。

"唐兄，人平安，车没事，就够了。谁没有十七，谁没有十八。年轻人的事，睁一眼闭一眼，让他们自己搞去吧。"

"是啊是啊。平安最重要。"

"不冲动就没资格称为年轻人了。咱们年轻时，谁没干过几件傻事呀。"

"哈哈哈哈。是啊是啊。如今都成下酒菜了。"

众人一劝，唐骏爸爸就坡下驴，胡乱责骂唐骏几句了事。他就算不知道儿子喜欢冯嫣，也猜得出儿子对冯嫣另眼相待。管他是爱情还是友情，都比喝酒胡闹被警察抓好。

司机开了车，另外4个大人挤进桑塔纳。

乌黑铮亮的桑塔纳,在骄阳照耀下,耀武扬威地开走了。留下3个年轻人。

朱盛庸的背心带子还耷拉着。

冯嫣瞄啊瞄,瞄到那粒傲然挺立的米粒,自己红了脸。

她顺手从手腕里取下一个橡皮圈,对朱盛庸说道:"蹲下点儿。"

"啊?"朱盛庸没反应过来。

"她让你蹲下点儿!"唐骏叫嚣。

冯嫣瞪了他一眼,唐骏立刻老实了。

朱盛庸屈膝蹲下,矮了小半截。冯嫣从从容容将他断裂的背心带子绑在了一起,还绑出两只蝴蝶翅膀一样的小揪揪。

"好啦。"冯嫣红着眼睛笑了。

唐骏一直跟着冯嫣和朱盛庸。冯嫣一眼一眼瞥过去,始终不好意思说什么。朱盛庸看不下去了,对唐骏道:"好了,你可以走了。"

唐骏想反驳,但终究立场站不稳,哼哼唧唧离开了。

"疼吗?"冯嫣心疼地看向朱盛庸的面孔。想摸一摸,又怕惹他更痛。

"不疼。"朱盛庸一口否认。

"唐骏开着车把你带出去,就为了打架?"冯嫣嘴角噙着笑。有人喜欢,到底是件甜蜜的事。

"他比我更喜欢你。"朱盛庸坦白。

"我不想听你这么说。我喜欢谁,是我的选择。"

"我就欣赏你这一点。"

"只欣赏我这一点?"

朱盛庸被问笑了。

"你严肃回答我:你心里爱我吗?"

"爱。"

"我在你心中排第几位?"

"第二位。"

"你妈妈呢?她排第几位?"

"排在你后面。"朱盛庸毫不停顿地回答。

"真的?"这个回答让冯嫣欣喜不已。

"真的。"朱盛庸看向冯嫣,"我没撒谎。"他确实没有撒谎。自从知道妈妈后悔生养他之后,他虽然劝说自己理解妈妈,但内心到底产生了一道裂痕。加上妈妈向来对他淡淡的，从不曾为了他跟爸爸抗争，他多少有些介怀。

冯嫣低头笑了。

昨天，猛然得知朱盛庸毕业后不打算留金山，而且明确告诉她，他爱她不及爱他自己，自视甚高的冯嫣觉得整个价值观都崩溃了。

她跑回宿舍，大哭不止。

林青青摇晃着她的肩膀，问她到底发生了什么事？她抽抽搭搭，将事情讲给林青青听。

林青青柳眉倒竖，厉声反问冯嫣："姓朱的跟你提分手？"

第37章 2700块换回毕业证

冯嫣仔细想了想，摇了摇头。

林青青怒火减少一半："他没说要跟你分手，他就是告诉你他毕业后不想服从统一分配，想回上海市区发展？然后你就哭成这样？"

冯嫣哑然。而后辩解道："他亲口承认他爱我不及爱他自己！"

"那不是很正常的嘛。你摸着良心问你自己，要是生死关头，你和他两个人中只能一个人活下来，难道你不暗自希望能活下来的人是你自己吗？"

冯嫣忘记抽泣。她还真没有设想过这种极端可能。

"要是有男人跟你说，他爱你胜过爱他自己，他十有八九是在骗你。好吧好吧，是有那种为爱情奋不顾身的情圣，但毕竟是少数。而且，姓朱的明显不是那种人。唐骏倒有可能是。"

冯嫣思索起来："猛然听他那么说，我心里好难过。"

林青青瞪她一眼："你呀，就是公主病。老想着有人围着你转，哄你夸你，说爱你。你也不想想，一个男人大把时间花在围着你转上，还怎么去挣钱？没有事业心的男人，你又是否看得上？"

冯嫣叹起气来。闺蜜一针见血，指出了她的矛盾之处。

"可我还是不甘心。他不爱我……"

"不！"林青青打断她，"他不是不爱你，而是更爱他自己。你问问他，要是他生命中的重要人物排序，他排在他父母前，在他父母之后，能排到你？我认为能就可以接受！"

冯嫣扳起手指头，懊恼地说道："那我要排第四了呢。"

林青青怒其不争道："他甜言蜜语哄骗你说你排第一，你就真的是第一了吗？他诚实坦率地告诉你排第四，倘若你真的在他心中排第四，不是蛮好吗？你是要活在甜蜜的谎言中，还是活在真实中啊？"

林青青的当头棒喝没有白费。冯嫣仔细想了想，抛开服从分配还是自主择业不说，朱盛庸并没有做错什么。他只是更坦白而已。

至于服从分配还是自主择业，说实话，她也不是很在意。服从分配中规中矩，自主择业也谈不上大逆不道。而且，她最初看上朱盛庸，不正是觉得他有上进心吗？

回寝室后不超一个小时，冯嫣就接受了发生在她身上的爱情"剧变"。剩下的时间，不过是不好意思主动联系朱盛庸而已。

心事重重睡了个囫囵觉，正一心一意等待朱盛庸联系她，结果竟然等来爸爸和他的同事。原来唐骏早上偷偷将公司配给二爷爷的车给开走了。唐骏爸爸一路追踪，追到学校。从门卫那里听说他载了个人出了校门。

找到目击者一问，唐骏载走的是朱盛庸。

陪同过来的冯爸爸，立刻心里一沉。带人来找女儿，想问问她是否有朱盛庸的联系方式。

唐骏是有小灵通的，只是他刻意留在了家里。

冯嫣于是知道唐骏把朱盛庸约了出去。唐骏向来性格不羁，行为处事跟智障儿有一拼。他该不会把朱盛庸载到河浜旁，把朱盛庸丢河浜里吧？

忐忑而又无计可施。

冯嫣在焦急的等待中，已经彻底原谅了朱盛庸。

这会儿，一听朱盛庸说她的重要性排序，排名"第二"，大喜过望，立刻重新甜蜜起来。

"为什么你父母反而排在我后面？他们可是生你养你的人啊？"

坦率地说，如果让冯嫣排名，她可做不到把朱盛庸排在她父母前面。她甚至有些分不清，该把朱盛庸排第四，还是该把林青青排第四，或者，应该把家里的波斯猫排第四？

这样内心一活动，朱盛庸的"我爱你，但不及爱我自己"简直太友善、太有爱了。

"因为，"朱盛庸认真回答，"陪我到老的，是你……如果你肯的话。"

冯嫣娇俏地移开目光。她的嘴角，已经绷不住，翘了起来。

俩人漫无目的地在校内闲逛，实在受不了骄阳，不得不躲进图书馆。

才进图书馆，就迎面撞见了林青青。

只要看一看冯嫣的笑脸，林青青就猜小情侣之间的矛盾解决了大半。再看朱盛庸跟难民一样的面孔和衣着，哭笑不得道："冯嫣，还不赶紧让他回寝室换衣服！你俩就这样在校园里闲逛，也太情人眼里出西施了吧？"

冯嫣红了脸，仿佛才意识到朱盛庸鼻青脸肿，衣衫褴褛。

"换好衣服记得去一趟医务室！"林青青婆婆妈妈追加道。

冯嫣要跟着朱盛庸离开，被林青青一把拉住："他回男生宿舍。你跟着去干吗？"

"我陪他去医务室。"冯嫣小声辩解。

"不需要！你自己闯祸，自己收拾！"

冯嫣吐了吐小舌头，跟朱盛庸道别。

朱盛庸迈着他沉稳的步伐，按照固有走路节奏，离开了。

"啧啧，"林青青一脸嫌弃，"瞧他那傲慢劲儿，跟穿了皇帝的新装似的。"

冯嫣捂嘴笑："我都看不懂了，你到底是讨厌他，还是欣赏他。"

林青青脸上有一瞬的尴尬，马上积极自我表态："他有啥好？我有啥好欣赏他的？不讨厌他也不过是爱屋及乌，看你的面子罢了。"

"嘘——你那么大声音干什么？"冯嫣笑。

林青青脸上消失的尴尬又回来了，并且驻足了好久。

冯嫣不善于察言观色，因此也就没有发现。

一周后，朱盛庸再次返回市区。这一次，照旧没有带冯嫣。他如他所承诺，花了大半天的时间看望外公。从徐汇区返回金山县的时候，书包深处，揣了2700块钱。

到校后的第二天，周一，去了学校财务处，缴纳了过去三年的学费。凭借财务处开具的证明，去教务处换了自己的毕业证。

所有这些事情做完，不超过两个小时。

那些服从分配的，不必领取自己的毕业证，毕业证将由学校直接转交给各个分公司。

朱盛庸拿着毕业证去找冯嫣。

好巧不巧,在女生宿舍楼下遇见了林青青。

朱盛庸主动跟林青青打招呼,语气史无前例的热情——他后来听说,冯嫣之所以那么快就接受"我爱你,不及爱我自己",林青青功不可没。

林青青并没有给朱盛庸好脸色,她犀利的目光来回在朱盛庸身上扫射:"恢复得挺快的嘛。"

朱盛庸下意识摸了摸脸,憨憨笑了笑。

第38章　携手奔赴上海市区

林青青忍不住也嘴角一弯,露出笑脸,不过,笑容转瞬即逝。

告别也不告别,她转身就进宿舍楼宇。边走边挥手,高声道:"我帮你喊她。"

朱盛庸忽然觉得,女生比男生还不能以貌取人。

冯嫣像是活泼的小兔子,欢欣鼓舞地从黑黑的楼洞里跑出来,可可爱爱地停在朱盛庸面前。

她是否愿意离开舒适圈,陪他一起回上海市区呢?他很想知道答案,但也一直克制着没有问。很多问题的答案,都需要时间去沉淀。

最差的结果,是两个人的恋爱热情,死于异地。

那也总比上周状况百出好。

上周唐骏跟他干了一架后,又火速和好。唐骏依然找朋友鬼混,依然在朱盛庸情绪不高的时候贱贱地贴上来问"是否已分手",依然得到朱盛庸的一声"滚"。

日子从表面看,恢复如常。

没有人关注唐骏曾经开桑塔纳载走朱盛庸,同学和室友们都在暗中找关系托分配到更好分公司的事情。

朱盛庸拿到他的毕业证,反而成了班上最无忧的人。他无需像其他同学一样,担心自己被上海石化总部分配到偏僻乡镇。

他要回到热闹的大上海,自主选择自己喜欢的公司和岗位。这种将命运握在自己手心的感觉,令朱盛庸精神澎湃,热情焕发。当冯嫣来到他面前时,他出其不意前倾身体,在冯嫣的额头上轻啄一口。

冯嫣难为情地飞快看左右:"讨厌。有人。"她嗔怪的声音娇甜软糯,分外迷人。

朱盛庸将自己的毕业证递给她。

"毕业证长这样啊。"冯嫣来回看那个暗红色的小本本,"我也想拿回我自己的了。"

朱盛庸一怔。有点不敢相信自己的耳朵。

"2700块?"冯嫣抬眼看朱盛庸。

朱盛庸惊喜万分地点头。这是否意味着她愿意脱离舒适圈,跟他一起回市区?

"可我没有这么多钱。"冯嫣沮丧道。

朱盛庸的惊喜跌落到谷底。这至少表明她的父母不同意她离开金山,离开安稳的编制工作吧。

"我的私房钱大约只有2500块,你能支援我200块吗?"冯嫣娇俏的语气,仿佛在说,想吃冰激凌,你能给我买一根吗?

朱盛庸手摸后脑勺,有点不敢开口说话。他有200块,他愿意支援给冯嫣。问题是,他可以这样做吗?

算不算拐走冯嫣?对冯嫣的父母来说,是不是太霸道了?

"那我只好找林青青借喽。"冯嫣惋惜地说道,还失望地嘟起嘴巴。

她意已决?朱盛庸惊讶得忘记走路,落在了冯嫣身后好几步。

冯嫣察觉,止步,扭身:"干吗,突然丢魂啦?"她当然知道他在为什么而吃惊。

果然,只见朱盛庸结结巴巴问道:"你,你想好了?"

冯嫣点点头。故意做风轻云淡状。

"你,真的决定了?"

冯嫣再次点点头,目光纯真地望向朱盛庸。

两个人隔着三五步,谁都没有朝谁走近。

"即使你爸爸妈妈不同意?"

冯嫣再次点点头。

朱盛庸原地转了一个圈,手按额头,感动得已经说不出话来——这个世界上有个女孩,愿意为了他放弃熟悉的环境,舒适的生活,不顾父母的反对,跟他一起浪迹天涯!

一圈转完,朱盛庸大步流星走过去,一把抱住冯嫣,原地转了个大圈!

冯嫣的发梢和裙子一起飞起来。

恰巧一阵风吹来。裙子伴着清脆的笑声，一起飞扬。

远处大撒把骑自行车路过的唐骏，正正好好目睹抱着转圈的那一幕。

"咣当……啪"，自行车和车上的青年狼狈地摔倒在地。

后面跟上来的七八个骑车青年很快将倒地的唐骏围起来，七嘴八舌地嘲笑起他技术太烂。可怜的唐骏，还要承受二次伤害。

朱盛庸带冯嫣去金山县，找了一家建设银行，将自己多年来的存款取出半数。柜台办好手续，朱盛庸转身，温柔地将手中的971块递给冯嫣。

冯嫣吃惊："怎么有整有零的？"

朱盛庸道："我全部的私房钱的一半，送给你。剩下的一半，待我们日后有不时之需时再拿来应急。"

"分我一半……"冯嫣呢喃，明显被感动了。

"以后我的所有收入，都有你的一半。"

冯嫣抬眼，看到朱盛庸明亮又深情的目光，一头扑进朱盛庸的怀里。

"不嫌周围有人啦？"朱盛庸在她耳边笑着耳语，招来一阵小粉拳。

两个人太开心了，回学校的路上买了两瓶北冰洋汽水，站在商店门口慢悠悠喝完。

蝉鸣。

风清。

心情不要太好哦。

"冯嫣，"两个人从返校公交车上下来，要进校门时，朱盛庸叫住了冯嫣，"我不希望让你父母伤心。如果可以的话……"

冯嫣笑着挑衅道："如果可以的话，你愿意当面劝说他们？"

"你安排见面时间。"朱盛庸一口答应。

"这么自信？"

"硬着头皮上。责任之所在。"

冯嫣笑得花枝乱颤。

她没有告诉朱盛庸，她父母之所以很生气，是因为她的父母费了不小的力气托人帮她和朱盛庸同时分到金山总部，人情都欠下了，事成了，主角反而要撤退。她父母委屈着呢！

至于她自作主张要离开金山……其实并非全因为爱情。熟人圈里的流言蜚语和秘密不过夜，也让她非常苦恼。

之前从来没有想过可以逃离，一旦朱盛庸给了启示，她便不由自主沿着这个思路一路狂奔下去。

"要是死活也不能说服我爸妈呢？"冯嫣歪着头问朱盛庸。

"那只好带着你私奔了。"

冯嫣再次被逗笑。她可太欣赏朱盛庸这种冷不丁蹦出来的幽默感了。

冯嫣并没有真的安排朱盛庸去劝说她的父母。作为独生子女，她有一种难以动摇的自信，深信她无论做什么，父母最终都将赞同并支持。区别只在于时间早晚。

利用朱盛庸提供的 971 块钱，冯嫣凑足了 2700 块，偷偷换回了自己的毕业证。等冯家爸妈得知这个消息时，冯嫣已经将自己的宿舍用品打包带去上海市区。

冯嫣特意等到最后一天，才去换的毕业证。她知道，总部岗位空缺的位置，会很快被人填补上。真希望是她的好朋友林青青补上——上海石化总经理秘书，好好做，这可是个前途不可限量的职位。

第 39 章　蓬莱路上的 10 平方米小屋

冯嫣将要入住的，是朱家在南市区蓬莱路上的 10 平方米小屋。

这间房子，朱妈妈曾经说过送给长子朱盛中做婚房。朱盛中和他的妻子兰婷确实在里面住过两年。

不过，那已经是过去式啦。

工作后收入丰厚的朱盛中和兰婷，已经买了属于他们的商品房。

1994 年，《国务院关于深化城镇住房制度改革的决定》发布实施，住房公积金制度开始全面建立。随着"房改房"概念的诞生，私房可以上市买卖，公房作为计划经济的产物退居幕后。

朱盛中和兰婷趁着改革的风头，买了一套 90 平方米的商品房。小两口为"到底是选 30 层"，还是选"赠送庭院的一楼"苦恼不已。一阵甜蜜的苦恼过后，他们决定选赠送庭院的一楼。

一楼不仅赠送庭院，物业管理费也比较便宜，而且不用担心电梯停电，利于火灾逃生。

朱盛中和兰婷从 10 平方米的小房子里迁出来，住进了精装修的 90 平方米新房。房子花了他们20万。小夫妻俩付了10万,兰婷父母赞助10万。相当于全款买下这套商品房。

朱妈妈跟朱爸爸商议,是否也意思意思给几千块乔迁费,被朱爸爸一口拒绝。他认为他们已经给过长子婚房,仁至义尽。

从10平方米猛然住进90平方米,迁居后的朱盛中和兰婷,心中充满住豪宅的兴奋和幸福。

朱妈妈和朱爸爸受邀去参观新居。朱爸爸进门第一句话就是:"××!这么暗!跟黑屋似的。"完美破坏兰婷的兴奋和幸福感。

当天兰婷下厨款待公婆——这于她是极难得的事情,只有为数不多的重要人物才能得到这一特殊待遇。没想到她真心实意,却招不来公婆的感激。

朱妈妈闷声不响吃饭也就算了,朱爸爸几乎每道菜都恶评。

兰婷忍无可忍,觉得无需再忍。

她"啪"地将筷子拍桌子上,双目圆睁,懊悔不迭道:"我真是傻到家了!我竟然以为我可以改变别人!我真是活该!"

说完,愤然离席。

朱爸爸这才醒悟过来,他直接摔了饭碗。没吃完的米粒溅得到处都是:"反了天了!她竟然冲我拍桌子!"

朱盛中视若无睹,继续安安静静吃饭。

朱妈妈平平静静地收拾那些米粒,收拾得很安详。

没有一个人劝朱爸爸熄熄火。这让朱爸爸感觉没台阶下,只好继续没完没了骂骂咧咧。

朱妈妈花了差不多半小时,才将米粒收拾干净。收拾完米粒,收拾餐桌。

朱盛中吃完饭后,坐在沙发上抚肚皮。

朱妈妈问长子:"你不去劝劝婷婷?"

朱盛中打了个饱嗝:"你不去劝劝爸爸?"

朱妈妈闻声立刻转身进厨房。等她洗完碗筷,又半小时过去。朱爸爸在过去的一个小时里,翻来覆去像念经一样嘟囔着骂骂咧咧。坐在客厅的朱盛中直接拿他的嘟囔当背景音。

朱妈妈洗完碗后,收拾背包,换鞋走人。朱爸爸大吃一惊:"等等!你不叫上我吗?"

朱妈妈没有说话,也没有等,就那么径直走了。朱爸爸慌里慌张,跟了出去。

90平方米的房间陷入别样的安静。

兰婷从卧室里走出来,一双哀怨的眼睛望着朱盛中:"你都没有过来哄我。"

"我累了。"朱盛中回答。

"什么意思?"

"拜托你长大吧。收敛一下你的大小姐脾气吧。"

兰婷想发火,一看朱盛中的状态确实不同往常,于是努力克制了一把。她柔柔顺顺走过去,贴着朱盛中坐下来,手搭在他的胸口。她静默不语,体会朱盛中的"累"。

兰婷为了修复朱盛中的"累",想到一个绝妙的主意:既然朱盛中爸爸那么爱财,那么就由她提议把10平方米的小屋再送回给朱爸爸好了!

兰婷没有跟朱盛中商量,在一次陪朱盛中回徐汇的家时,自作主张说了出来。她想得很简单,正如她跟她的父母一条心一样,她想,朱盛中必然跟他的父母一条心。她送大礼给朱盛中的父母,朱盛中岂有不满意的道理?

事实上,朱盛中比他父母还吃惊。

他错愕地看着自说自话的兰婷,几乎跌掉下巴。拜托!他拼死拼活地刻板,画图,肩周炎发作也不敢停歇,膏药换了一种又一种,图的什么?不就是积累个人财富吗?

他辛苦挣钱,难道是为了让老婆当散财童子的?

朱盛中惊诧地瞪兰婷。

兰婷毫无察觉。

倒是被朱妈妈看在眼里。

朱妈妈说:"放心,这房子是我和你们爸爸送给中中的结婚房子,我们是不会再要回来的。"

朱盛中一颗心放进肚子,正要开口,忽听妈妈又说:"既然你们现在用不到,借给阿庸头的女朋友用用也蛮好。"

"阿庸头的女朋友?"兰婷和朱盛中异口同声发问。

"阿庸头谈了一个女朋友,"朱爸爸忽然生动起来,"长得蛮漂亮!人又温和,又讲理!家境也老好的!也是个独生子女!我很中意!你们妈妈也老欢喜伊!"朱爸爸用他有限的词汇,将冯嫣夸了又夸。

兰婷正伸向长生果的手,慢慢缩了回来。

朱盛中袒护兰婷的心,成功被他爸爸激起:"在我眼里,最好的女孩就是我的婷婷!"

兰婷好感动,眼中泛起泪花。

朱盛中和兰婷离开的时候,把南市区蓬莱路上的小房子钥匙留在了小圆餐桌上。

朱爸爸对着兰婷吹嘘冯嫣有多好的时候,他其实只匆匆见过冯嫣一回。那是朱盛庸从学校搬东西回来,顺便第一次将冯嫣带回家。

家里没有第三间空房。看妈妈不甚热情的模样,朱盛庸也不想问妈妈是否愿意跟冯嫣住一间。他决定当天来回。放下他的行李后,他带冯嫣去了小阿姨家见外公。匆匆消磨半小时后,直接从小阿姨家回了金山学校。

两天后,正式毕业,朱盛庸带冯嫣住进蓬莱路的 10 平方米小房子。

朱盛庸帮冯嫣铺好床铺,布置物品。布置好后,环顾一圈,发现小屋很温馨。

哥哥住的时候,添置了空调、小冰箱。哥哥离开的时候,没有带走空调,因为冰箱太小,也留在房内。

冯嫣看着不亚于酒店的新住宿地,心里满意极了。

现在,只剩下一个问题。

"你……你……"她有点问不出口。

"我……"朱盛庸肾上腺素飙升,心脏狂跳,"还是再等等吧。等你父母同意。"

冯嫣低着头,红着脸,点了点头。她心里既失落又欣慰。但失落这种情绪,打死不能说出口,不然太刮三了!

打哑谜一样的对话,翻译出来就是:

——喂,你要跟我一起同居吗?

——先不吧,我怕你爸妈揍我!

第 40 章 双方父母非正式会晤

7月1日。

当初校园里的学生,如今已经换一种身份,走进职场。

唐骏不出意外地分到了上海石化的金山总部，据说是市场部总经理助理。林青青被分到了崇明，虽然不够理想，至少还属于上海。

对自主择业的朱盛庸和冯嫣来说，接下来的头等大事就是制作简历，买报纸看招聘广告，周末去人才招聘会，寻找合适的应聘机会。

朱盛中热情帮忙设计版面，可朱盛庸嫌弃他设计得过于花哨，没有使用。冯嫣很喜欢，高高兴兴拿来装饰自己的简历。

令朱盛庸压力大减的是，冯嫣很快在市区找到一份建筑设计规划院企业文宣干事的工作。这是她跟几十个应聘者一起竞争，靠扎实的语文表达能力和脱颖而出的英语读说能力获得的。

冯嫣的月工资起点就是520元。在当时算是非常不错的薪资了。

朱盛庸不好意思点破，她的容颜和气质，也一定贡献了竞争分值。

冯嫣这么快就找到工作，加快了她父母对她叛逆行为的接受速度。大约是冯嫣工作一周后，冯爸冯妈专程从金山来到上海市区看望女儿。一见女儿自己单独住而非想象中的婚前同居，冯爸爸就咧出了个赞赏的大笑脸。他拍拍朱盛庸的肩膀，满意地松了一口气。

冯妈妈这里看看，那里看看，哪里都满意，笑盈盈地问朱盛庸："要不我们请你父母吃个便饭？"

朱盛庸建议不如去他徐汇区的家，在家里吃，既从容，还方便讲话。

冯爸爸和冯妈妈买了盒蛋糕，跟朱盛庸和冯嫣一起，去了朱盛庸位于徐汇区斜土路上的家。

朱盛庸心有灵犀，赶在冯爸爸冯妈妈抵达市区前，就跟家里父母透露过这种可能性，朱爸爸很积极，购买了很多食材，专门等贵客上门。

两家人的第一次会晤，在朱爸爸的热情带动下，顺畅到"完美"。

当晚，冯爸爸和冯妈妈蜗居在女儿住的10平方米小家里，讨论起朱盛庸家来。

"小庸家条件不错哈。在内环内居然有两套房。哥哥也有自己的房。居住条件很宽裕哦。"冯妈妈和女儿并排躺床上。

"小庸爸爸很热情。"冯爸爸打地铺。

"小庸妈妈蛮文静的。虽然不怎么说话，但什么时候望过去，都笑眯眯的。一看就是个好相处的人。"冯妈妈赞誉。

冯嫣忍不住笑着揶揄："一顿饭吃下来，称呼都变了，朱盛庸都变小庸了。你们可真好收买。"

冯妈妈下手假装要拧人,笑骂道:"还不是为了你!小祖宗!"

跟冯家背后议论朱家类似,朱盛庸家也在议论冯家。

"挺好的人家,模样都很好,将来养出来的小毛头肯定好看。"朱爸爸满意道。

"模样!模样!你一辈子也就知道个长得好看不好看了。"朱妈妈语气里充满不屑。

朱盛庸默默地听,并不插话。这次从学校返家住宿,跟以前周末蜻蜓点水只睡一晚不同,超过三天以后,他就明显发现妈妈的变化——妈妈不仅敢反抗爸爸,还敢主动招惹爸爸了!

因为住的房子是外公给的,所以户主明晃晃写的是妈妈的名字。为了免于过户的麻烦,房产证上直接填报的是朱盛庸的名字。连朱盛中都分到了一套蓬莱路上的小房子,反倒是一向嚣张、不可一世的爸爸,名下没有片砖片瓦。

经济基础决定上层建筑,没有资产就没有底气?

朱盛庸心中一边猜度原因,一边暗中称奇。

当天小情侣的双方父母非正式会晤,朱爸爸表现100分。但朱盛庸深知,这是一种极度不牢靠的热情。一旦谈婚论嫁,涉及钱财问题,爸爸很可能是第一个翻脸的人。

反倒是当天不太作声的妈妈,或许还能指望一下。

朱盛庸默默下了一个决心,他不想低声下气地从父母这里拿取任何资助。就当2700块是父母对他尽的最后一次义务,以后,他的人生,他要自己撑起。

有一家做课程开发的公司,看中了朱盛庸的英语能力,向朱盛庸发了一张应聘邀请。纸条上写了应聘的时间和地点。

朱盛庸拿着纸条,带着女朋友,去淮海路后面的小阿姨家看望外公。纸条在手,有种一只脚跨进公司门槛的感觉。

朱盛庸带冯嫣坐26路"小辫子"公交车去淮海路兜风,到靠近小阿姨家的公交车站后下车,俩人慢悠悠闲逛,时不时在马路上看到某位爷叔手里拿着砖头式"大哥大"在打电话——淮海路不愧是上海最繁华的马路!

大哥大1987年进入中国,当年公开价格在2万元左右,但一般要花2.5万元才可能买到,黑市售价曾高达5万元。几年后,价格虽然有所回落,大哥大依然是富人的不二象征。1993年北京举行十大流行语的评选,"大哥大"一词高居排行榜的第四位。

走进淮海路背后的小弄堂,弄堂口摆出不少躺椅或是小板凳,街坊邻居或躺或坐,乘风凉,惬意地摇着蒲扇"嘎三湖"(聊天)……

冯嫣对这一切感到新鲜极了:"原来,市区的市民过着这样的日常。"

走进熟悉的楼宇,上熟悉的二楼,敲开熟悉的门,看到熟悉的面孔。小阿姨又胖了一圈,双下巴的白胖脸上,肉眼泡双眼又显小了一圈。她快活地将小情侣让进屋里厢。

小姨夫也在家。高三毕业的刘溪也在家。

小姨夫迫不及待地跟朱盛庸分享刘溪的好消息:刘溪高考后估出来的分数很乐观,她的班主任建议她选化工专业。在"学会数理化,走遍天下都不怕"的年代,这算是一个前途光明的选择。

"按照刘溪的估分,可以考虑填报交大!上海交通大学哦!"

小阿姨温柔地看一眼眉飞色舞的小姨夫,提醒道:"只是估分,也可能估错。还是等真实分数出来,再炫耀吧。"

刘溪一脸轻松,笑得几分腼腆,几分得意。

她很快跟冯嫣热络起来——她向来是个又温柔又细腻的女孩子。

朱盛庸离开热闹的小客厅,去外公的房间看外公。

第41章 意外扯下遮羞布

外公躺在床上,双目浑浊,脸颊凹陷,手上皮肤干燥,摸上去,像长出了一根根的小刺。

朱盛庸每逢摸外公的手,内心就激荡不已。就是这双手,靠着机修,靠着小发明,日夜不停地干,终于干出一片天地。可惜在夜以继日的劳作中,错失了和子女的互动。

两个在外地的舅舅,借着路途遥远,几年不来看外公一次。大姨妈不来还好,来了就哭诉在家时遭受了父母狠心的忽视,以至于人到中年了,回想过去还觉得委屈。妈妈比较克制,言谈举止间似乎怜悯外公,却比大姨妈还冷情,她一次也不肯去小阿姨家看望外公。

虽说从刘流那里风闻外公不许妈妈去看他,她真要去,难不成外公还赶她走?

幸好还有小阿姨！

外公的感冒总也不见好。西药吃了一瓶又一瓶，外公从不厌烦。他的求生意愿很强烈，龙华医院配的像泥浆一样的中药也吃了。可感冒总不见好，肺部呼吸的声音像鼓风机。

朱盛庸向妈妈提议带外公去医院做一次肺部检查，妈妈推三阻四，最后坦言，要小阿姨和小姨夫做这件事才合适，"毕竟住在小阿姨家，贸然带阿公去医院，好像在谴责小阿姨照顾不周一样"。

不懂人情世故的朱盛庸听来，似乎有道理。

朱盛庸委婉向小阿姨提议，是不是应该带外公去医院做一个肺部检查。小阿姨一脸恍然大悟，马上应诺，说周一就带外公去中山医院。

下一次朱盛庸去小阿姨家看望外公，询问小阿姨中山医院看得怎么样？小阿姨就支吾起来，目光也躲闪起来。朱盛庸不忍再追问。可以想象，小姨夫一定找了这样那样的借口拒绝了小阿姨。

他的个人账户上还有700块，原本有971元，恋爱花销、招待冯嫣父母茶水饮料和日常交通费用去了不少。700块，应该够给外公看一次病吧。

朱盛庸坐在外公床头，摩挲着外公的手。恰巧桌上有管凡士林，他帮外公的手擦了一下。

"阿公，我今天带你去医院看感冒，好不好？"

外公将目光移向朱盛庸，那目光好像也有重量，移起来很费力。外公连讲话都吃力："阿公老了……阿公时候不多了……"

"不是的！阿公只是感冒了！我今天就带你去医院看感冒！"

上楼的时候，看见楼下泊了一辆黄鱼车。朱盛庸用目光掂量，年迈缩水的外公体重不重，他肯定能背得动。让刘溪去借黄鱼车，他只需要把外公背下楼就好。与其指望外公的子女，不如指望他自己。

说干就干。

朱盛庸走到外间，问刘溪是否知道楼下的黄鱼车是哪个街坊的。刘溪是个内心玲珑、嘴巴乖甜的女孩，跟街坊邻居见面都会打招呼，阿公阿婆大妈妈大伯伯叫得很热络，社会关系很融洽。

"知道。是一楼一家爷叔家的。小哥哥想借黄鱼车？"

"你帮我借。我想骑它载外公去医院看病。"

"好耶。他们不给外公看病，真的好过分。"刘溪一点不维护她的父母。是了,她打小就对她父母偏心很有看法。

刘溪去一楼借黄鱼车,很快上楼,比了个 ok 的手势。朱盛庸摊牌跟小阿姨和小姨夫说,他今天就要带外公去看感冒。

小阿姨一脸赞同,转身就去帮外公换出门衣服。

小姨夫吭哧半天,心虚气短道:"最近买了一个镜头,家里没钱了……"

"我有。"朱盛庸平静开口。

冯嫣一直安静地旁听。

外公换好衣服了,即使在搀扶下,走路也很困难。朱盛庸蹲了个马步,众人扶持着,他背上了外公。

外公的分量,一点都不重。

背着外公下楼,小阿姨贴心地在黄鱼车上铺了一层被子。外公蜷缩在黄鱼车上,在第三代三个孩子的护送下,去了就近的瑞金医院。

这一检查,耗去的时间远比朱盛庸以为的长。

检查出来的结果,也远比朱盛庸估计的悲观。

外公他,直肠癌有复发迹象!

医生直接拿朱盛庸当成年人,在医生办公室里,他告诉朱盛庸:"直肠癌术后约有50%的患者都会出现局部复发的症状。吻合口复发后一般主要有两种方法,第一是采取手术的治疗,第二是放化疗进行治疗。能否手术主要取决于有无远处的转移以及二次手术的难度。我们需要对老人家的身体做进一步检查。鉴于老人的年龄,进行第二次手术是很难了,老人是否能承受得住放化疗也很难说。"

医生悲观地摇摇头,并没有将话说死,但表露的放弃治疗的倾向已经很明显了。

朱盛庸如芒在背,大夏天却不住出冷汗。

从医生办公室里走出来,有天地摇晃之感。实在不知道该对外公的哪个子女说这件事,无计可施的朱盛庸,用医院走廊的插卡电话,打给了哥哥。

"你自作主张带外公去看感冒,结果查出直肠癌复发?你这不是捅娄子嘛。本来遮羞布挡着,大家面子上马马虎虎还过得去。这下好了,到底治,还是不治?不治,肯定良心不安;治,又实实在在是拿钱打水漂。哎呀,让我说你什么好!明明不是你的事,你非要自以为是!"

在电话里，朱盛中一招没出，反而把弟弟骂了个狗血喷头。

朱盛庸快快不乐挂断电话。到底是存款只有 700 元又眼下没上班的人，他再生气，也无法赌气大吼一声：我来负责，不用你们管！

朱盛庸垂首默默思量。要是他去借钱的话……也只有唐骏显得有钱可借的样子。要是他问女朋友冯嫣借钱的话……

还没有思量出结果，冯嫣和刘溪并排走过来。

"医生怎么说？"刘溪问。

"直肠癌复发。"内心慌乱的朱盛庸扼要回答。

冯嫣一不小心，"啊"地叫出声。

朱盛庸和刘溪将目光转向她。

冯嫣红了眼圈："我爷爷也是直肠癌复发走的。那时候他才 68 岁，做完第一次手术半年后，就查出来复发。可怜他的身体还没有从第一次手术中完全恢复过来，就不得不第二次躺在手术台上，结果……"

冯嫣哽咽："没能从手术台上活着下来。"

冯嫣的话，犹如凄风苦雨，敲打在朱盛庸原本就飘摇的心上。

"外公已经 93 岁高龄了。"刘溪惋惜中带着平静，"跟冯姐姐的爷爷比，外公应该没有遗憾了。"

朱盛庸飞快看刘溪一眼。

所有人都很快拿定放弃的主意。他却做不到……虽然明知道治疗也不过是苟延残喘。

第 42 章　直男眼中的交流方式

外公直肠癌吻合口复发的消息，经由刘溪的口，在家族中传播开来。

朱盛庸以为等待他的，是像哥哥那样劈头盖脸的指责，不承想，却正相反。他得到的，只是死寂。

大舅妈打来的电话，哭诉说大舅舅因为长期水土不服，罹患胃病，如今也住了医院。大舅舅更年轻，外公的病就搁置一边不讨论，上海的姐妹们就向大嫂嫂出谋划策起来。

大舅妈决心按照姊妹们的建议，看看能否因病调动回来。不济，也要请假回上海看病。

小舅妈也打电话过来，哭诉说自己的妈妈刚走，爸爸又病倒了。现在他们人到暮年，孩子工作不如意，孩子的孩子进入叛逆期，而自己的父母不可挽回地走向最终的离别。唉，人生！

等小舅妈的电话结束，几个上海的姊妹才意识到，小嫂嫂这是现身说教，告诉他们老人年龄大了，离开是很正常的。生老病死，人生常态，淡然处之吧。

言外之意，93岁高龄……差不多就这样吧。

给两个哥哥打完电话，留在上海的三姊妹相对无言地坐着。因为只有朱盛庸家装了固定电话，电话在朱盛庸家打，朱盛庸因此也得以目睹全部的过程。

一转过身，他的眼泪就流了下来。

都说男儿有泪不轻弹，那是不到伤心处呐。

大姨妈自己带的水杯，喝了一口温水，润润嗓子，大姨妈幽幽开口："我想起我婆婆去世的时候，她是胃出血走的，大口大口吐着血，止也止不住，真不知道她小小的身体怎么有那么多血。那场景太恐怖了。我吓得直接昏厥过去。醒来之后，我婆婆就走了。"

小阿姨微肿的肉眼泡骇然地望着大姐姐，不知不觉抱住了二姐姐的胳膊。

朱妈妈摸了摸小妹妹的手，侧身道："你跟爸爸说说，我想去看他。"

朱盛庸正在厨房的小圆木桌旁坐着，耳朵听到这话，心里下意识咯噔一下。

有情况！不对劲！

妈妈去小阿姨家看望外公需要告知小阿姨也就罢了，为什么去医院看望外公都要让小阿姨跟外公说说呢？

听这话的意思，并不是"说说"那么简单，仿佛更像是"请批准"。

朱盛庸不由竖起耳朵。

果然，小阿姨不确定的声音飘了过来："爸爸很倔强的……我没有把握。"

"你帮我劝劝他。都到这种时候了，他难道到死都不肯原谅我？"

朱盛庸不由身子一颤抖。

妈妈为什么这么说？

中间发生过什么事？

为什么他什么都不知道？

倘若时光倒回三年，初生牛犊的朱盛庸或许还有大步流星扯开窗帘暴露隐藏人的锐气，冲进室内大声询问妈妈到底是怎么回事。如今，朱盛庸已经体会过很多无奈，知道生活有很多迫不得已和不得不做的权衡。

他的一颗心，悠悠往下沉。

心底好像开了一个无底深渊。

很多细枝末节，当时没留意，如今想来，似乎早见异常的端倪：妈妈总是找借口，不肯跟他一起去小阿姨家看望外公。那些明明不是借口的借口，偏偏他初听时未曾有疑心。

内心深处，他还是信赖妈妈的吧。

后来姨妈和妈妈她们三姊妹又说了什么，朱盛庸已经不能听到。

周一，怀着糟糕得不能更糟糕的心情，朱盛庸去课程开发公司去面试。即使面对面试官，他也难以打起精神。他不堪重负的模样，最终令面试官打了退堂鼓。

两天后，课程开发公司的人事经理给朱盛庸打电话，告诉他他没有被录取。相较朱盛庸本来的痛苦，新增加的这点，不算什么。

反倒是朱爸爸听说朱盛庸面试没有成功后，怒不可遏。他看不得小儿子丧头丧脑的模样，但师出无名的打骂，因为中断过三年，如今再捡起来，已经不那么顺手。

气得朱爸爸又挑了一件漂亮衣服，摔门而出了。

迪斯科舞厅已经被更年轻的人占领，像朱爸爸这个年龄的人，再混舞厅，就有老不正经之嫌疑了。他现在渐渐被迫转移阵地，改去公园了。虽然他胸膛内跳动的心，还像年轻时一模一样，鲜活热烈。

朱妈妈靠着门框，双手抱在胸前，思忖好久，决定开口："阿庸头，你是不是有什么心事？我见你这几天，吃得很少。夜半我起夜，见你房间的灯还亮着。"

朱盛庸倔强地不回答。

他很想反问妈妈，"你和外公之间发生了什么？"但许久前听到的那句"后悔生养阿庸头"，已经变异成"妈妈不爱我"，在朱盛庸心中生根发芽。母子之间生的嫌隙，让朱盛庸问不出口。

"你跟冯嫣闹矛盾了？"朱妈妈继续追问。

朱盛庸一动不动，执拗地不回答。他内心隐隐泛起一阵冷笑，以妈妈的聪慧，她这样迂回地问，反而有明知故问之嫌疑。

朱妈妈幽幽叹了一口气："我从两年前，体重就没有增加过。忧思最减肥。"

朱盛庸依旧只肯给她一个倔强的背影。

朱妈妈静静立了一会儿，不知什么时候离开了。

当朱盛庸跟冯嫣在一起时，绘声绘色地跟冯嫣讲了这一段。冯嫣道："你为什么不直接问你妈妈？你妈妈肯定希望你开口问她！你问，她回答，就此展开交流。"

朱盛庸诧异地反问："她要是愿意说，为什么不直接说？"

"你先问。然后她说呀。"

"又何必多此一举？！"

冯嫣深感有理讲不清，又觉得不值得为朱盛庸妈妈浪费她和朱盛庸在一起的时光，便率先妥协一步，不再争辩。

工作后的她，有很多东西要适应，每天下班回来都精疲力竭，只想躺在床上当咸鱼。只有周六上午下班，想到未来有一天半可休息，才振作精神活过来。

她想提醒朱盛庸抓紧时间找工作，可一想到他最敬重的外公生命垂危，正躺在病床上，也就不忍心催促朱盛庸了。

被课程开发公司拒绝后，朱盛庸找工作的运气急转直下。毕业三周了，工作还没有头绪。

第43章　一切的根源在于没钱吗？

住在瑞金医院的外公先治疗肺部感染，至于直肠癌怎么治？医生不催，子女们也不急着表态。

似乎只有朱盛庸一个人在揪心。

痛苦至极的他，给远在美国的李礼刚写信。

他讲他那些每逢面对外公时的沉重和悲情，每逢面对妈妈时的不敢置信和不解，每逢面对爸爸时的厌烦和难受。

"现在，连女朋友都不能令我开心。当她翻来覆去跟我抱怨她的同事有多面目可憎的时候，我心里郁闷极了。我不明白，我又不认识她的同事，我又无法改变她的工作环境，她为什么要花那么长的时间向我抱怨？

"抱怨减压吗？不见得。我常常见她说得泪湿双眼，双肩颤抖。

"她就没意识到,当她抱怨时,她重新受了一回罪,并且将我的心情也拖下水了吗?"

"生活为什么是现在这个样子的啊?"

"一切的根源就在于我没有钱吗?"

跟朱盛庸的低谷正相反,在美国的李礼刚走过了贫困潦倒,走过了朝不保夕,走过了孤苦寂寞冷,如今已经迎来他最好的时光。

正专心在图书馆写延时工作申请的李礼刚,在没有刻意倾听的情况下,进到耳朵里的声音居然在脑海中浮现出意义来了。李礼刚笑了,他过语言关了!

他向学校申请每周延长 2 小时打工时间,没想到,善良的皮特直接将工作时长翻了个倍,凑够暑假吃住生活费的事情不用发愁了!

拿了 4 个星期新工资后,在伍尔沃斯(Woolworth,商超的名字),李礼刚看中一辆售价 99.99 美元的自行车,并豪爽买下了这辆自行车。

当李礼刚双脚踩在新自行车脚蹬子上时,忽然心里狂跳起来:在国内读高中的时候,他就羡慕朱盛庸有一辆自己的自行车,没想到,现在他竟然也有了一辆全新的!完全属于自己的!自行车!

梦想的实现,来得比想象的容易。

不久之后,有中国老乡介绍李礼刚到购物中心的中国餐馆做周末兼职。这家叫华星的中国餐馆愿意每小时付给李礼刚 4 美元,并提供一顿免费的晚餐。李礼刚要做的事是接听电话,记录客户点的餐。

餐馆距离学校很远,路上要骑行一个小时,但李礼刚没有更好的选择。周末,他开始骑着他心爱的自行车去餐馆上班。

工作时间是下午 5 点半到晚上 8 点,下班之后老板开车送他回学校。用工合同上明明写着做到晚上 8 点,工资是按用工合同来付的,但李礼刚从来没有按时被送回学校过。

老板总是推三拖四,手里忙不完的活,总是 9 点或 9 点半了才送李礼刚回学校。这让李礼刚很恼火,学校里有很多功课需要他花时间去看呢。

一次,李礼刚实在等得火冒三丈,愤然跨上自行车骑进黑暗里。才骑没多久,天空就开始落雨。在黑暗的雨里,身上没有一点反光条的李礼刚骑在全是汽车在飞驰的 202 国道上。

202 国道很窄,过往的车很快,夜色里开车的人很难发现一辆几乎不反光的自行车,更不用说雨夜了。

李礼刚几次都觉得自己要死在202国道上。

脸上雨水不断，李礼刚不记得当时他有没有流眼泪。

这是一次不管什么时候，回忆一次心就会痛一次的经历。李礼刚经过这次死神数次擦身而过的经历后，疲惫中决定不再去那家中餐馆。

只是每到周末，餐馆老板总是打来电话好言相求，不知道如何拒绝是一个原因，更大的原因是李礼刚觉得自己需要那几块钱。

几块钱，驱使着李礼刚将餐馆兼职又继续做了下去。

不管怎样，李礼刚曾经最头疼的经济问题貌似将不再是问题。

他依然不曾坐在学校餐厅吃午餐。现在不是因为买不起午餐，而是因为没有时间。校外打工占去的时间，他必须争分夺秒挤出来。

跟李礼刚一起上课的一个韩国女孩，了解李礼刚的生活后，惊讶到钦慕，学期中间回家探亲时还特意从韩国买了一件polo的羊毛衫，借着李礼刚生日的名义送给了李礼刚。

李礼刚接受了礼物，但没接受那个漂亮的韩国女孩。理由是那女孩太会花钱了。

期末考试成绩下来，李礼刚做得还不错，总分4分，他平均得3.76分，超过3.5分的同学名单都会被列到教导主任优秀学生名册上。兼职办公室的老师们高兴地对李礼刚喊：你是我们认识的第一个上教导主任优秀学生名册的人！

李礼刚握着成绩单，心里百感交集。

那年暑假，李礼刚差不多像全职一样工作，每周在中国餐馆做工30个小时。每晚回到自己的独居寝室，忍着疲倦，拿出账本算自己又进账多少，开销多少，结余多少，做得津津有味。

夏天快结束的时候，他从中国留学生同学手中买了一辆二手本田思域。其实同学买的时候就已经是二手了，到李礼刚这里，不知倒过几手。

李礼刚买车的时候还不会开车，买它是因为它便宜，才100美元，跟他的自行车等价。

话说回来，那辆本田思域想高价卖也难，已经破到摇摇欲坠了。或许只有碰到李礼刚这样实在没钱的人，才会出手买。

李礼刚想，哪怕是买个标本回来也好，至少这辆破车有助于他了解车，兴许还能由此学会开车。

按照新泽西的规定，不必非要去驾校去学开车，但没有驾照的人是不可以单独学车的,必须有一个有驾照的人相伴。可是身边的学生都那么匆忙,很难找到有驾照又有时间又肯帮忙的人。

李礼刚决定自己学。

当然,这是违法的。

李礼刚抱着侥幸的心理,认为自己只要足够小心,就不会有事。不闯祸就不会被抓。理论知识加持,李礼刚成功地把车开动了。开始只是在人少的校园路上开,后来开到邻近的公园。

不幸的事情按照概率终于到来。一次校内停车场,李礼刚技术不佳,撞了一辆车。逃也无可逃,因为车主人还在车里。

被抓个正着的李礼刚这下慌了,自己无证驾驶,要被庭审的。学校保安来了,接着警察来了。毫无悬念,警察给李礼刚一张传票,上面写有开庭时间。

听上去惨是惨了点,但在坚韧不拔的朱盛庸眼中,也平添一种冒险风情。

朱盛庸一边伏案向远在美国的李礼刚倾诉自己的生活,一边在脑海里将收到的李礼刚来信上的文字,想象成生动的画面。

第44章 铁血兄弟开始嫉妒

"冯嫣为我舍弃了体制内的稳定工作,为我离开温暖而舒适的家乡,为我落脚在陌生的上海市区。接下来,我理所当然应该向她求婚。可是,此时此刻,我却惧怕起这个理所当然来。"

朱盛庸运笔如飞。与其说他在向李礼刚倾吐内心的秘密,不如说他借着给李礼刚写信来剖析自己。

"相比冯嫣很快找到工作,原本对前途充满信心的我,反倒迟迟没有落定工作的事情。是我眼高手低吗?是我盲目乐观吗?我的未来,到底在哪里?"

朱盛庸陷入自我剖析的痛苦。

跟他迷雾一样不可捉摸的未来不一样,李礼刚,已经将他在异国他乡的洪水野兽一样的生活驯服,而且,牢牢握住了命运的缰绳。

李礼刚因无证驾驶被罚66美元。保险公司支付被撞车辆的维修费,一转身,保险公司要求李礼刚每年多付100美元的车险费。

经过两次笔试，两次路考，李礼刚拿到了他的新泽西州政府颁发的驾照。

秋季开学后，李礼刚不再去中餐馆打工。学校办公室的兼职还在做，听力也已过关，课程就显得得心应手许多。为了拿到丰厚的奖学金，李礼刚依旧把别的同学消遣的时间花在图书馆里。

渐渐地，犹如囚犯一样的寂寞生活也成了过去式。

在图书馆，李礼刚认识了一位来自以色列的叫塔勒的学霸。每次他到图书馆，塔勒已经进入埋头看书状态；每次他离开图书馆，塔勒还毫无倦意地苦读。

自己是学霸的李礼刚于是生出惺惺相惜之感。他刻意等到闭馆时分，有意跟塔勒搭讪。

相识之后，两人经常在夜色中相伴回寝室。

塔勒总是在强调"他是以色列人，不是犹太人"，并向李礼刚普及"绝大多数以色列人，85%吧，是犹太人。但是不是所有的以色列人都信犹太教。只有信犹太教的才叫犹太人"。

在一次学校讲座上，李礼刚认识一个叫费雷克斯的男生。经过短暂的聊天，李礼刚随即发现费雷克斯有点与众不同，他反应很慢，表情较少，似乎智商不高。

费雷克斯信教，很虔诚。他邀请李礼刚去听巨人体育场比尔·戈兰姆的讲道。李礼刚抱着开放的心态，欣然同意。

傍晚时分，费雷克斯的妈妈和漂亮的妹妹开着黑色沃尔沃来学校接他们。巨人体育场人山人海，已经没有多余的空间再容纳更多的人。很多后来的人们，被安排在体育场附近的街道里，通过事先准备好的大屏幕观看牧师布道。

李礼刚兴趣盎然地观看着周围的一切，等牧师真的上场的时候，他已经新鲜够了，想撤了。看看周遭密密匝匝的人，除了老实地听完，并没有别的选择。

费雷克斯很珍惜与李礼刚之间的友谊，费雷克斯的家人也很高兴费雷克斯能交到一个有话说的朋友。离感恩节还有半个月，就热情地邀请李礼刚到他们家过感恩节。感恩节刚过，又邀请李礼刚去过圣诞节。

可惜圣诞节过后，费雷克斯一家离奇般突然消失。

第三个学期，最令李礼刚兴奋的是学校开了水肺式潜水课。当李礼刚第一次背上氧气瓶,按照课程管理,躺在游泳池地板上时,真是心潮澎湃。

李礼刚是不拉帮结队的中国人,米克是不腻在北欧人圈中的瑞典人。他们第一个学期就知道彼此,在第四学期,因为俩人恰巧选了相同的课程,终于搭上了话,并且成为无话不谈的朋友。

米克是个典型的瑞典人,皮肤白而细腻,身高一米九余,金发碧眼,长相出众,刚来不久,就吸引了一个哥伦比亚女孩。这位叫咖迪亚的北美女孩也很典型,皮肤黑而粗糙,胖胖的,一头严肃的直发。什么都无法减少她爱米克的热情。

李礼刚、米克和米克的女朋友咖迪亚成了奇奇怪怪的校园三人组。他们开车去六旗游乐场(Six Flags)坐6个环的过山车;去野生动物园区看鸵鸟、麋鹿、狒狒、袋鼠、黑熊、狗熊、长颈鹿……

那时,上海还没有野生动物园的概念,李礼刚把背靠车窗拍的照片,邮寄给朱盛庸。朱盛庸在回信中还特意问他,背后的动物是真的还是假的?

李礼刚和他的奇奇怪怪三人组开车去纽约买电视机。虽然纽约购物纳税要比新泽西高一个百分点,但购物之旅新鲜刺激。

李礼刚终于拥有了一个在宿舍的正常室友。这位叫艾莉克斯的室友下得一手好国际象棋,李礼刚经常成为他的手下败将,为了扳回战局,李礼刚教他打扑克。

李礼刚大三的时候重新开始混人人都很兴奋的聚会,尽管他一点不兴奋。

21岁生日时,兼职办公室里的老师们友爱地为他组织了一个聚会,带他去玛瓦喜来登欢度生日。李礼刚在众人起哄中,喝了他人生第一杯鸡尾酒,名叫激情海岸(Sex on the Beach)。

喝酒没有什么了不起。在中国,即使未成年,只要家长同意,随时可以喝酒。家长不同意,也可以偷着喝。

"我们只规定结婚的年龄。男性22岁,女性20岁。在美国恰恰相反。结婚只要家长同意,不论年龄。但是喝酒一定要21岁才到法定年龄。"李礼刚在寄给朱盛庸的信中这样总结。

大三期末成绩出来,李礼刚又上了系主任优秀生的名单。一切都那么光明,一切都那么笃定,一切都胜券在握。

朱盛庸很珍惜和李礼刚的通信，他每次都会将李礼刚的来信读到滚瓜烂熟。李礼刚仿佛是他的分身，过着他不能过的生活。

每次李礼刚渡过难关，他都会由衷为李礼刚感到高兴；每次李礼刚取得成绩，他都会真心实意发出祝福。

可这一次，给李礼刚写信的时候，朱盛庸难以控制地萌生了酸涩难言的嫉妒之情。

幸而痛定思痛，重新回到正常轨道。

李礼刚后来的信不再提范思绮。朱盛庸也不再主动问。范思绮似乎完全淡出了他们的生活。

第45章 她看到了……吧？

寄给李礼刚的剖析与反思的信还没有写完，朱盛庸的女朋友冯嫣打扮得漂漂亮亮地来找朱盛庸了。

周日是一整天不需要上班的日子。

冯嫣穿了一条印满黄色小雏菊的到小腿肚的长裙子，挎了个单肩小包，包的颜色一反当时流行的红色、棕色和黑色，是白色的。

她本来就是个美人，这么一打扮，更是清新脱俗。

朱爸爸和朱妈妈去参加同事的婚礼，朱盛庸听到敲门声，起身去开门。因为知道父母不在家，所以没有及时将书桌上的信收起来。

房门打开是妩媚的女友，嘴里说着嫌弃的朱盛庸身体很实诚，不由分说将冯嫣揽在了怀里。冯嫣大惊失色，不敢出声，只用眼神疯狂提醒朱盛庸。

朱盛庸扑哧笑出声："我爸妈去参加同事的婚礼去了。"

年轻的女孩听到"婚礼"二字总是充满憧憬。她心情大好地往里间走，朱盛庸则留在厨房间帮冯嫣倒水。

他扬声问冯嫣："喝蜜枣水，还是蜂蜜水？"

"蜜枣水。"

将硬硬的蜜枣放水杯里，既能喝到甜丝丝的水，还能吃到软硬适中的蜜枣。这一度是红糖水、麦乳精之外最受欢迎的待客之道。

朱盛庸正冲着蜜枣水——因为心中有爱，他还特意多放了一颗，忽然直觉觉得里间安静得有些异常。水才倒半杯，他慌忙止住：糟糕，写给李礼刚的信还摊在桌面！

他胡乱将蜜枣盒子收起，热水瓶塞塞上，放冷水的搪瓷缸盖子盖上，端着半杯水，三步并作两步进屋里厢。

嘘。还好。冯嫣只是静坐在床头，并没有站在书桌前。

将水杯递给冯嫣，朱盛庸一边问着冯嫣昨天下午休息得可好，一边假装随意往书桌旁走。走到后，不动声色将书信夹在一些英文书籍里，塞进小书架里。

冯嫣没有回答朱盛庸，而是开口反问："你看的什么？"

"什么？"

"你收起来的。你看的什么书？"

"哦。那些书啊。"朱盛庸松弛下来，"不过是一些小说而已。"

"什么小说？"

朱盛庸哪知道刚塞进书架里的是什么小说啊。迟疑间，他往书架上瞥。这时候，冯嫣像幽灵一样贴了过来，纤纤玉指精准地按在了夹有书信的那本书上。

"这本吗？"她问。

朱盛庸因为心虚而不敢正面回答，他只是突然吻住了她，假装情不自禁。两个人站在没有拉窗帘的窗口，接起吻来。

确切地说，是朱盛庸单方面地吻起冯嫣来。

冯嫣往日会像小精灵一样活泼地回应他，这一回，却像枯木一样毫无反应。朱盛庸心里忍不住发毛。

是的，他确实向李礼刚倾诉了矛盾的内心，但那只是飘忽的、模糊的，甚至矫情的时下感受罢了。一旦回归现实，冯嫣还是他最好的选择。

这个吻，索然无味，朱盛庸自己讪讪地停下来。

"有人。"冯嫣目光望向隔壁。

哦，是了。隔壁是一室户。一室户有个外凸的阳台。站在外凸的阳台上，可以轻易瞥见朱盛庸家窗口发生的事情。

朱盛庸扭头看隔壁。

那里空荡荡，并没有什么人。

怀里的美人已经自行离开。朱盛庸刚落下的心不由又提起来。他只能追踪到她妙曼的背影，看不到她的表情。

"冯嫣？"朱盛庸有心问她是不是看到了书信，又直觉觉得她不会承认,或者,承认了他也解释不清楚。

"你外公怎么样了?"冯嫣头也不回地问。

她前面正好是个衣柜,衣柜中间正好有一面穿衣镜。她虽然没有回头,朱盛庸却能从穿衣镜上看到她嘴唇紧咬。

那一瞬,朱盛庸确凿明白了:她看到了!

"对不起。"他呢喃。

"我只是问你外公怎么样了。何来'对不起'?"冯嫣转过身,仰着头,默默笑着问朱盛庸。

朱盛庸从她的表情上,看出她现在不想深究他的小心思。他不知道他该喜该悲,该侥幸还是该后怕。

"外公肺部感染控制住了,但是因为拖太久,已经拖得身体很虚弱。现在整体免疫力低下,医生建议额外补充人体免疫球蛋白,这个东西很奇缺,要托人到国外买。"

"你不是有个同学在美国吗?叫李礼刚?"

朱盛庸心里咯噔咯噔的,他幽微地叹了一口气:"关键是那东西很贵。"

"很贵?那你还不打起精神去找工作?"冯嫣的目光,有一闪而过的凌厉。

朱盛庸内心抽痛,不得不承认:"你说得对。如果我去人才市场……"他本想说,如果我去人才市场,你愿意陪我一起去吗?

冯嫣打断他:"我正好去上海图书馆。我们可以约好晚上5点钟在马当路上的小面馆里见。"

朱盛庸定睛望着冯嫣。今天的冯嫣很决绝,甚至有些冷酷。

"好的。"

自认理亏的朱盛庸只有听命的分。

收拾收拾,他去了人才市场。

哥哥朱盛中说过,人才招聘市场上,现在是卖方市场,想就业很容易。朱盛庸天真地信以为真。

真的进了人才市场才发现,市场上的公司分层级,人才更分层级。跌跌撞撞、断断续续找了三个星期的工作,朱盛庸明白了一件事:只怕他没有冯嫣在市区找到一份好工作的命!

挤了一身臭汗,饿到两腿发软,朱盛庸手里只收获了一张面试纸条,而且这个公司远在浦东外高桥。

脑海里搜索外高桥的信息，首先蹦入脑海的是那句在上海脍炙人口的老话：宁要浦西一张床，不要浦东一间房。

上海外高桥起先泛指浦东新区高桥镇外围的广大农村地区，"外高桥"曾是当地村民对外介绍的口头称谓。

1990年，外高桥保税区诞生，作为浦东新区的"同龄人"，芦苇遍布的外高桥一跃成了国际贸易的风水宝地。朱盛庸就业的这一年，外高桥港区一期工程建成。这一年，上海港集装箱吞吐量直接迈进百万大关。

据说外高桥港区二、三、四、五、六期工程加速建成，目标是从百万吞吐量突破到千万。

距离与冯嫣碰面的时间还有一段时间，朱盛庸决定先回家洗个澡，换件干爽衣服。回家换洗后，站在桌前查看上海地图，在浦东边边上找到外高桥保税区时，朱盛庸的一颗心，彻底跌到谷底。

不行，实在太远、太远了。

连金山县城都不如。

朱盛庸默默地将上市公司"上海外高桥保税区开发股份有限公司总部行政干事"的面试邀约，送进了垃圾桶。

跟冯嫣在马当路碰面后，为了免受冷嘲热讽，朱盛庸干脆隐瞒了这次面试邀约。

第46章 亲孙被"谋杀"

朱盛庸银行账户上的存款在飞速下降。

零零碎碎为外公买日用，和女朋友约会吃饭买东西，这些算是情理之中的花销。情理之外的不比这些少。

自从毕业住进家里，朱爸爸三天新鲜劲一过，就开始横挑鼻子竖挑眼，不是让朱盛庸去打酱油，就是打醋，要不就是买盐、买菜、买大米。

上世纪90年代以前，上海的油酱店、烟纸店、杂货店等都有零拷业务。

零拷的，都是日用品，比如：菜油、豆油、花生油；粗盐、细盐；豆瓣酱、甜面酱；红醋、白醋；黄酒、烧酒、老白酒；红白乳腐，各式酱菜等。

后来包装成品多起来，这些零售小店渐渐少起来，零售的商品种类也少起来。但在朱盛庸家前排的临街马路商铺中，还是有家能零拷的店的——那些临街门面房，曾是外公拗了几年想要的赔偿目标。

朱盛庸对着爸爸说不出拒绝的话，只好不停地花钱。

朱爸爸在占小便宜这件事上，既不心慈手软，又善于得寸进尺。不久，家里几乎所有日用，都是朱盛庸花钱在买。

月中汇总花销的时候，朱妈妈大吃一惊，家里至少省下了几十上百块。细细一问朱爸爸才得知，竟然是他在早下班后支使小儿子去买东西省下的。

朱妈妈吃惊道："阿庸头还没有上班。他没有收入的啊！"

"谁让他不去上班的！"

"他没有'不去'上班，他是还没有找到可以上的班！"

"谁让他没找的！"

"这又不是他单方面想就能成的事。这需要机缘！"

"谁让他没机缘的！"

朱妈妈气得一阵胃痛。她暗暗咬牙，恨自己明知故犯，居然想到跟朱爸爸讲理。

"没有你这样见钱眼开的糊涂爹！"朱妈妈恨恨道。

"哪儿有钱？我见到什么钱啦？"朱爸爸理直气壮地站起身，摊开手。估计再讲下去，他离蹦起来不远了。

朱妈妈头一低，不再发声。

朱盛中带着兰婷回来吃周末家庭聚餐饭来了。朱爸爸仿佛忘了他曾经在儿子的新家扔过饭碗，以全新的热情姿态欢迎这小两口。

这顿饭吃到一半的时候，朱爸爸因为看不惯长子对大儿媳妇过于殷勤，又唉声叹气起来。眼见他一点点把持不住心情，脸也晴转阴起来，朱盛中开口解释道："婷婷刚为我吃过苦，受过罪，我对她好点，实在是应该的。"

朱妈妈握筷子的手一下子凝固在半空中。

"什么意思？"朱爸爸反应不过来。

朱盛中不说话。

"我刚堕过胎。"兰婷用响亮的声音回答。

朱爸爸一脸骇然："什么？你这个女人！胆大包天！你竟然！你竟

然!"朱爸爸有一口老血噎喉咙口的感觉,"竟然"不出来,但确凿眼睛和脸一起血红起来。

兰婷一边的嘴角抽起,冷哼起来。表情之扭曲、复杂,看起来有点像哮喘行将发作。

"倒了八辈子血霉!你个扫把星!你个破烂货……"朱爸爸刚要气场全开开骂,就听耳边一声断喝:"够了!"

朱盛中像是好斗的公鸡,吃了内心无法承受的败仗,此刻正拼死嘶吼以捍卫尊严:"够了!这是我自己小家里的事情!请你尊重我们的决定!"

"你们的……决定?"朱爸爸有些发懵。他求助般望向朱妈妈。朱妈妈正在闭目调整自己的呼吸,朱爸爸只好独自奋斗,"你们商量好的?"

兰婷似乎有话要说,她的嘴唇在哆嗦,眼睛里泪花一点点蓄起来。正当她要开口,朱妈妈恰巧抢先一步。

"行了。既然是他们自己的事,我们就闭嘴。"

兰婷的泪珠,无声地落下来,挂在了下巴颏,倔强地停留了很久。

朱爸爸失魂落魄,一直坐在餐桌边,一直没有再动筷子。

整场突如其来爆发的矛盾中,朱盛庸和冯嫣,大气不敢出,一点存在感不敢刷。

午饭后不久,哥哥朱盛中带着兰婷回他们自己小家。

朱盛庸为避免爸爸在冯嫣面前暴露更多不堪,赶紧也带着冯嫣溜之大吉。

晃荡在炎热的马路上,朱盛庸和冯嫣十指相扣,情不自禁猜度起哥哥和嫂嫂的事情来。

"我看兰婷的样子好委屈呢。"冯嫣道。毕竟没有跟朱盛庸成婚,冯嫣背地里并不喊兰婷"嫂嫂",而是直呼其名。

"哼,肯定是我哥哥的主意。"

"你是说哥哥故意让兰婷堕胎?为什么?"

"哥哥总是说,有了孩子就会吵架,有了孩子就没有爱情,甚至,有了孩子就没有自我。还有嘛……"朱盛庸有些迟疑。他突然觉得,不应该在冯嫣面前口无遮拦暴露太多哥哥的私人秘密。

"还有什么?"冯嫣感兴趣极了。说起这些,她眼睛直冒光。

"还有……我哥哥哮喘。他可能怕他的孩子不幸也遗传这一点。"朱盛庸语气低沉地说道。

他想隐瞒的，并不是这一点。

而是，哥哥在成长的过程中，不止一次对父母愤怒地抱怨。他不止一次质问父母，为什么生活得这么捉襟见肘还要生孩子？为什么自己都过不好还要不负责任地生孩子？为什么生一个不够还要生第二个？

当哥哥哮喘发作时，他大口喘着气，像是被无形的手扼住了喉咙，他憋得脸通红，脖颈和太阳穴青筋暴起，眼睛里同时冒出恐惧和愤怒的目光。他急剧喘息，却仍旧喘不过来气。那情景确实很恐怖。

爸爸每逢这种时候就暴怒，摔东西，咒骂。小时候不能理解，现在想来，爸爸内心也一定是感到恐惧、心疼和无奈，所以才会那么愤怒。

比起身体承受的痛苦，读上海中学的哥哥，在整个成长期，还默默承受了很多心灵上的痛苦。

他本来就聪慧，敏感，长相异常漂亮，从小被四周邻居夸赞到大，不知不觉养成高傲和自视甚高的性格。去上海中学读书之前，他是班级里最耀眼的存在，是老师眼中无可替代的宠儿。

到了上海中学，一切都变了。

他不再成绩拔尖，甚至不再长相出众。不是他变差了，而是同学变优异了。世界上怎么会有那么多成绩超群、长相出众的孩子啊。

这种心理落差，没有父母开导，硬生生砸在朱盛中高傲的小心灵上。此外，还有更致命的。朱盛中发现他的同学们非富即贵，背景如他这般平凡的，几乎没有。

第47章 天降救星！

攀比、排挤一定不止一次发生，所以年少时的朱盛中才会一次次愤怒地迁怒于父母。哥哥自认为自己过得不好，所以不想让不好的生活再让孩子过一遍。

哥哥这时正春风得意，一定在积极谋求更大的财富，并觉得财富触手可及，所以才不愿意现有的生活被打扰，哪怕是他的亲生孩子。

把这个猜测说出口，显得哥哥既冷酷无情，又过于醉心功名利禄。朱盛庸决定就此打住。

他沉默思索的时候，冯嫣的小脑袋歪向朱盛庸的肩头，安心地说道：

"幸亏你没有哮喘。"

"对了,你跟你哥哥同父同母,你父母看上去身体健康,怎么你哥哥就有哮喘?是后天生病得的吗?"

朱盛庸被冯嫣的询问牵回注意力,回答道:"有点说不清楚。妈妈怀哥哥的时候,家里经济困难,那时候最大的开销就是吃,妈妈就想当然地节食,节食到最后,内分泌失调,反而没有了食欲。她那时候年轻,并不知道其中的厉害,也没有察觉有什么不妥。

"孕期结束,我哥哥出生。一出生就体重偏轻。一过 30 天就开始生病,等父母察觉不对去医院看病时,已经病得蛮厉害了。

"医生责问为什么不早三天来。妈妈说,她一直在给哥哥量体温,哥哥没有任何发烧的症状,她甚至不知道哥哥在生病,只是觉得他吃不好、睡不安稳,不对劲。

"医生说婴儿身体太弱了,免疫系统还没有起来,所以没有'发烧'这样的免疫反应。

"自那次生病,久久没好。病好之后,就确认了哮喘。"

冯嫣的善良被激发,惋惜不已:"难怪我觉得你妈妈对你哥哥格外温柔,原来是觉得内心有愧于他。"

朱盛庸愕然:"你也发现……"他有点说不出完整的意思:你也发现妈妈偏爱哥哥?

冯嫣点头:"是呀,你妈妈会不自觉地长时间注视你哥哥,会记住你哥哥喜欢吃的菜,并且摆盘的时候留心他坐在哪里,菜就放在哪里。你妈妈跟你哥哥聊天的时候,容易笑一些。诸如此类的小细节,虽然不是非常明显,也不难看出来。"

冯嫣说这些的时候,语气里并没有不满。落在朱盛庸耳朵里,就酸味十足了。内心落寞的朱盛庸无心闲逛,想带冯嫣去医院看望外公。

冯嫣便跟着朱盛庸去瑞金医院。

两个人路边买了些挑担子人卖的桃子,去瑞金医院外公住的 5 人间看望外公。

外公当天精神比以往任何时候都好。他枯瘦的手有力地抓住朱盛庸的手腕,神情严肃地说:"我不允许你妈妈来看望我!我绝不原谅她!你不要替你妈妈当说客!"

朱盛庸吃了一惊,旋即想起那天在厨房间,他不小心偷听到妈妈让小阿姨劝外公,她想来医院看望外公的事。

"阿公,我也不明白,您和妈妈之间发生了什么事?"

"你妈妈,她,她干了一件大逆不道的事情!"外公气呼呼喘息着说道。

"是什么事情?"

是什么事情气得外公病成这样也不肯妥协?

并且用"大逆不道"这样严重的词形容?

朱盛庸迫切地想知道,连一旁的冯嬷都忘了继续剥桃皮。外公呼哧呼哧喘着气,正酝酿情绪讲述,白衣护士小跑着进来,神色严厉地来到外公面前:"听说你今早赌气把药都扔窗外去了?"

白衣护士的到来,打断了外公还没有开始的讲述。

"阿公!怎么能不吃药呢?"朱盛庸一副质问任性小孩的口吻。

"他们不肯给我做手术!我直肠癌复发,他们不肯给我安排手术!"外公用漏气的话音,拍打着自己的肚皮委屈地喊了起来,"他们用没用的药丸敷衍我!我得过这病,我心里清楚,一定要动手术,切掉病变的部分才会好!"

白衣护士无奈地冲朱盛庸摇摇头,转而对外公和煦地说道:"老人家,上手术台要有身体指标的,不是您想上、有钱上,就可以上的。所以咱们才要吃药,调理身体,恢复体能,争取早日上手术台呀。"

外公并没有被轻易劝动:"你们瑞金医院的医生太保守。我要出院!我要去中山医院!我要找以前给我开刀的主治医生!我今天就走!阿庸头,背阿公走!"

朱盛庸明白外公这是倔强劲头起来了,他为难地看向白衣护士。白衣护士直白地冲他摇摇头,用冷静的语言说:"老人家,您真要出院啊?就算是真要出院,也要办结出院手续,门口的保安才肯放您出去呢。要不,您先躺下歇歇?我帮您再拿一次药,您吃了,攒攒力气,顺便让您能干的孙儿给您办出院手续?"

外公用他93岁高龄的脑力,思忖了一会儿,觉得此话合情合理,于是点头应允。

朱盛庸讪讪起身,默默走出病房。冯嬷赶紧跟了出来。

"怎么办?"冯嬷问朱盛庸。

朱盛庸陷入为难。他有心满足外公,又不确认自己此举是否又算

"闯祸"。正不知所措之际,走廊尽头飘飘然走近一个人。

"阿庸头!"来人大喊一声。

朱盛庸抬头一看。好得很!救星来了!

"二舅舅!"

二舅舅身材高大,容貌周正,衣着考究,下巴圆润。在普遍都是瘦子的年代,这样下巴圆润的人,毫无疑问吃得比大部分人都好,因此也带着一股富贵气息。二舅舅硕士毕业后,考去了无锡做粮管局干部。

"这个漂亮女孩是你女朋友吧?哈哈哈,幸会幸会,我早就在电话里听我大妹妹提起过你。"舅舅大力夸赞冯嫣。

朱盛庸赶紧在二舅舅和冯嫣之间彼此引见。

"二舅舅专程来看望阿公的吗?正好,阿公正在闹脾气。他想转院,去中山医院做手术。"朱盛庸拖着二舅舅的胳膊就进病房。

外公看了好几眼,才确认仪表堂堂的中年男子是他的小儿子:"哦!我的阿越头!快带阿爸离开这里!阿越头!"

二舅舅沉稳有度地坐在外公的床沿,紧紧握住了外公枯瘦的手。

还以为二舅舅要展开三寸不烂之舌劝说外公,没想到,二舅舅干脆利落地回答:"好。阿爸想去哪家医院,我们就去哪家医院。你等着我,我这就下楼去帮阿爸办出院手续。"

好玄没惊掉朱盛庸的下巴。

但随之而来的,就是巨大的惊喜。

太棒了,二舅舅!

二舅舅不顾护士反对,更不顾主治医生劝说,在没有跟姐姐妹妹们商议的情况下,独自做主为外公办理了出院手续,并豪阔地叫了一辆出租车,直接将外公从瑞金医院送到了中山医院。

朱盛庸和冯嫣一同坐车去了中山医院。

第48章 面试路上收到噩耗

到了中山医院,二舅舅动用自己的人际关系,很快为外公办好了住院手续,并于当天傍晚,就住进了三人间病房。

"好呀。我养的儿子!还是儿子好!"外公欢喜极了,露出许久不见的笑脸。他拉着二舅舅的手,不肯松开,"阿越头,你不要离开阿爸。阿爸需要你！"

二舅舅的嗓音颤抖了："爸爸，今天、明天、后天，我三天都在上海。白天我外出开会，一开完会，就来医院看您！"

"三天后呢？"外公追问。

"三天后，我向单位请假，再多留几天。"

"好。好。好。"连说三声好后，外公抬手擦眼角。另一只手，仍是不肯松二舅舅的手。

千磨万磨，始终达不成心意。二舅舅一来，什么问题都解决了。

朱盛庸从二舅舅身上，体会到成功和金钱的魔力。

想到自己囊中羞涩，再想到自己前途未卜，朱盛庸不由暗自下决心，一定要打起精神，以更积极的姿态去寻找工作！

第二天晚上，二舅舅在人和老饭店宴请所有在上海的姐妹和妹夫们，以及他们的儿女们。

大姨妈独自一人赴约，照旧从背包里拿出她信赖的消过毒的碗筷。

大姨妈的女儿终于离婚了。离婚手续一办好，就飞去了加拿大。大姨妈拒绝透露大表姐去的是加拿大的哪座城市，生怕被国内的亲朋好友拖累。她的儿子据说在绘画上造诣很高，可惜过于认真，寒暑假也不大回家，一门心思在学校搞创作。

小阿姨的大女儿刘溪高考成绩出来了，跟她预估的分数有一段偏差。刘溪无缘上海的顶级学府，为了确保读的是热门的化工专业，她填报了华东化工学院，并被化工学院录取，成了外公第三代后代中，第一个本科生。

刘流又长个子了。明明小阿姨和小姨夫都不高，刘流却长出了一米六六的身高，两条腿又细又长。刘流不仅身材好，脸蛋也生得俏丽。鹅蛋脸，小尖下巴颏，两只细长眼笑或不笑的时候各有风情，出落得十分靓丽。

她站在姐姐刘溪身旁，足足高刘溪大半个头。刘溪就算是有张本科院校录取通知书，还是不能阻止她的父母再偏心回去。

小姨夫是个道行浅的人，大嘴巴，他经常喜不自禁地设想小女儿嫁入富贵人家的光明未来。至于刘溪？"一个女孩子家家搞化工，能厉害到哪里去！"小姨夫明晃晃地转移阵地，继续偏爱起小女儿来。

刘溪气得不行，偷偷拿了户口本，想把自己的姓给改了。随便姓什么,只要不姓"刘"或"盛"就好。

可惜,此路不通。

她想,不能白跑一趟,就自作主张将自己名字中的"溪"字,改成了"熙",算是出了心中恶气。

刘熙笑眯眯地安静坐着,看大家热闹。只有对上小哥哥的目光时,她才放下伪装,隐秘地嘟一下嘴。

有人请客吃饭下馆子,朱爸爸最开心了。全场数他嗓门最响,吆五喝六的,连上菜的服务员都要搭讪。

朱盛庸转过脸,不去看他。冯嫣得知是大家族聚会后,考虑到自己未婚,怎么也不肯前往。

朱盛中和兰婷自从暴露过他们不和大人商量就堕过胎后,就不曾接过电话。朱妈妈不放心,给亲家打电话询问。

兰婷父母算是最典型的上海人,他们精于装扮,讲究穿着,每天要花许多时间收拾家,将家里收拾得窗明几净、一尘不染。他们看不惯朱妈妈做什么家务都马马虎虎,看不惯朱爸爸大嗓门没腔调,无法容忍朱家不与时俱进、不及时淘汰掉搪瓷餐具。久而久之,就彼此敬而远之。

兰婷妈妈用欢快的声音接朱妈妈的电话,高高兴兴告诉朱妈妈,两个孩子外出旅游去了,说是去了三亚。

朱妈妈支支吾吾,不敢多说,就此挂断电话。朱妈妈跟朱爸爸商量,等周末的时候,拎着补的食物去看望小两口。

掐指算来,外公盛家门下的子女及后代,能到场的就这些人了。

出乎意料的,大舅舅和大舅妈也到场了。

当大舅舅和大舅妈进包间的时候,第三代的孩子们都以为他们是走错包间的不相关的客人。

东北的艰苦物质条件和严寒天气重新雕塑了大舅舅和大舅妈,当年的英俊小生和奶甜上海小姑娘变得皮肤粗糙干燥,肤色深暗,皱纹横生。这样两张失于保养的脸,穿着过时的着装,打眼一看,还真有"乡下人"之感。

在上海的三个姊妹纷纷起身跟大哥大嫂打起招呼来。

二舅舅沉稳起身:"大哥大嫂今天下午联系的我,我来不及一一向姊妹们打招呼,正好晚上聚会,大家彼此见见面,说说话。"

不消说,大舅舅此番是来上海看病的。

小姨夫有相机,乐滋滋盼咐上菜的工作人员,给大家拍了一张合照。

在这张大合照里，因二舅舅托关系而得以溜出医院的外公笑得最开心，眼睛都眯起来了。

谁也不曾想过，这张照片，竟成了外公在世拍的最后一张照片。

因为二舅舅强势支持的态度，其他子女们在阻止外公上手术台手术这件事上，变得闷声不言。大舅舅自顾不暇，更无心在外公的事情上多花精力。

二舅舅打通关系，将外公送上手术台。外公等待麻醉剂发挥作用的时候，不住夸赞他能干的二儿子，却万万没想到，手术台上是上了，却没有活着下来。

朱盛庸惊悉这个噩耗时，正在奔赴面试的路上。腰间的汉显BP机流过"外公逝世，速来医院"8个汉字。朱盛庸正一脚踏在公交车踏板上，一脚踩在地面。

"后生，你到底是上车还是不上车？"售票员是个慈祥大嫂。

朱盛庸摇摇头，从踏板上收回脚。视线已经花得看不清。

一低头，泪水就冲破眼眶落下来。

外公……就这样令人措手不及地离去了。

外公上手术台前，其实是做过身体素质检测的。也许是他意志力顽强，他居然一口气深蹲了35下，起身后表示感觉良好。

又有二舅舅的人脉加持，而且，一旦手术成功，可以创下该医院"最大年龄患者"的纪录。

几方合力，促成了这个猝不及防的结果。

朱盛庸接连上错两辆车，不断投币，最终来到中山医院。

成也萧何，败也萧何。

站在中山医院门口，朱盛庸仿佛看到几年前的自己，踩着大凤凰自行车，一路狂奔，来到中山医院门口急刹车，问站在门口的小阿姨：你是故意出来等我的吗？外公怎么样了？

三年时间，匆匆从指尖流过。

他大专毕业，学业有成，有了女朋友。哥哥工作成绩斐然，成了家。刘熙考进本科院校，刘流出落得楚楚动人……

而外公，从此从这个世界消失。

他再也不能敲开小阿姨的家门，走过客厅，看望住向阳小房间里的外公了！

第49章 一定要挖出这段家庭秘密！

朱盛庸不记得自己在外公的告别仪式上哭得多厉害，冯嫣告诉他，他哭得都可以用"伤心欲绝"形容。

"××。不知道的，还以为死了老子。"朱爸爸愤愤然。

朱妈妈红肿着双眼，哀伤地注视着躺在沙发床上的小儿子。

也许冯嫣说的是真的。不然难以解释为何朱盛庸觉得头晕眼花、脑子缺氧。也许，他确实哭太多。

"三年前，因为你外公，你放弃了去美国。三年后，因为你外公，你推掉了好几家面试。××！"朱爸爸摇头。言外之意，外公真是朱盛庸逃不掉的克星。

"叔叔怎么能这么说呢？"冯嫣打抱不平道，"外公就是朱盛庸心中的光！是外公用他一生的传奇奋斗，给了朱盛庸追梦的勇气。是外公启迪了朱盛庸，让他成长为一个有责任心、能自律的男子汉。外公留给朱盛庸的精神财富深厚绵长，绝不是一次留美、几次面试能相提并论的。"

朱爸爸"啪"地将茶杯掷在桌面，脸色旋即沉下。开骂前，朱爸爸短暂犹豫。他从来没有在冯嫣面前撒过泼。

朱盛庸掐准时机，利落地站起："爸爸，今天中午吃什么？"

昨晚吃了豆腐饭，今早随便凑合一下，中午吃什么，确实是个问题。朱爸爸被朱盛庸这么一问，就忘了"教训"冯嫣。

冯嫣压根就没有意识到自己刚才身处被迫参观朱爸爸风骚骂人功力的边缘。

送走外公之后，接下来就是分配外公遗产的环节。在大舅舅、二舅舅以及大姨妈的主持下，外公的5个子女清算了外公遗留下的遗产。

没想到，存折里面，还夹着一封遗产分配书！

朱爸爸兴冲冲去参加遗产分配会旁听，灰头土脸溜了回来。

那时候朱盛庸正在家里看书。因为发丧和葬礼而接连拒绝几家公司的面试后，他需要等待新的机会。没有招聘会可参加的时候，他就坐在桌前看英文小说。

朱爸爸端起搪瓷缸，牛饮之后，怅然道："真是知人知面不知心呐。"

爸爸很少发出人生感慨。倘若发，也是"人真坏""是好人"之类简单到幼儿园级别的。今天怎么段位升级的样子？

朱盛庸合上书，转身看向爸爸。

爸爸一副有秘辛要说的样子："阿庸头，你说外公对你好吗？"

"阿公对我好的呀。"朱盛庸私以为，外公对他是真的好。高二时给他买了一辆大凤凰不说，小时候还亲手给他用废料木头做过玩具手枪、三轮车，还有心地挑出最周正的小葫芦，掐下放老给他当玩具。

"阿公对你妈妈好吗？"

朱盛庸不敢贸然回答了。

本来，外公对妈妈极好。妈妈养下哥哥后身体羸弱，茶饭不思，外公特意将珍藏了快10年的阿胶，偷偷取出来，送给妈妈，还细细交代了如何吃效果最好。

妈妈正是靠着那块阿胶，才恢复正常食欲，并逐渐健康起来的。

"大姨妈对你外公够恶劣的吧？两个舅舅平时对你外公不闻不问的吧？逢年过节带着礼物看望外公的人是谁？是你妈妈呀。"爸爸声情并茂，几乎要落下泪。

朱盛庸心儿咚咚直打鼓。

大姨妈从不掩饰她对外公的怨恨，她不仅阻止自己的两个孩子周末去看望外公，也拒绝外公去看她的两个孩子。她顽强地切断娘家的联系，靠一己之力抚养大两个孩子，并将他们培养得很出色。

朱盛庸几乎认定，是大姨妈对外公的仇恨，给予了她力量。

若说起两个舅舅对外公不闻不问，朱盛庸不敢苟同。实在是距离太远，舅舅们一个家境不富裕，没有闲钱来回坐几天火车；另一个有闲钱却身负要职走不开，都属于有心无力，无法苛责。

记忆中，妈妈确实是几个子女中将"孝敬"执行得最好的人。她跟依附于外公的小阿姨不同，她是独立的。当她带着礼物去看望外公时，确实是在回馈外公的养育之恩。

她经常用饱含赞誉的语气讲外公的丰功伟绩，鼓励孩子们多跟外公接触，自己也身体力行学习外公的勤俭节约和物尽其用。

她小时候跟大姨妈一样受尽忽略，却不以为意。每每说到这一点，她总是不遗余力地为外公开脱，说外公实在太忙。外公忽略他自己的子女，是因为有一颗大公无私的心，一门心思为厂里的员工谋出路，舍小家，为大家。

朱盛庸确实能感受到，妈妈是敬仰外公的。

可，一向维护、敬仰外公的妈妈，到底做了一件什么事，使得外公跟她翻脸，不肯再看到她，且用"大逆不道"去形容？

得不到小儿子朱盛庸的回答，丝毫不影响朱爸爸继续说下去。

"你能想象吗？你外公都病成那样了，还有心思留遗产分配书，还心思歹毒地专门写清楚，他的身后遗产，坚决一分不分给你妈妈？××！真是知人知面不知心呐！"朱爸爸泪光点点，悲愤至极，"我听到这里，再也坐不住，推门就跑回来了。"

朱盛庸虽然意外，却不顶吃惊。

如果妈妈做了惹恼外公的"大逆不道"的事，外公耿耿于怀，实在是情理之中的事情。

问题是！妈妈和外公之间发生了什么事？！

"爸爸，"朱盛庸觉得当下是问出隐情的最好时机——冯嫣在上班，妈妈在开家庭遗产分配会——于是果断发问，"你知道妈妈做了什么事，惹恼了外公吗？"

刚才还自说自话、滔滔不绝的朱爸爸，突然屏住，闭了嘴。

"看样子爸爸是知道的。爸爸说给我听，我来评判一下，外公是不是太过分了。"朱盛庸不动声色地诱劝道。

朱爸爸警惕地回头看一眼身后，又回头狐疑地看一眼小儿子，还是没有张开嘴巴。

"妈妈不让你告诉我？"朱盛庸放松地笑着问。

朱爸爸点点头。

"哥哥知道吗？"

朱爸爸想了一下，摇摇头。也不知道是"哥哥不知道"，还是"他不知道哥哥是否知道"。

"这件事跟我有关？"

朱爸爸果断地摇摇头。不过，旋即又点点头。

朱盛庸的好奇心，彻底被吊了起来。

本来只是心存侥幸问一问，现在，他则下定决心，一定要挖出这段家庭秘密来！

| 第 3 卷 |

留浦西 VS 去浦东

第 50 章　工作来得很突然

正当朱盛庸要策略展开，循循诱导时，外面的房门开了。

随着脚步声响，朱妈妈走了进来。

"你怎么回来了……哦，他们分外公的遗产，没你的份儿。"朱爸爸自问自答道。

朱妈妈没有说话，径直走到临窗小桌前，手往衣服口袋一伸，掏出一把钱来。大小币值加一起，目测有好几千。

朱爸爸惊讶至极，结结巴巴地问道："怎，怎么回事？"

朱妈妈跌坐在小桌前的椅子上，仿佛力气用尽，她手插头发中，声音既疲惫又痛苦："兄弟姊妹们认为爸爸病中的话带有赌气的成分，他们一致同意撕毁遗产分配书。"

朱妈妈说话间，朱爸爸已经用颤抖的手数过了桌上的钱："××！你老子也太有钱了吧。扣除医疗费，分成 5 份，居然还有 4850 块！那老爷子原来不得……有……"

朱爸爸一时算不清楚账。他欣喜若狂，原本以为老丈人撑破天有三四千块的存款，每个子女分个几百块而已。

"医药费是二哥哥垫付的，他没让从爸爸的遗产中扣除。他说那是他唯一所能为爸爸做的事了。二哥哥不仅自己支付了医药费，还偷偷将自己分到的遗产塞给了大哥哥。"

"老二有钱。"朱爸爸来回数那笔钱，偏他不会单手数钱，于是一张一张从这边放到那边，又从那边拿回到这边。

"有钱不假，也要有心才好。"朱妈妈双手捂住脸，头不住地轻摇。

朱盛庸注视着痛苦的妈妈和狂喜的爸爸，陷入属于他的分裂中。他心中冉冉升起一种声音：成为二舅舅那样有担当的男人！

从外公遗产那里分到的巨款，被父母拿去银行存了起来。此后好几天，朱爸爸都一脸喜悦，人也大度平和很多，不再算计着坑朱盛庸打小积攒下来的零用钱。

冯嫣所在的建筑设计单位要去参加一处浦东商品房建设的招投标，已经内部调岗为总经办秘书的她，这次要为招投标站台，负责演讲其中一部分 PPT。

冯嫣满脸怀才得遇的欣喜，朱盛庸目光扫过她眉眼如画、唇红齿白的青春面庞，心里想，到底是怀才得遇，还是容貌得遇，还真是件值得商榷的事情呢。

但总不好败冯嫣的兴，更不能小气巴拉说酸不溜秋的话，朱盛庸唯有献上他的"恭喜恭喜"。从那以后，冯嫣就忙碌起来，一连两个周末不曾跟朱盛庸约会。

朱盛庸在失落的同时，也感到一丝放松。

大约是暑假将过的缘故，人才市场上的招聘明显稀少很多。朱盛庸一直没拿到合适的应聘通知，难免心慌。这时候冯嫣没时间见他，让他多少安心一些。

"××。马上9月新生都开学了，你还没有找到工作？你不会就这么永远找不到工作了吧？"朱爸爸每天必然对朱盛庸进行言语轰炸。每回朱盛庸都闷声听着。妈妈也默不作声。

倘若哥哥带着嫂嫂来吃周末饭，哥哥朱盛中则会出言维护朱盛庸。

朱爸爸越是诋毁朱盛庸，朱盛中越是维护得起劲，他甚至说出"工作有什么了不起，不工作才是我的人生目标。我计划40岁退休"这样的话。

朱爸爸目瞪口呆："40岁退休？你靠什么活？"

"40岁退休的潜台词是40岁实现财务自由。"

朱爸爸呼吸急促起来。"潜台词"还能理解，"财务自由"是个什么鬼？

朱爸爸默默总结经验教训，决定以后不跟长子辩论——他既不能在气势上压过长子，也不能在内容上辩赢长子。辩来辩去，不过是自取其辱罢了。

朱爸爸准备忍过周日，再随心所欲向小儿子开炮。

不过，计划赶不上变化。

周一，朱盛庸接到了一家面试通知，上午去面试，下午人还没有到家，录取电话先打到了家里。

恰逢朱爸爸去青浦送货，早回家。他人还在门外，就听见家里的西门子电话机丁零零叫个不停。他最不爱错过接电话的热闹，于是手忙脚乱开门，赶在电话自动挂断之前接起了电话。

"请问是朱盛庸先生吗？"里面传来沪味普通话。

朱爸爸皱了皱英俊面孔上唯一的败笔三角眉，反应过来："哦哦，是的。"其实他想说的是"这是朱盛庸家里的电话"。

"我们是你今天上午面试的飞利浦三叶第一被动元件有限公司。如果方便的话，朱先生明天可以来上班吗？"

"喔喔，好好。"

"那，明天见啦，朱先生。"

对方挂了电话，朱爸爸尚且以为自己在梦中。他私自替小儿子答应下来，应该不要紧吧？对了，他刚才接的是飞利浦什么公司？

朱爸爸如热锅上的蚂蚁，团团转地焦急等待，一直等到下午4点多，朱盛庸才从外面回来。

"你去哪儿了？"朱爸爸语气里蕴藏不快，马上想到那通电话，赶紧又换上愉悦的语气，"怎么回来得那么晚？"

"我去了趟上海图书馆。"

"你今天上午去飞利浦面试去了？"

"嗯。飞利浦跟国内一家公司的合资公司。"

"应聘的什么岗位？"

"总经理秘书。"

"工资多少？"

"1500块。"

朱爸爸震惊了。他工作二十几年，最近刚调过工资，工资也不过350块，加上奖金，撑死500多。眼前这个闷声不响的、仿佛永远也找不到工作的小子，居然上午面试下午就拿录取通知，并且月薪是他的3倍?!

"那个……"朱爸爸局促地挠起后脑勺，第一次在小儿子面前生出心虚气短之感，"飞利浦公司刚才打电话，通知你明天去上班，我答应了，

| 152 | 凡人传 |

可以哦?"

朱盛庸晦暗的眼神马上明亮起来:"通知我明天去上班?"

工作找了将近两个月,挫败感已经堆积很高,多亏他素来沉稳,且不爱抱怨,别人才不知道他已经处在自我怀疑的边缘。

加上外公去世,女友冯嫣职业进入发展期,朱盛庸深陷情绪低谷,此时的工作通知,犹如一针强心剂!

"对!明天去上班!可以哦?"

"太可以了!"朱盛庸咧嘴笑。

第51章 哥哥冲回家反对

朱爸爸一高兴,情不自禁给长子打电话汇报朱盛庸的新闻。本来只想委婉表露"我给他点压力他会更有动力",没想到,朱盛中一个小时后就冲回了家。

"绝对不能答应去上班!"朱盛中坚定地开门见山道。

那时候朱爸爸正在厨房烧晚饭。

看到朱盛中推门进来就够他惊讶了,何况朱盛中还这样强势表态!朱爸爸张口结舌愣在原地,直到锅子传来烧焦的味道。

"为什么?"朱盛庸闻声从里间走出来。

朱盛中换好鞋子,直起身,气场全开:"我听爸爸说,你要去上班的公司在浦东金桥!你可是听着'宁要浦西一张床,不要浦东一间房'的俗语长大的人!你可是放弃了上海石化统一分配的人!

"明知浦东跟上海市区无法相提并论,又付出过拒绝铁饭碗的牺牲,为什么这么快就妥协了?你应该再坚持一下,耐心再找一找,一定能在繁华的上海市区找到适合你的工作的!

"你要是没有耐心了,我托朋友帮你找!你要是零用钱不够了,我借钱给你用!

"总之,人生关键时刻就那几步,高考,选专业,毕业,选女朋友,结婚,步步都不可走错!我是父母不给力,摸着石头过河,可我的血泪经验,不能白费,可以传授给你!你听哥哥的,哥哥绝对真心为你好!"

且不论朱盛中话中的对错,光是那肺腑之言的样子,就足以感动朱爸爸。朱爸爸心一横:"不去了!我给他们打电话!我去道歉!"

朱盛庸淡淡看了爸爸一眼。还没有来得及开口，房门又响，妈妈下班回来了。

朱盛中像是要拉盟友，迫不及待地将发生的事情告诉了妈妈，并且第一时间表明了自己的态度。

"金桥出口加工区……"朱妈妈呢喃，"电视上看到过它的新闻。它成立总有三四年了吧？是不是以前来过咱们家的那个外国人，他工作的上海贝尔就在金桥出口加工区？"

朱盛中抢着点头："是的。金桥出口加工区在浦东新区的中部，规划面积24平方公里，西接陆家嘴，南接张江高科，距离外高桥港区9公里，沿高架内环到金桥所费时间也不长，这些我都替弟弟打听过了。"

"听上去还不错。"朱妈妈思量后回答。

"问题就在于'听上去'跟'实际上'是两码事。你实际上去看看就知道了，到处是西瓜田！要等到猴年马月才能等到它建好啊！我弟弟他又不是没得选！他完全可以再耐心等一等！肯定能在市区内挑到心仪的好公司的！"

朱爸爸焦急得晚饭都没有心思做了，不时进里屋来看看结论定下来没有。

朱盛庸将目光聚焦在妈妈身上。

他其实内心是打定了主意去上班的。哥哥说了那么多，貌似都在理，可却恰恰忽略了他的性格。

他这样保守、谨慎的一个人，过了2个月前途未卜的日子，已经过到了极限。银行账户里的钱也不允许他再挑肥拣瘦。

跟宁啃仙桃一口，绝不将就吃烂杏一筐的哥哥不同，他没有那份心高气傲劲儿，他肯向现实低头。

现实是，他必须马上去上班，去挣薪水养活自己、向父母交饭费保尊严。

朱盛庸的目光在妈妈脸上逡巡。这是一场只有他自己参加的游戏——他在赌妈妈会支持他去浦东。

"上海市区是好，可一时半会没有找到合适的。与其拖着干等，不如先去浦东上班。先干着试试，大不了到时候骑驴找马再换工作。阿庸头还年轻！"朱妈妈望着朱盛庸，平静地说道。自从外公离世，妈妈说话的声音低沉了不少。

朱盛庸连忙点头表示赞同。果然，他和妈妈都是理性的人。

哥哥朱盛中气坏了，他表情夸张地拖住妈妈，不许她离开，喋喋不休地劝说起来。直到劝说到他自己面红耳赤，平日里喜怒不形于色的妈妈也恼怒起来，仍不知道收敛。

最终，当晚以晚饭数次烧焦，哥哥愤怒摔门离开，妈妈气得躺床上去睡收尾。朱爸爸和朱盛庸相对而坐，无言吃掉了那顿焦煳发苦的晚餐。

晚餐过后，朱盛庸骑上如今已经不需要涂料掩盖，真的破到铃铛不响哪里都响的大凤凰，轻快地奔南市蓬莱路。自从他高三毕业，大凤凰就归爸爸骑了。爸爸特别热衷于将它借给邻居载重用。

一路骑行四十几分钟，汗水淋漓地到了蓬莱路小四层筒子楼下。抬头向上望，精准地找到女朋友冯嫣住的房子，噙笑的嘴角立刻耷拉下来：窗户是黑的。

路灯早就亮了，嫂嫂兰婷送给他的电子手表显示，已经晚上 8 点 10 分。对于没有夜生活的普通上海人来说，这时间绝对不早了。而冯嫣居然没有在家。

朱盛庸锁了自行车，踩着台阶边缘已经磨得失去棱角的楼梯，拾阶向上。旧时的邻居大多已经搬离，新入住的面孔带着漠然，最多扫视几眼朱盛庸。

朱盛庸穿过长长的走廊，来到他自出生就生活的房间前。

敲门。

确凿没有人在里面。

朱盛庸站在门口盘算着要不要找个公共电话亭给冯嫣打电话，最终决定，他不打招呼就来，不留痕迹地离开就是。他不想主动询问今晚冯嫣去了哪里，除非她主动告诉他。

下楼，弯腰开自行车锁的时候，忽然看到一双熟悉的小白鞋欢快地从他视野中走过。朱盛庸惊喜抬头，然而先入眼的，却是一个衣着考究，夸张到在夏日夜晚也系着红色领带的男青年。

男青年戴着黑框眼镜，发式新潮，皮鞋锃亮，还镂空刻着花纹。

朱盛庸顿时气息就不稳了。

"冯嫣！"他在夜色中叫了一声。可惜只是在心里叫了一声。

他实在太慌乱了，像是被黑暗魔法封住了嘴，钉住了脚。那一刻，他既无法动弹，也无法开口。

站在破旧的老凤凰后面，他眼睁睁看着冯嫣和精致男青年并行进了四层小楼的楼洞。

好不容易"活"过来，朱盛庸低头看自己。他穿着寻常的圆领短袖和妈妈改做的及膝短裤。短袖领口松散，短裤打过补丁。一路骑行，汗水浸湿前胸和腋下，显出邋遢。

"嘭。"

无情的隐形冷箭猝不及防射中青年热气腾腾的心。

那本来的、要跟恋人分享幸福甜蜜的小心思，死在冷箭下。

朱盛庸抬头，熟悉的窗口位置亮了灯。

他倔强地又站了许久，不见那位精致的男青年下楼。想到明天还要去上班，于是默默搬起自行车，掉头，原路来，原路回。

第52章 总经理秘书的功用

第二天，朱盛庸穿戴一新，坐上了从徐家汇开往金桥的班车，去飞利浦三叶第一被动元件有限公司报到。

昨晚的爱情伤痛还未结痂，但上班时间不是伤春悲秋的时候。

即使受了爱情的伤，朱盛庸还坚持通过同学问询，弄清楚了他要去上班的这家公司名到底是什么意思。

元件分主动元件和被动元件。二者区别在于主动元件需要依靠电流方向，譬如晶体管、二极管、阀门等；而被动元件，则不需要能量的来源就能实现特定功能，譬如电阻、电容、电感等元件。

这家由荷兰飞利浦和中方合资的公司，是家生产型企业，管理层设置相对简单。朱盛庸待了半天，人事架构就被前辈普及得明明白白。

陈总经理是中资方最大的领导，他其实已经有了一位跟随他多年的得力秘书，之所以急吼吼又招聘进朱盛庸，是因为荷兰飞利浦派了一位加拿大籍华人进场，做外资方最高领导。

这位加拿大籍华人，长着还不如陈总经理耐看的东方面孔，游刃有余地变化语码，想用中文骂人就用中文骂人，想用英文批评就用英文批评。

好好的一潭水，被他搅和得乌烟瘴气。偏偏之前的翻译功力不够厚，反应不过来。陈总经理总觉得自己吃了很多亏。

为了不吃哑巴亏，陈总经理在明明不缺人手的情况下，坚持招聘一位精于英语口语的总经理秘书。于是，才有朱盛庸的上午面试，下午录取。

"他行不行？"陈总经理要去跟加拿大籍华人斯密斯开会去了，进会场前，问他的老秘书。

老秘书看着朱盛庸沉默不言的样子，不敢打包票。

是骡子是马，都到了必须遛的时候。

朱盛庸跟在陈总经理后面，进了会议室。

这家合资公司论规模不算大，但因为飞利浦的口碑好，加上国内市场需求大，产品供不应求，利润也很丰厚。一旦大家不为"钱途"担忧，难免就争权夺势起来。

斯密斯的嘴脸，在陈总经理看来，就是小人得势。他情愿像以前一样，跟一位荷兰人共同领导这家合资公司。

斯密斯选定一个座位，大刺刺坐下来。喝牛奶长大的他，骨骼健壮，肌肉发达，面孔上因此多了条横肉，一看就不友善。

他用中文询问生产计划，用英文咒骂这计划安排得一塌糊涂。朱盛庸小声快速向陈总经理翻译。

陈总经理一听就不乐意了，当场大声质问斯密斯生产计划到底哪里不合理？怎么样安排更合理？朱盛庸跟着大声翻译出来。斯密斯直接目瞪口呆。

与会人员都看得出来，斯密斯回答不出陈总经理的问话。因为生产计划中规中矩，没什么好挑剔的。斯密斯用英文咒骂，不过是想在外资同行中树立"他很懂"的威严罢了。

会议结束后，陈总经理开心地拍着朱盛庸的肩膀，对他盛赞不已，还吩咐他真正的秘书，"赶紧给年轻人收拾出一张大工作桌来"！

朱盛庸在新公司的地位，一战成名。

然而朱盛庸并不热爱这样的战场。

他是初出茅庐的应届毕业生，他是来学习武装自己的，怎么初来乍到就介入到权势之争中来了？

当天下班，朱盛庸神色忧郁地回到家。

哥哥朱盛中已经在家等着他——朱盛中是这样，他有他的执拗，不达目的不罢休。今天的他，有备而来。

与他同来的，还有兰婷。

上次见到兰婷，还是三周前。

相较上一次，这一回，她脸色正常许多，人也不像上次那么激愤。穿着大泡泡袖红色长裙的兰婷，小圆脸上的大眼睛下，已经有了难以忽视的黑眼圈。当她笑起来的时候，眼角也有了细细浅浅的鱼尾纹。

跟冯嫣相比，兰婷失去了她的"少女感"。

每逢兰婷在，朱爸爸就罢厨房的工。他可以原谅很多事情，唯独不能原谅兰婷朝他脸上砸鸡蛋。蛋黄蛋清顺着脸颊、下巴往前胸嘀嗒的黏腻体感，他永生难忘。

每逢兰婷来，朱妈妈就穿上围裙，笨手笨脚下厨房。兰婷从前从不下厨房帮忙，这一次，却打起了下手。

当朱盛庸面色忧郁地穿过厨房时，看到的正是兰婷帮妈妈剪虾枪的名场面。朱妈妈站在一旁惊奇地喊："这个也要剪的啊？"

兰婷回："是的呢。我妈妈炒虾，连虾肠都要用牙签挑出来。太精细了，我做不来。"

朱盛庸跟妈妈和嫂嫂打过招呼，进了里屋——这间里屋兼具家里客厅、他的卧室和人多时的餐厅三项功能。

朱盛中笑得像个正准备接受众人膜拜的成功人士。他雍容大度地朝弟弟摆摆手："今天上班感觉如何？"

"糟糕透了。"

"入职手续办好了吗？"

"忘记带毕业证，还没有办。"

"天意啊。正好给我腾出点时间跟你分享一下我这几年的职场感受。希望你听完之后，能悬崖勒马，及时止损，不要跟那家公司签约，重新在市区找工作！"

朱盛庸瞄一眼他哥哥。好家伙，昨天摔门而出，今天笑眯眯卷土重来，够执着的啊。

朱爸爸跷脚坐在方桌前，这种对话，他插不上嘴，听在耳朵里，却深感欣慰。他很高兴儿子们青出于蓝胜于蓝。

厨房间，婆媳间的对话也在进行。

"妈妈，中中为什么不肯要孩子？"兰婷两眼无助地悄声问朱妈妈。

朱妈妈翻花菜的锅铲不由一顿："他自己怎么说？"

"他说现在还不是时候。可我们已经很有钱了,我们已经在打算买第二套房了。"

"他说怎么算到时候?"

"有房,有车,有存款50万……我觉得这些都是借口,真正的原因他又不肯透露。妈妈,你知道他的心结在哪里吗?"

"是不是……怕遗传给孩子他的哮喘?"

两个不同姓氏的女人彼此对望,心史无前例贴在一起。

屋里厢,长三岁半的朱盛中正推心置腹,对着弟弟朱盛庸侃侃而谈。

第53章 他像外公一样倔

朱盛中谈他初上班搞创作时,没有头绪,万分焦虑,那些牛×哄哄的美工老法师却好主意不断,来不及实践。

于是他靠拾人牙慧度过了最初的工作时间。结论是:要跟牛×的人做同事,只有这样才能快速上轨道。

朱盛庸深表赞同。

朱盛中热情列举他同事中的牛×分子,如何凭借一己之力打通难搞的《新民晚报》通栏广告版面,如何将《新闻报》和《文汇报》的广告费谈低50%……

他说得激情飞扬,眉飞色舞。

然而对朱盛庸来说,那些都是没有意义的细节。毕竟他不混广告圈。

好在朱盛中于侃侃而谈中迎来了他的第二个结论:"牛×的人在哪里?当然在市区!在上海最繁华的地方!在南京东路、淮海中路、四川北路、西藏中路!"

朱盛庸这就无法赞同了。

哥哥说的是脑力劳动型公司,在此之外,还有大量的制造型工厂。制造型工厂不可能设在繁华的市区。

"倘若你坚持在金桥上班,你接触的人就比市中心的人低一个档次;金桥这种地方,比你生活的徐家汇更要低不止一个档次。"

这……

朱盛庸露出不敢苟同的表情。

他的老板陈总经理是开日产公爵王上下班的,售价40万。经常皮笑肉不笑的加拿大籍华人斯密斯李毕业于英国剑桥大学,不算云云之辈。

"金桥有徐家汇吗?金桥有地铁吗?只怕太平洋、八佰伴、巴黎春天、伊势丹、百盛等这种新型外资百货也绝对不会开到金桥!"

"假以时日。"朱盛庸慢吞吞接道。

朱盛中一口水笑喷:"等到你七老八十吗?"

"如果浦东新区开发得好的话——"

"打住!还有开发不好的50%可能性呢。我这比值够公允了吧?"

朱盛庸默默看哥哥一眼:"我还年轻。有试错的机会。"

"有我做前车之鉴,你何必试错?"

面对哥哥的咄咄逼人,朱盛庸只好坦言相告:"你我虽然是亲兄弟,长在同一个家庭,但是性格迥异。我既没有你的聪颖,也没有你的自信。我像是个慢吞吞的蜗牛,只能按照自己的方式,走自己的路。"

朱盛中完全地崩溃了。崩溃不是因为他居然劝说不服他弟弟,而是因为弟弟夸赞了他聪颖又自信。

等朱妈妈和兰婷将饭菜端上屋里厢的四方桌时,兄弟俩的辩论也告一段落。

朱盛中叹着气摇头,对着新进来的妈妈和妻子说:"我弟弟简直固执得可怕。我都这样口若悬河地劝他一小时了,居然没有劝动。"

朱妈妈笑道:"他像你们外公一样倔。"说完,像是想起什么,笑容隐匿。

朱盛庸默默看了妈妈一眼,又默默看哥哥一眼。挖出这个家庭里的隐藏秘密,他还牢记在心呢,只等合适的机缘。

兰婷望向朱盛庸,问:"冯嫣还好吧?好久没见她了。"

朱盛庸心中抽痛一下,面无表情:"挺好。就是忙。"

"你俩差不过可以谈婚论嫁了,"兰婷情深意切地瞥一眼朱盛中,"我跟你哥就是毕业后半年领的证。"

朱盛庸闷声不接,而兰婷眼见朱爸爸脸色又往下沉了沉,便不再往下说下去。

饭后,朱盛中带着兰婷离开。

父母收拾完厨房后回了他们的房间。

朱盛庸仰躺在他的小沙发床上,头枕在双臂上,想:冯嫣现在依然在跟那个系红领带的男青年轧马路吗?她是不是不久就会向他摊牌提分手?到时候他是象征性地挽留一下,还是爽快地接受并友善地献上祝福?

当他们同在校园时,成绩是评判地位的标准。那时候,他配得上冯嫣。

当他们踏入社会后,评判标准明显变了,他觉得,他似乎配不上闪闪发光的冯嫣了。

与其以爱情的名义挽留冯嫣,不如放手,让冯嫣自由地奔赴属于她的幸福。

打定这些主意的朱盛庸,带着自我感动睡着了。

第二天,太阳东升,明亮的光线洒满视野。

他急匆匆起床,胡乱吃了点早餐,骑上破旧的大凤凰去徐家汇坐班车。因为赶班车需要,大凤凰又回到了他手中。

满大街都是骑自行车的人。

朱盛庸裹挟在其中,潮水一样向前,遇到红绿灯,又潮水一样停止。

第二天去上班,他是带了毕业证的。毕竟只有办妥了入职手续,才有社保可缴。

忙忙碌碌一整天,乏善可陈地下班回家。

上班,下班。

骑自行车,坐班车。

像尾巴一样时刻跟在陈总经理身后,精准翻译来自斯密斯李的任何发声。斯密斯李的语言优势被朱盛庸打破后,人也识相地老实起来。

朱盛庸似乎没有了用武之地。

他一日比一日清闲,闲到开始怀疑人生。

上班后的第二个周末,冯嫣终于来找朱盛庸了。

"你最近,工作找得怎么样?"冯嫣把朱盛庸叫到楼下。她穿了一套套装,上面是白色七分袖的薄西服,里面是黑色及膝收腰连衣裙。这种职业装款式在当时很显洋气。

冯嫣还是那么俏丽可爱,脸蛋娇嫩,睫毛浓密,一双眼睛跟水葡萄一样。

"我已经上班两周了。"

冯嫣大吃一惊:"你怎么没有告诉我?"

"我去找过你。接到录用电话的那一晚。"

冯嫣双眼不由睁大一圈:"然后呢?"

"看到你跟一个系红色领带的男子在一起。"

冯嫣定定望着朱盛庸:"所以你就默默回来了?然后两周没有联系我?要是我不来找你,我们之间就算结束了?"

朱盛庸两手叉腰。这是他仅有的表示烦闷的肢体动作了:"不然呢?像当初唐骏找我打架一样,跟那个人当街打一架?"

冯嫣哭笑不得:"唐骏是幼稚,我没想让你跟他学。难道你不可以喊我一声,落落大方自我介绍一下,绅士一样感谢一下那个送我回家的人吗?"

朱盛庸本以为自己理直气壮,瞬间被冯嫣问得哑口无言。

是哦,还有这种更显肚量的漂亮回击方式。

"我,我当时没想到,我还以为……"朱盛庸嗫嚅。

"我拜托你对我有点信心!对我们之间两年的爱情有点信心!"

朱盛庸欣喜若狂。

第54章 "负责人出了一个坏主意"

据冯嫣说,那天朱盛庸夜遇的男子,是香港竞标公司的社长儿子,只是很好奇上海老公房,所以才提议送她回家。上楼后,考察了一番建筑。众邻居可以作证。仅此而已。

冯嫣还说,像社长儿子这样的身份,少说身价也有几百万之巨,身边莺莺燕燕不少,她才不会付出人格代价贴上去。她心里跟明镜似的,非常知道谁才是正直善良可靠的结婚对象。

"你当我傻啊,三言两语就被你从金山哄到上海市区?"冯嫣娇嗔道。

彼时两个人依偎在小花园深处,一边喂蚊子,一边倾诉衷肠。

朱盛庸年轻滚烫的心被冯嫣的"正直、善良、可靠"等字眼点燃,认定冯嫣是他的天选命定之人。

工作的问题解决了。

爱情的疑惑也解决了。

压在朱盛庸心头的负担只剩下"挖出家庭秘辛"这一桩了。

一个月后,国庆节期间,他终于等到了机缘。

1995年5月1日起,我国实行双休日。在此前一年,大部分单位国庆放7天假,也有部分放5天的。

朱盛中所在的广告公司因为是私营的,放5天。5天也算长假期。他和兰婷计划飞三亚。

哮喘患者如朱盛中,三亚是他眼中的朝圣之地。

正要购买机票,被兰婷的妈妈打断。兰婷妈妈追问女儿:"为什么两个月前去过一趟三亚,国庆又要飞三亚?真当你们钱多到像当年的日本人一样满世界旅游啊?"

兰婷吐着小舌头,不敢乱说话。

两个月以前,他们当然没有飞过三亚。不过是兰婷刚堕完胎,心情不好,不想跟家人聚会周旋,顺口撒了个谎而已。

兰婷妈妈威胁女儿女婿再这样随心所欲飞出上海旅游,干脆把他们垫付的购房款还给他们。

为了免于"出血",朱盛中和兰婷只好老老实实留上海。

前三天在兰婷妈妈家度过,受尽指责。不是怪他们袜子太臭,就是嫌弃他们鞋子也不知道刷,那么脏。

三天后,兰婷自己拉着朱盛中逃出家门。

小两口回到自己家后,又愁起一日三餐来。谁都觉得自己平日工作辛苦,谁都不想下厨房,最后一合计,决定去朱盛中父母家蹭吃蹭喝。

除了朱爸爸脸色臭一些——她可以直接忽略;兰婷对朱盛中家没有不满意——朱妈妈从不评价她,更不挑剔她。

一拍即合。国庆第四天,朱盛庸晨起后不久,就看到了哥哥和嫂嫂。

朱盛中和朱盛庸两兄弟对视一眼,只一眼就确认了他们的和解。

"冯嬷呢?把冯嬷叫来,我们打麻将!"兰婷笑嘻嘻建议道。

"冯嬷回金山了。"

"你怎么没有跟她一起回去?"

"师出无名。"

兰婷咯咯笑起来。跟口若悬河的朱盛中相比,朱盛庸说起话来总是能短则短,不能短强行短。

上午朱妈妈陪着打了几局,朱爸爸心痒痒,急得团团转。朱妈妈借口手气不好,起身让给了朱爸爸。

没想到,朱爸爸脸色臭,手气更臭,从上场就没有赢过。反倒是兰婷,不是出冲和,就是自摸和,开心得不得了。

朱爸爸午餐过后,气得去睡觉了。

朱妈妈懒得敷衍周旋，也借口劳累去午休。

朱爸爸朱妈妈房门一关，朱盛庸就精神起来。

他早在上午就盘算很久，最后决定从嫂嫂下手。

"嫂嫂，你觉得妈妈脾气好吗？"

"好的呀。"

"你觉得外公脾气好吗？"

"好的呀。"

"你能想象妈妈和外公之间起冲突，气到外公有两年没有跟妈妈说话，并且连住院的时候都拒绝妈妈去医院探望吗？"

"啊？有这事？"

朱盛庸于是适时将目光朝哥哥移过去。他并不知道哥哥是否知道这段秘密，但，一旦调起哥哥的好奇心，以哥哥缠磨人的性格，一定能比他更快挖出这段秘辛的全貌。

"你知道吗？"兰婷好奇地问朱盛中。

"知道。"出乎意料，朱盛中一口承认下来。

以朱盛中承认的速度和坦然神态，让朱盛庸忍不住觉得，秘辛什么的，不过是他无聊时的想象。也许，不过是拌嘴吵架，是外公年老糊涂，是病躯迁怒。

"说呀！"兰婷催促。

"没什么好说的。"朱盛中打了个哈欠，"不如我们到淮海路逛着玩吧？我请你们吃麦当劳。"

上海第一家麦当劳，正是在1994年7月下旬在淮海路上开业的。

"好的呀。我们边吃边听你说。"兰婷拍手叫好。

麦当劳在初进上海那些年，算是当之无愧的高档洋餐厅。巨无霸套餐17.8元，麦香鸡套餐17.5元。单点一对鸡翅7元，鸡腿汉堡10元，小份薯条14元，大份薯条16元。

500元月薪的工薪阶层，轻易下不了带孩子吃一顿麦当劳的决心。

朱盛中和兰婷是吃得起的。

三个年轻人出门，换公交车去淮海路，在光明邨那里排队进麦当劳。兰婷闲来无事，缠着朱盛中快讲那段惹恼外公的神奇往事。

在拥挤的排队人群中，在孩子们兴奋的奔跑逐闹中，朱盛中开讲了。

事情起因于很多年前，外公的纱厂因历史原因被公私合营。很多年后，国家陆续开始出具补偿方案。外公则要求补偿给他能做买卖的门面房。

可当时是计划经济时代，公房外围的沿街商铺，产权属于集体。外公的要求无法被满足，事情就僵持在那里。

直到有一天，落实补偿的负责人找到了朱妈妈。

"找妈妈干什么？"朱盛庸紧张起来。

"在找妈妈之前，先找过跟外公一起住的小阿姨，后来又找过身为长女的大姨妈，最后，才找上妈妈的。"朱盛中答非所问道。

"找妈妈干什么？"朱盛庸重复。

"负责人很坏，他给妈妈出了一个主意，让妈妈私刻一枚外公的章，代外公敲章签字。

"只要章一敲，他们立刻分5套房给外公的5个子女。

"负责人明明确确地说，他会说服上级，将四套一室户中的一套，升级为二室户，分给我们家。另外，把原本的一套二室户，升级为三室户，分给外公和跟外公一起住的小阿姨一家。"

"妈妈答应啦？"朱盛庸吃惊异常。违背外公的意愿，私刻萝卜章！难怪外公暴怒，至死不肯原谅这最亲密的背叛。

朱盛中瞪一眼朱盛庸，没有说话。

排队的队伍在蠕动，很快轮到朱盛中他们三人。兰婷推着朱盛庸，三人进了麦当劳餐厅。

第 55 章　被隐瞒的原因

进餐厅之后，朱盛庸没心思看服务人员头上戴的红色棒球帽、身上穿的红白条纹短袖和系在领口的蝴蝶结，他有些失魂落魄。

朱盛中以为他第一次来吃麦当劳，不知如何点餐，就自作主张帮他叫了一份套餐。

三人点了三份套餐，花了五十几块钱，找了个临窗的空位坐下来。

兰婷一路不停地推朱盛庸往前走，以免他掉队。

刚一落座，朱盛庸就迫不及待追问起细节来："妈妈就自作主张答应下来？她没有跟大姨妈、小阿姨商量？也没有征求过舅舅们的意见？"

朱盛中熟练地打开番茄酱包，小心地将番茄酱挤在香脆的薯条上，递到兰婷嘴边,兰婷笑嘻嘻阿呜一口吃掉。

他俩经常秀恩爱,朱盛庸已见怪不怪。

"妈妈当然跟她的哥哥、姐姐、妹妹商量过,"朱盛中看一眼弟弟,"只不过,她的兄弟姐妹们,谁家也不像我们家那样住房紧张。

"两个舅舅在外地,根本无法想象上海居住条件有多艰难。

"大姨妈泼辣强悍,可她一个人住了快50平方米;小阿姨居住条件差,跟我们家有一拼,可小阿姨胆小懦弱。妈妈商量一圈,等于白商量。"

"所以她就自作主张私刻外公的章?"朱盛庸双目暴出,一脸恼怒。连他自己也说不清楚,他是替外公恼怒多,还是对妈妈失望多。

"不然这两年我们家凭什么住大房子?"

"……"朱盛庸说不出话来。是啊,凭什么?妈妈怕担责任,守着出纳的岗位,连会计都不肯做。爸爸唯一的技能就是开车,又好逸恶劳不愿意出远差。

"妈妈也是为了改善我们家的住房条件,不得已才私刻外公的章的。主意是她拿的,决心是她下的,受益的,可不只有她和我们家。她的兄弟姐妹们,不是也都分到房了吗?可被外公告上法庭的,却只有妈妈一个人!"朱盛中愤愤不平道。

"什么?外公和妈妈之间还打起了官司?"朱盛庸再次被惊到。这么重要的一件事,他却被瞒得死死的。是怕他这个"外公最疼爱的第三代"夹在中间为难吗?

朱盛中咬了一大口汉堡,泄愤一样咀嚼着,口齿多少有点不清晰:"外公拒不承认补偿合同,把补偿办和妈妈一起告上法庭,还花重金聘请律师,光律师费听说都花了好几千。

"可补偿办不好搞,妈妈也跟着受益,出了两次庭。后来法官庭外和解,外公脾气很倔,指着妈妈的鼻头当众破口大骂,骂妈妈是个叛徒,妈妈当众被骂哭。

"补偿办一看势头不对,怕鸡飞蛋打,最后不知怎么通过法官,劝降了外公的代理律师。那律师拿了外公小几千的诉讼费后,撂挑子走人。

"外公赔了夫人又折兵,气病了一场。后来就不再提打官司的事了。

"再后来,小姨夫指示小阿姨和两个小表妹轮番劝说外公,外公睁一眼闭一眼,就搬去了淮海路后面的三室户里去了。只是明令不许妈妈上门看望他。"

朱盛庸依稀记得,他大三中秋节回市区,外公病得床都下不了,又说不出哪里有问题,只哀叹心里难受。他还私以为是心脏出了毛病,担心很久。

"怪不得我们搬了新家,爸爸妈妈那么低调含蓄,原来是来路不正,且官司缠身。"朱盛庸冷笑着总结。

"阿庸头!你过分了啊。你不想想,徐汇的这套房,房产证上写着谁的名字!"

朱盛中的话犹如当头棒喝,喝得朱盛庸无言反驳。

徐汇的这套大二室户,房产证上写的正是他朱盛庸的名字。

当时妈妈曾解释过,蓬莱路的10平方米小房子送给哥哥结婚用,徐汇的大两房中的一间送给朱盛庸结婚用。公平平等。

因为父母打算晚年依傍小儿子生活,又为了免于过户的麻烦,徐汇的这套房干脆就以"朱盛庸"的名义办理房产证。

兄弟俩对于这样的安排都觉得合情合理。连兰婷听说后都觉得无可挑剔。

谁知道,里面竟然有隐藏剧情。

朱盛庸觉得那个写着自己名字的房产证,仿佛是背叛的象征,将终身压在他心头:"妈妈真的不应该。"他苦恼又惋惜道。

朱盛中嗤之以鼻:"我还记得刚搬进新家时,你跟我一起抬大衣柜上楼,我说沉,你说你太高兴了,新家大得能听到回声,终于不必再跟爸爸睡一间房,再重的衣柜你也抬得动。"

哥哥说的那一幕,还在记忆中。

崭新的六层公寓房,他们分到了第四层朝南的最大一套。站在阳台上能眺望前面的小学和小学后的绿地。

方方正正的两间大房间,每间都比蓬莱路上的房子大。

不仅房间大,窗户也大。大把的明亮阳光透过窗户洒进来,仿佛未来人生都被照亮了。强烈的幸福感冲击着他,他的确是为这套房欣喜若狂。

可是,当初有多欣喜,如今就有多哀伤。

中间搭上的,可是他最敬重的外公的失望啊。

"事情一定还有别的解决办法的……"

"别痴心妄想了，"朱盛中打断道，"事情要有别的解决办法，也不会拖那么多年了。外公有多倔强，只怕你比我更明白。他非要集体产权的房子，撞了南墙也不回头。可集体产权的房子，谁又敢拍板补偿给他？"

死局！

无解！

所以才拖那么多年！

所以补偿办才睁一眼闭一眼怂恿妈妈私刻外公的章！

朱盛庸说不出反驳的话来。

朱盛中和兰婷你喂我，我喂你，你侬我侬。朱盛庸低头闷想，想得食不知味。

"对了，没事你就别旧事重提了。当初这事发生时，妈妈就嘱咐过，让我们不要跟你说，怕你夹在她和外公之间为难。"要出麦当劳餐厅时，朱盛中对朱盛庸这样说。

朱盛庸沉默地点点头。

兰婷同步听说了这段陈年往事，她毫无触动。

一天后，冯嫣带了金山的土特产从金山返回上海市区，来看望朱爸爸和朱妈妈。

朱盛庸听说妈妈和外公之间的是非恩怨后，一直郁郁寡欢。

冯嫣一眼看出他心不在焉，以为他在冷淡自己，不禁小嘴嘟了起来。

兰婷一旁看得明白，趁公婆在厨房间忙碌的时候，拉着冯嫣到阳台，将事情前前后后跟冯嫣说了一遍。

第56章　简单背后有复杂

兰婷向冯嫣叙述完，点题道："你不要多心哦。阿庸头兴致不高，不是冷淡你，是他自己心结没解开。"

冯嫣笑笑："谢谢嫂嫂。要我说呀，朱妈妈也没有做错。她还不是为了两个儿子。不然，10平方米的家，儿子们又值结婚的年龄，怎么腾挪得开？"

兰婷向来没心没肺，不爱细品家长里短。

当朱盛庸在麦当劳里指责妈妈这样做伤了外公的心时，兰婷便觉得朱妈妈确实自私自利，自说自话。

当冯嫣说妈妈这样做是为了两个儿子不得已时,兰婷又觉得朱妈妈确实为生活所迫,没有更多选择,情有可原。

她嘻嘻哈哈附和:"谁说不是呢。哎呀,反正他们不提,你就当不知道。"

两个年龄相差4岁的女孩子你挽着我,我挽着你,进了当客厅的屋里厢。俩人路过厨房的时候,朱爸爸正在炸带鱼,一回头瞥见笑嘻嘻的兰婷,差点条件反应扔筷子。

"××。"朱爸爸用不小的音量喊道。

朱妈妈赶紧加以掩饰:"小心点。油锅进水会炸开的。"

"进水?没加水呀。"朱爸爸意外道。

"带鱼身上带着没沥干净的水。"

"喔喔。"

兰婷咬着唇,避免自己笑出声。

厨房在煎炸,为防油烟乱窜,卧室门关上了。兰婷拉冯嫣进去后,同样反手把门关上。不小心按下门锁开关,门,锁上了。

兰婷一进密闭的没有朱爸爸的房间,就开心地对冯嫣道:"冯嫣,跟你讲件好玩的事。有一天,有人很严肃很认真地问我老公,'电视上为什么要反对洗钱呢?其实钱忘记从口袋掏出来,跟衣服一起洗了,并不会把钱洗坏。'哈哈哈哈。"

兰婷笑倒进朱盛中的怀里。

冯嫣第一反应是跟着笑,很快意识到兰婷口中的"有人",是指朱盛庸的爸爸,于是硬生生绷住,同时偷看朱盛庸。

朱盛庸倒咧嘴笑了一下。

兰婷继续道:"放心,冯嫣!他们兄弟俩可能在任何事情上看法不一致,唯独对待他们爸爸这件事,是天下最牢靠的同盟。知道为什么吗?"

冯嫣挨着朱盛庸,在小沙发床上坐下来,昂着漂亮的脑袋问:"为什么?"

"因为他们在整个成长期,一直在挨爸爸的打骂。打骂来得非常严苛,而且理由奇葩。

"他递给你一个眼神,你没有意识到他是想让你关灯,就是你太笨,死脑筋,呆子,值得打一顿。

"他说一声吃饭,你必须立刻马上支起小餐桌。要是延迟半分钟,就能轻轻松松赢得半小时狗血淋头式的咒骂。

"更不要说丢了东西、闯了祸这种本就该挨批的事情了,那是一定要把孩子们打得鬼哭狼嚎,惊动整幢楼,好彰显他神威的。"

冯嫣吃惊不已:"真的吗?"

"难以想象吧?这对难兄难弟居然没有心灵扭曲地长大。"说到这里,兰婷忽然转头看朱盛中,愣愣道,"你挨打的后遗症该不会是厌恶亲子关系,不肯要自己的孩子吧?"

朱盛中居然没有第一时间反对。

兰婷和朱盛中吃惊对望的时候,冯嫣低声问朱盛庸:"为什么你从来没有跟我说起过这些?"

"都是陈年旧事了。"

冯嫣望着眉头紧蹙的朱盛庸,心里泛起一阵怨气。那么重要的过去经历,他竟然只字不提。

不过,女孩子到底心软,怨气之外,更多的是怜惜。朱盛庸小时候过得真是太凄惨、太可怜了。

"嘭嘭嘭!"

门外炸好带鱼的朱爸爸要端给里屋的孩子们吃,一推推不开,立刻无明业火乱冒,索性用脚踹起门来。

兰婷朝冯嫣使了个眼色,嘴角露出讥讽的笑。

没有人起身去开门,最后,还是朱盛庸站了起来。

朱爸爸骂骂咧咧进屋,恶狠狠将盛满干煎带鱼的盘子往四方桌上一掷,好几块带鱼跌落到餐桌上。紧随其后的朱妈妈赶紧道:"行啦,门锁不灵光,不小心锁上了。什么大不了的事,也值得发火?你也是过两年就退休的人,一把年纪了耐心还这么差!"

朱爸爸气鼓鼓坐下来,谁也不邀请,自己吃起带鱼来。一口气吃了半盘,神色才和缓下来。

冯嫣似乎第一次看到朱爸爸的另一面,以及这个家庭的复杂性。

生活就像拿破仑蛋糕,一层甜蜜,一层微苦,一层期盼,一层后怕。

在领取人生中的第一个 1500 元后,朱盛庸勇敢地提了辞职,最终被陈总经理以"每月加 200 块钱"挽留下来。

半年后,加拿大籍的斯密斯李因为受不了合资公司的层级冗杂、效率低下和同事间的推诿与内耗,愤而辞职。

朱盛庸这才猛然意识到,他站在了错误的队伍里——只是因为跟陈总经理和其他中方的人一样能说上海话,别人便认为他是他们中的一分子。

只能说刚毕业的他太单纯了。

斯密斯李离职后,朱盛庸第二次提离职。

恰巧前不久他刚向陈总经理提过一个小建议。当时每个季度结束的时候,工厂有在餐厅开季度总结的传统。不强制但是号召每一个不在流水线上的员工参加。每回陈总经理到了餐厅,都尴尬地发现与会的员工还没有他带过去的秘书多。

朱盛庸提了一个"会后抽奖"的建议。效果格外好。为了几条毛巾,几块香皂,餐厅人头攒动,陈总经理讲起话来格外有感觉。

因为这样一个建议,陈总经理对朱盛庸另眼相待。另外嘛,陈总经理也担心荷兰资方会再派一个挑剔的坏蛋,所以不肯轻易放朱盛庸走。

朱盛庸提一次离职,他就为朱盛庸加200块工资。

当朱盛庸薪水达到2300块时,连他自己都不好意思提离职了。

荷兰资方果然又派了一个挑剔的坏蛋,朱盛庸卓越的英文口才又得以发挥作用了。只是,他并没有因此感到开心。

"你为什么总有那么多不开心的理由?工资每个月都按时发给你,这还不够吗?"冯嫣语气多有不满。

工作一年后,冯嫣已经褪去当初的青涩,不再像以前那么爱笑,也不再用崇拜的目光看朱盛庸。她变得更光彩照人,也更没有耐心。

第57章　骑铃木的老同学

"我们工厂坐办公室的确实人浮于事,内耗严重。"朱盛庸忧心忡忡道。

"跟你有关系吗?又没有少发你工资!"

"可长此以往,必然影响公司效益。到时候公司赚不到钱,还怎么给大家发工资?"

冯嫣气得直翻白眼。

她嘘口气,吹动她的空气刘海,一把扯住与她并肩而行的朱盛庸,气急败坏道:"你这个人怎么这么别扭?"

"你妈妈一心一意为你们兄弟俩着想,顶着压力刻了私章,领了房子，结果呢？自从你知道这件事后，就没有给过你妈妈好脸色！

"整整一年了，就算心里有气也应该撒完了吧？

"何况，你明明住在你妈妈刻私章得来的房子里，有什么资格表达你的不满意？

"现在，同样的道理，公司发着你的工资，养着你，你却天天抱怨，不是嫌弃领导，就是抱怨同事，有意思吗你？"

朱盛庸震惊在原地。

他看着怒目圆睁的冯嫣，有点不敢相信自己的眼睛：什么时候，他跟冯嫣之间的心灵距离，已经远到鸡同鸭讲的程度？

"等你冷静下来，我再陪你逛街。"朱盛庸不想看那张扭曲的面孔，转身离开。将冯嫣一个人撇在繁华的南京路。

"你给我回来！我同意你走了吗？混蛋——"

朱盛庸还是走了。

边走边拧眉毛。

他给妈妈甩脸子吗？他只是不知道该怎么面对他内心深爱的妈妈！妈妈破坏了她亲自教给他的诚信原则。没有了诚信的基石，他该如何对待妈妈说出来的话？

他是在嫌弃领导抱怨同事吗？他只是在表达他对公司前途的担忧。

工厂兴亡，每位员工都有责，如果不能改观，就要下决心及早选择离开，而不是浑浑噩噩混迹其中当温水中的青蛙，这才是他真正想表达的内容啊。

朱盛庸半低着头，手揣口袋，正迈步向前，前方视野里出现半个轮胎挡住了他的去路。

他往左，轮胎往左；他往右，轮胎往右。

这不是逼他抬头嘛。

朱盛庸愤愤然抬头，赫然看到一个中分头，戴小圆墨镜的白嫩面孔，活脱脱一阿飞，接着发现他穿着皮衣，骑在一辆火红的拉风摩托车上。

嫩白面孔潇洒地摘下眼镜，目光含笑地望着朱盛庸。

"马骏？！"差点脱口而出喊成"唐骏"。

马骏拍拍后座："坐！"

那时候上海街头有很多重庆嘉陵摩托，像马骏骑的这样线条流畅、配色靓丽的，还没怎么见过。

朱盛庸不禁欣喜上前："什么牌子？"

"铃木王125。全进口。"

"多少钱？"

"两万五六吧。"

朱盛庸倒吸一口冷气。他以为他薪水够高，有资格问价格，没想到，阔别4年的高中老同学，上来就让他见识了阶层差别。

"父母送的？"

"谁让他们只有我一个儿子。不送给我也没别的人可送。"

"你什么时候回国的？这么巧，马路上也能偶遇？"

"可不算偶遇。我一回来就奔你家去了。想着给你个惊喜，没有提前联系你。

"找你哥问的你家新地址，你爸爸说你跟女朋友来南京路了。我来碰运气，还真让我碰着了。

"哎，你女朋友呢？听同学说，你女朋友很漂亮，有点像荒木由美子。"

"她刚跟我吵架。我转身走了。"

"结棍。你俩都够可以的。"

中学时候的旧友相遇，一秒回到从前的感觉。

朱盛庸骑坐在马骏身后，感受铃木的风驰电掣。

那时候摩托车需要挂牌子，考驾照。

朱盛庸坐着坐着想起来了："你不是刚回来吗？哪里的时间考驾照？"

"我有日本驾照。"

"不管用的吧？持境外机动车驾驶证，需要换为中国机动车驾驶证才能在国内使用。"

"你这个人啊，就是太较真。"马骏打哈哈。

10分钟后，街头多了一对合力推摩托车的朋友。

半小时后，朱盛庸终于将马骏送到马骏家门口，他认真叮嘱他："要佩戴头盔跟护膝！一定要注意安全！"

马骏哭笑不得。好好的一场撒野聚会，被劝说回家。真不知道该用什么话形容这个认真到古板的高中同学。

马骏从日本留学回来后，闭口不谈他在日的专业和学校。待业的时候，他像初中时代那样，再度成为朱盛庸身后的小尾巴。

每个周末，马骏都厚颜无耻地与朱盛庸、冯嫣一起"锵锵三人行"。

冯嫣被朱盛庸抛在步行街的那天，几乎气疯。她本想当天就杀到朱盛庸家，找他理论个是非曲直来，后来一想，还是冷处理朱盛庸，更保守也更安全。

原以为随后的一个周末朱盛庸会登门道歉，结果并没有。

第二个周末，想到自己毕竟免费住着人家的房子，而且她怒气已消，就大度地主动联系了朱盛庸。

接电话的朱盛庸笑得好开心。

朱妈妈的笑声也从听筒里传过来。冯嫣顿时觉得自己那颗行侠仗义的心，使错了方向。与其替朱妈妈打抱不平，不如像兰婷那样睁一眼闭一眼，不参与朱盛庸家的内耗。

"什么事啊，这么开心？"冯嫣用好听的声音问朱盛庸。

朱盛庸也将前次矛盾抛到一边："我同学来我家里玩，正在打麻将。"

"我也想玩。"

"那你来呀。"

"你来接我！"冯嫣嗲嗲地撒娇。

"……"朱盛庸没有马上答应，冯嫣一颗心悬起。

"好吧。"朱盛庸松口。

"讨厌。你故意吓我。"

朱盛庸笑了一下，没有再说什么。他可没有想过用沉默吓冯嫣，那种逻辑在他这里说不通。他是嫌麻烦，又嫌冯嫣此举矫情。只是想到吵架更麻烦，才两害相权取其轻。

朱盛庸结束通话后，穿衣服出门，边往外走边解释："我去接冯嫣。"

"哦好。要见荒木由美子喽。"马骏快乐地叫喊道。

朱爸爸和朱妈妈在麻将桌前，只顾着数钱，完全没工夫反问什么荒木什么美子。马骏活像散财童子，三局两输，可把朱爸爸给乐坏了。

差不多过了一个小时，朱盛庸带着冯嫣回来了。

马骏正叼着烟卷摆长城，一抬头，看到冯嫣。手中的麻将牌忘记放下，口中的烟卷"吧嗒"掉落。

都不需要朱盛庸有异能，他也一眼看出，马骏眼里小心心乱跳。

糟糕！

有种引狼入室的感觉。

第58章　上海市区成"浦西"

有了马骏这根"小尾巴",朱盛庸和冯嫣之间的矛盾意外地缓和很多。

马骏愿意跑过马路给冯嫣买北冰洋汽水,愿意帮她撑伞遮阳,愿意夸她衣服鞋子搭配得真好看……

有时候冷不丁,朱盛庸会觉得自己才是人家爱情中的第三个人。

但,当他用怀疑的目光留心观察马骏和冯嫣时,又觉得他们俩既没有肢体互动,也没有眼神互动,应该是他小人之心了。

马骏当"小尾巴"的这段既惊心动魄又乏善可陈的日子里,最值得一说就是带马骏去见当年从日本归来的吉吉。

是冯嫣怂恿朱盛庸带马骏去见吉吉的。

朱盛庸偶然跟她讲起过妈妈师傅的女儿从日本归来,坐拥大几十万,是他认识的最有钱的人。

讲这些的时候,至少是一两年前了。

冯嫣不知怎么想起这茬儿,怂恿朱盛庸带马骏去见吉吉。理由是,两个留日的人,或许有共同话题。

"他们有共同话题,跟我有什么关系?"朱盛庸问。

"你傻呀。他们说,你听,你不就知道马骏在日本留学4年的事了吗?"

"马骏在日留学发生什么事,跟我有什么关系?"朱盛庸很有冲动把这句话也问出口。

只是,情侣处久了,早就摸准了对方的脾气。倘若他真这样问出去,一准得到冯嫣一阵歪理抢白。

朱盛庸突然想问一句冯嫣:为什么对马骏的过去那么感兴趣?转念又想,算了,这也是一句会挑起无聊争端的话语。

虽然心里不满,朱盛庸还是践行了他对冯嫣的承诺,找了个机会,将马骏带到了吉吉妈妈陈老师家。

朱妈妈办公室的师傅陈老师早就退休,如今,朱妈妈也到了快要退休的年龄。陈老师的女儿吉吉在日本结婚、离婚后归国,转眼也在上海生活四五年了。

当年吉吉刚从日本回来的时候，叫嚣着即使每天花 100 块钱，也可以花到死。那种趾高气昂的劲儿，至今在朱盛庸的记忆中活灵活现。

四五年过去后，吉吉的生活是否依然一副"发愁钱在有生之年花不完"的恼人腔调？

朱盛庸带着马骏正在停泊铃木——为了不触朱盛庸逆鳞，马骏老老实实为摩托车配了两个头盔。

明知道马骏的驾驶证是托关系花钱买来的，朱盛庸想到他毕竟骑行技术娴熟，只好睁一眼闭一眼。水至清则无鱼，人至察则无徒。

一回头，朱盛庸看到一个体态丰腴、普通打扮的中年女子身影，那身影率先跟他打招呼："阿庸头！你是来看望我妈妈的吗？"

朱盛庸这才反应过来：竟然是吉吉！

吉吉无论是神情还是衣着打扮，已经平和太多。走在马路上，已泯然众上海妇女矣。

吉吉来看望她的妈妈。于是众人一起上楼。

陈老师身体安康，就是耳背。又不愿意人家照顾她而大吼，就弥勒佛一样微笑着不说话，看小辈们聊天。

朱盛庸问吉吉阿姨钱还多到需要每天花 100 块吗？

吉吉表情有些讪讪的。

她说她的钱拿去投资，人家允诺给她 40% 的年回报率，结果她才拿回第一年的回报，投资项目就黄了。

投资人消失在茫茫人海，她空留一张写有假身份证号码的合同。

"本钱打了水漂。"吉吉边说边揩眼角。

投资失利的事情已经发生了三四年，吉吉已经接受下来。

"现在嘛，省吃俭用的话，也可以考虑不出去工作。但我想收养一个女儿，福利院一时半会儿没有健康的女婴。如果抚养一个女儿的话，可能需要到外面寻一份工作。"

朱盛庸几次将话题扯到日本的生活上，吉吉没兴趣多说，马骏更是嘴巴绷得死死的，坚决不插话，绝对不搭腔。

从吉吉阿姨那里出来后，朱盛庸忍不住质疑马骏："你这家伙，到底有没有去日本留学过 4 年啊？"毕竟他是要向冯嫣汇报结果的人。

马骏装傻充愣，傻笑了之。

到日本留学的人毕竟不止马同学一位。一次偶然的机会，朱盛庸从别的校友那里听说了一些马骏在日本的奇遇。

貌似刚去日本的马骏，胆大妄为到不可一世。脱离了父母的管制，他很快被花花绿绿的陪酒小姐姐吸引，并且嚣张地跟当地一位青年在居酒屋争风吃醋，用酒瓶教青年社会道理。

很不幸，那位青年来自山口组。

校友的讲述到这里戛然而止。

"马骏其实可以原地报警。他错就错在一开始太嚣张，后来又太懦弱……话说回来，那时候我们不过是一二十岁的孩子，又在异国他乡。唉。"一阵停顿后，校友总结陈词。

校友的叹息在朱盛庸心中久久不散，让他既收敛了在马骏身上猎奇的心，又忍不住担心只身一人在美国的李礼刚。

马骏回国的两个月后，他的父母为他在浦东陆家嘴谋了一份差事。

朱盛中听说后，惊诧不已。

在他的印象中，马骏的父母都是很有能耐的人，认识很多社会名流，为马骏在上海市区找份工作，应该是易如反掌的事情。

没想到，马骏工作地竟然在浦东。

"为什么在浦东？"朱盛中一脸难以置信，问马骏。

"浦东已经今非昔比。"马骏边往自己嘴巴里扔花生米，边回答。

"哪里今非昔比了？因为建了一座电视塔？"

高 468 米、坐落于浦东陆家嘴世纪大道 1 号的上海东方明珠广播电视塔，在 1995 年春天落成，开始运营并对外开放。当年就被评为上海十大新景观之一。

马骏手搭在椅背，望向朱盛中："听这语气，你对浦东充满了成见啊。"

朱盛中确实一贯更以上海市区为荣。他甚至有些不习惯，因为浦东的频繁上新闻，市区成了"浦西"。

"我知道很多上海人都无法忘记 1987 年年底发生的陆家嘴轮渡事件，踩踏造成死亡，令人悲痛。

"可是，南浦大桥、杨浦大桥、奉浦大桥、徐浦大桥，上海以每两年一座的速度在拼命造桥啊。浦东与浦西，早晚融为一体，这是趋势。

"4 年前，浦东只有一座 25 米高的消防瞭望塔；现在，它已经有了一座 468 米的广播电视塔，未来，它还会有更高的天际线！

"浦东面积约占上海的1/5，从1990年设为新区到现在，可以说一年一个样、三年大变样，经济规模迅速扩大！浦东，已经不再是以前的乡下地方。

"我把话放这儿，输了我赔：今天你多替浦西骄傲，明天你就多替浦东骄傲！

"最后陈词：大哥！请用发展的眼光看浦东！"

一旁观战的朱盛庸忍不住鼓起掌来："精彩！到底是喝过洋墨水的人！"

第59章　发现财富漏洞

马骏哈哈笑起来："见笑见笑，在家里听老爸老妈争辩浦西好还是浦东好，听多了而已。"

朱盛中无言可辩。

他素来口若悬河，可惜，他对浦东的了解并不多，所持的观点不过是历来的成见。他空有论点，没有论据。

兰婷笑得东倒西歪，她还从没有见过朱盛中吃瘪。哪怕她亲爱的爹地亲自下场教训朱盛中。

朱盛中总嫌弃自己挣得不够多，总想着换工作。

他三年两次换工作，让老丈人极端不满。为了女儿的幸福，老丈人觉得自己有必要教训毛脚女婿脚踏实地些。

谁知朱盛中像条狡猾的鲇鱼，而且全无敬畏之心，一会儿"时代变了，旧观念落伍了"，一会儿"人生质变全靠跳槽实现"，反倒煽动得老丈人懊悔早生20年，没有机会跳槽大展宏图。

跳了又跳的朱盛中，如今在一家名望和口碑皆一流的广告公司上班。

广告行业在当时炙手可热。一个广告公司的营业执照，要花20万打通关系才能办到手。

广告人，是当之无愧的打工白领中的金领。

站在了行业金字塔顶端，没有更卓越的公司供他跳槽，朱盛中动过自己创办一家广告公司的心。不过，很快熄灭了。

就算老丈人愿意动用人脉，厚着脸皮到人家家里送礼，朱盛中也舍不得花那20万。

何况，他刚惊喜地发现一个财富漏洞。

为了改善市民逼仄的居住条件，上海实施安居工程——每年以几十万、上百万平方米的规划在建房。上海建设银行每年专项拨款数亿元人民币进行房地产项目开发支持。

由于市民观念相对落后保守，只想着居住，没有买房投资的观念，几年下来，房子积销现象明显。

彼时的房地产公司都是些小开发公司，或者大企业的第三产业，甚至有中山医院这样的非营利机构的第三产业公司。

为了尽快脱手，家底薄弱的房地产公司纷纷打起广告来。

朱盛中所在的广告公司接广告接到手软。上海市面上发行量较好的《新民晚报》《解放日报》《新闻报》《文汇报》等报纸三四版面上，经常能见到他创作的房地产广告画面。

有的广告甚至走出报纸，走上淮海路的黄金广告屏。

兰婷走在淮海路上，看到朱盛中做的房地产广告，也与有荣焉。

客户广告上报纸，广告公司暗戳戳想分一杯羹，于是将自己公司的联系电话留在了上面。

不少客户循着电话打过来，指名道姓要朱盛中操刀制作广告画面。

自小聪慧过人的朱盛中，确实有可圈可点之处。虽然美术绘画不是他的童子功，但他善于跨界。

第一次进广告公司，他就敏锐地发现他拼不过美工。被称为老法师的美工们，绘画功底深厚，审美造诣高强，他这位后来者，有生之年，绝无可能赶上了。

接着，他发现电脑排版是个空白领域。那些能把键盘敲得噼里啪啦响的小姑娘们，异乎寻常地不求上进，仅满足于自己会打字，能排文档，对画面毫无审美可言。

朱盛中就开始琢磨跨界了。

他自学用电脑排版，并且成功了。

电脑做出来的画面，很新潮，很别致，是老法师们用双手和旧有思维制作不出来的。朱盛中于是成为一流广告公司的中流砥柱。

再跳槽，已经没有更好的公司可选。

不跳槽，老板又绝口不提涨薪的事。

每个加班的夜晚，既是朱盛中酸涩着两只眼睛对着电脑熬死脑细胞的夜晚,也是朱盛中愤怒委屈自艾自怜的夜晚——直到,他洞悉那个财富漏洞!

因为客户总是打电话要"做某报某期某公司项目的那个美工",前台小姐姐一听,就知道要的是朱盛中,于是一偷懒,逢上这样的电话,没有登记,而是直接转给了朱盛中。

几次下来,朱盛中明晃晃地意识到:他完全可以拐走客户。术语曰:飞单。

这是个考验心理承受能力的技术活。

话术方面朱盛中熟练得很:不好意思啊,手上正忙,现在脱不开身,请您留下联系电话,一旦我手上工作告一段落,马上联系您。

至于用公司电话联系,还是到街角公共话亭联系,想必对方客户完全不在意。

心理承受能力吗?只要有金灿灿的钱在前方招手,朱盛中的心理承受能力能爆表。

唯一的问题是:他自己不舍得花钱打通关系,成立一家广告公司,他要把单飞到哪里去?

正如当年马骏在轮盘赌游戏中启发了朱盛庸一样,如今,高谈阔论说浦东今非昔比的马骏,启发了朱盛中。

"马骏,你认识的人中有开广告公司的吗?"

"可以有。"

"有,还是没有?"

"现在没有。找一找,应该有。"

朱盛中笑了,仿佛看到悬在半空的红红绿绿的钞票,蜂拥着朝他飞来。

朱盛中在事成之前,从不声张。这一点,他比他弟弟朱盛庸有城府。他甚至不声张地完成了登记结婚。

不像朱盛庸。朱盛庸自己还没有动结婚的心,已经被四面八方催婚的声音弄得他好像马上就要结婚了一样。

自从马骏归国,加入他和冯嫣,组成周末"锵锵三人行",催婚的声音,忽然神秘地消失了。正如它神秘地狼烟四起一样。

冯嫣轻描淡写地解释说,她妈妈最近更年期结束,人舒服了,不再瞎焦虑、乱操心,可以正面沟通了。

"我们的事情，等我们觉得水到渠成的时候再说。"

朱盛庸沉着地点头，心里庆幸万分。

每逢冯嫣不遗余力地攻击他，说他过于较真、挑剔的时候，他要多怀疑有多怀疑；每逢冯嫣冷嘲热讽批评他，说他不知感恩公司发薪水养着他这枚半闲的人时，他要多失落有多失落；每逢冯嫣明里暗里说别人的男朋友送花送包送首饰超级大方时，他要心累有多心累……

小女儿模样娇嗔可爱的冯嫣一去不复返。

他的女朋友在他眼皮子底下变成一个功利、世俗、有立场、有偏见，还懒得多花心思了解他的陌生女人。

马骏带来的和平，更像是饮鸩止渴。但朱盛庸决定先饮了再说。

第60章　要辞职与已辞职

随着时间流逝，朱盛庸和他妈妈之间的隔阂，渐渐消融——这里面应该有冯嫣的功劳，只是朱盛庸拒绝承认。

当母子视线对视时，朱盛庸不再逃避。

朱盛庸和朱妈妈之间自始至终没有正面交谈过私刻外公印章的事。

"你不知道我知道""我知道你知道""你不知道我知道你知道"级别的哑谜，在这个家里上演了一整年，现在，终于被撇到一边去了。

迈过心坎，跟妈妈重修旧好，朱盛庸自己也很高兴。

1996年，55岁的朱爸爸光荣退休。

家里来了好多他的同事，大家热热闹闹为朱爸爸举办了一场欢送会——各显神通做菜聚餐，挤得朱盛庸和冯嫣只好去轧马路。

不知怎的，朱盛庸没有嫌弃过的"小尾巴"自己消失不见了。

"马骏呢？"冯嫣忍不住问。

朱盛庸耸肩。

"你不知道？"冯嫣不相信。

"他最近跟我哥哥搞在一起。不知道两个人在做什么勾当。"

"他们没告诉你？"

朱盛庸继续耸肩，摇头。冯嫣一脸难以置信："一个是你的亲哥哥，一个是你亲哥们，凭什么把你撇到一边不告诉你？"

心里不服气的冯嫣当即决定拉着朱盛庸给兰婷打电话。

兰婷接起电话，坦言马骏是和朱盛中在一起。兰婷在电话里叹气："他们两个人疯了！"

"疯了？"

"我心理压力好大，不知道是不是我老公把马骏鼓动疯了。"

"你已经吊足我胃口了，别再打哑谜了，快点明明白白告诉我到底发生了什么事？"冯嫣脸上的焦急是真切的。

朱盛庸两手揣在上衣口袋里。11月的风吹过脸庞，11月的阳光照得眼睛眯起来。簇新的IC卡电话亭有点英伦的味道。

那一刻，朱盛庸下了一个与环境完全不相关的决定：周一，他要辞职。这一次，无论加多少薪水，都将无法挽留他。

他受够了温吞水的生活。

他要变个样子活。

因为这个想法而目光变得明亮犀利的朱盛庸看向冯嫣，冯嫣漂亮的眉毛少见地皱在一起，嘴角不悦地下沉，嘴唇翻飞，飞快地说着什么，神色严肃极了。

等她终于结束通话，余怒未消的冯嫣恶狠狠地将电话砸在电话机上。听筒没挂好，跌落下来，来回颤动。

朱盛庸默默走进电话亭，将听筒重新挂好。

冯嫣眼睛里蓄着泪水，面朝朱盛庸："你敢相信？马骏那家伙一声不响又把工作辞了！"

马骏回国休息一个月后，他家里给他在浦东陆家嘴找了一份薪水优渥的工作，不久，他就轻轻松松辞了职。理由是"太忙，里面的人跟不要命似的加班"。

半个月后，家里人给他在金桥上海贝尔找了一份薪水尚可的工作，以为跟他的好哥们朱盛庸在同一个园区上班，能收他那颗过于狂野的心。

谁知道，头天上班，第二天他就自作主张不再去了。理由是"太远，影响早晨睡懒觉"。

一周后，他家里又给他在浦西某政府机构找了份带编制的工作。虽然那时候公务员远不如后来吃香，到底活少，福利好，奖金高。冯嫣艳羡不已，反复叮嘱他这次不要再骨头轻、不晓得珍惜了。

没想到，这份千好万好的工作，他竟然于两周前就悄然辞掉了。

为了免于被父母推荐别的工作,他干脆秘而不宣,对谁都没有讲。

朱盛庸有点吃不准,冯嫣出离愤怒,是源自马骏辞掉肥差工作的惋惜,还是源自对马骏没听她的话的失望。

冯嫣拉着朱盛庸,直奔兰婷家。

这是冯嫣第一次进兰婷家,之前冯嫣多是在朱爸爸朱妈妈家见到兰婷。

因为朱爸爸从不掩饰他的偏心,加之冯嫣自认为比兰婷更高更漂亮,因此在兰婷面前一直有一种优越感。

当她跨进兰婷在静安区的90平方米大屋时,优越感瞬间瓦解——审美超前的绿阔叶观赏植物掩映着西班牙宫廷风的奢华沙发,沙发墙上挂着色彩变幻的大海落日油画。对面的大电视嵌在电视墙上,电视四周的柜子里横放着很多洋酒酒瓶。

沙发前面的地上甚至铺了块波西米亚风的地毯!

冯嫣简直不明白,有这么漂亮的家,为什么还去婆婆家厮混!

"婷婷,嫂嫂。"优越感破碎,谦逊油然而生。

"快进来。"兰婷并不知冯嫣的心理变化,她用一以贯之的平等精神对待冯嫣和她还蛮喜欢的小叔子朱盛庸。

朱盛庸和冯嫣换了鞋子,走进这个又漂亮又审美在线的家。

"马骏一开始还蛮犹豫,没有下定辞职的心。我家讨厌的老公不知死活地跟马骏讲他股市投资的事情,讲得马骏热血沸腾,就辞了工作。"兰婷以为朱盛庸更关切马骏的事,对着朱盛庸讲起来。

朱盛庸摸了摸下巴,没有说话。

他向来沉默寡言,惜字如金。兰婷早已习惯。

"现在马骏成了我老公的代言人,天天混在证券交易市场,盯盘。然后我老公工作起来也是三心二意,总是出去打电话。惹得老板都起了疑心。老板还以为他在私联客户,在飞单。"

朱盛庸摸了摸眉头,没有说话。飞单这件事,他有所耳闻。哥哥用炫耀的口吻说起这个想法,他当即表示反对。大约是觉得他刚正不阿到迂腐,所以哥哥和马骏才生出戒心,不仅以后不再在他面前讲,干脆连兰婷也一起隐瞒下来。

"马骏对将来有什么打算?"被晾在一旁的冯嫣温声问道。

兰婷转向她:"马骏这种一出生就什么都有的人,才不会为将来做打算。他肯定自信满满，认定他的人生里，天无绝人之路。他得跌了他爹娘扶不起的大跟头，才会成熟一点。"

"还真跟唐骏一个德行。"冯嫣苦笑，"我还以为他出生在高知家庭，会不一样。"

"唐骏是谁？"兰婷好奇追问。

"另一个纨绔子弟。"朱盛庸终于找到可以说的话了。

第61章 亏钱的男人不值得温柔以对吗？

兰婷缠着冯嫣，不肯放她走。

"不要走嘛，陪陪我嘛。讨厌的中中和马骏去图书馆研究股票去了，家里只剩下我一个人，老无聊的。"

兰婷以送给冯嫣发带、丝巾、小装饰品的名义，成功挽留下冯嫣。

朱盛庸坐在宽大舒适的单人沙发上，闭目仰躺在沙发靠背上，脑海里流水一样淌过最近收到的李礼刚的来信。

因为他的去信半数是用英文写的，李礼刚的回信理所当然也是半数英文。

李礼刚半年前就从雷马坡大学本科毕业了。毕业后的他有一年的机会留在美国找工作。

倘若在这一年中，找到一家愿意给他担保工作签证的公司，他就可以合法地留在美国工作。

倘若找不到，要么违法留下，要么合法离开。

尽管在过去的几年朱盛庸一直在信里积极告诉他，上海正在发生喜人变化，李礼刚依旧没打算回国。

保守起见，李礼刚一边拼命找工作，一边准备向各大高校申请读硕士研究生。然而雷马坡作为新泽西的州立大学，实在名声寥寥，在就业和深造上一点不占优势。

找正式工作的间隙，李礼刚甚至有意识地到中餐馆打工，侧面了解非法留美，余生只能在美打黑工的一手信息。

朱盛庸在信中感受到李礼刚无论如何也要留在美国的强烈意念，一颗心都揪在了一起。

他仔细想一想，确实不能简单地用"贪慕虚荣"来形容李礼刚。

李礼刚跟他不一样。他在上海有家有归属感，而李礼刚，是从新疆漂泊回上海的孤家寡人，在上海一无所有，只有一个挂靠的集体户口而已。

既然在哪里都是流浪，当然选一个物质条件更好的地方。

朱盛庸觉得自己不能站着说话不腰疼地劝说李礼刚回国，他唯有尽可能周全、详细、不厌其烦地告诉他上海的各种变化。

大的城建方面的成就自然不会遗漏，小的，诸如马路边上的草都拔光了，很少有人随地吐痰了，乱扔垃圾的现象大为减少，年轻人中间已经不流行说脏话粗话了，等等等等，他都事无巨细地写给了李礼刚。

希望能润物细无声地改变李礼刚。

李礼刚的信，稳定地保持着苦中作乐的风格。

他读大学的4年始终勤奋节俭，本科毕业的时候，账户里积攒了整整一万美元。

这一万美元给了李礼刚底气，也给了他对美好明天的期待。

真心希望在下一封信里，能看到李礼刚找到能担保工作签证的公司，或者，申请到什么大学的研究生。

"喂！醒醒！醒醒！"

朱盛庸睁开眼，看到冯嫣的笑脸。

冯嫣坐在沙发扶手上，扭过身子揉搓他的脸颊。大约是姿势的缘故，她曲线婉转毕露，加上天使一样的笑脸，立刻让朱盛庸有置身热夏的感觉。

"你在沙发上睡着了！"

兰婷从远处走过来，拎了个开水壶。

朱盛庸坐直身子，看到餐桌上放了三个纸杯，兰婷往纸杯里浇热水。

"不好意思哦，我不会做饭，家里也没有食材。我们中午就吃合味道啦。是我带的日本团里认的干妈送给我的。"

冯嫣拉了一把朱盛庸，朱盛庸从沙发上起身。

上海益民食品厂于1980年就从日本引进一条袋装油炸方便面生产线。

像快乐牌方便面、三鲜伊面，美厨黑胡椒牛肉面，偶尔也会被朱爸爸买回家打牙祭，但都是袋装，一块钱一包。

康师傅碗面，带三包料和塑料叉子的，要3块8，就很贵，朱爸爸发狠心也不舍得买，朱盛庸更不会冲动消费它。

这杯叫"合味道"的杯面，三个人吃得赞不绝口。

兰婷为了感谢冯嫣和朱盛庸肯留下来陪她打发时间，临走还各送了俩人一杯面。

从兰婷家出来，冯嫣温柔地向朱盛庸发出感慨："你嫂嫂，人蛮好的。"

"她除了任性些、娇气些、有时候自说自话些，确实蛮好，很大方，不记仇，也没什么坏心眼儿。"

冯嫣娇嗔地瞪朱盛庸一眼："你夸得那么认真，我都要吃醋啦。"

朱盛庸忍不住多看冯嫣一眼。

去兰婷家之前的冯嫣像是钢铁女强人，从兰婷家出来后的冯嫣却又恢复了许久不见的温柔如水。真的想知道他在沙发上眯着眼睡着的时候，兰婷向冯嫣传授了什么秘诀。

"时间还早，你要去我那里吗？"冯嫣歪着可爱的脑袋，嘴角噙笑地问。

一种无法用语言表达的暧昧情愫，萦绕在两人之间。

这是一种隐秘的邀约。

朱盛庸无法拒绝，也没有道理拒绝。他欣然同意。

本来揣在上衣口袋里的手，难得拿了出来，牵上了冯嫣的手。两个人十指相扣，悠悠荡荡。

走着走着，两个人都笑了。

朱盛庸有一种奇怪的感觉：他觉得冯嫣的精神又回到了她的躯体中。

身心合一的冯嫣，不再焦躁易怒。

多年之后，朱盛庸才知道"精神出轨"这个词。只是那时候，早已时过境迁，物是人非。

周一到了。

下定决心无论如何要辞职的朱盛庸，并没有真的辞职。

保守的人，或许会下冲动的结论；但落实执行的时候，一定会大打折扣。

朱盛庸脑海里沸腾着诸多担心：长时间找不到下一份工作怎么办？下一份工作比这一份更无聊怎么办？薪水变得更低怎么办？路程变得更远怎么办？

魄力需要实力支撑。

不管怎么说，朱盛庸开始重新关注起人才招聘市场来。这于他来说，已经算是在行动了。

马骏在12月的一个周末重新出现。

除了眼眶下多了一圈黑眼圈，头发有些油腻，肤色有些苍白之外，并没有更多变化。

他有些恬不知耻，说想吃大餐，让朱盛庸和冯嫣请他吃麦当劳。朱盛庸还没有说话，冯嫣先断然拒绝。

"你好凶哦。"马骏委屈极了。

"你活该！"冯嫣撇过头不看他。

"你们这些人，各个都擅长落井下石。我不就期货市场里亏了点钱嘛，至于吗？我妈说让我别回家，我爸说要没收我银行卡，你哥说我眼光有问题，你女朋友说我活该，亏钱的男人就不值得你们温柔对待吗？"

马骏像是在控诉，可脸上分明是无所谓。

他从口袋里摸出一包瘪了的软包烟，抽出一根叼嘴里，用打火机点燃。

风太大，吹得火苗东摇西晃。点了一会儿没点着，气得他连烟带打火机一起掷到地上，用脚猛踩。

朱盛庸拍了拍马骏的后背，决定请他吃白斩鸡。

第62章 10倍杠杆！无知者无畏

在上海，"小绍兴"白斩鸡的历史要追溯到1943年。"振鼎鸡"元年则出现在1996年。

虽然这两个品牌撑下了沪上白斩鸡的大半江山，但熟食店、路边摊处处有卖更便宜的白斩鸡。

朱盛庸请马骏吃白斩鸡，自然是既不去小绍兴，也不去振鼎鸡，而是熟食店里买半只，请师傅切好，三个人坐在公园长椅上吃。

确切地说，是三个人坐在公园长椅上，两个人看一个人吃。

马骏已经到了饥不择食的地步。

他和朱盛中一起炒股，小赚了一波，自信心猛涨一大截。

朱盛中有工作需要分神应对，还有个妻子需要分精力敷衍，马骏什么都没有，全部的心思都在股市上。小赚已经压不住猛涨的自信心，他决定独自试试期货。

好家伙！一头撞进胶合板期市！

1994年、1995年的胶合板期市已然是国内期货市场最大的热点，大量的热钱进入逐利。

马骏恰巧有个做胶合板生意的亲戚。这位亲戚亲口在一次家族聚会上，哀叹胶合板产能过剩，生意不好做，库存积压使钱无法流动。

马骏也不算没有脑子，进交易所注册仓库后，以空头身份买下上海商品交易所推出的胶合板9607合约。

可不巧的是，隔壁苏交所红小豆期货合约被停止交易，撤离的资金急于寻找新的投资方向。9607胶合板盘口轻，时间也对得上，迅速成为游资的首选目标。

多空主力展开占仓大战。

马骏这个小散户迷迷瞪瞪在上海商品交易所注册的时候，正是9607胶合板多空占仓大战进入僵持期的时候。

马骏注册完毕以空头身份买入9607时，恰巧市场谣传空头主力有大量的资金到账。空头主力巧借套保头寸保证金低的优势，率先打破僵持。

散户多头被迫平仓。

马骏稀里糊涂躺赚一笔。他没觉得是他运气好，而是觉得是他本事好。

一开始令他心有顾虑的10倍杠杆也嫌不够豪爽了。

见好就收，绝不是马骏的风格。

他不知道的是，空头主力用尽手段想逼多头割肉斩仓，但多头很顽强，拒不缴械投降。空头主力的资金开始吃紧。

空头后继乏力的现象，促使新入市接现货的买方套期保值者骤然增多，空方的命运变得坎坷起来。

而马骏，还浑然不觉。他把赚来的钱，重新以10倍杠杆的方式进入。

一则上商所发出的通知，被解释为利多因素。多头主力借机发力。

一时间，空头趋于崩溃。

马骏稀里糊涂，一觉醒来，发现他被迫平仓了。输的时候正相反，他不觉得是他本事不够，而是运气不好。

10倍杠杆的原因，他输得连回血的可能都没有了。

在期货市场上连裤衩都输掉的马骏，赔光保证金和投资金后，发现自己的银行账户被冻结,明知回家求饶会获得一条生路,但是心高气傲的他,不愿意以失败者的姿态听训。

马骏以"妈妈不想让他炒股,于是他愤而离家出走"为借口,在朱盛中家的西班牙宫廷风的沙发上窝了几晚。

兰婷倒也没有嫌弃他,实在是沙发太软,后脊背吃不消。再者就是朱盛中家空有一个漂亮的大冰箱,里面居然是空的。冰箱快当储藏柜用了。

兰婷看上去温温柔柔,居然是个不做饭的。

朱盛中忙着上班,也不下厨。

夫妻两个工作日外面吃,周末回父母家打牙祭。

马骏实在饿得慌,又张不开口向朱盛中借饭钱。越是没钱,越不能在朱盛中面前露颓势。这是马骏的心得。

好在周末很快到了,马骏饥肠辘辘围堵到朱盛庸,张口就让朱盛庸请他吃大餐。

在朱盛庸面前,马骏有底气做回真实的他自己——在上海,他是唯一一个跟朱盛庸做12年同班同学的人。

连朱盛庸的精神好友李礼刚,都是后来的插班生,跟朱盛庸只能算半路同学。

高三那年,他还启迪朱盛庸用录音机找刘校长录证据,虽然最终没发挥作用。

抛开以上种种,朱盛庸不同于朱盛中,朱盛庸不势利,不功利,也没有进攻性。

朱盛庸在马骏眼里像是一只可爱的小蜗牛,谨慎地背着防御性的壳,慢吞吞地过他自己的安稳生活。

马骏绝不欣赏那种温吞水生活,但不妨碍他在朱盛庸面前感觉安心、放松。

"我渴了。"坐在朱盛庸另一侧的冯嫣看了一会儿马骏风卷残云,越看越觉得无聊。马骏嘴角连带鼻尖的油渍,令她移开目光。

"我也渴了。"马骏口齿不清道。

朱盛庸要起身,被冯嫣一把拉住:"马骏,不是应该你去买饮料吗?我要喝健力宝!"

马骏脖子一梗:"阿庸头都准备去了,你偏不让他去。他不去你去。

我不一定要健力宝，大白梨也行。"

"你去！"冯嫣柳眉倒竖。

"不高兴。"马骏根本不为所动。

"可你以前，你以前……"冯嫣有些说不下去。

"以前怎么？"马骏抬头，一脸茫然。似乎他自己根本没有发现他以前有段时间很殷勤。

朱盛庸左边看看，右边看看。

看到冯嫣冷笑一声，不再说话。

"你以前，很积极主动。冯嫣说口渴，你马上去买汽水。"朱盛庸替冯嫣把话说完。

"有吗？哦，似乎有。谁让你像蜗牛一样，慢吞吞不说，走到路口非要看红绿灯，等你到马路对面买回汽水，电影都要开始了。"

冯嫣讶异地看马骏一眼。

"可今天我仍旧会看红绿灯啊。"朱盛庸反驳。

"今天又没有电影等着开场。"马骏迅速驳回。

朱盛庸觉得此言有理，于是起身去马路对面的小商店。

朱盛庸迈着轻快的步伐，压着步幅，几片梧桐树叶从眼前飘然坠落。地上枯树叶稀疏地落了一地。头天的秋雨造的孽。

虽然路上没有车，朱盛庸仍旧中规中矩等绿灯。

他其实可以回头望一眼被他撇在同一张条椅上的男同学和女朋友。不过，既然是蜗牛，心思简单，自然想不起回头。

他身后，朱盛庸走出十余步，马骏突然转头向冯嫣，一脸紧张和做贼模样，连呼吸都不平稳了。

"冯嫣！有件事！你先答应我绝不会对朱盛庸说！"

第 63 章　朱盛庸新属性

"晚了！"冯嫣眼睛里有藏不住的失落。

"可我还没有开口……"

"我心里明白。你不需要再说。"冯嫣眼里甚至升起雾气。

马骏痛苦地用胳膊支着膝盖，手抱着脑袋，发出沉重的叹息声。

"也是你自己作的。"冯嫣眼角扫向马骏，语气柔软下来。

"我知道……可我控制不住我自己……"马骏用搅动人心的痛苦语气反省。

"你会遇到更好的。"冯嫣微笑。

"不会了。"马骏叹气,"我爸爸把我的、我偷来的妈妈的银行卡统统冻结了!"

"跟银行卡有什么关系?"冯嫣脱口而出。难道他们刚才不是在说感情?

"没有银行卡,就没有钱,就没可能翻本!"马骏激烈辩解。

心有不甘,令他继续开口:"我就知道你跟朱盛中一样,绝不可能借给我钱。没想到,你比朱盛中更狠,你连让我开口的机会都不给!"马骏真切地痛苦着。

冯嫣张大嘴巴,呆愣在那里。

"绝对不要跟阿庸头说我需要借钱!我怕他会借给我。"马骏叮嘱。

冯嫣连眼睛都瞪大了。她终于反应过来,刚才,恐怕连带之前,都是她一厢情愿!

还好。脑海里回味一下刚才的对话,不算穿帮。

早在得知马骏辞去公务员岗位时,她就对他暗自死了心。这会儿调整心态很迅速:"你一方面想借钱,一方面又怕朱盛庸借钱给你?我没听错吧?"

"阿庸头跟你们不一样。我舍不得败坏他辛辛苦苦攒下来的钱。"

"我的钱就不是辛辛苦苦攒下来的?"

马骏扫一眼冯嫣,看到冯嫣漂亮的小牛皮鞋,簇新的毛料裤子,流行的中款厚风衣,洋气的驼色贝雷帽,走在流行最前端的小白单肩包,懒得再吭声。

"你说呀!说呀!哑巴啦?"

马骏转过身,给冯嫣个后背。

等朱盛庸买汽水回来的时候,看到马骏和冯嫣各守条椅的两端,谁都没跟谁说话。他把大白梨汽水给马骏,把健力宝给冯嫣。

"你自己的呢?"冯嫣问。

"他不舍得喝。跟他谈了那么多年,这一点都没有了解到?"马骏接过大白梨,语气不满地冲冯嫣道。

冯嫣有些愕然,她看向朱盛庸。

他脚上的鞋子还是他们在金山读书时她送给他的；牛仔裤颜色本来就浅，倒看不出旧色，只是裤脚管确实磨毛了。

军装风的四口袋休闲夹克她已经熟悉到自动屏蔽，今日细看，才想起，似乎春秋两季约会时，他从来都只穿这一件。

冯嫣因为惊讶，而忘了喝手中的健力宝。

朱盛庸还以为她懒得自己动手打开，于是帮她打开，复又递到她手里。冯嫣瞬间转过脸，看向别处。

内心深处，她心情复杂。有自责，有生气。

马骏朝条椅扶手上一磕，磕去瓶盖后，将瓶口稍稍离开嘴巴，饮料顺势倒进嘴里。喝了几口之后，将瓶子递给朱盛庸。

朱盛庸接过来，毫不介怀地也照样喝了几口，又递回给马骏。

马骏再接过来喝。

等两个男生喝完了一瓶大白梨，冯嫣手中的健力宝还是满的。

"你为什么……你明明工资不低的，你父母又为你准备好了婚房，我父母也不会趁着结婚狮子大开口……你为什么，这么小气？"冯嫣几次叹气，还是坚持问了出来。

"我没有小气呀，"朱盛庸堂堂正正回答，"我只是比较节俭。"

"噗——"马骏没来得及咽下的饮料喷了出来。好在他没有面朝朱盛庸。

"有区别吗？"冯嫣提高音量。瞧朱盛庸干下的这些事：节衣缩食，和别人共饮一瓶喝的，小熟食店里买吃的，路边坐着啃，就差穿破衣烂衫了。不对！裤子就是破的！

"当然有区别。节俭是一以贯之的节约，小气是只在花自己钱的时候节约。"

朱盛庸的回答反而像火上浇油，彻底激怒了冯嫣："照我看，你就是为你的守财奴本色在狡辩！

"你从来没送过我像样的礼物，青青还替你开脱，说学生都穷。

"毕业了，你还是没有任何行动。我傻，听信青青的女性当独立的鬼话，一直没往心里去。现在才明白过来！你不仅不舍得为我花钱，也不舍得为你自己花钱！你就是守财奴！吝啬！抠门儿！"

冯嫣说完，将开启了的饮料往朱盛庸手里一塞，哭着跑开了。

男怕进错行，女怕嫁错郎。恋爱了4年，猛然发现意中人是个吝啬的守财奴。冯嫣悲从中来,难免情绪激荡。

她痛哭着跑过街角,连跑带哭,上气不接下气。等高跟鞋磨到脚痛,才停下来。偷偷往回看,身后并没有人追上来。

是了,朱盛庸是不会哄她的。他不仅不哄她,还因为吵架把她撇在马路上过!

冯嫣更情绪激荡了。

她哭着找了个电话亭,给远在崇明的林青青打电话。

她抽抽噎噎,控诉朱盛庸的种种劣行。

"你决定和他分手了吗?"林青青在电话里冷静地问冯嫣。

"好像……还不至于。"瞬间理智回归。

"那就接受吧。不打算分手就全然接受他。接受他的优点,也接受他的缺点。他像是一个没有安全感的人。听你说他抠门,我也不算意外。"

冯嫣握着听筒,还在抽泣:"我有点担心。"

"担心什么?"

"担心他抠门成性,视钱如命。倘若有一天我跟他结婚了,他要是限制我,不让我孝顺父母怎么办?要是我生病了,他舍不得为我花钱看病怎么办?"

"你去问他。就像你问我一样问他。看他怎么说。"

"他要是撒谎骗我呢?"

电话那头的林青青沉默了。

"连你也觉得他不靠谱了,是不是?"冯嫣握听筒的手都紧张得发白了。

"唉,"林青青叹气,"你是跟朱盛庸谈了4年恋爱的人吗?难道你不觉得他那个人最大的优点就是诚信吗?要是他说的话你都不能信任,你们还谈什么呀?"

冯嫣张了张嘴,说不出话来。短短时间内,她两度被人质疑。现在,连她都忍不住怀疑,她是不是真的和朱盛庸谈了4年恋爱。

话说冯嫣跑掉之后,朱盛庸只是站起身,伸出手,尝试挽留一下下。等冯嫣跑出十步开外,朱盛庸又一屁股坐下来。

"怎么不去追?"马骏忍着幸灾乐祸,问。

"要解释的话,我已经说过了。她要是理解,就不会跑了。她要是一时无法接受,我追上去也于事无补。"

马骏摇头，笑："像我这样不谈恋爱，多好！年龄到了，直接找个条件合适的结婚，爽快！"

马骏的话还没有完全落地，一个颀长的身影停在了条椅前。

第64章 二次择业：向西向东？

"刘流？"

朱盛庸看了好几眼，才确认是小阿姨家的小表妹刘流。

刘流弯道超车，刚成年，就已经从中专职业技术学校毕业。学酒店管理的她，一毕业就分配进一家外资酒店上班。她的姐姐刘熙，还在大学里读化工专业。

刘流肌白肤嫩，满脸胶原蛋白，青春无敌。剪着港台风的头发，165厘米的身高在上海女生中算高的，依旧踩了双高跟鞋，更显颀长。

她大衣里面穿着西服短裙套装，化着淡妆，反而掩盖了刚成年的年龄。

马骏的"只结婚，不恋爱"宣言还没落地，就赫然看到一个身材惊艳的小姑娘，恨不得时光倒流，自食其言。

小时候腹黑寡言的刘流，没有受过高考蹂躏，又一直得到父母的偏爱，中专毫无压力的毕业以及毕业后高大上的工作环境，令她变得活泼很多。

"小哥哥，我每天下班都会路过这个街心公园……刚才我远远看到好像是你，特意绕过来确认一下。没想到，还真是你。"

"我是他中学同学马骏。家住徐家汇，留日刚回国，正忙着找工作。你是刚下班？传授我一下找工作的经验怎么样？"马骏自力更生，强行吸引关注。

刘流可爱地歪了一下头："留学生呀。学历太高了，教不起。"

"别！我有从基础做起的觉悟！"

"我毕业就进希尔顿，没有别的求职经验。"

"希尔顿好！你觉得我能进希尔顿吗？"

马骏突然变得仪表堂堂，风度翩翩，后背也站得笔直。他和刘流面对面站着聊天，朱盛庸坐在条椅上昂头看他们，竟然看出"金童玉女"的登对感，把他自己吓一跳。

刘流走后，马骏沸腾了，追问朱盛庸，他去希尔顿应聘怎么样？

上海希尔顿酒店于1988年开业时，是上海第一家由外资经营的国际五星级饭店，也是中国第一家希尔顿酒店。

马骏小时候，还被父母带着踩过希尔顿大堂那长长的旋转楼梯。

因为上海希尔顿酒店坐落在静安寺商圈，也被上海市民称为静安希尔顿。

90年代的欧美巨星来华演出时，一般都会入住静安希尔顿。首次来上海参加大师杯赛的网坛明星阿加西、休伊特、费德勒也都曾入住于此。

那时候，会一点英文的年轻人都盼望着去静安希尔顿酒店工作，可以想象其强大的影响力。

"你觉得可以，就可以。"朱盛庸回他。

马骏觉得太可以了！他决定回头就找父母帮他……算了，他自己登门求面试吧。

周日下午两三点，半中午才出门约会的朱盛庸早早归家。

一进门，看到妈妈绑着头发，戴着袖套，手捏钳子，正苦修一台废旧台灯。

朱盛庸心平气和看了一会儿。

"怎么这么早就回来？冯嫣呢？"朱妈妈头也不抬地问。

"嗯。"朱盛庸自信满满地答非所问。

然后，坐到书桌旁给李礼刚写回信去了。在信里，他以指点江山的激昂跟李礼刚分享他的找工作心得。

朱盛庸找工作的速度虽慢，却每一步都极具价值。

他去上海图书馆，找上海号码百事通出的《上海外资企业名录》，一家一家地筛选，将心仪的公司的电话号码抄下来，工作日的时候抽出时间去园区的公共电话亭打电话。

重新找工作，等于重新站在十字路口。

可以向左回上海市中心，可以向右留浦东。

他当初冲着上海市中心而主动逃离金山，后来迫于就业形势，退而求其次地选择了浦东金桥。

现在，第二次择业，没有时间压力，可以按照自己的节奏，遵从内心的呼唤，有倾向地从容选择。

朱盛庸扪心问自己，他会将选择局限在上海市区吗？

答案是否定的。

他不仅没有将选择局限在上海市区,甚至没有局限于浦东新区。他用开放的目光,将整个上海行政范围内的所有外企都看在了眼里。

《上海外资企业名录》上印的电话多是总机。朱盛庸发现,只要他把话说得中肯些,前台小姐姐多数愿意帮他转人事负责人的分机。

打电话的成本,朱盛庸付得很豪爽。因为这是无法节约的部分。

朱盛庸将自己找工作的方法倾囊相授给遥远的李礼刚。李礼刚一点就透,如法炮制,并更上一层楼。

要不怎么说李礼刚是学霸呢。

利用电脑和网络,李礼刚将新泽西州所有上市公司的企业年报都找了出来,仔细看了企业负债表后,选出未来发展有潜力的上市公司。

再顺藤摸瓜,上心仪公司的官方网站看招聘岗位,并根据招聘岗位的需求改写简历。精细化程度做到"一份申请对应一份简历"。

这样定向投简历后,得到回复的概率大增。

有两家心仪公司,进入复试阶段。

这种被李礼刚挑选出来的上市公司,实力雄厚,愿意为外国员工担保工作签证。

李礼刚感到前途一片光明,一高兴,大方地给朱盛庸打起越洋电话来。

朱盛庸接到美国打来的电话,惊喜交加:"礼刚!电话费据说一块美元一分钟!你在那边发财了吗?"

李礼刚哈哈大笑:"有钱人才老老实实付电话费,我可是有闲的人。我在网上淘到一个软件,可以免费打跨国长途!"

"聪明!"朱盛庸盛赞。

"现在上海是下午5点,雷马坡是几点啊?"朱妈妈抬起修台灯的双眼,好奇地大声问道。

朱盛庸开的免提,李礼刚能听清楚:"盛庸妈妈,雷马坡现在是早晨6点。"

"你起来这么早呀?"

"习惯了。我每天早晨4点半准时醒,赖一会儿床,5点必起。读书时养成的习惯。"

"听上去好辛苦。好在你苦尽甘来。好好保重!你们年轻人聊吧。"

朱盛庸拿起新收到的李礼刚照片，想象着电话那头李礼刚的模样。

照片里的李礼刚已经有了青胡茬，头发浓密而略长，细金属黑框眼镜做工精良的样子，身穿墨绿防风衣，脚踩灰白色运动鞋，一脚站在地上，一脚踏在车头，冲着镜头笑得很灿烂。

照片里的凌志，是李礼刚在美国买的第二辆车。火红的二手小皮卡。一眼有别于大多数人持有的小轿车。

并非不走寻常路，实在是要把每一分钱都花在刀刃上。里程数、机器性能和价格，三样均衡考虑的情况下，只有这辆小皮卡是最优选。

"毕业后第三季度结束时，我压力最大，觉得时间所剩无几，工作和学校都没有着落。绷不住的我去了一家比较大的中餐馆，预备打黑工的后路。"

李礼刚笑着讲，语气风轻云淡，仿佛无关心酸，在说一段趣事。

第 65 章　想隔着万里之遥问值不值？

李礼刚说，他在当地唐人街，一条叫桑树街的地方，寻了一家生意不错的叫"金筷子"的中餐厅。

桑树街就像一个迷你中国城，来来往往，吃穿用度，样样都是熟悉的中国味儿。

中餐厅老板阿康恰好来自上海，对李礼刚颇为照拂。听说李礼刚在外面租房子，热情地邀请他住"员工宿舍"。

李礼刚一听说有门路省钱，赶在老板阿康后悔之前，连忙答应下来。

第一天晚上 10 点半下班后，阿康带李礼刚回"员工宿舍"，宿舍门敞开在李礼刚的眼前。

李礼刚的欢喜立刻像被霜打的茄子——即使拿出国前的上海居住情况比，员工宿舍的居住情况也太惨了点。

狭小的一室一厅。

室里摆了两架双人床，厅里面的沙发显而易见常常被伸开当床。到处是凌乱的箱子。各种颜色、各种大小的皮箱见缝插针地散落在地上，还有的干脆敞开露出凌乱衣衫。

就在李礼刚在门口迟疑的时间，他两侧陆续挤进 6 个成年男子。

仔细一看，可不就是餐厅里除了老板一家人外的那 6 个工作人员吗？

"我睡在?"李礼刚将他的一大一小两只行李箱拽进室内,问厨师长。

厨师长是热切的,友善的,他环顾一圈,手指厨房:你在那里打地铺吧。

当晚,躺在厨房地铺上,李礼刚才明白,来美国的这4年多,虽然打工学习兼顾起来很辛苦,他绝不是过得最惨的。

厨房门外用乡音交谈的那些厨师们、服务员们,听他们平和愉快的声音,想来也不是在美国过得最惨的。

比睡厨房更惨的?

李礼刚不敢再想下去,生怕一语成谶,自己有朝一日在美国混成一无所有的流浪人员。

阿康为了免于给李礼刚交保险,以兼职身份聘用李礼刚。李礼刚暂时没有更好的出路,这里至少包吃住,便答应下来。

金筷子上午11点开门营业,晚上10点半收摊关门。生意非常好,有七十多个座位,周末要再寻两个兼职服务生才能勉强应对繁忙的生意。

李礼刚因为能说流利英语,被安排在服务生的岗位。服务生负责客人刚到时递送冰水和赠送小菜,并等待客人点餐。上菜的另有其人。

等客人走后,收拾碗盘、餐桌,为下一桌客人到来做好准备也是李礼刚的任务。

通常上午11点半到下午1点的时间段最忙,忙到脚不沾地,马不停蹄。下午1点到5点几乎没有客人,这段时间是员工的午饭时间和晚餐的准备时间。

一个叫吉米的小伙子,热衷于私下里偷偷教李礼刚"装忙"的花招。比如给雪花豌豆剪角去丝,清洗银质餐具,折餐巾等。给了李礼刚很多温暖。

从下午5点半开始,到晚上8点,又是一段就餐高峰。晚上9点后,餐厅空无来客,几可打烊。即使如此,老板阿康还会坚持到晚上10点半才关门。

全天充满劳动,连一丁点空闲都不能有。这是怎样的生活呀!难以想象有不少偷渡过去的中国人,就这样在唐人街里的中餐馆干了一辈子。

李礼刚一边悲伤一边庆幸。

他相信自己跟餐厅里的同事们不一样,他会有更光明的未来,不会一辈子困顿在一家中餐厅里。

忙碌一天，赚 30 美元，小费的 15％给李礼刚。每周发一次薪水。李礼刚大约能领到 120 美元。

"距离我最后合法留美的日期，只剩下最后一个月了。我现在已经不敢再认为人人都应该拥有无限光明的未来了，我把它修正为：人人都应该把握现在，尽力创造光明的未来。"

倘若到了最后一天，他依旧没有拿到一家公司的聘用书？

这个令李礼刚瑟瑟发抖的话题，他拒绝在电话里展开。

朱盛庸在电话里跟李礼刚讲他也开始收到两家面试通知，并将于下周二、下周三分别去面试。

朱盛庸还讲了马骏和他被迫平仓的胶合板合约。

马骏爆仓后被迫退出。期货市场上关于 9607 的空多两方势力还在搏杀，并且越来越火热，达到了任何一方都输不起的地步。

上海商品交易所为了控制风险，不得不出面干涉，停止 9607 合约的交易，并实施协议平仓，且不实施实物交割。空多之间的价差，由交易所用交易风险金补足。

李礼刚认为美国股票价格波动很小，而中国股票的波动很大，犹如赌博。

"赌博你知道意味着什么吗？就算你赢九十九次，一次输，足够把你之前所有赢的全输进去。绝对不应该碰！"

朱盛庸对此有完全不同的看法，他认为购买股票，性质主要还是投资。

"你买公司的股票，公司是真实存在的，公司也是创造效益的，当然算投资了。"

眼见两个人在这个话题上谈不拢，李礼刚赶快岔开话题，询问朱盛庸打算什么时候跟冯嫣结婚。

"今天又吵架了。我看婚途凶多吉少。"朱盛庸回。

"吵架了你不去哄女朋友，还跟我在这儿嘎山湖（闲聊）？"

"对了，范思绮怎么样了？"朱盛庸硬生生拐话题。

"她毕业就结婚了，几个月前就拿到了临时绿卡。漂亮女孩选择多。"李礼刚的声音很平静。

"和外国人结婚，的确是拿到当地合法身份的最快途径。"

"是呀。可她好歹也不挑一下，她老公……算了！说她坏话显得我太酸。"

朱盛庸苦笑一下。

那个高三寒假放假前,把他喊下楼,一前一后走到自行车棚前,明显有话要说,结果被不解风情的他硬生生弄成吵架的女孩,已经嫁为人妇。

要是能隔着万里之遥,问一声:值得吗?并亲耳听到她的肯定回答,就好了。

聊天聊了一个小时,聊到听筒发烫,聊到李礼刚要出门跑步,两个好朋友依依话别。

"你跟冯嫣又吵架啦?"冷不防,朱妈妈在身后问。

聊得太投入,朱盛庸都忘了,身后还有一双不隔墙的耳朵!

第66章　与妈妈成盟友

"嗯。"这是朱盛庸的招牌回答。

"为什么吵?"

"……"这也是朱盛庸的招牌回答。

"我看肯定是你不好!冯嫣漂亮,随和,心地善良,倒是你,倔是倔得来!"妈妈式啰唆。

朱盛庸忍着。

好在朱妈妈会见好就收。

朱盛庸一直觉得这个周日的傍晚有些异常,方桌前坐了一会儿,才猛然意识到:晚饭饭点到了,爸爸没有在厨房里忙碌。

"爸爸呢?"

"上表演课,参加街道夕阳红时装模特队训练去了。训练后要聚餐,为其中一个队友庆生。"

朱盛庸弯唇笑了笑。

他家前面隔不几幢楼,就是一所老年大学。

创办于1985年的上海老年大学,在上海拥有众多分校区。从书法系、外语系、钢琴系到计算机系、文史系、保健系,开了上百门课。估计没少为提高上海老年人素质和生命质量做贡献。

朱妈妈"啪"地按下台灯开关。灯,亮了。坏掉的台灯还真被妈妈修好了。

妈妈嘴角泛起淡淡的笑:"他回来得意地跟我说,模特队里好几个女人为他争风吃醋,抢着要跟他做搭档。"

朱盛庸赶紧收拢嘴角的笑:"爸爸模样是挺出众的。"

"可惜是糨糊脑子。"

朱盛庸自觉不该评论爸爸,至少不该在妈妈面前评论爸爸。

朱妈妈兀自又开口道:"早在你在金山读书的时候,你爸爸就悄悄交了一个女朋友,叫粉黛。

"粉黛离过一次婚,带着儿子嫁给第二个老公,又养了一个儿子。

"第一个老公生病死了。第二个老公赌博,为了躲债,老早逃去日本。

"她一个人,拖着两个儿子,四处租房,不停搬家,也是个可怜女人。

"你爸爸这个人,本事没有,心倒挺软。听了粉黛的故事后,向粉黛打包票,以后搬家,随时叫他。"

朱盛庸听得有些尴尬:"这,这只是交了个朋友,恰巧对方是个女的,算不得女朋友。"

话说爸爸活到退休,跟人打交道时热络得不得了,其实连一个朋友都没有交下。

朱妈妈望向朱盛庸,目光却聚焦在虚空处:"他吃到什么好吃的,会想着给粉黛买一份;我们都去上班的时候,他就去粉黛打工的饭店,免费当帮手;粉黛值晚班的时候,他会晚上9点溜出去,把粉黛从饭店接送回家再回来。

"今天庆生,就是为粉黛庆的。我特意去银行查了一下账,存折里少了500块。我打印了流水,是他昨天下午取走的。"

朱盛庸尴尬得用脚抠地。

他想,要是妈妈讲给哥哥听,哥哥肯定能花式出言安慰妈妈。可,他听完后的第一感觉竟然是:我能怎么办?

"你,你们,你……"朱盛庸几次开口,也没能说出囫囵话。

想问妈妈你生爸爸的气吗?这不是废话嘛。

想问妈妈你会跟爸爸离婚吗?这不是煽风点火嘛。

朱妈妈一眼看穿朱盛庸问不出口的话,笑道:"我不生气。我早就不在乎他了。我也不会提离婚,懒得折腾。

"我就是感觉挺荒诞。

"我一直以为他是个憨头憨脑的直肠子，脾气火爆，一点就着。一直在包容、忍让他。原来他也会温柔，也会放下身段，花时间花钱花心思讨好。"

朱妈妈喟叹一声，摇摇头。

朱盛庸默默想了一会儿，悟出了点跟婚姻有关的道理。

妈妈自知她聪慧、博识、理智、能干，言谈举止之间对爸爸多有不屑。日积月累，爸爸内心郁闷气恼，又无法说出口，只能发火。

妈妈不仅能辅导小学中学的作业，讨论高中物理化学问题，还能站在街边低价回收国库券，修台灯家电。妈妈，就像别人家的爸爸。

而爸爸，虽然嗓门响，脾气暴，除了发脾气的时候，他在这个家里的存在感很弱。也许他正是意识到自己不断被边缘化，才耐着性子承担做饭的家务。

粉黛肯定学识、能力不如妈妈，但她柔弱、可怜，社会地位比爸爸更低，正好迎合爸爸被压抑了几十年的男子气概。

"你打算——"朱盛庸试探性问。

打算让他找爸爸谈一谈？

恕他目前还没有这个胆。

哥哥一定敢。

"我打算什么都不做，假装什么都不知道。我本来没想跟你说的，不知怎么就说出来了。你也假装什么都不知道吧，也不要告诉你哥哥。"

朱盛庸点头。

晚餐妈妈胡乱下了点面条，两个人凑合一顿。

接下来的一周，朱盛庸留心观察，果然发现爸爸做的晚餐顿顿都很敷衍，每逢晚上9点，外面房门会响。结合妈妈的话，应该是爸爸溜出去了。

周六，哥哥带着兰婷来吃午饭。

朱盛庸仔细观察哥哥，他对待爸爸很平和，确实是不知内情的样子。

那一刻，母子关系在朱盛庸心里得到极大修复。再也没有比保守共同的秘密，更让人觉得是同盟的了。

爸爸妈妈在厨房间忙碌，兰婷歪在朱盛中的怀里看琼瑶的小说，朱盛中则拿了支笔，在一张白纸上画着什么。

坐在方桌这边的朱盛庸向哥哥道："我上周见马骏，他看上去奇惨无比。"

"那可不关我的事。"

朱盛中上来就推卸责任的做派让朱盛庸心生不爽:"你们最近不是一直混一起的吗?"

"确实是在一起的时间比较多。是我有求于他,我让他帮我找可靠的开广告公司的熟人。他也确实帮我找到了两家。

"作为中间人,他陪我去见那两家老板,我们私下合作谈了点生意。仅此而已。"

朱盛中没有明说是什么生意,朱盛庸心知肚明,肯定是"飞单"的事。

"只不过,"朱盛中话锋一转,"去的路上,或者回来的时候,闲来无事,我跟他聊了我股市投资的事情,他超级感兴趣。非要认我当师父。

"我想着我家没电脑,他家有电脑,可以合作一把。

"谁知道他妈妈已经退休,天天在家,他不方便回家用电脑操作。他要去证券公司看大屏幕、盯盘,嫌工作拖累,就跟谁也没商量,自作主张将工作辞了。

"我觉得他此举太冲动了。

"不过,我跟他非亲非故,借着你的关系认识他,劝也不能劝太深,只能在他跟他妈妈赌气的时候尽我所能地收留一下他。"

朱盛庸望着他哥哥,心里无法确定他说的是全部实情,还是修饰过的谎言。但无论是哪个,都不重要。毕竟马骏动辄辞职,早已成性。

"他不是跟他妈妈赌气离家出走,而是在期货市场亏钱,不敢回家。"

第 67 章　周中的面试

朱盛中大吃一惊:"期货他也敢碰?胆子比我还大!"

追溯朱盛中买股票的历史,在保守的朱家人看来,已经算是胆子够大的了。

1991 年 12 月上交所正式对外营业,上市公司仅 8 个,被后来的股民称为"老八股"。

次年,朱盛中就开始买股票认购证了。

第一批认购证 30 元一张,他花了 150 块买了 5 张。相当于父母半个月的工资了。而这 5 张认购证，很可能一张都不中，全部打水漂。

这在朱爸爸、朱妈妈和朱盛庸看来，绝对是太冲动！太冒险了！

朱盛中天生好赌，而且不死不休。在当年和马骏一起玩轮盘赌的时候就表现得很充分。

神奇的是，在最后关头，他总能赢。

当年玩轮盘赌，拼其所有压上最后一把，他赢了。

花 150 块买 5 张认购证，他也赢了。

最早的老八股上市，设有 10% 涨跌停板，每天都在涨停，根本买不进。3 月份前后，认购证开奖，朱盛中中奖了一张"二纺机"。

认购证开奖后，股市取消了涨跌停板的限制。上证指数从 96 点，猛蹿到 1000 点左右。

二纺机上市后，开盘没多久，朱盛中就卖了。大赚 5000 块。

那一年，他刚毕业。靠着二纺机，存款直超父母的。

在朱爸爸和朱妈妈为朱盛中的好运兴奋的时候，朱盛庸嘟囔了一句话——easy come, easy go（钱来得容易，去得快）。他不是妒忌哥哥，而是担心哥哥。运气早晚有靠不住的那一天。

还好，朱盛中忙着兴奋，朱爸爸、朱妈妈听不懂英文。没有人因此给朱盛庸白眼。

朱盛中总是说自己从股市赚了多少钱，说得朱妈妈心动异常，决心一退休就开一个交易账户。

朱盛庸也有些心痒痒，不过，他坚定地认为，做股票必须用闲钱。当前远不到他有闲钱的时候。

"阿庸头，你周中面试的公司在浦东还是浦西？"朱盛中一边画，一边漫不经心问。

家里的大情小事以隐秘的方式传播。朱盛中甚至连上周弟弟和冯嫣吵架的事都知道。想必兰婷也知道，因为她没有问为什么冯嫣没来吃饭。

"青浦。"朱盛庸回。

朱盛中的铅笔芯"啪"地折断："哪里？"

"青浦徐泾。"

一直专注看爱情书的兰婷此刻也将目光从书中抽离出来，目光转向朱盛庸："我没听错吧？你好不容易从金桥脱身了，居然换到了青浦？更遥远、更偏僻的乡下青浦？"

"不像话!"朱盛中愤然变得严肃起来,"你在浦东找工作也就算了,浦东新区毕竟是开发区。你到青浦找工作算怎么回事?"

"青浦也是上海的一部分。"朱盛庸平静回答。

"那为什么当初还离开金山?"朱盛中反问。

朱盛庸回答不上来。

他有种感觉,当初要是有现在这样的心境,未必会选择离开金山。毕业后的这两三年,亲眼看到上海发生的巨大变化,他渐渐不再执着于上海市中心,而是变得对整个上海都充满了信心。

兰婷拉扯朱盛中,给朱盛中递眼色,要他收敛一些:"讨厌。这么凶干吗。"

朱盛中怒其不争地摇头,叹气。好像是一个面对青春期倔强孩子而无计可施的父亲。

朱盛中私心认为,他对弟弟怀有一种长兄如父的情感。大约小时候他和弟弟一起挨揍,后来他读上海中学住校,撇下弟弟一个人挨揍的缘故吧。

"阿庸头是个很有自己想法的人。我相信他选择去青浦工作肯定有理由的。"兰婷抚着朱盛中胸口帮他顺气,开解朱盛中的同时给朱盛庸台阶下。

"原本有个市区的,但是面试下来,我觉得不合适。"朱盛庸下了台阶。

朱盛中冷笑:"你觉得不合适,还是公司觉得不合适?"

朱盛庸人坐在椅子上,手仍旧插在上衣口袋里,表情和声音平静,道:"我知道面试是双向选择。

"我去面试的公司,本来就是我主动挑选的感兴趣的公司。市区的这家,人事聊完,当场请了用人部门的领导跟我谈,用人部门的领导跟我谈完,直接反馈给人事说要我。

"是我自己,两家评估下来,觉得青浦的更适合我。"

朱盛中听完不忿地瞪弟弟一眼,没说话,但明显息怒很多。

兰婷旋即笑道:"不愧是弟弟!虽然平时不声不响的,关键时候还是很有决断、很威风的。"

朱盛中又哼笑一声,不过已经没有了讥讽之意。

兰婷一头扎在朱盛中怀里,撒娇一样:"你们是亲兄弟。不许急赤白脸！"

朱爸爸就是在这个时候端着腌笃鲜推门进来的，看到兰婷直往长子身上拱，觉得此举没羞没臊，害得他没眼看，真是气死他了。

可腌笃鲜是花了两个小时炖出来的，自然不适合一摔了事。

最后，他只能靠重重地将盛腌笃鲜的搪瓷盆放方桌上解怒。一些汁水溅出来，弄湿了朱盛中的纸。

朱盛中叫起来："爸爸！你也太不当心了！你把我草稿都弄脏了！这草稿，价值1000块好不好！"

朱爸爸瞬间被吓到，探头去看宝贝草稿。只是几幢房子的轮廓而已。看过之后，松了一口气。

"你别不信！靠着这个排版，我能赚至少1000块！"朱盛中梗着脖子喊。

朱爸爸："怎么赚？谁给你钱？"

急于证明自己的朱盛中，不顾之前的有心隐瞒，噼里啪啦像爆豆子一样全抖了出来。

他说因为他广告做得好，在业内颇有知名度，甲方指明要他做操刀美工。老板单子接到手软，他每天至少加班到11点。可老板却只字不提涨薪。

他辛辛苦苦做一个月，老板才发给他3000块薪水。老板从他身上，不知道要赚去几万块了。

实在是觉得没道理，于是他被迫无奈选择飞单。

飞到马骏帮他找的广告公司里做，他用马骏朋友广告公司的电脑下班后加班做，成稿后以马骏朋友广告公司的名义提交、收款、开票。去除税点后，他、马骏和马骏朋友5：1：4分成。

马骏很仗义，主动提出不要分成。于是变成5.5：4.5分成。

发在《新民晚报》通栏的广告要4万块一单；发在《解放日报》上的要2.8万块一单；发在《文汇报》上的要1.5万块，而价格最低、发《新闻报》上的，也要1万块一单。

除掉版面费和税费，到手的净利润也非常可观。

"等着吧，我会赚很多钱的！"朱盛中眼睛冒光。

第68章　下个月去青浦上班

"老公！你太厉害了！"兰婷吊在朱盛中脖子上，满眼崇拜地望着朱盛中。

朱爸爸瞬间心情大好，看兰婷也顺眼了，转身朝厨房间大喊："中中妈妈，中中要发大财了。"

"什么？"厨房里锅碗瓢盆正响，朱妈妈听不清。朱爸爸便喜滋滋亲自走过去告诉她。

"吧嗒。"朱爸爸为防油烟，随手关上门。

"道德不道德先撇一边，你这样做，不是涸泽而渔？"朱盛庸依旧保持他的平静语调，反问哥哥。

朱盛中立刻进入战斗状态："不必撇一边。首先，我们来讨论道德的问题。

"我承认我飞单不道德，老板死命压榨我就道德了吗？

"他对我不道德在先，我凭什么不能以牙还牙地回敬给他？在道德与否这件事上，我问心无愧！"

朱盛庸默默下了个"胡扯"的结论。

朱盛中继续说下去："其次，算不算涸泽而渔？只要我从现在的广告公司不离职，就会有源源不断的客户找上门。只要有源源不断的新客户，就不算涸泽而渔。"

朱盛庸默默想：这一切都是建立在"不离职"的假设上，一旦老板发现你在飞单，到时候就不是你离不离职，而是老板要不要你离职的问题了。

但是，朱盛中犹如进入斗鸡场的好斗公鸡一样，杀气腾腾地注视着朱盛庸。倘若他有鸡冠，必然是血红的。

朱盛庸不想再跟他争辩下去。

哥哥打小就聪慧，既然他已经画圆了欺骗自己的谎言，肯定不是他能说服的。朱盛庸果断放弃。

他默默拿起筷子，伸向桌上冒着氤氲热气的腌笃鲜。

"我说的有没有道理？"朱盛中一拳打在棉花上，心有不甘地追问道。

朱盛庸点点头。没说话。

朱盛中这才满意地坐下来。

餐桌下，兰婷缩回踢朱盛庸的脚，吐着舌头歉意地笑了笑。刚才因为着急踢错了，幸亏小叔子稳重，没有叫出声。

周六的腌笃鲜实在太鲜美，周日，朱盛中和兰婷卷土又来。

朱盛中头天晚上给朱爸爸打电话，朱爸爸很高兴被需要，连忙答应要炸小黄鱼款待。

这天中午，不仅朱盛庸在，朱盛中和兰婷在，冯嫣在，马骏也在。人多胃口大，朱爸爸炸小黄鱼，供不应求，炸到快气绝。

冯嫣上周哭着跑开，向林青青哭诉朱盛庸可能是个抠门小气的守财奴，并提出对未来共同生活的担心。林青青建议她亲自问朱盛庸。

冯嫣等着朱盛庸去找她。

从周五的晚上，等到周六的晚上。不仅没有等到人，也没有等到电话。

实在拉不下脸主动去找朱盛庸，冯嫣曲线救国，打电话给兰婷。兰婷心知肚明，马上邀请冯嫣第二天中午一起去徐汇的朱家吃炸小黄鱼。

冯嫣羞羞答答答应下来。

结束通话后，朱盛中责怪兰婷多管闲事，并断言："他们两个走不到最后的。"

"为什么？"兰婷很吃惊，"冯嫣很漂亮。我有时候都想不明白，她怎么会看上阿庸头？啊，我不是说我们家的阿庸头不好。"

"冯嫣的最大优势是漂亮，可我弟弟的最大需求却不是漂亮。"

"阿庸头的最大需求是什么？"兰婷张着依旧纯情的双眸，问。

"自由。"朱盛中笃定道。

兰婷歪着头看朱盛中，满脸不解。

"他想要一个肯给他自由的女子。允许他按照他喜欢的方式生活，接受他的优点和缺点，信任他，不干涉他。冯嫣做不到。"

兰婷望着朱盛中，呢喃道："人人都想这样呀。可是，总有一个人要妥协⋯⋯"说完，她低头望着自己的手。

"冯嫣会是那个肯妥协的人吗？据我所知，我弟弟可不会是那个肯妥协的人。"

兰婷目光忧郁，苦笑道："你们男人，总是那么高傲。"

抛开朱盛中家发生的小序曲不提，单说第二天年轻人齐聚的周日中午。

马骏赶在其他人之前先到，一到就迫不及待地怂恿朱盛庸："把你表妹叫出来！"

朱盛庸逗他："哪个表妹？我有两个表妹呢。"

马骏推朱盛庸一把："别捣糨糊。就是上周我们小花园里遇见的那位。"

"那位是小表妹，她还有一个姐姐，正在读大三，读的是当下最热门的化工专业。"

马骏摆摆手："我是那种挑学历的人吗？"

"你不是。"朱盛庸停顿少许，继续开口，"你是那种号称时间到了，直接找个合适的女人结婚的人。"

马骏脸都要绿了。想争辩，又无言可辩。

两个人僵持不下的时候，朱盛中、兰婷和冯嫣到了。

朱爸爸高兴得眉飞色舞。

冯嫣站在门口，又幽怨又委屈地往里面眺望。

朱盛庸一回头，正好看到这样明艳动人的冯嫣，年轻的心一阵狂跳："冯嫣！"

冯嫣微妙地嘟起嘴巴，一双漂亮的水葡萄一样的眼睛忽闪地看着朱盛庸。朱盛庸仿佛被无形的手牵引，不由自主朝冯嫣走去。伸手过去，牵住冯嫣的手，带她走了进屋。

小情侣吵架，今天吵，明天好，很寻常。马骏自己也身陷情网，不以为怪。

在场所有人都知道冯嫣和朱盛庸吵了架，在场所有人也都不意外俩人已经无痕复合。

冯嫣乖顺地依偎在朱盛庸身旁，兰婷照旧能黏在朱盛中身上就黏在朱盛中身上，马骏夸张地抱着自己的胳膊，话里有话地问朱盛庸："你不觉得我很可怜吗？"

朱盛庸大笑："你输了钱，偷了卡，这么快就被原谅了。你还有资格说可怜？"

马骏吹胡子瞪眼，又不好意思当着这么多人的面，说貌似好像可能有那么一点点喜欢上刘流……

朱爸爸在厨房炸小黄鱼，好不容易炸好一盘，满盘端进去，一眨眼，就空盘运出来!

擦了一下额头的汗,朱爸爸将筷子一撂:"炸得还没有吃得快!"

朱妈妈幽幽在身后接:"要是炸给粉黛吃的话——"

朱爸爸赶紧将筷子捡起来:"炸给谁吃都一样。"

房间里,5个年轻人玩起"杜拉克(Durak)"的纸牌,笑声一阵比一阵高。

"哎,冯嫣,你知道阿庸头下周要去青浦上班了吗?"兰婷一边甩扑克牌,一边问冯嫣。

冯嫣脸上的笑容瞬间凝固。

第69章　青浦可以,金山为什么不可以?

"你要去青浦上班了?"冯嫣语气克制地问。

牌场上的其他人都感受到气氛的变化,又都默契地假装没感受到。

只有朱盛庸,没法装。

"是。"

"青浦!那么远!为什么要去青浦?"

"青浦有家韩国现代电子,他们招英文客服……"

朱盛庸还没有说完,就被冯嫣打断:"青浦公司再好,好得过金山上海石化吗?"

一个是成立没多久的外资企业,一个是垄断行业的大型国企,两者自然没法相提并论。

朱盛庸很老实地摇头。

冯嫣被他的沉默激怒,语气拔高:"既然青浦可以,为什么金山不可以?"

朱盛庸就事论事道:"金山其实也可以。只是那时候刚毕业,眼界窄,一心想回上海市区。"

"所以!你从头到尾就没有考虑过我!"冯嫣语气凄厉。

这结论有点跳跃啊。朱盛庸望过去,想提醒她,却看到冯嫣眼里柔情尽失,全是失落,忍不住妥协道:"对不起。"

"对不起有个屁用!"冯嫣的眼泪,大滴大滴落下来。

朱盛庸吃惊,没看懂她为什么突然哭起来,他尝试劝解:"你能接受我去浦东,我去浦东金桥,或者去青浦徐泾,对你来说又有什么区别?"

本意是想表达舟车劳顿通勤的人是他,不是冯嫣。但落在冯嫣的耳朵里,却是"不关你的事",这惹得她眼泪更加汹涌。一时激愤,使她无法立即反驳。

朱盛庸误会了这短暂的沉默,不知死活地继续劝解:"因为年幼无知,连带得你错失上海石化,是很可惜,好在,你现在不是过得也蛮好吗?"

毕业两年的冯嫣做建筑设计事务所的总助有一年之久了,她证实了自己美貌之外的实力,渐渐开始参与公司日常管理,此外,还会协助公司竞标,越来越有职场大姐大风范。

周末约会时,朱盛庸听她用果断干练的语气回电话,想象她在公司叱咤风云的样子,很为她骄傲。

虽然没有明确问过,他想,她应该享受其中,并为自己自豪……的吧?

"我好吗?每天被上司色迷迷地盯着,每天被同事暗戳戳地排挤,每天被无意义的琐事包围……我过得好吗?你问过我?我亲口承认过?

"职场上累,跟你在一起也累。

"每次生气,你哄过我吗?都是我自己没脸没皮,怎么跑开的,怎么乖乖回来。每次节日,你陪我过过吗?一句'干吗过洋节日'就把我打发了。

"是我太懂事了?还是,你根本不爱我,所以懒得敷衍我?"

朱盛庸眉头瞬间拧成一团。

职场被上司刁难,被同事排挤,被小领导踢出来背锅……哪一件他没有经历过呢?他还为陈总经理端茶倒水整两年呢。

可是平心而论,倘若没有这些糟心事,又凭什么领不菲的薪水呢?

没有得到朱盛庸肯定迅速回复如"我爱你!我在乎你!"的冯嫣,将手中的牌往桌子上一拍,哭泣着站起身,捂着嘴跑出门外。

"快去追呀!"只有兰婷一个人着急。另外两个事不关己的男生 4 只眼睛看天花板,看脚,看窗外。

"快去追呀,阿庸头!"兰婷催促。

朱盛庸站起身,开始往门外走。冯嫣的小火红坤包还挂在衣柜门把手上,他看到了,也意识到它可能是冯嫣留给她自己再回来的重要道具。

朱爸爸和朱妈妈忙着炸鱼，浑然不觉里屋又发生了恋人争吵。

朱盛庸来到楼下，在一个长满竹子的角落里看到头杵在墙上痛苦哭泣的冯嫣。从背后看，她垂着脑袋，颤抖着双肩，不时因抽噎而全身发抖。确实是真伤心。

朱盛庸默默看着，神色复杂。

冯嫣哭着哭着，第六感令她回头。

"今天太阳打西边出来了吗？你居然也会想到追下来看看？是别人让你这么做的吧？"冯嫣抽泣着，打着哭嗝，不忘嘲讽。

"你到底为什么哭呢？"朱盛庸凝着眉毛问。

冯嫣当场气绝。

她都委屈得快背过气去了，他还不知道她为什么哭？

"我！为！你心里！没有我！而哭！"

"可我心里，并没有没有你呀。"朱盛庸摸了摸自家胸口。

"你要是心里有我，为什么不肯为我留金山？你要是肯为我留金山，我这两年又岂会过得这么辛苦？"

"冯嫣，这个问题我们讨论过。从金山石化专科学校毕业的时候我才21岁，初出茅庐，自顾不暇。我当然要优先为我的人生考虑。我追随我的信念，何错之有？何况，当时，我不仅没有强求你，甚至没敢要求你跟我一起离开金山。"

"你的意思是我太贱，主动倒贴，自找的？"冯嫣气到五官变形。

"不是！我不是这个意思！我的意思是说，大家都是成年人，大家都为自己的选择负责，大家都……"

"滚！"冯嫣气到整个脸通红，她连推带踢，动起手脚来。

朱盛庸咬着嘴唇忍耐着，想抓住冯嫣的手而不得。冯嫣拼尽全力踢他打他，见他只是退让，心里一阵阵发凉，最终扭头跑出小区。

可是，能去哪里呢？

等冯嫣跑出很远，跑到没有力气，才发现身后没有人追来，而且，她没有带她的坤包。钥匙，钱包，公交车卡……统统不在身上。

风吹散她的头发，她狼狈不堪地来到小商品店前，可怜巴巴对店主说："我身上没有钱，我能用你的电话打个电话吗？"

看店的爷叔上下打量她几眼，默默将听筒递给冯嫣。

冯嫣按了一个电话号码。

电话很快被接起。

一听那边传来的"喂",冯嫣立刻泪湿双眼:"唐骏,我……"

两个半小时后,路灯亮起,四周黝黑,一个头戴头盔的西装男子,风驰电掣地骑着摩托车,急刹车在小商店门口。

唐骏掀下头盔,焦急寻找,终于在小店外的墙角,看到抱着胳膊哭丧着脸的冯嫣。

"冯嫣!"唐骏立刻红了双眼。

"唐骏!"冯嫣也泪水流了下来。

冯嫣嘴角撇呀撇,一个期待中的抱抱,真实地、柔软地发生了。

第70章　唐骏老婆给出惊人建议

香气四溢。

冯嫣揉揉双眼,这才看清楚,拥抱她的是个比她高几厘米的年轻女孩子。

"你好!我是唐骏老婆。我知道你,你是我老公的初恋,他跟我讲起过,而且不止一遍。唐骏接到你的电话后,急坏了,车都等不及,骑着摩托就要出门。我担心他,就跟他一起过来了。你不介意吧?"

冯嫣心里五味杂陈,苦笑着摇头。

唐骏老婆执意要将自己的棉袄脱给冯嫣,又理所当然地接过唐骏的西装外套穿身上,顺手将自己脖子里的花围巾给唐骏围上。三下五除二,标示亲疏远近的动作利落至极。

"妹妹,你这是怎么回事呀?"唐骏老婆不仅干练,还自来熟。

"还能怎么回事?肯定是朱盛庸欺负她了!"唐骏愤愤不平道。

阔别两年半,唐骏微微发胖了,职场历练和结婚,使他看上去成熟稳重不少。

"给他打电话!把他叫出来!我们帮你撑腰!哪有气完人撒手不管的!"唐骏老婆立刻拿起主意,转身就捉住小商店摆在窗口的电话机,以不容置疑的声音吩咐唐骏:"号码!"

"我没有。"

"冯嫣,你报!"

冯嫣本没打算将自己恋爱中悲情的一面展示给唐骏老婆的,奈何唐骏老婆气场十足,她一个不小心,就没抵制住,顺从地报出号码来。

唐骏老婆将电话打到朱盛庸家,指名道姓要朱盛庸接电话,悍匪气质十足。不过,马上声音就软了下来,呵呵笑着挂了电话。

"他们怎么说?"

"说那个什么庸早就拿着冯嫣的外套和背包出门找冯嫣去了,我要是不打这个电话,他们还不知道俩人没遇上呢。"

"他去哪儿找的?"唐骏焦急。

"应该首选冯嫣宿舍吧?"唐骏老婆睿智而沉稳地说道。

冯嫣叹口气,点点头。

唐骏支付了自家老婆和暗恋女神打电话的钱,将摩托车往路边上一锁,派头十足地拦了一辆出租车。

三人直奔"冯嫣宿舍"。

在蓬莱路小四层楼楼下,不出意外地看到了翘首以望的朱盛庸。

唐骏老婆下车,双脚踏上土地,手一指朱盛庸:"喂!你!"

朱盛庸循声望过来,看到了熟悉的身影:冯嫣。

"冯嫣!"朱盛庸终于松了一口气。他刚才担心极了,暗自在想,冯嫣会不会一气之下跑回金山?

冯嫣扭转头,不看,也不回答。

"朱盛庸!"唐骏大喝一声。

"唐骏?"朱盛庸目光一移向唐骏,脸上露出了笑容。朱盛庸脸上的惊喜和热情,阻碍了唐骏爆发他的怒意。

两个阔别两年多的睡上下铺、喜欢同一个女孩的兄弟你拍我、我擂你地热闹了两分钟。

唐骏毫无疑问借机重重发力。

不知道他是专程从金山赶来救美,朱盛庸丝毫没有接收到其中的敌意。他反而笑着夸赞唐骏:"人变壮了。力气变大了。"

唐骏老婆直朝天上翻白眼。

"朱盛庸!瞧你把我们冯嫣欺负的,哭得梨花带雨,到底是怎么回事啊?"唐骏老婆懒得自我介绍,开门见山问道。

唐骏小声帮朱盛庸做人物角色背书:"我老婆。嘉定人。我俩旅行结婚,刚从北京度蜜月回来没几天。"

"失敬失敬,恭喜恭喜。"朱盛庸朝唐骏老婆咧开嘴。

关于朱盛庸和冯嫣之间发生了什么？在出租车上的时候，唐骏老婆已经问过一遍冯嫣了。

之所以再问朱盛庸，一方面是为了兼听则明，另一方面，则是全然不敢相信，冯嫣竟然为了两年半前发生的择业事情生气，而且气到这么严重？

伸手不打笑脸人。

夜色微寒，一阵冷风助攻之下，连余怒未消的冯嫣都不得不开口："回我房间再说吧。"

4人走向四楼。

到了冯嫣的小家，唐骏小夫妻立刻被小家超凡脱俗的审美吸引，俩人不住颔首，觉得这里的装修值得借鉴，那里的布置可以参考，差点忘了他们是干啥来的。

冯嫣倒了3杯水，精致地调上速溶咖啡。朱盛庸伸手去端，被冯嫣打开了手，唐骏老婆这才想起来他们是要充当老娘舅，判官司的。

"怎么回事啊，你们俩？"唐骏老婆问，声音已经很柔软。

朱盛庸便一五一十陈述起来。跟冯嫣说的八九不离十，只是少了很多个人色彩。

"青浦距离徐汇确实很远呢。"唐骏老婆以唠家常的语气感慨。

"在斜土路上有班车。就是起得早一些。好在工厂下班时间早。下午4点20分下班，到家大约6点10分的样子吧。"

"听上去还行……啊不，我想知道，这家韩国公司有什么好，值得你这么义无反顾？"

"它招聘的是全英文客服，薪水开到5500块。这是最吸引我的地方。"

唐骏和唐骏老婆同时倒吸一口气，默契道："比我俩加一块儿还多！"冯嫣也露出一瞬的吃惊。

"其次，我相信它会让我充满成就感，毕竟我学英语已经学了十几年，还从来没有正儿八经拿出来用过。"跟着陈总经理跟外资代表对骂不算。

"他英语真的很好。"唐骏对老婆解释。

不知不觉，冯嫣被排除在聊天之外。

等唐骏意识到这一点，已经是半小时之后了。唐骏偷偷拉一把老婆，用眼神看落寞的冯嫣。

唐骏老婆哈哈一笑，无比豪爽："要我说，你们俩干脆结婚得了！"

此言一出，举座皆惊。

"我说这话是有道理的。你们俩之间，没有不可调和的矛盾，唯一的问题是，冯嫣老怀疑朱盛庸不爱她！

"而朱盛庸呢？通过刚才的接触，我已经多少了解到，是一个不会甜言蜜语、不会奴颜婢膝、不会低三下四说好听话的人。

"这种人其实挺值得信赖的，有节操，有底线，很安全。我估计冯嫣也是深知这一点，当初才敢离开金山老家，投奔朱盛庸。

"可是，爱是要表达的，女孩子是要哄的。你这锯嘴葫芦闷声不响的，久了久了，是个女孩都忍不住怀疑你的感情还在不在。

"性格又是如此难改，所以，干脆结婚。

"结婚了，工资上交，天天睡一张床上，冯嫣总不至于再疑神疑鬼了吧？"

唐骏老婆一会儿面向朱盛庸，一会儿面向冯嫣，说得慷慨激昂，头头是道。

朱盛庸望着冯嫣。结不结婚的，当然女孩子的表态才作数。

冯嫣一边吃惊，一边暗自点头。至少唐骏老婆分析她的地方，全对！

她听到最后一句话，不由羞红了脸。飞眼看一眼朱盛庸，发现朱盛庸正注视着她。目光灼灼，似有期盼。不由脸更红了，心情大变，像吃了蜜一样甜。

"二位觉得怎么样？不反对的话，各自跟自己家长通个气，约在一起让长辈们谈一谈细节。"

冯嫣两手交叠捧着瓷白小咖啡杯，微微低下头。

"那就这样吧。时间不早了，我和唐骏也累了。我们走了，你们趁机再多聊聊。"

唐骏老婆拉起唐骏就往门外走，顺手还帮里面的两个人关上了房门。

房门不甚隔音，传来唐骏担忧的责怪声："你靠不靠谱啊？"

"反正比你只会挥拳头发泄情绪强。我可是冲着解决问题来的。"

唐骏小夫妻说话声渐远。

10平方米的小房内，安静得落针可闻。

朱盛庸保持着起身送客的姿态，一时半会儿，没有等到冯嫣的"你坐呀"。

也不知道该不该自作主张坐下。

坐的话坐在哪儿呢？

是方凳上，还是冯嫣旁边的床沿上？

第71章 有点担心，没有筹办婚礼的经验

朱盛庸还在琢磨，忽听冯嫣道："你走吧。"

一颗心直往下坠！

虽然在冯嫣跟他吵架时没少设想过两个人会分手，但真的听到冯嫣放弃了这段感情，还是令他心脏骤缩，呼吸停滞。

冯嫣眼角一扫，发现朱盛庸脸色煞白，神情呆滞，赶紧进一步解释："我也累了……你回去，跟你父母确定好日期后，跟我说。我爸爸已经退休，妈妈也办理了内退，时间好安排。"

那颗直往下坠的心，瞬间又长出翅膀，哗啦哗啦扇动着往上飞。朱盛庸松了口气，不小心松得太明显，惹得冯嫣扑哧一笑。

"那我走啦？"朱盛庸半步半步往外移，充分给冯嫣时间，随时恭候冯嫣改变主意。

冯嫣哭肿的双眼哭笑不得地看着他。

挽留的心思有那么一丢丢，可挽留的话是断然说不出口的。虽然两个人在她搬来后已经越过底线，尝过禁果。

平心静气地想，朱盛庸还是非常尊重她的。

也许所有问题的症结，真的如唐骏老婆所言，在于他情商太差，不会花言巧语，而她安全感太低，总想让他甜言蜜语宠着。

"咔嗒。"弹簧锁发出声响。

房门彻底关上。

冯嫣坐在床边，望着那扇挂着她可可爱爱小玩具的门背后，慢慢嘟起嘴巴。

这个朱盛庸，他竟然真的走了……转瞬，她又嘴角上弯，露出笑容。

她想起好友林青青的话——倘若朱盛庸听她的话，她多半是要不满意的；可倘若朱盛庸不听她的话，她多半是要生气的。

"长得漂亮的女孩都矫情。你和朱盛庸相互折磨吧。"

冯嫣脑海里回荡着"相互折磨"四个字，难得自我反省一回。

朱盛庸在冯嫣门口站了一会儿,侧耳倾听,丝毫听不到走向门口的脚步声。知道没可能被挽留了,只好离开。

换了3趟公交,回到徐汇的家,站在门口正要取钥匙,房门突然开了。做贼一般的爸爸手拿礼帽要出门,赫然看到他,脸色尴尬了那么一下下,马上镇定下来:"我出去散个步。"

朱盛庸抬起手腕:晚上9点整。

他让到一边,让撒谎的爸爸出门。

父母卧室的门,紧紧闭着。不知道号称不在乎的妈妈,是否真的不在乎。

次日早晨,朱盛庸跟父母扼要说了自己和冯嫣打算结婚的事。

"好呀!好呀!"朱爸爸欣喜至极。

朱妈妈也很高兴:"我和你们爸爸都很喜欢冯嫣!"

"比兰婷好太多!"朱爸爸接。

"兰婷也不错。"朱妈妈道。

"不错什么呀。我看她这辈子都长不大了。都快30了,闹闹腾腾的,也不赶紧要个孩子!老想着自己玩。自私!"

朱妈妈瞥一眼朱爸爸:"跟你说过多少次,是你大儿子自己不想要孩子!"

朱爸爸想否认,又没有依据,只好转向朱盛庸:"你和冯嫣一结婚就养!你妈妈退休后还想再做一份兼职,到时候我帮你们带孩子。"

朱盛庸望一眼再过3个月就退休的妈妈,妈妈很平静,他便也不再说什么。

爸爸退休前半年,连工资带奖金,一个月到手接近1000块。退休后,收入立刻缩回到600块一个月。爸爸却没心没肺地表示很满意,什么都没有做就可以白拿600块。

妈妈很忧愁,觉得收入缩水,物价上涨,长此以往,该怎么过日子?于是四处托人打听返聘的事情。

爸爸断然拒绝。他尝到了自由的滋味,拒绝再回到司机的工作岗位上。

妈妈只好改而打听能否返聘她。

老厂长听说后,为她牵线了一家台资企业,依旧做出纳。薪水开到600元一个月。朱妈妈一合计,倘若她1996年底退休,退休后的缩水工资加上兼职工资，比原先还多200块呢。于是欣然答应。

朱盛庸在饭桌上陆陆续续听说这件事。

不得不再次感慨：他们家的妈妈，未雨绸缪，顾全大局，真的就像别人家的爸爸。

"你们什么时候方便，和冯嫣父母碰一下头，商量婚礼的事情？"朱盛庸充满担忧地问。

他家没有筹办婚礼的经验。

父母是特殊时期铺盖放一起就算结婚了；哥哥劝动兰婷，俩人私自领了结婚证就算结婚了。

"行！"爸爸一口答应下来，"我看就周末吧。哪个周末都行，看冯嫣父母哪个周末方便，我们就定在哪个周末。"

朱妈妈开心地站在朱盛庸的卧室门口，往里面眺望。

朱盛庸的房间兼作卧室、书房、客厅和来客人时的餐厅。刚搬进这套房时，觉得房子大得像豪宅。

短短几年过去，见识过朱盛中的90平方米后，再看这间预备结婚用的单间，似乎只剩普通，全无豪气了。

"把沙发床换成大床。"朱爸爸也凑到门口往房间里眺望，并指点江山道。

"换了大床，中中和婷婷周末过来就没地方吃饭了。"朱妈妈果然擅长未雨绸缪。

"那就把衣柜移出来。"

"移到我们房间？我们房间已经有两个衣柜，其中一个衣柜把窗户都挡上了，没空间再放第三个了。再说了，他们总归需要衣柜的！"朱妈妈予以否认。

"那怎么办？"朱爸爸作认真思考样，"要不让他们婚后住蓬莱路的小房子？"

"不行！那套小房已经说好给中中了！"朱妈妈继续否定。

"这也不行，那也不行，阿庸头怎么结婚？"朱爸爸生气了。他的耐心素来只有那么一丁点儿。

"先见冯嫣父母吧。"朱妈妈转移话题。

吃过早饭，朱盛庸照常蹬自行车赶往徐家汇，乘坐开往金桥的班车。一旦换工作，就不会再走这条路。怀着珍惜的心情将沿路风景刻在脑海里。

一路上，隔不多久就能看到几幢行将封顶的住宅楼。

在上海市区，月收入几百一千的市民没有余力奢望动辄 20 万的外销房。而外销房市场的火爆，吸引得众多小型房地产公司投入买地建房中。

数以万计的施工队遍布在上海。有的忙于大型城市基础建设，有的忙于火爆的外销房建设，有的则忙于企事业单位的集资建房。

每一个朝阳升起、阳光普照的时刻，人们都会发现，上海这座城，早于朝阳，已经进入忙碌状态。

每一个落日西沉、余晖斜照的时刻，人们都会发现，经过一天的辛勤工作，城市的天空线，又长高了一些。

这样一座活力四射的变化之城，让朱盛庸这样的市民沉醉其中。

到了金桥免税区的公司所在地，朱盛庸从班车上下来。

今天于他有两件重要的事要做：1. 提交辞职报告；2. 中午给冯嫣座机打电话，告诉她，自己父母每个周末时间都方便。

第72章　等待周六

朱盛庸像往常一样踏进办公室。

"小朱！帮陈总经理再冲冲茶杯啦。"

"小朱！帮陈总经理去园区食堂买块粢饭糕！"

"小朱！顺便帮我也带一份大饼加油条！"

"我也要，我要一个麻球！"

好几张饭卡陆续递到朱盛庸手上，每一张上面都贴心地粘着要吃的早餐样式。这已经是秘书办公室的传统。

朱盛庸逐个收过饭卡，帮陈总经理洗过茶杯后，走去园区食堂。

跟动辄将事情跟"尊严"挂钩的其他年轻人不同，朱盛庸简单地将事情看作事情本身。

事情本身是：老板付薪水，购买他的劳动时间。

在付薪时间内，老板让他做什么事，只要不违法乱纪，不有违公序良俗，他就没有理由拒绝。

去食堂给陈总经理买饭，的确无益于职业技能增加，但有利于收入增加,且有助于呼吸新鲜空气,顺便运动一下班车坐僵的四肢。

至于收到同事好感?这一点倒不在他考虑范围。

早餐买回,他照例将卡和早餐放在进办公室的第一张办公桌上,同事们有序领走自己的饭卡和早餐,嘻嘻哈哈笑着跟朱盛庸道谢。

陈总经理的第一秘书刘姐将陈总经理的那份捂在自己的饭包里,等待陈总经理上班后送给他。

就在大家埋头啃早餐的时候,朱盛庸用不大不小的声音问:"刘姐,离职报告的格式有要求吗?"

"工厂工人没要求。坐办公室的有要求。要找人事领离职表格……谁要离职啊?"

"我。"

第一秘书刘姐没反应过来,继续咀嚼。

"哦……谁?"

"我。"

刘姐差点咬到自己的舌头:"你你你……你为什么要辞职呀?"

另外三个秘书闻言也都围了过来:"就是呀。难道我们处得不够好、不够融洽吗?"

朱盛庸摇摇头。

"既然我们都这么熟悉了,你的工资也不低,为什么要离职呢?"刘姐拿出循循善诱的架势。

"想换一个地方,学习点新的东西。"

"学?我读书时就什么都不想学,工作后更什么都不想学了!"另外三个秘书达成一致结论。

"别傻了!什么工作干超过一年,基本都没有新东西可学了。工作不是上学。工作是为了维持公司运转。公司运转就是日复一日。材料进来,成品或半成品出去。就这样子。"

朱盛庸笑了笑,没有说话。

刘姐看了朱盛庸好几眼,见他心平气和的样子,还以为自己劝说住了他。

没料到,中午不到的时候,朱盛庸的离职报告就交到了秘书办公室主任刘姐的办公桌上。

刘姐气不打一处来:"我实话告诉你!离开这里,你就再也找不到比这薪水更高的工作了！你要认清自己！你只是金山石化职校毕业而已！要不是我们陈总经理爱惜人才，你是不可能拿到这么高薪水的！"

朱盛庸淡淡道："谢谢提醒。"

"你找到新工作了吗？"另一个秘书小声问朱盛庸。

朱盛庸点点头。

"多少钱？"

朱盛庸看着他，本不想说，耳边流过刘姐的冷嘲热讽——"只怕找到工作这种话都是骗人的"，他才不得不开口："5500。"

咣当。

问话的秘书的茶杯直接从手里跌落，茶水洒了一桌子。

"多多多多多少？"刘姐舌头打哆嗦。

朱盛庸没有再重复，而是将自己的辞职报告按在了刘姐的办公桌上。

中午午饭过后，朱盛庸给冯嫣打电话，告诉冯嫣他父母每个周末都方便，电话那头的冯嫣笑了："巧了，我父母也每个周末都方便。"

"要不然，就约他们这个周末见？"

冯嫣咯咯笑起来。

听筒那边，有人问冯嫣："谁的电话呀？笑得那么开心。"

冯嫣大声回："男朋友。想周末见家长。"

冯嫣身边的人哎哟哎哟起哄起来。冯嫣娇羞无比："不跟你多聊了哦。"

结束与冯嫣的通话后，朱盛庸从园区IC话亭往办公室走。

作为浦东新区的四大开发区之一，金桥开发区是从阡陌纵横的农田上建立起来的，短短几年，发展到目前的道路通畅、高楼林立。金桥开发区的成果，有目共睹！

作为制造业园区，金桥开发区的招商引资成果也正显现，园区内的现代家电产业和装备制造（半导体精密装备与智能化零部件）产业，已经颇有行业优势。

园区的宣传栏里，张贴着关于金桥开发区明天的畅想——"智造金桥""生态金桥""人文金桥"。

朱盛庸目光扫过那些宣传硬广，心里有诸多不舍。

本以为辞职交接会进行一个月，哪知道，陈总经理当年有上午面试下午就通知他第二天来上班的魄力，就有临近中午看到他的离职报告叫他下午就走人的勇气。

多拿了一个月的薪水而不用干活,朱盛庸无话可抱怨。

下午收拾收拾,给办公室里的其他秘书们用英文俏皮诙谐地写了一封告别信,追忆了一下共事两年多的美好点滴。至于刘姐看不懂的事,就轮不到他操心了。

班车时间到了,夹起私人用品,头也不回地离场。

接下来的周二到周五,朱盛庸每逢冯嫣下班前,都会到冯嫣公司所在的写字楼下等她下班。

他穿着普通,胜在后背笔挺;他五官说不上多英俊,却也有浩然正气之感。当他立在广场装饰小品前的柱子旁时,也有几分翩翩少年的味道。

如果有"气质美女"之说,朱盛庸则是妥妥的"气质青年"。

冯嫣一眼看到朱盛庸,惊喜地撇开女伴,朝他跑过去。因为太惊喜,一不小心没刹住脚,径直扑进朱盛庸怀里。

朱盛庸低头在她头发上一触即开地吻了一下。

又青春又深情的样子。

麻酥了周围一圈的白领。

冯嫣落落大方,毫不避讳地挽起朱盛庸的胳膊。

有朱盛庸每天陪着下班,冯嫣情绪稳定很多。朱盛庸的宣誓主权行动,减少了冯嫣在办公室里的人际压力。

两个小情侣吃吃小吃,逛逛小店。虽然也有朱盛庸偶然读起路上的英文句子,惹得冯嫣噘起嘴巴表示不满之外,俩人之间算是蛮甜蜜了。

在欣欣然的期盼中,周六,终于到了。

第73章　未来丈母娘提及婚房

本着公平的原则,父母们敲定了位于吴泾镇的碰头地点。

吴泾镇在金山与徐汇之间,属于闵行区。因为境内有一条自西向东入黄浦江的吴冲泾,"吴泾"的名字由此而来。

周六早晨7点多钟,朱爸爸已经全副打扮好。

他穿着衬衣、鸡心领毛衣、西服,还打着领带,外面套一件工厂福利羽绒服,腔调十足。

西服和领带是朱盛中淘汰下来的，多亏他这么多年来饮食上一直舍不得花太多钱，所以体型保持得很好，长子的衣服也能穿。

朱妈妈也是外面一件工厂福利羽绒服，里面一件自己手织的高领毛衣，下身毛料带条纹裤子，脚踩大儿媳妇兰婷淘汰下来的牛皮短靴。看上去非常得体。

朱盛庸穿得像往常一样，被他爸爸呵斥，并在爸爸的监督下，穿上了朱盛中淘汰下来的另一套西服。衣服于他些许小了一点。

"阿庸头需要添置些衣服。"妈妈下结论。

"中中的衣服都是自己买的。"爸爸话里全是话外音。

"中中的衣服都是兰婷帮他买的。"妈妈纠正。

"冯嫣为什么不帮阿庸头买？"爸爸不满道。

"能一样吗？中中和兰婷一毕业就结婚了；阿庸头和冯嫣都毕业两年半了，才开始谈婚论嫁……对了，阿庸头，你攒了多少存款了？"妈妈将话头指向朱盛庸。

朱妈妈很有理财意识，打兄弟俩上小学起，在家里收入不乐观的情况下，朱妈妈就坚持给两个孩子每人每月一两块零花钱。

朱盛中拿到零花钱，会开开心心买自己喜欢吃的果丹皮、酸梅粉、"老鼠屎"（含津草）等零食。

朱盛庸则小心翼翼存起来。

也许是朱爸爸总阴晴不定地揍他，使他心生前途飘摇、未来动荡之感，久而久之，就自发长出"钱得存着，以备紧要的时候用"的野生财商。

到了青少年时期，朱盛中花钱更加大手大脚。想学打网球，先置买一副网球拍；想学德语，先购入一套教材，等等。

朱盛中坚定地认为这些都是必要投资。虽然他总是移情别恋，难以坚持。

朱盛庸则理智很多。他会首先想到"借"，先"借"同学的运动器材感受一下是否喜欢，预判能否坚持下去，再决定买不买。

"借"不到，就花钱"租"，或者淘买二手。但凡他决定做的事情，都会坚持很长久。

"四万五。"朱盛庸回。

朱爸爸和朱妈妈同时大叫一声："这么多！"

"一年13薪，我工作了32个月。平均下来，以月存1500元算，应该有四万八。"

朱妈妈目露欣喜之光："阿庸头，你做得已经够好了。这些攒下的钱，可以用作你婚后的家庭开支。你和冯嫣没有你哥哥嫂嫂能挣，想把日子过好，就得靠精打细算。只要经济不紧张，生活压力就会小，夫妻之间就会和睦。"

朱盛庸点点头，将妈妈的话牢记在心。

出发的时间到了。朱爸爸借了老厂长台湾女婿的小轿车，接上冯嫣，油门一踩，奔吴泾镇而去。

这位台湾女婿，就是朱妈妈正式退休后，将要去兼职的台湾公司的老板。老厂长牵线将朱妈妈介绍到自己女儿女婿的公司里做出纳。

到了吴泾老饭店门口，朱爸爸正要泊车，坐在车内的冯嫣眼尖，一眼看到店门口立着爸爸妈妈的身影，高兴地摇下车窗，跟父母打招呼。

朱爸爸使出经年开车的本领，一把退到位，漂漂亮亮地将车泊好，笑盈盈地下车。

算起来，这是朱家父母和冯家父母第二次碰头。上一次见面，还是两小只毕业的时候。

冯家妈妈对朱家爸爸不要太有好感！此刻见到未来亲家风度翩翩的模样，笑得眉眼都弯了起来。

双方家长此番会晤颇为顺利，直到饭桌上冯嫣妈妈说了一句话："结婚后两个孩子应该有自己的小家单独住吧？"

朱爸爸正吃炒面，好几根面条还没有来得及收进嘴巴，抬眼愕然地看着冯妈妈。

"现在都不流行孩子婚后跟父母一起住了呢。远香近臭嘛。听说你们大儿子也是婚后单住的？"

朱妈妈凝眉还没有说话，朱爸爸忙不迭地点头，连带得几根浓油赤酱的炒面条跟着一起颤动。

"如果买房的钱有困难，我们也可以周转一下；如果是亲家全资购的房，安排我们装修或买车，都可以。我们只有嫣嫣一个孩子，肯定不会亏待她的。"

朱爸爸不住点头。

朱妈妈向来平心静气，而朱盛庸又波澜不兴，两个人见爸爸不停地点头，只是暗中心里惊诧，面上没有表露太多。

午饭后，冯嫣跟他父母一起回金山的家，朱盛庸一家三口回徐汇。

车门一关，朱妈妈就问开来："你什么时候决定帮阿庸头买房的？"

朱爸爸像是被踩了尾巴的猫，立刻炸毛："什么买房？买什么房？"

朱妈妈嫌弃道："冯嫣妈妈明明确确提出婚后要他们单独住，你不会没有听懂吧？"

"我听懂了呀。让他们住冯嫣现在住的房子里。"

朱妈妈嫌弃升级为厌恶："跟你说过多少次了！那套小房子许诺给中中了。是中中的房子！"

"××！那怎么办？"朱爸爸傻眼。

"今天本来就是来谈的，有困难说困难。你倒好，不住地点头，我还以为你下定了帮阿庸头买房的决心。"朱妈妈抱怨。

"现在该怎么办？回家之后给冯嫣家打电话？"

没有人回答朱爸爸的这个问题。

朱爸爸顶着这个问题带来的焦虑，好不容易安全开车到老厂长女婿家。没有心思寒暄，一家三口告别老厂长女婿，坐公交车回自己家。

路上，朱爸爸拿定主意："我一到家就给冯嫣爸爸打电话，就说我一时脑子不灵光，没听懂她妈妈的意思。"

没有人反对朱爸爸的这个决定。

走到小区，要上楼的时候，朱妈妈忽然发现楼洞口贴了一张纸。朱妈妈是个细心人，下意识就得出"既然贴在家门口说不定就跟自家有关系"，于是停下脚步看了两眼。

不看不打紧，一看顿时就乐了。

她叫住闷头上楼的朱爸爸和次子："你们快来看呀！真是瞌睡了有人送枕头，一楼有人卖房！"

第 74 章　诚信与利益的轻重

朱爸爸和朱盛庸赶紧退回来。

墙上贴的那张纸上这样写着：

"广大业主：

你们好！我是本栋 101 的业主，因为喜添家丁，需要置换更大的房子，特急售本栋 101 号房。

"101 建筑面积 29.8 平方米，一室户，厨卫齐全，水电煤全通，带 10 平方米天井。一口价 5 万元。诚意者请电话联系。"

朱爸爸咂咂嘴："29.8 平方米，使用面积肯定比蓬莱路上的房子大不了多少，还要 5 万块！"

朱盛庸眼睛冒光："再过 2 个月，我就能攒够 5 万块。"

朱妈妈朝朱盛庸笑了笑："买下来的话，我和你爸爸搬到一楼，把四楼的二室户让给你和冯嫣住。"

朱盛庸鼻头一酸，心里好暖。

朱妈妈决定家也不回了，直接去敲 101 的房门。

一家三口来到 101 房门前，敲了许久也不见有人来开门，反倒把隔壁邻居敲了出来。

大家在同一幢楼里住久了，抬头不见低头见，就算称呼不出姓名，也混个脸熟。双方一打照面，立刻笑了起来。

102 邻居告诉一家三口说，101 业主已经买好了新房并搬了进去。本来不打算卖这套房，后来吃不消房贷，才决定把房子卖掉。

告别邻居后，朱妈妈从房东留的写有电话号码的十几张纸条中取下一根，高高兴兴上楼。

朱爸爸快速左右看了看，飞快地将剩下的写有电话号码的纸条全撸走了。

因为打定了买一楼房子的主意，所以不必再给冯嫣爸爸打电话说自己听错了，朱爸爸感到很轻松，因此心情极好。

回到家后，洗洗换换，商量好措辞，一家人围坐在电话机前，朱爸爸开始给纸条上号码打电话。

可惜，电话响了许久也没有人接。

"说不定留的是单位的电话号码。"朱妈妈道。

"有可能。我们明天有空打打，打不通的话后天再打。"朱爸爸附议。他不着急，反正他悄悄把所有的联系号码全撸走了。

晚上，朱盛庸躺在单人沙发床上，心潮起伏，被感动包围。他开始反思：他在内心严厉苛责妈妈私刻萝卜章背叛外公，是不是太不站在妈妈的立场考虑了？

这样反思了一会儿，忽然全身汗毛乍起。他吃惊地发现，自己正在被收买。

到底是诚信重要，还是他的切身利益重要？这个问题，困扰住了朱盛庸。

第二天，朱盛中和兰婷早早来到徐汇的家，蹭饭，兼打听昨天中午双方父母会面的情况。

朱爸爸很有成就感，大着嗓门，颠三倒四将事情讲了个遍。全靠朱妈妈在一旁补充，朱盛中和兰婷才听懂了全部。

"101的房子谁付钱？"朱盛中问。

朱爸爸脱口而出："当然是阿庸头了。"

"我弟弟才工作两年多——"

"他已经有四万五的存款了！"

朱盛中犹疑地看着弟弟，一脸的不敢相信。朱盛庸点了点头。

"虽然吃惊，我倒也不意外。"兰婷追加。她从冯嫣那里听说过小叔子很抠门。

"婚期、现成媒人、婚宴规格、宴请多少人都怎么说？"朱盛中问。

朱爸爸和朱妈妈均摇摇头："婚期大约定在明年春暖花开的时候，具体日子冯家要请先生定。至于婚宴场地、婚宴规格，冯嫣父母没有提这些细枝末节，他们挺好说话，不是挑剔的人。"

"也可能是一步步来。"朱盛庸冷不丁接话。

他可是在金山石化咖啡图书馆看见过冯爸爸发火的人，更见过冯妈妈气场全开呵斥冯爸爸的威武模样。

朱爸爸哈哈笑起来，笑朱盛庸杞人忧天。

"我和兰婷买过一楼的房子，我觉得楼下101并不是一个好选择。

"一楼天光暗，进门就得开灯；湿气重，老得拉空调；居住起来不舒服。尤其是101不仅在底楼，还沿小区主干道，灰大，噪声多，我建议弟弟贷款买新房。"朱盛中道。

朱爸爸拇指、食指捻在一起，做数钱的动作："没这个。"

"我可以借给弟弟。阿庸头，你给我报个数，再给我个把星期，我能帮你凑出来。"朱盛中说这些话的时候，丝毫没有跟兰婷商量的意思。兰婷也不以为意。

朱盛庸很坚决地摇摇头。

他想的是，有多少能耐，做多少事；有多大胃口，吃多少饭。楼下的房子或许不理想，却是他能担负的最好选择。

而且，他已经想好了。买下来之后，不让父母搬下去，就他和冯嫣住。短期内，冯嫣跟着他少不了要过一段紧张日子，但他会努力挣钱，努力让冯嫣过上好日子。

朱盛中见弟弟摇头，继续说道："市区多是外销房，质量挺好，不过总价也不低，一般总价要几十上百万。就算是内销房，也要20万起。

"我建议弟弟去浦东买房，每平方米一千多，再多不超过2000块。

"我手上正好有个共和新路上新建小区准备做广告，两居室带客厅，88平方米，中间楼层，还不到15万。而且可以贷款。"

朱盛庸沉默以对。

他知道哥哥说的是实情。他家所在小区的两条马路之外，在建一个侨汇房小区，售价高达1500美元每平方米。

朱妈妈也不说话。

她想的是，以后她和朱爸爸年龄大了，爬不动楼梯了，住一楼正好。市区医院多，就医方便。孩子就住在同一幢楼，照应起来也方便。

朱爸爸似乎有些动心，一听15万之巨，立刻偃旗息鼓。

朱盛中还要说下去，被兰婷制止："买房又不是小事，你还想让阿庸头一口答应你呀？总要好好想一阵子，跟冯嫣商量商量，慢慢来。"

朱盛中一拍额头笑了起来："我是关心则乱。"

兰婷娇嗔地推一把朱盛中："你就是心急。"

买房的讨论，就此告一段落。

饭后，马骏不请自来。

他有些得意忘形。一进屋就忍不住嚷嚷："阿庸头！你绝对想不到！我竟然给自己找了份工作！"

"哪里高就？"朱盛中接。

"希尔顿！"马骏大喊。

"做什么？"兰婷问。

"……"气场有些不对，果然，马骏声音蔫下去，"门童。"

"噗。"朱盛中一口水没咽顺当，噗出半口。

"你们别笑啊。门童……也是希尔顿的门童，好吧？"

反复被提及的"希尔顿"引起朱盛庸的警觉，他反问道："你该不会是冲着刘流去应聘的吧？"

第 75 章　幺蛾子跳出

面对朱盛庸的询问，马骏老脸一红，顾左右而言他。

"我们希尔顿有 6 间餐厅，2 间酒吧，720 间客房。客房面积最小也有 33.6 平方米。"

"办公桌，空调，冰箱，彩电，电话……什么都有！"

"住我们希尔顿，还能做 SPA。知道什么是 SPA 吗？"

兰婷歪靠在朱盛中身上，张着眼睛看马骏。

"酒吧为什么要两个？浪费嘛。"朱妈妈饭后将破布铺在方桌上，裁了几份鞋垫。见马骏来了，就将裁剪好的鞋垫一沓沓收起来。

"风格不同。风格！现在有钱人消费的就是品位、风格。有钱人又不会像大多数市民这样只求温饱。"

朱妈妈不再说话，把方桌清理出来，预备孩子们搓麻、打牌。

"我妈妈不懂。我妈妈落伍了。"朱盛中头也不抬地笑着评价。

朱盛庸两手交叠，枕在脑后，随口问道："怎么会从门童做起？好歹也留过学。"

"可我拿不出毕业证……"马骏脱口而出，说完赶紧捂嘴巴。好在这个家里没有人为这句话吃惊，又渐渐放下心来。

从当初马骏回国闭口不谈留学生涯时起，朱盛庸就在怀疑他是不是真的在国外上了大学。今天果然无意间求证了。只是他性格沉稳而宽容，不会当小辫子去抓。

"你们的小表妹很厉害。她酒店管理中专毕业，4 个月做下来，已经做到了管家的位置。Butler（管家），管服务员。小小年纪，在希尔顿的大办公室里面，已经拥有一张办公桌。啧啧。后生可畏啊。"

朱盛庸笑："你果然是冲着刘流去的。"

兰婷跟刘流不熟，对这个话题不怎么感兴趣。朱盛中扫一眼马骏，笃定道："你追不上刘流的。刘流说过，她想出国。定居国外的那种出国。"

马骏两眼大睁："去哪国定居有要求吗？"

朱盛中想了一下，摇摇头。

"哪国都行？只要是外国？"

"差不多吧。"

马骏陷入短暂的沉思。照朱盛庸看，马骏的人生想必又多了一个目标。

周一，半晌的时候，留在家里的朱盛庸和朱爸爸给101房东打电话，果然如朱妈妈所预料，101业主留的是单位的固定电话。

101业主听说朱家就住在同一幢楼的四楼，开心坏了："这么说你们即使没有看过房，你们也能想象出来房子长什么样？"

"能的。"

"太好了。那我下班就回101门口等你们。我差不多6点能到。"

"好的。"

挂断电话，朱爸爸萌生大功告成之感。他45度角仰天，嘴角绽放微笑："你妈妈说，等我们老的时候，爬不动四楼的时候，会庆幸今天的决定有多明智！"

"你期待和妈妈一起变老吗？"朱盛庸特意突出了"和妈妈"三个字。

"她是我女人，我不跟她一起变老还跟谁一起变老？"

朱盛庸口中含着"粉黛"二字，但着实没有胆量说出口。

下午4点半，父子俩前后脚出门，都心照不宣地没有问对方要去哪里。

朱盛庸当然是奔冯嫣公司所在的写字楼。

掐着时间，带着热气腾腾的油墩子，朱盛庸撑了一把米色方格伞，站在写字楼小广场的柱子旁等冯嫣。

格子间的白领们一到楼下，才恍然发现外面下着雨。有些人要回办公室拿雨伞，有些人寻求能蹭的伞，而有的人只能狼狈地抱头快跑。

冯嫣则娉娉婷婷，在羡慕的注视中走到朱盛庸的雨伞下。

朱盛庸从怀里拿出捂着的油墩子。冯嫣的幸福感更浓烈了。

"对了，我家楼下101正好在卖房子，我父母建议我把这套房子买下来，这样我就能满足丈母娘开出的结婚条件了。"

冯嫣笑得咯咯响。

她咀嚼着香喷喷的油墩子，正眯着眼睛笑，忽然笑容凝滞："等等！你是说，你们准备买旧房子？"

朱盛庸不由扭头看伞下的冯嫣。

这句疑问句的重点是什么？"你们"，还是"旧房子"？

"我妈妈，我妈妈肯定希望是买新房子的呀。结婚嘛，你懂的。如果买二手房的话，长辈多少忌讳的。"冯嫣着急又不愿意表露着急，吞吞吐吐说道。

朱盛庸只觉得脑子里"嗡"的一声响。

一个声音在脑海里回响：就知道没这么简单！

"我们已经和101业主约好今天晚上6点钟见面。"

"哎呀！那你赶快回去！快去阻止你父母！"

朱盛庸嘴巴张了张，太多话想说，譬如劝冯嫣站在他的立场上考虑一下，劝说冯嫣先委屈一下跟他过一段自食其力的朴素生活……但，一看到冯嫣那双焦急急切的目光，就知道当下不是劝说的时候。

唯有点点头。

将雨伞送给冯嫣，朱盛庸在阴冷的微雨中走向到站的89路公交车。

坐在公交车上，被雨水打湿的车窗模糊了窗外的景色。窗外的繁华迷幻地呈现。

朱盛庸心里似乎长出一个小怪兽，小怪兽一点一点吞噬他的心，心越来越空了。

等他从89路下来的时候，表情堪称"失魂落魄"。时间距离与101房东约定的6点钟还有一个小时。

他脚步沉重，准备上楼。

背后来了一个邮差，熟门熟路地将一封航空信塞到了朱盛庸家的信箱里。

朱盛庸余光扫到。

他将信件取出。不出所料，是李礼刚从美国寄来的信。

他一边拆信一边上楼。

掐指算来，李礼刚的这封信应该会讲到"最后一个月倒计时"结束时，他到底何去何从了。

总不至于非法留美到中餐厅打黑工吧？

应该是被两家上市公司中的一家录用了吧？

朱盛庸一边祈祷，一边一目十行快速寻找答案。

"咣当。"他撞在了不知道谁家放在楼道里的旧家具上，痛得直倒吸冷气。

突然，目光锁定一行字，令他几乎无法呼吸。

"我简直不能明白！明明面试时谈得好好的，面试官也流露出强烈的欣赏态度，为什么最后没有发聘用函？两家公司都如此！

"难道我辛苦5年，5年不曾回国，忍受1800多天的煎熬，只得到我不配留在美国的结局？"

朱盛庸的心仿佛被巨锤重捶。他立刻体会到好友的绝望之情。

失魂落魄跨越时空相遇，加重了他的沉重感。

再往下看。

忽然又见柳暗花明。

"就在我近乎绝望之际，我忽然发现我邮箱里躺着一封我竟然忽略了3天的邮件！是芝加哥大学在补录研究生，询问我是否有意愿去读社会学系的研究生？这无异于救命稻草！"

朱盛庸为老友担心的那颗心，又悠悠落入胸腔。

等等！

芝加哥？

那个犯罪率居高不下、臭名昭著的芝加哥？

| 第 4 卷 |

买新房 VS 存银行

第 76 章　购房和芝加哥的烦恼共通

回到家后,发现爸爸妈妈都还没有到家,朱盛庸坐下来仔细读李礼刚的信。

李礼刚的来信有三四页之多,并不是一蹴而就,而是有空就写几段。在信的前半部分,他还风趣幽默地记录在"金筷子"打工时遇到的人或事。

"金筷子"有位貌不惊人的服务生,他出国前居然是国家大剧院里拉大提琴的,来美交流表演时,深深被拧开水管里能流出热水所触动,演出结束后决定非法留美。

还有个沉默寡言的服务生,他出国前居然是北京某高科技研究所的研究员,极有潜力升为项目负责人,来到美国交流学习后,被路上的车水马龙和闪烁的霓虹灯迷住,想尽办法非法留了下来。

李礼刚为"金筷子"的卧虎藏龙深感震惊。

他一方面替那些高端人才惋惜,一方面嘲讽自己正步人后尘,居然五十步笑百步。

写这些的时候,李礼刚一定对那两家上市公司的面试抱有极大期待,所以字里行间细腻而温润。

经历过面试被拒的悲情吊打后,芝加哥大学的研究生录取书有效地安慰了李礼刚。李礼刚在美那么多年,如何不知道芝加哥的名声?

只是他如今已经走投无路。去芝大,好歹是条明面上的选择。

朱盛庸连读两遍,听到门锁转动的声音,才将信放下。

李礼刚在芝大不仅要应付学业,还要继续努力兼职赚钱,难免要夜归。希望他在夜晚枪声时有发生的芝加哥，能平安无恙。

好在在美国，研究生只需要读两年。

将对李礼刚的揪心暂放一边，朱盛庸起身迎到门口。

"妈妈……"有点难以开口，但看到妈妈喝水也不住看手表的架势，知她还打着去楼下跟101业主交谈的心，再难开口，也得开，"冯嫣今天跟我说，她妈妈希望买新房。"

"什么？"朱妈妈愣住。

朱爸爸恰好此时归家。

朱盛庸眼睛一闭，又讲了一遍。

"××！那现在怎么办？"朱爸爸再次露出傻眼表情。

"101的房子暂时是不能买了。否则将来就算决定买新房，也没有钱了。"朱妈妈思忖片刻，下结论。

朱爸爸心烦意躁起来："人家下班专门跑过来，你们突然又决定不买了。这……你们自己下去跟101的业主说！"

朱妈妈看他一眼，想说这事谁事前也不知道，转念一想，多说多生气。将茶杯往小圆桌上一放，道："我自己下去就好。"

朱妈妈抬脚要走，被朱盛庸拉住。

"我去。"朱盛庸用不容争辩的声音说。

5分钟后，朱盛庸就打了来回。

朱爸爸好奇心难挨，率先问道："101业主生气了吗？"

朱盛庸摇摇头："他表示理解。正好还有别人约着来看房，我就回来了。"

朱爸爸似乎松了一口气。

朱妈妈嘴角浮现一丝冷笑："总把别人想得很坏的人，只怕一有机会就做坏人。"

没人接话茬。

买101房子的事，就这样戛然而止。

周末，朱盛中听说这件事后，又积极推荐起浦东的房子来。

朱盛庸思前想后，最终决定趁现在自己不上班，先看起房子来——反正闲着也是闲着。

冯嫣知道朱盛庸准备看新房后，心中喜不自禁。她第一时间打电话通知了爸爸妈妈。冯家父母也开心异常，连声夸赞女儿眼光好，确实没有看错人。

"哎哟,你听说唐骏的事情了吗?"冯妈妈在电话里跟女儿嘎起三胡。

"唐骏旅行结婚的事?"冯嫣好奇,还以为妈妈突然新潮起来。

"不是。是公司举行运动会,他投掷标枪,戳中别人人中的事。"

"天哪!怎么回事?"

原来是金山石化举行员工运动会,其中有个掷标枪的项目。正式开赛前,选手试投热身。

唐骏本不是选手,围观的他毫无敬畏之心,拿起一根就在那里投着玩。

他过于自说自话,没有按规范操作,在捡拾标枪的同事还没有安全回到起点之前,就迫不及待掷了出去。

标枪恐怖地击中一位同事的人中部位,当场敲掉了同事的一颗门牙,血淋漓地流满下巴。所有人都吓坏了。风度翩翩的唐骏也吓傻了眼。

还是唐骏的老婆第一个反应过来,急奔着喊医疗队,又去打了120的电话。

"那位同事……没死吧?"冯嫣听得心惊肉跳。

得亏唐骏这位纨绔子弟不精于锻炼身体,胳膊上的力道不大。可怜同事的门牙挡了一把,加上本能自我保护的反应,那位同事并没有性命之忧。

同事被救护车拉走之后,有人预测,人中是个重要穴位,标枪戳掉门牙,肯定深中人中,说不定直接戳中了脑仁儿,把人戳成了个瘫子。

好了,这下唐骏他们家要多养个植物人了。

闻讯赶来的唐骏妈妈听到"瘫子"两个字,当场就昏厥了过去;而唐骏爸爸,忍无可忍,一巴掌甩在了唐骏的脸上。

要说唐骏老婆真的算是女中豪杰。她护在吓懵了的唐骏面前,哭着大喊:瘫子也好,植物人也好,她和唐骏绝不逃避!愿意养一辈子!她不怪唐骏!除了受伤的同事,谁都不能打唐骏!

唐骏直接当众抱着他老婆的后背哭出声来。

"我做不到。"冯嫣听得戚戚然。

"唐骏素来放荡不羁,从小到大都是个闯祸胚。朱盛庸就少年老成,稳重很多。当初我嫌弃朱盛庸不冷不热的,现在想想,还是朱盛庸靠谱啊。"冯妈妈由衷道。

母女二人不隔心，她俩心知肚明唐骏喜欢冯嫣的事，偶尔话赶话，也会将唐骏和朱盛庸放在一起比较。

"就是太抠门了。其他还好。"冯嫣心里甜丝丝的。得知朱盛庸愿意言听计从买新房后，她立刻原谅了他的抠门。

"哎，你要这样想，他省下来的，都是你的。"

冯妈捂嘴笑。

"那位同事后来怎样了？"冯嫣不好意思妈妈说得那么露骨，于是扯走话题。

"还在医院里住着呢。听说满头满脸缠的都是绷带。怪吓人的。你爸爸琢磨着，抽个时间去慰问一下唐骏爸爸。唐骏爸爸气得高血压用药都压不住，人也躺下了。作孽哦。"

冯妈唏嘘了一阵子，觉得这个话题过于沉重，不愿意再聊下去。

母女二人重回买新房的话题，都觉得幸福未来，就在不远处招手。

第 77 章　观摩退休 5 年后的生活

当冯嫣母女觉得未来幸福正招手时，朱妈妈则愁云密布。

她在犹豫。

小儿子结婚，未来丈母娘提出要买新房。以小儿子的财力，当然不足以独自购买新房。她自己则面临退休，一旦退休，工资会大幅缩水，而眼下的物价又上涨得那么快……

拿出自己的积蓄供小儿子购买新房，她显然下不了这个决心。

她没有勇气将自己置身于绝望境地。

老父亲已经去世两三年，她的男人又是个空脑壳，她连个商量心事的人都没有。

独自默默发了两天愁，朱妈妈决定去拜访一下她的大姐姐。大姐姐学历比她高，这么多年又坚韧地独自拉扯大两个孩子，是个有主心骨的。

朱妈妈于某天早下班 2 小时，买了些吃食，去了大姐姐家。

大姐姐早在 5 年前就退休了。她的大女儿如愿离婚去了加拿大，始终没有传来再婚的消息。

不知道是孤单女孩在国外属于弱势力，难以结婚，还是被大姐姐隐瞒下了已经结婚的消息。

大姐姐的儿子已经从上海美院研究生毕业，进入于 1994 年多校合并的上海大学美术系任教。可谓外公的第三代中学历最高、最有成就的一个。

朱妈妈来到大姐姐家门口，敲门。

木质楼梯咯吱响起，楼上快步下来一个小年轻。小年轻本来已经路过朱妈妈身旁，突然又退了回来。

"阿姨你好。请问你跟你敲门的这户人家是啥关系呀？"小年轻彬彬有礼用上海话问朱妈妈。

朱妈妈出于对本地人的信任，脱口而出："她是我大姐姐。我是她二妹妹。"

小年轻挠了挠头："我是你姐姐家楼上的。我有些苦恼，应该也可以跟你说的，对吧？"

朱妈妈小紧张，摸不着头脑。

"你姐姐她收养了太多猫，又臭又吵。我们找她沟通过，她拒不理睬，而且连门都不肯开了。

"我们不得已，找了物业、街道，本意是想公允地沟通，解决问题。

"这下好了，捅了马蜂窝了。

"从此你姐姐晚上不睡觉了。她每天晚上都拿着竹竿捅房顶。

"她体力真叫节棍！毅力也超级顽强！这事都持续一个月了。我们正愁得没法。她一个老太太，我们也不好暴力相对，你说是吧？"

朱妈妈张口结舌，愣在那里。

"我看你是个文雅人，肯定是讲道理的。你做做好事，帮我们劝劝你大姐姐，好吧？"

朱妈妈后背一阵阵发冷，连忙答应下来："我一定，一定。"

小年轻离开后，朱妈妈将敲门的力道加大。敲了快 5 分钟，终于敲开一道门缝。

"丽达！是你呀！"大姐姐欣然开门，让朱妈妈进去。

外公当年在报社上班，多次听到同事们将"信达雅"三个字放在一起说，还说这是翻译的最高标准。于是，"信达雅"这三个字就在外公心里落了根。

可惜，听说这三个字的时候，大儿子已经出生并且取过名了，适时出生的大女儿便有了"盛丽信"的名字。其后出生的朱妈妈和小妹妹相应就有了"盛丽达""盛丽雅"的大名。

朱妈妈盛丽达进屋后,大吃一惊。

屋内拉着窗帘,灯光昏暗,诡异的猫眼重重,臭不可闻。

"姐姐!你不是最讲卫生的吗?"

"这些猫咪,从来没有吃过老鼠,很干净的!"

朱妈妈捏着鼻子,扯开窗帘,打开通向天井的门。一股寒冷但清新的空气流进室内,朱妈妈忍不住打了一个喷嚏。

"我怎么也想不到,你有一天会过上一屋子养二三十只猫的生活!我记得当年爸爸的保姆小叶养了一只猫,你说猫带这虫传播那疾病的,非要她把猫扔掉。"

大姐姐好脾气地望着朱妈妈笑,什么话也没有说。

朱妈妈打开天井门,有猫咪自行走了出去。见大姐姐没有反对,朱妈妈就将其他的猫也都赶了出去。

开窗换了一会儿空气后,暮色四起。

朱妈妈将窗户关上,讲起了自己的烦心事。

没想到,她话还没有说完,就被大姐姐打断。

大姐姐手捂心口,满脸痛楚。她也开始说她的儿子。

她的儿子考上了上海美院,又考了研究生,毕业后自己到上海大学找了份教师的工作。她的老同事们都羡慕她。

可是她没好意思跟任何人说,她这个研究生毕业自己找到工作的儿子,性情寡淡,天生向佛,读书的时候住校,毕业后住员工宿舍,不肯回来跟她住。

就连她央求他回来看看她,他回来也只是埋头看书。

她抢过一回他的书,他也不生气,但是会无声转身离开,此后差不多有半年没有再接她的电话。

"我的小毛比你家阿庸头年龄还要长6岁,可我的小毛一点结婚的意思都没有,连女朋友也不谈。要了人命了,老天是在惩罚我吗?"

朱妈妈想劝,又不知道从哪里下口。

亲友间传闻大姐姐嫁给大姐夫后,动辄闹得家里鸡犬不宁。

婆婆生病住院,重症也不能阻挡她外出旅游的计划;大姐夫病症初现的时候,她拼死拼活不肯拿钱出来给大姐夫治病。

过去的事实摆在那里,让朱妈妈开不了否认的口。

"老天要惩罚我到什么时候？什么程度？我的小毛该不会一辈子都不结婚吧？他老了谁照顾他？一想这些我就揪心！"

大姐姐嘤嘤啜泣起来。

朱妈妈从来没有见过这般柔弱无助的大姐姐。

朱妈妈抱着希望去找大姐姐，几乎是仓皇逃离大姐姐的家。一直快到自己家门口，才想起来，她压根没有替楼上的小年轻说过半句话。

回到家后，朱爸爸早就煮好了大馄饨。

大馄饨盛在碗里，用饭窠捂着，取出来吃的时候还热着。

朱爸爸又为她冲了一碗紫菜汤。吃着现成馄饨和热菜汤，朱妈妈终于慢慢缓过劲来。

"我大姐姐有些不对劲！"朱妈妈开口。随即将她养了二三十只野猫、晚上不睡跟楼上的人家怄气、听见敲门声也不开门、怀疑她儿子不婚是老天假借她儿子在报复她等等讲了出来。

朱盛庸靠在小书桌前看英文杂志，听了装作没听。

朱爸爸兴致盎然。他最喜欢家长里短了。毕竟别的事说了他也未必听得懂，就算是听懂也未必能发表正确意见。

"退休这5年，她就一个人关在一间屋子里，儿女都不在身旁，姊妹间怕吃亏也不肯走动，没病也闷出病了！"朱爸爸拿指关节敲击桌面，下结论。

"你说得有道理。"朱妈妈心有余悸道。

朱爸爸眼睛都亮了。纵观他的婚姻史，被朱妈妈肯定的时候可不多。

"等我们老的时候，可不能像我姐姐过得那么孤僻。"朱妈妈一边说，一边窥视一旁的朱盛庸。

第78章 女朋友又被他气跑了

听闻父母的谈话，朱盛庸不由脖子一缩。结果还是没有逃过波及。

朱爸爸洪亮的声音从背后传来："阿庸头！抓紧时间看房子！结婚后赶紧养小毛头！"

朱盛庸和朱妈妈一定想不到，扭转朱爸爸对粉黛沉迷的，居然是"看房"这件事。

朱盛庸在哥哥朱盛中的劝说下，决定去浦东看房。

朱爸爸本来每天都要去粉黛那里报到的，一见小儿子要去看房，担心他年轻容易被忽悠，于是决定同往做护法。

等朱爸爸陪朱盛庸看了几天楼盘后，抽空再去粉黛那里，吃惊地发现，粉黛已经找到了新的同情她的人。

粉黛找新的速度伤了朱爸爸的心，从此以后，晚上9点就再没出过门。

12月31日一过，日历翻过新一页，时间已经正式进入1997年。

元旦放假这一天，冯嫣来找朱盛庸，表情不太好。

"房子看得有眉目了吗？"冯嫣开门见山。

朱盛庸摇摇头。

"有那么困难吗？"

朱盛庸道："过去10天我和爸爸马不停蹄，几乎每天都外出看楼盘。我渐渐发现一个现象。"

"什么？"冯嫣被吸引，生气的意图不再明显。

"售楼小姐一天比一天热情，房价也一天比一天可以谈。福利分房的脚步并没有因为商品房降价而停下，我怀疑市场上新建的商品房供大于求，房价要下跌。"

冯嫣睁大眼睛，吃惊地望着朱盛庸，一脸的不敢相信。

朱盛庸显然误以为是倾慕，脸上露出谦逊的笑。没想到，冯嫣破口而出的是："你居然拿这种胡话来搪塞我？你还要脸吗？"

等朱盛庸想进一步解释的时候，冯嫣拿坤包砸他一下，并快速伤心地奔跑着离开了。

朱盛庸要去追，对面咆哮着开过来一辆摩托车。朱盛庸只得先横向避开。摩托车急刹车，橡皮轮胎摩擦地面，发出刺耳声音。

坐在摩托车上的青年将头盔一摘，露出灿烂笑脸。

"马骏？"

"看看我带来了谁？"

朱盛庸这才发现，马骏后车座上还有一个人。

马骏半转身，温柔地帮身后的人摘下头盔，露出刘流有些难为情的青春笑脸。

"刘流？"朱盛庸来回看刘流和马骏。

都不需要明察秋毫，这俩人之间流淌着瞎子也能感受到的暧昧。

"你们——"

马骏抢过话头，明确道："我郑重向你介绍，这是我女朋友刘流！"

"你——"朱盛庸转向刘流。

哥哥不是说过，她志向在移民，绝对不可能被马骏追上的吗？

现在好了，他内心充满了沸腾的矛盾。

本来马骏好与坏，跟他都没有关系。马骏把人生过得多随意，也都跟他没有关系。

马骏和他是两个独立的个体。

一旦牵涉进刘流，他就没有办法再风轻云淡地看马骏作天作地。

"这家伙——"朱盛庸刚要开启吐槽马骏的模式，转念想到，小表妹刘流可不是大表妹刘熙！

刘熙温柔、善良、乖巧、懂事，值得保护；而刘流调皮、腹黑、冷情、逃家，自带自保能力。

对了，刘流从小到大，几乎没有正经喊过他一句"小哥哥"。

马骏和刘流，某种程度上不分伯仲。他俩谁祸害谁，还真说不定。

而且，以两个人都没长性这一点看，兴许只是谈个新开茅厕三天香的短暂恋爱而已。他又何必较真。

"行啊。恭喜。"朱盛庸硬生生扭转话语。

马骏开心到不行，紧紧拥抱住朱盛庸。他在他耳后，激动地小声说道："我真的太开心了！"

朱盛庸可开心不起来。不光是嫌弃马骏这个希尔顿的门童配不上在希尔顿大办公室拥有一张办公桌的小表妹，还因为被马骏一搅和，他来不及追冯嫣了。

"你们自己上楼吧。我出小区看看。"总被女朋友闹别扭，朱盛庸有些羞于出口。他用"出小区看看"替代"追生气跑开的女朋友"。

刚要抬脚，就见马骏拉风地跨上摩托车，刘流也默契地骑坐上去。

"不上去了。我就单纯过来炫耀一下我女朋友。哈哈哈。你发现没？我换了新摩托。雅马哈。哈哈哈。"

马骏抛下一连串的"哈哈哈"，一阵风一样旋走。

朱盛庸目睹俩人熟稔默契的坐姿，心里生出似有若无的羡慕。他和冯嫣，最初也曾这般单纯纯粹。

朱盛庸快步走到小区门口，哪里还看得到冯嫣的身影。

低头丧气地站了一会儿,他转身回家。

躲在沿街商铺玻璃窗内的冯嬷,手搭遮光棚,看到马路对面的朱盛庸没怎么寻找,很快就折身回家,心都要碎了。

她哭哭啼啼,又要忍不住给林青青打电话了。

"嘤嘤嘤。那个坏蛋,他骗我!呜呜呜。他根本没有诚心要买婚房……现在我该怎么跟我妈妈交代?"

林青青的声音始终那么平稳:"他自己怎么解释?"

"他说他发现新房供大于求,房价在下降!这不是胡扯吗?凭他看几天房就能发现市场趋势?他以为他是谁呀?"冯嬷因为愤怒而精神起来。

"呃。"

"连你也无法帮他说话了,是不是?他就是摆明了在欺负我!他以为我非他不嫁吗?"

"冯嬷!"林青青打断冯嬷道,"你听说过墨西哥金融危机吗?"

"什么?"

"墨西哥金融危机。两年前,具体来说,是1994年底至1995年春,墨西哥发生金融危机。当时的情况是——"

冯嬷诧异地打断林青青:"你突然跟我说这个干什么?"

"你耐心听我说下去。当时墨西哥的情况是进口增长过快,出口上升缓慢,项目逆差扩大;汇率贬值,外汇储备锐减;金融机构经营困难;国内利率上升,物价上涨、经济下滑。去年,泰国也已经出现以上种种征兆。"

"什么意思?跟我有什么关系?"

"外国短期资本大量流入泰国房地产、股票市场,泡沫经济膨胀,银行呆账增加,泰国经济已显示出危机的征兆。"

"又怎么样?林青青你到底想说什么?"

"唉。算我没说。也许是我太敏感,也许是我想太多。"

冯嬷两眼上翻,完全不能理会自己的精神支柱想说的是什么。

第79章 青浦东大门

冯嬷破天荒在林青青那里没有找到安慰。她很想向妈妈第一时间汇报朱盛庸这里发生的变数,又觉得前些日子被妈妈吹捧上了天,一时半会儿没脸说。

思前想后,唯有继续做朱盛庸的思想工作是上策。

朱盛庸对房价下滑的直观感受,很快从哥哥朱盛中那里得到证实。

"妈妈!我肩膀痛死了!爸爸,你力气大,帮我揉一下!"新的周末到了,吃白食的朱盛中一到徐汇父母家,就大呼小叫起来。

"怎么回事?"朱妈妈紧张地问。

"最近房地产广告多起来。我在公司加班,好不容易下班到朋友公司继续加班。天天晚上熬过12点。两只胳膊都快不听使唤了。"朱盛中抱怨中带着自得之色,想来是没少赚钱。

"年底是做房地产广告的好时间?"朱妈妈给长子端了一杯刚煮好的红枣茶。

朱盛中摇摇头:"以前都是卖得贵的,或者地方偏僻的才做广告。现在不知怎的,大家都流行做起广告来。"

朱盛庸听得眼睛一亮:"因为卖不动,所以才做广告!"

他鲜少激动,这一嗓子,成功吸引全家人的注意。

兰婷望着朱盛庸,思考状:"哎,好像说得通哎。卖得动谁还花钱做广告?老公,这么说你赚钱的好日子来了!"

"是我们!老公赚来的,就是你的。"

朱爸爸不舍得放弃给儿子按摩,又不甘心看他们俩你侬我侬,于是暗戳戳怀恨在心地加大手上力度,惹得朱盛中哎唷直叫。

朱盛庸从哥哥这里得到侧面证实房子不好卖了之后,立刻前嫌尽弃,给冯嫣打电话——冯嫣在父母鼓励下买了款摩托罗拉"掌中宝"。

这款手机在国内市场风靡一时,销量卓越,奠定了摩托罗拉翻盖手机的地位。

朱盛庸为此还跟冯嫣发生了一场争执。这是两人相恋多年,朱盛庸为数不多先挑起争执的一次。

朱盛庸认为冯嫣不应该花5000多购买一部手机。

而冯嫣认为这款手机的售价比最初的一万块一台已经便宜了一半,既然她买得起又用得起,又想买,为什么不能买?

"不能因为买得起就买。买不买要看是否需要!"

朱盛庸的这些话,冯嫣如何听得进去。在她看来,朱盛庸是在无事生非,好逃避在买手机这件事上他未曾出力的事实。

接电话也要收费，冯嫣在电话里声音很匆忙："要不我们见面说吧？"

不见面还好，一见面，话没说两句，冯嫣又控制不住地飙高了声音："合起伙来骗我是吧？先是你的直觉，再是你哥的间接证据，接下来就是你爸妈从什么领导那里听到消息了是吧？有意思吗？还要脸吗？"

朱盛庸瞬间憋红了脸。看得出来，这回他真的动怒了。

冯嫣已经做好了撒泼对骂的准备，她夹在妈妈的期望和男友的不争气之间，受够了夹心饼的委屈，索性痛痛快快对骂一场，好歹也算死马当活马医。

然而朱盛庸还是克制住了。

他咬着唇，脸红了又变白，眼睛从愤怒变冷漠，默默看着冯嫣，在冯嫣猝不及防的时候，决绝地转身大步走了。

他走得那么快，一点等她的意思都没有。

冯嫣知道自己可以追上去，拉扯住他，打他骂他，同时她也知道，无论她怎么折腾，注定得不到他的任何回应。

最好的做法，是什么都不做，至少能保住自己的自尊。

朱盛庸铁青着脸回到4楼的家。

不善于察言观色的兰婷发问："冯嫣呢？她没跟你一起上来？"

朱盛中宠溺地拍一下兰婷的头："傻啊你，没看到阿庸头脸都气变形了？"朱盛中转向弟弟，"他们俩最近怎么回事啊？就下楼去公交车站台接人这么点时间，也能见缝插针吵一架，为了什么事啊？"

朱盛庸颓废地坐下来："她不相信我。"

兰婷支棱着耳朵，认真倾听，过了十几秒才发现，朱盛庸的讲述早已结束。

朱妈妈没说话。

朱爸爸想说又不知道该说什么，只好唉声叹气。

在和冯嫣的冷战中，朱盛庸开始了去韩国现代电子公司做英文客服的职场新征程。

这家韩国现代电子公司坐落在青浦区徐泾镇工业开发区。

徐泾镇位于上海中心城区西郊，与虹桥国际机场的距离约为6到8公里；同时，徐泾镇是318国道的起点，境内有连修3年、投资近4亿的沪青平一级公路。

作为上海整体开发起步最早的远郊新市镇之一，徐泾镇还是青浦区经济和社会发展的龙头乡镇。

据说韩国现代电子公司作为当时的高新技术企业，于上海注册时，之所以选在徐泾镇，正是看中了它距离虹桥国际机场近的优越地理位置。

韩国现代电子公司在徐泾镇建厂落地时，上海还只有虹桥一个国际机场。

相比上一份工作要去徐家汇坐班车，这一份工作只需要出家门走50米就能坐上班车。

朱盛庸跟司机打了个照面，自我介绍后，走到了客车中后部。还没有找到理想座位，就看到一双小鹿一般的黝黑发亮的眼睛。

当时路灯还亮着，四周还暗着，客车还晃着，猛然看到那小鹿一般的眼睛，心都漏跳了一拍。直觉觉得自己是在做梦，还没有睡醒。

司机踩了油门，车往前开动。

朱盛庸不提防，连忙退两步维持平衡。

有着小鹿眼睛的面孔轻笑出声，一个酣甜的嗓子笑道："你好像迷路了。"

朱盛庸腼腆地笑了笑，赶紧随便找了个座位坐下来。

窗外的街景成片地飞过。

朱盛庸长这么大，好像第一次听到心跳跳得这么快，这么有力。

走走停停坐了50分钟的班车，天光渐渐亮了，心跳也渐渐恢复正常了。

班车停泊进一个厂区，打瞌睡的打工人陆续起身，下车。

当朱盛庸下车时，一缕阳光刺破乌云，斜照过来。有着小鹿眼睛的女孩一甩长发，正好朝后看了一眼。

是一个相当清瘦、相当可爱的女孩子。

她回头时舒展的笑脸，绽放在明亮的阳光里。

第80章　富豪"乡下人"

面对那张舒缓明亮的笑脸，朱盛庸刻意移开了目光。

再惊艳，他也没给自己心动的机会——尽管冯嫣总是找他麻烦，甚至触碰他最在乎的"信任"底线；尽管他已经开始重新思考他和冯嫣是否合适，有无必要再继续。

跟市区里看惯的高楼不一样，郊区的厂房是低矮的，厂区里的办公楼也不过两三层。朱盛庸顺着人流走向那三层白色建筑，到前台那里登记，被安排进一个会议室。

还没有来得及充分打量这间会议室，会议室的房门推开，走进来一个年龄跟他相仿的年轻人。

年轻人友善地朝他笑笑，开口跟他说话。

他硬是没听懂。只模糊知道年轻人仿佛介绍自己叫林彬。

这让自称上海话为母语的朱盛庸很汗颜。他是上海人，可是听不懂青浦话。

察觉他的尴尬后，林彬立刻换上普通话："不好意思，下意识以为你是我们青浦本地人。"

朱盛庸笑着点点头。

"没想到上海市区的上海人也会到我们青浦来上班。"林彬露出憨厚的笑容，"有点像绕口令，但你一定能明白我的意思。"

朱盛庸只好再次笑笑。

当年他执意从金山跑回上海市区，就是因为不想在"乡下地方"待；没想到，工作两年半后，又主动来到另一个"乡下地方"。

"那么，来这里做英文客服的又是哪里人呢？"

"在上海读大学的外地人呀。"林彬脱口而出。

朱盛庸瞬间意会。外地人是比乡下人更乡下的人。

对朱盛庸来说，这是个尴尬的话题。他假装咳嗽，回避再谈论下去。

林彬快快活活地发给朱盛庸一个表格，请朱盛庸配合填写，好做员工档案。朱盛庸本想发难，问他，这些信息在个人简历里都有，为什么还要再填写一遍。

就是想到林彬这样笑得像弥勒佛的年轻人会回他"不好意思，请理解配合一下"，才又懒得开口。

林彬没有离开的意思，他坐在朱盛庸的旁边，侧身对着填资料的朱盛庸道："你要入职的客服部，部门领导很强势的，是个澳大利亚籍的青浦人。你听说过投资移民的事情吗？"

朱盛庸一边填表格，一边心里打退堂鼓。

新同事的画风很不对啊。

东拉西扯到底想跟他说啥？

"我家本来就在咱们厂区东餐厅那个区域。"林彬转头向窗外,眼睛和嘴角里全是笑。

朱盛庸余光瞥见那闲适的笑,反而觉得脑子里一紧。

直到当天下班,在回程班车上,朱盛庸才恍然大悟,成功将关于林彬的一切穿成串!

韩国现代电子要在徐泾建厂,势必要圈地。圈地就要赔款。林彬自言他家原本就在厂区餐厅区域,说明他家是拆迁拿了赔偿款的。

郊区农民不仅有宅基地,还有农田。要是林彬家有农田,又恰巧被征收,那是有底气问一问"投资移民"的事情了。

朱盛庸两眼大睁,陷入恍惚:原来自己默默嫌弃的同事,竟然是隐藏款富豪。身为上海市区人的那点优越感,顿时荡然无存。

还好,他从一开始就没拿"上海市区人"当回事,否则真要失落了。

回到家后,朱盛庸迫不及待跟爸爸讲起上班第一天的见闻。父子俩正感慨说笑间,朱妈妈下班回来了。

她神色看上去比平常更严肃——平常她就是个不太爱笑的人。

"阿庸头,今天冯妈妈往我办公室打电话了。"

朱盛庸惊愕地望过去,一是不明白冯妈妈为什么要打电话;二是不明白为什么要往办公室里打电话。家里不是有电话机的吗?

"哦。是先往家里打的电话,她说的那些事情我也听不明白,就把你妈妈的办公室电话告诉她了。她们女人之间好说话。"朱爸爸解释。

"冯妈妈说,你跟冯嫣因为婚房的事情在闹别扭?"朱妈妈直视着朱盛庸。

朱盛庸点点头,随即又摇摇头。

自从冯嫣一再冲着他喊他"骗子",事情已经变了味,他首先思考的,已经不是婚房,而是是否还有必要结婚。

"我仔细想了想,凭你一个人的力量,是没有能力购买婚房的。我跟你爸爸手里有笔5万块的存款,我们免息借给你,加上你本来就有的小5万,凑够10万首付,再用你爸爸的工龄低息贷款。这样一来,你买房压力就会小很多。我想了一下午,这是我能想出来的最周全的计策。"

朱盛庸默默地听着,心里五味杂陈。

"只是,这样做的话,购房的经济压力是小了,却延伸出了其他问题。之一是房产证上要加你爸爸的名字;之二是暂时没钱办婚礼。这两个问题，你需要跟冯嫣商量。"

朱爸爸脖子一梗，眼睛一瞪："我们自己的钱买房，想加谁的名字加谁的名字，为什么要跟她商量？"

朱妈妈懒得跟朱爸爸多说话，只对着朱盛庸道："好在你们才毕业两三年，才二十三四岁，还早，再过两年结婚也不算晚。你觉得呢？"

朱盛庸抬起头："妈妈，我觉得我和冯嫣不合适。"

此言一出，家里气氛肉眼可见地发生了变化。

朱爸爸嘴巴张得舌头都露了出来。

朱妈妈直接跌坐在椅子上。

她手无助地撸了撸头发，语气颓然道："冯嫣妈妈之所以打电话给我，就是担心你们小年轻说话一个比一个冲，谁都不肯向谁先低头，话赶话，说的都是气话，把简单问题复杂化。

"一开始我还觉得她小题大做，现在一听你这话，才明白不是她杞人忧天，而是你什么都不肯跟我说，我什么都不知道。

"你现在准备告诉我，你们俩之间出了什么问题了吗？"

那天朱盛庸从哥哥朱盛中私活大增推算出房子滞销，不计前嫌打电话给冯嫣，冯嫣听他声音愉悦，以为买房子的事情有了转机，欣然表示接电话的电话费太贵，想当面聊。

朱盛庸下楼去公交车站上接冯嫣。

一见她就迫不及待将哥哥的佐证讲给她听，本想劝动冯嫣看看行情再决定是否下手买房。

哪知，冯嫣一听，就柳眉倒竖，怒不可遏，一口咬定是朱盛庸伙同哥哥联手骗她，还在公交车站台破口骂他是个"骗子""不要脸"！

朱盛庸胸中翻滚着汹涌的怒意，冯嫣扭曲变形的五官印在了他的瞳孔上，也印在了他的心里，他无法说服自己跟冯嫣心平气和地讨论，更不愿意在大庭广众之下跟她争吵，只能隐忍内伤，转身离开。

他铁青着脸回到楼上，兰婷问他冯嫣怎么没有跟着上来，接着问他发生了什么事。

他回"她不信任我"之后，就不肯再说什么。

见惯他和冯嫣闹别扭的哥哥嫂嫂，没再追问。

朱爸爸和朱妈妈甚至不知道有这段插曲。

第 81 章　主和派组局

面对妈妈的询问，朱盛庸扼要讲了过程。

"唉，"听完，朱妈妈叹气，"跟冯嬷妈妈预料得差不多，她说她跟冯嬛打电话，冯嬛闷闷不乐，问又不说，就猜你俩沟通出了问题。阿庸头，就为小姑娘的一句话，你就气到要分手？"

朱盛庸拧起眉毛："那不单纯是一句话，那是一种想法。她内心不信任我。没有了信任，就没有一切。"

朱爸爸努力分辨其中的是非，显然，他无法理解小儿子。

"人气急了什么话都会说的。没必要在意。"他试图打圆场。

"这就是一种信号！表明她不信任我。既然不信任我，为什么还要结婚？等着以后像你们一样大吵三六九，小吵天天有吗？"

"我跟你妈妈可没有那么吵，是你哥哥和嫂嫂经常吵。"

"是了。你跟我妈妈之间是一年 365 天，差不多有 300 天在冷战。我绝不过像你们这样的婚后生活！既不要过吵架的，也不要过冷战的！"

小鹿眼睛和光束中的灿烂笑脸在他脑海中一扫而过，马上被他有意识地挤了出去。

"行了。"朱妈妈手托额头，痛苦地摇着头，"冯嬛也没有什么坏心眼，她就是比较听话。她妈妈说结婚要买新房，她就催促你买新房。你说的房子滞销什么，她听不进去也正常。就按我说的来，不管房子要降价还是要涨价，咱们刚需，该买就买。"

朱妈妈一锤定音。

朱爸爸虽然心痛银行账户里好不容易攒下的 5 万块存款，好在是给自己儿子，忍忍痛劲就过了。

朱盛庸心里有些乱，他的本意是坚持自我，可毕竟年轻，妈妈拍板钉钉的气势压制住了他。

"有一点，你要跟冯嬛谈清楚，我们家实力就这些，能做的就这么多了，不要再节外生枝，提更多要求……唉，这话也难说出口，算了，不说也罢。买了婚房，攒一年钱装修；再攒一年钱预备办婚宴，就算完成婚姻大事了。"

朱盛庸目光移向窗外。

这是一年最冷的时候。天灰秃秃,阴沉沉,空气仿佛凝滞。

在双方父母的暗中撮合下,周六,冯妈答应来朱盛庸家吃午饭。

为了营造热闹的气氛,朱妈妈还特意叫上了长子朱盛中和兰婷——单双周轮流,这周小夫妻本要去兰婷父母家。

兰婷脸上涂得雪白,画着棕色的眉毛,抹着粉红色的眼影,涂了大红色的口红,穿着胭脂色的面包棉袄。全身上下簇新。

朱爸爸打开门猛然看到兰婷,骇了一跳。

他快速折身往自己卧室走,拦着要出卧室迎接的朱妈妈道:"你做好心理准备,你大儿媳妇画得跟妖精似的。"

朱妈妈瞪朱爸爸一眼,出门笑盈盈面对先到的长子夫妇。蓦然看到兰婷,心里也吓了一跳,好在有朱爸爸提醒在先,她不动声色地消化了惊讶。

朱盛中和兰婷在门口,也即厨房间换鞋。

兰婷不知别人的心理反应,自我感觉超好。

他们这次来,还带来一大包俩人淘汰下来的衣服。

朱妈妈接过那一大包衣服,打开看了看,发现成色非常新,其中一个甚至没有摘掉衣牌,忍不住道:"你们也太浪费了吧?"

"妈妈,你猜,上个月中中赚了多少钱?"兰婷岔开话题,喜不自禁地问道。

"多少?"

"你猜嘛。"

朱盛中总是抱怨老板龟毛,周扒皮,只肯开给他"很少"的工资。朱盛中口中的"很少",在朱妈妈眼中已经算巨多了。连工资带提成,2400块呢。

但见兰婷如此高兴,肯定不止2400块。

"3000?"

兰婷噗哈哈夸张地笑起来,笑得前仰后合,眉飞色舞:"妈妈!你猜得太少啦!中中上个月赚一万八千块!"

"多少!"卧室里的朱爸爸冲出来,颤抖着声音问。

"你们没有听错!一万八千块!"兰婷骄傲地大声宣布。

朱爸爸惊喜地气都出不均匀了,他自己傻笑起来,如痴似癫,过了一会儿,才回过神:"好呀。有钱了,可以考虑养小毛头了。"

兰婷许久以来第一次正眼看朱爸爸，她眼里冒出热切的光，将灼热的目光从提出提议的朱爸爸身上移到朱盛中脸上。

朱盛中本来喜形于色，忽然脸色一沉："这才刚开始！我正准备撸起袖子大赚一场。你们这群小富即安的人，不要拖我的后腿啊。"

兰婷的目光跌了个狼狈的跤，默默将求助的目光投向朱妈妈。

朱妈妈不负所望，挺身而出："你该怎么撸袖子怎么撸，怀孕的人是兰婷，又不是你。"

兰婷连忙点头不止。

朱盛中轻轻拍了一下她的脑袋："没怀孕你都娇气成这样，怀孕了还不是要作天作地？到时候仗着肚皮大了，要挟我留家里陪你，我还怎么一展宏图？"

兰婷被他说得低下头去。

她的失落，他不是没有见过，只是他不为所动罢了。

她还曾变着花样向他再三保证，表示千难万难都会自己扛，扛不动了找妈妈，找婆婆，绝不麻烦老公。可他还是不肯松口。

到底为什么中中不肯要属于他们的爱情结晶？

果真如婆婆所说害怕新生儿遗传哮喘？

兰婷咬了咬后槽牙，重新抬起头，用无所谓的表情朝大家笑，率先走进兼职客厅，并悄悄用毛衣袖子擦了一下眼角。

"冯嫣还没有到？"她问。声音大得有些不自然。

"没有。她昨天晚上打电话，问阿庸头今天什么时候方便去接她？阿庸头说不想去。也不知道他们最后谈得怎么样？我甚至不知道今天冯嫣还来不来。"朱妈妈边说边摇头。

"问我弟弟啊。"朱盛中开口道。

"你当我想不起来问吗？阿庸头倔起来跟你们外公一式一样。我问了，他先是不吭声，被我问急了，就回我一个'不知道'。"

"我弟弟呢？"朱盛中环顾一圈，没看到朱盛庸，问道。

"去邮局给李礼刚寄信去了。"

没多久，寄信的朱盛庸从外面回来了。

朱盛中决心借机彰显自己卓越的沟通能力。

为了增加胜算，他决定迂回。

"李礼刚最近在美国过得怎么样？"

果然，朱盛庸脸上神色活跃很多："他春季开学要去芝加哥大学读硕士了。"

"犯罪之城芝加哥？"

第82章 劝说朱盛庸和解

朱盛庸忧心忡忡点点头。

兰婷歪着头问："芝加哥为什么叫犯罪之城？"

她不看时政新闻，亦不爱看欧美电影。美国50个州，能说出5个的名字就不错了。

兰婷无心提出的问题让兄弟俩同时谈兴大发。

"黑人数量高啊，占芝加哥总人口的近40%。

"不是种族歧视，而是历史原因，黑人普遍教育普及率低。

"你想啊，老一辈靠坑蒙拐骗、拦路抢劫过生活，下一辈有几个能出淤泥而不染？"朱盛中侃侃而谈。

兰婷不住点头。

"这里面还有更具体的历史原因。

"美国曾经发布过禁酒令。国家不让卖酒，可是人们喝酒的愿望不会因为禁酒令而消退。

"有需求，就有买卖。

"为了更广更高效地贩卖私酒，黑帮迅速发展壮大。等到禁酒令结束的时候，芝加哥的贩酒黑帮已经势力庞大，只手遮天。

"同时期，因为禁酒令，美国各地都有类似的贩酒组织存在，但是像芝加哥黑帮这样的，没有随着禁酒令取消而消退，反而越演越烈的，几乎没有。芝加哥独一份。

"禁酒令取消后，不能贩酒赚钱，他们就转行干绑架、抢劫，总之，继续抱团为非作歹。"朱盛中摇头晃脑。

兰婷点头不止。

"美国工人运动时期，资本家想利用黑帮压制罢工工人，结果反被倒咬一口。从那以后，芝加哥的黑帮开始介入当地经济、政治，正儿八经成为一股势力。"见哥哥停下，朱盛庸又补充道。

"我弟弟说得对，总之，经济好的时候他们和企业家对着干；经济不好的时候他们和所有人对着干。因为有他们，芝加哥的治安情况相当糟糕。"

兰婷一会儿冲这个点点头，一会儿冲那个点点头。

兄弟俩高谈阔论，朱爸爸不时将做好的点心端进来放在餐桌上。

客厅里气氛融洽极了。

在厨房里竖着耳朵倾听的朱妈妈终于忍不住了，借着送小蜜橘的机会，不住地向长子使眼色。

聊嗨了的朱盛中这才想起自己迂回话题的初衷。

"啊，阿庸头，冯嫣今天中午过来吃饭吗？"

"不知道。"朱盛庸回得很干脆。

朱妈妈微妙地撇了一下嘴。

兰婷赶紧捂嘴巴，以免暴露笑意。

"你自己的女朋友，你怎么能不知道呢？真不知道你就打电话问。冯嫣有手机的呀。"

"谁想知道谁问。"朱盛庸字句简短。

"你是她男朋友，你为什么不想知道？"

"她不信任我。"

朱盛中倒吸一口冷气，无语凝噎。

朱妈妈无声叹口气，假装轻松道："我想知道，我来打这个电话。"

朱妈妈给冯嫣打电话，嘟声刚想，就被冯嫣接了起来。可见冯嫣是等在手机旁的。朱妈妈撒了个不算谎言的谎言，说朱盛庸现在不方便打电话，她来打个电话，问问冯嫣几点到，她好酌情烧菜。

冯嫣很感动，主动把矫情放下，表示一个小时后就能到。

朱妈妈挂上听筒，手按在朱盛庸肩头。

对于他们母子二人来说，这种级别的肢体接触，已经有多年不曾发生。幼年时团在她膝头的孩子，不知不觉，在长大的过程中，也脱离了她触手可及的范围。

就算是生活在同一个屋檐下，她也好久好久没有碰触过他。

"阿庸头，不要再生闷气了。冯嫣跟你谈了这么多年，你怎么能因为一句话就否定她？阿庸头！"

不知道是朱妈妈放在他肩头的手，传递了语言无法描绘的温情，还是朱妈妈口中的话打动了朱盛庸，倔强的他，竟然松口点了头。

朱妈妈激动得眼中升起泪花,想说点什么,目光扫到长子大睁着眼睛望着她,又忽然说不出了。

情感沸腾得很隐秘,消散得也很婉转。

一个小时后,冯嫣来了。

跟她同来的,还有马骏和刘流。

"我们正好在小区门口碰到。"冯嫣柔声解释。

"二姨妈好!二姨父好!二哥哥好!小哥哥好!"太阳打西边出来了!以前见人大多闷声不响的刘流,此刻嘴巴又甜又有礼貌。

马骏抱了俩头盔,笑得甚是得意。

"我以后来蹭饭,是不是理由更充足、更强大了一些?"马骏挑着眉毛哈哈哈大笑着问,余光不住跟着刘流身影转动。

很明显,他是在得瑟。以前他只是朱盛庸的同学;现在,他还是朱盛庸小表妹的男朋友。

马骏比任何时候看着都精神,人也正气很多,变得站有站样,坐有坐样。以前动辄叼在嘴角的烟,此刻也不见了。

朱盛庸暗自稀奇,完全没想到,浪子马骏居然被一场爱情治愈了。

"我从希尔顿辞职了。"

朱盛庸还没有感慨完,就听见马骏张口来了这么一句。

朱盛庸噗了一口气,有点懒得搭理马骏。

马骏自己说得挺嗨:"我现在可不比以前,以前是一个人瞎胡混;现在则是有了明确的奋斗目标,我,马骏,要带刘流出国!"

刘流咯咯笑起来。她像看英雄一样看着马骏。

冯嫣下意识翻了个白眼。

朱盛中呵呵一笑。

朱盛庸直接当没听见。

只有兰婷,很认真地问:"去哪国?"

"还没有想好。"马骏很认真地回答,"本来可以借我父母的力,但我前面折腾得太厉害,有点伤了他们的心,需要给他们点时间缓一缓。眼下我先自己找门路。"

朱盛庸他们几个同龄人冷眼旁观,刘流却全然信任的样子。她用纯净的眸光,充满期待地全情注视着马骏,马骏不知不觉,后背挺得更直了。

就在所有人都不搭话的尴尬时刻,只听马骏又道:

"我的一个一同留日的同学,要去丹麦。我跟他打听去丹麦的事,他跟我说,是他的一个美国亲戚帮他办的。

"这位美国亲戚是做牛仔裤的,正好要在上海建厂。

"我同学说要把我引荐给他的美国亲戚,让我暂时帮这位亲戚工作一阵子,等上海的牛仔裤厂稳定下来,再让他的美国亲戚帮我办出国的事情。

"我想这是条路子,就把希尔顿的门童工作给辞了。"

所有人看向马骏的目光,都充满了惊讶。

第83章　三个字的魔力

跟以前"太远了影响睡觉""太累了不想干""太无聊不高兴"之类的辞职理由相比,这一次的辞职理由显得冷静又理性,简直颠覆马骏从前的浪荡形象。

"你们……干吗都这么看着我啊?"马骏反问。

当着小表妹刘流的面,大家不好意思戳破马骏的新伪装面目。

朱爸爸、朱妈妈精心准备的午饭涵盖上海传统家常菜:盐水毛豆、炒青菜、炒花菜、烤麸、熏鱼、干煎带鱼、红烧大黄鱼、炒虾仁和朱爸爸最爱的腌笃鲜。

这桌下了老本的午饭,本意是促进朱盛庸和冯嫣和好,现在看,倒是便宜了马骏。因为当晚就要会同学介绍的美国亲戚,马骏心情大好,吃了不少。

刘流哆哆的,笑得眉眼弯弯。打招呼过后,话还像小时候一样少。

冯嫣听马骏说东说西,渐渐地,倒也淡了与朱盛庸赌气的心。

朱盛庸帮冯嫣盛了一勺虾仁,冯嫣心里一暖,赌气成分又减了三分。

午饭过后,年轻人凑在一起说笑,打牌,热闹得很。

下午3点多,马骏带着刘流离开。

走之前胳膊夹着头盔,跟朱盛庸挥手:"我要去和平饭店见未来老板去了,祝我好运!"

马骏和刘流走后,兰婷借口看隔壁房间午休的朱盛中,很少如此有眼色地也离开了。

朱爸爸和朱妈妈在厨房间忙碌。

房间里只剩下朱盛庸和冯嫣。

关于婚房的谈判，就要开始了。

朱盛庸望着冯嫣，冯嫣穿着米白色的高领羊毛衫，衬托得面庞如玉，唇红齿白，眉眼如星似黛，柔顺的乌黑长发拢在耳后，看上去温柔而美好。

冯嫣很漂亮。这一点毋庸置疑。

"我去青浦上班之前，在浦东张江看中一套房，小区环境很好，虽然四周还是农田。差不多2000一平方米，面积从70到120平方米不等，有五六个户型可选。"朱盛庸先开口，"你有空时我们可以一起去看看。"

冯嫣忽闪着眼睛看着他，嘴角弯弯，微笑着点头。

"冯嫣，我可以现在就买房，但是我必须声明，"朱盛庸话锋一转，不吐不快道，"我真的相信目前房子供大于求，房价会降！我预判如此，绝不是借此逃避买房。时间会证明我不是个骗子！"

冯嫣听得措手不及，快速别过脸，双眸里蓄满泪水："你说这些，是留着将来埋怨我吗？"

"什么？"

"将来好埋怨我、指责我，说，喏，我说要等一等吧，你非要立刻买不可，结果白花一大笔钱……你是想靠这个数落我、抢白我、好让我在你面前一辈子抬不起头吗？"

朱盛庸眉头渐渐拧起来，他仿佛第一次认识冯嫣，疑惑地打量起冯嫣来。

冯嫣看上去还是那么美好，只是，朱盛庸的目光似乎有了穿透力，直接透过美丽的皮囊注视到冯嫣敏感、多疑、悲观的内心。

"你竟然这么想，我很意外。我本意只是想证明我不是你口中的骗子。"朱盛庸平静中夹着失落。

冯嫣转头向朱盛庸，泪水因转头动作而滚落，看上去楚楚可怜："你既然买得这么不心甘情愿，又何必委曲求全？"

朱盛庸直视着她，等待她下一句话。

"既然你认为房子滞销，肯定会降价，那就等到房子降价后再买吧。至少你无怨无悔。"

朱盛庸纹丝不动，努力分析，不确定这是冯嫣的气话，还是真话……哦，不，肯定不是真话。可，到底是她妥协了，还是她破罐子破摔表示要分手离场呢？

朱盛庸吃不准，因此目不转睛地盯着冯嫣。

冯嫣擦了一把眼泪。眼泪像是细泉，怎么也擦不完。

她昨天接到朱盛庸请她来家里吃中饭的邀约后，给妈妈打过电话。

妈妈叮嘱她原则可以坚持，但态度一定要柔软。婚房、婚礼都是一道坎，谈崩的大有人在。可该谈还是要谈，"至少可以借机检验他爱你的程度"。

想到这里，冯嫣泪水盈盈地问朱盛庸："你爱我吗？"

朱盛庸被问得一愣，张口结舌在那里。

"你爱我吗？"冯嫣又问一遍，泪水近乎滂沱。

朱盛庸被泪流的气势吓到，点了点头："爱。"

差点就想说"爱过"，还好话到临头，理智降临。

冯嫣捂上嘴巴，分不清是在哭还是在笑。朱盛庸抽了张纸巾，走过去，递给冯嫣。

冯嫣接过来，盖在脸上，在纸巾下问道："如果我给你时间，等你验证你的预判，期限是多久？"

"一年！"朱盛庸眸光惊喜骤现。

"好，我等你一年。"

朱盛庸简直无法相信自己耳朵，他忍不住蹲下来，蹲到沙发床旁冯嫣的对面："冯嫣？冯嫣？你说的是真的吗？"

冯嫣委委屈屈道："这是我对你爱我的回馈。"

朱盛庸一把抱住冯嫣，开心地大笑起来，在她脸上头上乱吻一气。

冯嫣被逗笑了。

悬于一线的危情解除，岌岌可危的关系恢复往日的松弛。

冯嫣当晚回家，给妈妈打电话通报情况，冯妈妈听得大惊失色："什么？你怎么能松口等他一年再买婚房？那还结婚不啦？"

"妈妈，实话告诉你，买好婚房我一年内也不打算结婚。我才 24 岁。我可不想那么早就当小毛头的妈！"

"好吧，你心里有数就行。"

意外得了冯嫣松口的朱盛庸，开心地跟爸爸妈妈分享这一喜讯。

朱爸爸开心着小儿子的开心，暗自松了一口气。账户里的存款借给小儿子固然值得，躺在账户里生利息当然更好。

朱妈妈则有些不高兴："不买婚房，那不是意味着要推迟一年结婚？"

朱爸爸一经提示，立刻联想到还要再晚一年才能抱上香香软软的第三代，顿时失落起来。

"我和冯嫣还小，不急。"朱盛庸笑道。

"可我跟你爸爸着急啊。你们晚生，我们还有体力帮你们带孩子吗？"朱妈妈很严肃。

"谁说我们早结婚，就一定早要孩子？我哥哥结婚那么多年，不也没有要孩子吗？"

"正是因为你哥哥结婚不要孩子，所以你才要承担起生养第三代的责任！"

"凭什么？"朱盛庸脸色已变。

"哪有什么凭什么！这不是理所当然的事情吗？"朱妈妈抬高声音。

"凭什么理所当然？哥哥有自由选择权，凭什么我没有？在这个家里，我低哥哥一等吗？"朱盛庸也抬高声音。

朱爸爸左看右看，一脸骇然。这架，是怎么在他眼皮底下吵起来的？

"5万块我不要免息借给你了，我免费赞助给你！你不用还给我！房子便宜能便宜5万块吗？听我的，我们现在就买房！一切按照原计划进行！"朱妈妈以不容商量的口吻说道。

第84章 客服部新天地

朱盛庸的招牌反击方式就是闭口不言。

朱妈妈拳头打在棉花上，心急却无计可施。

抱孙心切，可造孙这件事，又没法越俎代庖，朱妈妈只好伺机再做小儿子的思想工作。

自认为已解决主要矛盾的朱盛庸心情不错，身无负担去上班。

因为要错高峰，所以6点就出门，6点10分妥妥赶到班车门口。

沉心静气抬脚上班车，做好了再撞见小鹿眼睛的准备。然而，暗自巡视了一圈，并没有看到小鹿眼睛。余下的几个上车站点，也不曾有。

朱盛庸不想体察自己既松了一口气，又暗带小失落的心情。他给自己的定位是：一个有责任心、能自律的男人。

50 分钟车程，到了徐泾镇上的韩国现代电子。这家工厂真的超级大，把徐泾镇半个镇都占去了。

还没有到办公楼，余光瞥见一辆保时捷敞篷车，近乎龟速驶进厂区大门，头朝里扎进最方便停车的停车位。

朱盛庸看得目光发直。那银光闪闪的车身，漂亮的流线线条彻头彻尾地吸引了他的目光。

车门打开，从里面傲娇地走出一位足有 1 米 7 的美人。美人踩着少见的高跟鞋，将身高拔高到模特的高度。

她走起路来，相当摇摆，配着烈焰红唇，顿时气场全开。

朱盛庸目光越发呆直。不敢相信，徐泾这样的镇上，会有这样的女子。

林彬不知从哪里出现，拍了一下朱盛庸的肩膀，朱盛庸这才回过神来，并尴尬地收回目光。

"她就是我们的部门经理。挨打。"林彬面露敬仰地小声向朱盛庸介绍。

朱盛庸思量了好几秒钟，才意会到"挨打"就是 Ada。

"迈抠，挨打脾气不好，但是你不要怕她，她发完脾气不记仇的。"

朱盛庸不自在地扭了扭身子。啊，早知道他 Michael 的英文名被林彬叫起来这么难听，他就简单些，叫 Mike 好了。迈克总比迈抠悦耳些。

本以为林彬是公司人事，没想到，是客服部的经理助理。

跟女王范儿的部门经理正相反，助理林彬非常好相处，经常笑眯眯的。

林彬向朱盛庸示好的意图非常明显。这也难怪，放眼整个客服部，女性占据大半江山。剩下为数不多的两三个男客服，不是目标明确地奔赴女客服们，就是有些瞧不起林彬这个英语斗大的字不识一箩筐的废材中专生。

只有朱盛庸，既年龄相近，又温和有礼。

林彬经常在临近吃午饭的时候蹭到朱盛庸工作位旁边，等朱盛庸起身的时候，他装作路过一样，问朱盛庸要不要一起去食堂吃饭。

朱盛庸无所谓。两个人于是结伴去食堂。

路上，林彬大约要显示自己存在的价值，不住地向朱盛庸免费兜售办公室秘辛。

跟林彬吃过几顿饭后，朱盛庸对他所在的客服部产生了质的了解。

譬如那个耀武扬威的总经理 Ada 其实是一个土生土长的青浦人，幼年家境贫苦，发育期没有充分发育，长得像根细豆芽。

本来是挺自卑的事，忽然之间，社会上的审美突变，以高和瘦为美。

美人 Ada 于是经人介绍嫁给了现在的矮个子丈夫。丈夫并非没有长处，最大的长处是澳大利亚籍，虽然常年生活在上海。于是 Ada 家族沾亲带故，好几个人了澳籍。

这一点，让林彬深为羡慕。

他说，现在他家的头等大事就是让他也入个外籍。

朱盛庸心里吃惊不小。要知道林彬是个连基本的 26 个字母都发不准音的人。

似乎看穿了朱盛庸的担心，林彬连忙解释，他绝不出上海生活，他只是想合法地生养第二个孩子。

这个理由更让朱盛庸吓一跳。林彬比他还小两岁，婚还没有结，已经在打算养"第二个孩子"的事了！

又譬如，这家公司的客服部之所以成了整个工厂的核心部门，全靠 Ada 厉害。

Ada 借由丈夫的社会关系，跟青浦海关的高层走得很近，能只身搞定一些进出口麻烦事。公司高层因此忌惮她三分。

"强龙不压地头蛇嘛。"林彬笑笑地向朱盛庸解释。

朱盛庸和 Ada 之间还隔着一层领导，还轮不到他跟 Ada 直接汇报。

设想部门领导是大姐大一样的威风存在，强势凌厉，带领得部门效率卓越，比前一家只会争权夺利、拉帮结派的合资公司总经理好太多了！

朱盛庸不由对部门好感度飙升。

在林彬的助力下，朱盛庸很快熟知了部门内的十来个客服的学历背景和性格特点。

他是其中学历最低的，却也是口语能力最强的。

其他的客服们，发工作邮件或打工作电话，胜任有余；一旦进入与客户聊天状态，立刻结结巴巴，词不达意起来。

朱盛庸则不，他很快彰显出全方位的英文实力。

直属领导开始有意识地调整服务名单，想将重要客户调给朱盛庸。

或许是朱盛庸工作时间尚短，也可能是守着大客户的那名客服反对得太激烈，这件事暂时不了了之。

朱盛庸无所谓是服务一个大客户，还是对接七八个小客户。反正上班就是工作，什么工作都是工作。

月初，工资卡上打进了 4800 元的税后工资，着实让朱盛庸心中乐开了花。

因为上班得早，下午 4 点半就下班，到达市区约 5 点 40，正好赶上去接冯嫣下班。

自从那日冯嫣哭着表示愿意给朱盛庸一年的时间去实践他对房市的预判，朱盛庸立刻尽弃前嫌，发自内心感激冯嫣，两个人很快重归旧好，甜蜜程度可与校园恋爱时相提并论。

朱盛庸每隔一天去接一次冯嫣下班。

这天是周五，本应去接冯嫣，因为冯嫣下班后要跟同事联谊，去唱卡拉 OK，朱盛庸便直接回了自己家。

一直伺机劝说朱盛庸赶紧买房的朱妈妈，破例没有给不听话的朱盛庸冷脸看。

她朝朱盛庸伸出手，脸上难得带着笑意："你看，这是什么？"

朱妈妈的手心里，躺着一枚小小的、粉粉的东西。

第 85 章　买房投资的家庭讨论

"小番茄干？"朱盛庸观察后得出结论。

"对！"朱妈妈笑了，"你爸爸说，粉黛说是樱桃番茄，这种小番茄，有个奇怪的名字，叫圣女果。"

见朱盛庸似有疑惑，于是解释："是别人送给粉黛，粉黛送给你爸爸，你爸爸拿回家送给我的。"言语之间，笑意很深。

朱盛庸默默看妈妈一眼，弯唇笑了笑。

原来，说"不在乎"，也是一种在乎。

朱妈妈正式退休的第二天，就去了老厂长介绍的台湾公司做兼职财务。

这家台企坐落在闵行集新村。

当时正逢社办企业、村办企业兴起。集新村积极招商办企业，圈出好大一块农田，拉上围墙，盖上厂房，还盖了幢 2 层高的办公楼。

招商的时候,招到了这家台企。

那时候上海人对台湾人有种刻板印象,觉得台湾人都很有钱。这家台企老板娘气质尤其好,怎么看都像是有钱人。于是集新村欣然同意合资。

集新村出土地、厂房和办公楼;台湾老板娘出机器、招工人,负责生产销售。年底时,双方按合同比例分红。

朱妈妈一进厂区,立刻发现大片土地空着,瞬间萌生来年春天开垦种菜的想法,连种丝瓜、冬瓜、青菜、辣椒等都想好了。

厂区内有个天然坑,里面积着半坑污水。朱妈妈当天就建议老板娘放几尾鱼进去,可以盘活一坑水,免得夏日生蚊虫。

老板娘简直爱死了朱妈妈,立刻贴心贴肺地建议朱妈妈有钱快买房。理由是,现在上海的房价跟上海的国际地位明显倒挂。

"我家房子够住。"朱妈妈怀着优越感,回老板娘道。

"住?拜托!我说的买房,可不是为了住,而是为了投资!"

朱妈妈头回听说买房是为了投资,讶异地说不出话来。

这家台企的工人,只有寥寥十几人,清一色是中西部来上海打工的人。

老板娘在厂房内圈出几间房,供工人吃住在工厂,同时再以包吃住为理由压缩一下工人的工资。

工人工作的效率也不怎么高,老板娘也不怎么在意。

老板?老板超级听话,唯老板娘马首是瞻,朱妈妈总是下意识拿他当工人看。老板跟工人的最大区别是常年喝酒吃肉,吃得胖墩墩的。

老板娘其实是老厂长的亲家母。老板娘的儿子跟老厂长的女儿结了婚。老厂长牵头引线,老板娘一家才得以在闵行开厂。

兼职没多久,来年的春天还没有到,朱妈妈就想打退堂鼓了。

原因是这份兼职,需要做假账!老板娘为了套公司账户上的钱,该不该报销的,统统让朱妈妈做账报销。

朱妈妈做着那些驴唇不对马嘴的报销单,总觉得职业良心受到了火烤。

但,老板娘的甜言蜜语、生活上通货膨胀的压力、努力攒钱靠自己养老的决心和春暖花开时种菜的诱惑,让朱妈妈暂时顶住了压力。

朱妈妈每天上班前,看到朱爸爸四仰八叉在睡懒觉。

朱妈妈每天下班后,看到朱爸爸开心傻笑在看上海东方电视台的滑稽剧。

她不由感叹:傻人傻福!

她就做不到眼睛一闭,两手一推,什么都不为将来谋划。

一家三口细细品尝圣女果干的滋味,在灯下讨论这些闲逸小事,别有一种岁月静好的感觉。

朱妈妈抬眼看朱盛庸心情很好,于是贼心不死地开口:"台湾老板娘建议我买房投资。"

朱盛庸很快眼睛亮起来:"买房……投资?"

"是呀。她说上海的房价跟上海的国际地位倒挂,非常值得买房投资。"

"有意思。"朱盛庸道,"我也想过这个问题。如果有闲钱的话,最好买南市、卢湾这些地方的旧房子,将来拆迁的可能性很大。"

朱妈妈不高兴听这些,她的目的还是想哄骗朱盛庸尽快买新房,确切地说,买婚房。

"买旧房子……那怎么行!"朱妈妈否决。

"是的,不行。"朱盛庸摇头,"旧房子不给贷款。说到底还是没有钱。"

朱爸爸左看右看,努力加入谈话中,思忖很久,他开口:"上海这几年建了那么多房子,好些建在偏僻地方,周围连个菜市场都没有,光秃秃几幢楼,买来怎么住?还投资?不被套牢才怪!"

朱妈妈看一眼朱爸爸,竟然点了头:"确实,我去集新村上班,路过莘庄,莘庄造了好多楼房啊。投资的话,将来总要卖出去。卖给谁去呀!"

"吃饱撑了才买房子空关,有那些钱还不如存银行。一年前成立的上海银行,存款利息比其他银行都高!"朱爸爸起劲起来。

买新房还是存银行的事情还没有告一段落,门外响起急切的敲门声。

"啥人?"朱爸爸一边高声问,一边往门口走。

"我。"一个激越的、似乎带着惊恐的声音在门外回。

"谁呀?"听声音很陌生,朱妈妈忍不住小声嘀咕起来。

等朱爸爸打开房门,立刻大叫起来:"××!马骏!你这孩子……"

朱盛庸赶紧往外走,就着厨房发黄的灯泡,看到马骏失魂落魄站在门口,浑身有些发抖,那双眼睛,从来没有那么无助过。

"快进来!你怎么了?"

马骏站在门口不肯进来,他可怜巴巴望着朱盛庸:"你能出来一趟吗?"

朱盛庸折身回屋子里取外套,刻意检查了一下钱包里的钱。还好,至少可以为马骏买碗热气腾腾的菜肉大馄饨。

朱盛庸穿好了外套,换上外出的鞋子,拉上房门跟马骏一起走了。

"发生什么事了?你开摩托撞了人?"下楼梯时,朱盛庸急切地问。

马骏如同秋天挂在枯树枝头被寒风肆虐蹂躏的树叶,瑟瑟发抖地摇了摇头。

"到底发生了什么事?"

马骏深吸一口气:"我……我能不能到没人的地方,再说给你听?"

朱盛庸心里难免有疑惑。

俩人最后在小学学校后面的绿地里找到一个没人地方,在萧瑟的寒风和神秘的黑暗中,朱盛庸被迫听了一个听后难以形容的故事。

一切要从某个周末去见留日同学的美国亲戚说起。

第86章 周五的这一晚

要移民丹麦的留日同学对马骏说,他要介绍自己的美国亲戚给马骏认识。

言谈举止间流露此美国亲戚路子野,办移民很有一套。让马骏先帮着美国亲戚将牛仔裤工厂建起来。

马骏爱情上头,将刘流的移民梦想当自己的梦想去追逐,欣然同意。

美国亲戚住和平饭店。

马骏送刘流回家后,骑着新换的雅马哈去和平饭店。

这辆新摩托车,是他在期货市场输钱后,一连逃家半个月,半个月后回家,妈妈给他买的安慰礼物。

马骏爸爸得知后,气得暴跳如雷,指着马骏妈妈说慈母多败儿。

马骏妈妈就搂着马骏哭,一口乖宝一口我的儿。哭到马骏爸爸心软,或者心烦。此事不了了之。

马骏将车停好锁上,往和平饭店走。

门童殷勤地上来开门。带着雪白手套的手小心翼翼地打开门，同时30度鞠躬。

马骏扭身看门童，差点撞门上。

不久前，他在希尔顿也做着相同的事。

为了近水楼台追刘流，拿不出毕业证的他，仗着奶油小生的面孔，勉强谋得希尔顿一个门童的岗位。

门童不知马骏在看什么，有些愕然。

马骏露出笑脸，塞了5块钱给门童。

丹麦同学已经等在大堂，见到马骏之后，就引领马骏去美国亲戚的房间。

见过希尔顿内景的马骏，在和平饭店里相当平淡镇定。他彬彬有礼，不卑不亢，给同学的美国亲戚留下极好的印象。

而那位美国亲戚，虽说其貌不扬，看不出气场，但出奇干净，仿佛每一根头发都经过精心清理，不染一尘。

美国亲戚貌不惊人，说起话来也语不出众，甚至有些懒于言语，透出成熟的腼腆。

同学当晚有事，先走一步。

马骏留下来细谈帮忙的事。

美国亲戚建议去饭店屋顶花园，小看一下外滩夜景。

马骏客随主便。

两个人在寒冷的夜风中欣赏外滩并不算格外绚烂迷人的夜景，美国亲戚开口说话："我给你1000美元一个月。你帮我盯住代工厂。我不要你的学历证明。怎么样，跟我做吗？"

"做。"马骏果断回答。原来不是建厂，而是盯代工工厂。

"不过，"他话锋一转，"我想移民。"

"好说。我在巴拿马有关系。"美国亲戚说。

夜色中他那双并不大的迷离眼睛扫向马骏。马骏的面孔即使在微暗的灯光中，也白得发亮。

朱盛庸听到这里，情不自禁嚷嚷起来："搞什么啊！他说什么你就信什么？中国和巴拿马没有建交，怎么可能办移民？"

马骏不住地"嘘"，示意朱盛庸安静："让我讲完！"

马骏自己不爱读书，可胜在家境优渥，接触的人社会阶层比较高，耳濡目染，也知道一些常识。

马骏当即指出中巴没有建交，无法移民的事实，美国亲戚倏忽一笑："先办到美国，再办到巴拿马。"

朱盛庸两眼直往夜色笼盖的天空翻。他当美国是他家开的呀。

马骏迷迷糊糊，将信将疑。或者说，已经生了疑心，但死马当活马医，只要美国亲戚不跟他要钱，他以为他也损失不了什么。

就这样，第二天，美国亲戚带他去上海牛仔裤代工工厂，当着代工工厂厂长的面，委托马骏为他的中国区总经理，还煞有介事在代工工厂给马骏弄了张办公桌。

搞定这一切，美国亲戚很开心，他笑着对马骏说，无论如何值得喝酒庆祝一下。

马骏素来不排斥酒，而且对洋酒略有熏陶，他高兴地坐着美国亲戚的包车前往和平饭店。

坐在包车后排座上，美国亲戚捡起他的手，声称会看手相算命。他摸着马骏的手，看得特别认真，就差贴上去嗅了。

马骏觉得毛骨悚然，后背发凉，正不知所措，听美国亲戚道："人老眼花，车内灯不够亮，看不清楚。对了，我先支付给你第一个月的薪水吧。"

马骏没吭声。

美国亲戚说："我一般两三个月飞一次上海，有时候会三四个月，看生意情况而定。我不在上海的时候，全靠你操心。第一次合作，我先垫付你第一个月的工资，此后，我可以垫付你两到四个月的工资。你觉得怎么样？"

马骏松弛下后背。他想，一个月工资1000美元。折合人民币8000块。而且老板不在，他最大。自由与金钱兼收，这才是他希冀的工作方式。

思量后，点头。

包车在和平饭店门口停下。

门童小跑着来开门，并且贴心地用戴了雪白手套的手护在车门框边缘，避免客人撞到头。

马骏发现，美国亲戚一点给小费的意思都没有。

美国亲戚真的从保险箱里取出一大沓美金，数出其中的10张给马骏，当着马骏的面，将其他厚厚一叠美金随便散乱地放在床上。

马骏是养尊处优长大的，前些日子期货亏损的钱，至少 10 倍于手中的钱，因此目不斜视，一点都不为床上的美金所动。

马骏将薄薄一沓钱朝手心里甩了甩，脸上并没有暴富的强烈喜色。

美国亲戚目光悠长地上下打量马骏，没有说话，只长吸了一口雪茄。

长话短说。

以为很快就飞的美国老板，大侄子都飞丹麦了，他还留在上海。每天喊马骏陪着游东逛西，吃这喝那。

他确实有钱，吃螃蟹只吃蟹黄或蟹膏的那种。

马骏询问美国亲戚办移民的计划，美国亲戚热情宣讲，显得极为尽心尽力，同时又显得无能为力。事情一直止步于口头。

似乎连刘流也意识到，这位美国亲戚是个大话精，只怕靠他移民，没有可能。

马骏一直心存侥幸，直到周五的这一晚。

美国亲戚把马骏叫到和平饭店，拿了几条牛仔裤，让马骏试衣给他看。

马骏拎着裤子，进卫生间。

裤子换到一半，忽然觉得有些不对劲。

出于本能扭回头一看，赫然看到平时是垂帘状态的隔墙，此刻帘子卷起，他完完全全暴露在一玻璃墙之隔的美国亲戚的视野中。

美国亲戚正目光直直地注视着他。

第 87 章　怎好看

一条腿套了半截牛仔裤的马骏好玄没当场跌跤，他感到他的灵魂瞬间爆炸，血冲大脑，眼前一黑。

"你晕了过去？"朱盛庸不禁也紧张起来。

"那只是一种形容！"马骏急急声明。

"后来呢？"

马骏声音带着哭意，继续往下讲。

他从美国亲戚冒着绿光的发直眼光、隔着玻璃也能看到的吞咽动作，猛然意会到事情的真谛！

再联想到他总是请他品酒，现在再回想起来，那分明是带着伪装的灌酒。幸亏他酒量大。

他总是似有若无贴着他后面站，他还纳闷，电梯里明明没有那么拥挤。他还以为他有洁癖，不愿意靠近不认识的人。

对了，他还总爱假借帮他看手相，动辄拉住他的手，摸来摸去。

所以，这就是个变态！

马骏深吸一口气，提好裤子，大力拉开卫生间的门，咬着后槽牙朝美国亲戚走去。一边嘴角吊起，看起来像痞笑。

美国亲戚激动地张开双臂。

马骏走过去的时候顺手顺了瓶瓶身结实的 XO，以迅雷不及掩耳之势，朝向他张开双臂的美国亲戚脑门砸了过去。

"瓶子都碎了，酒洒一地，血道子当场顺着他脑门流下来。我吓得脚都软了，转身跑了出来……你说，他会不会被我敲死？"

夜色中朱盛庸看不清马骏的表情，光听声音，已足够瑟瑟发抖。

"赶紧给和平饭店的前台打电话，告诉他房间号，让他们上楼去看！"朱盛庸说边拉着马骏往家的方向跑。

"他要是死了，我是不是得偿命？"

朱盛庸闷声不响拖着马骏快步走，马骏近乎抽泣："我要是死了，余生请帮我照顾我女朋友。"

朱盛庸拽着马骏回到四楼的家，鞋子都没有来得及换，直奔固话旁。抓起听筒就问马骏："前台总机多少？"

马骏像是支撑不住自己，靠在门口的衣柜旁，有气无力报了串数字。

等待电话接起的时候，朱盛庸又问了那位美国老板的房间号。

和平饭店甜美的接电话声响起，朱盛庸简明扼要地说道："1008 房客磕破了脑袋，请速去查看。"

"这位先生，您好，请不要担心，我们已经派酒店医生前去包扎。目前房客已经在医生陪护下去看医院急诊。"

"没有性命之忧是吧？"

"是的。"

朱盛庸长嘘一口气，挂断电话后，责备地看马骏一眼。有种想骂又无从骂起的感觉。

马骏听到了电话的外放音，劫后余生的样子，双脚一软，整个人沿着衣柜滑了下去。

滑蹲下去后,他头埋在双膝之间,抱着后脑勺,呜呜哭起来。

"我吓死了……我以为我要偿命了……我真的吓得脚都软了。"

朱盛庸想趁机说教,又不忍心再雪上加霜,只能叹气,摇头。

被马骏这么一折腾,朱盛庸没能如约去接冯嫣。

冯嫣站在 KTV 门口眺望朱盛庸。

风夹杂着雨丝,朝脸扑面吹过来。冯嫣忍不住打了个哆嗦。

一把优雅的暗红色伞伸过来:"坐我的车回去吧?"

冯嫣看了看站在自己两步之遥的陈总,微笑着摇摇头:"我男朋友会来接我。"

陈总伸出手,保养甚好的指肚上落了一片小小的雪花,雪花很快化成一滴水,陈总露出温和的笑:"下雪了。"

"真的?"

冯嫣歪着头去看,路灯照亮的黑夜部分,细小的雪花精灵一样飞舞。冯嫣忍不住大笑,声音惊喜道:"真的下雪了呢。"

"真好看。"陈总微笑道。

冯嫣望着精灵飞舞的夜空,傻傻道:"是啊,真好看。"完全没有意识到,陈总是面朝她说的"真好看"。

两个人默默站在门口,好几个后来从包房里走出来的同事嘻嘻哈哈跟陈总和冯嫣道别,冯嫣挥手挥到一半,才猛然觉得同事们的笑有些暧昧。

她连忙侧开身体,站得离陈总远一些,直接站到了伞外面。反正还有玻璃房檐。陈总像没发现一样,未曾跟着移动。

陈总默默抽了一会儿烟,将剩下的半截扔在脚下,像下定决心一样对冯嫣道:"已经等了 10 分钟,要来早该来了。你还打算再等多久?不如给他打个电话问问情况?"

又一阵寒风吹来,冯嫣不禁冷气,打了个喷嚏。

她虽然不情愿,还是拿起吊在胸前的手机,打给了朱盛庸家的固话。

偏偏接电话的是朱盛庸。

冯嫣小嘴一撇,差点当场哭出来:"你怎么还在家啊?"

"马骏出了点儿事。"

冯嫣心里有气,想问孰近孰远你都分不清楚了吗?

又碍于陈总在身旁,只好口是心非地说句"那好吧,你好好陪你兄弟",结束通话。

冯嫣站在雨夹雪时有袭来的屋檐下,眼睛努力眨着,想压抑住不断蒸腾的委屈和因此化成的雾气。

"坐我车走吧。"陈总在三步外说道。

冯嫣摸了一下冻得冰凉的脸蛋,点了点头。

陈总帮冯嫣拉开后车门。

自己去了驾驶位。

这一路,他开得很专注,人很沉默,车内暖气很足,轻音乐洋溢在温暖的小空间里,充满了浪漫的情调,渐渐化解了冯嫣心中的戒备。

到了冯嫣告诉的南市蓬莱路上的四层小楼旁,陈总沉稳刹车,下车帮冯嫣开车门。

冯嫣又岂会真的坐着等他来开车门,陈总才绕过车头,冯嫣就自己下了车。

两个人隔着三四步的距离,陈总先笑了一下:"快上去吧,外面冷。"

冯嫣跟着笑了笑:"谢谢你送我回来。"

"不客气。"

陈总没继续攀谈下去的意思,也没有再走近一步的意思。冯嫣停了两秒,觉得这样面对面站着挺别扭,于是转身走了。

等她走上二楼拐角的时候,透过楼梯窗口偷偷往下瞧,见陈总站在车旁,背对着她,在抽烟。烟头一明一灭,别有一种寂寞感。

到三楼、四楼的楼梯拐角时,她都偷偷望一眼。

那辆银灰色的车,一直都在。

回到家门口,还在拿钥匙开门,朱盛庸的电话就打了进来。他温声问她到哪里了?听她说已到家后,再扼要讲了马骏的事。

冯嫣听完马骏的事未置评论,转而挑衅一样说道:"今天我们设计所陈总开车送我回来。"

第88章 当拼搏被点评为"虚荣"

"是那个看人总是色迷迷的陈总吗?"

"不。那个是刘总设计师,这个是陈总经理。"

"那就好。"

心可真大。冯妈无奈地摇摇头。

朱盛庸结束和女朋友冯妈的电话后,心满意足关灯睡觉。

李礼刚又来信了。

这是这么多年来,朱盛庸收到的李礼刚的最让人舒心的信。

李礼刚在信里说,他在中餐馆打工行将结束的时候,遇到了一个勤工俭学的越南女孩。女孩子有一头乌黑亮丽的及腰长发和一双大大的麋鹿一样的眼睛,他有神魂颠倒之感。

越南女孩家里开着简餐餐馆——一家 Pho 店,女孩为了体验脱离家庭的新生活,特意选了同一条街上的另一家餐馆打春假短工。

这位越南女孩有 7 个兄姐,她是家里最小的孩子。

最大的哥哥结婚时,家里所有工作的人都凑钱给哥哥买婚房;轮到老二结婚时如法炮制。

就这样,集众人之力,家里所有的兄弟姐妹们全顺顺利利结了婚,除了还在读大学的她。7 个兄姐婚后住在同一个街区,大家每日必见。

父母已经 70 岁。越南女孩 23 岁,秋季班入学的她,半年后大学毕业。

"我不清楚是她长在我的审美上,还是恰逢此时我前途已定,存款最为丰厚,因此心情最放松,她在最合适的时间出现,春情荡漾的我,盲目地锁定了她。

"我分不清楚。

"但有一点,非常确定。那就是每次见到她,我都超级开心。心情好得像长了翅膀,人也变得雀跃。我认定这就是恋爱的感觉。

"来美后我一直脑子里紧绷一根弦,日复一日活在危机感中,我压抑了我所有的需求,过了 5 年最简单最简约的生活,现在,我终于迎来了我迟到的春天。

"阿庸!你能想象吗?我明明躺在厨房地板上,感觉却像躺在最昂贵的床上。属于我的美好明天,马上就要到了。

"我苦挨 5 年,终于要苦尽甘来!"

在信里热血澎湃地宣称自己的生活马上要苦尽甘来的李礼刚,讲了不少他和越南女孩约会的趣事。

女孩姓 Nguyen,名字的发音有点像"英秀",不过,她有个入乡随俗的英文名,叫 May。李礼刚很开心地在信里称她为"五月"。

他的五月是个天主教教徒。

这就意味着,倘若他们两个在约会中做了激情的事,是不可以用避孕套的。宗教教义使然。

五月生在美国,长在美国,对性有非常开明的态度,可惜,她对所投身的宗教更是无比虔诚。

23岁的她,不介意读书期间结婚,也不介意大着肚子领本科学士学位证书。

但是李礼刚不能不介意。

贫寒学子,只身在美,每一步都如履薄冰,每一步都不能走错。

"所以,一切的纠结都成了我一个人的纠结。出于对自己人生和在国内对我殷切期待的众多亲戚的责任感,我只好再度扼杀我的本能,像高中生一样单纯地约会,不,像初中生一样,不,像小学生一样单纯地约会。"

即使如此,李礼刚还是很开心。

他账户里的存款以很快的速度在增长,他换了新车,他拿到了芝加哥大学的入学录取书,他交了一个在美国出生美国长大的女朋友,他开始给家里父母汇款……那颗悬在嗓子眼里的心,终于可以慢慢放进肚子里了。

朱盛庸躺在床上,来回看李礼刚的信,直到朱爸爸推门闯进他卧室。

"快!记错日子了!这周末你哥哥要来!我去买菜,你快起床!"

朱盛庸起床没多久,哥哥朱盛中就到了。

出乎意料,嫂嫂兰婷没有一同来。

"兰婷呢?"朱妈妈问。

"她……跟小姐妹一起逛街去了。"朱盛中脸上流过一丝茫然,显然也非常不习惯小尾巴的离开。

"你们没有吵架吧?"朱妈妈不放心地追问。

朱盛中摇摇头:"我最近已经累得快散架,哪有精力跟她吵架。不行,我老腰受不了了,我得躺一下。阿庸头,我借用一下你的床。"

朱盛中扯开单人沙发头上的被子,自己躺下,并和衣盖好,长嘘一口气。

"这么累,就不要那么拼了。你和兰婷的存款不少了吧?大房子也有了,现在拼命挣钱,将来拿钱买命吗?"朱妈妈劝长子。

"房子是有了,可车子还没有。"朱盛庸怅然道。

"虚荣!"朱妈妈点评。

朱盛中冷哼:"我就是累死,也绝不像你跟我爸那样过一辈子!我爸当一辈子司机也就算了,他当司机的没有晋升空间。

"你呢?你胸无大志,居然混了一辈子出纳,白白辜负你的才智和学历。你这样不负责任,又无上进心,直接造成了我的自卑和胆怯。

"我必须挣很多钱,才能填补上我的自卑。

"我必须过上富有的生活,才能睡得安稳,不做噩梦。"

朱妈妈目瞪口呆,完全没想到,自己关心长子,反倒引来一顿无端指责。

"我做出纳我高兴!我的人生,我想怎么过怎么过!养你们两个我已经尽力了!我问心无愧!用不着你评价我!"朱妈妈硬气回复,直接喊出了若干年后移动的口号。

室内一片安静,落针可闻。

朱盛中不再反击,算是某种妥协。

朱盛庸干脆凝神闭气,免得被牵连。

朱妈妈望着两个高大的儿子,想到一个从小就离家住校,另一个打小就沉默寡言,一个贴心的都没有,不由得一阵伤感,她继续悲愤道:"将来我自己攒钱养老!有钱就治病,没钱就去死!反正不会拖累你们!"

朱盛中侧翻身,露出个后背,嘟囔道:"我都快累死了,好不容易搞定老婆,老妈子又来无事生非。"

"你说什么?"朱妈妈喊叫着问。

"没什么!"朱盛中没好气地回。

朱盛庸溜着墙边蹑手蹑脚走到厨房,倒了一杯温热水,给妈妈端了过去。

朱妈妈接过来,喝了两口,不知怎的,端水杯的手突然发起抖来,怎么都停不住。

水在水杯里不停地晃,惊吓到她自己,水杯掉落在地上,玻璃碎裂,水溅了一地。

不明所以的朱盛中还以为妈妈怒摔了水杯,立刻心头火气大起,一把掀开被子,准备起身走人,不吃饭了!

他才掀开被子起身,就发现妈妈脸色煞白。

"妈!你怎么了?"坐在小方桌旁的朱盛庸率先反应过来。

第89章 良师益友

朱盛庸三两步冲过去,扶着妈妈坐下来。

朱妈妈惊恐地望着自己颤抖的右手拇指,拇指以很高的频率兀自抖动着。

朱盛庸蹲下来,将妈妈的右手握在自己的手中:"别怕,我们这就去医院。"

朱盛中见状,连忙去拉柜子门,精准找到妈妈藏在柜子角落的重要文件盒,翻找出病历本和妈妈收纳在小布袋里的身份证。

"身份证和病历本都带齐了。可以走了!"朱盛中道。

就在这时,房门响了,朱爸爸买菜回来了。

朱盛中火急火燎地跟爸爸说了妈妈拇指颤抖到无法控制的问题,朱爸爸将好几个塑料袋一撒,赶紧进卧室。

"让我看看!"

朱盛庸松开妈妈的手,刚才抖动幅度很大的右手拇指,此刻只微微颤抖,不仔细看,几乎看不出来。

"这不是好好的嘛。"朱爸爸松了一口气。

"还是去医院看看吧。防微杜渐。"朱盛庸道。

"去大医院烦得很,离我们近的中山医哪哪都要排队,付个费都要楼上楼下来回跑。真要去医院看的话,去社区医院吧。"朱爸爸道。

朱妈妈渐渐缓过来,她活动一下手指,发现对拇指的控制权又回来了,因此大手一挥,道:"今天不去了。我自己先观察观察。"

朱盛中将病历卡和身份证往小方桌上一拍:"我随便你们。你要去,我和弟弟就陪你去;你不去,我们也不能捉你去。"

朱盛庸劝道:"以前没有钱,牙痛怕花钱,拔掉了事,导致你们现在才五十多,就没剩多少牙齿了。现在经济条件好了,有病还不肯看医生,那挣钱还有什么意义?"

朱妈妈抬头望了望朱盛庸,语气柔软很多:"刚才我情绪太激动了,现在冷静下来,我猜得出拇指为什么会失控。你们爸爸叫着腿冷,我怕寒潮再来,这几晚连夜在给他织毛线裤,累到了。现在你们该休息休息,该做饭做饭,我自己会留心观察,以后再有这种情况,就去社区医院。"

朱盛庸不善于勉强人,心中不满意,也只是忍着。

朱盛中躺回沙发床上,似乎自言自语:"如果我是大富翁,人生会少很多烦恼;如果妈妈很有钱,就不会自己翻医药书,而是毫不犹豫去挂专家门诊。所以,我怎么能停下赚钱的脚步呢?"

朱盛庸回头。果然,妈妈在翻她的赤脚医生手册。

接下来的几天,朱妈妈不再熬夜织毛线裤,拇指果然没有再犯。而赤脚医生手册上也有说,短时间内肌肉劳损会引发颤抖。

这件看似渺小的事情却对朱妈妈产生了地震般的效果。

她先是把惯常放重要资料的资料盒藏到了自己卧室的樟木箱子里,后来想着拿取不方便,改为放到床下。

其次,她坚定了继续在台湾公司兼职的想法。年龄大了就会意外频发,去医院就要花钱。指望孩子养老,不如指望自己。

第三,她觉得有必要再见缝插针催促小儿子买婚房。要亲眼看到小儿子成家,要亲眼看到第三代,风吹草长般成为朱妈妈的执念。

第四,朱妈妈未雨绸缪地想到了立遗嘱。

"立遗嘱?呸呸!晦气!"朱爸爸听完直连声呸,"我还没活够呢,我才不要咒自己。"

当时家里只有老两口。朱盛庸出门和冯嫣约会去了。

朱妈妈劝朱爸爸:"照你的说法,不立遗嘱就永生不死了?立不立遗嘱,跟咒不咒自己没有关系。相反,立了遗嘱,心安了,还能活得更久一些。因为不用担心孩子们在我们死后扯皮了嘛。"

朱爸爸这个人,自己没有主见,所以很容易被说服。

"那天我拇指颤抖,中中一分钟就找全了我的病历卡和身份证。他要是想拿家里的存折、房产本、户口本,10个阿庸头也不是他的对手。"

朱爸爸一脸震惊:"中中会跟阿庸头抢遗产吗?不会的吧?中中已经比阿庸头有钱了。"

"中中为什么比阿庸头有钱?"朱妈妈问。

"中中更聪明。"这个答案朱爸爸知道。

"不对!是因为中中更渴望钱!满心满眼都是钱的人,会嫌钱太多吗?"

朱爸爸用有限的智慧得出肯定的答案。没人会嫌钱多!

"为了防止他们兄弟俩日后扯皮,我们应该趁现在就立遗嘱,私下找机会把遗嘱内容分别透露给他们两个人,让他们心里有个数。要是他们表示不满,我们还有机会根据他们的反馈调整遗嘱内容。"

朱爸爸被说服了。

在朱盛庸和朱盛中毫无察觉的情况下,朱爸爸和朱妈妈偷偷讨论起遗产分配的事情来。

朱盛庸和冯嫣逛城隍庙归来,打断了朱爸爸和朱妈妈的讨论。

在朱盛庸的建议下,他们俩各买了一双溜冰鞋。

将厚重的棉衣脱在家里后,朱盛庸带冯嫣去楼下的街心花园溜冰。

朱妈妈站在阳台上眺望,发现两个人不是你摔,就是我摔,有时候是这个人拖着那个人一起摔。

四楼并不高,将楼下两人惊叫和欢笑声听得很真切。

"快去!帮我把照相机拿过来!"朱妈妈朝朱爸爸招手。

毕竟是纱线厂创始人的女儿,就算没有得到外公的专心富养,对钱财看得也比寻常女子淡。朱妈妈很早以前就省吃俭用买了照相机,虽然冲洗胶卷很贵,平时也不舍得拍,但关键时刻,还是有留下影像的能力的。

朱妈妈拿到相机,调整角度对着楼下拍了几张。

其中一张冯嫣搂着朱盛庸的脖子,正抬头望着朱盛庸,年轻的面孔因为运动而绯红,双眸看上去情意绵绵。

冯嫣滑不动了,环抱着树干休息。

"好玩吗?"朱盛庸小心翼翼穿着轮滑鞋走过来。

"好玩。"冯嫣笑着回答。

"有很多免费,或者只花很少钱就能得到的快乐……"

"哼!"冯嫣假装不感兴趣,扭转脸。不过,很快装不下去,笑出声来。

"真的。譬如跑冰、去图书馆、游泳、划船、骑行……"朱盛庸掰着手指头数,"这些不比逛商场购物好玩?"

冯嫣抓着朱盛庸胸口的毛衣,踮起脚尖:"还譬如,这个。"说完,大胆地亲了一下他的唇。

"你提醒了我!!照着这条思路,我还可以再譬如下去。"

"快闭嘴！"冯嫣大笑起来，着急地去捂朱盛庸的嘴。

朱盛庸拿开她的手，一本正经："譬如，拥抱。"

他轻轻抱住她，问："你以为我要说什么啊？"

明知故问的语气。

冯嫣羞于出口，只能一打了之。

不涉及具体事情的时候，朱盛庸和冯嫣之间很快乐。

朱盛庸积极包容、情绪稳定、不抱怨、不惹是生非，愿意倾听，知识面广，分析能力超群，拥有权衡利弊并得出靠谱结论的能力，称之为"良师益友"不为过。

第90章 林彬不可貌相

朱盛庸本来单纯地认为服务小客户也无所谓，可没过2个月，就显出服务小客户的麻烦来。

小客户缺乏长期规划，经常急吼吼来信要改生产计划。

好在这些小客户都是美国客户，没在中国设办事处，邮件往来带着时差，朱盛庸的本职工作算不上很忙。

不忙，可压力却很大。

问题出在生产线上。生产线上分装的良率达不到客户要求。

韩国现代电子作为一个芯片封装公司，主要工作是将客户运过来的芯片进行封装。这就好比别人做好了糖，他们公司为糖包糖纸，并且在糖纸上写上糖名。

倘若包错糖纸，或写错糖名，整粒糖就卖不出去了。

要命的是，生产线上不是包错糖纸，就是写错糖名。

糖是客户的，非常昂贵，生产线弄得客户的糖卖不出去了，可想而知朱盛庸要面临的压力。

"生产线上做PDIP、SOIC，8个脚，里面接三四根线，并不复杂的工艺，居然有本事做得漏洞百出！"朱盛庸无奈至极。

部门同事同样痛苦摇头："好不容易逼着工程师把控生产工艺，又遇上原材料缺货。不是金线没了，就是显影液没了，不然就是环氧树脂、引线框架不够，总共就那几样东西，愣是不能同时配齐。"

另一个同事也凑过来吐槽："今天我被客户骂惨了，骂得狗血喷头哦。做一个封装产品，赚4分，连辛苦钱都不够，为了这4分钱，我都成孙子了！"

林彬在远处闲散地听，突然，他咳嗽起来。

凑在朱盛庸办公桌周围的同事迅速散开。

果然，哒哒哒，高跟鞋踩地的声音响起来。接着，幽香飘来。挨打来了！

多亏林彬有一双超凡的耳朵，使同事们避免了在挨打面前出纰漏。

挨打甩荡着LV的小包包，把办公室当红毯走。

路过刚才吐槽被骂成孙子的同事桌前，停住脚："你的客户投诉到我这里，说我们公司把他们的芯片做坏了。你去把那条生产线上的产品经理给我叫过来，我给你撑腰，客户怎么骂你的，你原封不动给我骂回去！他们混日子，推我们去挨骂？想得美！"

好几个同事不约而同为挨打鼓起掌来。

朱盛庸油然而生一种归属感和安全感。护犊子的强势领导，哪个员工不喜欢呢！

中午，林彬照旧默默等饭搭子朱盛庸。

一进食堂，俩人就感受到今日食堂与众不同。

朱盛庸深吸一口气。

林彬脱口而出："今天食堂没有臭熏熏的味道了。"

朱盛庸笑道："小点声。那臭熏熏的味道，可是韩国高层最喜欢的大酱发出来的。"

林彬吐舌头。

俩人排队，点餐，一前一后，寻找空餐桌。

落座后，林彬随意开口道："你以后还是不要跟同事们一起抱怨公司了。"

朱盛庸未置可否。

林彬接着不紧不慢地说道："我们公司的利润很低，账上现金不多；封装用到的原材料又全靠进口。这就导致，大批量进货的话现金流不够；小批量进货难免有不够用的时候。物料储备科也想把工作做到尽善尽美，可是，你在客服部，直接面对客户，你最清楚，客户的生产计划三天两头变。又怎么要求物料储备科未卜先知？"

朱盛庸有些愕然。

一方面吃惊林彬说话的内容，另一方面吃惊林彬说这些话时的娓娓道来的语气。

"还有，你以为他们跟你站统一战线，可他们中，一定有人一转身就把同事卖了。

"据我所知，我们在部门内抱怨的任何其他部门的话，不出两天，就原汁原味传到那个人的耳朵里。

"暗线千丝万缕，没有人知道是谁、什么时候传的话。反正，就那么传出去了。"

朱盛庸已经不只是愕然，而是毛骨悚然。

"你也不用害怕。反正人心再复杂，你不存害人之心，只需要多点防人之心，就没什么大问题。"

朱盛庸赶紧点头，赶紧用吃饭掩饰自己的吃惊。

以前他在合资公司上班，名义上是总助，其实只是个骂人工具。由于工作属性独特且明确，反而没怎么介入同事间的明争暗斗。

从貌不惊人的林彬那里受教之后，朱盛庸果然说到做到，再没在部门里随心所欲批评其他合作部门。

这天，朱盛庸照常坐班车回家。

他已经不再寻觅小鹿眼睛。

跟冯嫣日益和好是一方面的原因，另一方面是，第一天踏上班车撞见小鹿眼睛时的惊艳，经过这些时日的磨损，记忆已经不怎么鲜明。

才打开家里的门，就听到了小阿姨的声音。

小阿姨在激动地说着什么，不时啜泣。

朱盛庸的第一反应是，不会是刘流和马骏之间出了什么问题吧？一时间想到马骏和美国亲戚之间发生的隐晦故事，生怕那个美籍华人找人报复马骏。

作为两人之间绕不开的中间人，朱盛庸急急走进兼职客房。

小阿姨闻声回头，双眼微肿，哭得跟粉桃儿似的。

"阿庸头！"小阿姨用悲怆的声音呼喊道，"你二娘娘家大姑母的小弟妹的女儿，被判死刑了！"

朱盛庸听得一头雾水。

"是那个泼硫酸的案子。"朱妈妈一旁解释。

朱盛庸还是从冯嫣那里第一次听说的这件事。

在大兴土木之前，上海几乎没有听说过哪里发生凶杀案。

吵架是极常见的，天天街头都能看到争吵，吵得面红耳赤，鼻尖碰到鼻尖，斗鸡眼都吵出来了，也决然不动手。

吵到一定程度，双方默契地各自转身骂骂咧咧离开。

朱盛庸从金山石化职校毕业的那一年，唐骏曾经提起过，在上海市徐汇区吴兴路一单位集资大院里，发生过一起命案。

只几天，就破了案。

果不其然是外来务工人员做下的孽事。

对于土生土长的上海人来说，打架都不划算，更不用讲杀人偿命的事了。

发生在去年秋天的那起泼硫酸案，涉案人均为上海本地人，一经媒体报道，立刻在上海市民中引起轩然大波。

第91章　大四的刘熙已经把自己安排妥当

是一名叫杨玉霞的小学老师，28岁，因为自己感情不顺，和一名已婚男邻居产生婚外情。

蜜里调油地苟且了半年后，得知已婚男没有跟原配离婚的打算，这名小学老师恼羞成怒，扬言要让已婚男全家不太平。

果然，教师节后的第二天，她将事前准备好的浓硫酸，泼向了已婚男8岁的女儿。

可怜的女孩双目失明，头、脸、四肢多处被浓硫酸灼伤，受伤面积高达体表总面积的21%。

在女孩凄厉的哭号声中，杨玉霞按照原计划，骑着自行车去找已婚男的妻子，并将浓硫酸泼向同样无辜的妻子。

作案的当天下午，杨玉霞就去了派出所自首。

这件事迅速引发全民讨论，成为茶余饭后的谈资。

有人说杨玉霞心狠偏执，有人说她被渣男所骗，也是个受害者。

除了唏嘘感叹，大家都在猜杨玉霞会判多少年。

兰婷立场坚定，咬死她是插足的第三者，死有余辜。

朱妈妈则更理性，认为没有人在这件事中丧命，所以她罪不至死。

而朱盛庸、朱盛中和冯嫣，因为受过高等教育，考虑问题更全面。且冯嫣还未结婚，不像兰婷那样在意插足的问题。

他们认为杨玉霞的行为确实称得上故意伤害，不过，既然有自首情节，面对媒体采访时又表现出悔恨和赎罪感，量刑时会酌情减少。

"判个几十年要的，但余生还是有希望重获自由的。"当时朱盛中还下过这样的结论。

万万没想到，3个月后，竟然判了死刑。

小阿姨哭得不行："才28岁……她婆婆受不了家里发生这么多糟心事，一命呜呼了。现在么，她又要没了，留下老父老母白发人送黑发人……"

朱盛庸给小阿姨倒杯温开水："小阿姨，你站在那个8岁女童的立场上想想。"

小阿姨怔住了。

想了一会儿，抽泣声停歇："小姑娘最无辜，也最可怜。听说以后做手术恢复视力的可能性也很小。失明、毁容、灼伤，唉，她这一辈子，算是被毁了。"

朱妈妈不住地叹可怜。

朱爸爸两眼瞪得大大的，一副想说什么又不知道该说什么的样子。

只有朱盛庸，比较抽离，始终保持着冷静。

"阿庸头，你不觉得可怜吗？二娘娘家大姑母的小弟妹的女儿可怜，无辜的孩子可怜，什么错都没有的妻子可怜，反倒是那个一开始就心思不对的男邻居，什么事没有！"小阿姨不甘心，想拖朱盛庸一起悲伤。

"怎么会什么事都没有呢？他要内疚一辈子，终生背负看不见的十字架。没有人能从一场灾难中独善其身。"朱盛庸回答。

朱爸爸的眼睛瞪得又大了一些，吃惊地望着小儿子。

当年那个一出生就头上起血包，被医生疑心可能是个傻瓜的小男婴，转眼就长成了能说出深奥的话的成年人！

朱妈妈本身也是个理智的人，一经朱盛庸点拨，就不再陷入别人的悲伤故事中。她转而向妹妹讲起大姐姐令人担忧的现状来。

"她向来神经兮兮的。"小阿姨撇起了嘴。远香近臭。八竿子打不着的拐弯亲戚还能赚小阿姨一抔眼泪，自家亲姐姐决不能。

因为大姨妈太严厉，小阿姨打小就惧怕她。

又影影绰绰听说大姐姐"命硬"，书没有读过多少的小阿姨更是能躲多远躲多远了。

久而久之,交往疏淡,感情更近乎无。

"她怂恿阿超离婚,非要让阿超奔赴加拿大。

"她以为阿超好的名义,用戒尺打阿超,用哭诉激励阿超,阿超只怕远远看见她就怕了。

"一切都是她自找的,怪谁?"小阿姨甚至有几分幸灾乐祸。

朱妈妈想到冰冻三尺非一日之寒,就放弃了劝说妹妹心疼大姐姐。

据小阿姨讲,读大四的刘溪——其实已经改名为刘熙,只是读音无差别——毕业实验和论文都已经搞定,实习单位也已经找好,只剩下毕业了。

而且,最后一学期的学费,也不用他们交了。

刘熙找了一个有钱的男朋友。

在大学里学会打网球的刘熙,跟同学一起去校外网球场打网球,意外认识了现在的男朋友。两个人情投意合,很快确定恋爱关系。

这位男朋友的爸爸是开厂的,具体是什么厂不知道,反正举手投足派头蛮大。

刘熙自己说,她男朋友要替她支付下学期的学费。

"恭喜恭喜,小姨夫的心愿达成了。"

小阿姨一下子被逗笑了。

拜小姨夫的大嘴巴所赐,连远在扬州和东北的舅舅、舅妈都知道,小姨夫的心愿是找个有钱女婿。

"他押错了宝,一直以为刘流漂亮,外在条件好,刘流会找个金龟婿。没想到到头来是身材更矮、模样寻常的刘熙。"小阿姨笑起来肉眼泡眯得看不见黑眼珠。

朱盛庸没敢往下接。

刘熙虽然模样不出众,可性子温和柔顺,情商高。

至于刘流找的马骏,马骏家境是不错,可马骏败家子气象太足。谁知道他父母一辈子积攒下的财富,会被他败坏成什么样。

"刘流怎么形容她男朋友?"朱盛庸打着坏主意,笑着问。

"刘流?刘流还小!刘流哪有什么男朋友!"小阿姨用坚定的语气说道。

"你猜的吧?"

"是刘流亲口告诉我的！昨天刘熙带她男朋友回家，他们走后我问刘流有没有谈？刘流斩钉截铁地告诉我，不要怀疑！绝对没有！"

朱盛庸差点乐得拍桌子大笑。好得很，这么容易就拿到了调侃捉弄马骏的第一手材料。

小阿姨起身要回家了。

朱爸爸和朱妈妈热情挽留她一起吃晚饭。小阿姨拒绝了，她说她需要回家帮孩子爸爸弄晚餐。

"我家孩子爸爸厨房里什么活都不会干。我一顿不帮他做，他就饿一顿。"

小阿姨走后，朱爸爸望着朱盛庸，忧心忡忡道："阿庸头，你要不要学做饭？你看你哥哥娶的兰婷，结婚这么多年，没下过一次厨房。我看冯嫣也不像是会做饭的样子……你们这一代……"

朱爸爸说不下去了。

在上海，下厨房的男人，并不是从儿子这一代才开始的。

朱爸爸默默系上围裙，不说了，再说菜都要糊了。

第92章 用钱打通一条捷径

考虑到艺不压身，朱盛庸站在厨房观摩了一会儿爸爸做饭。

朱爸爸马马虎虎也算是做了几十年饭的人，还是手忙脚乱。一不小心，小圆桌上的油壶都撞倒了。油汪汪地流了一小片。

朱盛庸去找抹布，却看见爸爸趴在桌边缘正在喝油！

"爸爸，你是喜欢喝油，还是怕浪费？"朱盛庸吃惊至极。

"怕……爸爸喜欢喝油！"朱爸爸斩钉截铁道。

其实是怕浪费。

朱爸爸去买菜，每个菜都要讲价，总价还要抹零。

有时候为了贪图便宜，特意等到下午再去菜市场，把摊主剩余的菜以打包价买回来，留给下班的朱妈妈择菜。

朱妈妈一边气不打一处来，一边恶狠狠用严格标准择菜，最后握着一小把菜现场教育朱爸爸：贪小便宜吃暗亏！

朱爸爸每回都说下回改，果然也身体力行做到了下回改——下回复下回，下回何其多。

朱盛庸看了一会儿，得出结论：爸爸炒菜，热锅大油，猛倒调料，翻炒几下后添水焖煮。

无论食材，一律平等对待。倒也简单易学。于是默默退了。

自从马骏瑟瑟发抖地来找他，向他暴露自己被目光亵渎，并反手给人家美国亲戚一酒瓶子之后，马骏就消失不见了。

掐指算来，总有半个多月了。

朱盛庸有些担心他，于是趁还没有开始吃晚饭，给马骏打了一个电话。

接电话的人是马骏妈妈，问清是朱盛庸后，高高兴兴喊马骏来接电话。

"你没事吧？"朱盛庸问。

"我有事！"马骏回，"沮丧死我了。我觉得未来一片黑暗，我快要被这无边的黑暗憋闷死了。"

朱盛庸听得不由紧张起来："又发生什么事？"

"我爸不同意帮我办出国。我妈也不同意。任凭我发誓赌咒，绝食哀求，统统没有用。我妈还说，让我死了这条心，说破天她也不会放手让我飞出她的视线。独生子女的悲哀啊。我要是有个弟弟妹妹就好了。唉。"

朱盛庸被马骏的强说愁气得哭笑不得："你没事就好了。我挂电话了。"

前一秒朱盛庸挂断电话，下一秒马骏就打回来。

"我怎么没事？我都瘦了！我还夜夜忧心得无法入睡。我不敢见刘流，我不知道该怎么跟她交代！我现在成无业青年了！"

"你常态不是一直无业吗？"

"现在不一样。现在我有刘流啊！"

"让你爸爸妈妈再给你找份工作就行了。这回别轻易辞职了。"

"是的。让我爸妈投资我，给我开一家公司！我自己做老板，就不会辞职啦。好主意！有道理……妈！妈妈！你看，我老铁也建议你们投资我，给我开家公司……"

电话这头的朱盛庸，已经张口结舌说不出话来。

有种想冲到马骏家，胖揍马骏一顿的冲动。

一周后，马骏喜滋滋带着刘流来找朱盛庸，扬言要请所有人大吃一顿。只要费用控制在1000块以内，想怎么吃怎么吃，想怎么玩怎么玩。

1000块！

对朱盛庸这种简朴的人来说，1000块拿来吃饭算天价巨款了。

"马骏你人生起伏够大的呀。我记得不久前你还饿得两眼冒绿光，堵截朱盛庸要他请你吃麦当劳。转眼就富贵逼人，居然声称要请1000块钱的客。"冯嫣嘴巴不饶人。

她并不知道马骏假借朱盛庸之口诓父母办公司的事。

马骏回："我这是滴水之恩，涌泉相报。"

朱盛庸立刻心头浮起不祥之感："别告诉我你爸妈真的投资你，开了一家公司？"

马骏神采飞扬地打了个响指："兄弟！你说对了！"

朱盛庸不禁手捂额头……这，这笔账，应该算不到他头上吧？

"你开公司了？开了家什么公司？"冯嫣吃惊不小。

"货代。"马骏摇头晃脑。

"你亲戚里有人干这个？"朱盛庸问。

"没有。"

"你请到了靠谱的经理人？"

"没有。"

"你懂这行怎么干？"

"不懂。"

朱盛庸问不下去了。

"我、我爸爸妈妈都已经做好了交学费的心理准备。"马骏开心地说道。

"为什么不先到一家货代公司打工？这样还能一边挣钱一边偷师学艺。"朱盛庸反问。

"那是你的思维，你的行事方式。我不。我要舍得投入，舍得花学费，我用最快的速度奔赴成功。"

朱盛庸心想，也可能是用最快的速度奔赴陷阱。

见马骏如此高兴，而刘流又用崇拜的目光看马骏，朱盛庸决定口下留情。

马骏的公司名注册下来了，叫"骏马货代"。

刘流并没有如他期待辞职前来帮忙，而是照旧在希尔顿做。

朱盛庸忙于应付客户和生产线之间的矛盾；冯嫣耐心等待他找到最适合买房的契机，而朱盛中和兰婷则闷头拼命挣钱……

大家的生活在忙碌和期待中向前推进。

直到这一天，一则新闻打破了有序的平静生活。

金融大鳄索罗斯用量子基金做空泰铢，泰国央行被迫宣布施行"浮动汇率制"。

还是朱爸爸从收音机上收到的这则消息。

当时已经是年中过半，7月的烈阳在窗外高照，因为飞单狂赚10万的朱盛中兴奋中带着疲惫，大手一挥，表示要将家里的窗式空调换成1.5匹的挂式空调。

没有人拿他的话当真的。

他许诺过给弟弟买西服，承诺给爸爸买按摩椅，承诺过给妈妈买钉鞋机……他承诺过太多东西，统统只是过嘴瘾。

泰国央行宣布施行"浮动汇率制"的播音与朱盛中的口嗨交叠呼应。冯嫣、兰婷、朱妈妈、朱爸爸他们都没有什么特别反应，唯有朱盛庸，吃惊地叫了一声。

"泰国货币危机全面爆发了。"他说。

冯嫣眼睛一亮："泰国货币危机？"

这个词，她从林青青那里听说过！

那时候她嫌弃朱盛庸不肯爽快买婚房，怀疑朱盛庸说窥视到房价下跌的趋势是在敷衍她。她向林青青抱怨这一切的时候，林青青就提到过泰国货币的问题。

林青青提到泰国房地产市场不景气、未偿还债务上升，泰国金融机构资金周转困难等等。当时她还没有领会到林青青话里的深意，以为她在东拉西扯，厌倦了听她抱怨。

"泰国货币危机……跟我们有什么关系吗？"冯嫣问。

第93章　嗅到金融危机的味道

"泰国货币危机跟我们有没有关系我不知道，但这个金融大鳄索罗斯，只怕会穷尽所能在亚洲金融市场里折腾。"朱盛庸回。

朱盛中张了张嘴，没有发出声。

他怀念和弟弟畅谈芝加哥的时光。可这半年多，他全部的精力都奉献给了客户，说起其他话题总有恍如隔世之感，自感已经跟现实世界脱离。

譬如关于索罗斯，他在脑海中提取关于他的记忆时，明显感觉费力且效率低下。

想了好一会儿，除了想起他是一个让英格兰银行破产的人，从英镑贬值中狂赚10亿美元，再也想不起更多。

朱盛中默默下了个"成功需要付代价"的结论，并撸了撸最近掉毛严重的脑袋，最终选择闭上嘴巴。

在他的价值体系中，有钱，就等于成功。只要能成功，他愿意付任何代价。

兰婷有些百无聊赖。

最近这半年，她为了彰显独立，硬生生逼迫自己脱离开朱盛中。她以为，她这样做，就会改观丈夫对她的看法，朱盛中就会松口同意要孩子。

"索罗斯……英国人还是美国人啊？"兰婷用做梦一样的声音问。

"他生于匈牙利，随着二战进展而举家逃亡，后来移民到英国，再后来迁居到美国。会多种欧洲语言。45岁时靠非同寻常的赚钱本领在华尔街出名。"朱盛庸解释道。

"为什么说他会在亚洲金融市场里折腾？"冯嫣目带欣赏，望向朱盛庸。

一旁的朱盛中，眼睛流露出一瞬的慌乱。有点难以想象，他明明坐在这里，居然不是谈话的中心！

"资本是嗜血的。有钱赚的时候，不赚到盆满钵满是不会善罢甘休的。索罗斯通过打破泰铢跟美元之间的固定汇率，轻而易举操纵泰铢的涨落，随心所欲洗劫泰国人的财富。

"东南亚国家普遍外汇储备吃紧。索罗斯干掉泰国央行后，肯定会如法炮制攻击菲律宾、印尼，甚至韩国、新加坡等国家银行。"

"其他国家，就只能坐以待毙？"

"为了增加索罗斯的狙击成本，其他国家的央行会限制隔夜拆借、提升银行的拆借利息。

"很不幸，这样一来，索罗斯的狙击成本是高了，但国内企业的现金流也会急转直下，时间一长，会导致大量企业倒闭。

"一旦被金融大鳄盯上，采取措施，或者不采取措施，都自毁八百。

"如果我估计得没错的话，单个的金融阻击战，很可能会演变成整个亚洲的金融危机。"

说以上话的时候，朱盛庸别有一种沉稳和自信。

朱盛中眨了眨眼，努力抓住弟弟话中的漏洞："你猜索罗斯和他的量子基金会狙击菲律宾、印尼、韩国、新加坡。为什么你认为他不会狙击香港？"

"香港刚回归，背靠大陆，没那么好欺负。索罗斯不至于那么膨胀吧？"朱盛庸回。

朱盛中说不出反驳的话来，情不自禁又撸了一下发际线后移的脑袋。

兰婷左看看，右看看，耸耸肩："我不懂，既然他不会来狙击人民币，是不是就跟我们没有关系了？"

冯妈轻声回她："各国如今的经济往来千丝万缕，肯定会有影响的，只是看影响大小罢了。"

朱爸爸很高兴年轻人在讨论他听不懂的事情。

能培养出超越自己的孩子，是他的成功！

他蹑手蹑脚走出去，心满意足回自己卧室睡下午觉去了。

兰婷得了冯妈的回复后，垂眸暗想，她家存款已十分丰厚，任尔东南西北风，也刮不到她头上。

万一中中的广告行业被波及？拜托，被波及的话只会让她暗中窃喜。

中中实在太忙了，天天熬夜，她都有些担心他的身体了。

兰婷用温柔的目光注视朱盛中，朱盛中皱着眉，好看的眼睛里流露出沉思的目光。在兰婷眼里，中中还是那么英俊！这么多年来没有一丝丝改变！

等太阳不那么烈的时候，朱盛中决定回家。

路过厨房间，看到妈妈蹲在狭小的地上在修一双成色很旧的凉鞋。

热浪透过没关的房门吹来，点燃连日来的疲惫感，朱盛中看得心生烦躁。

"妈妈！都是些垃圾了，你还不舍得扔掉？买一双新鞋子需要多少钱？我给你！"说着，就从裤子后口袋里取钱包。

朱妈妈站起身，拎着她的破凉鞋，不卑不亢道："扔了就真的成垃圾了。修修还能穿。我不要你的钱,你挣得这么辛苦,我用了心里有愧。"

朱盛中脸唰地红了。

幸亏厨房间凹在整套房子的最里面,光线最暗,看得不太清楚。

朱盛中在火烧火燎的灼热中换好鞋子,走向门口,头也不回地说道:"我和婷婷准备买车了。"

他挣了钱,挣了很多钱,原本是件骄傲的事,可妈妈却嫌他挣的是辛苦钱。这不是在贬低他吗?

兰婷惊闻"买车"二字,一时愕然,一时惊喜。

愕然是因为她初次听说。她不想买车,她怕花掉存款,花掉中中的安全感。

没有十足安全感的中中,是不可能点头同意要孩子的。

同时她又忍不住暗中惊喜,怀疑中中是在暗中做养娃的物质准备。不然,就他们这样按部就班的生活,是不需要用到汽车的。

兰婷这半年又柔顺又克制。为了中中松口同意养孩子,她在努力"长大"。

朱盛中和兰婷走后不久,冯嫣也要回蓬莱路。

毕业的这三年,她对蓬莱路的10平方米小屋远没有住厌倦。

朱盛庸送冯嫣下楼,并且,准备将自己送到冯嫣家里。

他揉捏着她的手,情意绵绵。眼睛里柔情似水,冯嫣不得不提前打预防针:"那个,我那个还没有结束。"

"不是应该在两天前就结束了吗?"

"人又不是机器!月份还有大小之分呢,生理期又岂会月月都一样?"

受惆怅的情绪影响,冯嫣的体感指标在下降。不仅例假日期延后,还隐隐约约感到肚子痛。

可是她的惆怅,又不方便向朱盛庸明说。

第94章 细碎时光

朱盛庸许诺她,只需要给他一年的时间缓冲,让他自行决定在一年中的什么时间段买房。一年,转念已经过去一半,朱盛庸却丝毫不见任何买房的动作。

作为一个自尊心超强的傲娇女孩,她不愿意跟"催婚""恨嫁"之类的标签挂钩。

因此生生憋住不问。

不问归不问，心里却是着急的。

妈妈每回在电话里，都会询问婚房的进度，无形中带给她莫大的压力。叠加工作上这样那样的烦恼，不知不觉，就忧郁了。

朱盛庸一路陪冯嫣坐公交车到蓬莱路，见她兴致不高，又耐心地牵着她的手回四楼的小窝。

打开空调，房间里的燥热渐渐平息。

冯嫣蜷缩在床上，手捂着肚子，闭着眼睛休息。

"我去楼下买碗热馄饨上来。"

朱盛庸单纯地以为她在生理期，身体不舒服，并没有疑心其他。

买好小馄饨和小笼汤包上来，把小凳子放床边，把东西放在小凳子上，他盘腿坐在地上，一口一口喂冯嫣。

冯嫣心情好了一些，滑下床和他面对面，在小凳子另一边坐下来。俩人你一口，我一口，吃完了小馄饨和小汤包。

吃完晚饭，时间还早，朱盛庸留下来陪冯嫣。他取了一把吉他，拨动琴弦，给冯嫣唱歌。

从《Yesterday once more》《I just called to say I love you》到《Nothing's going to change my love for you》，再到《Right here waiting》《More than I can say》。

朱盛庸盘腿坐在光洁的地板上，怀里抱着吉他。因为指法不熟，不时低头看琴弦。

半拉窗帘的北向窗户，透出一缕缕光线，打在朱盛庸身上。他一半置身在光线中，一半置身在光线之外。明暗对比使他的鼻梁更有立体感。

润润红唇不断张合，低声旖旎唱出的英文歌曲别有一种魅惑。

冯嫣侧躺在床上，胳膊撑着脑袋，目光晶亮地望着地板上的朱盛庸，脸上渐渐浮现笑意。

迟迟不见行动的购房计划，隔三岔五总在上班时段给她布置"紧急且重要"工作的领导，被同事们挤眉弄眼踊跃传递的花边新闻……种种烦恼，此刻都被朱盛庸的歌声治愈了。

"哎呀。腿麻了，手也僵了。"

唱到口干，朱盛庸将吉他放一边，撒娇一样朝冯嫣伸出手，手指骨节分明。

冯嫣让了让，在单人床上让出一个空位来。朱盛庸满心甜蜜地躺过去。

为了节约空间，两个人彼此相向侧身躺着，冯嫣头枕在朱盛庸胳膊上，一双桃花眼，风含情水含笑地望着朱盛庸。

朱盛庸沉醉在漂亮的眼睛里，呢喃道："我决定了，不管将来房价高低，今年过年之前，就把我们的婚房买下来。"

冯嫣嘴角翘起，柔情蜜意地朝朱盛庸胸口拱了拱。

"我现在已经攒到将近 8 万块，年底会凑足 10 万。首付绰绰有余。我在想，我们买多大面积的房好呢？"

冯嫣抬起头，看到朱盛庸下颌骨上的紧绷皮肤和青胡茬，不是很突出的喉结上下动着。他用和缓坚定的声音计划着他们的未来，让她觉得内心好踏实。

"是不是越大越好？"冯嫣问。

其实她想表态，用肯定的语气说"越大越好"，只是当下柔情百转，话到临头，肯定句变成了疑问句。

朱盛庸摇摇头："不是。够用就好。现在计划生育是基本国策，不出意外的话将来我们只能是三口之家。

"买够我们三口之家用就好了。

"以后用钱的地方多着呢，装修，婚礼，养小孩……我还梦想家里能有闲钱供我投资。凡事都要节约着点花。"

冯嫣听得心里乐开了花，心底咕嘟咕嘟直冒幸福的小泡泡。她差点没屏牢，差点脱口而出"我也有一些存款，可以拿来买房、办婚礼"。

多亏冯妈妈经常吹耳边风，告诉她结婚之前绝对不能共产。私房钱就是用在私人花费上的钱。女孩子把自己打扮得漂漂亮亮，才是首要任务。

本来打算腻歪一会儿就走的，结果空调风一吹，俩人竟然相拥睡着了。

等朱盛庸再睁开眼，已经到了次日凌晨。

顿时脑袋都大了：今天是上班的日子！

他在南市蓬莱路，距离徐汇斜土路遥远，可怎么上班车？

轻轻抽出被枕了一晚的胳膊，麻木得好像不是他的。

龇牙咧嘴甩动着胳膊活血，站在窗口向外眺望，路灯寂寞地亮着，看天色大约是 4 点。对着腕表使劲瞪大眼睛看，确实是凌晨 4 点多。

朱盛庸弯腰亲了一口睡得香甜的冯嫣，蹑手蹑脚奔门口而去。

冯嫣早晨醒来时，一摸床，空了半边。

她忽地坐起，左看右看，有些疑心昨晚朱盛庸留宿只是她的一个梦。

中午的时候，她到写字楼楼梯间给他打电话。

"我昨晚做了一个梦，梦见你睡在我房间里……"她说。

还没有说完，就听朱盛庸道："梦你个头啊。我今天凌晨 4 点，愣是用双脚从南市走回到徐汇的。走不及就跑，又累又饿，差点低血糖在路上。"

冯嫣捂着嘴咯咯笑起来："早上起来看不到任何你存在的痕迹，我还以为是我做梦呢。"

"红颜祸水。"朱盛庸故意嗔怪，"我算是栽你手里了。"

冯嫣向来在意通话费，朱盛庸也习惯替她在意，俩人言简意赅，沟通完就结束了通话。

冯嫣转身要出楼梯间，忽然余光扫到一个身影。

与她不过三四步的距离，在墨绿的墙体旁，站着一个穿深蓝西服的男人。男人指间夹着烟，正看着她笑。

联想到自己刚才的私人通话，冯嫣瞬间脸红起来。

不高兴打招呼，可不打招呼又显得很奇怪。

冯嫣只好别别扭扭开口："陈总好。"

陈总就是那位几个月前，在唱 K 后，开车送她回家的陈总。

"所以，"陈总将烟丢在脚下，用锃亮的皮鞋碾灭，悠然笑着问，"那个风雪之夜，为了哥们儿，把漂亮女朋友丢在外面的男朋友，至今还未分手？"

冯嫣的脸红得更深一些。

"我都有些好奇了……他到底有什么好？"

冯嫣感受着陈总的语气从散漫变成认真，她有种如芒在背的惊悚。

第 95 章　买房买房

冯嫣是一个徘徊过后仍旧有主意的女孩子，虽然看上去像花瓶。

她的柔弱里藏着智慧，小女生的嗲气里藏着城府。

几乎是一瞬间，她克服了所有的不适感，朝陈总嫣然一笑，什么都没有说，转身不紧不慢走出了消防楼梯间。

不需要思考，她必然不会十三点地向朱盛庸提这码事。

她会在无关紧要的时候使小性子，发小脾气，发嗲求哄，但在关键事情上，她向来只会主动削减没有意义的枝丫，而不会无事生非地制造事端。

正如她拒绝选择暗恋她很多年的唐骏，正如她并不因一时的委屈就放弃倔强如犟龟的朱盛庸，正如她不需要跟妈妈商量，就能对朱盛庸说出"给你一年时间，让你无怨无悔"这样的话……

冯嫣肚子里，还是能装小乾坤。

抛开个人的小情小爱，亚洲金融危机，如很多人所料，无情到来。

索罗斯比朱盛庸预料得还要膨胀，横扫亚洲四小龙，重创完韩国新加坡之后，对香港发起猛烈进攻。

一场金融危机，让东南亚各国股市缩水三分之一以上。受打击最大的货币之一韩元贬值36%。

韩国排名居前的20家企业集团中已有4家破产，韩国现代电子决定把开在上海徐泾的工厂给卖掉。

消息从高层传到朱盛庸这样的基层办公室员工耳朵里时，下一家接手的老板，已基本完成收购。

朱盛庸最初听闻消息时，有些惶惶，生怕工作变动影响他攒钱买房。当他听说下一任老板是金鹏（ChipPAC）时，立刻释然。

美国金鹏在行业内的名望比韩国现代电子更好。相信在美国的先进管理领导下，不会再发生接线接不好、标签打不好的低级错误。

朱盛庸甚至对公司未来期待起来。

林彬成为整个部门最慌乱的人，他怕他服务的领导挨打被替换。

要是来个叽里呱啦说英语的新老板，还要他这个英文大字不识一箩筐的徐泾土著干什么！

好几次结伴去餐厅的路上，林彬都恳切地对朱盛庸说："迈抠啊，万一挨打被替换，新老板也是需要助理的，我觉得整个客服部，数你英语最扎实，说不定你会成为新的部门经理的助理。到时候，你可不可以跟新经理美言一下？让他不要裁掉我，我象征性地领一点点工资就好。我无所谓工资啦,只是不想成无业游民。"

朱盛庸觉得林彬过于杞人忧天。

像换老板这样的大事,担惊受怕的应该是管理层,他们基层员工,完全不需要担心。

但转念一想,林彬是直接服务管理层的,林彬是有理由焦虑。

"不用担心。挨打有门路。她以前多次说过,绝不做家庭妇女,她一定会继续留下来做客服部经理的。"朱盛庸安慰林彬。

"就算是留下来,凭什么还是客服部经理呢?"

"因为挨打心高气傲,而客服部的地位最高。"

林彬半信半疑,稍感安慰。

朱盛庸自己说的话,自己也不信。他不过是为劝林彬而说。

金融危机全面爆发后,上海房价以肉眼可见的速度往下掉。最先凉凉的是侨汇房、外汇房。

朱盛中的房地产广告生意火爆至极,他在动荡的 1997 年还剩一个月结束的时候,就已经赚了整整 20 万元。

这在朱爸爸朱妈妈看来,绝对是天文数字。

朱盛中自己也很得意,虽然腰椎间盘和肩椎间盘都累突了。

考虑到自己对冯嫣的承诺,朱盛庸在元旦之后开始着手看房子,期望传统新年到来的时候能买婚房。

朱爸爸第一个跳出来反对:"房价在降,为什么不等等再买?"

朱妈妈反对朱爸爸道:"等等!等等!尽提些蠢意见!你当买房子像买菜,说买就买啊?现在开始看房,三个月内能买到已经算不错了。等到房价有回涨势头,再看房就来不及了!"

朱爸爸自从退休薪资减半之后,火气也明显减半。挨了朱妈妈的训斥后,竟然低眉顺眼没吭声。

朱盛中听闻弟弟要买房,顺手将找自己做广告的地产公司的购房热线抄给弟弟。

朱盛庸没当回事,朱妈妈倒奉若珍宝。她在台湾老板的公司里,天天听买房言论,早已迫不及待。

全仗着朱盛庸性子比较刚,朱妈妈才渗透无门。

现在一听朱盛庸松口,朱妈妈高兴得眉开眼笑。

人民广场上停着很多看房的班车,不仅免费,还包一顿规格不低的午餐。很多市民拿看房当近郊旅行。

蓝印户口刺激了一波外地人购房的热情,依旧阻挡不了房价下降的明显趋势。

朱家三人去中山南二路的一家售楼处,售楼小姐热情至极,一左一右分别挽住朱爸爸的胳膊,一口一句"爷叔",带朱爸爸到沙盘前,大力吹嘘起他们的在售小区来。

打眼一看,朱爸爸是三人中派头最足的。

他里面穿着西服,系着领带,外面穿着呢料大衣,踩了双黑亮的皮鞋,戴了一顶小礼帽。礼帽下浓眉大眼,皮肤细嫩。整个人活脱脱一个大老板形象。

那时市面上开始流行用洗面奶代替香皂洗脸。朱爸爸舍不得花钱买洗面奶,于是打来一盆热水,反复用毛巾搓脸,每次都耐心十足地搓上半小时。

热水加毛巾,以及反复揉搓,竟然使他的肌肤焕发第二春,变得细腻干净。

长得好,穿得好,外加脸上的皮肤好,朱爸爸像枚老克勒,腔调十足。

朱爸爸被两名售楼左右联合哄着,非常开心,不住嗯嗯嗯,噢噢噢,仿佛真的被说服了。

朱妈妈跟朱爸爸一比,就寒酸很多。她穿着兰婷淘汰下来的皮靴,因为她懒得给皮靴上鞋油保养,皮靴的皮质显得干燥而粗糙。为了保暖,她穿了4层裤子,5层上衣。层层叠叠的衣服让她显得有些臃肿。

朱盛庸衣着无奇,两手随便插在衣服口袋里,东瞧西望,满脸好奇,妥妥小年轻。

售楼小姐自认为火眼金睛,于三人中一眼选中朱爸爸,认定朱爸爸是一家三口中的顶梁柱。

可惜,她们这一回看走了眼。

第96章 1998年的张江高科

门可罗雀的售楼处解雇了大部分的销售,仅有的销售火眼金睛地锁定她们的目标客户,围着朱爸爸有说有笑,夸完楼盘夸客户,说得好不热闹。

朱妈妈和朱盛庸自己晃了一圈,先后走出了售楼处。

房子挺好,除了贵。

母子俩默契地想到了账户上的存款,默默走上回家的路。

至于朱爸爸?不用管他,反正最后他不尴尬,尴尬的是销售。

母子二人顺路去菜市场,不由多买几样菜。跟动辄每平方米 3000、4000 的房价相比,菜市场的菜价实在太友善了。

浦西市区看了两周,朱盛庸本着"少花钱"的思路,决定去浦东看房。

浦东的售楼处更是门可罗雀。同样自认为火眼金睛的销售第一时间锁定朱爸爸,同样是火力全开围着朱爸爸转。

朱妈妈和朱盛庸已习惯,他们看过沙盘,问过价格,先后走出了售楼处。

这里的单价与市区相比近乎腰斩。每平方米不足 2000 的单价让朱盛庸和朱妈妈同时松了一口气,脸上终于浮现笑容。

站在售楼处门口,举目四望。

那是 1998 年头上的浦东张江。

四处都是被征用的农田,然而工厂并没有建几个,目之所及,荒草丛生。

一种"荒无人烟"的荒凉感,让朱妈妈忍不住又心情低落下来。

到张江看房,是朱盛庸的选择。

朱盛中也深表赞同。

兄弟俩一致认为,浦东开发,张江高科技园区是继外高桥保税区、金桥出口加工区、陆家嘴金融贸易区之后建立的浦东第四个重点开发区。

只要相信浦东开发会成功,就应该相信张江高科技园区的开发会成功。

只要张江高科成功,附近地块的生活便利性、房子涨价的空间就值得看好。

朱妈妈被说服。

但,眼前的荒凉和沉寂,显然更具说服力。

朱妈妈忍不住表态:"这里不行!没有一丁点人气!四周光秃秃的!完全没法生活!不行!"

"将来应该会好的。"朱盛庸望着寂寥的土地,别有一种信心。

朱妈妈冷哼一声。本来想用过来人身份呛朱盛庸几句,想到可能一不小心触动倔强逆子的逆鳞,决心走婉转路线。

朱妈妈连忙把冷哼改为热笑:"买房这种大事,哪有看几处就定下来的?咱们别处再看看吧。"

谨慎的做派,最得朱盛庸的心。

接下来的几个周末,朱家三口从市区转战浦东,看了世纪公园板块、川沙板块。其中一处地处川沙和张江之间的楼盘,赢得朱妈妈的青睐。

这个名为"沙田公寓"的小区实在做得太漂亮了!小区内绿植葳蕤,曲径通幽,有高台,有亭楼,连地面的散步小径,都用小石子拼成了花草或吉利字。

朱妈妈每走一步,就激动一分。

她提议马上打电话给冯嫣,让冯嫣也来看看。

朱盛庸哭笑不得:"妈,你不觉得这个小区也前不着村,后不着店,周围全是瓜田,附近也没有配套菜市场,生活也会极为不便利吗?"

"将来会好的!"朱妈妈一口咬定。

"既然都是将来会好,为什么不选张江呢?至少张江还有个张江高科技园区。"朱盛庸反问。

朱妈妈张口结舌,说不出有理有据的反驳话,最后大手一挥:"听我的!准没错!"

朱盛庸隐隐不悦。

他倒也不是有什么先见之明,能预料到1999年秋天后,张江高科将迎来质变,迅速腾飞,主要是沙田公寓的房价每平方米比张江高科的还贵300块!

见朱盛庸满脸不快,朱妈妈道:"妈妈不会害你的。房子差价我来付!"

为了母子关系的融洽,朱盛庸没坚持反驳。

朱妈妈借售楼处的电话,给冯嫣打电话,让冯嫣过来看房。

朱盛庸独自在小区里逛了两圈,渐渐有个心得:这个小区不过是大门建得气派些、大门直通的主干道修得宽阔些,大门口视线可及的地方建了个休憩小亭而已。

说到底,只是门脸功夫做得漂亮些。

为此多花两三万，值得吗？

冯嫣到了。

她虽然在建筑设计单位上班，可她的工作本身并不是设计，既不会下工地，也不会去现场看建成。换句话说，冯嫣没见过多少楼盘。

当冯嫣花费两个半小时，终于在沙田公寓前下公交车时，一路的奔波立刻被气派的门楼治愈。

她跟朱妈妈一样，立即被小区细腻精致的景观细节折服，一眼爱上了这个高端小区。

"开盘2800块一平方米，现在1980块一平方米。你要是喜欢，我们就选一套。"朱妈妈微笑着对冯嫣说道。

冯嫣满脸惊喜地望向朱盛庸。朱盛庸两手叉腰，一脸凝重，脸上看不出什么喜色。

"你不喜欢？"冯嫣择机小声问朱盛庸。

"我觉得张江的房子更值。"朱盛庸坦言回复。

朱妈妈恰巧听到俩人的嘀咕，当即一把拉过冯嫣："走！我们这就去张江！让冯嫣亲眼看看这两处的房子，然后再由冯嫣来选择。"

冯嫣有些尴尬。

沙田距离张江并不远，差不多半小时的公交车。

在朱妈妈的坚持下，一行人坐公交去了之前朱盛庸看中的张江楼盘。亲眼看过那个朴实无华的小区后，冯嫣心中有了判断。

"冯嫣，阿庸头看中了张江的房子，因为张江的房子便宜；我呢，觉得沙田的小区环境更好，你们住着更舒服。你来选吧，如果选沙田公寓，就由我来补齐与张江房子的差价。"朱妈妈豪爽道。

母子俩的难题抛给了冯嫣。

以冯嫣素来的情商，是不会接招的。

可是事关她以后的生活，圆融技巧什么的就只好抛一边，她露出真心实意来："我是小辈。我相信妈妈的眼光。"

朱盛庸苦笑："我还以为你会说，你相信老公的眼光。"

"人家现在不是还没有老公嘛。"冯嫣娇嗔地回。

一心想活跃气氛的朱爸爸夸张地笑起来。朱妈妈也笑起来。

妈妈满意，女朋友满意，朱盛庸愿意妥协。

下定了在沙田公寓买婚房的决心后，剩下就是选楼栋，选楼层了。

销售很有谈判技巧，步步为营，咬定只有第一排和最后一排有空房可售。

第一排和最后一排的楼栋中，又只有一二层和五六层可售。

朱家一家人比较实在，信以为真。

第97章　古镇川沙之沙田公寓

在销售的巧舌推荐下，冯嫣和朱盛庸打算选一套套内复式，楼上楼下共99平方米的房子。房子在顶楼，倘若在墙上掏个洞，还能走到楼顶上。

销售把话说得模棱两可，大意可以认为：倘若在楼顶上建阁楼的话，只要邻居们不反对，物业不打算插手。

贪小便宜成性的朱爸爸立即眼睛亮了。

套内复式对年轻人来说很新鲜，对理性的朱妈妈来说，则华而不实。上下楼梯占去至少6平方米的实用面积，太浪费！

"分层好！以后小年轻有了孩子，阿姨和爷叔过来帮忙带孩子，两代人分两层居住，减少摩擦，产生距离美。多好啊。"销售瞅准矛盾，伶俐地劝说道。

朱妈妈立刻眉头舒展，露出笑颜。

顶楼的这套房子位于整个小区最后一排，距离马路最远。

站在六楼阳台，放眼大片农田，空气清新，视野开阔。

朱盛庸和冯嫣相拥，眺望那无尽的空旷之地，彼此打趣："也不错，至少很清幽。"

朱爸爸发挥讨价还价的本领，最后这套99平方米的复式，以18.5万的总价拿下。朱爸爸沾沾自喜，觉得自己为儿子节省了两千多块钱。

朱盛中于周末听说这件事后，气得直拍桌子："你以为你买菜啊，抹掉的那点零头叫钱吗？还有啊，你们当他们真的只剩下那几套边角料的房？"

朱盛中叹气，摇头，哀其不幸，怒他们不喊他……但，都无济于事，购房合同已签，定金已付，在销售的建议下，朱爸爸也已经以共同购房人的身份在申请公积金贷款了。

"我觉得挺好。"朱妈妈一锤定音。

朱盛庸没说话。

房产证上将写他和爸爸的名字，冯嫣已经以开玩笑的方式表露过"我妈妈不满意"。

冯嫣见朱盛庸表情不太对，赶紧进一步解释："哎呀，我妈妈并不是要求加我的名字，只是担心房产证上有你爸爸的名字，将来跟你哥哥说不清楚。你懂的，法律层面上讲，写了你爸爸的名字，就算遗产。"

朱盛庸无奈。他上班时间尚短，不写爸爸的名字就得进行商业贷款，商业贷款的利息比公积金贷款可高多了。

安抚完女朋友，还要劝解自己。

一想到自己未来十年背负了十几万贷款，朱盛庸就忍不住觉得心里一沉，购房的喜悦一扫而空，剩下的全是后怕：万一失业了怎么办？万一生病了怎么办？万一还不出贷款怎么办？

这些后怕，联手控制住了他的情绪。他强烈地感到后悔，觉得自己不应该虚荣，不应该在有选择的情况下，为了小区环境好，多花三万。

还觉得自己不应该纵容身边的女性，让她们的感性，驱赶了自己的理性。

那种挠心烧肺的懊悔感，令朱盛庸心情久久不振。

面对哥哥呼天抢地的责怪，他的心情更低沉了。

"行啦。是弟弟买房，他们满意就好。"兰婷劝。

"中中想买车！"兰婷赶紧转移话题，"我阻止他了。"

"阻止得好！开车实在太危险了！马路上全是自行车和不看红绿灯的行人，发生交通事故赔不起。我上班开车的时候，天天提心吊胆。"朱爸爸难得跟兰婷站统一战线。

"我阻止他是因为车太贵了。辛辛苦苦熬夜干了一年，赚来的钱拿去买车，我舍不得！"兰婷幽怨地看了朱盛中一眼。

她一直有一个隐秘的愿望，可惜朱盛中总是以"钱太少"回绝她。

"可是，中中执意要买。铁了心要买。无论如何都要买。"兰婷继续。

全屋的人都被兰婷的话吸引过来，冯嫣也不由放下不住发短消息的手机。

朱盛中苦笑着摇头："婷婷怎么都不肯松口，铁了心不同意，无论如何都不同意。"

紧张的气氛瞬间变得轻松，空气里撒糖的意味已经很明显了。

"最后我们俩妥协出来一个皆大欢喜的结果。"朱盛中说到这里，卖关子一样停下来。并，啵，亲了一口兰婷的脑袋。

兰婷羞涩地笑起来："最后，我们决定，去买一辆同学卖出来的二手车。北京吉普，25000块，带上海车牌。"

说完，两个人甜蜜地相拥在一起。

朱爸爸震惊不已。一方面是儿子居然不顾他的反对还是买了车；二是这俩人怎么这么不要脸当众又亲又抱，让他的眼睛怎么看！

朱妈妈听闻长子买了一辆车，忍不住诚心诚意又给出了"虚荣"的评价。

"妈！你的观念已经落伍！我这两万五，不过是买个代步工具。我加班到午夜，开着自己的车回家，不用浪费时间等出租车，还不用担心人身安全，两全其美。"

"我说不过你。你就是比阿庸头浪费，比阿庸头虚荣。"

"切。那是因为我比弟弟能赚。要是有一天，我弟弟能像我这样能赚，保不齐比我大手大脚多了。"

朱盛庸看了哥哥一眼，没有说话。心里却想：哥哥怎么会一脸得意？他是不是忘了，他曾经是整个南市区18个考入上海中学的人之一。如今混到靠飞单、靠熬夜才赚到钱，居然也一脸满足！

朱盛中没能成功解读出弟弟眼中的不屑，还以为弟弟在默默羡慕他的高收入。于是笑着对他说："好好干。你也会有自己的机遇的。"

朱盛庸转过头，看窗外，以免暴露太多内心情感。

"马骏那小子怎么不到我们家来了？你们吵架了吗？"心情大好的朱盛中问弟弟。

"马骏忙着创业。"朱盛庸回答，"我才不跟同学吵架呢。"朱盛庸追加。从小到大，因为鸡毛蒜皮跟同学吵得面红耳赤的，从来都是哥哥。他要是遇见意见不合的，都是直接走开，绝不废话。

"创得怎么样？"朱盛中笑着问，明显不信马骏能创业成功。

"还不错。他有个亲戚在什么公司，有门路给他搞到订单。而且，他家底丰厚，不怕赔。是否盈利他不管，没有关门就当成功。"

朱盛中的表情扭曲了一下，很快又恢复如常。

第98章 "冯嬷,你别多心"

一周后的周末再聚会,朱盛中果然开着一辆北京吉普来斜土路的家。

方方正正,军工感很强。

朱盛中坐在车里按喇叭。朱爸爸心有灵犀,走到楼梯窗口探头去望,望见坐在车内的长子正把身子伸出车门外,笑容格外灿烂,英俊得像偶像剧里的小生。

朱爸爸呼喊着朱妈妈、朱盛庸下楼去观摩车,顺便对长子的富裕生活表示一番艳羡。

朱盛庸实在无心伪装,看了一会儿就上楼去了。

在他这样又谨慎又未雨绸缪的人看来,哥哥的生活过得危机四伏。

飞单这种事,抛开道德层面,也不长久。他倒觉得哥哥应该拿出魄力,将挣来的20万拿来开一家广告公司。

然而哥哥是连一万块钱的电脑装备都不愿意投入的人。进他账的每一分钱,他都不肯拿出来投资,只肯消费。

如果不是短视,就是自信到狂妄。

朱盛庸更倾向于哥哥属于前者,这让他深感惋惜。

朱盛中对新买来的二手车爱不释眼,一回头,看到了弟弟上楼的背影,他笑着压低声音问:"我不会太炫耀,刺伤我弟弟的自尊心了吧?"

朱妈妈回头看一眼小儿子,对洋洋自得的长子说道:"你运气比阿庸头好,阿庸头比你踏实。将来你们俩谁过得更好,说不准。"

兴头上的朱盛中深感被冒犯:"拜托!我买的房子比我弟弟买的地段好太多!我家的存款比我弟弟的多得多!我还给自己和婷婷买了商业保险!车子和月薪收入就不提了,我弟弟凭什么会比我过得更好?"

朱爸爸帮腔:"就是啊,阿庸头工资虽然不低,可还有十几万的房贷要还呢。中中买房老丈人支援10万,全额付款。光这一点阿庸头就比不上。"

"我要补齐阿庸头房子的差价,他还不肯要;冯嬷爸爸要是给他钱,他也不会要。"朱妈妈感叹。

朱盛中猛然将目光从爱车上抽离,扫向妈妈:"你要给弟弟补房子差价?跟张江房价相比的差价?3万块?"

算起钱来,朱盛中总是反应很快。

"他没要。"朱妈妈大声回。

"他没要是他的事,你准备给他一笔钱是你的事。"朱盛中嘻嘻笑起来,目光也活泛起来。

朱妈妈没有揣摩到位,还以为长子在夸赞她通情达理。刚要开口,却听长子道:"那妈妈你借给我3万块。我要。我给你写借条。"

"你又不缺钱,你借钱干什么?"

"炒股啊。本钱越多,赚得越多。"

"也可能本钱越大,亏得越多。"

"那是我的事,反正我给你写借条,不会赖你的账。"朱盛中笑嘻嘻地蹭到妈妈身旁,搂住她的肩膀。

朱爸爸低声笑骂一句"××",嘀咕:"你要是赖账,我们能怎么办?拿着借条把你告到法院去?"

兰婷听到这一切,目光游离,没有说话。

冯嫣来找朱盛庸,刚好在楼下遇到朱家看车的一家人。再定睛一看,唯独缺朱盛庸。不好意思抬脚就上楼的冯嫣,站在楼下欣赏了一会儿车。

三听两不听,就将朱盛中软磨硬泡要朱妈妈借钱给他的事听了去。

朱盛庸出门和冯嫣单独约会的时候,冯嫣将这件事讲给了朱盛庸听。

讲完,见朱盛庸全无表情,不由生气道:"买房子时你不肯接受你妈妈赞助给你的差价钱,也就算了,我当你是独立自强。

"现在,你哥哥明明比你过得好,还要从你妈妈这里诓钱,你听了竟然无动于衷。

"你是不是开口就准备来劝我:妈妈的钱想借给谁就借给谁,就是白送,你也管不着?"

朱盛庸笑:"果然最熟悉我的人是你。"

冯嫣一把打掉他手里要送给她吃的橘子瓣,怒其不争道:"你这是懦弱,是逃避。你不要一个人陶醉在你虚伪的高风亮节里。"

朱盛庸被冯嫣脸上过于生动的怒气惊到,愣在原地。

冯嫣见他被自己骂懵了,赶紧嫣然一笑:"人家是心疼你。真是皇上不急急死皇后。看着你工资高,可缴完税和金,除去开销,一年还不一定能攒下3万块。你倒好,肉喂到嘴你都不肯张口。"

朱盛庸默默将橘子瓣送进自己嘴巴里:"我攒钱不易,我妈妈就攒钱容易吗?我已经成年,他们对我已经没有供养义务,我不要他们的钱,不是天经地义的事？再说了，我也不算没占到他们的好处。我不是靠着我爸爸的工龄，低息贷到公积金款了吗？"

"可你哥——"

"你等着看吧，我哥将来没有好果子吃的。"

冯嫣吃惊得说不出话来。她想反问：你哪里来的自信？可聪慧玲珑的她，看到朱盛庸脸色不太好，就忍住了。

"你想问我凭什么这么说？"朱盛庸"读"出冯嫣的表情，和缓下语气，"我哥哥太短视了。从来都做着杀鸡取卵的事，怎么可能有长久的良性发展？"

冯嫣吐出一口浊气，踢着脚下不知哪里来的小石子，怏怏不乐道："我知道了。"

冯嫣只是嘴巴上服软而已，内心还是愤愤不平。既不平朱盛庸不肯要他妈妈给予的支援，又不平明明日子过得更好的朱盛中却撒娇讨钱；既觉得朱盛庸刚得没必要，又担心他在日后兄弟争财产中过于弱势……

此中烦闷，又不能跟妈妈说。

幸好她还有个闺蜜林青青。

约会后，回到小窝，冯嫣破天荒没在意电话费，向林青青诉起苦来。

林青青为了开解冯嫣，提到了工具人唐骏。

唐骏是独生子，家境优渥，当年对冯嫣情深义重。

"你当初为什么不肯选唐骏？还不是觉得唐骏这个人不行。家再好，父母给得再多，人不行，还是不行。"

"你当初的选择是对的。生命很长，机会很多，不要被眼前的小恩小惠迷惑了双眼。请坚定你当初的选择。"

冯嫣破涕为笑："我有时候真心觉得，你跟朱盛庸更合适。"

一向能说会道的林青青，竟然噎住了。

冯嫣手握手机，脸上的笑慢慢凝固。这么多年隔雾看花，此刻她突然看明白，闺蜜心中藏着一个跟她男友有关的秘密！

"冯嫣，你，你别多心啊。"林青青声音干涩，结结巴巴道。

第99章　拆二代，也有烦恼

"多什么心？"冯嫣假笑着反问。

林青青彻底说不出话来。

结束和林青青的通话后，冯嫣有些失魂落魄。痛定思痛，她从此打定主意，以后再也不跟林青青讲她和朱盛庸之间的种种。

朱盛庸因多花3万块买房而情绪低落，林彬看在眼里，记在心里，好脾气地哄饭搭子朱盛庸开心。

不是送他巧克力，就是送他小蛋糕。

可惜，朱盛庸对吃食没啥兴趣。

美国金鹏全面接手工厂后，果然如朱盛庸所料，除了最高层换人之外，中层领导层基本没变。挨打依然丰姿绰约，精神抖擞开着她的全进口奔驰敞篷车，以龟速驶进工厂。

"这么久了，她车技怎么还这么烂。"朱盛庸去食堂的路上看到挨打在泊车，前后两个门卫在帮忙照看。挨打这种级别，上班不需要打卡，有时候上午干脆不来。

"没办法，"林彬摇头，"她家离厂太近，没机会练手。"

"多近？"

"走路10分钟吧。"

"这么近！还开什么车？"

"走路上班太掉价，挨打别无选择，必须开车。"

朱盛庸耸肩，无语。

挨打继续稳坐客服部经理不说，还充分发挥人脉优势，兼做了进出口部经理。这下，挨打成总监了。

林彬终于不用担心被裁，开开心心继续恢复他闲适神游的状态。他和挨打家沾亲带故，深信挨打会罩着他。只要挨打在，他就无虞。

因为林彬不吝啬小钱，被人敲竹杠也乐呵呵，久而久之，成了部门出了名的老好人，在女同事中的人缘极好。

这天，林彬高高兴兴对朱盛庸说："迈抠，有人跨部门向我打听你哎。"

"谁？"

"我以为你会先问'男的女的'？"

"一定是女的，而且准是个漂亮小姑娘。不然你不会两眼放光。"朱盛庸道。

林彬赶紧扭头向旁边的窗户："我没有看起来色色的吧？"

"不打自招。"朱盛庸笑，"说吧，谁在打听我？"

"施静姝。"林彬正色,揭晓谜底。

朱盛庸难免一愣。这是一个完全陌生的名字,记忆中没有半点印象。

"别告诉我你连文宣部的施大美女都不认识。就那个长了一双毛茸茸的小鹿眼睛的小姑娘。忽闪忽闪地,能把你看得心都化了的小姑娘。"

朱盛庸不觉眉头轻皱,小鹿眼睛……

他摇摇头,确实有些记忆模糊了。

"她想找个英文好的做采访,讲讲工厂最近的变化,算是为了讨好新老板吧。我向她推荐了你。"

朱盛庸苦笑:"明白了,不是她在打听我,是你推荐了我。你帮我回绝了吧。我不高兴被采访。"

工厂里是有那么一份双月刊内刊,不过,朱盛庸从来不看。

"真不肯?"林彬盯着朱盛庸问。

朱盛庸很坚定地摇头。

"我给她买了一大盒'咳嗽药水'(咖啡)贿赂她,这才争取来采访机会。你不要辜负我呀。"林彬冲朱盛庸喊道。

朱盛庸头也不回,径直抬起手,冲身后的林彬无情地摆起手。

接受采访,在内刊上露脸,并不能弥补 3 万块的损失。

问题是,朱盛庸明确地拒绝了林彬,林彬却没有勇气拒绝长着小鹿眼睛的施静姝。

这就导致,某天中午 11 点钟,林彬给朱盛庸发了一封工作邮件,要他立即去 3 号小会议室。

朱盛庸接到林彬好心的电话提醒,看过邮件后,夹起笔记本和笔就去了 3 号小会议室。因为工作原因,他每天都要参加至少 2 场工作协调会。

推门进 3 号小会议室,会议室房门在他身后自动关闭之后,他才反应过来:这会议室,也太空了吧?就一个小姑娘背对着他。

小姑娘闻声,起身,转头,露出干净舒适的笑脸。

"你好,我是文宣部的施静姝,你是客服部的朱盛庸吧?"施静姝落落大方朝朱盛庸伸出手来。

朱盛庸望着她小鹿一样的清澈双眸,仿佛一瞬间重回第一天上班,第一次踏上班车时的情形……只是,怦然心动的感觉没有了。

他直接忽略掉那双白嫩的小手,朝施静姝笑了一下:"这里面可能有什么误会。"

"你想临阵脱逃?"施静姝睫毛浓密的眼睛倏忽一转,乌黑的眼珠从眼角处挑衅地盯着朱盛庸。

朱盛庸被激将,像是被切断退路的逃军,只好直面当下的困境。

"好吧,我时间不多。我们马马虎虎聊一聊吧。"

也许是小鹿眼睛的魅力难挡,也许是施静姝善于沟通,"马马虎虎聊一聊",一不小心变成了真诚交流。

施静姝虽然在公司任职时间比朱盛庸还长一些,因为不接触生产线,对工厂的了解浮于表面。

当朱盛庸描述一件事时,她总是忽闪着眼睛刨根问底。

那双小鹿眼睛,果然如林彬所说,"忽闪忽闪地望着你,能把心看化了"。

不知不觉,朱盛庸就说多了。

"一个集成电路芯片上,要打一行字,我们叫 marking。打不出来,打得不好看,打歪了。都是问题。客户都会不买账。"

"什么叫'打得不好看'?"

"这涉及打印工艺。

"若是激光打,会打得很快很容易,可是客户不要,因为不好看。芯片是黑的,激光打出来的也是黑色,看不清楚。

"客户的要求是敲图章。白色的图章敲在黑色的塑料上。醒目又好看。

"敲图章的问题就很大。这东西需要先做好,一个个敲,机器敲。芯片很小,图章更小,敲的位置、敲的深浅、墨水的浓淡,都有要求。综合起来,就复杂多了……"

一直到饭搭子来敲 3 号小会议室的门,朱盛庸还谈兴未减。

林彬抬着手腕,露出价值三四万的欧米茄,一脸难为情:"这都 12 点半了。"

施静姝一拍额头:"我的错!朱盛庸实在太会讲,讲得风趣幽默,又通俗易懂,我不知不觉就听入神了,忘记了时间。林彬你提醒得正好!"

被夸奖的林彬乖乖地露出微笑,一脸恭敬地目送施静姝出会议室。

施静姝突然杀个回马枪,对朱盛庸说道:"嘿嘿,你帮我写篇夸赞公司管理进步的英文稿哦。800 字小作文。可以哦?"

她笑得那么甜,声音那么嗲。朱盛庸又如何说得出"不"?

施静姝走后，林彬眺望她背影眺望许久。一直到朱盛庸推搡了他一下，他才收回心神。

林彬没头没尾叹道："小师妹是华东师大毕业的。唉。"

"你怎么喊她'小师妹'？"林彬可不是华东师大毕业的。林彬毕业于一所他怎么也不肯说出口的中等职业学校。

"有人……错读了她名字中的'姝'字，还以为她叫'施静妹'，后来，就有了小师妹这个绰号。"

看林彬吞吞吐吐的样子，让朱盛庸忍不住怀疑读了错别字的白字先生正是林彬自己。

"你不是没有女朋友吗？可以追她呀。"

第 100 章　拒绝升级当爹

这句怂恿的话，并没有真的说出，只是在脑海里过了一遍。朱盛庸这样保守谨慎的人，是懒得撮合别人的恋情的。尤其是，他内心深处对小姑娘还有一种淡淡的喜欢。

发乎情，止乎礼。他能做到。把她介绍给身边的兄弟，他做不到。

"她是华东师大毕业的。"林彬魔怔一样呢喃着重复。

朱盛庸看林彬一眼，明白了林彬的心结。林彬喜欢小师妹，不过，林彬在学历上的自卑，并不能轻易靠钱洗去。

拆二代，坐拥巨款，也有烦恼。

洞穿一切的朱盛庸，当作什么都不知道。

他如约帮施静姝写了一篇英文版美言小作文。

这小作文写得并不痛苦，因为工厂生产线的生产水平确实在进步。美国金鹏在全球进行工程师招募，招募到一些不错的牛人，至少有能力避免工作上的人为失误。

听说挨打的手伸得很长，如同她庇护林彬一样，庇护了几个跟她相熟的本土工程师。

挨打拉拢的人越多，客服部在公司内的地位越凸显，挨打身上散发的女王气质也越发明显。她那并不爱关房门的办公室里，经常传来她骂人的声音。

客服部因为听多了，几乎拿它当背景音。

挨打将客服部当作她的大本营，不爱去新归属她管的进出口部。进出口部的同事便来挨打在客服部的办公室里汇报工作。

多数会劈头盖脸被挨打骂一通。

有个小姑娘被骂得吃不消，捂着嘴一路洒泪哭着奔出去。

挨打紧随其后追出来，因为追得急，崴了脚后跟。

8厘米高跟断了。

脚脖以肉眼可见的速度肿胀起来。

整个客服部的人都围过来嘘寒问暖——除了朱盛庸。

林彬小跑着跑到朱盛庸的工位，一把把他拽起来，又拖着他挤到人群的前面，嘀嘀咕咕道："挨打，疼哇？我去打盆热水给你泡泡脚吧？"

朱盛庸挣脱林彬紧拽着他的手，冷哼道："你要害挨打啊？这种情况明显要冰敷！"

"喔喔，是要冰敷。"附和声一片。

被抢白的林彬不见生气，他顺从道："挨打办公室里有小冰箱，我去拿冰块。"

不一会儿，林彬取来冰块。大家就冰块直接放肿起来的部位，还是包上布再放肿起来的部位展开热切讨论，直到有人大声建议："为什么不赶紧去厂区医务室？"

众人醍醐灌顶，纷纷附议起来。

身强力壮的男同事托尼——那时候"托尼"还不曾被美发师偏爱，扎马步蹲到挨打面前："经理！我背你去医务室！"

乱哄哄一阵子过后，托尼背着挨打，好几个女同事周围护航，一大堆人一同去了医务室。

"照顾好我们的经理啊！"

"挨打！我们留下来看场子！"

剩下的人此起彼伏表忠心。

林彬作为助理，当仁不让冲到了最前头。他小跑着去医务室，先行告知医生去了。

朱盛庸则稳坐泰山，牢牢钉在了自己的工位上。

自从进出口部的小姑娘被骂哭、挨打脚肿之后，挨打的火暴性子收敛很多。

并非不再骂人，而是骂人时会记得关门。

不骂人的时候，会把自己的小零食拿出来跟部门同事分享。跟人聊天的时候，喜欢把细长的胳膊搭在同事的肩头。男女不论。

不管别的部门同事如何评论挨打，挨打把整个客服部团结得像一块砖头。

沙田公寓的公积金贷款办下来了，朱盛庸交付了50%的首付款以及契税，账户里工作三年半攒下的小十万块，瞬间清零。

他的心，悠悠荡荡，再次触底。

首付款缴讫，房门钥匙拿到。小铜钥匙握在手心，触底的心开始一点点反弹。

事已至此，想什么都是多余，索性不再想。接下来就是继续好好攒装修钱！

好在房子到手时，开发商已经刷过墙，装过木质地板，厨房灶台、卫生间浴缸、马桶之类都有，只需要办齐家具，再弄好窗帘、挂画之类的软装，就算齐活。

朱盛庸本来就节俭，要还房贷要攒装修的情况下，更是将节俭本色发挥得淋漓尽致。

春节，冯嫣没有收到来自朱盛庸的礼物。

情人节，冯嫣没有收到来自朱盛庸的礼物。

5月生日，冯嫣没有收到来自朱盛庸的礼物。

美女是有美女的高傲的。冯嫣的不满不会直白地讲出来的，而是梗在心里。她日渐挑剔，日渐情绪不稳，等着朱盛庸反省、察觉并安抚。

可惜，朱盛庸忙着工作日应付小客户，忙着周末挑家具，忙着不分工作日和周末地攒钱，并见缝插针地感慨一下他对哥哥生活的准确预判，丝毫没有察觉身边的恋人已经半肚子不满。

跟去年动辄喊累喊痛，精神超嗨的状态不同，今年的朱盛中显出几分迷茫。能飞到手的单越来越少，老板看他的眼光越来越充满怀疑。

朱盛中每天顶着精神和经济双重压力去上班。

经历过私活月赚一万的生活后，老老实实上班赚工资的日子就显得难以忍耐。加上飞不到单，朱盛中工作心态发生明显改变。

他变得推脱、低效、敷衍、扯皮，昔日的中流砥柱变成职场老油条。

老板客气礼貌地找他谈话。

朱盛中做贼心虚，自己心态先崩了。他冲着老板拍桌子，表示"老子不干了"。在没有跟兰婷通气商量的情况下，朱盛中，辞职了。

辞职的当天下午，他直奔斜土路上的父母家，在睡下午觉的爸爸的床边，声泪俱下地控诉了他的老板如何非人虐待他，剥削他，他实在忍无可忍，走投无路，不得不辞职保命。

朱爸爸听得双眼泛红，不住安抚他："这么委屈。不干就不干了。"

得到朱爸爸支持的朱盛中回家跟兰婷摊牌。而兰婷作为带日游客团队的导游，早就收入每况愈下。

她轻轻走到斗鸡一样进入战斗状态的朱盛中面前，慢慢拥抱住他，脸贴在他肩膀处，很温柔地说："没关系。这是上天送给我们的一段休闲时光，正好可以用来造娃。"

朱盛中直接原地跳起来。

电话铃声几乎在同一时间响起，掩盖了朱盛中的真实惊吓。

"你去接电话。"朱盛中需要时间想拒绝升级当爹的借口。

| 第 5 卷 |

创业 VS 打工

第 101 章　把老板炒了之后呢？

兰婷去接电话。

意外地，竟然是朱盛中的老板。

拿口型问朱盛中，朱盛中的第一反应是老板事后来追责飞单的事情来了，摆着手不肯接电话。

兰婷于是放外音。

再次意外地，老板的语气不仅没有追责的意思，反而内省味儿十足。

老板表示，金融危机的影响下，大家日子都不好过，脾气也变得不好。他仔细想了一下，这两年，公司的稳健发展，离不开朱盛中的贡献。

现在两人谈崩，对谁都没有好处。

成年人有错认错，他先来道个歉，希望两个人都能尽弃前嫌，也希望朱盛中明天正常去上班。

兰婷目视朱盛中，朱盛中一副下不定决心的样子。兰婷便对老板说，她都记下了，等朱盛中回家，她就照实转告老板的这番话，到时候供朱盛中定夺。

结束通话，兰婷站在电话机旁含笑凝望朱盛中。

为了减少朱盛中的压力，她先表态："我们账户里有二十几万。你父母工作一辈子也没有攒这么多钱。你去年那么辛苦。我们年龄也不小了……要是你想在家歇一歇，我完全赞同。"

朱盛中敏锐地听出"催生"的意味，断然转过身。

"这二十几万，我可以拿来投资做股票吗？"

兰婷顿时心一紧，她手捏着衣角，骨节发白。她想松口，非常想，但，不能。

朱盛中考虑了一宿，决定不回去上班。因为——

"因为我想给我老板一些教训！或许能让他明白，他应该对他的员工好一些。以免伤了员工的心，关键时候员工不买他的账。"

朱盛中坐在斜土路的父母家里，慷慨激昂地解释自己不回去上班的原因。

朱盛庸坐在他对面，耳听他说的那些话，满心满脑想的是：天，我哥哥什么时候变得这么幼稚！

朱妈妈不理睬长子充满正义感的出发点，直接问："你什么时候找新工作？准备找什么新工作？"

兰婷赶紧说："不着急。我和中中都不着急。"说完，冲朱盛中笑了一下。

那种"你懂我的意思"的笑容，令朱盛中后背发冷，他语无伦次地说道："关于新工作，我大致有眉目了，只是还没有下定最后的决心。"

"别告诉我你想专职做股票？那绝对不行！"朱妈妈觉得自己有必要为长子的小家保驾护航。

"不不，并不是……"朱盛中吞吞吐吐。

"那你准备干什么？"朱爸爸问。

"我……等我想得成熟一些，再告诉你们。"

在朱盛庸看来，哥哥应该是毫无对策，只是不肯承认而已。

"中中！"朱妈妈忽然用惊慌的声音喊了一声长子，然后盯着长子看。朱盛中抬眼望着妈妈，他们四目相对，仿佛用目光在交流。

最终，他们俩彼此望了一会儿，谁都没有开口说话。

目睹这一切的朱盛庸内心酸涩得厉害。他确认了，妈妈跟哥哥之间有神秘的情感联系方式。妈妈内心，更偏爱哥哥一些。

朱盛庸站起身，走出屋子，走向隔壁的阳台。

又是一年的5月，香樟树在微风中摇曳，广玉兰绽放出大朵的花瓣。前面校园里孩子的嬉笑声远远地传来，明亮的太阳挂在天空的左上方。

阳台上长着妈妈用泡沫塑料箱盛土种出来的朝天椒。

阳台地上一个废旧的涂料桶里，盛着半桶水，里面养着几尾小河鲫鱼。

阳台的角落里，堆了半袋子踩扁的塑料盒、折叠好的废纸张。

在阳台默默平息内心醋意的朱盛庸，突然想起来，他今年遗忘了女友冯嫣的生日！

冷静一想，好家伙，冯嫣的生日正好是今天。

赶紧双手合十朝虚空拜一拜，朱盛庸急急忙忙出门，连午饭也顾不得吃了。

在厨房里做午饭的朱爸爸大喊着："菜快好了。你干什么去？"

"我去找冯嫣——"

朱爸爸围着围裙，举着锅铲，追出房门："冯嫣为什么不自己上来？一个个惯的。"朱爸爸还以为冯嫣到了斜土路上的公交车站台，让朱盛庸下去接。他不知道的是，昨天朱盛庸邀请过冯嫣来吃午饭，冯嫣拒绝了。

错就错在朱盛庸没有多问一句"为什么不肯来"，而美女的高傲又不允许她说出"生日不想跟一大家子一起过"。

算起来，冯嫣25岁了。

她比朱盛庸还大2个月。

25岁的冯嫣，已经不像刚毕业时那么容易妥协，"姐值得拥有"和"宁缺毋滥"的想法渐渐成为她的主流想法。

望着镜中依旧俏丽的容颜，冯嫣内心有说不出的寂寞。切断了和林青青之间的情感连接后，她感觉她活成了孤岛。钢铁直男男友聊胜于无，满足不了她的情感需求。

生日这天，冯嫣坐在精致的小屋里，坐等林青青的电话。

她已经下定决心，给台阶就下，不打算再为男色而忘女友。何况朱盛庸的颜值，只能说是端庄健康中等偏上。

手机果然响了。

冯嫣连忙去接，接得太急切，没顾上来电的其实是一串陌生号码。

"青青吗？"冯嫣情怯地问。

"不确定，或许应该叫'重重'？"低沉的男音稳稳传来，言语间带着笑意。

冯嫣将电话拿远一些，这才发现是一串不曾备注过的陌生号码。

"你是谁？"

"伤心欲绝。你竟然听不出我的声音。"

一番犹豫之后，冯嫣用不确定的声音反问："陈总？"

"生日快乐！"陈总在电话那头，将声筒凑得离嘴巴极近。这一声的

"生日快乐",像是从嗓子眼里挤出来的,带着毛茸茸的小手,搔痒痒一样挠着冯嫣的心。

"你从窗口往下看。"陈总的声音仿佛是耳语。冯嫣耳朵慢慢红起来。

她不由自主听从建议,推开北向的窗户。

陈总站在楼下,身旁是他银色的宝马车。他朝她挥手,手里捏了两张什么东西。

"什么?"冯嫣在电话里问,语气里已经没了提防。

这种感觉很浪漫。

明明彼此望见,明明扯着嗓子大喊就能听见,偏偏用昂贵的电话,悄声细语一样交谈。

第 102 章 骑着摩托车在轿车中穿梭

站在楼下的男人打着什么样的私心,冯嫣模模糊糊知道。

换作平时,她不会给他可乘之机。

可今天不是平时,今天是她 25 岁的生日。

25 岁,是冯嫣心中的一道坎,预示着她从今天以后,从"有大把时间可挥霍的人"变成"年龄不小的人",虽然她还会被人友善地称为"小姑娘"。

过 50 岁生日的男人,才能明白过 25 岁生日的冯嫣的感受。

她面上笑着,内心充满悲情。一种顶峰已过,未来将每况愈下的悲情。

"《泰坦尼克号》。"楼下的男人轻笑着回答。

冯嫣倒吸一口气,惊喜地叫出声。

她还不曾看过!而办公室里那些家境殷实、关系过硬的女同事们,早在一周前就抢到了票,并将它吹捧上了天。

男主角杰克和女主角露丝,本来自不同的阶层——一个是穷画家,一个是订了婚的贵族女孩,在世纪豪华游轮泰坦尼克号上一经相逢,便一见如故,双双抛弃世俗的偏见,冲破重重阻隔,坠入爱河。

光听剧情就够让人向往了,何况,女同事还说杰克帅到无与伦比。

"快下来。"陈总在耳边笑了。

冯嫣一边想着"算了还是不去了吧,去的话太暧昧了说不清楚",一边飞快地打开衣柜,换上早就预备好的生日着装——一件带泡泡袖的大红连衣裙。

上海的5月穿它还有些早,可谁叫它好看呢。

话说朱盛庸。

朱盛庸飞奔下楼,在楼下遇到骑摩托车的马骏。

因为刘流去参加职业技术考试,无所事事的马骏就骑到朱盛庸家楼下。车还没有来得及停稳,就见朱盛庸从楼宇门口冲出来。

默契使他旋即转车把掉头:"去哪?"

"南市。蓬莱路。"

"上车。找冯嬷?"

朱盛庸跨坐在摩托车后座上,回道:"对!"

马骏加油门,雅马哈发出好听的轰鸣声。车身像离弦的箭,冲了出去。

"你开得这么猛。"

"还不是看你迫不及待。"

两个人大声嘶吼着对话。

"你们又吵架啦?"马骏问。他的恋爱就谈得很甜蜜,他和刘流从不吵架。主要是刘流稍不满意,他立刻妥协投降。

"没。今天她过生日。"朱盛庸大喊着回。

马骏急朱盛庸之所急,在马路上超了一辆又一辆车。吓得朱盛庸魂不附体,不得不拽住马骏的机车服。

"没见你带生日礼物嘛。"

"我把自己当礼物送过去。"

"太无耻了!"马骏大笑。

风吹得头发凌乱。朱盛庸甩甩头,也跟着笑。

其实才没有那么恬不知耻。他口袋里揣着现金呢,准备眼睛一闭,大出血,请冯嬷吃大餐。

马骏只用了半小时,就飞车到蓬莱路。

"慢点慢点,别撞人家车上。"朱盛庸远远就开始提醒马骏。

马骏像是卖弄,忽然急刹车。朱盛庸受惯力影响,控制不住地朝马骏后背撞过去。

马骏单手掀掉头盔:"你不急是吧?早说啊,咱们慢慢开。"

朱盛庸知道马骏在逗他，又气又无奈："我可要跳车了！"

两人正闹，忽然都停了下来。推搡打闹的姿势还保留着，脸上的表情已经全变了。一个尴尬，一个愤怒。

朱盛庸怒目圆睁，目光僵直，无法相信自己的眼睛。

穿着漂亮连衣裙的冯嫣，竟然当着他的面上了一个陌生男人的车。

"靠！早知道我就一车撞上去了。"马骏懊悔不迭。

银色宝马车门关上后，很快启动，汇入车流。

朱盛庸有种被命运扼住喉咙的感觉。一定是他坐在马骏身后，冯嫣看不到他，所以才……不不不，明明是她被别人吸引，目不曾斜视。她又不是不认识马骏！

"你没事吧？"马骏扭身想看身后朱盛庸的表情。

朱盛庸想假装不在乎，可惜，没成功。他脸上的震惊和沮丧，没法掩饰。

"坐好！"马骏将头盔往头上一罩，扭动油门，摩托车忽地就冲了出去。

朱盛庸本能抓住马骏的衣服。

马骏开着雅马哈，好像一条灵活的乌贼，柔韧地在轿车间穿梭，很快追上那辆银色宝马车。

一度，在一个红绿灯路口，马骏还将车停在了副驾驶位置的侧旁。

可惜，遮光玻璃挡住了视线，无法看到车内的情形。

绿灯亮了。

银色宝马驱车而行。

马骏锲而不舍，奋起直追。

一直追到大光明电影院。

大光明电影院是上海老字号，地处黄浦区，坐落在人民广场文化圈。它是亚洲第一座宽银幕电影院和亚洲第一座立体声电影院，也是上海独具特色的文化娱乐中心。

银色宝马停泊在附近的仙乐斯广场。陈总和冯嫣先后从车上走下来，并排朝大光明走去。

马骏骑着摩托，大有冲撞上去的倾向。

朱盛庸让他在电影院旁边的路边停车。他从摩托车上下去，径直穿过来来往往的人群，拦在了冯嫣和陈总的前面。

冯嫣初看到朱盛庸的那一瞬非常吃惊,不过,很快镇定下来。

陈总则微笑而淡定。他其实早就从后视镜中看到了骑摩托车尾随的青年。

朱盛庸并不看陈总,而是盯着冯嫣,想从她脸上看出更多表情。

冯嫣先开口:"你怎么在这里?"

她左右张望,看到不远处的马骏,继续用质问的语气问朱盛庸:"又是你的好哥们!有时间陪他,没时间陪我。我这个女朋友,混得可真够惨的!"

朱盛庸不觉往前走了一步,定睛望着冯嫣。他眼睛里有痛苦,也有不敢相信,更多的是理性和克制。

"冯嫣,你怎么在这里?"

"我来看电影。"

"跟谁?"问是这么问,看绝不看一眼。

"同事。"

"同事?"

"今天是我生日!我才不在乎邀请我的人是男还是女!谁让你想不起我的生日?难道我枯坐在小房间里独自默默哭泣才是正解?"冯嫣气势凛然。

"我不想跟你吵架。"

"我就想在我25岁生日这天吵架吗?"

陈总事不关己,淡淡微笑,站在一步开外。

朱盛庸叹了口气,试图牵冯嫣的手。冯嫣躲开了。

"对不起。"朱盛庸道歉。

刚才还一脸凶巴巴不肯善罢甘休的冯嫣,听闻"对不起"后,忽然软下来。她的眼睛忽闪了一下,升起一层薄雾,嘴巴轻微地噘起来。

朱盛庸再去拉她的手,她没再躲闪。

第103章 "希望到时候我们厚道些"

"我带你去吃生日大餐。"朱盛庸轻轻摇晃她的手。

"你的好兄弟呢?"

"他送我来跟你约会。"

冯嫣嘴角翘了翘:"送到之后呢?"

"就可以走了。"

冯嫣这回真的扑哧笑出声。

与朱盛庸面对面,小手被握在大手里,冯嫣转过身,向两步开外的陈总道:"不好意思,我男朋友来了。你介意跟那边骑摩托车的男生一起看《泰坦尼克号》吗?"

陈总眺望了一下马骏,笑意扩大:"不如我送人玫瑰,把票留给你们俩?"

"谢谢。不用了。"冯嫣拒绝。

朱盛庸改为揽着冯嫣的肩,这才第一次看站在他们对面的陈总——一个精致的海派男人,头发长度剪得恰到好处,衬衫白得恰到好处,衬衫袖口仔细妥帖地挽在小臂处。

朱盛庸在打量陈总,陈总也在看朱盛庸。陈总看向朱盛庸的目光里,同样没有太多情绪。他妥帖地笑着,和煦而温暖,还友善地朝朱盛庸和冯嫣挥挥手。

冯嫣走后,他一个人踱步进影院,从背影看,竟然也是步履轻快,看不出任何失落。

"他就是你提过的陈总?"朱盛庸扭头向身后看了一眼,揽紧冯嫣,问道。

"是的。"

"他在追求你?"

"不见得是诚心的,更像是闲暇时老猫逗逗小老鼠。"

"我有点不敢相信,如果我没有及时赶到,你就真的跟他一起去看电影去了?"

"不然呢?我一个人留家里哭哭啼啼,等你良心发现?"

朱盛庸笑着摇头。他虽然没有办法谴责冯嫣,可心里好像多了个小黑洞。

没多久,他俩穿过人群走到了马骏旁。马骏靠在摩托车上,毫不掩饰地上下打量冯嫣,不客气地开口:"你想送给他一顶翡翠色的帽子?"

"轮不到你说话。"朱盛庸打断马骏。

"你都看到了!你居然还护着她!她用什么花言巧语为自己开脱的?"马骏有些激动。

朱盛庸拍了拍马骏的肩膀："是我做得不够好。你可以走了。"

"你做得不够好，就是她背叛你的理由？"

朱盛庸认认真真看马骏一眼："没有背叛。她只是跟同事一起去看一场电影。"

"哈！恰巧是男同事。而且是个一看就想靠个人魅力捕获小姑娘的成功男士。你可真行。"

"我们过来只是跟你说声'再见'。"朱盛庸拉着冯嫣就走。

马骏冲着他们的背影，大声喊："你这么大度，是不是心里压根就不爱她？所以不在乎？"

冯嫣咬了一下嘴唇，斜觑着偷看一眼朱盛庸。朱盛庸面无表情。她也就没再说什么。

冯嫣生日这天，素来抠门的朱盛庸眼睛都不眨地花了三分之一个月的工资。冯嫣像是报复性消费，午餐点了两个人根本吃不完的饭菜，下午买了七八件衣服和鞋子。

本以为补偿了自己这半年来受到的冷落，内心会感到满意，实际上，冯嫣心里远没有面上表现得那么开心。

马骏的那句"你是不是不爱她，所以不在乎"生根发芽，长在了她心里。

她想给林青青打电话，探讨一下她今天犯的错以及朱盛庸为什么那么容易就原谅她，可是磨不开面子，只好继续忍着。

朱盛庸中午陪冯嫣吃大餐，下午陪冯嫣逛街，一天约花去他10天的工作收入。晚上吃过小生日蛋糕后，与冯嫣吻别。

他下楼之后，到公共电话亭给马骏打电话。

"马骏，如果我想去喝点酒——"

"你在哪儿？你等着我！"

朱盛庸站在5月的夜里，怅然抬头向上望。熟悉的窗口亮着灯，那里住着跟他谈了五年半恋爱的姑娘。

只是，随着时间推移，他越来越不敢保证他了解她。

马骏骑着他的雅马哈风驰电掣地赶来了。他说他女朋友刘流参加完职业考试后要复盘，所以今晚留家里学习。

他本想也留家里看公司的财务报表，既然好朋友有需求，他就义无反顾，陪朱盛庸去一趟酒吧。

马骏载着朱盛庸去衡山路。

说起酒吧，衡山路之于上海，正如三里屯之于北京，西街之于阳朔。

衡山路酒吧确实是上海酒吧的一个标识，主要是因为这条街上的酒吧风格多样。

马骏如鱼得水，露出他不为朱盛庸所知的另一面。他熟门熟路带朱盛庸进一个破破的窄门里。酒吧的店名小小地嵌在门旁的墙上，一闪而过，依稀看到一个"哈"字。

虽然有酒有灯光有美女，气氛并没有朱盛庸想的那么热烈。好在他也不在意。

马骏要了两杯啤酒，俩人坐在吧台旁，叫了一份小食。还没怎么开聊，注意力先被旁边侃侃而谈的人吸引走了。

"上海作为'不夜城'的历史是从1865年12月18日开始的。那一天，上海南京路正式点燃了煤气灯，灯光第一次照亮了中国城市漆黑的街道，市民流连忘返！"

"那时候的夜上海，丰富着呢，酒吧、舞厅、爵士乐、洋酒、俄罗斯舞女、菲律宾乐队……"

朱盛庸探头看一眼侃侃而谈的男子，是个中年人，身上散发着儒雅气质，让人直觉以为他是位大学教师。

他正对着两三个青涩学生模样的女孩子说话。

"有陪舞的舞女，很多还是外籍女子。圣乔治饭店的舞厅，跳舞的俄国女子每天大敲竹杠，哄客人开香槟。"

"广州、深圳、成都等都市，舞厅在夜文化复兴之初扮演着无可替代的角色。而且，无一例外，在当时轻歌曼舞的间隙，都会有一支10分钟到15分钟的全场熄灯的'黑灯舞'，与百年前别无二致。你们知道什么是'黑灯舞'吗？"

马骏咕咚咕咚仰起脖喝完啤酒，胡乱塞几片零食进嘴巴，对朱盛庸道："没意思。走，换一家！"

朱盛庸盯着那个在酒吧里冠冕堂皇说课的中年男，很有将杯中剩余啤酒泼他身上的冲动。只是，上海人不惹是生非的惯常做派，使他忍耐下来。

"有一天我们也会成为功成名就的中年人。希望到时候我们厚道些，不跟年轻人抢小姑娘。哈哈哈。"马骏擂一拳朱盛庸的肱二头肌处，笑着试图活跃气氛。

从小破酒馆走出来,马骏又带他一头扎进另一家酒吧。

第 104 章　他想创业,想自己当老板

新进的这家酒吧更会搞气氛,潮人更多,DJ 也更狂野。

朱盛庸土生土长,久居上海,第一次开眼看上海的摩登夜生活。流光溢彩的激光灯搅动着酒吧,声光盛宴诱使肾上腺素加速分泌。

"我请你喝酒,向你道歉。中午那会儿我太冲动了,不该说那些话。"马骏搂着朱盛庸的脖子,凑在他耳边喊。

朱盛庸摇了摇头。

现场太吵,陪冯嫣大半天后,他已经没有力气再喊。

"你俩谈了那么多年,婚房也买了,诚心诚意奔结婚去的,是应该大事化小,小事化了。你做得对!"

朱盛庸推开了马骏。

他要了杯啤酒,准备在炸翻天的热闹里默默想一会儿心事。

马骏不安分地到处眺望。很多人起身离开卡座,朝 DJ 前的舞池聚集。马骏拖着朱盛庸。朱盛庸不想凑热闹,可还是被后面涌过来的人包围在人群中。

节奏感极强的音乐响起来,一个女孩站在高台上带领大家跳舞。舞池里的人疯了一样不住地尖叫、挥手、甩头。

朱盛庸边往外围挤边想起李礼刚写给他的信。

李礼刚也曾被他刚见过两次面的室友带去混兄弟会。当兄弟会的大门朝他打开,他看到的也是他不曾想象的疯狂场面。

借酒浇愁的想法从朱盛庸脑海里泯灭了。他决定也像李礼刚一样,临阵脱逃。

走着走着,被人拖住了胳膊。

朱盛庸回头,借着玩命晃动的激光灯,他看到一张熟悉的面孔:刘流!

刘流穿着海军服,胸前系了个超大的红色蝴蝶结——其实是美少女战士的战服。短裙掩盖下,顾长的腿分外白。

"你怎么——你不是——"朱盛庸的话不时被轰鸣的音乐掩盖。马骏

不是说刘流今天在家复盘职业考试吗？

"马骏——"朱盛庸大喊着，手往舞池中央指。

"我看到了——"刘流双手拢在一起，喊回去。

终于，朱盛庸挤出舞池。

不少人站在卡座的桌子上随着音乐摇摆。

朱盛庸大步往门口走。

刘流一路小跑紧跟在他身后："小哥哥！小哥哥！"

记忆中刘流从来都只侧面跟他说话，或者，指名道姓地喊他。

"你可不可以不要告诉马骏？求你了！不要说你见到了我！我现在就回家！"刘流双手合十，不住央求朱盛庸。

朱盛庸望着表妹，脑海里一闪而过冯嫣。

刘流撒谎说自己在家学习，其实在泡夜店，而冯嫣，明知道别人有追求她的心，却还是欣然赴约去看电影。

"你到底是怎么想的？"出了酒吧的门，耳边陡然清静。朱盛庸拧着眉头问刘流。

"没怎么想啊。就是不想闷家里，想出来玩。"刘流挺无辜。

"你想出来可以跟马骏一起出来啊？为什么撒谎？"

"叫了男朋友，姐妹淘就不高兴了……再说了，男朋友又不是全部……"刘流翻眼。

"既然这么理直气壮，为什么还求我不要告诉马骏？"

"吵架没意思嘛。"

"骗人就有意思了？"

"哎呀，你不要总上纲上线。多没意思啊。"刘流嫌弃地瞪起朱盛庸。

刘流"意思"来"意思"去，绕得朱盛庸没脾气。

"好了，马骏要是不问，我就不说。"他松口，"赶紧回家！"目光一不小心瞄到刘流的露脐装，朱盛庸心中的烦恼更胜了。

女孩子们总是很容易就适应了社会的变化，而他却不能像别的男性一样轻易成为有钱人。好沮丧。

朱盛庸带着他年轻的烦恼，迎着5月深夜清冷的风，往斜土路家的方向赶。

虽然在沙田公寓买了房，由于新房地处偏僻、交通不便，结婚之前，他并不打算住进去。日常，他还是住在斜土路父母家，并按月向父母缴纳饭费。

上海外环线一期工程正干得热火朝天，即使在深夜，作业灯还亮着，远远可见。报纸上说它将于1998年的12月1日建成。

在看不见的地方，逸仙高架路也正在建设。那是上海第一条由区引进外资兴建的高架路，不过，要2年后才能建成。

朱盛庸走路回家的时候，不住地问自己：他这一辈子，是否有机会像外公一样功成名就，庇荫家人？还是，最终只能像爸爸一样庸庸碌碌过一生？

未来不确定，唯有抓住当下。

朱盛庸痛定思痛，觉得能抓的当下就是节约。他今天，真的不该出于愧疚而不加约束地任由冯嫣花钱！

朱盛庸为三分之一的月薪而懊恼不已时，绝对想不到，10年之后，他会连翻了三倍的月薪都不看在眼里。

徒步从衡山路走到斜土路的家，朱盛庸当晚睡得格外好，兴许是足够劳累。

接下来的周末，朱盛庸的婚房经过数月来的货比三家，终于布置好了窗帘和沙发。

冯嫣既不满意廉价感十足的窗帘，也不满意劣质感藏也藏不住的组合沙发。只是，朱盛庸的态度比任何时候都强势，冯嫣只好退让。

她想的是，大不了结婚的时候她重新买质量好的。

之所以没有阻止朱盛庸买办，是因为，她在婚房买定之后，日渐觉得沙田公寓实在过于遥远。

住惯市区的她，渐渐生出一个想法：让朱爸爸和朱妈妈住沙田公寓，腾出来的市区二室户装修后做婚房。

这个想法不便于直说，毕竟提出买新房的人是她的妈妈。

冯嫣心里藏得住沟壑，耐心等待说的时机。

朱盛中憋了两周之后，终于吐言：他不想再找任何工作，他不想再给任何人打工，他想给自己打工！

"什么意思?"朱爸爸大睁着双眼问。

"他想创业！想自己当老板！"朱妈妈表情里藏着失落。

这个答案，在两周前她惊然喊一声"中中"，并与之无声对望的时候，就看到了！她希望过去的两周里长子能冷静下来，看来，并没有。

"不行！"朱爸爸大喝一声，"我们家没有做生意的人。我们不懂。肯定不会成功的！"

朱盛中瞬间就火大起来，他拼命指责爸爸妈妈的负面教育，从小到大，总是什么事还没有做就一口断定不会成功，他受够了这种情绪勒索！

"为什么别的父母会鼓励孩子而你们却不会？"

"为什么别的父母允许孩子试错你们却不肯？"

"知道我为什么考上全上海最好的上海中学也没什么大出息了吧？因为有你们拖我后腿！"

"知道我为什么不想要孩子了吧？因为我实在厌倦死这样辛苦又无奈地活着了！"

"我讨厌被束手束脚！"

"我讨厌你们以爱的名义规劝我！"

"我讨厌我的梦想还没有全力去追逐，你们就预判不会成功！"

"我讨厌你们这个样子！"

朱盛中额头和脖颈处的青筋毕露，两眼发红，嘶吼着拍桌子，扔报纸。

朱妈妈双眼微湿，嘴唇隐隐发抖。

兰婷的眼泪直接无声流了出来。

朱爸爸颓然垂着双手，后背明显塌下去一截。

大概只有朱盛庸，没有被发飙的哥哥震慑住。

第 105 章　更年期后的朱妈妈

朱盛庸不仅没有被发飙的哥哥震慑住，还觉得哥哥真是既可怜又可笑。都 29 岁的人了，结婚也快 8 年了，居然还在父母家里理直气壮地指责父母！

"你从小到大，听过爸妈的话吗？"朱盛中喘息的间隙，朱盛庸平静开口。

朱盛中迅速扭头。

他望着弟弟，仿佛才意识到屋子里有个他。

简简单单的一句反问，却让他无言以对。

从小到大，他几乎没有听过父母的话。极小的时候就不说了，稍大一些时候，妈妈每个月给零花钱，叮嘱两个儿子仔细把钱存起来，朱盛中总是转身就花掉。

让两兄弟轮流倒垃圾桶，朱盛中总有理由、有办法逃脱。

喊阿庸头零拷酱醋茶的时候，朱盛中又总是冒出来，十次里有十次要吞掉找零的钱。

他考上了上海中学，回家的周末主题曲是变着花样要钱。虽然家境普通，网球拍、吉他、拳击手套、德文字典、大录音机……他一样也没有落下。

他在上海中学读高三的时候，执意要当美术艺考生。

他读大学的时候，总是逃课，以至于班主任打电话到家里了解情况。没有人知道他逃课干什么去了。

他一毕业，就隐婚。

他工作后挖心思赚外快。

他辞职后不想再就业。

掐指算算，无论大小事，哪一项是顺从父母的意思才做的呢？

朱盛中像斗牛一样呼哧呼哧喘着气。

他小时候，遇到为难的事，尴尬的事，就会呼哧呼哧喘气，感觉就像情绪过于激动，哮喘要发作一样，父母总是会妥协，不再追究。

"好了，不说了。"果然，妈妈来打圆场，"中中早就是成年人，我自问在你们的管教上不霸道。你们要是对自己的人生不满意，那是你们自己的事！"

遇到抵抗的朱盛中狠狠地把手里捂着的一个吉祥物娃娃砸地上，站起身，对兰婷道："回家啦。"

兰婷抽泣了一下，连忙站起身，跟了出去。

朱爸爸的扇贝粉丝汤还在锅子里咕嘟着，要招待的长子和儿媳妇却已经出门走了。

朱爸爸无奈地朝空中伸出手，想挽留又不敢挽留，只能眼睁睁地看着他们的背影从视线里消失。

"××！"朱爸爸空叹一声，"不满意就找我们的碴儿，不满意就往我们身上怪，这孩子什么时候变成这样子了？"

朱妈妈冷眼看一眼朱爸爸，厉声道："闭嘴！他在的时候你不说，现在他走了，谁要听你抱怨？"

朱爸爸骇然地望着朱妈妈。朱妈妈自从更年期过后，女性气质几乎从她身上全部退却，她变得刚强凌厉起来，像是换了一个性别。尤其是面对朱爸爸的时候。

豪横了大半辈子的朱爸爸，默默权衡后，决定偃旗息鼓。

冯妈上周四起，随公司出差去浙江，要下周二才回。去竞标一项金华的市政公建项目。朱盛庸周四下班后接她，陪她回蓬莱路。她收拾行李的时候，他很想问，有心追求她的陈总会一起去吗？

想到小表妹刘流的那句"吵架太麻烦"，才忍住没问。

他俩都在刻意回避陈总。

哥哥想自己创业，遭到爸爸反对后失态地吵闹一番后，带着兰婷离开父母家。他们走后，朱爸爸、朱妈妈和朱盛庸一家三口在厨房小圆桌旁吃午饭。

好些食材已经准备好，但显然已经不打算再做熟了。

收音机里播放着南方持续在下雨的新闻，而上海，也将进入令人厌烦、令人惆怅的梅雨季。

给朱盛庸的生活填上一抹明快色彩的，当属小鹿眼睛施静姝了。

施静姝抱了两本杂志，来到客服部。一本送给挨打，另一本，在众目睽睽中送给了朱盛庸。林彬眼珠子都要掉出来了。

"里面有篇你的文章，留给你做纪念。"施静姝将公司内刊递给朱盛庸。

朱盛庸接过来，漫不经心地翻了翻。

"谢谢。"朱盛庸很快翻到自己的那篇，其他的多是中文。

"中午请我吃饭？"施静姝笑着问。

"凭什么？"朱盛庸把内刊合上，本能反问。

施静姝想当然地认为他在开玩笑，于是笑着说："'谢谢'总不能止于口头，当然要落实到行动上呀。"

"要的！要的！"林彬早就徘徊在一旁，连忙答应下来。

以他对饭搭子的了解，饭搭子会无情地让女神直面现实的。现实就是，想让饭搭子请客，绝无可能！饭搭子自己恨不得餐风饮露。

"我牵线搭的桥，我来做东。"林彬露出地主傻儿子式的笑脸。

施静姝见朱盛庸不反对，笑嘻嘻答应下来。

林彬提议到厂区外的徐泾镇上吃。施静姝担心时间来不及，林彬表示一切包在他身上。

林彬拿出摩托罗拉手机，先给一个人打电话，吩咐电话里的人 12 点到厂区门口来接他；后又给一个人打电话，吩咐电话里的人给备一桌三人份的饭菜，并叮嘱"食材要好"。

他打完电话，施静姝看他的眼光已经悄悄发生了变化。

12 点午休时间到了，果然一切如林彬所安排，他们三个人才走到厂区门口，一辆闪闪发光的黑色丰田就泊在了门口。

林彬坐在了副驾驶位置，用青浦话跟司机位上的人说着什么，不时地回头看施静姝一眼。

"你听得懂他在说什么吗？"施静姝问朱盛庸。

朱盛庸摇摇头。

"我以为你是上海人呢。"施静姝笑起来。

朱盛庸看她一眼："原来你不是上海人。"

徐泾的这个厂，一开始是韩资，现在是美资，大老板都不是中国人。工程师来自世界各地，办公室里的普通工作人员来自五湖四海。上层的通用工作语言是英语，办公室的通用语言是普通话。

青浦本地人聚在一起会说青浦话，崇明人聚在一起会说崇明话⋯⋯上海人聚在一起，只能说沪腔普通话。

市区内的上海话，跟郊区的上海话，显然已经不是一个概念。

施静姝的笑凝结了一瞬，转而又铺展开来："我是从娄底考到华师大的。娄底你知道吗？在湖南。你老家在哪里？"

林彬正说着什么，耳听施静姝这样问，突然停下，扭头看后排座。

朱盛庸风平浪静地回："南市。"

"南市？在江西？"

林彬扑哧，马上憋住，正色道："快别逗她了。"

朱盛庸继续："不，南市区。"

施静姝瞬间红了脸，不再看朱盛庸。

"他是上海市区人，本来住南市区，现在住徐汇区。"林彬好心地为施静姝解释。

施静姝笑了笑："我有个亲戚，也住在徐汇区。"

朱盛庸默默回想一下他第一次上班车，第一次撞见小鹿眼睛的情形。他猜想，也许这只是他一个人的记忆。

"也住在斜土路附近。"施静姝扭头补充。

第106章 创业项目竟然是!

朱盛庸心里一惊,不由飞快地看施静姝一眼。

原来她记得!

班车有好几处停泊点,原来她记得他是从斜土路上的车。

但……最终他什么话都没有说,一丝一毫的意外都没有表露,仿佛不曾听到她追加的后一句。

施静姝转过脸,看车窗外。

一场悄无声息的试探,已经落下帷幕。

徐泾受益于它所处的地理位置,成为运气之镇。

一半的徐泾镇被圈给了当初的韩国现代电子,半数的徐泾人因此暴富;工厂有数千工人,增加徐泾镇的税收不说,还带动了餐饮、住宿、就业等,全徐泾人都因此受益。

本来节衣缩食、沉重地谋划未来生活的农镇人口,账户上出现了大额巨款后,变得眉头舒展,浑身上下洋溢着轻快无忧的味道。

在有幸福镇之感的徐泾镇吃过味道相当赞的午餐后,闪闪发光的黑色丰田又将林彬、施静姝、朱盛庸三人送回工厂。

去的时候施静姝倾向于跟朱盛庸说话,回的时候已是倾向于跟林彬说话。

林彬激动极了。

一下午跑了多次朱盛庸的工位。他前言不搭后语地自言自语,一直到快下班,朱盛庸才听出来:他想让他打掩护,当爱情的助攻。

用林彬的话说:"我单独约她,万一她拒绝,就太尴尬了。我以我们俩的名义约,就万无一失啦。"

朱盛庸懒懒地看林彬一眼,没有反对。

每一颗未婚躁动的心,都在积极谋求归宿。他的心,既然已经打了"归冯嫣所属",就……安分些吧。

出差延迟,比预期长了一周后,冯嫣从金华归来。

朱盛庸临下班前给冯嫣打电话,询问她出差归来回公司还是直接回蓬莱路的家,他是去公司接她,还是直接去蓬莱路的家见她。

冯嫣有些支吾，停顿了一会儿，道："要不你明天再来？出差实在是累，我需要补觉。"

朱盛庸很配合地答应下来。

不知怎么，内心惆怅又生。

他忍不住给马骏打电话。

在他内心，马骏和他同病相怜，都有一个过于活跃、不依赖他们的独立女朋友。

"我正好空着。你的电话来得好巧——"马骏笑嘻嘻。

"刘流又……"

"在家复习功课。"

"……"

"我家刘流可上进了！"

朱盛庸挣扎了一秒，决定还是继续装作什么内情都不知道。

"你公司运营得怎么样？"

"挺好！天天都有活儿！"

"上正轨了？"

"每跑一单，约亏50到200块不等。我爸说不错了，折算下来，比花钱送礼请人找工作便宜。让我先维持着。"

真不知道马骏的乐观劲是从哪里来的。

"我哥哥也要创业了。"

"咱们哥哥也要做货代？"

"不。"

"他终于下定决心投钱做广告公司啦？"

"没有。"

"那他做啥？"

在电话里，朱盛庸没能说出口。实在是因为，哥哥要做的事情，他一百个不赞同。

虽说哥哥和他是两个独立的生命体，他作为弟弟不需要对哥哥负责，但是，眼睁睁地看着哥哥跳进陷阱，他做不到不干预、不着急。

哥哥要投身去做的，是安利。

1996年年初，安利在上海设立华东办事处。

1997年，安利进入发展高峰期。身边兼职做安利的人一下子多起来，朱盛中就是那时候被大学里的一位同学拉去听课，并注册为会员的。

说起来，早在 1995 年，安利（中国）开业不到一年，便同时通过美国安全检测实验室公司和英国标准协会的 ISO9002 国际质量认证，成了当时国内首家获得以上两项权威认证的日用化工企业。

安利在国内进入发展高峰期后，不少人仿照安利等传销公司的运作模式，创建非法传销公司，造成国内传销市场一片混乱。

经常看报纸、听新闻的朱盛庸当然有所耳闻。

这种背景下，当哥哥说出他想创业全职做安利的时候，可想而知，当即引发了朱家其他人的一致反对。

朱爸爸说不出名正言顺的反对理由，只咬定"感觉不是正经工作"。

朱妈妈则发出灵魂三连问：社保谁交？收入能保证？兰婷没意见？

朱盛庸说的最有理有据："今年（1998 年）4 月份，国务院暂停一切国内传销活动。包括安利在内。你难道比国家还睿智？

"抛开政策层面，你仔细想想，这种发展下线的做法，就像组建金字塔一样，总有穷尽的时候，总有下线发展不出来的时候。

"等发展不出新人的时候，最下面一层的就会不甘心成为工具人，会离开，你辛苦建立的金字塔王国就会迅速土崩瓦解，到头来落得一场空！

"怎么看，安利都不能当一份事业来做！"

朱盛中奋起反驳，滔滔不绝举证安利在美国的发展史，说得口水四溅。

大意是说，这是一家脚踏实地、具有开拓精神的公司，同时也是一家正儿八经的上市公司，它在世界各地建立分公司，谋求造福于人类的宏大目标。

总而言之，这是一家值得信赖、可以投身的公司。

任何新生事物在发展初期都会遭受目光短浅之人的怀疑、诋毁，只有真正有远见的人能透过现象看本质。譬如他之看低迷期的安利。

朱盛中手握安利洗洁精的瓶子，目光透出坚毅来。

安利（中国）引进欧美通行的"无理由退货"制度，成千上万的用光的空瓶子被退回来，这些空瓶子，能够换回完整包装的新产品。倘若退出安利，也会分文不少地退回入会费。

当其他人积极退空瓶子、窃喜占到了小便宜时，朱盛中，则从无理由退货制度看到了安利的坦荡与伟大。

"在你眼里再伟大,它也是一家被国务院点名禁止营业的公司。"朱盛庸见实在劝说不动哥哥,只好回归到硬性规定上。

"安利会被再放出来的。"朱盛中信心十足。

本来安利放不放出来,跟朱盛庸也没什么关系。他已经尽心尽力地规劝过哥哥了。

问题是,哥哥要收回冯嫣住的蓬莱路上的小房子。

当朱盛中决心投身安利事业后,他积极谋划做安利后的生活安排。第一要务就是弄个可以拉人过来开会听课的房间。

他将目光盯向冯嫣住的房子。

第107章 四目相向时,升起尴尬

那间小房子,理论上属于朱盛中,已经无偿供给朱盛庸的女朋友住了三年有余。

现在,朱盛中需要它,自然不会因为"难为情"而开不了口。亲兄弟,明算账嘛。

因着这层关系,朱盛庸反而不方便再说安利的坏话,显得像是要借机继续霸占哥哥的小房子一样。

"行吧,我去跟冯嫣说。"朱盛庸回。

"不用说!"朱爸爸气鼓鼓,"这公司还关着不允许营业呢。"

朱盛中则目光炯炯:"我敢打赌,不出两个月,就会放出来!等着瞧吧!"

梅雨季节在继续。

南方的大雨也在继续。

从办公区到食堂的路已经被雨水淹没,后勤部垫了好几层纸箱子供人通过。

到处湿漉漉、黏糊糊,一如朱盛庸的心情。

他需要尽快见到冯嫣,告诉他哥哥想收回她的住处。

正在这时,部门里突然爆出一个大新闻。

还记得那个弯下腰背脚肿挨打的托尼吗?同在客服部,托尼的日子过得相当舒适。他只服务一家公司——西门子旗下的英飞凌半导体。

英飞凌带给了公司盈利价格最高,同时也是工艺最复杂的分装项目:

分装后的芯片有144个脚，内接368条接线。

每分装一个这样的芯片，公司从中赚3毛8分钱。比那些只赚3分、4分的芯片分装，公司显然极其重视这笔生意。

西门子同样很重视这批次的芯片分装，多次检查良率。

挨打动用自己的关系，为托尼及时打通生产通道。

一切都很顺利，良率合格，出厂，运回客户公司。就在所有人都认为顺利交单的时候，出了大问题。

西门子将通过检测的所有芯片装进主板，却开不了机！这下问题大了！每一个合作商出品的芯片都被列入怀疑名单！

托尼自从得知这个消息后，就无端惴惴不安。

果然，经过长达两三个月的排查后，西门子方认定祸起于朱盛庸工作的这家封装公司。

托尼将被迫直面被这件事搞得早已精神分裂的西门子客户。

并非只是客服被骂得狗血淋头而已，公司还将面临巨额索赔。

虽说不是托尼造成的问题，也不是托尼出面就能解决的问题，托尼到底要自始至终裹挟在里面，夹起尾巴全程道歉。

连挨打也跟着脾气暴躁起来。

进出口部过来汇报工作的小姑娘又胆战心惊起来。久而久之，进出口部渐渐变得只剩一个神态洒脱、衣着潮流的年轻男同事前来汇报工作。大家都喊他"Yang"。

权且写成"杨"吧。

杨走在低气压的客服部，脸上洋溢着潮男的自信微笑。他若无其事走进挨打的办公室，果不其然，不一会儿，挨打办公室里就谈笑风生。

差不多过半小时后，杨抱着一大堆签过字的报表，镇定自若地在大家各种偷窥的目光中离场。

挨打会因为杨的造访而保持半天平静，半天后再度暴躁起来。

托尼焦头烂额，甚至对朱盛庸说："我真的好羡慕你，你手上全是小客户，就算是翻船，也折腾不出大浪花。哪像我，一个不慎，全军完蛋！哪个王八蛋工程师犯的错！回头让我知道，非要麻袋套住脑袋狠揍一顿解解气！"

生产部要给出关于这件事故的8D报告，要写诸如"发现了什么问题，后续将怎么解决问题，又如何保证不再犯"之类。

托尼要参与到每一起与之有关的会议，并撰写会议报告，同时要满足客户提出的各种奇怪要求，忙得飞起，经常饭点还在会议室。

林彬通常会给托尼买个面包，放托尼办公桌。

朱盛庸默默旁观，暗自琢磨，是林彬本就善良，还是账户里足够充裕让他可以表演善良？

这个问题的答案有待更多证据去证明。

当下对朱盛庸而言，需要解决的是女朋友冯嫣的住宿问题。

"你哥想全职做安利？"朱盛庸择日见到冯嫣，把周末朱盛中说想全职做安利的事讲给冯嫣听。

朱盛庸点头。

"兰婷什么态度？"

兰婷超级迷恋朱盛中的容颜和才华，当年愿意顶着压力满足朱盛中不办婚礼的提议，如今答应朱盛中全职做安利，更不在话下。

"她不反对。"

冯嫣露出吃惊的表情："居然就答应他了？也太纵容了！做了自由职业就没有办法有稳定的收入……哦，对了，他们不需要还房贷。"

朱盛庸有些尴尬，好在他没有要创业的计划。

"我哥哥想要回这间房。"

冯嫣点点头："他想把房子租出去补贴家用？想收多少钱月租？"

"并不是。他想收回来做安利开会上课的房间。"

冯嫣这才有些危机感："我怎么办？"她当然知道她该怎么办——找到新住处并搬家；同时她也知道她应该在此时示弱，所以才可怜兮兮地问朱盛庸。

朱盛庸这样习惯未雨绸缪的人，早就为冯嫣谋好了出路。

"有三个选择。最差的是搬去川沙，不过，这样的话恐怕要换工作，否则通勤时间过长，会很痛苦。"

冯嫣点头，同时内心一秒否定掉这种可能。

"其次可以考虑在你公司附近租房。我通过中介打听过了，你公司所在的地段太好，以至于月租很贵，要占去你收入的三分之一。我觉得太贵，不划算。"

冯嫣继续点头。她月薪三千八百块，一千二左右的房租若由她来出，是会觉得心痛。

倘若由朱盛庸来出,他免不了会趁机提议同居吧?婚前同居这件事,太明目张胆,似乎不太明智。正思量间,又听朱盛庸开口。

"第三嘛,"朱盛庸注视着冯嫣,"你可以搬去和我一起住斜土路。既省房租,又省饭钱,交通还算便利,距离你工作的静安区也近。"

冯嫣瞬间苦笑:"不好吧?"

这只是对朱盛庸而言的最优解,可不是她冯嫣的。

"我们早晚要结婚,不是吗?"

"我妈妈知道了,会骂死我的。"冯嫣断然拒绝。

朱盛庸摸了摸冯嫣的手:"那么只能是在你公司附近租房了。"

冯嫣点头,望着朱盛庸。

朱盛庸望着冯嫣。

四目相向的时候,气氛逐渐尴尬起来。

悄无声息的尴尬野蛮生长起来,很快填充了整个小房间。

他没有说替她分担房租。冯嫣眼中的期待很快变成失落,变成心酸。在心酸发酵成洪水猛兽之前,她努力地挤出一个笑容:"你哥哥有说我最晚什么时候搬家吗?"

"没有。一时半会儿不用着急。"

冯嫣别过眼睛,看向别处:"要不你回去吧。我出差的累劲还没有缓过来。"

朱盛庸既不会花言巧语,也不会死缠烂打。自尊和人格这种奇奇怪怪的内在东西,促使他很合作地离开冯嫣的小窝。

才出冯嫣的房门,冯嫣就"啪"地关闭了门。

接着,门内传来稀里哗啦一阵响。

第108章 暴雨不断的1998年之夏

站在门外的他,下意识举起手,准备敲门。不过,很快反应过来,冯嫣生气的根源,正是他。

他能感受到,冯嫣期待他说出诸如"房租我出",哪怕他说"我出一半"也是好的。可惜,户头上的寥寥数字和他过于谨慎的性格,让他没有办法表演大方。

他会因为她不开心就改变自己的行为吗?脑海里一闪而过因为想讨

好冯嫣而松口答应买川沙的房子,白白损失3万块,朱盛庸重新坚定起来。

敲开门也无济于事。默默体会着没钱带来的无奈,朱盛庸懊丧地离开冯嫣的小窝。

话说冯嫣将一桌子的瓶瓶罐罐全扫到地上后,大口喘气气了一会儿之后,倒在了床上。

她猛然发现一个事实:脱离了林青青的情感扶持,她对朱盛庸日渐怨念起来。

譬如上次,她说她出差太累,让他不要来见她,他竟然真的没有来!听不出来她在撒娇求安慰吗?

譬如这次,她期待他说出"房子我找,房租我付,家我帮你搬",难道她真的会两手一甩什么都不闻不问吗?他竟然什么都没有说!

他一定是不爱她!否则怎么一点体察不到她内心的需求呢?

一个都已经不爱她的男朋友,留着过年吗?

冯嫣倒在床上抽泣,哭着哭着,自己睡着了。

在梦里,她梦到了林青青。更神奇的是,她还梦到林青青在梦里开导她。

"你换位思考过吗?他为你买了婚房!为讨你喜欢多花3万块买了漂亮小区!转眼你好像就忘了这件事!

"他是没说要帮你找房、付房租、搬家,可他也没有说不帮你。你为什么不耐心些,看看他会怎么做?"

梦到这里,冯嫣陡然醒来。

日有所思夜有所梦的力量竟然如此神奇。难怪科学家会从梦中得到科研提示。

冯嫣因为这个梦,心态变得重新平和起来。

她主动在工作日的中午给朱盛庸打电话。闲聊什么不重要的,重要的是释放示好的信号。

见朱盛庸在接恋人的电话,林彬便一个人去见施静姝。

从那天以后,三人吃饭小组就自行解散了。

林彬一天比一天眉开眼笑,一天比一天大度撒钱。终于,半个月后,他悄悄向朱盛庸宣布:他和小师妹确定恋爱关系啦!

之所以没有广泛宣布,是因为公司有条不成文的规定:办公室内各部门之间不赞成谈恋爱。

朱盛庸心里一惊:"全垒打?"

"你说什么?"林彬没听懂。

"你说的确定恋爱关系是指?"

"我牵了她的手,她没有反对!"

哦。原来比自己想得纯洁多了!朱盛庸笑了一下。

"当时要过一条小马路,雨下个不停,我帮她撑伞,可脚下有个差不多两步长的水坑,边上只有50厘米宽的小路。她担心会不小心掉水里,我就伸出手,想扶她过去。

"然后,她真的回应我了!

"而且,过完小水坑,我没有松开手,她也没有挣扎。

"好甜!我的整个心都沸腾了!

"这应该不是我自作多情,应该是她接受我了吧?"

朱盛庸笑着拍了拍林彬的肩膀:"恭喜恭喜。以后吃饭就不用叫我这个电灯泡了。"

林彬蹦跳着,在办公室里快乐地转着圈,就差引吭高歌了。

托尼看到林彬这样快乐,越发惆怅。经过工厂生产部一系列的追责,确认了错误发生的原因,竟然是图纸在手工输入时犯了错。

368条接线,一条一条地手工输入。

要了人命!

果然不负众望地输错了一条。

本来应该是输入电源线的,结果输到了负极上,直接造成短路。

封装以后,去测试它的功能。问题是它极其复杂,368条线,144个脚,不可能在测试的时候把它们依次全部测试。工程师只测容易出错的功能,结果几轮测试下来,统统合格。客户这才把它装到主板上。

一装到主板上运行,就导致短路开不了机。

确认责任的阶段艰难完成后,进入索赔阶段。

托尼焦头烂额地陪跑到这个阶段,八卦之心熊熊燃烧起来。他特别想知道,公司到底会赔付多少钱?

做坏了客户昂贵的芯片,花费了客户大量人力物力排查问题,拖延了客户产品上市的日期,造成了客户市场口碑的动荡……赔付金额,一定是个天价吧?

经由托尼解析对客户造成的巨大伤害后，客服部弥漫着一股担忧：公司不会赔破产吧？

深感公司将赔到破产，预测自己将岗位不保，还真促使敏感的同事暗地里投起简历来。

朱盛庸耳听八方，然而四面八方都是小道消息。

跟那些积极找工作的同事不同，他稳坐泰山。不是对公司极度相信，而是不想主动离职，不想错过补偿金。

托尼从焦虑变得精神。正当他踌躇满志要听赔付金额好第一时间散布惊天消息时，会议级别突然提升，他这种级别的员工没有资格参会了。

全部门，只有挨打一个人有资格参会。

最终，赔付的金额没有对外公布。而金鹏，并没有赔到破产。

事情在明面上，近乎水波无痕地过去了。

托尼气到昏厥，感觉白忧愁一场。

损失了西门子英飞凌后，托尼很快接手了其他离职同事手中的客户。

这件事，从明面上看，最大的变化是使托尼认识到林彬是整个部门最在意他有没有吃午饭的人。投桃报李，他决定对朱盛庸好。

里面的道理是这样的：林彬与朱盛庸关系好，是固定的饭搭子；不过，最近林彬和文宣部的小施交往甚密，暂时抛弃了他的饭搭子。不如让他填补空白，也算曲线报国了。

托尼开始约朱盛庸一起午餐。

朱盛庸无所谓地答应下来。

一直觉得自己节约的朱盛庸，自从跟托尼一起午餐后，才惊然发现节约的最高境界者是托尼！

公司会给每位员工每天充值6元钱当午餐，过期作废。朱盛庸倘若吃面的话，会剩余1元作废；倘若吃饭菜的话，会自行补一两元不等。

托尼不，托尼是精准花费6元。

为了达到精准花6元的目的，他冲打饭的阿姨一律改口叫"姐姐"，跟"姐姐"商量6元打一个菜，菜给到"6元"的量就好。

朱盛庸叹为观止，真是人外有人天外有天啊。朱盛庸看到也学不来。

他既做不到对妈妈花言巧语，也做不到对女朋友甜言蜜语，更做不到对陌生人嬉言笑语。

他大概是某老先生口中的"好人有人格"之"好人"，很多小说里过不了三章就发"好人卡"的"路人"。

7月初,哥哥朱盛中在滂沱大雨中驾驶着他的二手北京吉普来到斜土路的父母家,五官兴奋到差点变形:"好消息!重大好消息!安利被放出来了!从7月1号开始,安利被允许重新营业了!"

冯嫣彼时正在跟朱盛庸通电话。雨太大,不方便出门约会。

"这么说,我得赶紧搬家了?"冯嫣在电话里问朱盛庸。

"看样子是的。我已经联系过几家中介,他们也安排了几处拟看的房子,可惜,雨下得太大。"

朱盛庸扭头看窗外。

暴雨,特大暴雨,成为这个夏季听得最多的词。长江、嫩江、松花江、珠江、黄河、淮河、海河,还有钱塘江、闽江等流域均已发生不同程度的洪水。

雨,一直断断续续下到8月底。

湖南、湖北、江西、浙江、安徽、江苏、山东、河南八省已经确认遭遇洪灾,另有21个省区市不同程度遭受洪涝灾害。

电视上滚动播放着人民子弟兵抗洪救灾的场景,催人泪下。

上海市积极组织抗洪救灾义演,各界也纷纷捐款、捐药、捐物。两个月间,共筹集捐款24884万元,捐物价值11081万元,药品价值1990万元。

募集衣被1.37万吨1912万件,向受灾和贫困地区发送470节车皮,创上海市募集衣被之最。

当9月的阳光照耀大上海时,朱盛庸的生活里发生了一件猝不及防的事情。

冯嫣,在他没有出任何力的情况下,迅雷不及掩耳地搬好了家。

第109章 静安寺旁的老洋房

朱盛庸难得浪漫一回,路过花店时买了一朵玫瑰。

他沐浴在难得的阳光中,站在路边的IC电话亭前给冯嫣打电话,准备带她去中介处看房。

"我已经搬好家了。"冯嫣的声音里难掩兴奋。

"已经……搬好?"

"是啊。我也没想到会这么快。昨天晚上找到的房子,昨天晚上看了,觉得满意,结果昨天晚上同事搭把手,该扔的扔,该搬的搬,两个小时搞定。现在我正在新房子里呢。"

朱盛庸惊喜交加,连忙向冯嫣要来地址。按照记忆中的公交路线乘车,成功摸索到位于静安区的一栋老洋房前。

在上海,说到"老洋房",一般是指解放前建造的独立式或复式、别墅式住宅。

上海的老洋房主要分布在徐汇区、长宁区、卢湾区和静安区。

汾阳路、太原路、愚园路、华山路、武康路、湖南路、思南路、长乐路、兴国路、茂名路等是老洋房最集中的区域。

朱盛庸来到的这栋老洋房,临街,可以眺望见金碧辉煌的静安寺。院子内老香樟树的树冠伸到院墙外。

不敢相信,冯嫣居然在这么好的地段、这么有历史感的老房子里找到新住处。

月租得多贵啊!

朱盛庸壮胆按响门铃。

冯嫣清脆的"来了"响起,她当时应该正好在院子里。透过猫眼确认过是朱盛庸后,冯嫣打开低调的小铁门。

这条沿马路的墙上,还开着一个乌沉沉的大铁门,但铁门上落着锁,一看就是经久不开的。

"你真的住在这里?"朱盛庸踏步进院子,依旧不敢相信。

院子是细长条的,显然被马路分割过。一株难以合抱的香樟树葳蕤而立,长在墙边。院子前部养了一块草坪,其他地方铺上了凹凸不平的小石头,当中放了一把遮阳伞,伞下有两把藤椅和小圆藤条茶几。

"月租多少钱?"

冯嫣的笑声像银铃一般:"800块。"

"难以置信!住了几户人家?"

800块应该是租了间单间。这栋两层半小别墅,目测至少6到8个单间。

几家人共住一套老洋房的境况,上海有不少。

大姨妈住的就是这样的房子。一套别墅内,你家分其中一间,不认识的另一家分另一间。一套房子内住个三四家算好的,还有住七八家的,连楼梯下的小空间都有人住。

朱盛庸似乎在哪里看过一组数据，说上海现存的老洋房约 5000 幢，其中绝大部分所有权归国家所有，只有两三百幢老洋房是私有的。

因为心中有这样一组数据，朱盛庸想当然认为这是一幢多户人家共同拥有的国有老洋房，只是维护得比较好，所以才问住了"几户人家"。

"你肯定不敢相信！"冯嫣大笑，灿烂至极，整个人熠熠发光。

难道比七八家还多？朱盛庸仰头看房子。房子很安静。沐浴在 9 月的阳光里，散发出岁月静好的甜蜜气息。

"目前只有我自己！"冯嫣抚了一把头发，继续大笑。

朱盛庸的心，哐当，直线下坠。

一直很好奇女性的"直觉"是个什么东西，这一刻，朱盛庸不好奇了。他猝不及防地体验了一把"直觉"！

直觉觉得这事没那么简单！

"天下掉馅饼？正好砸在你头上？"他露出诧异。

"别这样。你都没有听我解释！"冯嫣不满。

"好的。请解释。"朱盛庸按捺住蹦跶个不停的疑心。

"哼。你要是不相信我，我凭什么费力气给你解释？"冯嫣昂起小脸，赌气道。

"大小姐！你什么都没有说呢，何来信不信？"

"哦。好吧。"冯嫣说开来。

其实很简单。这房子的主人是一位在国外生活多年的老华侨。老华侨委托国内的亲戚斥资购买了这座老洋房。

上海的老洋房是上海最经典的住宅，每一幢都承载着传奇和梦想。

老华侨为了圆梦，重金购下，可他年岁已高，没有办法亲自来住。于是，这套房子，一直空关着。

直到这位老华侨的第三代已经大学毕业，行将带着老华侨的梦想归国创业，房子才被重新收拾出来。

老华侨的第三代是个女孩，大学毕业的年龄，不想孤单一人入住一个陌生的城市，希望有一个同性别的合租伙伴。

极偶然的情况下，老华侨的国内亲戚听说冯嫣要找房子租，认定冯嫣是老华侨第三代喜欢的合租伙伴，于是欣然促成这件事。

"800 块只是水电煤宽带，外加早餐的日常费用啦。我住这里，除了负责提供人气，还负责提供早餐。打扫另有保洁做。就是这样子。"

听完冯嫣的解释，朱盛庸心头的直觉并没有随之消散。

他问道："你说的老华侨的亲戚，不会恰巧是你们陈总吧？"

冯嫣不知怎的，突然脸红。她昂着脸，直视着朱盛庸："恰巧是。怎么，你有意见？"

朱盛庸苦笑着叹口气："我出一半的房租，你愿意从这里搬走吗？"

冯嫣两手叉腰，留恋地看过房子和院子后，半娇嗔，半认真："你出全部的房租，我也不愿意从这里搬走。"

朱盛庸眉头不知不觉就皱了起来。

"我跟你结婚以后，不出意外的话，一辈子都不会有机会住这样漂亮的房子！趁现在有机会，我为什么不体验一下呢？难道我冯嫣，卑微到连免费住洋房的胆量都没有？"

朱盛庸朝冯嫣伸出手。

冯嫣却明显后退一步，她义正词严道："朱盛庸！我不是你的附属品！就算我是你的女朋友，我也是独立的，我可以享受我生命中光明正大得来的一切！我不必以你的喜好转移我的喜好。我喜欢这里。我愿意住在这里。哪怕是短暂的，以陪伴者的身份！"

朱盛庸这个"道理至上"的人，尽管心里不赞同，还是被冯嫣说得无话反驳。

"好吧，带我去见见你的室友。"朱盛庸妥协。

"她还没有来。"冯嫣松口气，她很高兴朱盛庸没有在这个问题上反复纠缠。

"意思是她还没有回国？"

"嗯哼。她要过两个月才到。我先替她暖房。"冯嫣带朱盛庸进老洋房。

朱盛庸心中的警铃一遍遍响起，不过，他一遍遍靠着理智将之镇压。

带着说不清道不明的忧心，朱盛庸随冯嫣走进洋房。

第110章 春田与盛夏

进门并没有想象中的开阔。

进门是与门等宽的半米过道。过道左手是楼梯，右手是厨房。楼梯下因地制宜做了个小公用卫生间。

三阶台阶上去，楼梯拐角一平方米大的空间里开了三扇门。一扇通往厨房，一扇通往客厅，一扇通往餐厅。

再往里走，空间才陡然开阔。

客厅和餐厅之间，连着一间起居室。所有室内的门都是双门，可以完全打开，将所有的空间都串联起来。

冯嫣欢快地带领朱盛庸四处参观。

硬装的材质超级好，家具的木料纹理可见，窗帘华丽地垂着，沙发一看就弹力十足，到处一尘不染。

朱盛庸随冯嫣上二楼。

二楼一南一北有两间卧室，各带一个小厅，其中朝南的卧室还附加了一个小书房。

冯嫣指着朝南的套卧对朱盛庸介绍道："那是南希的房间。我住的是这间。"

顺手拉住描金的门把手，白色的房门打开，整洁漂亮的闺房露在朱盛庸面前。

当年哥哥设计过的蓬莱路小窝虽然审美不俗，到底用料中下等了些。这间卧室没几件家具，却件件硬实精美，入眼不凡。

"是不是做梦都想象不到会这么漂亮？"冯嫣两手拢在胸前，一脸陶醉。

看着女朋友陶醉的神情，朱盛庸内心百感交集。

他对自己的评价一向偏低，觉得自己学历一般，能力一般，运气一般，正如长相也一般，一切都乏善可陈。

平平无奇的自己，在有生之年能实现财务自由，让他的女人住进这样的房子吗？要是有人预言"会的"，恐怕朱盛庸自己都不会相信。

"真抱歉，我没办法让你过上这样的精致生活。"朱盛庸不无自责。

"不用这样啦。全上海有钱到可以买下这栋别墅的人，我也没有资格认识。你踏实努力，不拈花惹草，要是一辈子只对我好，我也还是满意的。"冯嫣微笑道。

轻轻搂过冯嫣，朱盛庸下巴摩挲着她的头发，一时感动得说不出其他的话来。两个人缠绵腻歪了一会儿，冯嫣先挣脱出来。

"不能在厨房里做饭，只能做做简单早餐，怕油烟大。"

"不能带男朋友过来做客，怕给小姑娘生活带来不便。"

"更不能留宿男朋友，不能给小姑娘造成负面影响。"

朱盛庸摸了摸冯嫣的脸："即使给你提这么多要求，你也甘之如饴？"

冯嫣大笑："请停止缱绻！难道你婚后不会对我提要求？要求随便提，只要合情合理，说得过去就接受。"

朱盛庸只好放弃任何缱绻行为。

参观完老洋房后，俩人一起出门觅食。冯嫣扬扬得意地将老洋房的房门钥匙跟她的手机扣在一起，一并挂在脖子上，吊在胸前。

"这两个月，你一个人住里面，安全吗？"吃过晚饭，送冯嫣回来的时候，朱盛庸担心道。

"放心！房子里面装了防盗系统，强行闯入会自动报警。这里是市区的市区，上海又不是芝加哥，治安绝对值得信赖啦。"

在老洋房门口，冯嫣跟朱盛庸浅吻告别。

用她的话说，即使南希还未入住，她也应该遵守入住时的承诺。

朱盛庸摸了摸冯嫣柔软的头发，看着她关上门，转身离开。

其实可以坐公交车回去，朱盛庸选择一路走回去。他并不擅长走路，也无意节约5毛不带空调的公交车费或1块带空调的公交车费。

他选择走路自虐，只是想排遣他心里过于复杂的情感。

回到家后，朱盛庸坐在小书桌前给李礼刚写信。或许是朋友间有种漂洋过海的默契，李礼刚恰逢其时打电话过来。

李礼刚在网上找到一个神奇的打电话软件，通过它可以打免费电话。

朱盛庸自然而然地向他倾诉关于未来、关于金钱、关于满足恋人物质需求的种种苦恼。

李礼刚喟叹道："我之所以拼命留美，正是为了摆脱一眼望到头的命运啊。那种绝望，太令人窒息了。"

朱盛庸反倒因为李礼刚的这句话而茅塞顿开："你说的那是过去。现在局面已经大不一样，我都已经拿到五千五百块的月薪了。对了，让你大胆猜一下，一个西安交大毕业的电子工程专业本科生，来金鹏这样的外资企业做测试工程师，月薪多少？"

李礼刚迟疑。

初到美国时，看到什么价格都要换算成人民币才能权衡物价；到美国6年后，需要把心目中的人民币换算成美元权衡物价。

换算完之后,再结合印象中的国内工资和物价,大胆猜道:"一万两千块?"

"错!两万四!大概是我薪资的 4 倍!"

"真的?"李礼刚的声音里有难以掩饰的惊讶,"居然开到这么高?"

"是啊。当前国内已有'海阔凭鱼跃,天高任鸟飞'的气象。只是,我没本事。"

"你说得我都心动了。"

"硕士毕业后回来吗?"朱盛庸问。

李礼刚又迟疑起来,以至于朱盛庸都以为信号中断。

李礼刚开口:"我花了那么长的时间,好不容易在夜晚听到街道上传来枪声时,从惊慌害怕,变成镇定自若;好不容易在目睹枪战的时候,从瑟瑟发抖尿裤子,变成训练有素地第一时间抱头趴地上。我吃了那么多别人看不到的苦,受了那么多别人想不到的罪,时至今日,已经覆水难收。"

朱盛庸体会到李礼刚平静腔调里的苦楚,仔细想想李礼刚只身在美的这些年留学生活,确实非常不容易。

"是的,现在中国像是刚开冻的春土,而美国正值盛夏,你留在那边,对个人而言,是个更好的选择。"朱盛庸说道。

"你肯定也不会过得比身边的人差。"电话那头的李礼刚说道。

难兄难弟又聊了些海阔天空的事情,彼此心情都明朗很多,最后依依不舍挂断电话。

转眼间,李礼刚为期 2 年的硕士生活也行将结束。他将面临新一轮的找工作。

即使是一半以上的精力用来打工,见缝插针学习的李礼刚依然是芝大妥妥的学霸。他的硕士生导师同时也是博士生导师,已经提前向李礼刚发出学业上的邀请,欢迎李礼刚继续读他的博士。

李礼刚私下对朱盛庸表示,他才不要读鬼博士!他要尽情拥抱资本主义社会的花花世界!除非实在找不到工作。

谁知道一语成谶。

他最后真的被迫继续读起了博士学位。不过,那是后话了。

第111章 "我知道她是对的人"

李礼刚期盼着热火朝天地扑进花花世界里。不幸，他身上的铠甲还不够硬，撞不进去。

接二连三的找工作失利后，为了真正抓住美好的明天，他只得退而求其次，考虑继续读书。至少身份合法。

朱盛中则真的热火朝天地扑进了安利的花花世界。

朱盛中坚信这是一个有前途的自由职业，整天像打了鸡血似的，展开地毯式开发新人。

朱盛中多管齐下，每天花10个小时以上的时间联络认识的人。这让兰婷苦不堪言。原本以为他做了自由职业会更自由，实则是搭上了自由。

朱盛中只顾拿出百分之一百二的热情，完全没有意识到由于他鸡血得太过头，让人望而生畏。

当发现推销效果没有想象中的好时，朱盛中迅速得出以下结论：一定是我不够努力！

朱盛中将手中的通信录来回看个遍，思考着当下的时间段谁可能方便接他的电话。突然，一个人名落进了他的视线！

妈妈！

他怎么能连妈妈都没发动起来呢？

那可是全世界他认识时间最长的人、了解最深的人！

如果连妈妈都发动不起来，还有什么脸谈开发新人？

这个意念在脑海中扎根之后，朱盛中立刻奔赴斜土路的父母家。

不出意外，家里只有朱爸爸一个人在。朱爸爸打着赤膊，穿了条旧内裤，佝偻着后背，正在厨房烧一人食的午饭。

连锅子都懒得动用，他在用一个搪瓷碗烧泡饭。

"爸！你怎么穿得这么随便！"总有七八年甚至十来年没见过人前人后大变样的爸爸了，朱盛中猛然看到，非常不适应。

"你帮我看着火，我去穿条短裤。家里只有我一个人，我躺在床上看电视来着。"

"你这日子过得也太……"本想说不思进取的，转念一想，爸爸最年轻的时候也没有进取过，改为"……太适意了！"

朱爸爸开心地笑出声。不干活，拿工资，就是他眼中天下最幸福的事。

"你吃的是啥呀？这会不会太没有营养了？爸爸，我想向你推荐安利的蛋白粉……"

朱爸爸见识过儿子口若悬河介绍安利产品的名场面，连忙开口："我没钱！钱都在你妈妈那里。我中午吃得简单，是因为一个人懒得弄。晚上我起码三菜一汤。别跟我说你的安利了，我耳朵不好，听着吃力。"

朱盛中只得讪讪闭嘴。

他之所以没有将爸爸列为他的首要游说目标，就是因为知道家里财政大权不在爸爸手里。

"你倒可以跟我说说，你跟兰婷，什么时候要孩子？结婚不生孩子，想干什么啊？"

朱盛中捏了捏耳朵，好想回爸爸一句：我耳朵也选择性耳聋。

"你蓬莱路的房子用起来了？"朱爸爸关火，坐在小圆桌旁，扒拉起火烫的泡饭来。

"一个月后就可以用起来了。"

朱爸爸不禁抬头看长子："冯嫣不是已经从蓬莱路搬出来了？"

"她是搬出来了，只是我想把房子装修一下再投入使用。贴贴壁纸，换换木地板，这样看上去气派些。别人来我那里开会上课，也会印象好些。"

朱爸爸气得想摔筷子。

他嘴拙，说不出那些层层叠叠堆积在胸腔的感受。

"你总是这样！总是这样！"

"哪样啊？我又怎么啦？"

"你总是什么都还没有干，先花钱。舍得花小钱，不舍得花大钱。舍得装扮自己，不舍得投资。你要是成立一个广告公司，也不至于怕吃亏，怕老板从你身上赚钱，弄成失业了！"

"你又开始胡言乱语了。"朱盛中站起身，往门外走。他本来打算在父母家消磨一个下午的，现在看看，与老父亲一言不合，相看两厌，不如到外面公园里坐坐。

朱盛中摔门而出。

朱爸爸呼哧呼哧扒碗里的泡饭，吃完之后，站起身，暗中控制力道地摔了一次搪瓷碗。搪瓷碗边上，又多了一个新疤痕。

朱盛中坐在家旁边的街心绿地的条凳上，放眼望去，街心绿地里大多是垂垂老矣的老人，他们坐在那里晒太阳，胸口微微起伏。

朱盛中从老人们身上移开目光，看蓝天上飘的大朵白云。

云卷云舒，云看起来可真自在。

什么时候他暴富了，他也可以过上随心所欲的自在生活。

视线从白云上撤下来，朱盛庸赶紧喝口水，压压吃惊的心。

前一秒，林彬非常严肃地告诉他：他准备和小师妹结婚了。

"你们俩才恋爱多久啊！"这不是一句疑问句，而是一句感叹句。

"我知道她是对的人，就够了。跟时间长短没有关系！"

"万一随着了解，发现她还有不为你知的另一面呢？"

"不可能吧？她看上挺单纯的。而且，她的人生很简单啊，就是读书、读书，一直读到大学毕业，来咱们公司。"

朱盛庸默默看林彬一眼，心想，地主家的傻儿子才真的单纯。

林彬又开始邀请朱盛庸一起午饭。起因是挨打提醒他，他和施静姝之间太明显了。于是，他便想到找朱盛庸打掩护。

只是，朱盛庸已经有了托尼。

当初的三人吃饭小组活生生演绎成四人吃饭小组。

施静姝红着脸加入其中。她纤细的手腕，戴上了林彬的同品牌同款情侣表。朱盛庸不识货，没当回事，托尼则眼光都直了。

不久，施静姝的脖子里戴上了一个缀有双C的项链。托尼再次眼光僵直。

林彬很宠施静姝，证据是施静姝的衣着装备品牌直线飙升，格调直逼挨打。林彬不仅宠施静姝，连带施静姝部门的人，也一块儿爱屋及乌。

夏天的梦龙，秋天的咖啡，红宝石的奶油小方，隔三岔五打包送进文宣部。直到挨打侧面提醒并批评了林彬，林彬这才收敛起来。

"总之，我想跟她结婚！我们的孩子一定很聪明！"林彬灌自己一口可口可乐，笑看天边的云。

朱盛庸侧头看林彬，林彬年纪不大，思想负担不小，天天惦记着传宗接代。

"祝你求婚顺利！"朱盛庸举起手中林彬买单的娃哈哈，跟林彬手中的可口可乐碰瓶。

"应该会顺利的吧？我为她花了很多钱。"林彬紧张地笑着问。

第112章 拉妈妈充"人头"

施静姝跟着公司高层去市区开什么行业表彰大会去了。托尼流年不利，被新客户缠身，没能跟他俩一起吃午饭。

难得林彬和朱盛庸单独在一起。吃过午饭，林彬买了两瓶喝的，提议朱盛庸跟他一起随便走走。于是就有了以上的对话。

朱盛庸没有发言权，不便说什么，唯有再次祝福林彬求婚顺利。

自从冯嫣住进静安寺旁的老洋房，就爱上了宅家。在赏心悦目的、虽然不是自己的千万级豪宅里，光是这里看看那里看看，就够她精神愉悦的了。

朱盛庸下班后的时光多了起来。他对呼朋引伴的事情不感兴趣，因此，不跟女友约会就回家。

才走到家门口，就听到慷慨激昂的说话声。拿钥匙打开房门，果然，声音清晰起来。不是收音机上传出来的，而是哥哥朱盛中到了！

哥哥正跟妈妈吵架。

两个人情绪都很激动，脸涨得通红，都跟上战场的斗鸡一样。

常见哥哥激动，可少见妈妈激动。

朱盛庸愣在门口。

朱爸爸手握锅铲，脖子里套了个便宜围裙，怔在厨房。

"怎么回事？"朱盛庸问爸爸。

"你哥哥想让妈妈入会员，买安利。妈妈不肯。"

朱盛庸边换鞋边侧耳倾听。

"你为什么不肯支持我？我创业失败对你有什么好处？"哥哥开启咆哮模式。

"首先你嗓门不要这么大。

"其次我生性不喜欢跟人打交道，你强迫我加入，不过是多我一个人头而已，对你的安利事业几乎没有影响。你何必强迫我？

"第三，我和你们爸爸挣得不多，一直到你们兄弟俩大学毕业后才开始攒上钱。从你毕业到现在，你虽然挣很多，我并没有从你这里拿过1分钱，前些日子又被你打借条免息借走了2万，我做得还不够吗？

"第四，我根本不相信你们的宣传。蛋白粉就是蛋白粉而已，从你嘴里说出来跟包治百病一样！就算安利在广东有一万亩地的樱桃园，就能保证安利的维生素C是纯天然的？

"况且，是不是纯天然，又有什么关系？维C就是维C而已。"

朱盛庸在厨房里听到妈妈的一番话，差点想击掌叫好。妈妈果然智商情商双在线。他故意停留在厨房，想知道哥哥接下来怎么说。

"我嗓门大是因为我急，我急是因为我自己的妈妈居然不支持我！我难道不知道你消费能力在什么水平吗？我难道会要求你倾家荡产买我的安利产品吗？

"我不过是渴望你支持我，给我信心罢了。

"就这么卑微的要求，你都不肯答应我！

"我以为你心里是爱我的，你的爱不过是不涉及利益时的示好。没有价值！也没有意义！你让我很伤心！妈妈！你让我伤透了心！"

朱盛庸目瞪口呆。这是什么鬼才逻辑！

他不禁捏了一把汗，想知道妈妈是怎么清醒反驳哥哥的。

谁知，他等了足足一分钟，也没有听到妈妈的任何反驳。

慢慢踱步进他的卧室兼客厅，不期然，正好看到妈妈从钱包里扒拉身份证，将身份证递给了哥哥。

妈妈就这样妥协了！

朱盛庸立在房门口，抗拒再往前走。

朱盛中得逞，脸上旋即露出笑脸，他闻声转头看向弟弟："你回来啦？你要不要也支持我一把？"

朱盛庸定定地看着哥哥，内心想给哥哥扣一个"幼稚+无耻"的帽子，但是，松口同意的终究是妈妈。妈妈为了不让哥哥伤心，违背了自己的原则。所以，妈妈是真的爱着哥哥。

"我小时候对你可是很好的呦。我经常带你出去玩，罩着你……喂，你怎么话也不说转身就走啊，是不是太没有礼貌了呢？"

朱盛庸转身大踏步来到隔壁房间的阳台，在那里平复自己。

别的兄弟姐妹之间会彼此吃醋吗？

这个问题，行将无从考证。身边年龄再小个几岁的，清一色是独生子女。同龄人如唐骏、马骏、冯嫣、范思绮等，也是独生子女。

朱盛庸找马骏做了一件事，让他帮忙查一下冯嫣住的老洋房的业主。马骏当天就给了回复，说业主是一家空壳合资咨询公司持有，控股方是美国的一家名不见经传的餐饮公司。

马骏说，这种情况很可能是对上海情有独钟的外籍人士，以公司之名购入老洋房，以满足某种情结。

朱盛庸想，这跟冯嫣讲给他的事实并无出入，心里放心不少。

"你能帮我查一下一个人的婚姻状况吗？"朱盛庸又问马骏。

"告诉我名字。我会让你亲眼看看，我路子有多野！"

可朱盛庸不知道"陈总"的名字。

公司里的电脑主要供收发邮件用，很少公司有官网。这一年，马化腾刚开始做腾讯QQ，搜狐、新浪、京东也刚正式创立，网速极慢。

朱盛庸无法通过网络查询到冯嫣上班的建筑设计所，甚至不知道"chen"到底是否写作耳东"陈"。

朱盛庸决定下回见到冯嫣，旁敲侧击问一问。

从1997年10月到1998年8月，接近一年的时间之中，索罗斯的做空派和香港反复拉锯。让国际炒家始料不及的是，俄罗斯卢布在9月大幅度贬值，俄罗斯股市一泻千里。

当时国际炒家在俄国股市下了重注，打算高位做空，结果没等到高位就被套牢。瞬间资金链短缺，只能停止攻击港币，亚洲金融危机才宣告结束。

大环境向好，朱盛庸在的公司也日渐忙碌起来。

历经西门子英飞凌的劫难后，公司日益稳健起来。

模模糊糊听说西门子英飞凌最后追到的责任人，是当初挨打保下的工程师。此人当然遭到公司无情解雇，而挨打，看不出任何跟负面传闻有关联的样子。

挨打照样精神抖擞，气势昂扬，气场全开。

林彬也很抖擞。

林彬头天中午跟朱盛庸说想向小师妹求婚，隔了一天，就回馈给朱盛庸一个劲爆消息：他求婚成功了！

他和小师妹俩人都很激动！心跳声盖过说情话的声音。本来为促膝长谈而开的房，意外成就了两人的一夜春宵。

关于这一夜，林彬自言感动得流下了热泪。

第113章 过家家吗?

林彬将朱盛庸脸上的惊奇,误判为惊喜:"你也很为我高兴,是吧?"

"当然。当然。"朱盛庸不无羡慕道。

谁料,"求婚成功"的事不出一天,就出现了剧情反转。

林彬的妈妈把电话打到了挨打的手机上,质问挨打为什么非要安排她儿子出差?挨打一头雾水,表示她并不曾安排林彬出差,林彬此刻好好坐在办公室……哦不,林彬去了女朋友办公室。

林彬妈妈才知道林彬夜不归宿不是因为出差,而且,林彬谈了女朋友。

林彬一从施静姝所在的文宣部回来,挨打就从办公室里走出来:"林彬,help!不好意思哦,我刚才一不小心跟你妈妈说你谈了个外地女朋友。"

办公室里八卦气氛陡起,好几双眼睛敏锐地扫过来。

林彬羞涩地笑了:"我妈……她天天催我结婚。"

"你好像没有 get 到我的 point。不管啦,anyway,你做好心理准备就是了。"挨打很喜欢中英文夹杂着说。

"挨打说的是什么?"等挨打回办公室后,林彬蹲在朱盛庸的办公桌旁,压低声音询问朱盛庸。

"她说你没有领会她话里的要点。"

"要点?什么要点?"林彬丈二和尚摸不着头脑。

朱盛庸耸肩:他哪儿知道!

他手上的小客户慢慢发展成中型客户,而且纷纷在中国设了办事处。这就导致邮件往来的效率超高。一个客户一天多达二三十封。

每天邮件都看不及,上班伊始,长吸一口气处理公务,等感到疲倦需要再长吸一口气振奋精神时,已经到了下班时间。

这天下班后,朱盛庸趁班车发车前的几分钟,给冯嫣打电话,讲了林彬火速发展的恋情。

"恋情是在我眼皮子底下发展起来的,现在已经求婚成功了!"

冯嫣在电话里扑哧直笑:"你羡慕啦?"

"何止羡慕！快羡慕死了。"

"那就约个时间，让双方父母再见一次面呗，"冯嫣声音里笑意十足，朱盛庸甚至能想象她眉飞色舞的样子，"你的钱攒多少啦？"

"攒到了三万八千块。年底领完年终奖，节约点花，应该能够婚宴和婚礼钱……要是能分期付酒水钱就好了。"

冯嫣笑得几乎喘不过来气，也不知道她在哪里接的电话："瞧把你吓的。放心啦，我爸妈又不是卖女儿，他们心里有数，不会狮子大开口为难你的。"

"有你这句话我就放心了……班车发动了，我得跑步抢班车去了。"

朱盛庸认识的每一个年轻人都买了手机，只有他，还不舍得为"一点打电话的便利"花那大几千块。

奔跑着上了班车，意外地看到施静姝。

施静姝一抬头，也看到了他。

施静姝靠窗坐，旁边的座位空着。

既然四目相对，又经常一起吃饭，朱盛庸不好意思另择他座，否则跟嫌弃施静姝似的。

"你今天怎么也坐起班车了？"朱盛庸挨着施静姝坐下来。

"去我徐汇亲戚家。"施静姝微笑着回。

一段沉默之后，施静姝先开口："你听林彬说了吗？"

"什么？"

"他向我求婚了。"施静姝朝朱盛庸伸出手，嫩白的无名指上套了一个白金钻戒。钻石看上去克拉数还不小。

"得有一克拉吧？"朱盛庸眺望钻戒。

"没有啦。95 分。他说这是他倾其所有买下的。我听了好感动。"施静姝抬起手，满眼欣喜地盯着自己的手瞧。

"钻戒就是一种营销啦，'一颗恒久远'什么的，都是智商税。对了，你听说过人造钻石吗？只需要几个星期，就能从实验室里生长出来，便捷！环保！河南郑州在几十年前就做出来了！"

施静姝哭笑不得，她收回手，白朱盛庸一眼："一听就是不打算给你女朋友买钻戒。"

朱盛庸心酸了一下下，面上装作一切正常："我女朋友……以后要是想要，我勉为其难也会给她买的吧。"

施静姝转向朱盛庸,表情十分活泼:"林彬到底有没有跟你讲,他向我求婚了?"

朱盛庸想到办公室发生的那一幕,意识到林彬很可能没有将自己求婚的事提前跟父母通气,于是道:"他有没有向我讲不重要,重要的是他有没有向他爸爸妈妈讲。"

施静姝嘟起嘴巴:"你果然什么都知道!"

"说得我都糊涂了。我知道什么?"

"你知道林彬怕他妈妈。林彬不敢跟他妈妈说他有了我,因为他妈妈已经为他物色好了镇东头的一家女孩。林彬妈妈控制欲超强。林彬都这么大了,每天穿什么衣服还得听他妈妈的。"

"那,你们求婚送钻戒什么的,算成人版过家家?"

施静姝瞪朱盛庸一眼:"当然不是!他对我是认真的!他想要我给他勇气,好去对抗他恐怖的妈妈!"

朱盛庸默默看施静姝一眼。

也不知道名校是怎么教书育人的,未来道阻且长,她就已经把自己交付了。

"祝你们斗争胜利。"朱盛庸道。

"我这是要去亲戚家讨主意。你们上海人更了解上海人,针对我和林彬的情况,你有什么建议吗?"

朱盛庸摇摇头。

他从各个渠道听说过人们对上海人的刻板印象,像什么"精明但不聪明""排外""看重钱""女生嗲会打扮""男生抠门斤斤计较"之类的。

仔细想想,这些负面的话,何尝不能说成踏实、本分、勤俭节约、态度和善、力求精细、讲规矩守礼呢?

刻板印象之下,每一个上海人都是鲜活的、独一无二的。他没有接触过林彬父母,如何能靠着"都是上海人"就对林彬父母断言呢?他甚至听不懂林彬父母讲出来的上海话。

"我懂。你不肯直说,你怕节外生枝。你们上海人就是这么不爽快!"施静姝笑里有若隐若现的嘲讽。

朱盛庸弯了弯唇,干脆放弃自我辩解。

朱盛庸到家后,意外发现哥哥仍旧在父母家。他有种不好的预感,哥哥成功拉到妈妈的"人头"后,该不会把下一个目标设为拉他入安利吧?

果不其然,朱盛中殷切的目光来回在朱盛庸身上扫视,并以"我小时对你超好"开头,进入游说状态。

"我要是加入,你预估从我身上能赚到多少钱?报个数给我,我周末去银行转给你。就当我回报你小时候对我的好了。"

朱盛中:"!"

第114章 一步错,步步错

朱盛中在弟弟面前碰了软钉子,估摸着兰婷要下班了,就出门与兰婷会合去了。

朱盛庸将他和冯嫣想让双方父母见面订婚期的事说出来,朱爸爸瞬间就激动了,仿佛看到胖孙子在不远处朝他招手。

"好!好!是该见面订婚期了!婚房也买好了,家具也置买全了,就等结婚养孩子了!"

朱盛庸默默看爸爸一眼,再默默回想一遍自己被爸爸痛打的凄惨童年和少年时期,心想,养了孩子也要设法将你们隔绝。

不过,对爸爸的畏惧尚且残存,他没敢把心里话说出来。

朱妈妈凝眉思索了一下:"你们一个在静安区上班,一个在青浦徐泾上班,真要是婚后住浦东,通勤也是件头痛事。我在想——"

朱妈妈看一眼朱盛庸,没有将话彻底说明白。跟长子不同,这是个过于刚硬的小儿子,前面几次都不肯接受她的馈赠。她不敢用通知或命令的语气吩咐他。

朱盛庸听得明白妈妈未说出的话,妈妈想腾出徐汇的房子给他和冯嫣住。

"当初真应该把楼下一楼的房子买下来。"朱盛庸追悔莫及。市区内的医疗条件更便利,想着把年迈的父母排挤到偏僻的郊区,他有些于心不忍。

听出小儿子语气里没有反对的意思,朱妈妈暗中松了口气。

她笑道:"现在一楼的房子已经涨价到20万了,虽然面积只是你沙田公寓房子的四分之一,总价已经齐平了。"

"××!"一提房价,朱爸爸就来气。

一步错，步步错。

当初 18.5 万买下的沙田公寓，如今已经降价到 15 万；而他们当时没有看上的总价 15 万的张江公寓，则涨价到 18 万。

上海市政府启动"聚焦张江"的战略，在新闻上反复宣传要集中力量把张江高科技园区建设成上海技术创新的示范基地，并且明确规划"集成电路"将成为重点聚焦的产业。

明确的规划，为张江地价注入底气。

而前后不搭的沙田公寓，只能独自寂寞着。

亚洲金融危机打击了地产商的信心，沙田公寓开始降价抛售尾盘。

本来这些宏观层面的事，朱爸爸也看不懂。无知者无忧，偏偏朱盛中带着微妙的报复心，定期告诉他们，川沙沙田公寓房子总价"又降一万""又双降一万""又双叒降一万"……

就是为了报复他们当年在买房这件事上藐视了他的存在。

本以为双方父母见面的事，会像前一次一样一拍即合，万分不凑巧的是，在这个节骨眼上，冯妈总是咳嗽的 80 岁老奶奶，查出了肺癌。

冯妈听闻噩耗，周五就请假奔金山看奶奶去了。

朱盛庸问冯妈，他要不要下班后或周六也去金山？被冯妈阻止了。冯妈说现在家里一定乱得一团糟，没人有心思接待他，不如等奶奶住院后，再去医院看望奶奶。

冯妈父母忙着求医，分身乏术。这种情况下，朱家人肯定不方便追着冯家定婚期。朱爸爸给冯爸爸打电话，表达了惋惜和歉意。他很喜欢做场面活儿。

朱爸爸和朱妈妈都是小厂工人，家里唯一厉害的兄弟又不在上海，其余都是平平凡凡的普通人，在医疗系统上全无熟人，在冯妈奶奶入院找医生这件事上，帮不上任何忙。

冯爸爸表示很理解，并反复感谢朱爸爸致电。

冯妈妈在婆婆生病这件事上比较抽离，她既不反对冯爸爸将 80 岁老母运到中山医院、瑞金医院或肿瘤医院等市区医院，也不反对冯爸爸拿走放在她那里的存折。

她由着冯爸爸折腾。

因为要送婆婆去市区看病，冯妈妈第一次走进冯嫣的新租房。

"你住在这里？"冯妈妈吃惊异常，不敢贸然踏步进院子。

冯嫣拖着她妈妈，一路进了房子内。冯妈妈吃惊地抬头四望，脚下非常犹疑。

"冯嫣！你怎么住得起这种地方？"

当妈妈连名带姓喊她全名的时候，冯嫣知道，妈妈动真格的了。她必须认真回答，不能嬉皮笑脸。

她把当初讲给朱盛庸的那些话，向妈妈重述了一遍。

"你自己信吗？"冯妈妈匪夷所思地看向自己的女儿。

"不然呢？陈总向我撒谎，有什么意义呢？"

冯妈妈看着这漂亮的房子，直觉觉得它更像一个华丽的陷阱。撒谎的意义么，难道女儿不知道成功老男人对年轻女子的非分想法？

"陈总多大年纪？结婚了没有？单位风评怎么样？"

"陈总很年轻，看上去也就30岁的样子吧，长得有点小帅，穿衣服超级有品位，他衬衣的纽扣都是私人定制的。

"陈总还没有结婚。

"至于风评么，他是公司内的业务主干，业务能力很强，跟公司内另一个色色的老总相比，他风评不要太好哦。"

冯妈妈本来满脸乌云，听完女儿的话，渐渐阴转晴："你们陈总，有可能在追求你吗？"

冯嫣心中稍迟疑，最终决定化繁为简，说不清的就干脆什么就不说："不会啦。他跟我是两个世界的人。我拿4000块月薪，而他，折算分红的话，只怕月薪4万都有了。"

冯妈妈听到最后，笑了出来："好吧。你倒是比我想得清醒。对了，你住这里，小朱怎么说？"

"他没说什么。"冯嫣不想将朱盛庸要出一半房租让她从这里搬出去的细枝末节讲给妈妈听，不想再添妈妈的烦恼。

"他心可真大。"冯妈妈笑。

内心的疑虑统统打消之后，冯妈妈再看这套房，顿觉称心多了。

"我住进来，没关系吗？"

"没关系的呀。我跟陈总说过了，他说南希还没有入住，妈妈可以住进来。哦，南希就是业主的孙女。"

"喔喔，好的呀。哪天要是方便，可以让你爸爸请你们陈总吃饭，感谢他照拂你。"

"再说吧。"冯嫣无意继续这个话题。

朱盛庸听说冯爸爸、冯妈妈带着冯奶奶住进瑞金医院后,隔三岔五去医院看望奶奶,并送些水果、鸡汤之类的吃食。

冯妈妈对准毛脚女婿还是很满意的。她拉着朱盛庸的手,体己道:"小庸啊,抱歉奶奶的病影响到你和嫣嫣,嫣嫣年龄也不小了,阿姨心里有数,你放心哦。"

朱盛庸眺望一下走廊尽头接电话的冯嫣,不确信自己该多大程度上放心。

第115章 "她有多崇拜我,只有我知道"

他于一个自认为最合适的时间和最融洽的氛围里,假装漫不经心,问冯嫣"陈总"全名叫什么。冯嫣的反应之激烈,超乎他的想象。

"你问他名字干什么?"

"随口一问而已。你紧张什么?"

"你想干什么?"

"我能干什么?"朱盛庸反问冯嫣。

冯嫣躲开目光,看向别处:"我知道护士小姐姐也会乱说话,你要是听到什么,不要往心里去。她们也很无聊的。"

朱盛庸心里打了个问号:跟护士小姐姐有什么关系?

很快他就知晓。

原来,冯嫣奶奶之所以能插队住进病房,是受了陈总的好处。陈总找了关系。冯奶奶成功住院后,陈总还为老人家找过专家会诊。

冯奶奶住院的当天,陈总就带着夸张的花束前来看望过一次奶奶。他的风度翩翩给护士们留下了深刻印象。

加之冯嫣俏丽动人,陈总与冯嫣,犹如一对璧人,护士小姐姐们就想当然地拉郎配了。

朱盛庸在电梯间,从两个交头接耳的小护士那里听说这个传闻时,一抬头,正好看到铝合金里映出的他自己,他确实容貌平凡很多。

为一则捕风捉影的八卦传闻而跟冯嫣闹不开心,明显不是他的风格。

这则说不出口的八卦传闻,像是一粒倾倒的多米诺骨牌,击中他的自卑和自我怀疑。他开始怀疑,只能靠省钱的方式攒钱的他,是不是,根本就不是冯嫣的良配？

校园里的爱情选择标准，与工作后的择偶标准，显然不是一套标准。冯嫣应该有权利再选择一次吧？

朱盛庸凝望冯嫣的时候，特别害怕从冯嫣眼睛里看到不耐烦或怜悯。

可冯嫣眼睁睁地看着奶奶一大把年纪还要遭受这样的罪，难免心疼烦躁；再则，很多医生推荐的特效药都不在医保内，家里的存款飞快地在减少，也让她烦恼。

她的脾气，显而易见比以前不耐烦很多。

冯嫣接完电话，跟妈妈和朱盛庸说，她需要马上到单位加一会儿班。冯妈妈连忙推朱盛庸去送女儿。

朱盛庸和冯嫣并排下楼。

心里着急的冯嫣下得很快，快到一楼了，才发现朱盛庸落在半层楼之外。

"着急的话，你先走吧。"朱盛庸压着步频，对回头的冯嫣说道。

"行吧。"冯嫣扭头快步走了。

朱盛庸立定站在了原地，一只脚在楼梯上，一只脚悬空。

过了不知道多久，楼梯上路过的着急忙慌的病人家属不小心撞了他一下，他才回过神来的，继续慢吞吞地下楼，一路向南，回到了父母家。

一推门，哥哥朱盛中在。

朱盛庸差点条件反射想关门退出去。

随着哥哥做安利的时间在延续，哥哥变得越来越魔怔。他自己干劲冲天，时常夸下海口，要实现财务自由。

财务自由的边还没有摸着，反而因为囤货而消耗了大量现金。

债务上的压迫感，促使他变本加厉地推销安利产品。两三句话离不开安利，一个劲地把安利夸上天，状态鸡血得令人望而生畏。

马骏吃不消他的变态热情，买过几次牙膏、几瓶洗洁精和几罐蛋白粉后，不敢再登门上朱盛庸家过周末。

不少熟人远远望见朱盛中，转头就逃。

老邻居吉吉还专程登门向朱爸爸倒苦水。她以在日旅居过的经历，告诉朱爸爸：80%做安利的人，都赚不到钱。只有极少数先进去的人，或者口才超级好的人，才能从安利中赚到钱。

"你们一定要好好劝劝中中哦，这不是一条好走的路，得罪亲朋好友不说,弄不好囤货囤过头,会元气大伤,弄得家里穷得叮当响。"

吉吉走后,朱爸爸紧张得坐立不安。

等朱妈妈一回来,他就颠三倒四讲起来。连说带比画,倒也把核心意思传达到位了。

朱妈妈深深叹了一口气。

两个人正愁眉不展,朱盛中撞上枪口,恰好来到徐汇的家。

朱妈妈劝说朱盛中,入了迷的朱盛中反唇相劝朱妈妈,说她既然已经一把年纪了,余日不多,就应该追求品质生活,使用高质量的安利这产品、那产品。

朱盛庸推门进家的时候,妈妈和哥哥再次吵得不可开交。

跟第一次听到他们争吵时的震惊相比,听的次数多了,就习惯了。朱盛庸自顾自换鞋,进屋,倒在了单人小沙发上,并用被子蒙住了头。

朱妈妈和朱盛中见状,不约而同停止了争吵。

沉寂了一会儿,朱妈妈愤恨道:"兰婷也不管管你!"

说到兰婷,朱妈妈忽然想起来:"对了,兰婷两周没跟你一起过来吃饭了,你们俩没吵架吧?"

"怎么可能吵架!就是我想吵也吵不起来好吗?我老婆有多崇拜我,只有我知道。妈妈你尽管放心!"

被窝不耐烦地鼓动了一下。

朱盛庸嘴巴严实,烦恼什么的并不会轻易吐出口。只有面对李礼刚,他才会有所表露。

朱盛庸想给李礼刚打电话,可惜时差换算后,美国正值午夜。

烦恼的时候时间过得慢些。不管快慢,让打工人爱恨交织的周一依然到来。

朱盛庸的一家新加坡客户,要派员工来实地考察工厂生产线,接待工作自然而然地落在朱盛庸的身上。

他要安排公司的车,可惜,车被别的人捷足先登申请掉了。这种情况下只能打车。挨打创下一个传统:为了表达地主之谊的热情,对来访的客户代表要车接车送。

朱盛庸揣摩着,他打车去机场,再陪客户打车回来,实在浪费且没有必要。

于是,他自作主张,给新加坡客户发邮件,告诉她她落地之时公司没车去接,请她自行叫车到公司,费用找他报销。

新加坡客户回信时,抄送了一份给挨打。

挨打每天有几百封邮件未审阅,偏偏看到了这一封。

朱盛庸正键盘如飞地回邮件,忽听耳边一声炸响:"迈抠!到我办公室里来一趟!"

挨打飙出女高音,声音直穿客服部办公区,冲击朱盛庸鼓膜。

第116章　台企创业路

朱盛庸路过林彬的工位进挨打的办公室。

不一会儿,挨打劈头盖脸训斥朱盛庸的声音就传遍了整个客服部。

朱盛庸涨红着脸,于挨打的刀子一样呼啸着从口中迸出的责骂声中,壮胆看了一眼挨打。挨打骂得一本真经,仿佛他犯的是不可饶恕的重罪。

"挨打,我是基于对新加坡客户代表的了解……"

"闭嘴!辩解就是开脱!如果你不认识到自己犯的错,就会继续犯错!我辛辛苦苦打下的口碑,就会被你这样的行为飞快侵蚀掉。部门不是你的,你不心疼。可它是我的!迈抠,我一直以为你踏实靠谱,但你让我好失望!"

朱盛庸涨红的脸慢慢恢复正常血色,心跳和呼吸也慢下来。他不再辩解,也不再羞愧。

倘若时间重来,即使知道会被挨打骂,他还是会照旧给新加坡的客户代表写相同的信。因为,他认为那是最优解。

挨打骂累了,对朱盛庸道:"你可以离开了。"

朱盛庸面无表情转身离开。

林彬很局促,目光偷偷尾随朱盛庸的身影。

托尼见风使舵,当天中午立即决定不再跟朱盛庸一起午餐。

朱盛庸一个人往餐厅走,林彬半路追上他,急急安慰他道:"你不要难过哦。挨打这个人,虽然骂起人来很凶,但她心很好,不记仇的。"

朱盛庸点点头:"我没事。我只是很意外她居然这么沉溺于没有多少意义的细枝末节。"

林彬吓一跳,不愿意公然议论上司,于是将话题往自己身上扯:"我妈妈跟我摊牌。她要我跟施静姝分手。我问她不是很着急我没有女朋友吗？怎么有了又鼓动我分手？她说，再怎么急，外地女朋友不要。外地人太复杂。"

林彬边说边怅然地摇头。

"所以？"朱盛庸果然被吸引过去。他觉得这个歪理跟挨打骂他的原因一样滑稽。

"我小师妹明明很单纯的！"

"我是问你你打算怎么办？"

"我打算跟我妈妈抗争到底！"林彬挥舞着胳膊，表情坚毅。

这个答复让朱盛庸表示挑不出毛病。

林彬抗争父母，冯嫣奶奶抗争肺癌，朱盛中抗争安利团队发展困难，李礼刚在美国抗争不得不继续读博的命运……朱盛庸努力忘却他的爱情烦恼，水波不兴地生活，每天的业余时间都用来想如何省钱。

他从不买瓶装水，渴了也忍着回家喝白开。

他不穿坏一双鞋，绝不储备第二双鞋。

有一条牛仔裤时，绝不买第二条。

他不觉得寒酸，反而乐在其中。

他认真记账，并月底总结。这个月比上个月开支小时，就会生出一种成就感。

李礼刚隔着时空回应他，已经是两年前的事情了。

李礼刚两年前曾经说过，他从不买新衣，都是在二手衣店淘，有一次甚至淘到了二战的军服。一条 Lee 的牛仔裤，花 2 美元买回来。穿破了从膝盖上剪掉，当短裤穿。不把花出去的 2 美元价值压榨回本，誓不罢休。

但随着李礼刚经济条件变宽裕，他的消费早就与时俱进，敢带着女朋友走进梅西百货、西尔斯（Sears）、杰西潘尼（JC Penny）、科尔士（Kohl's）等大商场。

连芝加哥的密歇根大道，那条繁华程度完全可以媲美纽约第五大道的 3 公里商业街，他都有胆量逛了。

只有朱盛庸，还在坚持刚出校园时的贫乏生活，并乐此不疲。

朱妈妈很欣赏朱盛庸的节约精神。她告诉朱盛庸，开源固然重要，节流同样不可小窥。开源的能力无法强求，节流却事在人为。

节流下的钱，就是本钱。本钱就可以拿来利滚利。

朱盛庸牢记妈妈的话，幻想着他今天省下的每一分钱，几年后都翻了倍，接着再翻番……长此以往，像滚雪球一样，他就可以比其他人过得更宽裕了。

靠着这个美好设想，他在省钱这件事上，干劲十足。

朱妈妈为了鼓励他，给他讲起自己兼职的台湾老板如何省钱的故事。

虽然上海彼时对台湾人有"有钱"的刻板印象，朱妈妈兼职的这家台企，着实属于空手套白狼。

老板和老板娘本来做从内地购买橡胶地砖机器，再出口到台的商贸。后来机器在台销售惨淡，老板夫妇手里就积压了一些机器。

正愁云惨淡着呢，恰逢闵行集新村在做村办企业，要招商引资。老厂长牵线，双方搭上桥。

运营始于1993年5月的上海地铁1号线，作为上海第一条地铁线路，彼时刚刚开通试运营南延伸段，即从原来的锦江乐园站刚延伸到了莘庄站。

从莘庄站下车，再坐几站公交车，才到集新村。

集新村没有地理位置上的优势，招商引资的厂房就是在农田上造两排房子和一幢两层楼高的小办公楼。办公楼下稍微铺了片水泥地。场地简陋，他们也自知招不到什么像样的外资企业。

双方见面，一拍即合。

一拍即合的另一个重要原因是台湾老板和老板娘特别会画大饼，自称将注资500万，年产值实现若干千万，利润至少7位数，到时候企业和集新村五五分成。

集新村一激动，当即签了10年的约。

老板向集新村画完大饼，拿到进入权，很快将积压的机器设备运至集新村招商园区，同时热火朝天地招聘起劳工来。朱妈妈就是他们招聘的员工之一。

朱妈妈是退休职工，其他人则是到沪谋生计的外地农民工。

老板夫妇天天洗脑，告诉手下的十几个员工，说他们做的是善良的生意，把他们生产出来的橡胶地砖铺在浴室里不会滑，铺在家里摔跤也不怕，是为了让老年人生活得更好。

这个说法天天讲，员工工作起来果然敬业很多。

橡胶地砖，说白了就是把废旧汽车轮胎弄碎，再拿橡胶搅拌起来做成地砖。

他们的工厂，连自己碎废旧轮胎的能力都没有，需要从台进口橡胶粒子。朱妈妈初次看到那些橡胶粒子，大吃一惊：这不是工业垃圾吗？

第 117 章　本以为要暴富

老板娘笑盈盈地解释：这叫废物循环再利用。

老板娘招聘了一位退休的注册会计师当会计，朱妈妈做出纳。

退休注册会计师兼任了好几家的会计，一开始一个月来一两天，很快看透这家公司的本质，不肯再过来。但名还是挂着，薪水也领着。

朱妈妈一个人既做总账，又做细账，还要到驻村税务局报账。

账本不堪入目，全是假账。

老板娘造假发工资的名单，将不应该进公司账户报销的个人生活开支，诸如锅碗瓢盆蚊帐被子席子衣服米面油等所有生活开支，全走公司账户报销。

朱妈妈一从专业角度劝说，就被老板娘微笑着挡回来："出了事算我的。"

朱妈妈因为协助造假，薪资从 600 块，很快提到 1100 块、1500 块。

因为造假，所以财务报表全是亏损。亏损亏得很难看的财务报表每个月都需要拿到驻村税务局报审。

之所以把财务报表做亏损，是为了不缴税。

开始还说得过去，新公司嘛。

后来就不对了，总也不盈利，一直亏损，就显得很奇怪了。

该交给集新村的场地租金没交过，承诺的利润分成更是水中月镜中花。

从公司里套出的钱，老板和老板娘也没有乱花，而是全拿去买了房。那时候台湾人买房还有政策优惠，有财政补贴。2000 多块钱一平方米的房子，老板和老板娘一口气买了 3 套。

其实从公司里也没有抠出那么多钱。公司的销售情况并不乐观，赚的也不多。

老板和老板娘采用买了房就抵押、套现的方式，套来套去，套到了 3 套房。

讲着讲着，朱妈妈发现这不是一个"节约发家"的好例子，于是草草收尾。

"他们是不是一开始就打底坑蒙拐骗？"朱盛庸问。

"我看差不多。"朱妈妈回。

"租金没有，分红没有，就没有想过早晚有一天被集新村赶走吗？"

"肯定想过的吧。赶走之后就去松江、崇明、金山、昆山之类的，跑到再偏僻的地方接着骗。他们打的应该是这主意吧。"

朱妈妈边说边回忆老板、老板娘他们。

他们虽然做着坑蒙拐骗的事，却又都不像坏人。老板和他弟弟、儿子都很老实，喜欢吃酒，喜欢吃肉，都是胖墩墩的。

老板娘除了舍得穿，什么都不舍得，给自己用的被子都是黑心棉。一大家子用一次性筷子，跟员工们吃同样的饭菜。一家子齐心协力节俭，省下来的钱就拿来买房。

朱盛庸默然。

他没有能力，有能力也未必做得到损人利己。

虽然寂寂无名，"正直"这种没用的东西还是有的。外公的影响力，并不会因为去世就消逝。

"说岔了。要说节约，还是应该讲你阿公的故事。你阿公生前不要太节约哦。"朱妈妈一边说，一边陷入追忆。

母子俩静默了一会儿，门外噼里啪啦响起很大的声响，是朱爸爸从街道里走模特步回来了。

夕阳红模特队集训的时候，会发一瓶水和一块面包。朱爸爸舍不得当场吃掉，总会带回来献宝一样献给朱妈妈。

他讨好朱妈妈的倾向，越来越明显。

而朱妈妈，年轻时谨小慎微，非常畏惧喜怒无常的朱爸爸，年老之后，反而胆子膨胀，动辄对朱爸爸横挑鼻子竖挑眼。

追溯起来，应该是住进外公的补偿商品房后胆子肥硕起来的缘故吧。要不怎么说经济基础决定上层建筑呢。

"粉黛把她的那块面包给我了。肉松的，可颂坊的，大牌子。今天晚上我们俩一人一块面包当晚饭吧。阿庸头你找你女朋友吃晚饭吧。总觉得你最近在家待的时间太长了。"朱爸爸从环保袋里摸啊摸，摸出两块面包。

粉黛这个名字，没有激起朱妈妈任何心头涟漪。

朱盛庸被迫吃了一口狗粮，站起身来依爸爸所言，出门找冯嫣。

走得有些急，没有给冯嫣打电话。

朱盛庸想，冯嫣最近总加班，到她公司楼下再通知她也不迟。

朱盛庸才下楼，就意外撞见在楼下逡巡的兰婷。

"嫂嫂？"

"你怎么没有上楼？"

"我哥哥呢？"

兰婷看上去很栖遑，脸色有些不太好。她抓着朱盛庸的袖子，像是溺水的人在抓救命稻草。

"你没事吧？需要我陪你上楼吗？"

兰婷摇了摇头。就是不肯松手。

"要不，我帮你买碗热馄饨？"

明明天不冷，兰婷却缩着脖子，看上去状态非常不好。

兰婷点点头，像个无助的小孩，拽着朱盛庸的袖子不肯松手。朱盛庸知道兰婷心思单纯，不是挑拨离间或无事生非的人，就任由她拖拽着。

他揣摩着，等兰婷吃小馄饨时候，他上楼去喊妈妈下来陪她。

这样打定主意后，朱盛庸带兰婷去路边的馄饨店，帮她买了一碗小馄饨。

"你要不要，松开我的袖子？"

兰婷好像才意识到自己一直拉着别人的袖子，连忙松开，并用双手捂住自己的脸："他昨天不顾我的劝阻，执意花钱买了一辆新车。"

泪水从兰婷的手下淌下来。

朱盛庸坐立不安。

"他说他必须显得很有钱，才有说服力，别人才肯跟着他做安利。他一直很讲究衣着的，可是还不够，他还要买车装门面。

"一般的车看不上，他要花20万买豪车。

"前面刚花过2万装修蓬莱路的房子，后面又陆续花了5万囤安利的货，家里到处是安利没有拆封的瓶瓶罐罐，小房间里也堆满了成堆成堆的书和复印资料。

"他还买了假的翡翠钻石给我戴，让我装阔太。

"跑下线，拉人头要打电话，请吃饭，请吃饭的地方还不能掉档次，这些都是他买单；晚上在蓬莱路搞聚会，请老师上课要花钱，向新人发安利资料也要花钱。

"每天钱像流水一样花出去。

"前面还以为要暴富了，他一年赚了 22 万，今年可倒好，半年就花去了三十几万，连之前的本钱都赔进去了。

"我不是爱财，可这样下去——"兰婷索性哭出声来。

第 118 章 "我心里有数"

朱盛庸越发坐立不安，附近几张桌子上的老阿姨不住扭头看他，就差指指点点了。

"你不要哭——"朱盛庸小声无助地劝道。

"你给你哥打电话，让他不要再做安利了！"兰婷把双手从脸上放下，从包里掏出手机，递给朱盛庸。

朱盛庸尴尬至极。

以他对哥哥的了解，哥哥又岂会听他的劝？

如今的哥哥，早就让他想起高三那年跟马骏一起玩轮盘赌时的样子。他会疯狂地压上自己所有的宝，哪怕孤注一掷，也要赌到最后。

那年玩轮盘赌，他搬出早些年中奖的大录音机当赌注。或许正是因为最后一把赢了，才暗中滋生、助长他的有恃无恐和侥幸之心。

今天做安利，赌徒之心使他暗中坚信运气会站在他这一边。

"你为什么不自己……"朱盛庸越说声音越小。兰婷在哥哥心目中同样没有影响力。哥哥吃定了兰婷不能没有他，所以格外不将兰婷的话放心上。

面对泪水像小河一样流淌的兰婷，朱盛庸只好死马当活马医，给哥哥打电话。

一连打三次，哥哥才接起。之前都被他挂断了。

"你开免提。"兰婷颤抖着声音说。她的脸色煞白，仿佛随时会昏厥过去。

朱盛庸依言开了免提。

"哥哥，我今天在楼下看到嫂嫂。她状态不太好——"

兰婷抢话道："让他不要再做安利了，不然，不然……不然我跟他离婚!"

馄饨店挨着马路,外面虽然谈不上车水马龙,也是嘈杂声一片。室内逐渐安静,仅有的几张桌椅上虽然坐满了人,因为珍惜眼前的八卦,所以嘴巴闭得很牢。

兰婷的这句"不然我跟他离婚"清晰准确地通过声筒传到了朱盛中的耳朵里。

"让她别闹。我正忙着呢。"说完,朱盛中挂断了电话。

朱盛庸看到眼前的兰婷,已经不是脸色煞白,而是白中带灰,凄惨到让人不忍多看第二眼。

他马上自作主张又去拨打哥哥的电话,一接通,立刻抢在哥哥开口前说道:"她要是说的是真的呢?"

"什么?"

"你刚才听到了。"

"哈,"朱盛中愣了一下,笑出声来,"别替我瞎担心了,我心里有数。"

兰婷站在朱盛庸对面,手死死撑住桌角,以免倒地。她游魂一样大喊:"离!明天就离!一定离!"

电话那边的朱盛中一下子暴怒起来,他摔了什么东西,气到声音变调:"还没完了是不是?

"我容易吗?

"我这么辛苦为了谁?

"还不是为了让你过上荣华富贵的好日子!少给我作!老老实实给我坐家里待着!要是觉得无聊就找找你的小姐妹,多花点小钱我也不在乎。

"等我赚钱了,我天天在家陪你。

"听到了没?快别闹了!"

朱盛庸一个闭眼叹气的空儿,再睁开眼,已经不见对面兰婷的身影。

他连忙抬脚往外追。

不巧,躲避不及,跟一个端着大馄饨碗的服务生撞在了一起。泼了一身油汤不说,还被服务生拽着不让走。

朱盛庸边朝外张望,边慌乱地从口袋里掏钱。没有两块钱零钱,只能先塞一张 5 元给服务生。

等朱盛庸挣脱一切,跑出店门时,已经找不到兰婷的身影。

他急坏了，东边跑跑，西边跑跑，生怕失魂落魄的兰婷一不小心发生车祸。呸呸呸。乌鸦嘴。

来来回回找了两遍，马路上并没有惨案发生。朱盛庸停下慌张的脚步，定在了路上。

他手里，还握着兰婷的手机呢。

站在熙熙攘攘的马路人行道上，他面朝马路，侧身对着往来的路人，又一次给哥哥打电话："嫂嫂不见了。手机落在我这里。你要不要回家看看？"

朱盛中那边鼓掌声不断，还有叫好的声音。

不出意外的话，他们在上课。上课的气氛，总是好得超乎寻常。并不是讲师本领有多大，而是事前做过配合演习。

分享会也是，10个发言的人里，说不定有8个是托儿。

这些内部秘密，还是朱盛中自己说出来的。

真不懂，他明明不笨，怎么会一头钻进安利的牛角尖。这明明是"一人成功，万人垫背"的恐怖事业！

朱盛中应该是走出了蓬莱路的小屋，他身边的声音陡然安静很多。

"你别管了。手机先放你那里，改天我让她去拿。或者我明天去帮她拿。没事，我心里有数。就这样，我正忙着呢。"

朱盛中说完，自己挂断了电话。

听筒里传来忙音。

朱盛庸心里七上八下的，没有心情继续找冯嫣，心情沮丧地往家的方向走。

说实话，认识兰婷总有七八年了，还从来没有见过她哪回像这次一样失魂落魄。

朱盛庸走到家楼栋门口，忽然想到，不对呀，给兰婷点的小馄饨还没有端上桌呢。再说了，一碗大馄饨也就三块半，他给了5块，还没有找零呢。

想到这里，他又折身回馄饨店，找他的小馄饨和零钱去了。

至于胸前的油腻，反正已经泼上了。

馄饨店老板没有赖账的意思。

朱盛庸顺利地吃好小馄饨，拿好找零，带着兰婷的手机往家走。

回到家后，自然免不了将楼下遇见兰婷的事讲给父母听，主要是讲给妈妈听。

朱爸爸一听就急了:"离婚?那怎么行!离婚了中中不就成光棍了吗?"

朱妈妈有些气不打一处来:"你不要听风就是雨!不要哇哇乱叫帮倒忙!"

朱爸爸没再出声,依旧急得团团转。

朱妈妈看不顺眼,刺他道:"你不是不喜欢大儿媳妇吗?离了么,正好合你的意!"

朱爸爸眼珠子一瞪:"我再不喜欢兰婷,也没有到想让他们离婚的地步!好歹也是一个家!离了,中中怎么找?中中现在连个正经职业都没有!"

朱妈妈不再跟朱爸爸斗嘴,略略安抚他道:"你也别急,不见得真离,兰婷小孩子脾气,可能是气头上说气话。

"问题不在这里,问题是——中中他怎么就那么手快投了那么多钱下去!这也太冒险了!"

第119章 找了一夜

朱盛庸接道:"哥哥向来都喜欢赌一把。"

"可这回是真金白银!"

"哪一回不是呢?高三闹着当美术生是,买认购券是,买股票是,工作后飞单是,凭什么安利的事情上就不会是呢?

"之前之所以不觉得,是因为能力有限,本钱不大。现在本事大了,投入的相应也大了。本质上是一样的。"

朱妈妈听得无话反驳。

大家无济于事地替哥哥惋惜了一阵子,排队刷牙准备睡觉。

兰婷的电话,突然响了起来。铃声刺耳,大半夜的,吓大家一跳。

"哥哥打来的。"朱盛庸看一眼。

"快接,快接。"朱爸爸急得摩拳擦掌。

朱盛庸才接起电话,朱盛中的声音就火急火燎冲出来:"兰婷!兰婷在你们那儿吗?"

"没有。"朱盛庸回。

"她不在家！"

"会不会去她父母那儿了？"

"我打过电话，没有人接。她父母两天前去杭州旅游了。"

"会不会去哪个小姐妹那里了？"凑上来的朱妈妈问道。

"兰婷结婚后的这些年，哪还有什么小姐妹。她的业余时间，都给我了。"朱盛中的语气很慌张。

"该不会去找冯嫣了吧？我见她跟冯嫣挺谈得来的。"朱爸爸灵机一动，问。

"有道理有道理。"朱盛中像抓住救命稻草一样，"弟弟，你快给冯嫣打电话问一问。我……兰婷从来没有离家出走过，我怕她想不开！"

朱盛庸将手机递给妈妈，自己则用家里的固话给冯嫣打电话。响过几声之后，冯嫣接起电话。

朱盛庸问她兰婷是否跟她在一起。冯嫣茫然回答：并没有。

朱妈妈将冯嫣的回答转述给朱盛中，朱盛中慌乱得完全说不出话来。

朱盛庸是唯一一个当天见过兰婷的人，他非常清楚她的状态非同一般地差，因此格外担心。跟冯嫣草草解释几句后，朱盛庸挂断电话。

"如果兰婷在这时候问你肯不肯退出安利，你会怎么回答她？"朱盛庸问哥哥。

"你就别瞎起劲了！"朱盛中烦躁地回答。

朱盛中决定到小区里找找，就挂断了电话。

朱爸爸和朱妈妈在家里越想越不放心，兰婷是那种娇滴滴的上海小姑娘，在父母身边像宝贝一样从小捧到大，抗挫折的能力很差。

鉴于朱盛中几乎把家里所有的存款都花掉了，万一兰婷一时想不开，酿成大祸也不是不可能的事。

朱爸爸和朱妈妈决定去一趟长子家，帮着朱盛中一起找不见了的兰婷。

朱盛庸本想也一起去，奈何第二天要早早上班。

看着六十出头的父母在茫茫夜色中深一脚浅一脚地出门，朱盛庸心中充满了对哥哥的复杂感情。

等朱盛庸夜半醒来时，父母还不曾回来。

第二天一早，朱盛庸起床赶班车，父母依旧未归。

朱盛庸用兰婷的电话给哥哥发消息，询问有没有找到嫂嫂。朱盛中大概在补觉,没有立即回复他。

忧心忡忡去上班。

一直到快中午的时候,朱盛中才简短回了则消息:找到了。

朱盛庸担了半天的心,终于可以放松下来。

"哎——你买了手机!不是吧,这么粉!准备送给女朋友的?"林彬摸到朱盛庸办公桌前,自顾自拿起他放在桌面上的手机,"旧的!不会是你女朋友淘汰给你的吧?"

朱盛庸懒散地闭上眼睛,双手枕在脑后,心里还在琢磨,经过兰婷这么一闹,哥哥到底会不会退出安利事业?

林彬看他心意阑珊,很自觉地将手机轻轻放在了他的桌面上。

"告诉你哦,我为爱情抗争,效果显著。我妈妈已经有了让步的迹象。好不好奇我的抗争方法?

"喂,喂,不好奇?不好奇我就不说喽。

"要是好奇,我就告诉你哦。我每天飞速吃好晚饭再回家,回家后假当绝食,闭口不吃妈妈做的晚饭,而且谁搭讪我都不开口,我就耷拉个脑袋一声不吭地坐在客厅。

"把我妈妈急得呦。

"喂,你眼睛都不睁一下,你不会真睡着了吧?"

林彬拿手在朱盛庸脸前晃,被朱盛庸打开了。

当天,朱盛庸怀着好奇,第一时间冲回家。原本以为兰婷既然找到了,以兰婷不记仇的个性,应该已经被哥哥哄得差不多好了,而父母也应该不再忧愁才对。

没想到,妈妈跷班,爸爸唉声叹气,厨房里冷锅冷灶,气氛凝滞得让人觉得呼吸都沉重。

朱盛庸刚要往小沙发上坐,吃惊地发现沙发床上已经躺了一个人。

不消说,是哥哥朱盛中。

这是说,兰婷找到了,但兰婷不肯松口,坚持要离婚?

或者,是哥哥哪怕离婚,也不肯退出安利?

朱爸爸看出朱盛庸眼中的疑惑,解释道:"兰婷当天就去了杭州找她父母,我们找了一夜,第二天给兰婷公司打电话,才知道兰婷在杭州,她父母替她请了假。

"你哥哥给他老丈人、丈母娘打电话,以为那边会破口大骂,结果那边说话很客气，问你哥哥，是选协议离婚，还是起诉离婚？××！"

朱盛庸吃惊得说不出话来。

过了一会儿，朱盛庸开口："嫂嫂曾经问过哥哥是否愿意退出安利……如果哥哥不想离婚的话……"他望一眼小沙发，被子应该没有那么隔音吧？

朱爸爸听得眼睛一亮："中中！快给你丈母娘打电话，就说你不做安利了！"

朱盛中被子一掀，气鼓鼓地大喊："能说不做就不做吗？那么多钱投进去，还没有回本呢！这时候撤出来，不是净亏吗？"

"也比亏个老婆强。"朱妈妈一锤定音。

朱爸爸哄劝长子道："你先哄好兰婷，后面再说嘛。"明显就是怂恿朱盛中先骗兰婷，骗过眼下再说。

这个主意令朱盛中眼睛一亮，但深得朱盛庸嫌恶。骗，能是长久之计？

朱盛中当即给兰婷父母打电话，结结巴巴表露愿意考虑退出安利，想跟兰婷直接聊一聊。

朱盛中等待兰婷父母叫兰婷的时候，用手势和眼神驱赶父母和弟弟，让他们退出房间，不要偷听他的私房话。

第120章　陈总暗中挑衅

被哥哥示意驱赶出来的朱家三口在厨房忙起晚餐来。

没有心情，简单下些面条。

青菜鸡蛋面煮好后，三个人围在小白圆桌上吃面，忽然，门缝里传来朱盛中激动的大喊声。

门离地面至少一厘米，绝对没有想象中的隔音。

"我知道你亲眼看到我跟一个女下线举止亲密，但那不是真的，那只是剧情需要！"

"你不要胡搅蛮缠！你不就是觉得我把家里的钱都花掉了吗？我会加倍挣给你的！要不了多久，最多一年！"

"什么？你连一年都不肯等我？说好的你永远爱我呢？这就是你对我的爱？兰婷你太现实了！我从来没有想到，第一个向我捅刀子的人竟然是你!"

朱盛庸还在侧耳倾听,声音突然断了。一定是高傲的哥哥抢先挂断了电话。

三个人在圆桌旁面面相觑。

"一定是中中没沉住气,说着说着把不想现在就退出安利的真心话夹带出来了。"朱爸爸万分遗憾道。

朱妈妈剩下的面,没有心情再吃。不舍得倒掉,放进了冰箱里。

只有朱盛庸,默默地连汤带面吃了个精光。

周五,他去见冯嫣。

他想跟冯嫣讲发生在哥哥嫂嫂身上的事。

从公交车上跳下来,意外发现天上落起了雨。

朱盛庸拿手挡住雨丝,风夹着雨,雨有越下越紧之势。

犹豫了一下,他往旁边的小便利店里跑去。

早在1968年,中国的第一家24小时营业的"星火日夜食品商店"在上海落地,算得上"便利店"的前身。

说是食品商店,也有药物、针线盒、打气筒、电灯泡之类的日用品。晚上出门买东西,踏着脚踏车去不上门板的"星火",是古早一代老上海人的记忆。

到了1993年,第一家现代意义上的便利店"百式便利"出现在上海街头。1996年,日资选手罗森进入上海。

此后,便利店便如雨后春笋,分布在上海的大街小巷。

全家,罗森,好德,良友,可的,快客,喜士多,711,迪亚天天,易捷……上海的星罗盘上,便利店熠熠生辉。

朱盛庸转身进的是全家,小小的全家陈列整洁有序,样品比想象中丰富。雨伞有四五款可选,长短均有。他挑了一把标价最便宜的天堂伞,结账,出便利店。

撑了一把花伞,走在雨中,逆着下班的人流往前走。赫然看到一对金童玉女,男的露出半张笑脸,干净精致,撑的雨伞特别讲究,伞面又大又饱满,伞面是巴宝莉的经典格子纹。

男子将伞举得高高的,有说有笑地侧头向身边的女伴。

女伴肌肤白皙,眉眼如画,红唇润润。穿着一袭到膝上的呢料大衣,未系纽扣,敞开的衣襟随着走动而不时轻微敞开,露出时尚职业装来。

朱盛庸是看了第二眼，才认出伞下的女孩是冯嫣。

撑伞的男子……朱盛庸是脸盲，但看身形是陈总无疑了。

一阵风吹来，巴宝莉的伞摆动了一下，陈总说完什么，回头的时候一不留神看到人群中目光直直看过来的朱盛庸。

他微妙地愣了一下，嘴角浮出一丝笑。

几乎是目光迎着朱盛庸的目光，他故意伸手揽了一下冯嫣的肩膀。虽然一触即开，也算是明晃晃的炫耀和挑衅了。

挑衅完，他有意倾斜雨伞，遮住冯嫣的视线，几步之后，与朱盛庸擦身而过。

大巴宝莉格子伞碰开朱盛庸的土花伞。

朱盛庸因为惊愕而走神，雨伞被碰到，倒了下来，垂在了地上。

下班潮过去后，整个小广场只剩下寥寥无几的匆匆路人。

朱盛庸站在风雨中，头发很快缀满雨珠，脸上数不清的水道滑过，他木然地立着，也不知道去擦。雨伞被风吹得离他越来越远。

一盏离他最近的广场路灯，灯泡忽明忽暗，仿佛有意衬托他低沉下坠的心。

他怎么回家的，事后都无法想起。

当时脑海里只有一个声音：到了重新选择的时候，到了以社会标准去选择婚姻配偶而非恋人的时候。

毫无疑问，他是那个不占优势的男选手。

从这一天起，朱盛庸不再主动给冯嫣打电话，也不再去瑞金医院探望冯嫣的奶奶。

他想的是，要光明磊落，不能小偷小摸做小动作，以免影响冯嫣选择。

冯嫣过了将近一周，才在妈妈的提醒下，察觉到朱盛庸的缺席。

她心事重重地待在奶奶的单人病房间，看着奶奶一天比一天消瘦，几乎瘦到皮包骨头。癌细胞已经转移，医生估计，最乐观也只有半年可活。考虑到老人家本来年龄就大，很可能活不过3个月。

比医生预估的还悲催，入院一个月后，奶奶就受够了每天被医生、护士摆布。她丧失了生存的斗志，身体情况急剧恶化起来。先是偶然大小便失禁，后面一度不能自主呼吸。

医生话说得很委婉，也很明显，最后的日子，老人家希望可以按照自己喜欢的方式待在自己喜欢的地方，好度过不长的余生。

可冯嫣爸爸"孝"字当头，实在下不了停止抢救的心。

每天仍旧是存款呼呼地流走。

冯嫣妈妈一天比一天无心梳洗打扮，但她很坚韧，坚决不出口当恶人，再怎么花钱也不肯出言阻止冯嫣爸爸。

老夫妻俩就样，一个下不了决心出院，一个决心绝不开口，彼此僵持着。

冯嫣看着爸爸妈妈的生命力随着奶奶病情加重而消耗，心情自然好不到哪里。现在，工作反而像是她的救赎。

也只有在工作的时候，才能忘记家里那些剪不断理还乱的烦恼。

猛然意识到朱盛庸的缺席后，冯嫣在妈妈的督促下，只身去斜土路找朱盛庸。

朱盛庸是她习惯了的精神港湾，或许可以跟他倾吐一下跟奶奶有关的复杂情感。朱盛庸曾经历过最爱的外公患癌、去世，一定更懂她的痛苦吧。

一趟公交到站，冯嫣下车，熟门熟路地往朱盛庸家所在的楼宇走。

在楼下按门铃，她才喂一声，朱爸爸的大嗓门就传过来："阿庸头已经下去了。你第一次按门铃的时候就下去了！"

冯嫣一愣：第一次按门铃的时候？

她分明刚刚到，刚刚按门铃嘛。

第 121 章　阴差阳错

"小花园里没碰到吗？"朱爸爸的声音又传来。

冯嫣鬼使神差没有出声。

"喂？喂？奇怪……谁家小鬼头在捣乱！"朱爸爸嘀咕着挂断语音门禁。

冯嫣果断转身，朝小花园走去。

一种从来没有过的糟糕预感渐渐漫上心头。朱盛庸下楼去小花园，是要见谁？

冯嫣心中飞快过滤朱盛庸生活圈的熟人，觉得无论是谁，都不会在朦胧黄昏之际把他约到小花园。

前面那座小学，已经拆除。据说是合并到附近一所较大的小学里。

独生子女一代已经进入婚育期，不光是因为生育基数减半，还因为时代机遇增多，生育年龄明显后移，导致上海的马路上，已经很少看到小孩子了。

加上越来越多的人家住进公寓楼房，旧时弄堂里一呼百应、小鬼头们成群结队玩耍的场景，再也见不到了。

小学拆除后，一半建成两层小楼当居委会，一半劈给了绿地小公园。绿地小公园也因此改建了一回，添了不少简易市民运动器材和三面不伦不类的哈哈镜。大概大世界的哈哈镜太出名了。

冯嫣走进扩大后的绿地小公园，路径有些生疏，正迂回摸索，忽然看到一个熟悉的背影。

不消说，是她的男朋友朱盛庸。

可他的对面，却分明是一个陌生小姑娘。

她瞬间联想起他这周来的缺席。

原来，竟然是他的生活中不知何时多了一个小姑娘！这一点非常出乎冯嫣的预料。她一直深信他会绝对忠于她，以至于自信到敢在生日那天跟别的异性结伴去看电影。

冯嫣因为太吃惊而跟跟跄跄，撞到了一个倒退着健步走的老阿姨，惹老阿姨刀子嘴一顿抢白。

冯嫣忍着不还嘴，同时留心观察朱盛庸是否有转身。

还好，他太关注他对面的小姑娘，以至于根本就没有注意到身后的责骂。

她躲在一棵根本遮挡不了她的小瘦香樟树后，张着两只大眼睛盯着几步外朱盛庸和陌生小姑娘的互动。

陌生小姑娘在哭，哭得还挺委屈，抽抽搭搭的，话都说不利索的样子。有时候顺风，会送过来只言片语。她模模糊糊听到一些词，又因为听不清楚不敢确定。

冯嫣快速转动脑子，推断剧情。

像是陌生小姑娘爱上了朱盛庸，把朱盛庸叫出来表白，遭到朱盛庸的冷淡拒绝，然后小姑娘就受不了，哭泣起来。

梨花带雨的小可怜样，她见犹怜。朱盛庸会不会动心？

都说男人本色。现在，岂不正是上天赐给她的窥视恋人是否忠诚的绝佳机会?

冯嫣捏了把汗,明确地希望朱盛庸不要做出格的事!

"千万不要暧昧不清。"

"千万不要让我失望。"

冯嫣心里祈祷,紧张得手心出汗。

陌生小姑娘扬起脸,无声控诉一样望着朱盛庸。那双毛茸茸的小鹿一样的眼睛,让她恨不得冲过去,猛揍一顿。

只是,她突然没了底气,不确信这种时候朱盛庸会不会拦下她,推开她,冲她嚷。

朱盛庸……等等!朱盛庸竟然伸手摸了小姑娘的脸!用拇指,很轻柔很轻柔地抚去小姑娘脸颊上的泪水。

他背对着她。

她看不到他的表情。

但是,她能感受他动作中的小心翼翼。

这个小心翼翼擦泪的动作,让冯嫣迅速崩溃,让她对朱盛庸的信赖大厦崩塌倒裂,心底一片狼藉。她捂着嘴,忍着哭泣,奔跑出小花园。

哈哈镜上,冯嫣的身影诡异地忽大忽小,最后化成小点,消失不见。

朱盛庸的手,像被烫伤一样撤离。

"你,刚才,脸上落了,一个飞虫。"他生硬地对施静姝解释。

施静姝有一瞬的疑惑,很快了然,她继续哭诉:"我实在是想不通,他妈妈怎么会找到我的远房姑姑!我的远房姑姑明明是我的亲戚,又怎么会被一个包包就收买了!

"我想不通!他妈妈的手怎么伸得那么长!现在我该怎么办?"

朱盛庸沉默地听着,双眼仍旧看着哈哈镜,仿佛上面还能放大冯嫣躲在树后的面庞。

"我受够了听我姑姑劝我分手。我不想再回到她的家。为什么别人的爱情那么顺利?为什么我的就这么波折?我长得不差,学历又比林彬得高,我就是要了20万的彩礼而已,林彬家完全出得起!"

施静姝的手机响了起来。

施静姝看了一眼,递给朱盛庸:"他打来的,我不想接,你接。"

朱盛庸接过手机,看到"林彬"正来电。

他接起电话,语气平静到不起一丝波澜。

"林彬？对！我已经从家里下来，见到施静姝了。她？一直在哭……我家附近没有酒店，我家也没有地方供她借住……现在在绿地小花园……好的。"

结束通话后，朱盛庸将手机递给施静姝，说道："他车钥匙被他妈妈藏起来了，他现在准备打车过来接你，需要一个小时。他到之前，让我带你去吃饭。你准备吃点什么？"

施静姝抽泣不止："钥匙被他妈妈说藏就藏起来了？那银行卡呢？说没收就没收吗？"

天色又暗了几分。三步开外，已经看不清人的五官。

朱盛庸垂下头，试图看清自己的鞋尖："电话里他没有说。"

施静姝叹了一个超长的气："我怎么吃得下！"

"你是想在这里等一个小时？"

"那还是随便去吃点什么吧。"施静姝又叹了一口短气。

朱盛庸不想带施静姝再去福建千里香馄饨店。上次带兰婷去过后，他已经在那里留下了传说。

兰婷哭得太惨了。

这回施静姝又哭得一塌糊涂。

奈何那家店是他所知道的最便宜的店。

顶着"渣男"名号的巨大压力，为了实惠，朱盛庸还是带施静姝去了千里香馄饨店。

点了一份最便宜的飘香小馄饨，施静姝很文雅地用勺舀着吃。

朱盛庸别过脸看窗外。

马路上的汽车一年比一年多，而且车的品牌也多样化起来。有些一看就线条格外流畅，大抵是全进口车。

他记得，陈总开着一辆市面上少见的银色宝马。

一个小时后，在馄饨店老板和老板娘轮番暗示他们要么走，要么再消费点啥而无果的尴尬时刻，林彬到了。

林彬一到，就紧紧抱住了施静姝，仿佛她受了莫大的委屈，而他来晚了，罪当万死。

朱盛庸想说再见，可嘴巴跟黏胶黏过一样张不开。

他默默转身，拖着步伐，慢吞吞回家。

眼前晃的，全是哈哈镜照出的冯嬷变形的大眼睛。

第122章 是认真的吗?

话说冯嫣,捂着嘴跑出绿地小花园后,没敢直奔医院,怕被妈妈看出来她哭过和情绪不对。

妈妈已经背负了太多烦恼。

坐在回住处的公交车上,她侧头抵在玻璃窗上。玻璃窗冰凉,正好让她清醒一下。沸腾的内心渐渐平息,只是还没有拿定最后的主意。

她的理性,战胜她的矫情,促使她许久以来第一次主动给林青青打电话。

"青青,我想去崇明找你。我有年假。"

"嫣嫣,真是不凑巧,我马上要登机了。要跟着采购团去科威特学习考察,为期三周。"

冯嫣努力让自己的声音不颤抖:"祝你一路顺利!"

"嫣嫣,我真高兴你打电话给我,等我一回国就来找你。"

"好。"

两个人谁都想不到,三周后再见,就是在冯嫣的婚礼上了。

车窗上流淌过沿街商店的霓虹灯招牌,等看到熟悉的街景后,冯嫣到站了。

她从公交车上下来,在夜色中步行。

她想过冲到朱盛庸家,控诉他辜负了她多年的爱情;想过给朱盛庸家里固话打电话,在电话里更方便撕破脸面破口大骂;也想过约朱盛庸出来好好谈一谈,甚至想过为前次跟陈总一起看电影向他道歉。

到头来,却是什么也提不起劲做。

一直到辗转难眠的后半夜,她才悟出她为什么干什么都提不起劲。原来,是毕业以来,对朱盛庸的种种细枝末节的怨念在作祟。

心里有个细微的声音,在肆无忌惮地表达:他明明条件没有那么好,居然还生二心!当然也有一种声音:是不是其中有什么误会?只是后者被冯嫣有意识忽略了。

第二天,冯嫣顶着熊猫眼去上班。眼皮红红的,又不好意思化浓妆遮掩。

陈总在批冯嫣送来的材料时，掀眼皮看她一眼："哭了？"

冯嫣皮笑肉不笑地弯了弯唇，没有说话。

"跟男朋友闹别扭了？"

冯嫣还是没有说话。

去接陈总递过来的审批后文件，陈总却不肯松手。两个人拔河似的无声较量。

"晚上跟我一起吃饭。"

冯嫣沉下脸，松开手。她知道陈总一直对她有似有若无的暧昧，但她也偶然知道，陈总保持暧昧的对象，还涵盖刚离职的小前台。

陈总假装要将审批过的文件往抽屉里放，胜券在握地看着冯嫣笑："晚上跟我一起吃饭，就给你文件。"

冯嫣，转身走了。

陈总苦笑："这么高傲！"

冯嫣前脚出办公室，主创建筑设计师就急急走过来："签过字的文件呢？要赶紧给客户快递过去！"

冯嫣赌气地坐下来，才坐下来，就看到陈总拿着文件已经追到她桌旁。陈总从容地将其中一份给主创建筑师，另一叠放在冯嫣办公桌。

陈总什么也没有说，直接转身回自己办公室了。

但专门冲出来为冯嫣送材料，这个举动，即使什么都不说，也够令人浮想联翩了。

当天下班，冯嫣特意拉了一个同事一起走。过广场，穿小路，来到老洋房前。刷电子门卡的时候，忽然心里一惊：她免费住着陈总介绍的房子呢。

转念又一想，再差一个月，南希就到了。

冯嫣刷卡进门后，反手就反锁了院门。

白天的时候妈妈曾跟她打电话，用少有的欢愉语气跟她说，爸爸终于想通，这种情况下再对奶奶进行抢救，浪费钱倒在其次，主要是奶奶受罪，不如接受生命的顺其自然。

"今天就出院。今天我们就陪你奶奶回金山。"

冯嫣妈妈让冯嫣不必请假，周末时再回家也不迟。还反复叮嘱她，与其信赖防盗系统，不如养成随手反锁门的习惯。

冯嫣这才到家就反锁了院门。

冯嫣走的时候，陈总还在办公室里忙碌。

天色向晚的时候，办公区大部分人都已经下班。

陈总下班后，破天荒没有下地下车库取车，而是穿过广场，穿过小路，走到了冯嫣住的老洋房前。

他从钱包里拿出一张卡，刷了一下，推门。没推开。再刷，再推。终于确认是从里面反锁了。

他倒也没有更多动作，而是风轻云淡地转身，按来时的路又走了回去。

冯嫣奶奶今日出院，冯爸冯妈开车离开上海市区的事情，还是冯爸爸亲自打电话告诉陈总的。

冯爸爸想得很简单，就是觉得应该自己出面还人情。

第二天，冯嫣比前一天状态好很多。

她越发抱定"随便，随缘"的心意，坚决要等朱盛庸来找她，不来就拉倒。

才出家门，刚走到院墙拐角，拐角的另一边，就伸出一束花来，吓冯嫣一跳。

"朱盛庸？"她惊叫一声。

随即发现，真正从墙角走出来的，是陈总。

冯嫣立刻敛起脸上的笑容。她权衡过，最终决定，与其重蹈小前台的覆辙，不如洁身自好。

陈总这样家境优渥，海外归来，年纪轻轻就晋升为合伙人的有为青年，估计离收心还有很长的距离。她的青春，比小前台的短多了，耗不起。

陈总开心地扭动了一下领口处的领带，朝冯嫣露出笑脸："太阳花。希望你开开心心，充满活力。不要因为失恋就蔫不拉几。"

"你才失恋！"

"不要试图隐瞒我了。我联系过你男朋友，不，前，男，友。他亲口承认，有人心里装了别的人。"

"他承认了？"冯嫣瞬间脸变色。万万没想过，竟然是朱盛庸先背叛她的！

"骗你的。"陈总笑起来，突然，又停住了，"等等！你的意思是，你俩之间，先出轨的是他？他凭什么！"

冯嫣别过脸，泪水盈盈。

"报复他。"陈总快步走到冯嫣前面，倒退着，试图把手中的花递给冯嫣，"最好的报复方式是用最快的时间忘掉他。忘掉他的最好方法就是开始新的恋爱。是不是很有道理？听上去很睿智？"

冯嫣差点被逗笑，不过很快严肃下来，依旧板着脸，眼中的泪已经没有了。

"拿着。鲜花补气！"

不经意间，俩人的手碰在了一起。

冯嫣抬头望陈总，有那么一瞬，她确实从陈总眼里看到一些有别于寻常的情绪。

是……认真的吗？

第 123 章　措手不及

那束太阳花，虽然很明媚，冯嫣还是没有要。

那个似乎带了深情的眼神，也并没有让冯嫣色令智昏。

路过垃圾桶的时候，陈总风度翩翩地把花束斜放在垃圾桶盖上，一点也不以为意。

"我跟你一起进公司，会给你带来压力吗？"他恰到好处地笑着，温柔体贴地问她。

冯嫣想点头，又想假装不知同事流言蜚语地摇头。最后，她既没有点头，也没有摇头。

"你真的好高傲！"陈总轻笑起来。

冯嫣进电梯的时候，陈总刻意留下来等下一部。但他目光一动不动地盯着冯嫣，害得冯嫣只能目光四处躲闪。

心中的小鹿，似有若无地那么乱撞了一下。

时间过去了两天。朱盛庸不曾主动联系过冯嫣。冯嫣也一天比一天地放下他。

周五的中午，办公室的气氛闲适很多。有人甚至在职业装内套了混夜店的狂野小礼服。

陈总请客，给大家点了比萨和小食，新来的前台小姑娘忙着分珍珠奶茶，很多人或站或坐，气氛史无前例地融洽。

就在大家嘻嘻哈哈吃比萨喝奶茶的时候，办公室里忽然闯进来三个风风火火的女人。

她们穿着皮草，踩着恨天高，甩着LV的包包，为首的那个尤其珠光宝气，一出场就镇住了大办公区内的男男女女。

小前台手里捧着两杯奶茶，一回头，看到三个气场不凡的女人闯进办公室，想起自己的职责，弱弱询问："请问你们找谁？"

话才说一半，就见为首那个贵妇玉手一指："就是她！小三！"

不少人顺着她的手望过去，被指的那个方向的好几个人吓得面面相觑。两个充当打手的帮凶很快帮众人锁定目标人物。

她们冲到冯嫣面前，抓住冯嫣的头发，撕扯她的衣服，还有人劈头盖脸地打起冯嫣来。

冯嫣吓得尖叫起来。

带头的贵妇冷哼一声，睥睨众人："我看你们谁敢帮忙！不想要工作了？"

众人被唬得一愣。

贵妇开骂："臭不要脸的狐狸精！竟敢勾搭我老公！我前脚开了一个小前台，后脚你就扑上来！天下怎么有你这么不要脸的贱人！"

众人不敢交头接耳，却都不约而同地推测起贵妇的身份来。某个合伙人的太太无疑了。

贵妇的两个帮凶钳制住冯嫣，"啪"，冯嫣的脸上挨了一巴掌，脸很快红出一个手指印来，看着都疼。

冯嫣一边挣扎，一边哭泣，同时高声辩解着："我没有！我没有！"

"让你再嘴硬！"贵妇高高扬起手。

眼看就要落下来，忽然被人擒住了手腕，同时响起一声威严的暴喝声："住手！"

是陈总脚下生风地赶来了！

众人不由倒吸一口气。

办公室里是在流传陈总和冯嫣的流言蜚语，但每一个传播这种流言的人其实内心都是不相信的。对于那些确凿的偷情，同事们反而避讳，不敢议论。

议论的，都是虚假的。无非是口嗨解压。这几乎是共识。

万万没想到，他们以为是假的，竟然是真的。

陈总呵斥:"你竟然跑到公司来撒野。还要不要脸面了?"

"脸面?你自己要脸吗?"

陈总愤怒到脸涨得红起来,他扬起手,似乎想打人,最终克制住了。

但被威胁过的陈太却不愿意了,她仰起脸:"打呀,打呀,有本事你打呀!让大家看看海归精英的土匪面孔!你不打是吧?你不打我打!姐妹们,给我往死里打,出了事算我的!"

两个帮凶还真听话,撕扯着打起冯嫣来。

"住手!"

陈总大喝起来,同时下手拽开两位帮凶。

一个被他大力甩得趔趄,一个被他拨开好远。可是陈太不甘心,扑到他后背上,不住捶打他,甚至抓起桌上的比萨拍他,拍得他头上、衣服上全是意大利酱。

酱汁嘀嗒,办公室里的人还从来没有见过陈总这么狼狈。

陈总搀扶起冯嫣。冯嫣一心避嫌,不住地推开他。

"打呀!给我打呀!"陈太给帮凶下命令。

两个帮凶心一横,反正恶人也做了,索性做到底,至少还可以讨好陈太。于是眼睛一闭,重新朝冯嫣扑去。

陈总像是背后长了眼睛,快速转身,左突右突,以一抵三,险险地护住了冯嫣。

边左支右绌地抵挡三个发疯的女人,边开口:"你不要给我胡搅蛮缠,到处撒泼。不关她的事。"

"好啊你!这种时候了还不忘护着她。你竟然为了一个贱人说我撒泼、胡搅蛮缠?我!我要跟你离婚!"

"离就离!"

"离婚之后,你休想再得到我爸爸的任何关照!"

"我凭本事生存。"

"好!好!陈家康!你别后悔……姐妹们,我们走!"

"呸!狗男女!"一个帮凶嫌恶地啐了一口坐倒在地上的冯嫣。

三个闹事的女人走了。

办公区寂静得落针可闻。

刚才还生龙活虎的同事们,这会儿纷纷假装自己是雕塑。

陈总满脸痛苦地转身,身形摇晃,路过冯嫣的时候,疲惫地开口道歉:"对不起。"说完,幽深地叹了一口气,摇摇晃晃回自己的办公室去了。

陈总身影消失在办公室的房门内。

大办公区这才慢慢活过来。

小前台眼泪汪汪地扶起失魂落魄的冯嫣:"要是我当时在前台就好了,可以拦一下她们。"

"没用的,她们气势汹汹的样子,你拦得住才怪。"一个同事说。

"陈总竟然是已婚人士。他明明没有戴婚戒。"另一个同事说。

"隐婚听说过哇?听那意思,陈总年轻有为,主要是靠老丈人照拂?"

"别瞎说。陈总能力有目共睹。"

在同事们的议论声中,冯嫣忍着脸上火辣辣的疼痛,惊魂未定低着头走回自己的办公位。她恨不得地上有个缝,或者生出一双翅膀,好赶快从这丢人的地方消失。

当天下班后,其他同事该赴约的赴约,该加班的加班。

冯嫣等人走得差不多了,才低着头快步往外走。

窗外天已经黑了。

夜色,正好是冯嫣想要的掩护色。

走过广场,走过小路,走到老洋房的院门前。刷开黑铁门,要关门时,突然从身后伸出一只手,挡了一下。

冯嫣吓得一哆嗦。

第124章 选择的根源

朱盛庸为了省钱,一向很能忍的。

可这一次却没有忍住。

在第不知道多少个难以入眠的夜里,他走下床,走到电话机旁,不顾高昂的费用,拨打起地球另一边的李礼刚的电话。

"你为什么那么做?"李礼刚听完他的讲述后,吃惊地问道。

"我……"朱盛庸被问得语塞。长吸一口气,他试图向最好的朋友李礼刚袒露他的真实内心。

"我胆怯了。"他说。

从多花3万元买房起,他就变得日益胆怯。

陈总身上散发的成功男人的光辉令他自卑。

冯嫣昂着可爱的小脑袋，质问他既然他缺席她的生日她凭什么委屈自己的理直气壮，令他心塞。

冯嫣和陈总站在一起时金童玉女的登对感令他惴惴不安。

冯嫣奶奶生病时他有心无力，冯嫣对他的日渐疏离……都是压在3万元款项上的稻草。

"我有点搞不清了，你对爱情自暴自弃，到底是因为钱，还是因为其他？"学霸李礼刚即使在讲述自己最初到美的凄惨留学生活时，都有一种淡定，可此时，声音里却流淌着焦虑。

"它们，是一起起作用的呀。它们一次又一次地提醒我：冯嫣是个高需求女朋友。无论是钱上，还是情感上。

"我必须围着她转，小心周到伺候，否则她会心无顾忌地转身接纳别人。可能还不到她主动找别人的程度，可冯嫣漂亮得熠熠发光，总有好色之徒围着她转。我得永远紧绷着。

"再看看我……我有什么呀？我只有这么多能力，只能挣这么多钞票。

"就算我为爱不计成本，难道我跟她结婚之后，她或我就会有质的改变？她是什么性格，我有多少能力，统统不会因为结婚而改变。

"我问过我自己，漫长人生，我是否心甘情愿做冯嫣的忠犬？就像当年我不顾她的意愿，坚持离开金山回到市区一样，我做不到我仅有的人生只围着她转。

"我不是要出轨，不是要多找几个女人，不是那方面的意思，我的意思是，我想全盘谋划我的生活，不想总是被她影响、打乱。

"我喜欢冯嫣，可爱情在我心中的比重，也就只有那么多。在爱情之外，还有安身立命和储备足够多的钞票应付意外。"

"说来说去都绕不过钱！我真是服了，你是掉钱眼里了吗？"替朱盛庸着急，怕朱盛庸永失他爱，李礼刚有些暴躁。

"我从新疆初来上海时，住亲戚家，看见亲戚买油条，一对劈开，就买单根，菜市场买菜，一个白菜只肯买四分之一，水果如苹果只买1个、2个，我也是很震惊。

"在我老家，西瓜、土豆、白菜等，都是一麻袋一麻袋地买，再不济也是一堆一堆地买。其实我们更穷。确实在精打细算上，不是一条路子上的人。

"在我看来，感情比钱重要，现在比将来重要。

"你疑心将来和冯嫣过不好，那也只是你的疑心罢了。可你现在，为了所谓的疑心，亲手打碎你的爱情，不是太杞人忧天？"

"现在怎么能比将来重要呢？"朱盛庸反驳，"如果不是美好的将来吸引你，你凭什么要一再忍受校园生活？"

"人之所以是理性的动物，就是因为会为了更好的将来，忍受眼前的痛苦，舍弃眼前的利益。"朱盛庸继续说道。

"至于感情……"朱盛庸迟疑了，"我自己生了退场的心的同时，你相不相信有这样一种可能，我正是因为喜欢冯嫣，才故意借机把她推出去？"

李礼刚不信："不都说爱情是自私的吗？"

爱情的自私，已经深入人心，并且自私得理所当然。

"我是个另类，还是我不够爱她？"朱盛庸自言自语。

"这么说来，你明知道她会看到，故意做给她看？这次不做，下次还会找机会做？"李礼刚确认道。

"至少到目前为止我不后悔……虽然很痛苦。"

"你内心做了放弃的选择，要是她当时没有跑开，或者她事后来找你求解释呢？你会解释吗？她要是流露继续谈恋爱的意思，你会拒绝还是继续？"

"我会解释，而且会很开心地解释。我动摇是因为我不自信，她求我解释，等于给我信心。她要是想继续，求之不得。"

"我听出来了。与其说你'胆怯'了，不如说你'自卑'了。你把冯嫣推出去，想让她再选一次你，你好逃避爱情中的责任。

"可你就没有想过吗，冯嫣也许没想过离开你，是你故意让她误会，才促使她倒向陈总。那个让你自卑的陈总，就一定是好人吗？就算是好人，就一定会对冯嫣好吗？"

"这么说，我是太自以为是了……"

"小算盘打得过了头，却不够聪明。"李礼刚苦笑，"算计这么多，都是建立在假设的基础上。有必要吗？"

"人对世界的认知都是建立在假设的基础上。人对周遭一切的假设越贴近真实，人越能做出正确反应。"朱盛庸回。

"如果正年轻、正冲动、荷尔蒙分泌最旺盛的时候都不追求爱情，你这辈子还有为爱情奋不顾身的可能吗？"

"为什么要为爱情奋不顾身？平平淡淡、细水长流不好吗？"

"没劲。你二十几岁的身体里，装了个五十几岁的灵魂。"

"我这是务实好吧？我只是个没有什么大本事的、务实的普通人。

"没有办法，市区里的上海人很可怜的，连块养活自己的田地都没有，活着的底气就是靠省吃俭用攒下来的那点钱。

"我要是再痴心妄想一些、好高骛远一些，只怕会死得很惨。远的不说，我哥哥就是个很好的例子。"

"你哥哥怎么了？"

"离婚了。为了挣大钱，先把家里的钱花了个底朝天，结果他老婆非要离，宁肯净身出户也要离。"

"离了？"

"离了。昨天刚办妥的手续。"

"你爸爸肯定很郁闷吧。你哥哥离婚了，你分手了。他抱孙子的期望算是没地方实现了。"

"我……算已经分手了吗？"

"是哦，就算你不去找她，她不来找你，最终逃不过分手的结局，就这么不了了之也有些不明不白。要不，正正经经吃一顿分手饭？"

李礼刚的提议简直滑稽，却打动了朱盛庸的心。

或许，他想，他内心对冯嫣还没有死心吧。

第 125 章　炽烈如火

决定去，和真正去之间，还有一段心路要走。

朱盛庸磨磨叽叽，对着镜子梳理头发，转动身体，看穿在身上的西服的模样。

朱爸爸走过来，帮儿子正了正领带："你这么穿，精神多了。就应该天天穿衬衣、打领带、套西服。"

"有空哦。"朱盛庸下意识回。

"今天是你和冯嫣的什么纪念日吗？"朱妈妈走过来，她在吃一种自己调制出来的发糕，在发糕上抹上一层果酱，当晚饭吃，"冯嫣阿娘病情怎么样了？好长时间没见冯嫣到家里来了。"

"她阿娘……"说实话,朱盛庸自己也不知道。

"问那么多,你又不去看望她!"朱爸爸觉得人情往来应该以女人间互动为主。

"我去过的呀,还拿了红包。冯妈妈不肯收。阿娘害病,没有力气讲话,冯妈妈心情不好也不高兴讲,我去了也挺尴尬的。"

在父母分辩声中,朱盛庸走出了家门。

路遇邻居,邻居笑着夸朱盛庸一打扮起来,"卖相老灵额"。朱盛庸笑了笑。

等公交,坐公交,下车。

一路都很忐忑,等来到老洋房的院墙前,一抬头,忐忑全没有了,只剩下愤怒。

朱盛庸将花钱买来的那一朵红玫瑰愤怒地掷在了地上,扭头快步走了。

老洋房的二楼窗口,映出一对男女的剪影。

那对剪影的脸,渐渐叠合在一起,一看就是在接吻。

朱盛庸内心愤怒翻腾,走着走着,脚步凌乱起来。他转回身,绝望地看一眼身后。静安寺在路的尽头发出静谧的光,老洋房隐匿在一座座洋房中,已经无法窥见。

结束了。

6年的恋情结束了。

结束得这么潦草,他也是始料未及。

朱盛庸手扶了一下墙。那种为了防止贴小广告而设计的墙面,有无数尖锐的突起。墙面上的尖锐突起刺痛着朱盛庸的手掌,他却浑然不觉。

老洋房的窗口内,确实站着两个人。

一男一女不是别人,正是冯嫣和陈总。

一切还要从冯嫣无故被打那一天说起。

她在夜色的掩护下,低着头一路快走,刚刷开院门,背后突然伸出一只手。她吓得一哆嗦,还以为那三个无理取闹的女人尾随至此。

扭头一看,却是陈总。

"你怎么跟过来了?"冯嫣很着急。都什么时候了,不正应该是避嫌的时候吗?

"我来恳求你不要报警。"

"……"冯嫣沉默了。确实,她本打算关起门来跟爸爸妈妈商量一番,用报警来证明自己的清白呢。

"我跟她感情早已破裂。无论是她,还是我,都没有戴婚戒。虽然没有感情了,但利益捆绑了很多……我可以到里面去说吗?我这么狼狈,也不想被更多人看到……你不用担心,我绝对没有心情做为非作歹的事。"

不时走过的路人,用好奇的目光来回打量冯嫣和陈总。

冯嫣犹豫了一下,答应了。

陈总跟在冯嫣后面,走进院落,走进老洋房的客厅。

冯嫣一直很戒备地站着。

陈总因为身上有红色的意大利肉酱,也选择站着。

两个人之间距离半个屋子的距离。

"我之所以进这家设计所,成为设计所的合伙人,我岳父是出了大力的。他注资了1000万,相当于给我买了一个合伙人的位置。所幸我能力还是有一点的,没有让他蒙羞。

"盈利分红,我和他对半分。

"他的那份他并没有拿,而是由我出面过给了他的外室。

"这本来是家族内的丑闻,我都讲给你听了。

"我知道你受了委屈,我恳请你不要报警,这要求很过分。我岳父就算爱屋及乌,也是有恩于我的。倘若你报警,我妻出丑丢人也就算了,万一惹恼我岳母,恐怕好不容易形成的家庭微妙平衡就会被打破。"

冯嫣冷冷地听着:"那是你们家庭内部的事。"

"我马上就不属于其中了。我离开之前,求你不要让我被拖累。"

冯嫣不由望了陈总一眼。

"你这么快就忘了?明天我会去离婚。"

冯嫣不由露出吃惊表情。

"其实我跟她之间早晚会走到这一步的。只是盘根错节,因为贪图利益,一直下不了决心。她这一闹,反而促使我下定决心。"

陈总看着冯嫣,近乎一字一顿:"我因你而离婚。"

冯嫣结巴起来:"别。我担当不起。"

"要是内心有愧,那你就嫁给我。"

冯嫣像看疯子一样看着陈总。她内心吃不准,他是逗她玩,还是说真的。

"离婚不需要预约,我有50%的自信,明天晚上可以给你看离婚证。"

冯嫣暗自嘘口气。50%,意思就是可能、也许、大概、差不多吧。

"要是我真的拿到离婚证,前岳父撤资,我从合伙人的位置上跌下来,成了一个可怜的失业者,你肯收留我,嫁给我吗?"

冯嫣吓得抱住自己的胳膊。

陈总依旧站在半个屋子远的地方:"回答我,冯嫣。"

冯嫣张口结舌,完全说不出话来。

"冯嫣,怎么样才能让你嫁给我?"

冯嫣后退起来,那架势像是要逃离魔幻的当下。

"冯嫣,你不相信我爱你?我会用离婚证证明我对你的爱。"

爱这个字太炽烈,朱盛庸只肯说"吾欢喜侬"。

冯嫣拔腿就跑,就算不知道要逃往哪里。

陈总冲过来,比她先一步跑到门口。他拉开门,回头张望她一眼:"你等着。明天等着我给你看。"

说完,他闪身出门,留冯嫣一个人在房内。

冯嫣甩甩脑袋,不敢相信这魔幻的一天。遭朱盛庸感情背叛的事,已经被挤出脑海。

陈总的恳求,起了作用。冯嫣对着镜子小心地擦拭伤口,没有给爸爸妈妈打电话,而且,对明天起了好奇,或者,期待。

第二天下午3点左右,陈总给冯嫣打电话,让她到二楼窗口一下。

冯嫣不知原因,懵懂照办。打开窗户,赫然看到陈总站在院墙外的两棵梧桐树之间,朝她笑,挥舞着手中的小红本子。

马路上,他不顾身边人的异样目光,手拢在嘴边大喊:"离——婚——证!"

冯嫣站在窗口,浑身有过电之感!

昨天他的话,犹在耳边。

"我因你而离婚。"

"我会用离婚证证明我对你的爱。"

这个世界,真的有为爱疯狂,为爱不顾一切,为爱飞蛾扑火的人吗?

| 第 6 卷 |

结婚 VS 单身

第 126 章　疑点重重的求婚

三周后，林青青落地虹桥国际机场。

她风尘仆仆，一找好行李，就给冯嫣打电话。

"冯嫣！我回来了！"

"你回来得正好，青青，你能当我的伴娘吗？我需要你！"

"你跟朱盛庸要结婚了？恭喜恭喜！"

"……"

察觉气氛不对，林青青自我解嘲地大笑："不要告诉我，新郎不是他。"

"新郎不是他。"冯嫣的声音幽幽传来。

林青青正大步流星拖着行李走，忽然脚步凝滞，僵在原地："怎么回事？"

"太复杂，我没法三言两语说清楚。"

一个半小时后，林青青和冯嫣在愚园路的一家咖啡馆的临窗位置相对而坐。曾经，"喝雀巢速溶咖啡是一种顶级时髦"，这在一两年里已经发生改变，精品咖啡馆开始多起来。

冯嫣的面前，放了一杯清水。陈总告诉她，饮食要清淡才健康。

听完冯嫣略显激动的讲述之后，林青青开口。

"我冒着得罪你的风险说几点，你听听。

"第一，陈太当众撒泼打架，这一点很可疑。真要是富家千金，不至于这么掉价。

"第二，吵架气头上说离婚，第二天就真的离婚了，这一点也很可疑。有钱人家的婚姻很复杂,利益分割起来,要请专业律师,光谈判都要谈很久,怎么可能第二天说离就离了呢?

"第三,陈总长你6岁,32岁,平常接触的非富即贵,青少年时期又在英美两国留学。什么样的美女没有见过?冯嫣,你是漂亮,但不至于让他这么疯狂吧?何况,你都说不出你们之间真正暧昧的事。一起看电影,还未遂,那叫事吗?"

冯嫣素着一张脸,惊愕地望着对面的林青青:"可,可他骗我什么呢?比起20岁的小姑娘,我已经26岁了。他各方面的条件都比我好,而且,他是真的要和我结婚。他骗我什么呢?"

"他骗你什么,是他的事情。你不需要知道,你只要知道这里面有太多不合情理就是了。"

冯嫣两眼瞪得像桂圆:"青青,我也有一句可能会得罪你的话:你是不是妒忌我?"

林青青刚喝进口的半口咖啡,不提防喷了出来。

她放下杯子,拿纸巾擦桌面,脸上的笑几分勉强,可目光非常磊落:"当你跟朱盛庸谈恋爱的时候,我确实羡慕你,我觉得你选了一个正直可靠的人。

"并不是说朱盛庸有多好,只是'正直可靠',正好长在我的价值观里。

"我爸爸……嗨,扯远了。总之就是,我觉得漫漫人生,会遇到很多变数,人品很重要。

"而这个陈总,除了多金、浪漫,我还没有听你说过他别的品质。关于金钱,我恰巧物欲很低,并不动心。

"我真不是怕你嫁入豪门才作上面的剖析的。

"我是怕你掉进陷阱。

"就算你最终要跟陈总结婚,也不必结得这么急嘛。

"明天就结婚,连伴娘都没有找到就结婚……他真要那么在意你,何必把婚礼办得这么仓促?"

冯嫣垂下眼眸:"他这么仓促办婚礼,正是为了体恤我。奶奶快不行了,奶奶想看着我结婚。"

林青青嘴巴张了张,说不出话来。

冯嫣面前的水才喝去半杯,手机就响了。是陈总打来的电话,询问她在哪里,快点去婚纱店试修改过的婚纱。

冯嫣报了愚园路咖啡店的名字。

不多久,陈总叫出租车来到咖啡店。

冯嫣介绍他和林青青彼此认识。

林青青站起身和陈总对视。陈总很快错开目光,他搂着冯嫣,声音充满柔情:"走吧,准新娘。"

冯嫣多少有些尴尬,她轻微挣了一下:"青青,你还没有答应我呢?"

林青青知她是在说伴娘的事,她垂下目光:"你知道,我出差刚回来,明天点名要做重要汇报。"

冯嫣的双眼一下子蓄满泪水,她强忍着不让泪水落下来,毅然转身跟陈总一起走了。

林青青一直望到看不见他们的身影,才失神地坐下来。

心神不宁地坐了一会儿,她开始拿手机查找朱盛庸的联系方式。

朱爸爸接的电话,一听说是找朱盛庸的,又听是年轻女生的声音,耳朵不大好的朱爸爸误以为是冯嫣:"冯嫣啊,阿庸头还是老时间下班。"

"几点?"

"4点50分到站。"

"站头在哪里?"

"斜土路枫林路啊。"

"谢谢。"

朱爸爸嘀嘀咕咕挂断电话,大意是责怪冯嫣对朱盛庸如此不关心。

林青青看看时间,赶去斜土路枫林路正好够时间,于是起身付款,离开咖啡店。

在斜土路枫林路的公交车站旁,朱盛庸的班车准点到达。

林青青还拉着她的行李拉杆箱呢。她边喊朱盛庸的名字边朝他挥手。

因为冯嫣的关系,朱盛庸和林青青在毕业后每年都会至少见上两三面,虽然谈不上熟稔,也绝不陌生。

"林青青?你打扮得像职场精英。"

"快别讨论我的着装了,我问你,你跟冯嫣是怎么闹掰的?"

朱盛庸将几天前的晚上,向李礼刚忏悔的那些内容,又向林青青剖析了一遍。

林青青不耐烦地挥了挥手:"你们上海男人……我真的是……现在不

讨论你那些弯弯绕绕小心思,你必须去找冯嫣,今天就去找她,她现在处境很微妙,很,很……我也说不清楚,总之不对头就是了。"

两个人站在寒风中,林青青很激动,手势配合着语言,大幅度地比画着。

"她怎么了?"朱盛庸担心道。

"你们俩反正也没有吵架,也没有闹崩,你自己把她约出来,你自己问!记住,一定不要往后拖,今天就去找她!"

林青青推动着朱盛庸,当天焕然一新,特意穿了正装去找冯嫣。

林青青把话说得含含糊糊,让他误以为冯嫣虽没有来找他,但是独自悲伤。他路上还买了一枝玫瑰,想按照李礼刚的建议,推心置腹谈一谈,好修正他自以为是的假设。

可万万没想到,才下公交,抬头就看到了窗口的那一幕。

其实,窗口内的真实情况,并非朱盛庸想象的男女拥吻。

陈总将冯嫣从咖啡馆叫走后,带冯嫣去试了婚纱。试婚纱的时候,好几个工作人员围着冯嫣帮她打理纱裙。

她站在华丽的婚纱店镜子前,脑海里挥之不去的,全是林青青的分析。

林青青的分析仿佛是一盆冷水,将她从激动的灰姑娘梦中浇醒。

第127章 为什么是她?

"真美!"婚纱店的员工嘴巴像涂了蜜。

"新娘有股忧郁气质。"小助理也想烘托气氛,很快被老员工暗中瞪了一眼,"什么忧郁气质!是古典气质好吧!"

冯嫣看到镜中的自己,双眸确实够忧郁的。

毫无疑心,尽管她拼命否定,林青青的话,还是落进了她的心里。

"你看上去不开心?"两人从出租车上下来,牵手往老洋房院门口走,陈总笑着问冯嫣。

冯嫣的父母和命悬一线的奶奶在一周前就全都住进了老洋房内。冯嫣的父母已经顺畅地接纳了她和朱盛庸的分手,以及陈总的求婚。

冯嫣父母住进来,是因为金山距离市区实在太远了,不方便准备婚礼的事宜。而陈总的父母常年在国外做生意,短时间内不能赶回来。

所有婚礼筹备的事宜，全落在了冯嫣父母身上，但钱是陈总出的。

冯嫣迎着陈总的目光："我在想，你对我一定有所图，图什么呢？"

陈总捏了捏她的鼻子："图你这股可爱的迷糊劲儿啊。"

来到院门前，陈总刷卡，推门。

冯嫣的父母还在明天要举行婚礼的地方监工。原本今天下午要婚礼彩排的，陈总觉得没有必要，理由是倘若彩排，就失去了本应有的初次体验的惊喜。

进了老洋房的门，冯嫣随口问陈总："南希一周后就会到吧？"

"不会。"陈总一边开暖气，一边回。

"一开始不是说2个月后到吗？我都住进来一个月20多天了。"冯嫣疑惑地问。

陈总笑了一声："没有南希——"

他一回身，看到冯嫣过于吃惊的表情，于是清了一下嗓子，收敛神色："没有，南希要再延后一段时间。目前还说不准。你不要问南希了，快问问你自己，要不要再贴一张面膜？"

冯嫣将大衣脱掉，去一楼专门劈出来给奶奶当卧室的起居室，看奶奶。

说实话，陈总肯跟南希交涉让生命垂危的奶奶住进这幢小洋楼，冯嫣还是很感激的。

"奶奶。你今天看上去很精神。"冯嫣坐在奶奶的床边凳子上，握着奶奶枯瘦如柴的手，说着哄奶奶开心的话。

奶奶身体虚弱到难以大声说话。

"奶奶，您想跟我说什么？"

"……嫁……"奶奶喘着气，颤抖的手抓着冯嫣的手，"……忽……嫁……忽。"

胸闷，气急，声音嘶哑，奶奶经常在说话的过程中停下来，即使说出口，也听得不甚清楚。

"奶奶，是的，我明天就要嫁人了。你是要祝福我吗？我知道的。"

冯嫣奶奶抓住冯嫣的手，似乎用尽全身的力气，摇了一下头。

"不是？"冯嫣笑着问奶奶，更像是逗奶奶。

"冯嫣，你快过来一下！"陈总双手抱臂膀，倚在门框上。他看了有一会儿了。

"等一等。"冯嫣回。

"现在！快点儿！"陈总的声音里有一种威严，当他想呈现的时候。

冯嫣回头。

陈总用手戳自己的腕表："快看看几点了！婚庆公司发来明天播放的录像片，等着你确认呢。"

冯嫣虽然不悦，到底婚礼上的事情更紧急些。她摸了摸奶奶的稀疏白发："我先去忙一会儿。"

奶奶不肯松手。

冯嫣以为她是身体僵硬老化，便温柔地帮她掰开，并把她的手放进被子里。

陈总揽着冯嫣的肩膀走出起居室，心虚地往身后看了一眼。

确认完录像片，冯嫣父母回来了。

冯嫣妈妈回家就开始贤惠地做晚饭，冯嫣爸爸因为劳累而瘫倒在沙发上休憩。陈总不断地在接打工作电话。

冯嫣在厨房帮妈妈打下手。她不是递错盐罐子，就是拿错醋瓶子。

"就魂不守舍啦？"冯嫣妈妈飞眼看女儿一眼，不过，很快就发现女儿神色并非娇羞，"怎么啦？不会吵架了吧？"

冯嫣低下头。

"婚礼之前大家精神都很紧张，压力大的时候有争执也是难免的。结了婚就要学会妥协，不能事事争意气。"

冯嫣试探着开口："今天我见青青了，青青问我一个问题：为什么是我？"

橄榄油在锅里烧起来，半个锅都在起火。冯嫣妈妈见状自己笑起来："我都赶上大厨了。你刚才说什么？见到青青有问她当伴娘的事情吗？"

冯嫣看着笑盈盈的神采飞扬的妈妈，又低下头："没有。没什么。"

烟火气十足的晚饭后，冯嫣枯坐在客厅。连冯爸爸都察觉到她今天状态不对，想开口，又碍于陈总还没有走。

陈总目光溜过欲言又止的冯嫣爸爸，又看看郁郁寡欢的冯嫣，连忙勾着冯嫣的肩膀："妈，到二楼我跟你商量件事。"

冯嫣跟着陈总上二楼。

冯嫣靠在窗台。

小暖灯照出她的剪影。

"你今天到底怎么了?"陈总站在她对面。

"明天的婚礼可以取消吗?"冯嫣直视着她。

"不可以!"察觉自己语气里的强势之后,陈总放缓声音,"都箭在弦上了,怎么突然说这个?"

"我今天刚读过一则杀妻骗保的新闻。"

陈总扑哧笑出声,他举手发誓:"冯嫣,我此生绝不让你买保险,这总可以打消你的疑心了吧?"

"那你跟我结婚图啥?"

"你都问我第二遍了。"

"正经回答我。"

"别闹了!乖。"

"明天婚礼取消。"

"够了!冯嫣!"

陈总走过去,手抄到她脖子后面,脸凑上去,从剪影上看,仿佛是在拥吻。

她看不到他的表情,不过,他的声音充满咬牙切齿感:"听着,我已经为了你,婚都离了,可能还需要重新找工作,别折腾了,我的付出还不够多?"

冯嫣哭泣起来:"你为什么不肯如实告诉我?"

"告诉你什么?没有见不得人的秘密!请你相信我!我是真心实意要跟你结婚,养孩子!过日子!"

楼下传来冯嫣妈妈的声音:"冯嫣!家康!下来吃水果!"

陈总的手还扣在冯嫣的后脑勺,他似有若无地捏了一下:"真的别闹了,以后成家了,生了宝宝,兴许你就不疑神疑鬼了。"

陈总说完,帮冯嫣擦去挂在脸颊上的泪珠,叮嘱道:"要是你父母问你为什么情绪低落,就说你是婚前恐惧症。结婚之后,你父母可以继续住在这套洋房里。"

"南希同意?"

陈总翻了一下眼,停顿一二,用哄小孩的语气说:"我去协商。"

第128章 "谁都有翻盘的机会"

陈总下了楼,冯嫣以"累了想睡"为名留在楼上。到底陈总是什么时候离开老洋房的,冯嫣不得而知,也懒得知道。

陈总走之前,无疑说了什么,打消了冯爸爸的疑虑。因为第二天冯爸爸见到女儿的时候,开口就跟冯嫣说:"我跟你妈妈举行婚礼的前一天,紧张得一宿没睡着。结婚是人生大事,是会带来情绪波动的。"

冯嫣望着陷入幸福回忆的爸爸,只好将自己的心慌往深里藏了藏。

化妆师,服装师,摄影师……家里像是电影开拍,乌泱泱来了一堆人。冯嫣就像是道具,稳坐其中,任由人摆布。

她从镜子里望着满屋子的工作人员,心里忍不住想,要是没有跟朱盛庸分手,而是跟朱盛庸结婚的话,以朱盛庸抠门到家的性格,一定会能省则省,甚至提议免去婚礼,直接旅游结婚吧?

嘴角弯了弯,冯嫣低头看了一眼握在手中的电话。

总不能作死给他打一通告别电话吧?

冯嫣心一横,将手机放进了梳妆台的抽屉里。

这幢老洋房将作为冯嫣出嫁的家,婚礼过后,陈总会将冯嫣迎娶到吃酒席的酒店,并在酒店订了新婚之夜的套房。之后,再住回到陈总位于徐汇区与静安区交界的家。

也就是说,婚后,陈总并不打算住进老洋房内。而冯嫣,将搬出老洋房,住进陈总的家里。

冯嫣打扮好之后,就等良辰吉时,暂且不提。

话说林青青。林青青头天拒绝了当冯嫣的伴娘,实在是因为她觉得这婚结得甚是可疑,不想让自己有当帮凶的感觉。

冯嫣从咖啡馆离开后,她去找朱盛庸。因为情绪太激荡,话反而说得词不达意。晚上舟车劳顿,要回崇明,临上船,又改了主意。

大学好友要结婚了,她不能因为自己没有证据的"不良直觉"就缺席!

林青青决定在市内留宿一宿,第二天去找冯嫣。

第二天,她从倒时差中醒来,已经中午11点。

上海市区的婚礼,一般是白天迎娶新娘,晚上开婚宴。为了讨口彩,喜欢在18：08、18：18这样的时间举行结婚仪式。

林青青生怕迟到，梳洗和早饭都顾不上，赶紧给冯嫣打电话。

电话迟迟没有人接。

林青青有些着急，想到头天傍晚她怂恿朱盛庸去找冯嫣来着，会不会有奇迹出现？

譬如两人见面，误会解开，冯嫣于是决定当落跑新娘，或者，干脆再刺激点，婚礼照常举行，只是新郎又换回朱盛庸？

这样异想天开一想，林青青干劲十足地就给朱盛庸打起电话来。

那时候朱盛庸正好在给李礼刚写信。他悲愤交加，拧着眉头在纸上控诉冯嫣的移情别恋……写着写着，他想起来了，正是他有意而为的误会行为，将冯嫣从他的生活圈彻底推了出去！

他何必去试探、考验冯嫣？

冯嫣为他舍弃舒适的金山来到没有亲友的市区。还不够？

这些年虽然磕磕碰碰，到底是一起走了下来。还不够？

买的房子虽然多花了3万块，冯嫣毕竟没有要求署名。还不够？

陈总虽然多金又多情，冯嫣还是表态只要他肯对她一辈子好，她也会感到满足。还不够？

一旦想起冯嫣的种种好，疼痛在心底蔓延得更厉害了。

恰逢此时，座机响起。

朱盛庸有气无力地接起。林青青的大嗓门冲了出来："朱盛庸！你昨晚找冯嫣谈得怎样？她改变结婚的主意了吗？"

"结婚？冯嫣要结婚？跟谁？"

"啊……你什么都不知道？"

在朱盛庸的恳求下，林青青吞吞吐吐讲了冯嫣的婚事。

"就今天……在哪里？"朱盛庸慌了。

"我也不知……唉，你现在急又有什么用，总不见得要婚场劫人吧？"

婚场劫新娘这种浪漫情节，是不会发生在朱盛庸这样的人身上的。

一个小时后，林青青和朱盛庸双双出现在老洋房前。他们虽然第一时间赶来，终究来晚了一步。

当两个人先后从出租车上下来的时候，接冯嫣走的花车车门刚关上。朱盛庸和林青青只来得及看到一抹白色的婚纱裙轻轻一提，提进乌黑铮亮的婚车内。

载着新娘的花车从朱盛庸和林青青身边开过。

朱盛庸拼命地盯着黑褐色的车窗玻璃,试图看清里面的冯嫣。然而,无济于事。

倒是后面上车的冯嫣妈妈望见了路边的朱盛庸,然而现场闹哄哄的,她也只是在车门口稍作停留,多眺望两眼朱盛庸而已。

等所有的花车队伍都开走后,老洋房前面的马路恢复平静。

朱盛庸还像雕塑一样僵直地立着。

林青青拍了拍他:"若相欠,下辈子还会见。不要太气馁!我现在越来越相信,很多事情都是命中注定。"

朱盛庸无言。

林青青继续道:"科威特在过去 25 年中,走向了令人震惊的繁荣,被世界媒体称赞为'沙漠中的奇迹'。飞速发展的石油工业,从生产、提炼、加工到销售,各个环节都积累了丰富的经验。

"我到科威特出差的时候,站在沙漠沙峰上环顾,内心特别有感慨,想起了我们老祖先'三十年河东,三十年河西'的睿智之语。

"谁都有翻盘的机会。

"无论是国家还是个人。

"只要努力干,总会有光明的明天。

"我说的是真的!

"朱盛庸,振奋些啦!

"恋爱谈到八年时间,最终走向分手的,也大有人在。想开点。"

朱盛庸木然地点点头。

不放心朱盛庸,林青青一直没有走,而是絮絮叨叨说了很多有的没的。

一直在马路上晃荡到日渐黄昏,林青青已经饿得前胸贴后背了,朱盛庸还没有收脚的意思。

爽直女汉子一把拽住朱盛庸的胳膊:"够了。再逛下去老娘腿都要断了。我请你喝酒。一醉解千愁!"

就这样,冯嫣举行婚礼的同时,林青青拉着朱盛庸去买醉。

婚礼很简洁,女方宾客到了不少,男方除了父母缺席,倒也到了不少亲友团。

买醉很简单,就是一杯一杯地把酒当水喝。

婚礼中男方亲友团中有位女宾，歪着头使劲盯着新娘，盯了很久之后，侧身对坐在她身边的男朋友说："我怎么觉得新娘这么像我小哥哥的女朋友呀。"

身边的男朋友回想了一下："你小哥哥？是你二姨妈家的，在青浦金鹏电子上班，跟我算同行的那个？"

第 129 章 归于平静

"是呢。"刘熙甜甜一笑。男朋友肯花心思记她的家谱成员，她感到很高兴。

"新娘妆一画，大家都长差不多吧。"刘熙男友说。

"是的呢。"刘熙捂嘴轻笑，她捻起餐桌上的请柬，呢喃道："新娘冯嫣……可惜我不知道我小哥哥的女朋友叫什么名字。"

酒吧那里，喝到一定程度，突然世界混沌起来。朱盛庸的眼前，只剩下林青青的一张大脸在晃。

"抱歉！你叫什么名字来着？"朱盛庸敲了敲自己的脑袋，问林青青。

林青青气笑："林青青。"

"哦，冯嫣的好朋友。冯嫣是我女朋友。她今天结婚。新郎不是我。"

"行啦，大舌头，别说话了。喝完最后一杯，我送你回家。"

"陈总确实，比我，更能让她过上好日子。她过得好，我心里也开心。真的，难过只是表象。难过是暂时的。"

"行啦行啦。别现宝了。酒保，结账！我去叫出租车，车来了帮我把人扛出去！"

"林青青……别走！"朱盛庸朝他眼中的大脸伸出手。

林青青闻声转头，目光被酒吧的柔灯照得亮亮的。

"别把我一个人撇这里。我忘了怎么回家，不，不，我不知道我住哪。"

林青青苦笑了一声，扭回头继续往酒吧外走。

叫到了车后，一位人高马大的酒吧工作人员搀扶着朱盛庸，将他塞进车内。

司机轻飘飘看林青青一眼："吐在车上要赔洗车费。"

"晓得！"

林青青报了朱盛庸家的地址。

车开到之前,先给朱家固话打电话,把朱家父母叫下来接人。

朱盛庸酒德不错,倒在出租车后座就安静地睡了过去,中间一度从后座上差点滚下来。

等出租车停稳的时候,朱爸爸、朱妈妈和朱盛中全都下来接了。

"阿庸头从来不喝酒的!"朱爸爸言之凿凿。

"他分明酒气冲天!"朱盛中翻白眼。他自从离婚后,就被前老丈人和丈母娘从新房子里赶出来了。女方贴赔给他10万块,立了钱财两讫的字据。

前丈母娘说,这10万,是看在兰婷可怜他的分上才给他的。按照她的意思,要反过头索赔他50万的女儿青春费才是正理。

"阿庸头以前从来不喝酒的!"朱爸爸补上陈述中的漏洞。

"说那些有什么用!快过来扶人!"朱妈妈喊。

朱盛中两手插在裤子口袋里,朝林青青露出魅力之笑:"姑娘你好!我是朱盛中,感谢你送我弟弟回来,请问你听说过安利吗?"

林青青被最后一个弯拐得猝不及防,朝朱盛中笑了笑:"听说过,不感兴趣。再见。"

林青青甩上车门,出租车绝尘而去。

朱盛中也不觉得没趣。自从做了安利,他最明显的变化就是脸皮越来越厚了。

第二天,朱盛庸头痛欲裂地醒来。

他左顾右盼,还好,身边没有睡着一个陌生人。

关于酒吧喝断片的后续故事,他从马骏那里没少听说。到底是惊喜还是惊悚,完全取决于醒来后身边躺着什么人。

朱盛庸坐起,小心地探脚。家里地上还躺着一位,自然是离婚后的哥哥朱盛中。

全家人都劝朱盛中把离婚拿到的10万块当作首付买房,他偏不肯,理由是房价下降趋势明显,他要再等一等,等到底部再进场。

问题是,谁知道哪里是底部?

朱盛中坚持要把10万块放进股市,打算一边等房价进入底部,一边在等待的同时把10万最好增殖到15万。

朱爸爸叽叽咕咕,到底怕触长子霉头,没将那句"万一跌去5万呢"

说出口。

朱盛庸还有些剩余的眩晕感，他不时扶一下柜子，走到厨房，倒了杯水给自己喝。朱爸爸闻声披着棉衣走出来："你醒啦？你昨晚瞎搞什么！"

朱盛庸闷声不吭，喝了一杯水后，感觉好了很多。

"我今天出去一趟。"

"去哪儿，不是又喝酒吧？"

"图书馆。"

这绝对是一个能让朱爸爸第一时间闭嘴的地方。

朱盛庸在上海市图书馆一坐坐了大半天，别人看书，他看窗外。而窗外，不过是灰绿色的香樟树的华冠而已。

周一，朱盛庸坐班车去上班。

没有人能看出来他有什么不一样。

林彬喜滋滋跟他打招呼。最为困扰他的准婆媳矛盾，如今已经完美解决！解决方案堪称天赐良机——在林妈妈闹得最狠的节骨眼上，忽然爆出施静姝怀孕的消息！

喜从天降，直接砸晕了林彬妈妈。

能屈能伸的林彬妈妈，直接煲了花胶母鸡汤，送进了施静姝的办公室。

20万什么的、非上海人什么的，统统不成问题。

林彬从此小富即安，期待起老婆孩子热炕头的幸福人生来。

跟林彬形成惨烈对比的，当属朱盛庸了。

但朱盛庸有一种倔强支撑的坚强，他不显山，不露水，平平静静地安稳生活。大概只有林彬，才能模模糊糊地发现，他比任何时候都更抠门。

真真"恨不得一分钱掰两半用"！

朱盛庸的生活极度无聊：工作，攒钱，回家看外文期刊，听爸爸抱怨妈妈唠叨，给李礼刚写信。

与之相类似，冯嫣的生活在经历过激烈的变化之后，也很快归于平静。

婚礼之后，如之前所规划，她跟陈总一起住进了陈总的公寓房里。

他们请了婚假，却没有时间出去玩，因为陈总还要为KPI卖命。这关乎他明年是可以继续在公司内做合伙人,还是另谋高就。

7天婚假后,冯嫣收拾妥帖,去公司,却被小前台告知:陈总已经帮她办妥了辞职手续。

简直是闻所未闻!她一没同意二没签字!

冯嫣气得浑身发抖,一出公司就给陈总打电话,可是,还没有来得及质问什么,就被陈总给哄回来了:"乖,别闹,回家再说,老公正忙着开会呢。"听筒里传来几个男性哄然发笑的声音。

冯嫣只好红着脸挂断电话。

无所事事的冯嫣去老洋房处找她父母。

冯爸爸比任何时候都更平静。在冯嫣婚礼的第三天,冯嫣奶奶走完了她84岁的漫漫人生路。

女儿嫁人,老妈去世,冯爸爸变得无欲无求。

他想离开这座过于昂贵、华丽的老洋房,住回金山老家去。冯妈妈倒舍不得这份繁华,也舍不得离开女儿那么远,还想住下去,至少住到南希来。

"嫣啊,辞职就辞职,反正家康月度钱给得很大方。你索性留家里养宝宝好了。"

冯嫣低下头,摩挲着手里的杯子。

习惯了以前风风火火为工作而战的日子,陡然清闲下来,心里没着没靠的。这种情况下,似乎养个小毛头,是个不错的提议。

第130章 风吹过兰婷的裙子

在冯嫣积极备孕和朱盛庸努力攒钱中,春节日益临近。

1998年,国人的记忆里有抗洪抢险的危情,有出力捐资的感动,有中国互联网刚刚兴起的新奇,更有《泰坦尼克号》《还珠格格》《相约1998》等点亮记忆的经典影视和歌曲。

1998年的上海,全市总人口才1527万人,连续多年人口负增长。单位福利分房画上了句号。苏州河上最后一班轮渡航行结束,自此苏州河上再也没有轮渡。金茂大厦落成,88层成为上海当时最高……

对朱家一家门而言,这一年,两个儿子情感都不顺,朱爸爸和朱妈妈格外期盼来年。

过年的前两天,朱盛中弄了一台 VCD 播放机。

VCD 播放机开始走进上海的千家万户。街头巷尾到处是卖或租 VCD 碟片的小店。

"又乱花钱!当你是大款啊!"朱爸爸非常不满意。VCD 播放机要近 1500 元,差不多是他一个月的工资了。而一张碟片要 10 块、20 块,太奢侈。

"别嚷嚷,我头晕!"朱盛中早就找到治爸爸的不二法门,"这 VCD 播放机是我从朋友那里借来的。"

朱盛中一边忙着接线,一边笑嘻嘻说道:"看看这一年,我离婚,我弟弟失恋,绕了一圈,又回到起点。喷!弄台小机器,过年增加点热闹嘛。"

"你朋友借给你,他过年不需要热闹呀?"

"她是外地人,过年要回老家的。"

朱爸爸"哦"完之后,再看长子笑模笑样喜滋滋的样子,前阵子离婚时的阴霾心情一扫而空,忍不住心中生疑:"你朋友,男的女的?"

"女的。"

"结婚了,还是没结婚?"

"没。"

朱爸爸倒吸一口冷气,似有所悟。

长子离婚也就才一个月吧。他之前影影绰绰听前亲家话里话外说,长子似乎跟一个做安利的姑娘不清不楚。这……

一看到爸爸过于丰富的表情,朱盛中就笑了:"我朋友目前没结婚,但是,曾经离异过。别劝我,劝我也不会考虑的。我打算找个比兰婷还漂亮的小姑娘。到时候天天带着她找兰婷当导游!"

朱盛庸嗤之以鼻:幼稚!

但他懒得说出口,因为不想费口舌争辩。

朱盛庸正在看一本封面人物为"沃伦·巴菲特"的英文杂志。李礼刚漂洋过海寄给他的。彼时股神巴菲特,在中国普通投资人眼里,还是个陌生人。

马骏打来电话,相约到城隍庙跨年,被朱盛庸一口拒绝了。大冷天的晚上室外晃半夜,有空哦。

"喂!你这个人也太没劲了吧!"

朱盛庸"嗯嗯"地爽快承认。

"来嘛。刘流在,刘熙在,刘熙的男朋友也在。你和你哥哥一起来!南京路会交通管制,到时候一定很热闹。城隍庙逛完之后,要是不想蹭热闹,我请你们唱歌啊,咱们KTV里集体跨年!"

1998年的上海南京路还不是步行街,平时都有公交车通过。直到次年,才施工改造为步行街。

"你们都成双成对,我更不要去了。"

"你来!我给你介绍漂亮小姑娘!"

朱盛庸坚定不移地回绝,一旁的朱盛中听到了,雀跃无比:"我去,我去。"

大年夜,朱盛庸还是被无情的亲友们硬拖拖走了。

刘流像个傲娇的小公主,突然决定逛城隍庙之前先去徐家汇。

一行人坐44路去徐家汇。那一晚的徐家汇,人潮汹涌,44路根本开不动,朱盛庸他们被堵在路上,但大家都兴致不减。

刘熙的男朋友陈家栋不住地搓刘熙的手,生怕她冷。

马骏对刘流更是呵护有加,把围脖硬围在刘流脖子上之后,恨不得把大棉袄也脱给刘流。

朱盛庸喝着马骏送的珍珠奶茶,每一口的丝滑,都是对苦涩的1998的慰藉。

新年过后,大家各自开工。

经过半年多的亏损,马骏竟然用钱也砸出了口碑。国内货运上海至青岛这条线,已经有了固定客源。

刘流虽然总拿学习当借口骗马骏自己出去玩儿,但她工作的时候确实很敬业,职位也一直在升。第一批80后高中生毕业的时候,刘流已经连实习带工作,有两年职场经验了。

刘熙将于当年7月正式本科毕业,但忙于谈恋爱的她,没有认真找工作,而是随便找了一家民企。

朱盛中信心百倍地继续投身到安利事业。他已经小有产出,每个月实现3000多块的收入。

朱盛庸暗自吃了一惊,本以为哥哥做的是竹篮子打水一场空的买卖,没想到,也月入3000了。

朱妈妈点出其中的奥妙:只怕收入3000块,投入的远不止3000块。

买房后的第二年，朱盛庸申请了提前还公积金贷款。

无债一身清的那个月，他的存款账户，又清零了一次。

办好手续回家的路上，朱盛庸童心萌发，给自己和爸爸各买了一个冰激凌。朱爸爸站在马路边上，一边动作夸张地吃这冰激凌，一边坚持要等没有空调的公交车，好省5毛钱。

一口气等了一小时，还没有等到没空调的公交车。

朱盛庸的好心情被爸爸小财迷行为消耗殆尽："你在这里等吧。下趟不管来的是不是空调车，我都坐。"

下趟车来了。

朱爸爸不想前功尽弃，总觉得下一趟就是没空调的公交车，不肯上车。

朱盛庸将爸爸留在原地。

上车后刚找了个座位坐下，朱盛庸突然又站了起来。

马路上有个熟悉的身影！

他着急下车，可惜，车门已经关上。

等到下一站到站，朱盛庸毫不犹豫跳下车，在马路上奔跑起来。他快速跑过斑马线到那路对面，沿着来时的路往回奔。

他坚信，他刚才看到了兰婷！

不光是因为他熟悉兰婷，还因为挽着兰婷的，是她标志性的头发梳在头顶上至少15厘米高的妈妈。

当他还坐在公交车上时，风吹过兰婷的裙子，在兰婷肚子那里勾勒出了一个巨大的弧线。

正是那挺身而出的孕相，才促使朱盛庸舍弃刚交的2元公交车费。

朱盛庸一口气跑了很久，跑到气喘吁吁，一直跑到看到兰婷的黄浦区妇幼保健院门口附近。

孕妇多起来，可目之所及，没有一个是兰婷。

第131章　为富婆组局

朱盛庸找了一会儿，找不到人。

回到附近的公交车站，又看到了爸爸。

朱爸爸一乐，乐完才惊诧："你刚才不是上车了吗？"

朱爸爸问完，又一辆空调公交车到站。朱盛庸来不及回答，抬脚上了车。

朱爸爸还在执拗地等他的非空调车。

回到家，朱盛庸迫不及待地给哥哥朱盛中打电话，电话还未打通，他自己先挂断了电话。他觉得，还是先跟妈妈通气比较靠谱。

挨到妈妈下班，朱盛庸忙不迭地讲给妈妈听。

朱妈妈恍然大悟："难怪那时候兰婷那么坚决，无论如何都要离婚，态度一百八十度大转弯，连见都不肯见你哥哥，连半点协商的余地都没有。原来，是为了保住孩子！"

朱盛庸问："哥哥听说兰婷怀着他的孩子，不会离婚了也迫使兰婷堕胎吧？"

朱妈妈望着朱盛庸，说不出话来。

过了一会儿，楼梯上传来沉重的脚步声。以朱妈妈的细腻，马上听出是朱爸爸回家的脚步声，连忙对朱盛庸叮嘱道："这事先别跟你爸爸和你哥哥说。我先想办法弄清楚是不是真的。"

朱盛庸点点头。

朱妈妈自己默默在本子上推理。一般女子发现自己月经未来，已经孕三四十天了。以兰婷坚持离婚的那月当作怀孕的第二个月，算到当下的5月，总要怀孕7个月有余了！

7个月，也符合朱盛庸所说的"孕肚非常明显，绝对不会看错"的说辞。

朱妈妈决定尽快走一趟妹妹家。妹夫似乎与兰婷爸爸在同一个摄影爱好小组。她可以委托妹夫帮忙打探一下。

当天晚上，朱盛庸正在揣摩再见到哥哥时的态度，以免露马脚，谁知，朱盛中根本就没回家。

一直到第三天晚上，朱盛中才脸上挂着别样的微笑，回到家中。

那时候，朱妈妈还没有从妹夫得到拿到确切的回复。

"你看上去，挺高兴的呀。"朱妈妈打着暗中打探的主意。

"还行。"

"前面三个晚上都没有回家，你睡哪里？"朱爸爸向来比较务实。

"一个……朋友家。"

"不会是那个离婚女人家里吧？"朱爸爸有时候也是有直觉的。

朱盛中清了清嗓子："她家在古北新区有一栋大房子。古北知道哇？上海最早的高标准涉外社区。"

古北新区在上海西南角，那里生活着大量外籍居民。

朱爸爸摆了摆手："因为她有套涉外房，你就改变主意了？"

"她有两套。"朱盛中露出男版蒙娜丽莎的微笑，"每套都在150平方米以上。"

朱爸爸牢牢闭上嘴巴。

朱盛中继续："她还有一辆捷达。花17万买的。"

"所以，你遇到了一个富婆？"朱盛庸提纲挈领。

朱盛中继续保持微笑。

"富婆能看上你？"朱妈妈反问。她眼中，长子走到今天实在是个错误。而且错误发生得猝不及防，堪称失败。

朱盛中沾沾自喜："我身上，肯定有她看上的价值。"

朱盛庸看着哥哥。哥哥穿得山青水绿，头发剪得十分有型，发胶抹得一丝不苟，谈笑间风流倜傥。

他本来就生得英俊，五官周正，眉眼之间有一种男子的英气，看上去极其赏心悦目。富婆爱上他的皮囊，也不是不可能。

问题是，富婆会去做安利吗？

朱盛庸对这个问题存疑。只是近年来，他越发懒得争辩，尤其懒得跟善于跑题万里和强词夺理的哥哥争辩。

他不时看向妈妈，言外之意很明显：要跟哥哥说兰婷怀孕的事情吗？

朱妈妈隐秘地摇了摇头。

日子在朱妈妈的秘而不宣里继续前行。

这一天，朱盛中表示要请小伙伴们去逛泰康路。"小伙伴们"的名单，即马骏大年夜鼓动出去的那一批人。

朱盛庸没意见，只是有些好奇。哥哥明明"出身名门"——上海中学读了7年，大学读了3年，竟然没有结识下属于自己的朋友。换作是他，肯定"广交豪杰"。

上海城市规模不断地扩大，曾经的城市边缘，变成了市中心。那些在老城市边缘建立的厂区，则关停并转，因此释放出不少土地和空间。

泰康路两侧的工厂，在打浦桥的环境整治和其后的产业结构调整中闲置下来。

这片街区保留着原有的里弄风貌，自1998年起，被一群艺术家看中，逐渐变成了工艺品特色街。两年后，泰康路210弄有了后面名动上海的题名：田子坊。

朱盛中相邀同龄亲友同逛泰康路时，这条短短几百米的泰康路还叫泰康路。

泰康路每日总是熙熙攘攘。

老上海人在这里重温历史，年轻人感受时尚，外国游客体验海派风情，国内旅客观赏海外元素。

为了确保集齐所有的人，朱盛中不惜开着他的豪车去接刘流和刘熙姐妹俩。马骏骑着他拉风的摩托车，载着朱盛庸自行前往目的地。

"你为什么自己不去接刘流？"朱盛庸大喊着问马骏。

"我倒是想。刘流说她爸妈要求她20岁前不得谈恋爱。"

"可你已经27岁了。"

"谢谢提醒。"

他和冯嫣分手的事，只轻描淡写地跟父母讲了个结果，至于冯嫣已经嫁人这件事，他丝毫未提。

"你转眼都分手半年了，什么时候打算另觅新欢啊？"马骏就是有本事把正经话说得很不正经。

"等你给我介绍。"

"行嘞。我正在招小前台。到时候按冯嫣标准招。"

马骏说完，身后完全没了声音。冯嫣是朱盛庸不想碰也不能碰的禁区。

两个人尴尬地错开目光。

到了泰康路才知道，朱盛中之所以费力组局，是为了讨富婆欢心。

富婆嗔怪他藏着掖着，不肯把她介绍进他的朋友圈。于是朱盛中奋起组局，以表忠心。

朱盛中在肇家浜路口放下刘流，电话指挥富婆泊车。

刘流像小鸟一样飞扑到马骏身旁。

"刘熙呢？"

"跟她男朋友约会去了。刘熙晚上夜不归宿，让我帮她打掩护。"刘流笑嘻嘻地说，恍若没心没肺的孩子。朱盛庸反正是不会相信她的鬼话。

"对了，刘熙说她男朋友的堂哥娶的老婆，跟你女朋友好似双胞胎。

哦，忘了，是前女友。"

马骏连忙暗中拉扯刘流，并眼睛抽搐一样向刘流递眼色。

第132章 钓鱼

刘流才不在乎她的话会不会伤到朱盛庸。

她嘻嘻笑着，伸手去抚男朋友马骏抽搐个不停的眼睛："你的眼睫毛好密好长哦。"

朱盛庸冷眼旁观，睚眦必报道："刘流，你的出国梦做到哪里了？"

刘流索性挂在马骏胸前，嗲嗲道："我男朋友正努力帮我圆梦呢。"

还别说，马骏确实不遗余力在帮刘流圆出国梦。

断了父母支持的可能、断了断背美国亲戚的可能后，他又联系到一位已出国的同学。这个同学远嫁南斯拉夫，而且曾经暗恋过马骏。

马骏为了刘流，真是拼了。

那个借着婚姻走出国门的女孩，被马骏联系后不久就开始借着友谊的名义写来一封封话里话外的信。

马骏询问她出国手续问题，女孩回了自己的出国历程。

她自己辗转北京，终于出了国，到了南斯拉夫夫家。夫父拿家庭相册给她看，她莫名发现每一张自己的照片背后都藏着老公前女友的照片。

每一个有她的相袋里都有另一个女孩，真是奇耻大辱！

她和南斯拉夫男结婚4个月时，发现该男仍在其前女友那里努力维持未婚形象。

女孩伤心不已，要求老公有所行动，老公口头答应，但是没有任何行动。

趁一个没有人的下午，女孩偷偷翻出影集，做了一件事：把另一个女孩的照片从相袋里翻检出来，和她分开存放。

做完这件事，她觉得舒服多了，同时又有些难过，因为这是她自己为自己做的，而不是她老公为她做的。

"她跟南斯拉夫这种欠发达国家的人结婚，不就是想出国吗？出国有那么好？"马骏跟朱盛庸抱怨。

"我又不认识她。她是你在日留学认识的人啊。"朱盛庸回，"对了，她为什么不干脆在日本留学时就把自己嫁了？"

"脾气太大。"

南斯拉夫丈夫养着她,她不必外出工作。

女孩子在信里委托马骏,如果寄礼物给她就务必选白色的,以弥补她没有婚礼的遗憾。

还委托马骏务必替她去一次佘山大教堂,向圣母忏悔。她曾经许愿一定要带自己的老公去佘山大教堂,现在看已经不可能了。

"幼稚。南斯拉夫一般都是东正教,怎么会到天主教教堂来呢。"朱盛庸批驳。

马骏想了想,跟这女孩信件交流起来太费劲,他问东,她说西,前言不搭后语。

再说了,最大的问题是,他又不可能将刘流拱手让给一个南斯拉夫人。于是不再回信。

断了奔赴南斯拉夫的可能后,马骏正在积极谋求别的出国之路。

朱盛庸拿"出国梦"刺了刘流后,只是得到了一个更心酸的回应而已。刘熙早就说过,没有人吵架能吵赢刘流。

求生欲望强烈的马骏连忙扯开话题:"你哥哥傍的富婆长什么样?不会是个肥老太婆吧?"

刘流开心极了:"我在酒店见过很多富婆哦。她们很丑,很肥,很大妈,打扮得珠光宝气,满身钻石翡翠。身旁都有个帅帅的奶油小生,分不清是儿子还是相公。朱盛中蛮帅气的,有点奶油小生的味道。好期待看到他们哦!"

马骏笑得哈哈响。这女朋友,真的又淘气又可爱呢。

不久,朱盛中和传说中的离异富婆出现了。

刘流和马骏同时瞪大眼睛,就连朱盛庸也不由暗自吃惊。

出现在朱盛中身边的女子年轻靓丽,身材窈窕,黑长直垂肩,特别显温柔。而朱盛中挺拔英俊,两个人比肩而行,简直天生一对。

待他们走近,更让人吃惊了。

高挑窈窕的女子不仅身材棒,脸蛋儿也是一等一的好。眉眼弯弯,眼睛里流露出妩媚。除了笑起来嘴巴大一点,挑不出别的毛病。

"中哥好!这位靓妹,怎么称呼?"刘流抢先"社会"搭讪。

朱盛中笑着跟身边的富婆,哦不,富姐解释:"刘流,我小阿姨家的小女儿,她旁边的是她男朋友马骏。这位是我弟弟。本来还想再多约些人,可惜时间对不上。"

"这年头大家越来越忙,生活节奏越来愈快。"马骏接。

"忙着发财。"富姐笑着说。语气又嗲又甜,态度超好。

连挑剔的朱盛庸也不得不承认,她比兰婷漂亮太多,温婉太多。只是……一丝疑虑飘过心头,朱盛庸没来得及抓住。

5个人逛泰康路,两两成一对,朱盛庸像是个多余的。

朱盛中特别大方,富姐但凡喜欢什么,他都表示"要买"。还好富姐通情达理,咯咯笑着阻止:"人家只是说说嘛。不要破费啦。"

逛累了脚,大家转战宛平路189弄,直奔颇有口碑的白家餐厅。

白家餐厅体量不大,大厅里摆的桌椅都是八仙桌和长板凳,很有年代感。口碑好,得益于他家特别会烧蒜香。

他家的蒜香系菜品,登过报纸,还拿过金牌。号称吃不惯大蒜的上海人也不得不折服。

选这家,不光是因为他家口碑好,还因为山东籍富姐酷爱大蒜和大葱。

在富姐面前,朱盛中点起菜单来大方至极,把店家推荐的菜肴统统点了个遍。5个人吃完后,还剩下不少。朱盛庸想打包,被朱盛中严厉制止了。

"我弟弟跟我妈妈是一个路子的,仔细得不得了。我妈妈干脆连外面吃饭都舍不得。"

富姐很体贴地冲朱盛庸眨眼笑了笑。

饭后,富姐接了通电话,脸色一变,着急忙慌地跟朱盛中他们告别,一个人开车走了。

马骏和刘流吃得心满意足,心情大好,大力地恭维起朱盛中来。俩情侣一唱一和,纷纷表示,就算抛开"富"这个身份,单冲"姐"的颜值,配朱盛中也绰绰有余,最后得出结论:"你真的捡到宝了!"

朱盛中笑得眼睛都小了一圈。

朱盛庸嘛,不负众望,在积极热烈的气氛中别开生面地问哥哥道:"既然她是富婆,为什么今天所有开销都是你付账?"

"我买单是为了展示绅士的风度。懂哇?"

"不懂。"

"放长线,钓大鱼。懂哇?"

朱盛庸轻浅地看一眼哥哥，不留情面地假设道："有没有可能因为你装得很阔绰，富姐以为你是个富翁，所以才跟你约会？"

第133章 发现一枚隐藏款儿子

朱盛庸的猜测被哥哥鄙夷地抛到一边。

不过，两个月后，朱盛中高昂的恋爱兴致就被泼了一盆冷水。

"还记得那天她跟你们初次见面，她接了通电话后，急急离开的事吗？"朱盛中痛苦地问弟弟。

"记得。"

"那是她妈妈打给她的电话。"

"没毛病。"

"她妈妈把她喊回去，是因为她儿子突发惊厥，抽搐……"

朱盛庸大惊："她有个儿子？"

"重点是这个儿子可能身患哮喘或者癫痫！"朱盛中痛苦地抱住自己的脑袋。

朱盛庸倒吸一口气，说不出话来。

两三个月前，他偶然在路上看到大着肚皮的兰婷，回来讲给妈妈听，妈妈托小姨夫去打探，哪知兰婷爸爸守口如瓶，并没能打探出任何消息。

这样反而刺激了朱妈妈。

她悄悄跟朱爸爸讲起这件事，并阐明利害关系。吩咐朱爸爸到黄浦区妇幼保健院门口蹲点。告诫朱爸爸千万不可将此事透露给长子，以免长子去找兰婷闹事，影响到兰婷肚子里的胎儿。

一想到兰婷当初离婚是为了保住肚子里的孩子，朱爸爸就感动得泪流双行。

"行啦，别哭了。这孩子养下来，就怕兰婷也不给认。"朱妈妈劝。

朱爸爸两眼茫然："我求她！我给她下跪！"

"再说吧。"朱妈妈摆摆手，"中中在跟一个有钱女人约会。"

朱妈妈才开了个头，朱爸爸就抢道："我去阻止他！"

朱妈妈摇摇头："只怕阻止没用。况且，你大儿子现在财务状况非常不乐观。"

朱爸爸急了："他们要是结婚了，还怎么跟兰婷复婚？怎么认孙子？"

"再说吧。"朱妈妈摆摆手。

这事并没有朱爸爸想得那么简单。离婚半年多,朱盛中没有半点儿从安利中退出的迹象,反而越做越痴迷于那虚假的繁荣。光这一点,就入不了兰婷父母的眼。

兰婷宁肯离婚也要保住孩子,该受的委屈,该吃的苦,都受过、吃过了,凭什么再接受一事无成而且还可能是无底洞的朱盛中?

再说了,朱盛中让兰婷堕过一次胎,而且在此后没有松口改变主意。他自己也未必想要一个流着他血液的后代。

按照朱妈妈的意思,在孩子安全养出来之前,枝节越少越好。要不是需要朱爸爸去盯梢,她连朱爸爸也不打算告诉。

当朱盛中痛苦地发现富姐有个隐藏儿子,而且儿子很可能罹患他最为憎恨的哮喘甚至癫痫时,内心狠狠动摇了。古北区的两套涉外大房和一辆捷达也不香了。

朱爸爸咣当咣当,动作很大地打开铁门,火烧屁股一样喊:"快!孩子他妈!就今天!"

他靠着夹了玫瑰豆腐乳的馒头当午饭,在黄浦区妇幼保健院门口蹲了整整两周的时间,终于蹲守到大着肚子的兰婷!记得当时他费了平生力气,才控制住自己没有当场冲出去。

朱盛中从两手之间露出脸:"爸爸,什么就今天?"

"你……没事!"朱爸爸硬生生咽下"兰婷今天要养小人人"的爆炸新闻,推门进自己的卧室,压低声音跟朱妈妈商量去了。

朱妈妈踌躇了一会儿,还是决定当即奔赴黄浦区妇幼保健院。兰婷一家人见不见他们,是兰婷一家人的事,而他们,必须把该做的人情做到位。

不多久,朱爸爸和朱妈妈穿戴一新,急急忙忙,什么也没有交代就出门了。

朱盛中正沉溺在富姐儿子有关的消息中。

朱盛庸默默掐指一算,算出兰婷差不多到了预产期。他目光复杂地望向哥哥:"要是你有个自己的孩子——"

这个假设吓得朱盛中一激灵:"别咒我!"

朱盛庸便没有再说下去。

1999年的上海,潮人和普通市民的消费已经分化。

潮人购物逛梅龙镇广场、美罗城;采购去大润发、家乐福、卜蜂莲花等崭露头角的大型超市;消遣去上海大剧院。

普通市民没事就去吴江路美食街,乱糟糟的小马路,烟火气十足,永远人满为患;采购就去吆喝声不断的菜市场,买白菜恨不得剥去三层皮;消遣就是去路边小店租碟。

这一年,上海城市规划馆落成了。

中共"一大"会址纪念馆扩建竣工开放了。

文汇新民联合报业集团成立了。

上海卫星电视开播了。

中国第一家跨行政区的中国人民银行分行——上海分行成立了。

第一个出版集团"上海世纪出版集团"成立了。

……

在上海诸多的活力变化中,影响最大的,当属浦东张江的变化。1999年的秋天,张江迎来了历史上至关重要的一次机遇:中国最大的芯片制造厂商——中芯国际落地在郭守敬路。

此后,沿着长度为5.8公里的祖冲之路,不仅陆续建起了张江微电子港、浦东软件园、张江科技园等标志性园区,也将落成最受张江人欢迎的购物中心——长泰广场。

20年后,张江成为中国规模最大、产业链相对最完整的集成电路产业园,从业者逾10万。从此,那一条条以国内外科学家命名的道路被广泛传播。

只是,比起恢宏的、动人心魄的城市发展,朱家兄弟还围困在各自的情感漩涡里。

朱盛中痛定思痛,最终还是屈服于残酷的现实,觉得两套大房比一个体弱多病的养子更香。

他的逻辑是:既然有这么多钱买房和车,想必账户里的存款更可观吧!

在鲜花、掌声、彼此吹嘘环绕的安利事业中,已经有四层下线的朱盛中身上笼着只有安利人才能看到的光环。

单亲富妈不住地暗示朱盛中,朱盛中终于抵挡不住,献上了他的单膝膝盖和一枚朴素的纯金求婚戒。

单亲富妈在众安利亲人的叫好声中,含泪接受了上线朱盛中的求婚。

离婚一整年后，朱盛中做好了重新踏进了婚姻的准备。

而朱盛庸的生活变化，仅限于还清了房贷和又攒了3万块钱。

"太魔幻了！"这一天，朱盛中跳着脚蹦进了家里，脸上全是惊恐。

第134章 这婚还要结吗？

朱妈妈、朱爸爸和朱盛庸同时望向哥哥。

朱盛中突然有些说不出口。

朱爸爸一反常态，没有半点追问的劲头。兰婷的小毛头出生两个月了，双满月都过去了，他还一面没见着。

他几次和朱妈妈一起拎着昂贵的补品，登门造访兰婷家，没有一次不吃闭门羹的。兰婷妈妈尤其可恨，对他说："兰婷是养了一个小毛头，但小毛头跟朱盛中全无关系！"

他笨嘴笨舌急着反驳。

兰婷妈妈怒吼："我女儿离婚后跟别的男人养的好哎？"

"可小毛头的月份……"

"小毛头早产好哎？"

朱妈妈站在一旁，一句话也不说。她向来在公开场合腼腆，朱爸爸熟知这一点，不奢求她开口斡旋。

老夫妻俩被兰婷妈妈数落个狗血喷头，将补品放下，灰溜溜走了。

补品被兰婷妈妈从楼梯上扔下来，叽里咕噜超越他们，滚到楼梯平台。

朱妈妈叹了口气，将补品捡拾起来。

老两口豁出去老脸，仍旧没能见到新生儿一面。最令朱爸爸心神不宁的是，当他们最近一次去兰婷家时，兰婷家竟然举家搬迁了。

"这是铁了心不让我们朱家的孙子认祖归宗啊。"朱爸爸心疼得直哆嗦。

当朱盛中跳着脚进家门，大呼小叫说魔幻时，朱爸爸还深陷在痛失大孙子的痛苦深渊里，懒得搭理朱盛中。

朱盛庸只是看着哥哥，没有接话。

朱妈妈只好用毫不好奇的声音聊表好奇："什么事？"

朱盛中挠了挠头，没屏住，开口道："有点魔幻。我一直以为我离婚，她离异。谁知道，她竟然从来没有结过婚。"

朱盛庸不信："会有人单身却对外号称离异？"

"简单来说，她未婚生子。"

全家人的目光再次向朱盛中集中。

当初朱盛庸初见富姐时，心中飘过的那丝疑虑此时去又回。原来如此。怪不得富姐人甜钱多态度好。原来是有原因的。

"她妈妈觉得未婚生子太丑了，为了掩盖未婚生子的真相，家里人托关系将户口本上的'未婚'改成'已婚'。

"因为是假的已婚，她的生活中并没有别的男人，所以她对外宣称离异。

"当我跟她一起办结婚证时，傻眼了，她的婚姻状态显示的是婚姻存续中！"

"这么复杂！"朱妈妈叹。

"这都是假的，还有什么是真的？"朱盛庸疑。

朱爸爸烦上加烦："照我看这婚还是别结了！"

朱盛中与其说是忧心忡忡，不如说怀着劫后余生的喜悦。朱盛庸看在眼里，奇怪在心里。不过转瞬就画圆了一个圈。

富姐身价不菲，可是后爹不好当。优缺点相抵消，还是保持恋爱身份更简单快乐。

是富姐方面的原因导致无法结婚，责任不在哥哥。哥哥不必担心圈子里别人对他有负面评价。纵情享乐而不必负责，哥哥会觉得他是赚的那一个吧？

"孩子爸爸什么情况？"朱妈妈问。

"我一问，她就哭。眼泪流得跟小河似的。我就没有继续问下去。"朱盛中回答。

当着哥哥的面，加之朱爸爸又极端情绪不佳，朱盛庸不便将他脑海里的种种推理讲出来。

哥哥结婚的事，因为女方"已婚"不得不暂停下来。

刘熙却以所有人都没有想到的速度，步入了婚姻。

小阿姨登门报喜讯，讲了很多有的没的。

小阿姨说，虽然刘熙和她的男朋友陈家栋情投意合，你侬我侬，但一毕业就结婚还是显得着急了些。

"没有办法。家栋爸爸着急。"小阿姨凡尔赛起来,"家栋爸爸花40万全资在市区买了一套房。倘若刘熙结婚,房子就写家栋的名字;刘熙不结婚,房子就写家栋妹妹的名字。家栋有个双胞胎妹妹。"

朱爸爸和朱妈妈都没有说话。

人穷志短,马瘦毛长。40万对于朱家来说是天文数字,就算是听故事也觉得矮人家一截。何况,他们家又只参股了建设银行,没有招商银行。

小阿姨并不需要人接话。

"刘熙决定结婚,并不是因为那价值40万的婚房,而是想拼一把手气,抢先生下家族里第四代长孙。

"告诉你们哦,家栋有个三爷爷,年轻时阴差阳错去了美国。在美国奋斗了一辈子,始终没有遇到可心的女人,七老八十的时候攒下大量财富。

"老人家眼看有生之年无法落叶归根,心里惆怅。他在国内有不少投资,最钟爱的就是一栋耗资1000万美元购入的老洋房。

"他跟他家族内的第三代发出通告:谁能第一个生下家族第四代男性,就把那幢价值1000万美金的老洋房过户给谁!"

朱爸爸和朱妈妈同时倒吸一口气,连做安利动辄设定千万目标的朱盛中都露出吃惊的表情。

朱盛庸事不关己地翻看他的外文期刊。要不是家里小,他一准离开这间房。

"刘熙男朋友家族人丁兴旺不?竞争激烈不?"朱盛中替表妹沸腾起来。反正表妹本来就是要结婚生娃的,顺便中个千万大奖,以后他吹嘘起"认识千万级富豪"来,也有底气不是?

"他家啊,实在说不上人丁兴旺。也就2个堂兄,1个堂弟。堂兄中的一个年龄已经大了,而堂弟还不到法定结婚年龄,真正的竞争对手只有一个比他大7岁的堂兄。"

朱盛中忍不住鼓起掌来。安利里待久了,鼓掌已经成了习惯。

"可是也说不准的,要是那个年龄大的堂兄下决心换个老婆,就又多一个竞争对手了。"

朱盛庸一不小心听全了有钱人家的八卦,笑了起来:"荒诞!"

"怎么荒诞?"小阿姨急眼道,"大我们家栋7岁的那位堂兄,就是为此换了老婆呀！你是没有见那栋临马路别墅，能眺望见静安寺呢，地段好得不得了。谁见谁心动！"

眺望见静安寺的别墅？

朱盛庸心猛地一跳，情不自禁问道："是不是门开在华山路上？而且有一大一小两扇门？"

第135章 从激烈到发蔫

"是的呢。"小阿姨表情雀跃地回复，"我没有进去过。和刘熙一起路过时，刘熙指给我看过。

"那套老洋房有两层半，建得凸凸凹凹的，刘熙说这样室内采光好。那房子快是百年建筑了，维护得还很好。听说建房用的砖石啊、木料啊，都是从国外漂洋过海专门运来的呢。"

朱盛庸的脸渐渐白起来，呼吸也凝滞起来："小阿姨，你说刘熙男友的堂兄……为了这栋老洋房，专门换了老婆？"

这个话题太劲爆，吸引了全部人的注意力，以至于大家都没有察觉到朱盛庸的异常。

"是的呢。"小阿姨的表情低沉下去，愤愤不平道，"那位堂兄本来过得挺好，娶的老婆门当户对，也是国外留学回来的，做珠宝设计还是服装设计，我听过没记住，反正不是寻常百姓消费的东西。

"听说做得小有名气。

"老婆家世好，长得漂亮，又能挣钞票。可是，那个老婆不肯生宝宝，家栋堂哥说换就把人换了。"

别的人没有联想到冯嫣，只当事不关己的八卦来听，听得兴致盎然。

朱盛庸则听得五脏六腑都在翻滚。

"多久……多久前的事呢？"

小阿姨的脸色忽然又喜气起来："说起来快一年了。咳，所有人都以为他胜券在握，谁知道，一年了，新娘子的肚皮还没有鼓起来。这就叫人算不如天算！"

小阿姨独自笑了一会儿，拿出说秘辛的劲头，压低声音道："你们不知道哦，他说是又娶了个老婆，还不如说是又娶了个子宫。

"为了寻找条件最好的、最适合受孕的子宫，他以公司体检的名义，安排了公司内的所有未婚适龄姑娘做妇科检查，筛选出了最优子宫，并且如愿跟最优子宫结了婚。

"这中间，机关算尽！可老天最终还是没让他如意。

"命里没有，强求不得。

"说不定，刘熙命中注定要母凭子贵呢。"

朱爸爸朱妈妈和朱盛中风头一转，齐齐恭维起刘熙来。

朱盛庸手指甲抠进木头里，木刺刺破了指肚，血珠子泅出来，他也没意识到痛。

或许更痛的是内心吧。

当初他因为自卑，将冯嫣从他的生活里推了出去，满心满脑期望陈总能带给冯嫣更好的生活，到头来，只是把冯嫣推进别人的算计里。

陈总绞尽脑汁要抢先生娃，而冯嫣嫁给他一整年还不见动静……一想到冯嫣在这一年里可能受到的奚落和承受的压力，朱盛庸就懊恼交加。

朱盛庸独自出神的时候，小阿姨话锋一转，问起大姐姐来。

"大姐姐那里我不想去，不通知又怕日后见面不好看。二姐姐，你帮我去通知吧？大姐姐来不来都行，来了也不必带礼金。刘熙结婚，所有来客都不需要带礼金。"

"大户。"朱爸爸艳羡地称赞。但凡能让他少花钱的，他都愿意恭维几句。

"刘熙妹妹要飞黄腾达了！"朱盛中语气里全是羡慕。

小阿姨走后，朱盛庸急急出了门。

几乎是下意识地，他直奔静安寺斜对角的老洋房门口。

洋房处在闹市中，独自安静着。

黑铁门紧紧闭着，没有人出入。

朱盛庸站在洋房对面的人行道上，隔着一条马路眺望小黑铁门。从下午一直站到路灯亮起，也没有见人从门内出来。

天黑之后，老洋房内并没有亮起灯。

除非恰巧主人当天外出，否则可以判定，老洋房内没有住人。

朱盛庸想，如果这套房子还记在公司名下，是悬而未决的奖赏，婚后的陈总和冯嫣不住在这里，也是情理之中的事情。

如果冯嫣不住在这里，她住在哪里？

一个他一心希望她能过上幸福生活的女孩，消失在茫茫人海中……

幸好,她当初不顾他反对,买了手机。

那串手机号码,朱盛庸一秒唤醒。

身旁,正好有一个IC电话亭。

从钱包里掏出IC卡,怀着忐忑,拨通了冯嫣曾经的手机号码。

等待电话接通的时候,满心满脑就是想求证:冯嫣过得到底好不好?然而,当冯嫣的"喂"响在耳边的时候,朱盛庸却选择了沉默。

冯嫣的这一声"喂",很平静。

他突然觉得,他没有资格再招惹她。

当年他想当然地认为陈总更适合她;如今要重蹈覆辙,再次想当然地认为自己能救赎她吗?

冯嫣喂了两声后,不再说话,不过,也没有挂断电话。

两个人的呼吸声在听筒里交融。

朱盛庸笃信,冯嫣一定猜出了是他。

拿不定主意是不是要先挂断电话的时候,冯嫣那边传来陈总的声音。陈总用严厉的语气询问冯嫣是否按时吃了药,冯嫣默默挂断了电话。

吃药?

冯嫣明明很健康!

朱盛庸额头抵着电话亭的亚克力板,肩膀颤抖起来。

过了好一会儿,他重新振作起精神,给林青青打起电话。

他需要确切地知道冯嫣现在的处境!

林青青似乎在开会,压低着声音让朱盛庸稍等一会儿。窸窸窣窣一阵响之后,林青青的声音恢复正常。

"林青青,你最近一次联系冯嫣是什么时候?"

"你想干吗?"

"我今天偶然听说,听说……"朱盛庸语气起伏,哽咽难言,伤心之情溢于言表。

"朱盛庸!"林青青断喝一声,"不管你听说了什么,你记住一件事:事已至此,覆水难收!"

朱盛庸却听出了话外之音:"她过得并不好,是不是?"

林青青毒舌起来:"朱盛庸!我给你提供一个思路:冯嫣的烦恼,价值千万,而且是美金!你就不要自作多情了。英雄救美的前提是,你得先是英雄!先问问你自己荷包里有多少钱吧。"

林青青似有若无地嗤笑了一下，挂断了电话。

　　如果说给林青青打电话之前，朱盛庸内心蓬勃地想着一个大胆的计划，决心只要冯嫣愿意，他就力排障碍迎娶她！

　　给林青青打完电话，蓬勃激烈的情绪完全蔫了。

　　他，想当英雄，也没资格。

　　从什么时候开始，评价一个人是否成功，只剩下了"钱"这一个标准？

第136章　墙上专门挂的日历

　　话说林青青，狠着心敲打过朱盛庸后，忍不住于周末的时候去探望冯嫣。

　　冯嫣住在静安区与徐汇区交界的一个高档小区里。

　　自从结婚后，她就被离职。

　　全身心备孕的日子，陈总请了一个住家阿姨。因为冯嫣不习惯家里有一双多余的眼睛，住家阿姨换成了钟点工。

　　冯嫣这双手，婚后真真十指不沾阳春水。

　　她的着装打扮，也日渐向贵妇风靠拢。

　　陈总咨询过生育专家，专家告诉他，医学上不孕症的定义是指一对身体健康的夫妻有正常的性生活，一年之内没有采取任何的避孕措施，仍然没有怀孕，才考虑是不孕症。

　　虽然每个月适合受孕的那几天他格外虔诚勤奋，仍旧无法阻挡第二个月到来的失败消息。

　　考虑到"一年"期限，陈总虽然着急，仍旧不得不耐下心来。

　　相处久了，秘密日渐化身为一种不可见但可感的氛围。

　　冯嫣跟陈总住在一起后，渐渐通过氛围，感受到"南希"这个人是不存在的。

　　果然，她的父母从老洋房搬回金山后，老洋房空关在那里，此后很长时间，也不见"南希"来入住。

　　冯嫣已经没有了追问的勇气。

　　通过氛围，她还意识到，陈总跟他前妻的关系并没有她以为得那么差。她不止一次听见陈总在书房里给一个人打电话，唉声叹气汇报她还没有怀上,还不止一次表达过"有时候我也动摇,不应该为了1000万美金的房子跟你离婚"之类的话。

冯嫣也没有追问的勇气。

她陷入一个亦真亦幻的奢华梦境里,以她的柔弱个性,无法独自醒来。

每当林青青来找她的时候,她就一扫萎靡和彷徨,心里暗生期待。

林青青走后,冯嫣会精神好几天,陈总并不反感林青青上门。

这个周末,一身黑衣的林青青提了一个哈密瓜上门拜访。

冯嫣牵着林青青的手,高兴地拖她进客厅。钟点工还在厨房煲汤,冯嫣不便于说私房话,只翻着漂亮的大眼睛一下下看林青青。

林青青见她欲语还休,马上意识到一定发生了什么事。

"你怀上了?"她惊喜地问冯嫣。

冯嫣苦笑着摇头。

林青青更吃惊了。这么说,朱盛庸在联系她之前,已经联系过冯嫣了?

俩朋友正在猜哑谜,陈总从外面风风火火回来了。他跟冯嫣和林青青简单点头致意,抬手看了一下腕表,一边脱西服外罩、解领带,一边问厨房忙碌的钟点工:"花旗参鸽子汤煲好了吗?"

"好了,先生。"

"先给我盛一碗。"

等待鸽子汤上桌的时候,陈总的手机响个不停。他并不避讳林青青,接起电话。

"你们先去,我晚半小时。"

"不需要等我,来不及我就改签。"

冯嫣歪坐在单人沙发上,看向陈总的目光像是看不相关的陌生人。

通过氛围,她还感觉到,他比他说的更渴望要一个孩子,仿佛有什么重要使命等着未出生的孩子去完成。

他的言行举止,让她感觉到她是作为一个孕育孩子的子宫而非一个爱人出现在他的生活中。这让她蒙羞。

鸽子汤端上桌,陈总喝了一口,烫到嘴巴,他站起身:"冯嫣,跟我到卧室来一趟。"

"有话这里也可以说,青青不是外人……"

陈总耐心全无:"告诉你到卧室来一下!"

一不小心瞄到墙上挂着的大开版排卵日历,冯嫣一下子变了脸色。他该不会是冲着排卵期专门回来的吧?

"不要。"冯嫣赌气地转过脸。

陈总大步流星走到冯嫣面前,一边扣住她的手腕,不由分说将她拖拽起来。冯嫣吃惊地"啊"叫出声。

林青青也吓懵了,她倏地站起身,然而却不知道下一步该怎么办。她护冯嫣,如果只能护一时,不如不介入。

"等她10分钟。"陈总冲林青青抛下一句话,连推带拖拉走了冯嫣。

"青青——"冯嫣喊林青青的声音里带着哭腔。

林青青有些摸不着头脑。以为夫妻俩有什么她不知道的过节。一点都没有意识到陈总拖走冯嫣是要去干什么。

煲鸽子汤的钟点工走过来,温声询问林青青要不要也盛一碗。

"什么?"林青青魂不守舍。

"花旗参鸽子汤啊。"钟点工微笑着回答。

"哦,好的。"林青青随着钟点工走进厨房。

"他俩不会吵起来吧?"林青青不放心地眺望卧室。

钟点工扑哧笑出声:"他们只会直接干起来。"

"干架?"林青青大吃一惊。冯嫣哪里是陈总的对手?

钟点工笑得更厉害了,她毫不客气地上下打量了林青青一眼:"一看你就还未婚。"

"啊?"林青青被笑得一头雾水。

"先生今晚肯定是要出差,等不及回来,又不愿意错过日子,所以半路溜回家……你说他们干什么?"

林青青突然顿悟,脸也因此红了一些。不过,她向来走女汉子风,马上镇定下来,冷下脸冲钟点工道:"你倒是什么都门清。"

钟点工不敢硬杠,头一低盛汤去了。

林青青接过钟点工递过来的热汤,双手捧在手里。鸽子汤很香,可此时,闻在鼻子里,却说不出的恶心。

不多久,主卧卧室门打开,陈总捂着半边的脸走了出来。

"陈嫂!给我包几块冰块!"陈总声音里盛满怒气。

钟点工陈嫂忙不迭地答应。

林青青在厨房内犹豫：是冲出去把手里的热汤泼到陈总身上，还是理性地忍耐下来？

陈嫂把冰块放进保鲜袋，又用几张厨房用纸包起，小跑着送出去。

陈嫂是奔卧室而去的，被陈总喝住："给我！"

"呀！先生！"陈嫂下意识叫了一声。

陈总的脸上，红出一个巴掌印。

陈总恼羞成怒，一把接过冰块，反手就砸了餐桌上放的鸽子汤碗。汤汤水水洒了一地。陈嫂再也不敢出任何声，低头立在一旁。

陈总穿了西服外套，转身出了家门，摔房门力度之大，地板似乎都颤抖了。

林青青将鸽子汤碗往餐桌上一放，快步去卧室找冯妈去了。

她敲了敲并没有关上的卧室门："妈，我可以进来吗？"

回应她的，只有小声啜泣声。

林青青自作主张，推门走了进去。

第137章　"是的，终究要往前走"

卧室布置得很小资，居中一张大圆床。

床上的寝具一看就很高级。

冯妈半俯身在床，肩颈一耸一耸，正在无声哭泣。

林青青在床边坐下来，将锦缎一样的被子往上拉了拉，盖住她露出的后背。默默坐着，等冯妈哭到自己停下来。

这期间陈嫂工作时间到，到卧室门口通报了一声，离开了。

家里只剩下林青青和冯妈。

冯妈转过身，脸上全是泪痕，像是决心再也不藏着掖着她生活中的不堪："青青！我要离婚！"

"先把衣服穿好。我在客厅等你。"

林青青疾步出卧室，为自己赢取一小段整理思绪的时间。

不多久，身上穿着丝绸居家服的冯妈，带着满脸泪痕走了出来。

林青青仔细看她的脸，还好，她的脸上只有泪痕，并无其他痕迹。

"你打了他？"林青青抢先问。

"他骂我……骂我是不下蛋的鸡。"

"然后你就打了他耳光?"

"我回骂他。说他跟前妻结婚两年也没见动静,他才是那个不下蛋的鸡。"

"然后?"

"然后他就扬起手要打我,我想反正不能白吃亏……谁知道他只是吓吓我。"

"但你却真的打了他,他是要去工作出差的人!"

冯嫣要离婚的怒气,就这样被林青青打消了一半。

林青青长嘘一口气,苦口婆心状:"你仔细想想,你结婚后的这一年,他除了催生催得急,有别的对你不好的地方吗?"

冯嫣撇着嘴,嘴唇颤抖:"我的婚姻就是一场阴谋!虽然我没有证据,但是我能感觉到。陈家康之所以跟我结婚,只是想借我生一个孩子!

"这个阴谋价值1000万美金!

"我亲耳听到的!

"我怀疑跟静安寺旁的老洋房有关!

"他需要一个孩子,一个婚内生的、有他基因的孩子,才能得到那栋老洋房。一定是这样的!"

冯嫣情绪又激动起来。

林青青摇着头:"冯嫣,你太闲了。"

而后,又叹气道:"生活不是言情小说。"

冯嫣重重地倒在芝华士沙发上,拿袖子盖住了脸:"你不相信我。"

林青青走过去,坐在宽大的沙发扶手上,手搭在冯嫣的肩膀上。

她此番来,是有目的的。首先,她想探一探冯嫣的口风,看看她和朱盛庸是不是重新接上了头;其次,无论是否接上头,她都要无情浇灭冯嫣心中那侥幸的小火苗。

她对柔弱的冯嫣怀有一种说不清楚的姐妹情义。在她和冯嫣闹别扭而失联的期间,冯嫣和朱盛庸分手了。现在,她要坚定地守护在冯嫣身边,好确保她不至于再做错选择。

一把好牌打得稀烂这种事,有她,就不能发生在冯嫣身上。

林青青循循善诱:"你要离婚。离婚之后呢?"

"离婚之后,我才27岁,我可以重新开始!"冯嫣眼睛里冒出小星星。

林青青试图从里面看出朱盛庸的影子。

但，她是绝对不会主动提及"朱盛庸"的名字的。

"顶着离异的名头？找一个什么样的人呢？"

冯嫣沉思了一会儿，脸上带着向往："肯定……要真心实意对我好才好。其他的，我不做要求。"

林青青道："那只是你此一时彼一时的想法。要是找个一门心思围着你转的，你保不齐会嫌弃人家没本事，抠门小气爱算计，自己下嫁受委屈！"

林青青话里话外，暗指朱盛庸。

冯嫣想了想，坚定地摇了摇头。

林青青调过头，换种思路劝："我们回过头来说陈总。你怀疑他跟你结婚只是想骗你生娃。我问你，养出来孩子，你难道不是孩子的法定监护人？"

冯嫣被问得反驳不出话来。

林青青又道："冯嫣，咱们换个思路：如果你现在就跟他离婚，你能拿到什么？"

"自由！"

"错！只是离婚的身份而已。"

冯嫣被恐吓得双眼猛一睁。

林青青趁热打铁："你就算是要离，也要掌握好他的财产证据，至少可以分点财产。不然，一个27岁的、一无所有的、离异的女人，你觉得你在婚恋市场上能有优势？"

冯嫣望着林青青，说不出话来。

总之，林青青横过来竖起来，唾沫费劲，终于成功疏导了冯嫣激愤的心情，让她重归理性。

"我明白了！接下来要去套他的股票账户和密码，查他的工资单，记录他的保险柜密码！弄清楚他名下有多少房产！"

林青青摸摸冯嫣的脸："好好干，宝贝。"

她想的是，冯嫣有了能转移注意力的事，就不会再纠结陈总结婚的出发点了。

擦亮眼睛这种事，只适合婚前。一旦结了婚，只能睁一眼闭一眼。

林青青眼里，冯嫣太幼稚，反应总是慢半拍——可以和爱情结婚的时候她选了财富；应当和财富和谐共处的时候她又想选爱情。

她有必要稳住她，避免她做冲动的决定。

成功稳住冯嫣后，林青青和冯嫣一起吃过花旗参鸽子汤，又讨论了一下怀孕的神秘性，林青青怀着功成名就的成就感，欣然离开冯嫣家。

离开前，她边换鞋子，边做轻描淡写状说道："上周小四说她在港汇逛街的时候，看到了朱盛庸。朱盛庸在跟一个女孩子约会，替女孩子拎包。

"小四说，没想到朱盛庸也有这种卑躬屈膝的时候……冯嫣！你没事吧？我是不是不该在你面前提起他？"

冯嫣手扶桌台，笑得有些僵硬："没事。有一天，他还给我打电话来着。不过，没有说话。我猜出是他了。他估计想跟我说，他谈恋爱了。"

林青青豪爽大笑："是嘛，听上去小浪漫呢。谈恋爱了也好，大家终究要往前走的。"

冯嫣微微低下头："是的，终究要往前走。"

林青青两只胳膊上举，做个大 V，欢乐地喊："接下来就是我了！我也要找个人谈恋爱！"

冯嫣被她逗笑了。

林青青走后，冯嫣不再翻来覆去惦记那个不说话的来电。

而朱盛庸被林青青羞辱式攻击后，也熄灭了"救美"的心。

"冯嫣的烦恼，价值千万，而且是美金"，彻底断送了朱盛庸心底的某些心念。

他开始妥协，从父母亲友介绍的相亲对象中挑了一个，准备相亲。

第 138 章　李礼刚在芝大

朱盛庸给李礼刚写信，形神兼备地给李礼刚讲他的相亲感受。

"8 月相亲了一个上海女小学老师，漂亮到惊艳，不久就发现笨得可怜。太笨没意思，以后聊天的乐趣会少很多。"

"9 月相亲了一个内地来的女孩，女孩在张江工作，惊奇地发现她半年的薪水可以在老家盖一所自建房，于是豪爽斥资帮她父母在老家农村盖房，在乡亲们中间引起了一股鼓励孩子上学热潮。

"我对她挺有好感，可她似乎嫌弃我太小气，因为我点餐的时候只点了两个菜。"

"9月半相亲了一个高中老同学。这是距今为止最让我气恼的相亲。她什么都问,我尽心尽力回答,而当我问她的时候,她却拐弯抹角,什么都不回答。"

"9月底相亲了一个大四学生。她的未雨绸缪给我留下深刻的印象。就相亲材料而言,她看不上我,但她仍然积极来见我,而且坦诚地告诉我,她是拿我来练手的。"

"10月过后,相亲进入淡季。大约这个冬天太冷,也可能是2000年世界末日的传言太盛,总之,大家对未来充满了一种轻微的恐惧。心情似乎都不太好。"

"11月了,这封信无论如何要在本月寄出。希望你博士论文写得顺利!"

李礼刚从1991年出国赴美读书。大学读了4年,毕业后找了1年工作,因为没能找到可以让他合法留下来的工作,不得不继续读书。读了2年研究生后,依旧因为找不到能让他合法留下来的工作,不得不继续读博士生。

掐指一算,已经读了九年半。

人生的整个青春时光,都被迫给了校园。

他从一个青涩懵懂、对四周环境充满恐惧和警惕的人,变成了一个成熟圆融、依旧对四周环境充满恐惧和警惕的人。

李礼刚的就业梦想是毕业后去硅谷。因为那里聚集着富裕且高知的人群,治安相对理想。

不过,距离博士毕业,鬼知道还有多少年。

李礼刚入读芝大后,不止一次向朱盛庸调侃:以前在小地方读州立大学,打工赚来的钱存进了自己的账户;到芝大后打工赚来的钱,变成了房租交给了房东。

原来,芝大所在的海德公园(Hyde Park)社区,位于芝加哥市南,一面临密歇根湖,另外三面都被黑人社区包围着。

黑人社区的低受教育率、高失业率以及其他传统,使得芝大附近斗殴、抢劫、枪击事件时有发生。

李礼刚作为博士生,在主校区没有申请到学生宿舍。加之女朋友每个周末都来,他在距离芝大15分钟走路路程的地方租了一套小公寓。

李礼刚一入芝大,就被各路人马反复叮嘱安全忠告。忠告中最让李礼刚心痛的是：平时兜里一定要装且只装少量现金。路上碰上乞讨或者抢劫，就把手里现金都给他们。不要争斗，以免对方有枪。

李礼刚在到底装 2 美元、5 美元还是 7 美元上纠结了很久。为了避免抢他的人恼羞成怒，他狠狠心选了 5 美元。决定好金额的当天傍晚，这 5 美元就成了别人口袋中的钱。

小公寓住了半学期，他渐渐知道害怕，觉得 15 分钟的路程太过漫长，又提高房租租了一套距离主校区 10 分钟步行路程的小公寓。

入学伊始，拿到的校内安全手册上的第一句话是：当大量人群聚集在一个地点时，犯罪活动就会发生。李礼刚便有意识地规避参加大型活动。

他非常认真地对待每一条安全建议。

因为他必须活着！

他身后还有一大群等着他光耀门楣的父老乡亲呢。抛开家族亲友不说，他还没有享受他向往多年的花花世界呢。

在校区内的街区，一般认为是安全的。即使在公认安全的地方，李礼刚也遭遇过疑似抢劫。

有一次他写报告写得晚了，晚上 11 点走路回公寓。

迎面开过一辆轿车。

李礼刚闷头在想论据，对方忽然朝他大喊起来。他一抬头，正好看到对方朝他丢酒瓶。酒瓶很快砸到他身上，碎裂在地上。

李礼刚的反应也很快。他拔腿就跑，朝有明亮路灯的地方狂奔。

还好为非作歹的人多少忌讳光亮，没有继续调车头追他。

那次袭击之后，李礼刚不再省钱，能坐校内安全巴士则坐校内安全巴士。有时候知道自己会晚归，则提前约好一起同行的人。

路上遇到可疑的人员，统统绕道走。

倘若有不明车辆在他旁边有泊车的迹象，他则会赶紧朝人多的地方或有障碍物不方便泊车的地方走。

李礼刚说，他被四周环境教育得很成功，一直夹着尾巴，活得谨慎得犹如资深间谍。

世纪交替之年，北美大学校园安全事件统计结果出来，将近 3 万起。

这些事件分为强奸、性骚扰、盗窃、抢劫、殴打、盗车、纵火、谋杀、无目标杀人等十多项。其中前 5 项，占到校园安全事件的 93%。

李礼刚在这样的环境里已经生活了三年半,他迫切希望赶快毕业,离开芝大,离开芝加哥。

朱盛庸对李礼刚出国求学的羡慕早已泯灭。

他的父辈还能当街蹦跳着跟人对骂,骂得面红耳赤;他则连私下里都不好意思说粗口。他这样惜钱惜命的人,在时有枪声响起的芝加哥夜晚,肯定夜夜焦虑到无法成眠。

吃世纪年夜饭的时候,朱家三姐妹拖家带口,破天荒聚在了一起。

大姐姐携儿子,朱妈妈带着一家四口,小阿姨夫妇带着未出嫁的女儿刘流,以及刘熙小夫妻俩,预计11口人。

在刘熙家组的局。

刘熙结婚后,并没有像她妈妈预期的那样很快"母凭子贵"。不过,她才结婚半年,尚无孕育压力。

刘熙婚后的家,光装修费就花去了两倍的朱盛庸买房钱,亲友不来参观的话,就有锦衣夜行之感。

飘飘然的刘熙妈妈决定,在刘熙家组局吃年夜饭,她下厨。

"这样的话,家栋这边的亲戚要邀请吗?"刘熙问妈妈。

"你公婆那边的亲戚不是组团到新加坡过春节吗?"

"有个堂兄,跟家栋一样,要忙工作,不去新加坡。"

刘熙妈妈忽然来了直觉:"是不是跟你们竞争生继承人的那个堂兄?"

第139章 人头最齐的年夜饭

刘熙咯咯笑起来:"妈妈,家栋说孩子的事情随缘。你不要说得这么敌对。"

刘熙妈妈肉眼泡远远瞥一眼女儿家充当书房的小房间,没有说话。陈家栋在里面捣鼓电脑。

刘熙妈妈,也就是朱盛庸的小阿姨,喜气洋洋登门二姐姐家,也就是朱妈妈家,向他们发出世纪年夜饭的邀请。

照例的,朱盛庸小阿姨道:"大姐姐那里我不高兴过去了,二姐姐替我邀请。他们想来就来,不想来我也不介意的。"

朱妈妈高高兴兴答应下来。

大姐和小妹之间并没有直接的冲突。对大姐而言,父母偏袒小妹,她心里有气，自然不会给小妹好脸色看，言谈举止多有抢白。

对小妹而言，大姐盛气凌人，言语间似有看不起她的意思，对年迈的老父亲也非常霸道，说话做事自私自利。她巴不得敬而远之。

朱妈妈从不劝和，也从不离间。

说定世纪年夜饭的事，少不了说几句儿女家常话。

"中中还在做安利？"小阿姨问。

"还在做。他在里面认识了一个女的，俩人彼此加油鼓气，不然中中可能早就退出来了。俩人一度要结婚，后来没有结成，中中搬去跟她非法同居去了。"朱妈妈自诩说话客观公允。

"现在年轻人间谈恋爱风气变了。"小阿姨才扯了个开口，忽然想到，自己未婚前也曾偷尝过禁果，于是赶紧换话题，"阿庸头呢？还没有找到女朋友？"

"他一直在相亲，把熟人推荐的小姑娘快相了一个遍了。还没有遇到合心意的人。"

"该不会一直没有忘记前女友吧？"小阿姨促狭地笑。她没有儿子，身心轻松，刘熙结婚后，她越发发福了。

朱妈妈摆摆手："不会的。从来没有听他分手后再提起过冯嫣的名字。"

"冯嫣？这名字……有点耳熟。"小阿姨犯迷糊。

小阿姨走后，朱盛庸相亲回来，朱妈妈询问他马骏和刘流还在谈朋友吗？朱盛庸回："谈着呢。马骏对刘流好得没法再好了。"

"你小阿姨好像不知道呢。"

"刘流瞒着小阿姨不稀奇，她还瞒着马骏混酒吧玩呢。"

"刘流从小胆子就大。怂恿她姐姐刘熙偷外公藏的糖果，还怂恿刘熙从抽屉缝隙里夹你小阿姨存下的钱……坏主意都是她出的，她躲在后面，成了好处跟姐姐对半分，被发现了她姐姐替她挨打。"

朱盛庸笑了笑，没再接话。

"这回相亲的小姑娘怎么样？"

"她跟我说她不喜欢男生，跟我相亲纯属应付她妈妈。还问我介不介意假结婚？"

朱妈妈厌恶地皱起眉头。

朱爸爸去南浦典当行里卖一个破裂了的瓷器，当天没在家，错过了两轮的谈话。

公司年会结束后放春节假。转眼到了去刘熙家吃年夜饭这一天。

刘熙妈妈打三天前就开始买食材,研究食谱。刘熙刚考出驾证,她老公陈家栋特意将自己的车让给刘熙开,让她开车去超市买食材。

年三十的下午,才下午三点,刘熙家就飘出年夜饭的香味。

大姨妈是第一个到的客人。

她只身而来,神情局促,不住解释她儿子去外地参加学术会议,还没有回上海,所以没法过来。

进刘熙家后,她看哪儿夸哪儿,见谁夸谁。词汇有限,却颠来倒去夸个没完,讨好的意味十分明显,全然没有年轻时的趾高气扬。

朱妈妈想着帮忙打下手,下午三点半就到了。朱爸爸和朱盛庸闲来无事,也一起早早登门。

"二哥哥呢?"刘熙问。

"跟同居的女人一起回女方老家过年去了。"朱妈妈回。

刘熙调皮地吐了一下舌头。

朱爸爸打扮得像老克勒,派头十足。如今,他头发花白稀疏,但别有一股岁月沉淀的深沉感。倘若不开口说话的话,特别容易让人误会是有故事的人。

朱盛庸还是老样子,多少有些不修边幅,只是神情清峻很多。他还是喜欢两手揣在上衣口袋里。

陈家栋个子中上,容貌中等,表情平和,言谈举止很有家教修养的样子。他说他从小过年就没体验过年味儿,感谢众亲友肯赏脸光临,让他借着刘熙的光,弥补了从前的遗憾。

刘熙看着陈家栋笑,眼睛里全是光。

刘流只顾着跟刘熙家的加菲猫玩,对周遭的人和事全都爱搭不理,好像是个不谙世事的小女孩。

全场最嗨、最活跃的,就是刘熙爸爸了。他号召大家跟他一起参观刘熙的家,一样一样陈述每一个装修细节花掉了多少钱,语气里有得意,有炫耀,也有羡慕。

刘熙听得直捂脸。

陈家栋体贴地拍了拍她的后背。

"哦,对了,我堂哥堂嫂也会过来。"陈家栋对参观房间的大家介绍说,"家族里其他人都去新加坡了,上海只剩下他们夫妻俩和我俩。"陈家栋搂了搂刘熙。

"没问题,人多热闹。"朱爸爸豪爽应声。

朱盛庸心里一惊,差点失手砸了一个装了一只亲嘴鱼的小方瓶。别人不知道其中的人际关系,他可是知道的!

抬眼看一眼墙上的钟表,下午 4 点钟!现在找个借口逃走还来得及吗?

慌里慌张将小方瓶子放平台上,朱盛庸清嗓子,他还在想借口。刘熙的话先响在耳边:"家栋有两个堂哥。"

朱盛庸稍稍安心一秒钟。

"一个 39 岁,一个 33 岁。"

朱盛庸巴巴望着刘熙,想问今天要来的是哪位。

"39 岁的在大学里当老师,太太在同一所高校任教,没有孩子,日子过得跟神仙似的。"

朱盛庸屏息。多希望今天来的是这一对!

"还有一个 33 岁。在设计公司做合伙人。早我们一年结婚,他的太太长得挺漂亮。刘流看过他太太的照片,说特别像……小哥哥,你怎么了?"

朱盛庸慌乱地摸着自己的脸:"我怎么了?"

"你的脸唰一下变白了。"

"有吗?"朱盛庸虚弱地反驳。

刘熙眼睛骨碌一转,虽然没有继续说什么,却明显地用手捂了一下嘴巴。

她悄悄松开陈家栋的手,溜向妹妹:"刘流,快告诉我,小哥哥分了手的女朋友叫什么名字?"

"怎么突然想到问这个?"

"是不是叫冯嫣?二马冯?"

"是啊。"刘流盘腿坐地板上,把猫抱怀里,猫挣脱,她再把猫抱回来,乐此不疲。

"糟了!糟了!大事不妙!"刘熙急得乱挥着小粉拳,又不敢声张。

"怎么啦?"刘流杏眼扫过来,颇有气势。

刘熙跪在地上,脑袋凑到刘流耳边,嘀嘀咕咕说了起来。

刘流杏眼眯了起来,生气道:"那就赶快给他们打电话,让他们不要过来了。"

刘熙为难地嘟起嘴巴："是家栋那边的亲戚呢。"

刘流"腾"地站起身来："我去说！"

刘熙拉住刘流的手，脸上神情十分为难。

刘流果断地甩开她的手，大步走向参观房间的人群。

才走到一半，门铃响了。

站在门口附近的刘熙爸爸高高兴兴接起听筒，手速一流地按下"开门"键。刘流崩溃地大喊："不要开门！"

所有人都扭头看刘流。

刘流皱着眉头，恨恨道："你脑子怎么想的？问都不问就开门？坏蛋来了也开吗？"

刘熙爸爸，同时也是刘流爸爸，脸色一沉："你这孩子，怎么跟大人说话的？"

陈家栋赶紧打圆场："应该是我堂哥到了。"

刘流跑到陈家栋前，厉声道："等一下！你堂嫂很可能是我表哥的前女友。让我先看一眼，倘若是的话，你直接找个借口让他们原路回去！"刘流不是用询问的语气，而是用通知的语气。

陈家栋大吃一惊，他措手不及地看向刘熙和朱盛庸。刘熙夸张地叹了一口气，大幅度地低下头，可爱得犹如二次元。朱盛庸讪讪的。

被挑明了，反而破罐子破摔："可能是吧……但也没什么，分手又不是只能做死敌。"

朱爸爸已经瞠目结舌："生，生……养，养……"

朱盛庸知道，他爸爸是为冯嫣养个小毛头就能继承一幢老洋房而结巴。

众人不知所措间，房门的门铃响了。

刘流要抢先开门，被朱盛庸拉了一把："刘流！"

他明白小表妹要为他出头，想替他把尴尬挡在门外。但受邀的客人已经到了家门口，并不是简单一句"你们回去吧"就能结束的事。

第140章　世纪尴尬

陈家栋目光征得朱盛庸同意后，将房门打开。

依旧精神帅气的陈总和比以往更漂亮的冯嫣出现在大家面前。

当陈总的目光撞上朱盛庸的时候，明显眉头皱了一下，不过很快舒展开来。他热络地跟堂弟陈家栋打招呼，恍若没有任何异常。

大姨妈延续之前的风格，盯着冯嫣翻来覆去地夸，填补了每一个尴尬的空白。

冯嫣忽闪的眼睛只看朱盛庸一看，马上垂下了目光，局促到目光无法安放。当她试图表演大方，看向朱爸爸时，朱爸爸沉着脸目光看向别处。

朱妈妈要端菜出来，一看到冯嫣，立刻又缩回厨房，自己冷静去了。

朱盛庸因为有心理准备，相对淡定。他看到冯嫣比以前更漂亮，有轻微的珠圆玉润感，衣着打扮很是光鲜，站在陈总身旁有珠联璧合之感，感到一种放心与安心。

刘流双手揣在胸前，斜眼瞪着冯嫣，横挡在朱盛庸身前。朱盛庸有些哭笑不得，也有些感动。

刘熙冲出来，挽着冯嫣的胳膊，自来熟道："一直没有机会跟你说话呢，今天太好了，咱们可以多了解了解。我家有只大肥加菲猫，你喜欢猫吗？"

陈总的声音穿过人群威严地传来："冯嫣！你不能摸猫！"

冯嫣红着脸小声向刘熙解释："猫会传染弓形虫。"

"我知道，我知道，"刘熙道，"弓形虫容易致孕妇流产。你怀孕啦？"

刘熙的声音并不高，但耐不过室内太安静，这句"你怀孕啦"把厨房里忙碌的刘熙妈妈都炸了出来。

"没有。"冯嫣脸红得像煮熟的螃蟹。

"我也没有。"刘熙咯咯笑着，轻轻拍了拍自己的肚皮，"房子已经竣工，就等招个小租客啦。"

陈家栋扑哧笑出声，宠溺道："说辞一天换一个花样。"

刘熙爸爸的男主人气场被新到的陈总压制得完全发挥不出来，他冲厨房道："5点啦！6点能开饭吗？"

刘熙妈妈回："能！"

陈总跟陈家栋一起似有似无地聊；刘流小尾巴一样黏在朱盛庸身旁，生怕他孤单；刘熙拖着冯嫣叽叽咯咯说个不停；几个长辈凑在一起鸡同鸭讲。厨房里还有俩凑在一起嘀咕。

时间变得黏稠、凝滞起来。

幸亏刘熙家够大，各自小圈子都有自己的空间，井水不犯河水。

到了吃饭的时间，餐桌排位也是个问题。最终在大家的默契作用下，冯嫣和朱盛庸分坐在长条餐桌的斜对角线的两端。不刻意张望的话，只能看到对方的手而已。

11个围着桌子吃饭的人，有半数没有开口说话的意思。这顿世纪年夜饭，吃得相当深沉。

朱妈妈倒是秉持客观公允的原则，一视同仁地对待冯嫣。该递餐食的时候，该递酒水的时候，都客客气气地递过去，连带对待陈总，都不卑不亢，不殷勤，不排斥。

朱爸爸就没那么好的修养。他气鼓鼓的。但这反而有助于维护他虚假的形象。

朱盛庸越吃心情越平静。

初听陈总通过体检的方式选中冯嫣的时候，他激烈地懊悔过。被林青青敲打后，他对整件事有了全新的看法。

因为容貌出众而被人青睐，和因为体质好而被人青睐，又有什么本质区别？

凭什么悦德就高尚，悦色就低级？

不过是投其所好罢了。

按保质期分，体质好的保质期比容颜漂亮还持久一些。冯嫣因为先天孕育条件好而被陈总看上，陈总所求的，无非是一个孩子。这孩子生出来，冯嫣作为母亲，同样拥有法律赋予的监护权。

冯嫣在这桩婚姻中的利益，是有法律保障的。他确实犯不上为冯嫣担心。

7点不到，晚饭就告一段落。筹备3天，忙碌5小时，50分钟聚餐结束。

空气里弥散着尴尬的味道，仿佛在比拼谁更有耐心。而冯嫣和朱盛庸，成为众人无形中监视的对象。

不知道是怕俩人在他们眼皮子底下越矩，还是单纯好奇，想捕捉他们藕断丝连的证据？

朱盛庸索性窝在单人沙发上，低头逗刘流递给他的大胖猫。

饭后稍事坐了一会儿，朱爸爸嚷嚷着要回家，"回家看春晚"。他一鼓动，朱妈妈和朱盛庸顺势起身穿衣服、换鞋子。大姨妈也跟着告别。

陈总或许不想当堂弟妻子一家人中不识相的外人，也跟着告别。

大家闹闹哄哄出了门，拐弯就是电梯。高高低低6个人站在电梯前等电梯。

陈总手机响了，听上去是个工作电话。

电梯总也不来。

陈总电话里掰扯得不耐烦，招呼冯嫣下楼梯。楼层不高，也就才5楼。

大姨妈上了年龄，眼有些花，耳有些背，见有人招呼，以为是招呼大家，连忙跟着进了楼梯间。朱妈妈见姐姐跟了过去，也跟着进去。

转眼就剩下朱爸爸和朱盛庸两个人还在站楼梯前。

朱爸爸怒上心头，踹了一下簇新的电梯门："破电梯！"

想到不久前为了节约5毛钱的公交费，活生生在站台等了2小时，心有余悸的朱爸爸也迈步进了楼梯间。

朱盛庸默默想了两秒钟，想，自己光明磊落，没有必要刻意躲避，于是也压轴进入楼梯间。

楼梯间有一种诡秘的隔音感。

混杂不清地回响着陈总打电话的声音。

朱盛庸想，陈总不愧是合伙人，大年三十晚上还如此敬业。

大姨妈因为眼神儿不好，走得磕磕碰碰，朱妈妈就搀扶着她。

朱爸爸像一阵风似的往前赶。

冯嫣穿着高跟鞋，声控灯时亮时不亮，陈总在前面走得风风火火，朱爸爸在后面追得热火朝天，他与冯嫣侧身而过的时候，厚重的棉服撞得冯嫣一趔趄。

为了免于爆发矛盾，冯嫣赶紧手扶栏杆，忍住了崴脚的痛感。

朱妈妈搀扶着大姐姐，一门心思下楼梯，什么异常都没有察觉到。年龄大了，在楼梯上摔跤可不是闹着玩的。

朱盛庸走着走着，就看到了一瘸一拐缓慢下楼梯的冯嫣。

犹豫了一下，他开口："崴脚了？"

第141章 接受了他的执念

冯嫣吃了一惊。

她没想到楼梯的后面还有朱盛庸。

她简短"嗯"了一声，算是回应。

"要紧吗？你站一站，我去喊陈总——"朱盛庸边说边往下跑。

"不用——"冯嫣急急叫住朱盛庸，见朱盛庸止步，又解释道，"他讲工作电话的时候最厌烦别人打断他。"

"那，我搀扶一下你？"

冯嫣摇了摇头。

朱盛庸反问她："不能去叫他，不能搀扶你，就看着你这样一步一挪下去？"

冯嫣自己笑了一下："好吧。我右脚崴了，你扶一下我右边。"

为了避嫌，朱盛庸刻意避开她的手，而是扶着她的胳膊。同时也很自觉地没有询问诸如"你过得好不好"这样煽情的话。

他只是尽心尽力协助她下楼。

为了捕捉更好的通信信号，陈总几乎是跑下楼的。

电话打完，回头一看，看到朱爸爸、朱妈妈、朱家大姨妈都从楼梯后出来了，唯独不见冯嫣。

等等！

不见的还有一个！

陈总大步流星折返，生气地推开楼梯间的安全门，赫然看到朱盛庸"抱"着冯嫣，亮光从打开的楼梯门漫进去的刹那，朱盛庸松开了冯嫣。

朱盛庸本来打算到楼梯口的时候就松开冯嫣让她自己走，只是没想到，还差两三层台阶的时候，陈总突然推开了门。

虽然没有做亏心事，他还是下意识地松开了扶着冯嫣胳膊的手。

然后，目送冯嫣一瘸一拐，走向陈总。

"吧嗒"，楼梯间的安全门在眼前关闭。

静谧使得头顶上的灯变暗。

朱盛庸的身影，模糊在黑暗的楼梯间。

陈总带着冯嫣，跟谁也没有道别地走了。

朱爸爸等了一会儿，还没有等到朱盛庸出来，着急地喊骂起来："慢吞吞，慢吞吞，干什么都慢吞吞。活该到现在都单身！"

朱妈妈一听就不乐意了："哇啦哇啦叫什么啊！着急你先走！又没人拦你！"

朱爸爸转身，头也不回地离开。

朱妈妈生气地抱怨道："本事没有，脾气倒很大。孩子们小的时候就一直打孩子，长大后也只会对着孩子们说丧气话。这样的爹，有还不如没有！"

大姨妈唯唯诺诺地劝和："有还是有点用的，可以壮胆，省得年龄大时一个人在家害怕。"

朱爸爸走出楼宇，走到小区主干道上。恰逢陈总开车路过，车子故意擦着朱爸爸身子开过去。小水洼处的水溅起，溅了朱爸爸一裤腿。

朱爸爸吓得魂飞魄散，跳着脚骂起"瘪三"来。

骂停歇，才后知后觉地发现裤腿上溅了泥水，火气越发大。

可惜车已经开走很远了。

幸亏他不知道那是冯嫣丈夫陈总开的车，否则要气到爆炸。

朱盛庸在黑暗中站了一会儿，沉淀一下心绪，默默迈步，走了出去。

妈妈和大姨妈边聊天，边等他。等到他后，三个人结伴朝小区外走。

大年三十的晚上，马路上也还是有出租车在跑的。

朱盛庸难得破费，叫了辆出租车，先把大姨妈送回家，又回到自己家。司机没有开计程表，问他可不可以给100块？他二话没说，给了司机100块。

在这些细节事情上，朱妈妈一般不啰唆。

朱盛庸和朱妈妈回到家半小时后，朱爸爸才骂骂咧咧地回来，抱怨夜班公交车一点都不守时，间隔时间太长了。

"咦？你们明明在我后面，怎么比我还早到家？"

"阿庸头叫了差头（出租车）。"

"××！"朱爸爸火气又添了两分。

这个以尴尬和生气开头的2000年，要说有什么喜庆的事，当属朱盛中不知道什么时候又结婚了。

当初横亘在他和富姐之间的结婚障碍，被有毅力的富姐一一扫平。富姐的动力很明显：要给她马上读小学的儿子一个上海户口。

朱盛中住在富姐150平方米的超大涉外房里，享受着妙曼动人的富姐耐心周到的服务，恍惚间觉得人生已经阶层跃迁成功。

名下是否多个儿子，他也不太在意了。

富姐引导着他，拿着户口本，成功办好了结婚证。

朱盛中头婚时没有办婚礼，二婚更是连婚纱照都懒得去拍。富姐因为不想让儿子被人议论，也乐得扯证了事。

俩人一结婚，富姐儿子转户口的事便提上了议程。

事后一打听，原来结婚5年，继子才可以随迁户口。

倘若富姐也想转户口的话，需要等10年。

朱盛中面上哀叹不已，内心则默默窃喜。政策为他上了保险。等富姐发现他其实口袋空空的时候，为了继子的户口，将不得不继续接受他，否则就前功尽弃了。上海的迁户政策，实打实地保护了他！

话说那天陈总带冯嫣去参加堂弟组织的年夜饭，意外发现堂弟竟然和朱盛庸有拐弯抹角的亲戚关系，回家之后，忍不住抱怨起堂弟居心不良起来。抱怨中不时夹杂着对冯嫣的质疑。

冯嫣坐在沙发上，拿冰块敷脚踝："我跟你解释过了，他只是扶着我而已，根本不是你说的'抱'！"

陈总来回在客厅里走："不需要解释！'信你'和'信我'之间，我自有选择！"

冯嫣默默垂泪。

想说要不我们离婚吧？又欠缺那么一点愤怒。

有一次林青青来拜访她，告诉她即使要离婚，也要掌握了丈夫的财产状况后再离。林青青走后的一段日子，她的精力放在偷窥密码上，日子果然变得不再难熬。

他并不十分提防她，于是她陆续窥探到他的股票账号、登录密码，还记住了他保险柜的打开方式。

不幸的是，有一次，她趁他去泡澡的时候，试着操作打开保险柜。正一门心思开锁，忽听身后有声音："错了，错了，第一个圈先往左5格，第二个圈再往右8格，不是扭同一个圈。"

她闷头按提示操作，操作到一半，猛然意识到身后站的就是保险柜主人，连忙回头。

头发湿答答正在滴水的陈家康，一边漫不经心擦头发，一边撩她一眼："等一下，老公演示给你看。"

他当着她的面，打开了保险柜，里面有两本房产证，好几条黄澄澄的金条，一把首饰，好几十块大大小小的圆金币。

冯嫣倍感尴尬之际，陈总捉住她的手，让她去摸那些冰凉而有分量的金条，用魅惑的声音道："给我生一个孩子，这些全是你的！"

从那一天起，冯嫣开始接受陈总的执念。

第142章 "就坑我一个"

接受陈总的执念后，冯嫣明显配合很多。

然而，"好孕"还是迟迟不来。

婚后一年零一个月的时候，陈总带着冯嫣去看不孕症专家。专家让冯嫣做一番检查后，将怀疑的目光扫向陈总。

陈总骇了一跳！

他从来没有疑心过自己有问题！

不孕症专家自有一种权威，三言两语就说动陈总做检查。

检查结果对他而言很残酷：弱精。a级运动的小蝌蚪小于25％，过半的小蝌蚪只是在原地蠕动而已。

这个残酷的结论直接打消了陈总蠢蠢欲动的二度离婚的心。尤其是，冯嫣的体检报告近乎完美。

不孕症专家告诉陈总，弱精症的受孕存在一定的偶然性，即使是最轻度的弱精症，小蝌蚪的活动能力也比正常的要低，何况陈总的不算最轻度。

即使侥幸受孕，从优生的角度考虑，还是有一定的弊端。

陈总是从那以后，对冯嫣柔和下来的。

他必须笼住冯嫣，不管是靠虚情假意，还是靠真金白银。

陈总把所有的金条、金币、首饰全塞在冯嫣手上，金币噼啪往下直掉，沉甸甸地砸在地上，声音既沉又脆。

他并没有马上告诉了冯嫣"一个孩子一套老洋房"的家族约定。因为，冯嫣明显被金灿灿的金条和金币晃花了眼。

在那之后，陈总开始按医嘱吃调养的药和补品。

俩人之间达成全新的平衡，冯嫣觉得日子好过多了。

直到意外在堂弟陈home家里邂逅朱盛庸，并发生让陈总误会的楼梯间崴脚搀扶的事件。陈总的几个月来维持的平静，一下子炸锅了。

他在客厅里来回踱步，渐渐将目光锁定在冯嫣身上。

"你看，"他对暗自抹眼泪的冯嫣道，"我堂弟转眼也结婚半年了，他的妻子看上去又年轻又快活,医生也说,保持愉快的心情更容易受孕。万一他们在我们前面有了孩子——"

"那又怎么样?我们需要跟他们比速度吗?"

陈总忍耐了一下,没有就这个话题解释下去。他走到冯嫣坐的沙发前,蹲下来,握住她的双臂。

"今天你见到了你的初恋,他似乎对你余情未了——"

"你不要乱扣帽子!他只是比较善良。换个人崴脚了同样会伸手帮忙。"

陈总的眼睛像两只黑洞:"冯嫣,我想要一个孩子。你的孩子就是我的孩子。我甚至不介意孩子的爸爸不是我……"

"啪!"冯嫣手起刀落甩了陈总一个耳光。

她的眼睛里冒出愤怒的目光:"陈家康!你不要侮辱人!"

陈总执拗地看着她:"冯嫣。我的体检报告你看过,我们之间,正常受孕的可能性几乎没有!我都这么放下尊严恳求你了,何谈侮辱?我肯花钱,你肯为我去做试管婴儿吗?"

冯嫣看着陈总,看到他确实眼中溢满泪花,便信了他的真诚:"我们可以去领养一个孩子呀!"

"不行!"陈总断然拒绝。

"你都自称不介意孩子的爸爸是谁了,为什么不肯合法领养一个?"

陈总凝眉望着一脸不肯罢休的冯嫣,觉得此时再不说出他隐藏的秘密,恐怕以后更难出口。

"冯嫣,你坐好,仔细听我说。"

冯嫣安静下来。她早就觉得陈家康有什么事情瞒着她。

"我今年33岁,虚岁35。从小衣食无忧,出国留学的所有费用由我美国的一个爷爷全包。学成归来,和大学恋人结婚,做着自己喜欢的设计工作,生活过得顺遂如意。

"如果幸福有范本,那就是我的前半生。

"可是,野心会膨胀。

"对物质,对享受,对生活,对爱情,我统统感到满足;唯独对工作,我是入行越久越不舒服。

"那些我和同仁呕心沥血做出来的设计,到了施工图公司就会以'难以落地'的名义修修剪剪。

"我力荐设计所成立一个施工图部,这样在做施工落地的时候,自己人就肯多花心思,尽可能保留设计方案。

"然而,痛苦的还是后面。

"开发商管控得不严格,建筑工人简直胡乱造。造出来的什么玩意儿!实景跟方案相去甚远!

"重要项目我不得不派设计师跟现场,就今天,大年三十晚上,工地上的工人把我的驻场设计师给群殴了。嫌我的设计师太挑剔,总是让他们返工。

"就他们敷衍了事的态度,什么样的设计方案能还原出精髓?

"太痛苦了!

"我要成立一支属于我们自己的施工队!我要打通从设计到落地的一整条产业链!要拥有自己的小而精的设计工作室,高度专业的施工图部和对建房子怀有理想的施工队!

"不需要很贵,5000万就可以运作起来。

"我的整个人生,全靠这个梦想点亮了。

"冯嫣,你要肯成全我,我一辈子对你感恩戴德,我可以立字据,以后公司盈利一半都归你!"

冯嫣已经听到呆滞。

她设想过很多黑暗的内幕,万万没想到,他隐藏起来的,只是对工作的狂热热爱。

等等!不对!

"这跟孩子有什么关系?"

一整条产业链还没有打通,又没有王冠着急继承,跟她、跟孩子有什么关系?

"这就是另一个故事了。"陈总保持蹲位,昂首继续向冯嫣讲。

他扼要讲了那个支付他全部留学费用的美国三爷的人生,讲了他对上海的向往和静安寺旁的老洋房,最后落脚到"谁能先生出陈家第四代长孙,老洋房就过户给谁"。

毫无疑问,这个第四代长孙必须是婚内生子。

冯嫣听完之后,却别有重点:"原来这就是你和前妻离婚的根源!你怀疑她不能生育!"

陈总苦笑着摇摇头:"不,我没有怀疑过她。我跟她离婚的原因是她选择做丁克。她太爱她现在的时光，害怕怀孕生子会让她变丑变笨。

"是她建议我换一个人结婚，也是她主动申请演一场手撕小三的戏套牢你。"

陈总嘴角露出一抹温柔的笑："我从来没有见过像她这样投入享受人生的人。人生对她来说就像一个大型游乐场，她玩得不亦乐乎。"

冯嫣内心酸涩起来。往事有那么多不堪直视的地方，却没有一个真正可恨的人。

"你们倒是都求仁得仁了，就坑了我一个！"冯嫣哭泣起来。

第143章 漏算

"怎么会呢？"陈总捉住她的手，"你可以从中得到很多很多钱！等你有了孩子，等孩子生下来，等老洋房过户给孩子，我马上变卖！我可以保证，你至少从中可以得到1000万！

"等你有了1000万，你要是愿意继续留在我身边，求之不得，保证余生不会生二心。

"你要是不想继续留在我身边，我尊重你的意见。孩子要带要留，都全凭你说了算。"

陈总拿殷切的目光望着冯嫣："这本可以是一场多赢的局。只要你愿意。"

冯嫣望着陈总，望着他眼中的疯狂，大颗大颗的眼泪坠落下来："可惜，你唯独漏算了当事人的高傲和自尊。"

陈总霍然变了脸色。

不过，很快又自行消化了。

冯嫣不肯松口去找朱盛庸。

陈总不着急。

他相信侵蚀的力量。

金钱侵蚀灵魂的力量，唯一需要的就是时间。

对冯嫣生活变化一无所知的朱盛庸，照旧每天坐班车去上班，无论客户多难缠，他都耐心与之周旋。

他致力于做事，情绪越来越少。

时间久了，一些客户接触多了，棱角便柔软下来。

那个他曾经发邮件让她自己打车到他们公司的新加坡客户代表，已经成了他 MSN Messenger 上无话不聊的朋友。

在过去的两年，他在聊天软件上共同体验了客户恋爱的甜蜜、吵架的烦恼、结婚时的犹豫、婚后的头大、预备买房的期待……最近一次看到那个大眼睛、小个子的新加坡客户代表时，她已经肚子微起，几个月后就要升级做妈妈了。

而林彬，也在践行"三年两抱"的人生梦想。

老大才一岁半，小师妹的肚子又大了起来。

小师妹自从怀孕结婚后，就离职了。看样子未来两三年，也很难返回职场。

小师妹一点没有觉得自己被生娃耽误，反而觉得多生娃可以巩固她在夫家的地位，因此乐得生养。

林彬日渐圆润起来，脸上油光满面，额头上的头发渐渐稀疏，发际线一个月比一个月后移。完全看不出二十四五岁的青春风采。他也不以为意。因为，"反正结婚了嘛"。

朱盛庸看在眼里，惊叹在心里。

在他眼里，林彬活成了人版螳螂。头可断，血可流，只要有后代。发福不要紧，头秃不要紧，只要躲进"已婚、有娃"的壳子里，什么都不要紧。

挨打依旧精神抖擞，甚至越发精神抖擞。

金鹏的业务在发展壮大，公司的能力在提升，赚钱能力也相应水涨船高。

挨打积极为部门员工谋福利，她带领下的客户服务部属于全上海公司涨薪幅度最高的部门。

朱盛庸对挨打虽然有诸多不满，但看在她每年都能为他涨薪的分上，牢牢将不满压在心底。

他的女朋友……肯定已经存活在地球上，更多信息就不知道了。

2000 年夜饭转眼又至。

小阿姨刘熙妈妈是不会再骨头轻着邀请大家聚餐了。

这一年，注定以小家为单位，各过各家的年。

大姨妈家的女儿消失在遥远的加拿大，儿子不是在"参加学术会议"，就是在去"参加学术会议"的路上。

不知道大姨妈缘何痴迷学术会议四个字,非要给她画画的儿子按个"参加学术会议"的忙碌名头。

朱盛中结婚后,更像是当了上门女婿。连人带消息,都失踪了。朱妈妈对长子信息的掌握,还不如对远在美国的李礼刚的信息掌握得多。

这天,朱妈妈上完年前最后一天班,回到家,家里冷锅冷灶的。朱爸爸躺在床上看《老娘舅》,笑得哈哈响。

朱妈妈一探头,看见朱爸爸笑得龅牙都露出来了,突然就生出一股子怨气:大家都工作了一辈子,凭什么她退休后还要去作妖的台企兼职,而他每天就跳跳舞、走走台步、看看电视、睡睡觉?

"我决定了,年后就跟老板娘提辞职!"

朱爸爸马上笑不出来了,但他确实没有立场反驳,于是只能听之任之。

朱盛庸逃过公司的年会和年夜饭,早早独自回家。

正好听见妈妈说她年后辞职不干了。他也完全没意见。

父母的财务跟他的完全分开,他不问父母攒了多少钱,父母也渐渐不问他攒了多少钱。而他,每个月住家例行给饭钱,随着涨薪而涨饭钱。

大家都衣食无忧,区别只在于账户上钱的多少。

在朱妈妈的主持下,朱爸爸起床采买起年货来。贴窗花、贴对联什么的,已经来不及,干脆不贴。

大年三十晚上的年夜饭,朱家三口,当寻常日子一样过。

除了朱爸爸觉得有些丧气外,朱妈妈和朱盛庸表现得挺平静的,仿佛生活理当如此。

饭后,朱爸爸坐在被窝里等春晚,朱妈妈坐在小方桌前记账,而朱盛庸坐在小书桌前给博士毕业在即的李礼刚写信。

"礼刚,2号线去年通车之后,上海有了第3条轨交线,不过,并不叫3号线,而是叫'明珠线'。那些坐地铁去上班的人,在人们眼里是很时髦的人。我每天坐班车上班。"

"礼刚,你能想象吗?现在买上海的房子,可以退税,还可以送蓝印户口。房价不便宜,但也不算买不起,可真要下决心买一套,还是不容易。

"怕房价会跌,怕期房交不了房,也怕欠了银行的钱还不出。我决定了,等我再攒10万,我准备眼睛一闭再买一套。"

"上海继大兴土木、市容大变化之后，街头冒出了很多书报亭，我偶尔会买一本《大众软件》看看，每次买都很心疼，女孩子们买起时尚杂志来，好像眼睛都不带眨的。

"书报亭里除了杂志，还有很多报纸，晚报、晨报、都市报……这些报纸都会卖到脱销。我算是亲眼看到上海市民对精神生活的需求了。"

朱盛庸凝思想了一会儿，继续写。

"总结来说，2000年有一件全民振奋的事，也有一件令我感怀的事。

"全民振奋的事是，上海准备申办2010年世博会。

"令我感怀的事是，我出生的南市区和黄浦区合并，上海从此再无南市区。"

写完这一行，朱盛庸还想跟老友分享一下他的存款金额，朱爸爸在隔壁连声叫起来："快！春晚开始了！"

朱盛庸想，还是凑一点节日的热闹吧。毕竟他也期待来年生活能有质的变化。

第144章　蓄意挑起争宠心

2001年伊始，朱盛庸果然收到了一份大惊喜。

李礼刚说，他计划9月左右回国。

少小离家，已经整整10年。10年里想爸，想妈，想家乡美食，想亲朋好友，想得抓心挠肺。一个人漂泊在外3000多个日夜，终于可以回一次家了！

李礼刚并非要回来定居，他熬了10年，是为了留美。这个初衷还不曾改变。尤其是，他现在还有一个越南移民二代女朋友。

李礼刚将于2001年的5、6月份参加博士答辩，答辩通过后就入职。这回靠着博士文凭，终于如愿找到一家能给他办工作签证的公司。

原本计划答辩后，入职前，大约6月份回一趟国，又怕工作入职的事发生变故，决定还是稳妥些，先入职再请假。

回国的日期因此要后移一个月。

可后移一个月又会逢上中国放暑假，中美往返机票立刻涨价20%，心疼钱的李礼刚决定等暑假结束的时候他再飞。归国心切的他暂定在9月。

朱盛庸拿到这个消息后，甚是开心，他也相应计划起来，到时候带李礼刚看哪些上海的变化，吃哪里的好吃的，见哪些老同学等等，不一而足。他甚至打算和马骏、李礼刚一起拜访当初的高三班主任范老师。

因为李礼刚要回国探亲，朱盛庸决定摇一摇他沉淀已久的生活。譬如，赶在李礼刚9月回来之前找个女朋友？

春节过后，刘流突然决定要从希尔顿辞职。

她爸爸吓坏了。

希尔顿听上去高大上不说，刘流用了4年的时间，从一个毫无经验的实习小姑娘，做到了前厅部总经理，分管前台、总机、礼宾、宾客关系等业务，算是资深员工，中层领导。

她最大的优势是年轻，再做几年，有望冲击运营副总监。

这些信息，是刘流在过去几年不经意间透露给家里人的，她爸爸听得热血沸腾。不抱期望的大女儿都嫁给了大户，身高长相比大女儿都优秀的小女儿，自然要嫁得更好才对。

小女儿的每一个进步，都是嫁个金龟婿的筹码。

相应的，小女儿的每一个退步，都是远离金龟婿的错误决定。

对于小女儿要辞职这件事，刘流爸爸一口拒绝。

刘流露出吃惊的表情："我并不是要跟你商量。你同意或不同意，都没有意义。我照样会去提辞职。"

刘流爸爸大骇："你这孩子，怎么不听家长的话？"

"你说对了。你挣钱没我多，学历没我高，见识没我广，我凭什么要听你的话？"

刘流爸爸骇到闭不上嘴巴："你你你……你怎么变成这样……？"

"无理吗？那就反驳我。"

刘流妈妈扑哧笑出声，然而一发不可收拾，笑倒在地。刘流爸爸气急之下，打电话叫回大女儿刘熙，让刘熙回家来评理。

本来要把大女婿也一起叫过来评理的，被刘熙找借口替陈家栋推脱了。

刘熙回到家时，她爸爸正跳脚，而惹得爸爸跳脚的妹妹却很安静地窝在小破沙发上刷指甲油。

刷完一个指甲，伸直胳膊放远瞧一瞧，哈口气吹一吹，自得其乐得很。

刘爸爸看到大女儿,像看到救星。有所侧重地讲了一下事情经过,重点讲了小女儿的大逆不道。

"爸爸,你才知道刘流的性格吗?她从小就慕强啊。"

"慕强……什么意思?"

"谁强谁说了算,谁厉害谁当家,谁本事大听谁的。"

刘熙爸爸脸色一下子垮下来:"你去劝她别离职!离职怎么找老公?谁要无业游民!"

刘流轻蔑地冷哼:"谁说我离职就是无业游民?我从希尔顿离职,去上海旅行社上班,直接就是上游采购经理,专门负责联系酒店住房。"

刘爸爸一秒回神,瞬间神采焕发起来。他有些矮,有些瘦,精神极好,笑起来满脸褶皱。属于不笑的时候48岁,一笑84岁那种。

"那采购经理,是不是可以有灰色收入?"刘爸爸"不计前嫌"地腆着笑脸问小女儿。可惜,只招来刘流一个白眼和一句抢白:"鼠目寸光。"

刘爸爸一气之下,明晃晃地偏袒起刘熙来。

刘爸爸就是有这种本事,可以把偏袒做到难以忽视。他见缝插针地夸刘熙,而且只在有刘流的时候夸,本意是刺激刘流的争宠之心。

可惜,刘流就是争宠,也决不争爸爸的宠。

换工作后,工作压力陡增,小姑娘好强,面上从不露怯。她的恐惧,她的担心,她的坏心情,全都撒向了马骏。

马骏开心坏了。

被需要的感觉,对他来说既新鲜又新奇。

尽管没有当过爸,但马骏依然像宠女儿一样宠刘流。刘流再怎么丧,他都觉得可爱;刘流再怎么支使他,他都毫无怨言。

深夜10点钟,刘流发现来例假了,而家里没有库存卫生巾。

原本都换好衣服准备下楼去便利店,一开卧室的门,眯在电视机前打盹儿的刘爸爸被惊醒,醒来扭头看到刘流,脱口而出:"刘熙孝顺,刘熙听话,刘熙从来不说大逆不道的话。"

刘流两手一揣,看着爸爸。

"刘熙因为孝顺、听话,所以有福报,所以嫁了个好老公。"

刘流拿出手机,当着爸爸的面给马骏打电话。

"老公!我例假来了!家里没有卫生巾!老公,我不高兴下去买,你现在就给我送过来!"她把"老公"喊得一波三折,嗲到天上去。

刘爸爸两眼一翻,差点当场昏厥过去。

马骏刚洗完澡,穿着春秋睡衣的他血直往头上冲。刘流!终于肯!让他登门了!

"妈!我出去一下!"

马骏说完,抬脚就要出门。

"去哪儿啊?你还没有穿外衣呢。家里开着空调,你都忘了外面正倒春寒了吧?"

马骏妈妈模模糊糊听见手机传来女孩子说话的声音,见儿子着急忙慌的,忍不住暗笑。她忙前忙后给马骏拿裤子、袜子、棉衣。

马骏乐得合不拢嘴,边迫不及待地穿衣服,边自己傻笑。

穿好了衣服,单脚蹦着,边整理袜子后跟,边跟妈妈拜拜:"晚上不用等我回来。"

马骏妈妈脸上一丝失落闪过,嗔怪道:"这就夜不归宿了啊?有本事带回家啊。"

马骏回头大笑:"你当我不想啊。人家得肯啊。"

"本事!"

马骏和妈妈你来我往的说笑声,勾得都已经进卧室躺床上的马爸爸也忍不住从房间里走出来:"这都几点啦?怎么还出去……怎么还骑摩托?"

马骏只笑不答,向父母抛了个飞吻走了。

马妈妈挽着马爸爸的胳膊,笑着跟她的精神小伙挥手。

房门关了。

老夫妻俩对着房门兀自眺望了三四秒,才依依不舍转身。

马爸爸絮絮叨叨:"半夜突然出门,还把他高兴成那样。搞什么啊……哎呀!他头盔忘了戴了!快给他打电话,让他等等,我去给他送下去。"

马妈妈走向家里的固话,边拨号码边向马爸爸解释:"听声音是个小姑娘,他还跟我说晚上不用等他回来……"

马骏的手机,在沙发靠垫下响起来。

"这孩子!忙着换衣服,换好衣服就急着出门,手机忘带了都不知道。"

马骏妈妈和马骏爸爸彼此对望,几眼之后,不好的预感在他们心中同时升起,又都不愿意说出口。

第145章 梦

马骏妈妈先开口,她笑,但声音笑得很不自然:"独生子女的父母就是敏感!"

"是啊,30岁的儿子出门约会都不放心。"马骏爸爸特意放大声音道。

两个人说完笑完,空气又陡然沉寂下来。

"睡觉睡觉!"马骏爸爸比马骏妈妈还无力承受担心,他挥挥手,赶走烦恼一样。

躺在床上,明明睡不着,为了不给睡在身边的人增添烦恼,两个人都硬生生地挨着。

马妈妈闭着眼睛。

她好像拥有了上帝之眼,忽然以俯视的角度看到她家门前惯常走的马路。马骏穿着她给他拿的棉服,脚踩一双据说很时髦的黄色马丁靴,风驰电掣一样骑行在夜色深沉的马路上。

她着急地想叮嘱他"开慢点,开慢点",可惜,嘴巴发不出声音。

她心里下定决心,明天就把儿子的摩托车换了,换成汽车。老头子再反对,她都要换!

料峭寒风吹得马骏的头发一缕缕向后飞起。她想起来儿子洗完澡后还没有来得及吹干头发,顿时心疼得不行,暗自埋怨起电话中的小姑娘来。

也不知道说了啥,惹得儿子这么着急往外跑。

天都这么晚了,气温又这么低,一点不体恤儿子!怪不得婆媳千百年来都要闹矛盾!

上帝之眼忽然看到前方垂直交叉的马路上,一辆车以发疯的速度在马路上飞,眼见前方是红灯,轿车却丝毫没有减速的意思!

而另一条路上的马骏,因为前方尚是绿灯,丝毫没有意识到危险的到来。

"咣。"时间堪堪过去一秒,轿车和摩托车在十字路口的中心惨烈相撞。

轿车偏离了车道,而摩托车,倒地后盘旋着又摩擦出去很远,最后撞到路基，才停下来。

马骏妈妈胸口急剧起伏，她想尖叫，想释放她胸中的恐惧和悲伤，可她被梦魇住了，完全发不出声音。

"醒醒！孩子他妈！你怎么了？"

马骏妈妈被马骏爸爸推醒之后，猛地从床上坐起来："啊——啊——啊——"她终于能张开嘴巴，倾吐出她胸腔里快要爆炸的痛苦。

马骏爸爸赶紧开灯，而后笨拙地在床上跪走向马骏妈妈，试图捂她的嘴巴："大半夜的，你这样叫，邻居们魂都要吓没了。"

马骏妈妈自己捂住嘴，痛哭起来，头扎在马骏爸爸的胸前："我做了一个梦！我做了一个梦！"

"别怕，别怕。只是一个梦，醒来就好了。"

"我梦见我们的小骏……我梦见……"马骏妈妈声音颤抖得厉害，完全说不下去。

马骏爸爸一下一下地拍着她的后背，沉稳地安抚她："梦是反的。不怕啊，别哭。"

马骏爸爸劝着马骏妈妈不要哭，他自己，眼泪却没来由坠落下来。

马骏妈妈哭到头晕，心里发起横来，她果断起床，走出卧室。

马骏爸爸追问："你干什么去？"

马骏妈妈也不回答，到客厅打开灯，找到儿子的手机，打开后，对着最后一个接听就回拨了过去。通讯备注是"甜心"。

她抽一下鼻涕，回马骏爸爸："她让我睡不好，我也让她睡不好。"

马骏爸爸想反驳，仔细一想，这话没毛病，于是凑过去听。

电话被接起。一个恼怒的男人声音传过来："啥人啊？"

"侬啥人啊？"马骏妈妈气势复读。

"侬啥人啊？"

"侬啥人啊？"

……

马骏爸爸无可奈何地把手机从马骏妈妈手里拿过来，按断了电话。

这么一闹腾，做梦的痛感倒是消散了过半。

"咱们儿子……怎么会给一个老男人备注'甜心'？"

带着嘀咕，老夫妻俩磨磨叽叽回到卧室。颠来倒去，总算在黎明前睡着了。

睡得正香，卧室里的电话响了。

铃声刺耳。

马骏妈妈拿胳膊肘戳马骏爸爸，口齿不清道："你去接电话。"

马骏爸爸眼睛都睁不开，用脚摸着找拖鞋，走动一半，电话铃声停了。转身要回卧室的时候，电话铃声又不屈不挠地响起来。

马骏爸爸又折身回去，语气非常不耐烦："啥人呀？"

电话里的人在说着什么，马骏爸爸默默地听着，什么都没有说，嘴唇却颤抖起来，眼泪像小河一样往下淌。

睡着的马骏妈妈渐渐醒过来，看到马骏爸爸眼睛都不带眨地望着她，骇了一跳："干吗这么看着我啊？"

马骏爸爸张了张嘴，眼袋发肿，眼睛里充满了血丝。

"你哭啦！刚才谁来的电话？你怎么不说话？发生什么事了……啊！"马骏妈妈捂上了嘴，眉毛悲痛地撇出个八字，"小骏？是小骏？"

马骏爸爸没有否认。

等于承认。

两个人的意念在那一刹那相通，惊愕相望。

省去语言，却不能省去悲伤。

……

2001年3月3日，时年30岁的马骏，因为对方酒驾，不幸命殒路上。

时隔一个月，朱盛庸仍旧无法将这一个噩耗落在纸上，邮寄给大洋彼岸的同学李礼刚。

刘流没有去参加马骏的葬礼，也没有再拿到过那一晚被爸爸抢走的手机。

她没有在公开场合掉一滴眼泪，只是容颜一天比一天憔悴。

短短一个月，苍老了10岁。

刘流妈妈吓坏了，以为女儿得了什么怪病，天天催促刘流跟她一起去看医生。

刘流爸爸依稀明白发生了什么事，但他咬死也不肯说。

那一晚，小女儿一声声的"老公"，彻底激怒了他。他满腔愤怒，靠着蛮力从小女儿手中抢过的手机，在后面接连响起过几次，电话里，有个女人声音凄厉地喊：你是谁？我儿子死了。你到底是谁？

他没敢再给手机充电。

也没敢注销手机号码。

更没敢将手机还给小女儿。

刘流在新的工作单位工作非常勤奋,很多新认识的同事对她的容貌并没有惊讶,他们潜意识地把她当作30岁的已婚女。这反而匹配了她的管理层地位。

眼见女儿容颜崩塌,刘流妈妈心中郁闷,跑到二姐姐家哭诉。

朱妈妈犹豫再三,没敢将马骏有关的事讲给向来柔弱无主见的妹妹听。

"刘熙嫁人后很少回娘家,家族里就阿庸头未婚,有时间。二姐姐,你让阿庸头多带刘流出去玩玩吧。"

面对小妹泪眼婆娑的央求,朱妈妈不得不点头答应。

第146章 相守望

朱盛庸于4月的一个周末,约刘流出来散心。

不敢做得太明显,喊了朱盛中一家、刘熙一家。

刘流借口工作太忙,给推却了。

朱盛庸在电话里没有多说,而是直接登门,将独自窝在卧室的刘流拖了出来。

一个多月以前的刘流,天真得像个孩子;眼前的刘流,像是换了一个人。还是那些五官,神情却截然不同。她的脸像是戴了一层塑料面具,佯装成平静。面具底下,已经悲伤逆流成河。

朱盛庸只看刘流一眼,就想起很多刘流和马骏之间的种种。

他连忙错开眼,用平静的声音道:"他们都说,人民广场的大屏幕要拆了。我们准备去大屏幕下拍张纪念照。"

刘流交错捻着手指:"阿拉在大屏幕下碰头。"

"你说什么?"

"我和他,曾经在大屏幕下碰过头。"

朱盛庸的眼睛,瞬间起了一层雾气:"出去走走吧,刘流。"

还有很多话,诸如"他在天上肯定不希望看到你这么难过""他用酒瓶砸了同学美国亲戚的头后,以为闹出人命,第一个交代的就是要我照顾好你"……

不是现在不方便说,而是,连他自己也没有稳定的情绪说出口。

"出去走走吧,刘流。"刘流妈妈央求她。

刘流爸爸站在卧室内,露出半个头,一声不敢吭。

但凡刘流和他同时在家,刘流就拿看仇人的眼光盯着他瞧,瞧得他毛骨悚然。晚上睡觉,必须反锁门,生怕睁开眼,看到拿着一把刀的女儿站在自己床前。

想解释,又不知道从哪里解释起。

想化解女儿心中的仇恨,亦不知道从哪里着手。

只能远远地看着,小心地陪着她悲伤。

刘流看一眼这一个月来消瘦很明显的妈妈,默默点头,往门口走去。

以前的刘流,打扮得很潮很精致。现在的刘流,似乎无所谓自己穿什么衣服。

朱盛庸带刘流下楼,哥哥朱盛中已经开车等在楼下。开的是他第二任老婆的车。他自己的车,已经贱价卖掉,卖掉的钱补贴家用。

这种挖东墙补西墙的过日子法,过久了,也习惯了。

焦虑什么的,只属于朱妈妈。

朱盛庸拍拍车窗,拉开后面的车门,让刘流坐到车上。

朱盛中的继子坐在里面,张着小胖脸上的眯眯眼,奶气未消地跟刘流打招呼:"大妈妈好。"

朱盛中生气道:"叫姐姐!"

小孩子狐疑的目光来回在刘流脸上打量,最后,屈服于大人的压力,委屈巴拉道:"姐姐。"

刘流视他如空气,扭头看窗外,脸上仍旧套着她的塑料表情。

刘流不仅恨上她的爸爸,连带姐姐刘熙也一并默默恨上了。理由说不通,干脆不说,反正看谁都可恨。刘流一见刘熙就阴阳怪气,刘熙内心柔软,不好意思针尖对麦芒地反驳。

见一次妹妹,受一肚子气,身负生育重任的刘熙也不高兴回娘家,不高兴见妹妹。

以至于,大家一起出去玩,只能把朱盛中的第二任老婆陈静静安排到刘熙家的车上。

到人民广场附近的商场地下停车场泊好车,6个大人1个孩子,汇集在一起。朱盛中一家人兴致最高，不断地呼朋引伴，把团队气氛维持得尚可。

大家在那块巨大的广告牌下拍了照。

而后结伴去逛南京路。

逛外滩。

又坐了一趟城市观光车。

消磨了大半日后，找了一家城隍庙小吃，大家点了不少汤包、生煎、炸春卷、葱油面、单档之类的小吃。

朱盛庸留意到，刘流全程没有说一句话，没有露一个笑脸。

坐观光车返回的时候，刘流手伸得高高的，五指叉开，风从手指间流过："我和他，还从来没有一起坐过观光车。"

朱盛庸侧脸看刘流，想安慰她，想鼓励她，又觉得语言如此苍白，而心中的痛失永爱又如此沉重，难以分解，只能默默扛着。

他伸手摸了一下刘流的头。

如果时光倒流，他希望马骏跳出来拦住他说想吃大餐的那天，他能大些，带马骏去吃麦当劳，而不是小气地买只鸡坐在公园长椅上啃。

这样，马骏就不会遇到刘流，刘流就不会遇到马骏。

"你要好好的，把他的那份精彩也活回来。"

这句话，他在唇间试了好几回，也没能说出口。

一向不爱热闹的朱盛庸，为了刘流，也为了让已在天国的马骏放心，每个周末都尽力组局带刘流出去散心。

朱盛中的第二任妻子陈静静不打算给儿子改姓，别有心机地给儿子取了个"朱古力"的小名。

每天"朱古力""朱古力"地喊，朱盛中恍恍惚惚，觉得自己跟那孩子，亲情一日重似一日。

朱古力正是贪玩的年龄，加上一年级学业负担轻，陈静静很高兴有机会带儿子逛大上海。之前，为了免于影响她找对象，朱古力一直跟姥姥生活在山东。

因为陈静静拥护周末组局，朱盛中也分外积极。

陈家栋乐得看到刘熙和她妹妹多接触，以消解姊妹之间的怨气，也很积极。

刘熙尽管厌恶妹妹出言不逊，心里到底是亲的，也愿意妹妹早日走出情感困境，因此也很配合。

这支周末相约闲逛的小分队，一直持续到盛夏，天实在太热，才暂停下来。

那时候的刘流，至少容颜不再一泻千里。脸上的塑料表情，淡薄了很多。出去玩的时候，也愿意开口讲话了。

周末闲逛小分队暂停活动后，朱盛庸便一心一意地期待起9月回国探亲的李礼刚来。

号称年后就辞职的朱妈妈，因为舍不得每个月1800块的工资，一做又做了两个月。马骏的猝然离世，让朱妈妈意识到人生无常。她下定决心，要从台湾老板假劣公司里辞职。

第二天，朱妈妈果然向老板娘提了辞职，老板娘用加薪挽留也无济于事，只得赶紧找新员工。

一个月后，退休后又工作了五年半的朱妈妈，真正过上了退休生活。

退休后的朱妈妈，为了避免跟朱爸爸在家里大眼瞪小眼，听从长子的建议，决定去证券公司学习做股票。

在上海，退休老阿姨、爷叔做股票，几乎是一种风尚。

第147章　于茫茫人海中邂逅

证券公司为了招徕客户，买了不少台电脑。大户可以有自己固定的电脑位；小散户就看谁去得早，去得早的能抢电脑位。

朱妈妈开了股票账户后，每天早早等在证券公司楼下，等着开门。

她不抢电脑，因为她不打算马上真的做股票。她只是观摩。

这一年的7月13日，在莫斯科举行的国际奥委会第112次全会上，国际奥委会投票选定北京获得2008年奥运会主办权。北京申奥成功的消息传来，40万市民涌向天安门狂欢。

在上海，"2010年上海世博会"申办委员会已经成立，2010年举办上海世博会的申请函也由中国政府正式通过外交途径向国际展览局递交。

这一年的10月，在上海，将举办2001年APEC年会。

中国在国际上的地位，正在凸显。

上海在国际上的地位，同样水涨船高在彰显。

仓廪实而知礼节，衣食足而知荣辱。上海城市飞速发展的同时，不随地吐痰、不乱扔垃圾、不损坏公物、不破坏绿化、不乱穿马路、不在公共场所吸烟、不说粗话脏话的"七不规范",正满大街小巷铺天盖地地宣导。

朱爸爸简直要忙到脚不沾地。

歌颂党80年光辉历程和丰功伟绩的群众性庆祝展演活动,在全上海蓬勃兴起。

朱爸爸参加的夕阳红模特队展演邀约不断,此外,还见缝插针参加了"党的光辉照我心"社区歌咏大赛。

小活动不断,小礼品拿到手软,小日子过得非常滋润;对大孙子的思念,得到了极大的纾解。

"迎APEC会议,做文明市民,树行业新风,展城市风采"系列活动在全上海展开,100多万人次参加环境整治。上海的市民素质、市容市貌,明显晋级。

在这样的积极氛围中,李礼刚回上海探亲的日子一天天近了。

朱盛庸虽然没有完成在李礼刚回国前找好一个女朋友的任务,好歹也有慰藉:他的存款,已经到了17.39万的历史新高。

这一天,朱盛庸去徐家汇提前踩点"徐家汇公园"。

徐家汇剧场原址上建了一个夺目的巨型玻璃球体建筑,名曰美罗城。

美罗城的对面,大中华橡胶厂完成迁址,在厂址上改建,保留纪念烟囱,囊括百代唱片公司的小红楼,变身为徐家汇公园。

朱盛庸从公交车上跳下来,准备沿着天钥桥路向前,过天桥,到天平路肇嘉浜路路口,看看徐家汇公园是否值得带李礼刚专门跑一趟。

李礼刚机票已买好,将于8月31日抵达上海,9月10日返回美国。

掐头去尾,总共只待9天。

幸而他的父母兄弟,在过去的10年里已经都从新疆迁回上海,否则还要于9天中再抽时间飞新疆。

走在天桥上,看双向八车道的汽车长蛇在马路上疾驰,别有一种惊心动魄。

朱盛庸目光一扫,一不小心于人群中看到一个熟悉的面孔:冯嫣!

他下意识身形一缩,但,未来得及收回的第二眼,看到了另一个更让他惊魂的身影:兰婷!

兰婷身前用背带绑了个小毛头!

朱盛庸当即刹脚，折身往回走。他当时脑子乱乱的，唯一的想法是要去看小毛头一眼。

这是一种奇妙的血缘吸引。

时至今日，他早已经看不崇拜哥哥。他越来越看不透他。好好的正经工作不做，想发财想疯了去做安利。假装有钱钓富婆，把哥哥在他心中的最后一点光辉形象也消磨尽了。

但是那个身上流着哥哥血脉的小毛头，他还是很有执念看一看的。

朱盛庸一步三层台阶地往下跳。等他跳到地面，没有了居高临下的优势，在人头攒动的街头找兰婷，一时有些傻眼。

他一边跑，一边扭头四望身后的人。这样边跑边走，很快走过美罗城的门口。眼看前方人变少。直觉令他折身，看向美罗城的商场大门。

朱盛庸挤过人群，穿过美罗城的大门。中庭中空。朱盛庸沿一边的悬空走廊，边奔跑边四下张望。在通往地下的扶手电梯上，他看到了头凑在一起说笑的冯嫣和兰婷。

朱盛庸放松下来，绕到向下的扶手电梯口，快步下自动扶梯，很快追到了冯嫣和兰婷身后。

前面只隔了一个人。

朱盛庸还没有下定最后的决心要先跟前面的两个人中的谁打招呼，冯嫣一撩头发，先看到了他。

冯嫣明显发愣的神情，惹得兰婷也扭身往后看。

看到朱盛庸，吓得兰婷差点趔趄。她抬脚就逃的样子，坐实了怀里的孩子跟朱家确实有关系。

朱盛庸和冯嫣同时伸手扶兰婷，手难免碰到，又都默契地缩回。幸而扶手楼梯到了底部，兰婷也克服了最初的慌乱，镇定下来。

三个人从扶梯口走到旁边，彼此间都有些尴尬。

当初冯嫣跟朱盛庸还是恋人的时候，周末没少在斜土路上的朱家聚会。冯嫣喜欢兰婷与世无争、天真烂漫的性格；兰婷作长嫂时对冯嫣无半点排挤诋毁，这使得她俩之间开出友谊之花的土壤很肥沃。

兰婷与朱盛中离婚后，因为有孕在身，躲开了所有的熟人。

巧就巧在，她刻意选了一家小的妇幼保健院做产检医院，想避开熟人。偏偏陈家康认识的不孕不育专家，每逢周四会到这家妇幼保健院坐诊。

大医院里抢专家号太难抢，专家给陈家康支招，让他到这家妇幼保健院里抢号。

就这样，阴差阳错，冯嫣与兰婷在黄浦妇幼保健院遇上了。冯嫣的目光停留在兰婷的大肚子上。兰婷的目光停留在冯嫣身旁英俊精致的男子身上。

既然两个人都有故事，交换起来也对等。一来二去，两个人之间的关系就保存了下来。

林青青满世界飞，她不在的空档期，兰婷正好填补。

在无聊的不上班的日子里，冯嫣学会了开车，考出了驾照。要去找兰婷，更方便了。俩人当天正要去美罗城给小毛头添日用品。

第148章 去机场接李礼刚

朱盛庸、冯嫣、兰婷三个人站在扶梯旁的走廊空地上，尴尬的气氛连路人都能感受到。

"男孩女孩？"朱盛庸望着兰婷，问。

兰婷想过否认，想过狡辩，但朱盛庸压根就没问小毛头跟朱家的关系。

"是个可爱的小千金。"冯嫣等了一会儿，见兰婷只张嘴不发音，便替兰婷回答。她对朱盛庸有一种奇怪的自信，相信他不会硬来胡来。

她相信，倘若兰婷要求他不要将今天邂逅的事讲给他家里人，朱盛庸也会答应并做到。

"叫什么名字？"朱盛庸仍旧对着兰婷问。

兰婷叹了一个悠长悠长的气，自己摇起头。

"小名叫君君。君子的君。"冯嫣继续替兰婷回答。

"君子如兰，好名字。"朱盛庸微微笑了笑，"我可以，看看君君吗？"

兰婷面朝朱盛庸，而小毛头面朝兰婷，小脑袋伏在兰婷胸口上部，朱盛庸只能看到小毛头的后脑勺。

兰婷停了一会儿之后，默默解开系在背后的带子，卡着小毛头的胳肢窝，递给了朱盛庸。

朱盛庸措手不及，手忙脚乱地接。

"胳膊横放，手托屁股，让她把后背枕你胳膊上。"冯嫣见他笨手笨脚，不由一旁语言指导并协助起来。

朱盛庸惊奇得眉毛都飞了起来。小毛头原来这么柔软！像面团！像云朵！他抱着好紧张，生怕一个没抓牢掉下去，飘起来。

看着朱盛庸紧张到呼吸不均匀的样子，兰婷忍不住笑了。

冯嫣却有些看得眼中升起雾气。如果当年她没有纵容自己跟他分手……

"她很漂亮，对不对？"笑过之后，兰婷终于能开口说话。

"是我见过的……最漂亮的小孩。"朱盛庸一句话都没敢一口气说完。

冯嫣看着抱得既紧张又投入的朱盛庸，眼中的雾气更浓一些。她反倒笑不出，说不出了。

兰婷看到女儿被夸，开心极了："她的小鼻子小嘴巴，都能看到她爸爸的影子……但你一定不要告诉她爸爸！我和她现在过得又平静又幸福，而你哥哥把日子过得像过山车，我是怕了，不想被打扰。"

朱盛庸小心翼翼点头："我知道了……她像是个小天使。"

冯嫣转头，不再看抱小毛头的朱盛庸——他抱孩子的样子像极了新手爸爸。

脑海里发出一声类似微波炉时间到的"叮"声，一些记忆齿轮在此刻咬合：陈家康说"你的前男友看上去对你旧情未了"，陈家康又说"你的孩子就是我的孩子，我不介意孩子的生父是谁"，陈家康还说"1000万，你至少能拿到1000万"……

冯嫣被脑海里突然浮现的诸多信息吓了一跳，摇晃了一下身子，连忙扶墙站稳。

她咬了一下唇，希望痛感令自己清醒些。

总是站在走廊也不是办法，兰婷邀请朱盛庸一起去旁边的一茶一坐。朱盛庸欣然同意。冯嫣情绪萧索地跟着过去。

圆桌，半环形的沙发座。

兰婷坐在中间，冯嫣一抬头，就看到坐她对面的朱盛庸。

朱盛庸的目光流连在小毛头的脸上。

"你现在还上班吗？照顾君君，会没有办法上班吧？"朱盛庸问。

"还在旅行社上班。每天早上出门上班的时候心如刀割，像是经历生离死别；每天下班时归心似箭，快乐得自己咧嘴笑一路。我父母白天帮我带君君。我必须要上班啊，我要养君君呢。"

朱盛庸还没有来得及开口说话,兰婷继续说下去。

"不要为我担心,在经济上我很宽裕。我父母买房、炒股,存下的钱,足够我不上班也能养得起君君。是我不想脱离社会,不想被长大后的君君看不起,才坚持上班的。我已经从带队导游,变岗为后勤支持了。每天上班很规律,不必离开上海。"

朱盛庸点点头。他很自觉地没有问她住在哪里。

"家里的电话号码没有变,有需要有困难都可以找我。"朱盛庸道。

兰婷点点头:"等她成年,她要是想知道,我会原原本本告诉她的。"

和兰婷的谈话告一段落后,朱盛庸起身告辞。尽管非常抠门,他走之前,还是把账结了。

他没有刻意看冯嫣。

正如兰婷有了新生活,不想被朱盛中打扰;有了新生活的冯嫣,也一定害怕他打扰吧。

他自觉远离,可以省却冯嫣的烦恼,也可以避免他自寻尴尬。

朱盛庸像一阵风,刮过,又刮走。

兰婷很满意这样的际遇。当然,不遇到更好。

她重新把小君君绑在身前,起身和冯嫣离开。俩人都看到朱盛庸走之前买单了,因为不想当众拉扯,就由他去了。

"现在看看,朱盛庸还是蛮好的。好在一个'稳'字。情绪稳定,三观稳重,做的决策也稳当。"兰婷道,说到一半,才想起来身边的小姊妹跟朱盛庸关系匪浅,连忙住口。

冯嫣心潮起伏,心境相当复杂。

陈家康的底线,她还不至于跟兰婷分享。就算是林青青,她也没有讲过。家丑外扬,她丢不起那个人。

朱盛庸离开兰婷她们之后,匆匆看了一眼徐家汇公园,就回了家。

回到家之后,并不像哥哥那样拥有绘画天赋的朱盛庸在一张二手纸上涂涂画画。

纸的另一面是安利授课提纲,写了诸如要"安插自己人到学员中坐",要"带头鼓掌",要"积极呼应老师提议"等做假要点。

朱爸爸穿得极其清凉,端着一盘海蜇头走过来,凑过来看:"画的什么?哦小毛头,别说,还真有点像。"

"像谁?"朱盛庸抬头问。

"像小毛头啊。"朱爸爸回。

朱盛庸没再说什么,而是将那张拙劣的手绘素描夹进了给李礼刚写的信里。那封信,他特意用英文写,以避免家里人无意中窥视到他抱到血亲小毛头的感受。

终于到了李礼刚抵沪的日子。

朱盛庸邀请了一个有车的老同学一起去机场接李礼刚。

这位老秦同学在大境中学读书的时候,成绩很寻常,毕业后读了专科院校,后来进了乏人问津的公务员系统,日子过得稳当妥帖,人也日渐与世无争起来。

卖了一套老房子,买了一辆车,过起热气腾腾的小日子。

老秦其实不过才30岁,已经成功拥有40岁的气质。

他开着他的10万代步车,带着满足的语气对朱盛庸透露到,他之所以赶紧卖房买车,是因为明年上海车牌要以竞拍形式发放,拍一张车牌预计要多花几千上万块。

花掉固定资产,去消费消费品,这样消费观跟朱盛庸的严重背道而驰。

不过,马上要见到李礼刚了,朱盛庸不想跟老秦争辩这些。

第149章 十年,混出了啥?

李礼刚从机场深处出现了!

他走在人群中,明显比身边的人高出半个头。此外,他的气质也与别的旅人大不相同。在西装一统男士外套天下的年代里,李礼刚穿着的休闲衣服,显得很与众不同。

他单肩挎了一个包,身上背了一个大双肩包,手上拎了个小行李箱。后来,李礼刚对此解释说,可以免去付费托运行李。

朱盛庸一眼识出了他,第二眼又不敢相认。

李礼刚还像以前那样清瘦,目光清亮,头发却稀疏很多,发际线整体后移,露出光亮的大脑门。他显得很白,皮肤细嫩,衣着因为别致而透着一种时尚感。

李礼刚认出航站楼出站口处的朱盛庸,大力挥起胳膊来。

三个老同学不敢置信地打量着彼此,一次又一次深情拥抱在一起。

老秦此时已经不再羡慕当年出国的老同学，尤其是了解到老同学至今无积累工作经验，无社保，无养老金，无存款，无房，无老婆之后。

"留美10年，你都混出来了些啥？"老秦因为没跟李礼刚通信，所以相当好奇。

"一张博士文凭。"

"嚯！"老秦吓一跳。

他是专科，高三那年是他知识储备的巅峰期，如今不读书报很多年，了解世界全靠边吃夜饭边看新闻联播。

老秦被李礼刚比下去的好胜心，全在带李礼刚看上海市容市貌上体现出来了。他近乎执拗地坚持要带李礼刚看新上海，不计汽油成本地在浦东浦西绕来绕去。

"看这里！在建的叫卢浦大桥！它是上海黄浦江上继南浦大桥、杨浦大桥、徐浦大桥、松浦大桥、奉浦大桥后投入使用的第六座大桥！"

"看那里！那是陆家嘴的金茂大厦和东方明珠广播电视塔。金茂大厦主楼88层哦！高420.5米哦。"

"看它！嘉里中心！它将是上海市首幢亿元楼。亿元哦！马上就封顶！"

"看！这是历久弥新的徐家汇！"

"看！咱们的淮海路，旧貌换了新颜！"

"快看！这里曾经是一片老棚户区，现在变成了公园！"

……

"快看！"李礼刚也喊起来，"上海的小姑娘好摩登啊，比我想得潮多了。"

车内争强好胜的气息一下子松弛下来，三个人都笑了。

"美国的小姑娘怎么样？"老秦笑着问。

"就我在校园里、马路上、商场里看到的美国年轻女性而言，她们中高挑的反而不多，大多胖胖的，或许用肥肥的形容更合适。

"受过教育的女性，反而比受过教育的男性更爱抽烟。

"她们中的绝大多数都信教，对自己的身材很自信，敢露。其他？跟上海小姑娘也没有太多区别吧。"

"她们没有更开放？"老秦笑得哈哈响。

李礼刚跟着笑："我懂你的意思。可咱是发展中国家来的穷学生，在人家土著眼里是小透明，也就在亚洲女留学生眼中稍稍有点存在感。不过，"李礼刚话锋一转，"现在的小留学生好像跟我们那时候不一样了。"

朱盛庸微笑着，安静地听。他和李礼刚之间，别有一种老秦感受不到的连接方式。

"范老师女儿在那边混得怎么样？"老秦问。

李礼刚不喜欢"混"这个字，对不起努力的艰辛。

"范思绮过得……求仁得仁，应该算是蛮好。我三年前收到过她第二次结婚的请柬。不清楚她第二任丈夫是做什么的。她已经是两个孩子的妈妈了。"

"范老师不知道会怎么想？费心费力养大的女儿，飞到美国不回来了，不等于白养了？反正我不会送我女儿出国！非要出国打断腿！"老秦"蛮横"道。

李礼刚望着窗外高耸起伏的城际线，明确感受到，他现在看到的上海，已经不是他10年前离开时的上海了。

他当年离开，不正是为了奔赴美好的新生活吗？要是美好的新生活就在家门口，谁还舍近求远瞎折腾？

老秦开着车，油门一踩，直奔华夏中路上的沙田公寓："喏，阿庸买的房就在这个小区。啧啧，要是当初在张江买，早就翻番了。"

2000年年中，上海房地产市场便开始止跌反弹，销售价格和销售量稳步提升。

这一年，成交房屋数量高达13万宗，个人购房也占房地产销售的90%以上。此后的五六年，上海房价保持在一个缓慢增长的水平上。

虽然总体是缓慢增长，但各个板块增速显然不一致。像朱盛庸买房的沙田公寓板块，那可真是擀面杖钻石头——纹丝不动。

李礼刚探头去看："不错嘛，好歹在大上海有自己的不动产了。不知道我什么时候能在美国买下我的第一栋房子？"

虽然嘴里说着不确定的话，李礼刚对未来还是充满信心的。

老秦显摆够了新上海，把李礼刚连带朱盛庸，一起送回李礼刚家。

李礼刚的父母迁回上海后，迁在了郊区嘉定。举一家之力，买了一套总价5万块的50平方米二手房。

弟弟早已到了婚恋的年龄，因为没有婚房，一直没有成婚。

在上海，丈母娘或许不在意彩礼，但一定在意有无婚房。

李礼刚回到家后,他的妈妈痛哭不已,抱着他不肯松手。李礼刚笑谈了一路,此时,情怯到无言安慰老母亲。

　　李礼刚在家的这些天,帮助家里在老杨浦区买了一套小二手房,供弟弟结婚用。为了让弟弟婚结得理直气壮,在房产证上只写了弟弟一个人的名字。

　　那套小二手房,也不过是8万块。连带手续费,总共耗去了他一万美元。

　　他爸爸让他在弟弟婚房对门也买一套,属上他自己的名字,算是将来的退路。

　　李礼刚笑着拒绝了。

　　他如今已经有了博士学位,在美有了一份正规的工作,还有一个移民二代的女朋友,他应该,真正地一脚踏进了美国的门槛……了吧。

　　短短9天探亲假,每天都安排得满满的。

　　走亲访友,走街串巷,呼朋唤友,同学师友聚会……转眼到了归期。

　　"娃啊,再过两天再走吧。"李礼刚老母亲拖着李礼刚的袖子不肯松手。

　　"要不,就机票改期吧?"李礼刚的老爸爸也出言相劝。10年啊!阔别10年,还没有相聚10天。

　　李礼刚舍不得机票改签的手续费,但又不忍拒绝双亲。纠结时刻,朱盛庸这位抠友,有力地撑了他一把。

　　朱盛庸告诉他,天下没有不散的宴席。反正要走,怎么省钱怎么走!

　　李礼刚听了朱盛庸的话,一狠心,按原计划飞!

　　他前脚落地,时差还没来得及倒,当天就发生了举世震惊的"9·11"。

第150章　两难抉择

　　"9·11"之后,美国宣布关闭领空。

　　那些正在飞过美国的国际航班,也不得不另寻降落地点,遑论那些没有起飞的。

　　李礼刚吓出一身的冷汗。好悬,再晚一天,他就回不来了!

　　再晚一天,也许余生的命运都会改写!

　　这可是他隐忍了、为之奋斗了10年的命运啊。

李礼刚颤抖着手给朱盛庸拨打电话，跟老朋友第一时间分享了自己的惊魂未定。吃惊和意外被俩人反复提起，不过，朱盛庸的吃惊比李礼刚浅淡得多。

怎么说呢？"9·11"，美国死了3000人，全世界都知道。可是，卢旺达大屠杀死了50万人，有人知道吗？印巴大分家，互砍死了50万人有人知道吗？

这个世界还有无数的地方上演着匪夷所思的事，皆因贫困、默默无闻而被忽视。

美国的悲剧，并不格外值得大书特书。

跟李礼刚在硅谷的提心吊胆不一样，朱盛庸在上海过得相当愉悦。2001年APEC会议是我国在新世纪伊始的一次重大外交活动，上海在新闻联播上出足了风头。

金鹏上海进一步提升它的市场占有份额，挨打过得风生水起，左右逢源。渐渐地，客服部开始称呼其为"老板娘"来。

挨打照旧用龟速开着她的豪车上下班，动辄炫耀着她做大生意的老公和澳大利亚读书的两个儿子，心情好时坐同事桌上和同事们吹牛皮，心情不好时翻脸不认人，骂这个，骂那个。

朱盛庸慢慢悟出来，其实，挨打只是气势足、脸皮厚、胆子肥，真本事并没有的。部门工作出了岔子，她拿不出行之有效的解决方案。她全靠骂，逼迫手下的员工穷尽一切可能把事情做下去，部门因此运转起来。

一个不能在员工需要时高屋建瓴指导员工的领导，怎么能是一个好厨子呢？可怜他们这些已经在砧板上的鱼肉，只能自力更生，自我摧残。

而所谓为部门争加薪福利，也不过是她的一面之词。真正的原因是公司在发展，公司在盈利，所以公司每年都在涨薪。

看穿挨打的真面目后，朱盛庸对她的一切张牙舞爪和一切甜言蜜语，统统免疫了。

有人送挨打几小格酸奶。

挨打因为连日陪高层午餐，一直没有机会吃这几小格酸奶。酸奶眼看要过保质期，挨打从冰箱里取出来，笑眯眯地拿给她的手下员工们。

其中一小格，放在了朱盛庸的桌子上。

拿到酸奶的同事，与有荣焉，纷纷夸起挨打今日穿的衣服真漂亮，"一定又是大牌吧"。

挨打开心极了，讲起衣服是哪里购来的。

"哎呀，女人嘛，就喜欢漂亮衣服。"挨打露出平易近人的一面，抬腿一坐，坐在了朱盛庸的办公桌上，面朝其他同事，热聊起来。

"我衣服多得衣柜装不下，就打包了一些去年的，丢进小区的垃圾桶里。哎哟，你们猜怎么着？"

"怎么着？"

"不久后，我老公发现扫垃圾的大姐穿着我扔掉的衣服！"

"哇哦。"同事们不知道该怎么接，全靠表情凑。

"我老公看着不开心。后来，我再扔衣服，只好打包扔进我妈妈住的小区。"挨打疯狂摇头叹气，"说不定还会被人捡去穿，但好歹眼不见心不烦。"

"学到一个新技能：到别墅区翻垃圾桶，说不定能扒出来GUCCI、PRADA、CHANEL来。"进出口部的杨来了。杨接起话来春风含笑，风度翩翩。

就气质而言，他跟挨打很像，是职场能感觉到的文明版财大气粗。

只是，挨打虽然是女性，但是大权在握，脾气很臭。而杨虽然是男性，因要仰人鼻息，性格柔和。

杨有事要跟挨打汇报，挨打便开开心心回了办公室。

挨打走后，有同事不小心看到酸奶盒上的保质期，压低声音小声叫道："哎呀，不是快过期，而是昨天就过期了！"

"挨打也太……过期了还舍不得扔，拿出来送人情。"

"难以想象，她真的舍得把名牌衣服扔掉？"

"哈哈哈，我觉得她应该送旧货店，卖掉吧。"

"兴许有人对自己大方，对别人抠门？"

老板娘在部门里高高在上的形象早已经松动，证据就是，同事们已经敢在背后议论她。

她名存实亡的助理林彬，因为是个只求"在职"而不在意工资的拆二代，对眼皮子底下发生的一切都秉持"不汇报、不参与"的最高原则，乐呵呵地当部门吉祥物。

林彬已经懒散到不怎么刮胡子的地步。

跟朱盛庸一起吃午餐的时候，他的话题渐渐从老婆孩子，转移到了网络游戏。角色扮演类游戏《万王之王》、日本的《石器时代》、韩国的《千年》《龙族》《红月》……不打游戏的朱盛庸，对游戏的世界耳熟能详，全靠林彬所赐。

挨打送过期酸奶的这天中午，林彬两眼放光，声音变形："你听说过盛大吗？你听说过《传奇》吗？"

朱盛庸照例只是默默看他一眼，并不答话。

他觉得他和林彬之间的共同语言越来越少了。还好，他们只是饭搭子。

下午临下班的时候，突然爆出来一件事：货代从海关运货回公司，因为司机没有将后车门锁死，导致货物路上丢失不见了……

朱盛庸如遭当头棒喝！

他有个重要客户，从昨天起就开始催问他样品有无收到。丢失不见的货物该不会正好是他的客户寄来的样品吧？

这个样品会涉及长达三年、总额上千万的订单！

独自慌乱了一会儿之后，朱盛庸冷静下来。一切都是他的猜测，他的猜测只是反映他的担心罢了。

班车时间到了。他稳稳踱步去乘班车。

第二天，更多信息传来。昨天的担心不幸成为事实。真的是他的客户寄来的样品丢失了。

挨打一早叮嘱他，要找借口搪塞客户，不要告诉客户货丢了。而她则会敦促货代公司，尽一切可能去找回丢失的货物。

朱盛庸呆坐在电脑前，思索：到底是遵照自己的原则实话实说，还是听从挨打的话对客户加以隐瞒？

他能想象，虽然错在货代，但货代公司的选择却是进出口部定下的，而挨打目前是进出口部的负责人。她身上，一定压着无法推卸的压力。

这时候，要是他违反挨打的意愿，自作主张对客户实话实说，肯定会招来挨打的一顿疯狂臭骂，甚至挨打在暴怒之下会让他"卷铺盖滚蛋"。

该怎么办？

第151章　不撒谎

朱盛庸想了小半个上午，下定了一个决心：不撒谎！

不能撒谎。今日骗了别人，明日就可能骗了自己。要坚守诚实的底线，直到坚持不下去。

惹恼挨打不算坚持不下去的理由。

朱盛庸下定这个并不显得"聪明"的决心后，坦然地等待客户电话铃响起。

奇妙的地方在于，他决定坦言以告了，那位客户代表却因为自己出差而顾不上来追问他。

就在那半天时间里，事情有了新变化。

货代公司司机没有关牢后门，快递从车上掉落在地上。一位开在货车后面的出租车司机捡到了那个掉落的快递包裹。包裹上写着金鹏公司的名字和前台电话。

在青浦徐泾，金鹏是大名鼎鼎的存在。

出租车司机当然也知道金鹏。他知道金鹏是大户，就动起了歪脑筋。按照收件人上写的前台电话，他给金鹏的前台打电话，直言他捡到了金鹏的海外快递。倘若金鹏想取回快递，需要缴纳酬谢金一万元！

前台小妹一听话头，就将电话转到挨打的线上。

挨打一听说无名路人竟然想勒索她一万元，扑哧就笑出声："大哥，贵姓？"

"别套话！"

"我就是愿意答应，也要向公司申请这笔钱。申请好了这笔钱，还不是要从你这里拿到银行卡号才能汇给你？问你贵姓怎么叫套话呢？先把联系方式留给我，等我给你答复。"

挨打说得合情合理，那位出租车大哥就给了挨打他的手机号码。

挨打拿到那位大哥的手机号码后，转手就给了货代公司："你们闯的祸，你们收尾！付钱还是报警，悉听尊便，我反正要明天就拿到货！"

货代公司到底要怎么去行动，目前还不得而知。

挨打威风凛凛地将她的话转述给部门同事听，获得了满堂喝彩。

朱盛庸幽幽问："要是明天拿不到货，是不是就可以对追问此事的客户代表实话实说了？"

挨打正春风满面，忽听朱盛庸这样问，好心情顿时跌了跟头。她眸中带着明晃晃的厌恶："你这个人，怎么这么死脑筋！"

朱盛庸要说话，被林彬机警地拉了一把。

中午去吃饭的路上，林彬完全一副体己语气，道："迈抠啊，不要跟挨打杠。挨打性子急，气头上说话尤其不好听，你又不能偷偷闷上麻袋揍她一顿，何必给自己找不痛快？"

朱盛庸气极反笑，没再说什么。

马骏离开之后，他时常觉得这个世界荒诞得厉害。这个世界并没有想象中的稳定，因此不值得较真儿。

"你家老二最近就要养了吧？"

"不急。已经找关系看过了。还是个女儿。"林彬的语气里，藏着一股小气馁。他从来就没有掩饰过，他想要一个儿子。

"我二舅舅是老早时候的研究生，他有个养猪的专家朋友，那位专家朋友说，据他们观察，吃得差的母猪生公猪仔的概率大，吃得好的母猪生母猪仔的概率大。"

林彬忽然转头看朱盛庸："你没有开玩笑？"

自从马骏离开，朱盛庸连笑都变少了，当下更无开玩笑的迹象。

"真的？真的吗？"林彬压着眉毛反复问朱盛庸。

朱盛庸耸肩。

"照你舅舅的专家朋友这么说，富裕人家岂不是都要生女儿去了？贫穷人家都要生儿子去了……呀！富养女儿，穷养儿子！"

林彬像发现人生重大秘密一样捂住了嘴。

"难道，'富养女儿穷养儿子'的真实含义，并不是物质上厚待女儿和克扣儿子，而是有钱人家生女儿，穷人生儿子？"

朱盛庸继续耸肩。他现在，连女朋友都没有。

林彬当天中午，立刻开始跟着朱盛庸吃便宜的素菜。什么红烧肉、猪脚、大排，统统一边儿去！

"是不是得夫妻共同吃素才可以？"饭后，林彬还在思索朱盛庸提供的生儿子的秘诀。

朱盛庸反问："你社会抚养费还没有交够？"

林彬嘿嘿笑了笑，挠了挠头，没有说话。

没能移民，就还受计划生育的基本国策管着。林彬的第二个孩子，属于超生，是要付社会抚养费的。

他妈妈打算将孩子的户口上到妻子的户口本上。外地缴纳的社会抚养费低一些。只是小师妹不肯同意。

小师妹不希望二女儿在上学这件事上受到政策排挤。她要两个女儿平权。

林彬夹在中间,没有发表任何倾向性意见。这惹得妈妈和老婆都火冒三丈,都觉得自己遭受了背叛。林彬就越发缩着脖子投入游戏的世界中。

这样的日子过上没几个月,林彬就开始羡慕起朱盛庸来。

"仔细想想,早结婚是没啥意思。"又一次去吃午饭的路上,林彬对着朱盛庸发感慨,"我可以先过一段快乐的单身生活再结婚生娃;可我一旦结婚生娃就再也没有办法过回快乐的单身生活……当初我真是太傻了!为什么要急吼吼结婚呢?"

朱盛庸笑了笑。

"这半年你话越来越少了。你不会突然看开红尘,出家当和尚吧?"林彬问朱盛庸。

朱盛庸摇了摇头。

他不是聪明人,生活给的伤痛,他需要大量的时间去化解。

但,但凡打不倒他的,必使他强大。

他感到,他在日复一日的默默生活中,已经积攒到越来越多的力量。这力量推动着他向前,让他抵御住分手和痛失友人的悲伤。

如果要给这神秘的力量做个诠释,那就是脚踏实地。

李礼刚返美工作后的第二个季度末,"9·11"的影响趋于缓和,正好逢中国新年。李礼刚给朱盛庸打电话,说,倘若他年后4月结婚的话,想邀请朱盛庸当伴郎。

"你们回上海结婚?"

"不。在硅谷结婚。"

"你在邀请我去美国?"

"必须的!我的赴美留学名额,还是你给的!"

李礼刚说,他和新娘五月商量好了,免去结婚婚礼,省下的钱用来邀请李礼刚父母和朱盛庸赴美参观旅游。

"可以去新泽西看雷马坡大学吗?"朱盛庸激动地问。雷马坡大学无数次出现在他的梦里。

"必须可以啊!"

朱盛庸彻底沸腾了。

赴美!可以亲眼看一看他擦身而过的生活,让负面情绪越陷越深的朱盛庸彻底提振起来。

| 第 7 卷 |

爆发 VS 和解

第 152 章 "只要你肯结婚"

朱盛庸考了托福,虽然他用不到。

他还准备去考同声翻译。

朱爸爸嘲讽他:"是不是还想出国?别做梦了,谁让你当年把出国名额让给了同学?错过那个村,再没那个店!这辈子你都别想再出国了!"

朱盛庸默默亮出赴美护照,并于半个月后飞去美国当伴郎。

李礼刚的父母签证面试没有通过。朱盛庸代表李礼刚全部的国内亲友,见证了他和五月的幸福结合。

在李礼刚的陪伴下,朱盛庸游历了当年没能读的雷马坡大学,看了李礼刚生活的硅谷,了却隐秘的心愿。

坐在车内就可以买麦当劳,明明马路只有四五米宽却因为没有斑马线而无法穿过,动辄要开车……种种在美国的印象还都鲜明地留在记忆中,时间已经过去了三年。

这三年里,上海的基建狂魔属性继续在发扬光大。

上海就像是一个超级大工地。

除了黄浦江、苏州河上的桥,内环线,外环线,南北高架,延安路高架,还有数不清的区域高架也纷纷建起。八万人体育场、上海博物馆、上海城市规划馆、上海科技馆、上海海洋水族馆等纷纷落成。

一年一个样,三年大变样。

1995 至 2005 年的 10 年里,陆家嘴变化最为显著。从外滩眺望陆家嘴,虽然还是只有金茂大厦和东方明珠,但江面码头工厂都拆除了,取而代之的是两个球的国际会议中心。

那些年，上海市民出行忍受的麻烦，日后都化成了便利。

在上海众多公建项目中，对朱盛庸工作的金鹏影响最大的，是浦东国际机场的建立。

当初金鹏还是韩国电子的时候，之所以选择建在徐泾，正是看中徐泾距离虹桥国际机场近，航空货运便捷。

浦东国际机场落成后，航空货运根据调度安排，需要走浦东国际机场。这下好了，便利全无，成本增加不说，还容易出错。

三年前，货代公司就曾丢过货，丢的是海外客户寄过来的样品，被一位出租车司机捡到。

出租车司机大哥索要一万元的酬谢金。

货代公司的老板是位血气方刚的愤青，他宁肯把一万块花在聘请私家侦探上，也不肯被勒索。

愤青老板真的重金请了一位私家侦探，私家侦探表示他可以顺藤摸瓜找到司机大哥的家，然后把那个快递神不知鬼不觉地偷出来。

一个敢吹，一个敢信。

消息传到挨打耳朵里，挨打立刻起劲地分享给部门同事。

朱盛庸听后惊诧至极。这个世界上，不理性的人比比皆是啊！

事实上，这件事的后续解决方法，中规中矩到乏善可陈：报警，让警察参与协调。

三年过去了，铁打的军营流水的兵。当初的同事已经换掉了二分之一，朱盛庸、林彬、杨、托尼，倒都还在。

拍着肚皮说房子已经建好，就等小租客招租的刘熙，三年后依然肚皮空空，没有招到小租客。想来陈家栋和陈家康的生育状况类似，所以自然受孕的概率比较低。

冯嫣出乎陈家康的意料之外，她守住了魔鬼的诱惑，没有借机暗中勾搭朱盛庸，不过，也没有全身而退，而是决心堂堂正正地怀孕。办法只有一个：做试管婴儿。

哪知试管婴儿并没有宣传得那么简单、便捷。冯嫣一共做了3次试管婴儿，3次都在瑞金医院做，全都失败了。每次失败之后，冯嫣休养10个月。10个月后，卷土重来。

试管婴儿像是一条不归路，沉没成本越大，越不甘心收手。

怀孕像是她一个人的战争，她抱定不赢不罢休的决心。

眼看着她因为自己的缘故吃尽了苦头,陈总不禁心有戚戚然。然而,就算心有戚戚然,他也没有松口让她放弃争取那座老洋房。打通下游产业链的野心,依然熊熊燃烧在他的梦想中。

朱盛中伪装的"富豪"很快露马脚。卖了车,卖了股票之后,就无法再维续。果然如他所猜测,富姐暴躁烦闷一阵子后,为了儿子的户口,只能继续接纳他。

他并没有胜利感。因为,他随之悲催地发现,富姐也没有他想得那么富。富姐只有固定资产而没有流动资产。她账户上的数字,比他的还干净。

朱盛中的失落不便说出口,只能暗戳戳生气、怠工。安利的事业越做越差,俩人的收入越来越拮据。

朱盛中开始打劝富姐卖一套房子的主意来。

刘流像是恢复了,她正常吃,正常笑,正常工作,正常社交。只是一直没有再交男朋友。

朱妈妈在上海的三姊妹里,家家都有个让父母头疼的孩子。

大姨妈家的是儿子,工作之余居然在家吃斋念佛,说是要在家出家。朱妈妈家的是朱盛庸,跟赌气似的看哪个女孩都入不了眼。小阿姨家的是刘流,笑嘻嘻归笑嘻嘻,就是不肯交男朋友。

"现在的孩子,怎么这么难搞!"小阿姨擦着眼泪,眼泪吧嗒地向二姐姐诉苦。

朱妈妈望一眼端着水杯倚在门框边上的朱盛庸,思绪跳跃性地想到一件事:"阿庸头,你在市区再买一套房怎么样?"

川沙沙田公寓的那一套房,自从买来,就没有入住过。现在越来越觉得不可能去住了。

对于普通市民来说,市区内 3000 元至 6000 元一平方米的房价,绝对说不上便宜,但也不算无力承受。咬牙凑一凑,还是有希望买一套百十平方米的房子的。

可气的是,当年购买的沙田公寓板块周围房价都在缓慢攀升,唯独沙田公寓,还窝趴在朱盛庸购买时的价格。

朱妈妈开始意识到儿子的判断优于她,但素来的高傲让她不肯承认。她决定补偿给朱盛庸 10 万块,支持他在徐汇区购买第二套房。

提供钱财的人总是贪心,想附带点要求。

"只要你肯结婚，我赞助你 10 万块。"朱妈妈道。她在台企兼职 6 年，领的工资不缴税，6 年合计领了 10.8 万。

小阿姨左看看二姐姐，右看看倚门而立的阿庸头——这家伙 34 岁了，确实老大不小了。但是，她们之前不是在讨论刘流吗？怎么话题突然就转到阿庸头身上了！

第 153 章　记住了一个教训

朱盛庸咕咚喝了口水，朝妈妈笑着摇摇头。

他就算是愿意结婚，可跟谁结呢？认识一个靠谱的两情相悦的小姑娘，并没有想得那么容易。

以为朱盛庸的摇头是拒绝为一套房而结婚，朱妈妈废话不多说，当即决定，反正她四舍五入算有买房经验。她只管拉着朱爸爸去步行可达的附近看房就是了。

看好，付 10 万块首付，房产证上就写朱盛庸的名字。算是弥补当年她坚持买川沙沙田公寓的过错。

小阿姨暗自垂泪："刘流已经不年轻了呀，她不是男生，她的好时间可没那么长。"

朱盛庸不肯接受母亲的 10 万元资助。是因为他知道父母挣钱不容易。不像朱盛中，眼睛一闭，厚颜撒娇，想方设法从妈妈那里诈钱。

朱盛中已经先后两次从朱妈妈这里以"股票投资"为名，哄走了 3 万块。那 3 万块，先在股市里缩了一轮水，后被取出，吃喝玩乐花掉了。

朱妈妈倘若催问，朱盛中就赶紧花几百块小钱塞给朱妈妈，用于封口和稳定朱妈妈的心。朱妈妈自认为手握着大儿子亲手写的借条，借出去的本钱万无一失。

小阿姨哭诉过后，心情轻松一些，道别回家。

朱盛庸去上班的白天，朱妈妈拉着朱爸爸去买房。朱爸爸欣然同意。他对第一次买房时售楼小姑娘们的热情还记忆犹新。

朱爸爸穿戴一新，戴上小礼帽，跟朱妈妈一起去附近步行可达的楼盘。

朱爸爸设想的笑脸相迎并没有真实发生。因为生意太好，售楼工作人员忙不过来，深感受到冷落的朱爸爸一气之下不肯再去看房。

而朱妈妈楼盘走一圈,也意识到,10万块作首付,似乎想得太美了。想要买房,必须与朱盛庸的钱合在一起。

朱妈妈开始想办法劝说小儿子。

周六,朱妈妈还没有来得及开始劝说小儿子,大儿子一家三口到了。

朱盛中结婚的第二年,安利实在做不下去了。做一个月亏一个月。残酷的现实逼迫得两口子没法再伪装下去。

富姐陈静静放下身段,去售楼处做了销售人员。朱盛中,本想重返广告行业。然而,他离开的这六七年,行业大变,当年的老法师不会电脑,现在不会电脑无法做广告。

陈静静让朱盛中退而求其次,朱盛中痛定思痛,决定一退到底,在家当奶爸。

这个决定说出来后,陈静静的震惊无以复加:"你还是个男人吗?养家糊口是男人的基本责任好哦?"

朱盛中脱口而出:"孩子又不是我的!"

陈静静是个爽快人,关键时刻绝对不墨迹。她抬起胳膊,手起刀落甩给朱盛中一个耳光。这是要用实际行动告诉朱盛中有些伤疤不能揭!

朱盛中反手甩给陈静静一巴掌。手下收了力气,更像是象征性地捍卫男性的尊严。

陈静静两眼瞬间冒出凶光,头一低,朝朱盛中胸口撞去。两个人动手厮打起来。

当年5岁的朱古力,如今已经9岁,是一个读小学三年级的小胖墩儿。

因为父母做安利,家里人来人往,朱古力接受的信息多而杂,人也相对成熟。他知道他是妈妈的儿子,但不是爸爸的儿子。

当爸爸妈妈当着他的面打起架时,他默默转身回房间拿出他的缩小版关公青龙偃月刀,找准角度,不停地抽砍朱盛中。

此举伤害性不大,但侮辱性很强。

小胖墩儿朱古力手中拿的青龙偃月刀是塑料制品,刀刃很厚,刀身很轻,加上小胖子不灵活,落在朱盛中身上也就是比搔痒痒略重一点的分量。

可毕竟落在了朱盛中的身上。

这明晃晃地宣告了朱盛中对小胖墩儿怀柔政策的失败。天地良心!

过去的4年,他对小胖墩儿不可谓不尽心,不可谓不尽力啊。

伤心失望之下,朱盛中抬起一脚,就把小胖墩儿给踹一边去了。

陈静静"嗷"一声叫了起来,好像生出浑身的毛,毛炸裂开来,她像个母狼一样,一下子拿出势不可挡的架势,号叫着跟朱盛中拼命起来。

朱盛中立刻落了下风。

陈静静砸了陶瓷果盘!砸了马克杯!砸了玻璃茶几!砸了两人挂在墙上的结婚照!

"敢动我儿子!妈的!不过了!"

朱盛中躲进卧室不敢开门,生怕陈静静高举着菜刀跟他拼命。

他在这一场狼藉之战中,学到了一个经验教训:绝对不能碰朱古力!

和好之后,朱盛中的傲骨折损,对陈静静变得言听计从起来。

陈静静说,周末把儿子放在奶奶家,她陪朱盛中去人才市场找工作。朱盛中说好。

这才有周六一早,一家三口早早登门的事。

朱妈妈目光来回在长子脸上逡巡:一边的脸颊似乎跟另一边的不对称,下巴上有一根明显的血道子。

被妈妈打量得久了,心虚的朱盛中主动解释:"刮刮刮胡子刮破的。"

"你怎么突然结巴起来了?这毛病你不是六年级时刻意练好了吗?"

朱盛中尬笑:"哪哪哪哪有结巴!就就就就是有点偶然说话不利索。大大大大概是天太热脑子缺氧吧。"

朱爸爸一急就结巴。朱妈妈一直以为是他脑瓜不够聪明的缘故。长子读小学时口吃,朱妈妈以为是他体弱多病被同学嘲笑,不敢说话的缘故。小儿子也结巴,朱妈妈以为是学哥哥说话的缘故。

后来朱盛中通过朗读纠正了自己的口吃。朱盛中口吃好了之后,朱盛庸也随之变好。朱妈妈就没再放心上。

今日忽听朱盛中又结巴起来,朱妈妈才想起来:爷仨做错事、心虚的时候,都会不由自主说话不利索。

"你是不是跟静静闹矛盾了呀?"朱妈妈悄声问朱盛中。她老觉得自己儿子傍了富婆,却不改当年对兰婷的臭脾气。软饭硬吃,只怕消化会成问题。

"妈!问那么多干吗?对了,朱古力放你这儿半天,我跟静静有事。"

"你们不会去离婚吧?"

"别触我霉头。她陪我去人才市场找工作。"

"喔喔。要的。你是应该去找份工作。"

第154章 挖陷阱

朱盛庸从小绿地活动回来,推门看到朱古力。

"小叔叔好!"朱古力露出笑脸。

朱盛庸点头"嗯"了一下。

"小叔叔,听说你的英语特别好。"

朱盛庸一边换鞋子一边又"嗯"一声,心里想,小胖是不是想让他教他学英语?

"小叔叔,你知道能力偏差吗?意思就是小孩不一定笨,但是在某些方面的能力有偏差,导致学习效果很差。"

朱盛庸被朱古力说得一愣。心想,小胖劝人有一套嘛,小小年纪都会铺垫了。

"小叔叔,我是为了你好,倘若我的家人央求你帮我补英语,你千万别答应。我在英语学习上能力有偏差,学不会,但家人会以为是你教不会,有损你的盛名。"

朱盛庸不由认认真真看朱古力一眼。小胖这情商卓越,语言表达杰出呀。

在小胖带着乞求的对视中,朱盛庸乐得点头答应。

朱盛中和陈静静不在的时候,朱古力很自在。他陪着朱爸爸看沪剧,陪着朱妈妈擦洗厨房,陪着朱盛庸看书。种种行为,可以看成一派天真对什么都好奇,也可以看成小小年纪人际交往能力强,左右逢源。

临近中午,朱盛中和陈静静回来。俩人看上去都很满意,应该是投出去了不少简历。

朱爸爸爱世俗的热闹,人一多,下厨的兴致就高。陈静静坐在方凳上,捶腿,笑着叹气:"好想吃肯德基哦。"

洗手准备做午饭的朱爸爸一听:"那咱们中午就去吃肯德基。我请客。"

距离他们家不远的地方,就在大木桥路上,开了一家肯德基。朱爸爸早就馋了。平时舍不得,一直忍着。

朱妈妈嘟嘟囔囔，大意是菜都准备得差不多了，饭也烧好了，何必要到外面吃？上午人群中挤了大半晌的朱盛中听得心烦："你爱去不去！"

朱妈妈生生噎住，没再说话，换了衣服，默默跟了过去。

朱古力很有眼力价地拽着朱妈妈的胳膊，问东问西，有效缓解了朱妈妈的尴尬。

到了肯德基，其他人其乐融融地点餐，朱妈妈和朱盛庸早早去楼上找了座位。

"我不喜欢到外面吃饭。到外面吃饭让我觉得既麻烦，又不自在。要换衣服，梳头发，换鞋子；还要被服务员打量来打量去。吃快了自己不舒服，吃慢了担心服务员嫌弃。"朱妈妈近乎自言自语。

朱盛庸开解她："肯德基是自助式的简餐，自己点餐，自己端上来。不需要服务员。你可以放松下来，随便吃多久。不吃也可以进来坐坐，上个厕所，要杯水什么的，都可以。"

朱妈妈听后，果然镇定放松不少。

坐着等了一会儿，朱爸爸他们热热闹闹地上楼，端了三托盘的食物。朱妈妈和朱盛庸各自拿了一个汉堡和一杯可口可乐，坐在热闹的人群中安静地吃。

朱盛中最活跃，话最多。

"上海第一家肯德基，1989年开业，开在外滩哦，老高档的。"

"肯德基刚开业的时候，听说闹了好多笑话。"

"是哦，有客人跑进去对店员讲：给我来一斤鸡，或者，来一只鸡！还有问店员要筷子的。还有端着锅子去买的。"

朱盛中和朱爸爸一唱一和，高谈阔论起来。

"你们爸爸现在买振鼎鸡的鸡鸭血汤，也是带锅子去买。带一只大锅子，只买一碗汤。"朱妈妈试图融入热闹里。

她一开口，现场就诡异地沉默了。

朱盛中不愿意家人在陈静静面前显露小市民的精明，会有损他的形象。朱爸爸则脸色一沉，小气的人最忌讳别人说他抠门。

陈静静扑哧笑了一声，转头招呼儿子吃上校鸡块。

朱爸爸暗自掂量了一下，决定咽下恼火不发作。

饭后，朱盛中一家人没有上楼，而是直接开车离开。

朱爸爸吃饱喝足，惬意地上楼，准备睡个闲适的下午觉。眼光不知怎么就溜到了电视机柜上。

电视机柜上放了一个透明的话梅罐子。话梅罐子里装着的一张百元假钞,不见了!

"你们谁拿了罐子里的假钞?"朱爸爸喊起来。

"拿假钞干什么!又不能真花。"

"罐子里的假钞不见了!"

"是不是你记错了?"

"××!跟钱有关的我记得不要太牢哦。"

朱妈妈不吭声了。

确实如此。家里鸡蛋还剩多少枚,朱爸爸都能记得一清二楚。

朱盛庸闻声走过来。他对推理的事情一向感兴趣:"如果爸爸没有记错,可疑的人只有一个。"

"谁?"朱爸爸追问,"小鬼头?"

"对。朱古力。"

朱妈妈摇起头来。她不愿意相信那个笑眯眯的一脸纯真的小孩会干这么狂妄大胆的事。要知道,朱古力偷钱的时候,不知道那是假币。他偷的,就是100块。

一个三年级的孩子,就敢一个人花百元大钞了?

"我这就打电话给你哥哥,让他去盘问小鬼头。"朱爸问。

朱盛庸想了一下,摇摇头:"哥哥的身份不适合盘问。一般般地问的话,朱古力一定会否认的。"

"那就算了。反正也不是真钱。以后他再进家门,我全程好好盯着。"朱爸爸道。

"依我看,我们可以再放一张百元假钞。"朱盛庸建议。

朱妈妈瞪一眼朱盛庸:"有空哦。"

朱盛庸从皮夹里取出一张红钞票:"谁让我正好有一张没有来得及交给银行的假钞呢。"

朱爸爸一下子乐了:"我看行。"

朱爸爸把那张假钞折了两折,照旧塞在话梅罐子里。罐子里孤零零一张红钞票,像是一个陷阱,安安静静待在原处。

自从撇开朱盛庸去买房的计划失败后,朱妈妈就在思考如何劝朱盛庸。眼下当机立断,决定拿朱古力偷钱做切入点,劝朱盛庸结婚。

"到底是继父继子关系,不方便说重话。不然,怎么也得敲打一下小鬼头。"朱妈妈有一眼没一眼地看朱盛庸。

朱盛庸冷笑:"哥哥自己把日子过得稀烂,怎么好意思教育别人?是继子不方便深入影响,正好。"

朱妈妈的思路被打断,只好强行切入:"你结婚,生个自己的孩子,好好影响。"

朱盛庸马上站起身,以上厕所的名义躲进家里唯一空闲且带门的房间。

朱妈妈气恼地坐了下来,两手插进头发里:"到底要怎么样才肯结婚啊!"

她年轻的时候,绞尽脑汁自己安排自己;小儿子跟意识不到自己年龄不小了似的,一点不着急。

"他是不是故意的?"朱妈妈灵光一闪,想到一种可能性。

第155章 女主出现章

契诃夫的《小官吏之死》,讲的是一个小官吏在剧场看戏时,不小心打了一个喷嚏,发现飞沫溅到了前排坐着的将军头上,怀疑自己冒犯了前排看戏的将军,于是就一而再再而三向将军道歉,最后惹恼将军,被将军呵斥而吓死。

听上去很荒诞,但绝非在生活中无迹可寻。

譬如朱妈妈,某种程度上就跟小官吏一样,活在自己的推理和执念里。

私刻老父亲的萝卜章,被老父亲忌恨多年,一直到最后都不肯松口让她登门看望。这件事让她灰头土脸,而阿庸头又是最爱慕外公的……

阿庸头会不会暗中打定主意,要替死不瞑目的老父亲报复她?报复的方式就是不结婚?朱妈妈越想越觉得有这种可能!

她抬起头,环顾这个没有装修就入住的二室一厅。当年觉得宽敞无比的二室一厅,如今已经显得逼仄。当年觉得冒犯老父亲也值得,如今已经隐隐生出悔意。

朱妈妈陷入狂想,思路纷乱,想不清楚。要是小儿子用不结婚替她的父亲报复她,她该怎么办?

跟朱爸爸商量？等于对牛弹琴。

朱妈妈踟蹰了两天，决定去找大姐姐倾诉。

正如小阿姨依仗朱妈妈，朱妈妈内心依仗大姨妈。

朱妈妈去找大姨妈。大姨妈院子里、屋子里全是猫。猫毛和猫骚味让家里变得难以忍耐，大姨妈久待其中，已经闻惯。朱妈妈刚进门的刹那，差点熏晕过去。

她一进门，就赶紧关上身后的门，生怕遇到楼上要她伸张正义的小年轻。

"跟这么多猫住在一起，你就不怕生病？你年轻的时候不是很在意这些的吗？你去爸爸家吃饭都要自带碗筷呢。"朱妈妈忍不住唠叨起来。

朱妈妈拿起扫帚帮大姐姐扫地。近年来，大姐姐眼睛昏花，看东西叠影重重，地也扫不干净了。

长柄簸箕拎着沉甸甸的，朱妈妈弯身去看里面盛了什么，结果，看到了一坨装在塑料袋里的屎。明显是人类的粑粑！

"姐姐，这是你的？"

"嗯。"

"你为什么不用马桶？"为什么不拉在马桶里而是高难度地拉在塑料袋里？

"楼上的人要害我。我不能进马桶间。我要是进了马桶间，他们就会反锁上门，把我锁在马桶间里。马桶间那么小，我在马桶间里生活，我不跟蹲监狱一样了吗？"

朱妈妈认真看大姐姐的脸，大姐姐说得严肃又认真，一点开玩笑的成分都没有。

朱妈妈觉得后背一阵发冷，一句回应的话也说不出来。

跟大姐姐商量小儿子不肯结婚的原因什么的，瞬间变得不重要了。朱妈妈回家之后，直奔前一幢楼上。前一幢楼上，有一间当年她私刻萝卜章后分给大姐姐的房子，她的儿子住在里面。

朱妈妈心急火燎地敲门，可惜，敲了很久，也没有人来开门。可她分明听到敲木鱼的声音从屋子里传来。她几乎忘了，屋子里住的，也是个让人不省心的孩子。

怀着惊魂未定，朱妈妈回家。路上正好遇到下班回家的朱盛庸。激愤之下，朱妈妈脱口而出："阿庸头，你为什么不肯结婚？"

"跟谁结？"朱盛庸反问，比她还理直气壮。

朱妈妈张口结舌，第一轮就被堵得死死的。

"当初好些人给你介绍相亲对象的！"

"介绍的那些人一个比一个现实。张口就问我市区内有没有婚房、开什么牌子的私家车、工资多少、存款多少。明知道跟这样的人结婚就是个坑，我还跳？"

朱妈妈眼睛一亮，敏锐地捕捉到她在意的信息：市区内没有婚房！

"总是要结婚的。你打算怎么办？"

本是破罐子破摔的赌气反问，结果，朱盛庸仰头看天："要不，我到网上试试？"

"哪里？"

"世纪佳缘。"

"什么？"

朱盛庸摆摆手，没有继续说下去。

下个周六，朱盛庸早早去了网吧。

去世纪佳缘里注册会员，并不是说说就算的事，朱盛庸打算实践它。家里没有电脑，在公司又有网络监控，所以他去了网吧。

世纪佳缘是个网上寻找恋人的婚恋网站。据说是复旦大学新闻学院读书的女学生创办的。此女看到身边很多高学历的同学朋友，因为工作学习忙，无从找到理想爱人，受到启发，生出这天马行空的主意。

注册是免费的。

不免费朱盛庸肯定不考虑。

只是需要提交身份证号等信息。

朱盛庸开了手表上的计时功能——全钢结构卡西欧电子表，是李礼刚结婚时送给他的，是他有过的最帅气的手表。

能半小时搞定，绝不花一个小时。能省一个子儿的，绝不只省半个子儿。

"喂！朱……朱 cheng，朱 sheng……"

朱盛庸注册并浏览一会儿，眼看半小时要到，要离开时，一个清脆的女声喊了一嗓子。他没有意识到喊的是他。

"朱什么庸！"

朱盛庸扭头。心里有些不爽，有些无奈，更多的是吃惊。这年头，还有文盲?

一个年轻的女孩子,手里举着一张身份证,坐在椅子上朝他挥胳膊。在网吧并不明亮的光线里,女孩子的容颜有些模糊。朱盛庸的关注点更为务实:集中在那个白得发亮的身份证上。

他一边摸皮夹子,一边踱步回去。

女孩子坐他刚离开的位置的隔壁。

"你的身份证掉了。"女孩子说。

"哦,谢谢。"确实,皮夹子惯常放身份证的位置,是空的。朱盛庸赶紧接下,装进皮夹子。

等他抬头看女孩子的时候,女孩子已经转身面朝电脑屏幕了。

朱盛庸兀自站了两秒,对着女孩子的后脑勺道:"谢谢啊。"说完转身走了。

听见空气传来的那声"谢谢啊",周画白扭头回望,只是望到一个头也不回的身影而已。

她刚刚在网上注册了一个叫"墨竹"的婚恋网网名,但她其实并不想谈恋爱。她更希望借着婚恋网,找到一个复旦大学的学姐或学长。

这叫曲线救国。

周画白想考复旦大学的社会语言学,奈何自家导师是从底层奋斗上来的,没有资源认识复旦大学的教授。只能自力更生靠成绩说话的周画白,忽然就脑洞大开想到了一个认识复旦学姐或学长的绝妙好方法!

至于在地上捡到隔壁桌胳膊肘碰到地上的身份证这种小事,她根本就没放心上。

第156章 "老姜"的计谋

朱盛庸注册完世纪佳缘后,为了省半小时的网费,没有来得及浏览会员就下线了。结账的时候,悲催地发现,最低消费1小时。费心费力节省下的半小时,照旧得付钱!

这种为了省小钱最后得不偿失的事,时有发生,不过,并不影响朱盛庸继续发挥他的节约本性。

出网吧后,一阵风迎面吹来,一洗网吧里的污浊之气。

朱盛庸拿出手机——时至今日,他终于有了自己的手机。一部翻盖的不花钱的月租机,电信里卖出来的,只要付满2年的月租,手机就免费送给他。

他在网吧门口给刘流打电话:"刘流,你去网上注册世纪佳缘会员吧?网上可以认识一些平时接触不到的异性。"

在上海生活的妈妈系家族里,大姨妈家的儿子声称要在家修行,其他未婚的,只有他和刘流了。

"听上去……"刘流的声音拉长。

"不正经?"

"不,棒极了。"

刘流当即打开笔记本,她已经做到了副总监级别,公司给她配备了笔记本电脑。

她两年前就很新潮地为家里装上了宽带,并斥资为父母购买了一台电脑,教会了她爸爸妈妈用电脑做股票。

这样一来,父母终于可以转移注意力,彼此就选哪支股、买进还是卖出的问题吵个不休,追问她为何还不谈恋爱的次数大为减少。

朱盛庸的来电为刘流打开一扇窗。她本来就拥有国际视野,翻墙注册了 LinkedIn、Google+、聚友网 MySpace 的个人信息,用于开拓业务。现在,她可以连婚恋网站也注册起来。

多开拓一条线,就多一份生意契机。

刘流爱上了赚钱,乐此不疲。赚来的钱躺在银行账户,她暂时还没想到拿它们怎么办。

那张放在话梅盒子里的百元假币,在小胖朱古力第二次周六登门后,消失不见了。

虽然没有亲眼看到小胖偷钱的现场,朱妈妈、朱盛庸都相信了朱爸爸的话。朱爸爸兴奋极了。他的平淡生活终于发生了一件刺激的事情。

"现在怎么办?"朱爸爸问,"打电话给你哥哥,还是打电话给静静?"

"想大事化小,就告诉他父母;想坐实他偷钱这件事,就等下周他上门时你自己问他。"朱妈妈开口。声音干脆、冷静。

朱爸爸脑子反应慢,没领会到其中的区别。

"你想,他秋天开学就四年级。等五年级一毕业,就可以转户口进来。你大儿子投个简历,都要把朱古力放我们家;等你大儿子出门上班,小孩还不就托养在我们家了?"

朱爸爸一拍大腿："怪不得上门突然变勤快了。原来存着这心思！"

"到时候你答应还是不答应？"朱妈妈问朱爸爸。

"我为什么要答应？又不是我亲孙子。"说到亲孙子三个字，朱爸爸的内心狠狠抽搐了一下。他的亲孙子（其实是个女小囡），至今应该5岁了，他还一次没有见过！

"你需要一个拒绝的理由……"

朱爸爸陡然顿悟："明白了！我等朱古力下次来，我亲自问他！"

朱盛庸默默看妈妈一眼，想到了"姜还是老的辣"这句俗语。平时不怎么说话，说话也笑眯眯的妈妈，已经未雨绸缪到两年后的事情。

朱妈妈抬眼，看到一旁听入神的朱盛庸，话锋一转："阿庸头，我前后借给你哥哥3万块。我手里还有10万用不到的钱……"朱妈妈欲言又止地望着朱盛庸。

朱盛庸回过神："你不是在做股票吗？"

"股票这东西，看不见摸不着的，瞬息万变。赢了开心，亏了连个说理的地方都没有。怎么能把所有的钱都放进去呢？"

朱盛庸戒备地望着妈妈，猜不准她想干什么。

"我把这10万块免息借给你，"朱妈妈开口，"你拿去买房，将来房子涨价涨出来的部分，你按比例给我，算是我分散投资。你觉得怎么样？"

朱妈妈深知小儿子的性格，给他好处他未必肯占，因此说得格外公事公办。

朱盛庸望着他妈妈，陷入挣扎。

他从前不了解股票，对股票的印象是普罗大众进入股市只配当韭菜。后来，妈妈做股票之后，他渐渐对股市形成了自己的看法。

股票，并非一张纸，而是有其价值的。股票的价值就是公司创造的价值。只需要找到盈利的公司，就能找到长期看涨的股票！

秉持着这个观念，朱盛庸对股票市场充满信心。他只是没来得及进场实践。

如果妈妈免息借给他10万，加上他自己这些年攒下的40万，那就可以用50万当原始资金，只需要每年涨10%，7年就能翻个倍！

不求真的翻倍，只需要做个两三年，到时候可以轻松全款买房，岂不是完美？

想到这里，朱盛庸准备点头，不过，以他保守的性格，很快修正了自己的想法：只用自己的钱，岂不是更安全？

"不用。我自己有钱。"

"我和你爸的钱，最终还不是要给你和你哥哥。你要是不先拿着，只怕不久也会被你哥哥用各种借口借了去。"朱妈妈稍作停顿，又道，"你知道，我心软，而他又太会说。"

朱盛庸仔细想想，妈妈说的句句在理。

朱爸爸早前的时候被朱妈妈通过气，此时才反应过来他应该接应："拿着！拿着！大不了写借条！"

朱盛庸于是点头答应下来。

朱妈妈跑回她卧室，拿出一个小本子，翻开第一页，借条已经写好，只等朱盛庸签字了。

朱盛庸望着那张借条，直觉觉得这里面有陷阱，可仔细看，又看不出什么。

借条这样写：

"今因买房从父母处借10万元整，将来可酌情分给父母部分增殖钱款，父母不做要求，多少随意。"

反复看了两遍，朱盛庸签字了。

复印纸复好，一式两份。朱妈妈仔细地收起原件，高兴道："走，咱们现在就去银行转钱。"

朱妈妈去银行转钱的时候，特意汇款留言"买房"，汇完款，俩人高高兴兴出银行。

朱盛庸抬头一看：中山证券！

"妈，我想去那里看看。"朱盛庸手指马路对面的中山证券。

朱妈妈望过去，望见了一楼很大门面的丝琪美发，以为朱盛庸要去剪头发，于是她摆摆手："你自己去吧。"

朱妈妈走后，朱盛庸过斑马线，到中山证券开了做股票的户头，将自己的钱和妈妈新汇入的钱，都转入与证券公司关联的银行账户里。

从下周一开始，他也要在股市里当弄潮儿！

朱妈妈2001年辞职后，花了一整年的时间观摩股市，真正进入股市，劈头就迎来了长达3年的熊市。朱妈妈对股市心存畏惧，正是市场用3年时间教育出来的。

朱盛庸决定做股票的时候，正逢2005年7月13日后开启的为期半年的超跌反弹及回升阶段。

这在中国股票史上，被誉为可以靠股票发家致富的三大机会之一。

第 157 章　朱古力招供

成功"诱骗"小儿子接纳她的钱后，朱妈妈觉得她取得了哄婚的阶段性胜利。一旦小儿子在市区有了婚房，相信他在婚恋市场上会热销很多。

与朱盛庸分别后，朱妈妈回家之前先去大姐姐的儿子家前敲门。

照旧是久敲不开。

朱妈妈越敲心越凉。也不知道大姐姐是怎么养的孩子，竟养得这样铁石心肠。

朱妈妈转头回家的时候，冤家路窄，竟然在楼梯上邂逅了大姐姐家的阿越。

"阿越！"朱妈妈一把抓住他的袖子，生怕他硬逃，"你妈妈好像有些老年痴呆了！你要带她去看医生！"

阿越被迫抬头看二姨妈。

朱妈妈站高了两层台阶，视线与阿越齐平。

不对视不觉得，今日一看，阿越竟然生得这么好看。有点像西游记里的唐僧。只是，面孔兼具羞涩与冷漠。

"阿越！"朱妈妈的声音弱下来。这个外甥，从小就没怎么接触过，说起来，既不了解他的性格，也不知道他的爱好。只知道他擅长绘画，在当美术老师。

阿越目光躲闪，没有点头也没有摇头。挣了几下，发现能挣脱，头也不回地走了。

朱妈妈望着他的背影，心，拔凉拔凉的。

一回到家，朱妈妈立刻给远在扬州的二哥哥打电话。

大哥哥早在老父亲离世的第二年，就不幸因病去世。在上海医治的岁月里，三个妹妹看望得并不勤快，伤了大嫂嫂的心。大哥哥离世后，大嫂嫂就有意识地切断了与上海三个妹妹之间的联系。

盛家最有主见和见识的，就是这位生活在外地的二哥哥了。

朱妈妈将前后事情说了个遍。二哥哥的声音在电话里显得有些悠远。

"其实有迹可循,她年轻时疑心就很重。跟父母、姊妹、丈夫、婆婆相处不好,跟孩子相处又能好到哪里去?阿越你就不用再去找了,他们母子之间的事,我们知之甚少,不予评论。

"如果你能劝动大妹去看医生,我可以出看病的费用。"

二哥哥总是这么思路清晰,又善于抓重点。

对朱妈妈来说,出力可以,出钱就很为难。二哥哥的承诺,让她没了后顾之忧。

又一个周末到了。

朱古力像个纯真无邪的小可爱,笑呵呵地熟门熟路踏进爷爷奶奶家,跟父母挥手告别。朱盛中和陈静静一离开,朱爸爸就气势汹汹关上房门,朝朱古力露出一张一丝笑容都寻不到的阴沉面孔。

翻脸这事,朱爸爸最熟。

朱古力不由后退,撞倒了放在冰箱旁的小方凳上的饭窠。

朱爸爸一拍桌子:"200块!你花得剩多少了?"

朱古力小嘴张开,惊得闭也闭不上。

"说吧,这事公了还是私了?公了就是报警,我现在就拨打110,不会等你爸爸妈妈回来。警察来了,会把你带走。要知道,200块是很大一笔钱,警察会把你抓起来!关起来!"

小胖嘴巴撇呀撇,眼睛里已经有了泪花。

"私了的话——"朱爸爸皱起眉头,"只怕你还认识不到你犯了多严重的错误,不肯那么合作。

"私了的话,就是你老老实实、坦坦白白、一五一十地告诉我,这200块,你都花到哪儿去了?只要我确认你没有拿这200块做坏事,我就不再追究了。"

小胖撑不住了,抽泣着反问:"我要是实话实说,爷爷能保证不告诉我妈妈吗?"

一旁不吭声旁听的朱妈妈和朱盛庸立刻不自在起来,但朱爸爸是没有无诚信的后顾之忧的。

"好!我保证!"朱爸爸一口答应下来。

小胖于是全部交代了。他的200块,全花出去了。

第一次的100块是花钱买同学帮他写作业,买了同学一星期的服务。那位同学最后还返还给他10块,相当于打9折。

第二次的100块是值日放学后，请帮他分担值日任务的同学们喝奶茶，一人一杯，把之前同学返还给他的10块也搭上了。

"奶茶店老板没说什么？"

"奶茶店老板生意很好，顾不上说话。"

朱爸爸刚想笑着骂一声，想到任务还没完，又沉下脸："把你刚才说的写下来，签上字，放我这里。"

"爷爷……呜呜……可以不写吗？"

"不可以！"

"呜呜……奶奶……你帮帮我。"

朱妈妈心一软，开口道："你爷爷脾气很倔强的，你快听他的话，简单写写就好。写两行就好。"

小胖扭身看朱盛庸，朱盛庸直视着他的目光。他心里想的是，决不能心软、姑息！小时偷针，大时偷金。

小胖见到没有改写命运的可能，只好乖乖合作。磨啊磨，磨了快2个小时，终于写好了一篇100多字的小作文。

朱爸爸接过小作文，看着那蚯蚓爬一样的字，笑开来："写的什么玩意儿。"

朱盛中连投了三周的简历，把能投的岗位几乎投了个遍。他觉得他完成了老婆的命令，至于后续？尽人事，听天命，他反正无所谓的。

朱盛中和陈静静像前两周一样开开心心回到家。第一周投递完简历朱爸爸请他们吃了肯德基，第二周投递完简历朱爸爸请他们吃了振鼎鸡。陈静静路上还想着，这周中午要吃小笼。

两人高高兴兴推开门，却看到跟以往表情截然不同的朱爸爸。

朱古力缩在沙发一角，不敢像往常一样撒娇迎上去。

朱爸爸一见大儿子，就将小胖刚写的检讨书拍在了桌面上："看看你们养的好儿子！"

"爸，发生什么事啦？"陈静静勉强笑着问。

"你自己看！"

经过朱妈妈开导，他必须表现得"异常愤怒"，才能让这件事给所有人留下深刻印象，才能在两年后再提到这件事，并以此为借口拒绝小胖入住。

朱爸爸表演愤怒，手到擒来。

陈静静接过朱爸爸递过来的纸。上面无疑是她儿子的字。看着看着，手就发起抖来。

朱盛中凑过去，目光透过陈静静肩膀上的空隙，读道："检讨书。我两周前偷了爷爷 100 块，花给了同学夏诚然，让他帮我写了一整个星期的作业。

"我一周前偷了爷爷 100 块，用来请同学喝奶茶。我保证以后不再偷爷爷的钱，否则让我妈妈加倍赔偿给爷爷。检讨人：朱古力。2005 年 7 月 31 日周日。"

好面子的陈静静脸上一下子变了，她大喝："朱古力！给我出来！"

沙发角落的小胖吓得身子一抖，"哇"地哭出声来。

第 158 章　约他去冒充

陈静静当着众人的面把小胖好一顿胖揍。小胖也是别致，他一边哇哇大哭，一边大喊："妈妈你别哭，我不疼。"

而陈静静，一边扬着坤包抽打小胖，一边泪如雨注。

朱妈妈使劲拦着，身上挨了好几下，嘴里喊着朱盛中快拉着点陈静静。

朱盛中心有戚戚然地想起陈静静找他拼命的那一仗，这任老婆着实泼辣，有点不情愿拉。

一顿鸡飞狗跳之后，家里安静下来。

小胖抽泣不断，还不忘给他妈妈递纸巾。陈静静疲惫地坐在方桌前，胳膊支在方桌上，双手捂着脸，大滴大滴的泪珠顺着下巴往下掉。

小胖急坏了："妈妈，你别哭，我以后再也不偷钱了。真的！我发誓！再偷死全家！"

朱盛中脸都气绿了，又不方便说什么。

那个中午，因为朱爸爸要表演生气，所以全程气鼓鼓的。

陈静静没脸继续待下去，她一再让小胖道歉后，拉着小胖走了。走之前非要放 200 块现金给朱爸爸。

朱爸爸接得像烫手山芋，他脱口而出："真不用。朱古力偷走的那 200 块，全是假币。他本事也大，竟然都花出去了。"

朱妈妈再想咳嗽提醒，为时已晚。

陈静静愣愣地看着朱爸爸。她不傻,马上意识到儿子第二次为什么又能得手了,心里不由涌起一股恨意。这个家!果然容不下她和她的儿子。

嘴角冷冷一笑,牵着小胖的手,陈静静头也不回地走了。

朱盛中落后两步,要出门时,回头复杂地看他爸爸一眼:"所以,第二次是你故意给朱古力挖陷阱,放了100块假币等着他偷?"

朱爸爸被大儿子的目光惊到,张口结舌说不出话来。

"真的有点过分了。"朱盛中说完,快步下楼,追前面的母子去了。

朱盛中到楼下的时候,陈静静正在拉车门。因为情绪翻滚得太厉害,没有开锁就去拉,拉了两次没有拉开,暴躁地拿脚踹起车来。

朱盛中大步走过去,扳过她,紧紧搂在怀里,嘴巴凑到她耳边,说:"我代表我爸爸向你道歉,对不起,以后让我来补偿你们母子。"

陈静静好不容易止住的眼泪再次滂沱。

朱盛中本想挑拣一番工作,因为他爸爸搞了那么一出,反而激发他保护母子的强烈意愿。当一家名不见经传的保健品公司向他发出工作邀请时,他当即答应下来。

从小胖偷钱事发那周起,陈静静再怎么忙不过来,也不肯再把儿子送到朱爸爸朱妈妈家,并且,从此不再登朱爸爸朱妈妈家的家门。

那天,大儿子一家三口走后,朱爸爸捏着陈静静执意留下的200块,笑得好开心:"这可真是,那个词怎么说的?一个石头砸中两只鸟,还是射出去的一支箭射中两只鸟?"

没有人回答他。

朱妈妈嫌弃他没把戏演完美,但唠叨又于事无补。

朱盛庸有些吃惊陈静静的眼泪。本来,他笃信他们是在做正确的事情,直到他看到陈静静的眼泪和朱古力对他妈妈的爱。

但事情已经发生,无法再改写,只能以后多反思。

朱盛庸手机响了。拿起一看,暗吃一惊,竟然是兰婷打来的。

他有手机后,给他认识的所有朋友都打了电话,告诉他们他的手机号码。其中也告诉了兰婷。兰婷有他手机号码一年多了,但从来没有给他打过电话。

直觉觉得兰婷不会因为她自己的事联系她,除非事关君君。

每年君君8月22日过生日的时候,他都会悄悄送去一个生日礼物。

并没有花太多钱，多是便宜但可爱的毛绒玩具。

朱盛庸背过父母，往阳台上走去。

"阿庸，我有个不情之请，想找你帮忙。"

"你说。"

"君君要过5周岁生日了，她想见爸爸。她说她的小伙伴们都有爸爸，唯独她没有。我为了让她不自卑，告诉她她其实也有的。她问我，是不是她不好，不乖，所以爸爸不肯见她？我……"兰婷哽咽了。

不过，她很快稳定声音，继续说道下去。

"我跟她说不是的，爸爸没出现，是因为爸爸很厉害，爸爸要去执行任务，但爸爸一直在关注着她。她问我，她生日那天爸爸可以出现吗？就一天！我……我实在不忍心拒绝她。"

朱盛庸点头表示理解："你需要我向哥哥解释一下？"

"不！"兰婷急切而果断地打断他，"我想请你冒充一下。"

"……"朱盛庸不由沉默，好平衡这份意外。

"你只负责出现就好，不需要做任何事。甚至不需要应酬君君。可以吗？"

"好的。"朱盛庸一口答应下来。他对小胖一边挨打一边跟他妈妈说不疼，自己泪珠挂满脸，还优先给他妈妈送纸巾的细节印象深刻。孩子，是个多么神奇的物种。他不想让小君君失落。

兰婷叮嘱朱盛庸，重申千万不要向家里人透露君君的存在，更不能向朱盛中提及君君。朱盛庸答应下来。

掰着手指头数8月22日的过程中，朱盛庸依旧每隔一天去一次网吧。网罗到的几条小鱼后来又从网缝里漏走了几尾。

在网络上，话题很难展开。朱盛庸约她们见面，她们又各找借口，清一色是"最近太忙"。也许是真的，也许是没看上他。

只有一尾小鱼，偶然得知他常年如一日在坚持学习英语后，询问他可否教她英文写作？朱盛庸答应下来，两人莫名其妙成为师徒关系。

每隔一天，"墨竹"发一篇百十字的英文短文给他，他修改之后，第二天将修正后的文章发回去。

改作文的同时，偶然夹带一些私货，询问一些诸如"你在上海吗？""你做什么行当？""你最喜欢上海什么地方？"之类的话，"墨竹"有时候回答，但经常不回答。

朱盛庸也不以为意。

他对婚恋网上免费找英语老师的墨竹，多少有点敬佩呢。这思路，真清奇。以至于，有一天听刘流说，她通过婚恋网促成了一笔生意，他竟然一点都不感到惊讶。

不过，刘流还是说了一件让他吃惊的事。

第159章　世界上最悲伤的两个女人

刘流说，她像往常一样去上班，一出地铁站，就觉得有什么不一样。

为此她还停留了一下，但她不敢回头看。那种被锁定盯牢的感觉太惊悚。她观察从她身旁走过的男男女女，那些衣着精致的男女步履匆匆，表情木然。

刘流心乱跳一阵之后，看到不远处的交警在指挥交通。交警给了她视觉上的安慰。心跳稳定下来之后，她继续迈开步子往前走。

也许是最近熬夜太多，以至于神经变得脆弱敏感。

她到公司后，公司的同事、电脑里的邮件、不断响起的电话，一点点对接上她的记忆，把她游离的心调到往日的紧张节奏。

就在她认为一切异常都是她的想象时，领导走进她的办公室，露出灿烂的笑脸，对她说："大生意自己上门了。快去1号会议室，有人点名要跟你谈业务。"

她夹着笔记本，踩着高跟鞋，欣欣然奔1号会议室。因为她到处去各种社交网站、社区留下自己的职位和联系方式，是会有客户主动找到她。

推开1号会议室的磨砂玻璃门，看到一个笔挺的背影。她笑着道歉：抱歉让您久等了。

那个背影转过身。

只一眼，她的昂贵笔记本就因为惊慌、惊恐而掉落到地上。

"你猜是谁？"刘流问朱盛庸。

"是谁？"朱盛庸紧张反问。

"是他妈妈……长得跟他可真像。"刘流声音哽咽。

朱盛庸不需要问"他妈妈"是谁的妈妈，他知道，一定是马骏！

马骏妈妈头发漆黑，一看就是染过的，妆容整洁优雅，只是眼睛盛满了忧伤，无论嘴角如何上扬，都无法改变眸光的沉重。

"孩子。"她开口。声音里藏着刘流一听就懂的伤心和永远忘不掉的伤痛。

刘流视线已经被泪水沁花,视线模糊中,她看到了马骏朝她微笑,马骏嘴巴张合在跟她说话,马骏朝她伸出胳膊。

就算那是恶魔的拥抱,刘流也无法抵制诱惑。

她扑了过去。

扑进一个温暖的、真实可感的怀抱。

"你为什么才来找我!"刘流狠狠地拽着"马骏"的后背衣服,多年积压的情绪喷涌而出。

"孩子,这些年,我一直在找你,只是一直没有找到。"马骏妈妈颤抖着声音回答她。

刘流这才回过神。

她惊慌失措地推开拥抱着她的马骏妈妈,脸色瞬间陷入死灰。她的马骏,永眠于4年之前,再也不会苏醒,再也不会冲着她笑。

刘流连掉在地上的电脑也顾不上捡,惊慌失措就往会议室外逃,一头撞上了玻璃门。

"孩子!我不怪你!"身后的马骏妈妈声音像是从喉咙深处挤出来的。说出这句话,对她来说一定也很不容易吧。

刘流头抵在玻璃门上,呜呜哭了起来。不知道哭了多久,腿一软,人倒了下去。

马骏妈妈及时扶住了她。她倒下去的力道坠得马骏妈妈也无法站牢。两个人,一蹲一跪,再次拥在一起,抱头痛哭起来。

一句"我不怪你",确实解了刘流的心魔。

刘流得知马骏深夜出了交通事故后,马上意识到他是在奔赴自己的路上出的事。

她甚至觉得,是因为爸爸把她的手机抢夺走了,马骏打电话联系不上她,心里着急,才引发的交通事故。

刘流的心,早已被这个心魔侵蚀得筛子一样,全是漏眼。

她活着,就是苟延残喘。工作某种程度上挽救了她,但也仅仅是命悬一线而已。

马骏妈妈的"我不怪你",对刘流而言,无异于补心之漏洞的女娲之石。对她来说,太重要了!

刘流的号啕大哭很快惊动了外面的同事，有人通知了保安，保安小跑着上楼，敲门："里面请开门！"

马骏妈妈搀扶起刘流，把会议室的房门打开。

"怎、怎么回事？"

房门打开，跟大家以为的谋杀啊凶残以对啊都不一样，入眼的，只是两个相拥相泣的女子。一个是他们的销售总监，一个是年龄上像是母亲的端庄女士。

"怎么回事？"大 Boss 跑过来。刘流是他的爱将，通知刘流去 1 号会议室的人也是他。他可不想刘流发生什么意外。

"我跟我的女儿，说了一些事情。"马骏妈妈回答。

"搞什么啊。"大 Boss 有些不开心。这位妈妈你很过分啊，要见女儿不等下班再见，非要来公司冒充什么大客户。

"好了，散了散了。那个，刘总监，1 号会议室半小时后有人预定。"

大 Boss 的话相当于给母女限定半小时的收尾时间。

"当我的女儿吧，当我的希望，我的精神支柱。"马骏妈妈望向刘流。

刘流毫不犹豫地摇头："不。"

"不？"马骏妈妈眼睛里刚冒出的希望，立刻干涸死去。

"就当你的儿媳妇，他的未亡人。"

马骏妈妈紧紧搂住刘流："孩子，你怎么这么傻！"

听到这里，朱盛庸想批评刘流太冲动。转瞬便悟道，马骏妈妈能花 4 年的时间寻找到刘流，就不会眼睁睁地看着刘流一辈子陷入无法逆转的悲伤中。

马骏妈妈走的时候，给刘流留下一个大单。她有备而来，带了一份合同，委托刘流所在的旅行社办理她公司近 300 名员工未来 5 年出游的事宜。

马骏妈妈走后，大 Boss 亲自下场恭维刘流："大小姐！原来你妈妈是女企业家！失敬失敬。难怪我觉得你身上也有股子生人勿近、拼命三娘的气质。原来是遗传。"

大 Boss 带头，全部门的人都为刘流鼓起掌来。那些围绕着她挥之不去的流言蜚语，立刻原地消散。

"对了，你们在办公室，为什么哭得那么痛啊？"大 Boss 好奇追问。

全部的同事都将炯炯有神的八卦目光投向刘流。

刘流一甩刘海，道："我妈让我辞职回家。"

大Boss手捂心脏，一脸紧张："继承家业？不用这么着急吧，你还年轻，多在外面历练几年。"

"我也是这么说的。"刘流忍着笑看一眼大Boss。

大Boss长舒一口气："你妈妈答应了，对不对？对不对？"

刘流大步向前，嘴角翘起。

这是许久许久以来，她第一次体验到轻松感。

"周末我要到他家去了……我有点害怕……我想过邀请你陪我一起去，但我很快又决定还是自己去。那是我老公家，我不应该害怕。"刘流在电话里的声音，比以往任何时候都轻快。

朱盛庸由衷道："加油！要把他对这个世界的爱，也活出来！"

"会的！"

世界上最悲伤的两个女人，成功地抱在一起，填补彼此心的缺失，做彼此活下去的勇气。

马骏在天上看到这一切，一定会感到欣慰。

第160章　"哦对了，冯嫣也在"

实在想不出8月22日小君君生日时，带什么生日礼物符合"爸爸"这个角色，朱盛庸给"墨竹"的英文作文回信中夹带了一句私货：给一个5岁的小姑娘选生日礼物，你有什么建议吗？

第三天上网，发现"墨竹"回复了这一句：公主裙呀。

朱盛庸问：哪里有卖？

第五天上网，"墨竹"回：T宝呀。

朱盛庸想，T宝是七宝？不太像。于是追问：在哪个区？

第七天上网，"墨竹"回：哈哈哈哈，www.taobao.com！

朱盛庸这才恍然大悟。那个由阿里巴巴集团在2003年5月创立的网上购物平台，他不是没有听新潮的同事们说过，只是他不太花钱消费，因此没有放心上。

跟现在过亿的用户量不同，2005年的某宝注册用户约1500万到1800万人。那会儿支付宝还没有普及，不少人购物时会用银行转账的方式付款；买东西下订单前都会通过旺旺聊天，砍价是常规动作。

朱盛庸注册完淘宝后，搜了一下"儿童公主裙"，还真搜到不少漂亮的裙子。只是，5岁小姑娘的尺码该怎么选？

如果去问兰婷，兰婷一定会劝他不要乱花钱。

思而不得的朱盛庸问"墨竹"：5岁小姑娘的尺码你有建议吗？

"墨竹"回：作为孩子爸爸你不知道？

朱盛庸回：我还未婚，是我前嫂嫂的女儿。

"墨竹"回：你是受哥哥所托，偷偷替他女儿买生日礼物，避免现任老婆不开心？

就这样，被大信息量的复杂故事吸引，墨竹对朱盛庸的主动询问多起来。你来我往就这个话题交流了快20天。

得知曲折复杂的剧情后，墨竹一激动，向朱盛庸发邮件：我们见面吧！

2005年8月14日，周日，朱盛庸和墨竹在徐家汇公园见面了。

墨竹上穿小白T恤、下穿孔雀蓝七分裤，露出一截白藕似的小腿，赤脚踩了双黑色平跟凉鞋，别在耳后的头发刚刚及肩，看上去清爽宜人。

朱盛庸一下子想到"清水出芙蓉"来。

远看墨竹不胖不瘦，不高不矮；近看墨竹可可爱爱，面相和谐。墨竹一开口，声音就透着愉快劲儿。

"你好，墨竹！"

墨竹弯腰笑起来，笑完，眉眼弯弯道："好别扭呀。你还是叫我周画白吧。"

"我网上网下都叫朱盛庸。"

"走吧，朱盛庸。我们去找个网吧，我帮你挑你侄女的5岁生日裙。"

那时候淘宝还没有7天无理由退换货，快递公司覆盖面也没有那么广，投递效率远没有后来高，淘宝上购物，像是一场华丽的冒险。

综合考虑下，周画白建议挑一个卖家是上海的，网上看妥之后，地铁站碰头交货。万一货不对版，直接拒收。

朱盛庸只有点头的分儿。

女孩儿头凑近在屏幕上选公主裙款式的时候，朱盛庸闻到一股好闻的生姜清香味。沉寂许久的心，突然加速了一把。

周画白挑得很投入，在旺旺里跟店主聊天时手速飞快。谈妥交货地点、货款交付方式和碰头时间后，周画白起身，小碎步往外走："快！得赶紧去跟店家接头去了。"

朱盛庸亦步亦趋，心里微微泛甜。

下午4点钟的时候，朱盛庸拎了一个漂亮的大礼盒回家了。

周画白搞定公主裙的事情后，就毫不留恋地走了。朱盛庸用请她吃西餐都无法挽留住她。她说是要回去看书。

朱盛庸望着她的背影，一直目送她上公交车，公交车又开走，汇入车流看不见，他才折身往家的方向赶。

有一种漂泊的心终于想靠岸的感觉。

可惜，伴随想靠岸感觉的，还有一种挥之不去的"落花有意，流水无情"感。

一周后，朱盛庸从衣柜里扒出来藏了一周的大礼盒，将自己收拾一新，踏上去闵行莘庄兰婷家的路。

兰婷家据说有188平方米之大，他父母为了躲避朱盛中和朱爸爸，一口气卖掉了之前在市区的3套房，含补贴朱盛中10万后产权归兰婷所有的婚后购房，然后，在相对遥远的莘庄公园附近的公园天下购入一幢连体别墅。

朱盛庸坐地铁，转公交，进入闵行地界。

走着走着，忽然想起一件发生在6年前的、轰动一时的空难。那是1999年春季的一天，大韩航空的一架班机，从上海虹桥机场起飞不久，坠落在闵行境内。

坠落的地点，就在兰婷家所在小区的前面一条马路上。

那时候地铁1号线刚通莘庄站，莘庄的房地产随之刚起步，到处都是新建的商品房工地。飞机坠落后，强大的气流卷起附近的几位民工，其中一个，当即摔断了气，另有一个，胳膊腿都折了，头部被飞来的瓦砾碎片击中，也不幸遇难。

同样受这起空难波及而不幸去世的，还有两个9岁的小学生，以及一位22岁的新婚不久的女护士。

算是妥妥的祸从天降了。

朱盛庸当年从新闻上听到这件事时，只是浮光掠影地唏嘘了一阵。而今亲临事发地，往昔的记忆突然苏醒，连带想起因交通事故而死亡的马骏，人还没有到公园天下，心情已经伤感起来。

意外随时会发生的人生，实在应该洒脱些，珍惜当下些！

兰婷候在小区门口，有些"口供"要跟朱盛庸串一串。

远远看到朱盛庸到了，手里还拎了一个斑斓的大礼盒，兰婷扬起胳膊热情地挥手。

当了5年妈妈的兰婷，五官并不见衰老，只是身体微微发胖，脸上笼着一层温柔的"妈妈气"。她的举手投足，以及开口说话的语气，足以让朱盛庸确认：她是个好妈妈。

"我爸爸妈妈可能不高兴见到你，脸色可能会不好看，你不要介意啊。"

"君君邀请了几个幼儿园好朋友，我争取不向他们的家长正面介绍你，实在推脱不掉的时候，就口径一致地说你是君君的爸爸，可以吗？"

"君君昨晚没睡好，她又紧张又期待，生怕她让你不满意。你能多夸夸她吗？"

朱盛庸一一答应下来。就算不为哥哥，不为血脉，单为一个纯真可爱的小小姑娘，他也会答应下来的。

"哦，对了，冯嫣也在。冯嫣是君君的干妈。忘了提前告诉你了，不妨碍的吧？"

朱盛庸心一梗，走路顿时顺手顺脚起来。

第161章　她的话凿开他的偏见

最近一次获知冯嫣的信息，还是从刘熙那里听到的。

刘熙结婚一年后，依旧没能怀孕。又过了一年，在她妈妈的提醒下，才想起来去看医生。

陈家栋父母长年生活在美国，为三爷爷服务。没看医生前，陈家父母催生的电话一直在打，语气越来越不好听。刘熙身上承受的压力，可想而知。

逢上刘熙接电话的时候，刘熙会有意无意提到冯嫣。冯嫣比她结婚还早一年，也没有怀孕。

陈家栋的胞妹幸灾乐祸，对刘熙一天比一天飞扬跋扈。动辄话里带话，暗示刘熙早晚有一天会"被离婚"。

看医生之后，突然之间，陈家的口风突变，对刘熙客气起来。

并不是陈家良心发现，而是陈家栋的体检报告出来了。

自从陈家栋确认是自己的缘故,导致刘熙无法正常受孕后,他只花几天时间就接受了命运的安排,开始向刘熙宣传丁克世界的美好。

刘熙面上表示接受,心里始终耿耿于怀。

小阿姨去朱盛庸家的时候,也曾议论过这件事:要是妻子不能生育,丈夫十之八九会闹离婚;情况反过来,丈夫不能生育,多半日子还会过下去。女性太柔弱、太好说话了。

刘流那时候没少挖苦刘熙,她堂而皇之地冷嘲热讽道:"你老公居然有脸劝你丁克?我怀疑等熬到你40岁,人老珠黄,他还可能会劝你老女人单身也很美好!他呢,正好去找个年轻的。"

刘熙自然不相信陈家栋会如此没节操,但没有孩子的婚姻,确实让她心里没底。

没底归没底,刘熙还是下不了做试管婴儿的决心。

"冯嫣真的好有毅力,连续做了三次试管婴儿,不幸全都失败了,听说还要鼓起勇气做第四次呢。"

朱盛庸在饭桌上听刘熙这样说,也没有怎么往心里去。

再刻骨铭心的爱情,也有蒙尘吃灰变钝感的时候。

何况,在朱盛庸的意念里,他和冯嫣之间,基本算是冯嫣甩了他。而且,婚后的冯嫣,直接跃层,连烦恼都是千万级别的。

然而,刘熙打小就善于娓娓道来。

她窝在心里的话,是一定要全说出来才肯停的。

朱盛庸坐得离她近,想不听清楚都困难。

"在做试管婴儿之前,一般都会考虑人工授精。也就是说,吃药促排卵,打针促排卵,等到了时间,把精子通过非同房的方式递送到女性体内,帮助怀孕。这一步无望成功,才会考虑试管婴儿。"

刘熙用她好听的软糯的江南普通话,夹杂着丝丝恐惧,说起了试管婴儿的步骤。

第一步,是做检查。

光检查抽血,就要抽二十来管血。

除了抽血,还要做其他各式各样的检查。前前后后要用去一个多月的时间,才能把各种检查报告准备齐。

到月经中后期,正式进入做试管婴儿的周期,还要再抽一次血。

然后开始打促排卵针。每天打。

做试管，医生一般希望一次性取十几颗卵子，所以打的促排针效力会略强。

打促排针的同时，还要抽血。抽血是为了监控卵泡的发育状态，好在最合适的时间去取出卵泡。

"不停地抽血不说，尖锐的针头还每天都刺穿皮肤，扎进血管，扎进肌肉……用不了多久，身上就密密麻麻全是针眼了。我只要一想那个场景，心就哆嗦。"

朱盛庸听得一怔。脑海里一闪而过冯嫣白得发亮的光滑胳膊。

促排针打半个月后，会迎来最关键的取卵手术。

取卵是很可怕的过程。

"我在网上查过资料，医生会拿着一根35厘米长的取卵针，刺穿卵巢，靠前端的超声探头，瞄准一个卵泡，戳进去，把卵泡液吸光，然后针头推出卵泡，再向另一个卵泡进针……反复重复刚才的步骤。取十几个卵泡，在卵巢上就会留下十几个洞。"

刘熙说到这里，自己停顿下来。

而朱盛庸，不知何时，已经听得很投入。

他知道，正常情况下，女性每月只会排一到两颗卵子。而一次性排出一年多的卵子，对卵巢产生的刺激可想而知。

"取完卵之后，身体会非常难受，肚子胀痛，很多人连走路都直不起腰。如果促排促得比较猛，对卵巢过度刺激却不进行治疗，还会面临生命危险！"

刘熙的声音微微颤抖。

"实验室培养受精卵，培养5天后，移植回母体。移植回来前，就需要吃大量的激素促进子宫内膜生长。一周要吃完一双肩书包的那种剂量。"

"然后，就开始漫长的、度日如年的等待。稍有风吹草动就会吓得魂飞魄散。直到有一天，被迫直面失败。

"这样的恐怖经历，冯嫣足足经历了三次。

"我实在佩服。

"要是她先于我怀孕，得到了那幢老洋房，我无话可说。"

刘熙的话，像是一个凿子，凿开了朱盛庸对冯嫣固化了的印象。原来，冯嫣的光鲜，是站在荆棘上的。在看不见的那一面，流着血。

今天要在君君的生日宴上看到冯妈，朱盛庸拿不定对待冯妈的态度。

他是冷眼旁观她？

他是怜悯疼惜她？

抛开内心的情感，他又能为她做什么？

带着复杂的情感，朱盛庸随兰婷进小区。

高层和别墅共同组成的"公园天下"，背靠百年历史的莘庄公园，欧派建筑，超高绿化率，使小区看上去非常高档，甩朱盛庸几年前购买的川沙沙田公寓小区几十条街。

兰婷带领朱盛庸到了其中一幢连体别墅门前，刷卡进庭院。

朱盛庸能体会到其中的信任感——兰婷自始至终都没有提醒他不要跟他家人说她现在的地址。

"我知道你哥哥又结婚了，还知道他一结婚就是一家三口。挺好的，他终于不用担心他的孩子有哮喘了。"兰婷的笑容里并没有妒忌，"其实我的君君很健康。"

朱盛庸嘴巴动了动，想说，朱古力其实有哮喘的，而且，朱古力有轻微的癫痫，比单纯的哮喘更严重。

最终，他并没有说任何话。

兰婷显然有宝万事足，已经彻底放下了哥哥。他不需要在兰婷面前讲述跟哥哥有关的任何信息，因为，兰婷和君君的平静生活，没有理由被打扰。

走过月季花怒放的庭院，兰婷推开前门，示意身后的朱盛庸不要迟疑，快进来！

第162章　食指失控

室内的装修很考究，是兰婷父母的审美：可以不新潮，但用料必须在能力范围内高级、上等。

一阵急促的小脚丫拍地的声音响起，临近了，又突然收住脚。

朱盛庸散乱的心思立刻被这小脚丫声惊扰，并散去。他集中精神，准备挑战"爸爸"的角色。

墙拐角的地方，露出一张圆圆的粉妆玉砌般的半张脸，两只眼睛跟黑葡萄似的，忽闪忽闪地看着兰婷身后的朱盛庸。

兰婷妈妈的声音在小姑娘身后响起:"别跑,小心跌跤!哎呀,裙子还没有拉好呢。"

"嘘——"小姑娘缩回头,朝阿娘嘘道,压低声音但其实音量还是很大,"你温柔点说话,我爸爸来了。小心你吓跑他。"

兰婷妈妈无奈之际,满脸嫌恶地探头看了朱盛庸一眼。

朱盛庸和朱盛中虽然是亲兄弟俩,长相却不尽相同。朱盛中像爸爸,英俊帅气;朱盛庸像妈妈,平和中正。

这一眼,兰婷妈妈没有在朱盛庸身上看到熟悉的影子,相反,看到了一股沉稳正气,心里的厌恶不由轻淡一半。

"来啦?"她打招呼。

朱盛庸断然喊不出"妈"这种称呼的,喊"阿姨"又显得自来熟,喊"兰婷妈妈"倒是合适。溜一眼小君君,生怕稍有闪失就穿帮,干脆什么都不称呼。不做,不错。

朱盛庸微微鞠躬、点头,露齿而笑。

兰婷妈妈侧过脸,不看朱盛庸。她歪头看小君君,弯腰拉小君君没来得及拉好的裙子。

小君君不住地躲闪,拍开阿娘的手,眼睛直勾勾地看着朱盛庸,小嘴儿抿成一条线。看得出,她想搭讪,又不知道该说什么好。

"君君!这是我送给你的生日礼物。"朱盛庸蹲下来,单膝跪在地上,把彩色礼品盒推给君君。

君君惊喜极了,奶声奶气地问:"我可以现在就拆开吗?"

"我求之不得。"

君君小手拆动起来。她年龄太小,看不出要领,越拆越乱,反而把蝴蝶结活扣拆成了死扣。朱盛庸便耐心地介入,帮她解开。

君君蹭啊蹭,先是站朱盛庸对面,接着站朱盛庸旁边,等朱盛庸要打开包装带时,君君已经挤到他身前。

"你自己打开,好吗?"

彩色独角兽包装纸打开,华丽的公主裙露出来。

君君肉嘟嘟的小手捂上了嘴巴:"好漂亮呀!我!喜!欢!"

兰婷妈妈、兰婷都忍不住凑过去。一看到包装盒里像西班牙公主服装一样的礼服,也都为衣服的华丽而惊讶。

朱盛庸不知怎的,忽然抬了一下头。

二楼楼梯口悬空的地方，出现一个半隐半现的身体，目光再往上抬，果然看到一张熟悉又陌生的面孔。

是冯嫣！

小君君拉了一下朱盛庸，朱盛庸连忙低下头。

"我，我可以跟你说一句悄悄话吗？"

"可以呀。"朱盛庸侧头，送上耳朵。

"谢谢你，爸爸。"

朱盛庸轻轻抱了一下小君君。这是一个尚不知道自己是单亲孩子的小姑娘的爸爸梦。那么脆弱，那么惹人怜惜。

"不客气。你又乖巧又有礼貌，值得拥有这件礼物，也值得有更好的。将来，如果你需要的话，每次生日我都会给你送漂亮礼物。"

小君君肉肉的小手指点着自己的下巴，歪着头，无比可爱地问："我可以今天就穿它吗？"

"当然可以！"

小君君蹦跳着，开心地拿了裙子就往楼上跑。裙蓬很大，部分拖在地上。君君边跑边欢快地招呼兰婷和阿娘："快来帮我换裙子呀！我要穿爸爸送的！"

兰婷妈妈不肯，说新衣服一定要过水洗才能穿。小君君傲娇地"哼"了一声："你不肯帮我，我找干妈！干妈——"

小君君拖着公主裙，噔噔跑上楼，拉上冯嫣的手，抛给楼下的大人一个得意洋洋的笑脸，还顽皮地吐出了小粉舌头。

兰亭妈妈看不下去，低声抱怨道："真是的，自己养不出孩子，可劲地宠我们家的君君。这不是拖后腿嘛。"

兰婷难为情地看朱盛庸一眼，走过去，揽住妈妈的肩头："快去看看爸爸水果准备好了没？"

兰婷妈妈被女儿一提醒，连忙去厨房了。

"抱歉啊。"兰婷待妈妈的身影一消失不见，立刻向朱盛庸道歉。

朱盛庸大度地笑了笑。

不一会儿，门铃陆续响起。君君的伙伴们在各自的家人陪伴下，到了。兰婷爸爸、兰婷妈妈像花蝴蝶一样，开心地穿梭在人群中，不时招呼小朋友，招待大朋友。

小君君在众人期待中出现了，她戴了一个小皇冠，穿了一件撑圆了的蓬蓬裙，华丽得宛如童话中的小公主。

兰婷满场跑着给大家拍照。

冯嫣负责带领小朋友们玩游戏。

朱盛庸左右手交替拍着一只气球，坐在一个角落的高脚凳上当吉祥物。

现场气氛嗨极了。切蛋糕的时候，君君朝朱盛庸伸出胳膊，用清脆的童声大喊："我要爸爸抱着切！"

所有人的目光都不由自主聚焦在小寿星和"她爸爸"身上。

朱盛庸有些生涩，但力争不表现出来。他单手抱着小君君，单手握着小君君拿了蛋糕刀的手，拿捏地弯腰切蛋糕。

旁边一位妈妈看笑了："一看这抱女儿的姿势，就知道不是奶爸。"

另一位宝妈接道："知足吧，我老公已经连续两年错过孩子的生日了。"

第三位也凑话道："没办法。放下工作就养不起孩子。现在养一个孩子多贵啊，光英语都要一年两万，还要画画、跳舞、弹钢琴。啧啧。"

兰婷举起相机，给朱盛庸和小君君"咔嚓咔嚓"拍起照。

一位宝妈胳膊肘碰兰婷："哎呀，你这位妈妈！怎么只顾着给别人拍。快过去，我们给你们一家三口拍张全家福。"

兰婷有些抗拒，尤其是冯嫣还在呢。

可实在找不到推辞的借口，正尴尬着，冯嫣走过来，从她脖子里取下相机，温声道："快过去吧，我给你们拍。"

看一眼笑得眼睛都眯成缝的女儿，兰婷心一横，走了过去。

冯嫣将镜头对准切蛋糕的"一家三口"，镜头里，朱盛庸笑得很投入。画面很温馨。冯嫣不由自主地将兰婷替换成她自己。

别人都以为她已经按下快门，拍下幸福的瞬间。

只有她自己知道，食指颤抖，失控一样，怎么都无法按下快门。

第163章　进攻方被迫防守

热闹的5岁生日宴结束了。小宾客和他们的监护人离开了别墅。

家里一片狼藉，兰婷父母忙着收拾。小寿星闹困，兰婷给小君君读睡前故事书。

家里只有朱盛庸和冯嫣闲着。

朱盛庸想离开，只因兰婷和兰婷父母都忙着，而他要告别需要经过兰婷，只好继续待在原地，看怒放的月季。

冯嫣朝他走了过来。

"你好像都没有正面看过我。"冯嫣的声音，有些变化。不像以前那么昂扬，有些低沉，也有些魅惑，是时间赠予的魅力吧。

朱盛庸克制住扭头看她的冲动。

为什么要去看她呢？

过去的都已经过去了。是非恩怨早已说不清楚。而且，没有再掰扯的必要。

"你还跟以前一样。时间好像不曾光顾过你。"

朱盛庸的视线晃了一下。他跟以前一样吗？分手后，他经过了整整6年的沉寂生活，2200个日子从他身边无声溜走。

"6年呢。"一直得不到回复的冯嫣，声音越发低沉，像是呢喃。

"你为什么还不结婚？"冯嫣抱着双臂，站在离朱盛庸两步远的地方。石径小路上的小石子，硌得她的脚底板微痛。LV的小羊皮鞋真的只适合走地毯。

她也说不清楚，是什么让她生出勇气，勇敢地走到他的身旁，问出她想问很久的问题。"为什么？"冯嫣执拗地重复。

"只是没有遇到合适的人而已。"朱盛庸回答，脑海里一闪而过周画白。

冯嫣叹了一口气，低下了头。

她其实已经很久不曾低过头。难过的时候，更习惯高昂起头。

"你不想看到我……你也不想跟我说话，可我……"冯嫣咬了一下唇，泪花坠落，像钻石一样，"可我心里……"

冯嫣抬头，看到身形倔强地看向别处的朱盛庸，泪珠滑过面庞，最后再看他一眼，他还是没有回头。她一咬唇，转身走了。

可我心里，一直拿你当精神世界里从未离开的恋人！

既然他不在乎，她又何必自取其辱地说出来！

兰婷哄睡了小君君，关上她的卧室门。下楼后跟父母说了几句话，心里正纳闷朱盛庸难道已不告而别？一回头，透过玻璃窗，看到冯嫣掩面哭泣，正奔屋里来。

心里咯噔一下。

这些年接触下来,她已经拿朱盛庸当兄弟对待,而冯嫣,毫无疑问是她最亲密的姊妹。这两人于她就像左手和右手,她可不希望左右手掐架。

兰婷慌忙推门往外走,不期然,与冯嫣撞了个满怀。

冯嫣顺手搂住兰婷,不肯再松手。

朱盛庸走了。

始终没有回头。

这一点伤透了冯嫣的心。

冯嫣把她的伤心讲给了她的十年闺蜜林青青。林青青这位职场新晋级的强势女中层管理者,至今未婚。感觉她已经嫁给工作了。

在一身黑色衣服还没有流行的时候,她已经这么穿了。

七分袖黑亚麻西装,包裹着圆胖的腰身,黑色直筒裤更显得她身材矮墩墩。黑色卷发蓬松在脑袋上,戴着一个黑框眼镜。唯一彰显她女性特质的,应该是吊在胸口的祖母绿项链了。

林青青对朱盛庸的好感,早已消散在岁月里。

比起风花雪月的故事,她更在意的是冯嫣的身体。

"我不知道他是恨我,还是厌恶我!他都不肯看我,一眼都不肯看!"冯嫣揪着胸口的衣服,哀怨道。

"为什么还要做第四次试管?你不要命啦?值得为姓陈的那么拼吗?"林青青怒其不争地质问冯嫣。

"这么多年他都没有结婚,他心里是不是一直没有放下我?"

"前三次的卵泡已经用光了,再做第四次就要从头再来。你已经不年轻了,不能再那么肆意折腾自己了。"

"他是在等我离婚吗?我要是真离婚的话……"冯嫣望向林青青,渴望林青青能给她一个肯定的答案。

林青青眼睛一亮:"离婚?他要是非逼你怀孕,你可以离婚!反正这婚姻也只是一场利益交换。你还年轻,可以重新开始。"

"可以……重新开始吗?"一直鸡同鸭讲的冯嫣,倒是听到了"重新开始"这句话,她心里,已经默默换算成"破镜重圆"。

"问问姓陈的,今天就问!"林青青道。

陈总总是出差,林青青自从工作从崇明调到市区之后,就成了冯嫣家里的座上宾。她在冯嫣家吃饭的次数,比男主人陈总还多。

这天晚上赶得巧，陈总少见地在晚饭前回到家。

陈总依旧年轻，但也看得出岁月感在增加。从事着一份需要高强度烧脑的职业，又燃烧着一份想打通下游产业链的野心，陈总的两鬓已经夹杂了不少白发。

只是他风度翩翩，白发非但没有带来沧桑感，反而为他增添一份岁月独有的醇香。

他回到家后，放下公文包，换了居家服，净过手后，来到冯嫣坐着的餐椅旁，绅士地亲吻了一下冯嫣的头顶，再友好地冲餐桌旁的林青青点点头。

"冯嫣不能再做试管了！手术和药物对身体伤害太大了！"林青青强势表态。在公司里跟如狼似虎的男同事争惯了，林青青早已遗忘了婉转和以退为进。

陈总考究地将餐巾披在领口，他水波不兴地望向冯嫣："我同意。前提是你配合我造假。"

"造假？"林青青重复。

"我找一个中介，他来搞定代孕的事情。你同步配合我扮演相应孕龄的孕妇。我会带你去参加公司活动、家族聚会，你假扮孕妇——这个很容易，带着假的道具肚子就可以，直到我们的孩子出生。"

林青青听完，点头同意："这个可以考虑。"

说完，她像陈总一样，望向冯嫣。

冯嫣的目光，跌进陈总深潭一样的目光里，无法移开。说什么代孕！她三次试管失败，凭什么代孕的就能成功！分明是挂羊头卖狗肉，他在说的，其实是花钱去买一个孩子！

明明是犯法的事情，却被他说得轻松笃定。他一定早就在打这个好主意了吧！

自认为社会经验丰富的林青青，并没有听出陈家康的话外音。她想的是，花钱避免冯嫣受罪，这个可以考虑。

本来是要逼陈总表态，转眼就成了陈总在逼冯嫣表态。

第164章 三角乌龙

"我觉得可以。你觉得呢，冯嫣？"林青青追问。

冯嫣目光从陈总深潭一样的目光中挣脱出来。

她仓促地看了林青青一眼,低头道:"让我想一想。"

陈总假装爱怜,皮笑肉不笑地抚了一下冯嫣的后背,冯嫣明显嫌弃地躲避了一下。

林青青因为陈总肯花钱免去冯嫣受罪,心里很高兴,话也多起来。她跟陈总,不自觉讨论起员工管理的心得来,竟也交流得很合拍。

饭后,林青青和陈家康在小吧台上喝一杯。

被禁止喝酒的冯嫣窝在客厅宽大的沙发上,沙发旁边开着落地灯,她手里拿了一本书,目光看向书本,但其实她一个字也没看进去。

她整个人,已经分裂成两半。

一半在思考:买卖一个孩子……现在DNA检索这么发达……抓到会被判拐卖儿童罪吧?

另一半在思索:倘若离婚……他真的不嫌弃吗……就算他愿意,他的家人也都不介意吗?

想得太激烈,完全没有意识到林青青和陈家康的谈话内容已经变成了她。

林青青远远看一眼灯晕笼罩的冯嫣,笑着叹息道:"我认识她的时候,她才刚过18岁的生日。我们上下铺,一起住了3年。"

"有个跟她在同一个家属院里长大的男生,爱她爱得不行。她那时候,风华绝代,妥妥的校花。所有认识她的人,都认为她此生必然幸福。"

陈家康握了握自己手中的施华洛世奇的水晶杯,杯里还剩浅浅的一口加了好几块冰的烈酒。

他没有接话,因为他知道,他虽然不缺冯嫣钱用,在物质上不曾亏待她,但冯嫣心里不快乐。她只是他用计谋、用钱财、用画大饼诓到身边的小白兔。

"现在,她却困在原本是你该承受的困局里。"

陈家康知道林青青指的是生育这件事。他同样无法接话。造成孕育困难的人是他,承受孕育苦难的人却是冯嫣。

"如果你不肯松口放过冯嫣,我们都计划离婚呢。"心情大好的林青青笑道。

陈家康不由抬眼看一眼林青青,狐疑的目光在林青青身上直打转。

我们?

她跟冯嫣之间到底是什么关系?

他以前竟然没有细想过!

陈家康回头看一眼冯嫣。

冯嫣蜷曲在单人沙发上,入定一般保持着看书的姿势,目光发直,嘴角露出奇怪的温柔微笑,显然是在想心事。

陈家康回头,恰好看到林青青目光温存地眺望着冯嫣。他心里,突然腻歪起来。将手里的酒杯往餐桌上一放,捏了捏眉头:"今天跟甲方开了一天的会,有些累。"

林青青起身:"那我告辞了。"

"冯嫣——我走了。"林青青去取衣帽架上自己的坤包,一取没取下,却顾不上再取。奇怪,冯嫣竟然没有反应。她转头看冯嫣,冯嫣还保持着看书的姿势,嘴角的笑意又深又缱绻。

有些疑心自己刚才的声音太小,林青青又重复一遍。

冯嫣仍旧没有反应。

"冯嫣?"陈家康高声喊道。

冯嫣这才突然醒过来,茫然地"嗯"了一声,失措地望着门口的陈家康和林青青。

"是要出门吗?"冯嫣放下书,站起身。

"是林青青要回去了。"

"哦,好的。再见,青青。"

"再见,嫣嫣。"林青青用眼神微妙地瞪了一下冯嫣。这一眼被陈家康完整地看在眼里。

林青青不会因为冯嫣没及时跟她道别就生气,她瞪她只是因为担心她心不在焉,会惹陈家康不开心。

林青青走后,陈家康将房门一关,远远地、冷冷地绕着冯嫣转。从任何一个角度看冯嫣,都必须承认,冯嫣是个美人。

这个表面柔弱的美人,竟然在他眼皮底下跟别人暗度陈仓!

士可杀不可辱的恼怒,令陈家康咬牙切齿。他一把拽起冯嫣,用手抵住她的后背,让她不得不贴近他:"你跟她,是什么关系?"

他想问的,是冯嫣和林青青是什么关系。

落在冯嫣耳朵里,却理解成在追问她现在和朱盛庸算什么关系。冯冯嫣不由大骇,连她自己都能感觉到自己脸变白了。谁泄的密?兰婷还是林青青?

陈家康的手,从她后背穿插过腋下,反握住她的胳膊,将她的一只胳膊拧到背后。冯嫣吃痛,忍不住叫了一声。

"不肯说?让我猜猜。"

"通吃吗?"

"当我是蠢货吗?"

陈家康等了几秒,等不到冯嫣否定。一想到林青青动辄登堂入室,在他眼皮子底下把阴谋玩得流转,把他当猴耍,而他竟然从未起过疑心……他果然蠢得厉害。

早就该怀疑了!林青青不婚,一年四季一身黑,说起话来咄咄逼人……除了身份证上的性别是女,身上看不出半点女性气质。

陈家康不鄙视男同、女同,但,聪明人的死穴是不能当蠢货,陈家康不能忍受他被隐瞒、被愚弄。

陈家康将冯嫣愤怒地推倒在沙发上,骑跪在她身上,两手卡住她的脖子,摇晃她:"老子在外面辛苦工作,你他×吃我的喝我的,就这么报答我?"

冯嫣惊恐地尖叫起来。

下楼后的林青青,被风吹乱的头发,一摸头才想起来,帽子忘在冯嫣家了。

她折身又上楼。

出电梯,走到冯嫣家的门口。正要敲门,蜷曲好的手指忽然停在了半空。她侧耳倾听,果然从房门里传来尖叫声、咒骂声。

林青青吓得身子一抖,连忙敲起门来。敲门很快变成砸门:"开门!开开门!"

里面的吵闹声像是被按了静音键,但是不见人来开门。

林青青耳朵贴房门上听,里面静得诡异。

她慌乱地从坤包里摸出手机,给冯嫣打电话,给陈家康打电话,都不见有人接。林青青一边砸门一边大喊:"开门!再不开门我要报警了!"

不过久,脚步声响起。

房门大幅度地打开,林青青措手不及。

只看一眼,她就烧红了脸,自觉地转过了身。

冯嫣衣服被撕破，衣不遮体，头发凌乱地盖住脸，人依偎在陈家康胸前。而陈家康，干脆片衣不着。

"要报警？去呀！"

第 165 章　不平静的 2005

林青青背过身，她的凶悍只是外强中干。

本质上，她还是金山石化的那个总是为室友们充当爱情导师，而自己的实践经验空白到一塌糊涂的理论高手。

她不敢细看，也不敢细想。

陈家康拿脚踹上了门。

林青青过了好久，才敢回身。那扇熟悉的门，此刻却如此陌生。

背靠在冯嫣家的保险门上，林青青感到很无助。她甚至有些分不清楚，是不是男女之间的那点事，都那么大动干戈？

糊里糊涂下楼，在楼下一直蹲到天色发暗，蹲到暮色四合，林青青还不想离开冯嫣家的楼宇。她站在楼下抬头望，32层高层住宅，仰视已经很难看出哪家是冯嫣家。

林青青像丢了魂，总觉得冯嫣的家事不对劲，可又无凭无证。

实在无计可施，想到朱盛庸。

时至今日，朱盛庸的五官在她的记忆中已经模糊。手机里有朱盛庸的手机号码。林青青徘徊在冯嫣家的楼下，给朱盛庸打电话。

"我有件事，想问问你。"林青青想问那个私密的问题，可电话接通，怎么也问不出口。

"什么？你说。"朱盛庸的声音极为平稳。

"冯嫣她……你和她……那个……"林青青非常努力，可还是无法描述出口。

朱盛庸因为白天出席小君君的生日宴，刚刚见过冯嫣。那时候冯嫣走过来，落落大方跟他说话。他做不到她那样洒脱，没有看她，只因不想让自己更失态。

误以为林青青代冯嫣询问他，为什么不跟冯嫣说话，朱盛庸开口解释："我不是八面玲珑的人，也做不到收放自如。既然已经过去，就没有必要再招惹。关于我还未婚的事，大可不必往心里去，只是暂时还没有遇到合适的人。"

林青青除了叹气，说不出其他的话。

打电话给朱盛庸，本来就是病急乱投医。见朱盛庸流水无情，林青青也无意多说。连"再见"都没有说，直接挂断电话。

听筒里传来忙音，朱盛庸放下手机，继续拿起笔，给李礼刚写信。

李礼刚婚后第二年，妻子五月就给他生下一个儿子。儿子像是他的复刻，把小宝宝抱在怀里的刹那，过往人生的辛苦都得到了偿付。

正是因为有了儿子，李礼刚对博士毕业后的公司待遇，变得不那么耿耿于怀了。

五月是她父母的最小的女儿，年事已高的父母无力赞助她购房的钱款。长姐长兄的孩子仅比五月小几岁，也无法指望长姐长兄凑首付。李礼刚这边的亲戚更指望不上。

这种情况下，兄弟姐妹中唯一没有自己住房的五月，被家族默契地认为将来可以继承他们父母的住宅。

在真正继承老父亲老母亲的住宅之前，五月和李礼刚在外租房。

缴税和房租各占去李礼刚收入的三分之一，李礼刚虽然拥有博士学历，每个月拿到手的可支配金额只有1500美金。

新家总有东西要添置。

毕业两年了，李礼刚没能存下一分钱。国内的父母巴巴渴望他反刍，可他确实没有余力。幸而当年回国，给弟弟买过一套房，使得弟弟能够结婚，也算帮国内父母减了负。

李礼刚存不下钱，五月也没有好到哪里。宝宝的一部分开销，都是五月在支付。

李礼刚写给朱盛庸的信里充满了苦恼。原以为博士毕业后可以尽情投入万恶的资本主义社会的花花世界，没想到，10年博士都熬毕业了，进超市购物，第一个动作还是看价格标签。

"何以解忧？唯有暴富！可是，才脱贫的我，连小康的路还没有摸到，到哪里暴富呢？"

李礼刚对金钱的强烈渴望，朱盛庸并不能感同身受。

他的月薪，以60%的比例攒存下来。一年下来，颇为可观。时至今日，已有40万。加上妈妈非要借给他的10万，已经足足50万。

这50万，于上个月进入股市。

2005年中，恰逢上证指数跌破1000点。朱盛庸按照他学到的市盈率、市净率等价值投资指标，觉得遍地都是可以购入的股票。

每天买进一万块，不多久，朱盛庸就花去了10万块。

朱盛庸的心有些虚。

日常言谈，难免就多说几句股票。

不说不知道，一说才发现，身边几乎所有的同事，都有炒股经历，但除了几个深度被套，被迫长期投资的，目前清一色空仓状态。

按照价值投资的逻辑，难道不是股票价格越低，越值得购买？然而同事们都很老到地摇头，冲着他只笑不说话。

朱盛庸不信邪，继续买进，很快买到了20万的市值。

朱盛庸对股市的乐观，遭到朱妈妈的无情嘲讽。

朱妈妈从2001年观摩股市，2002年正式进入股市，到2005年的时候，已经经历了整整3年的熊市。市场培养了她的敬畏心和谨慎态度。

而2005年的5月，中国证监会发布了《关于上市公司股权分置改革试点有关问题的通知》，标志着中国资本市场股改的开始。

同年8月，中国证监会等五部委联合发出《关于上市公司股权分置改革的指导意见》，股改驶上快车道，预示着A股进入了一个"同股，同权，同价"的新时代。

这期间，QFII、保险、银行号基金、企业年金等众多新的资金渠道的扩容，为市场带来诸多不确定性。股改、沪深300指数正式推出、首支ETF上市等，使得中国证券市场新生事物层出不穷，和国际接轨的步伐在加速迈进。

保守的朱妈妈被市场的变化吓坏了，生出悲观的预期。她滔滔不绝向朱盛庸分析利弊，理论一套接一套的。

朱盛庸听，但不信。

他只认定一点：便宜！

股价这么便宜，将来的升值空间肯定大呀。

朱盛庸仍旧一万、两万地购买股票，很快花去了40万。

朱妈妈见儿子冥顽不化，挫败感四起。她试探性地问朱盛庸："你到底打算什么时候买房子？我借钱给你可不是为了让你炒股的！"

第166章　等赚完这一波

朱盛庸回："等赚完这一波。"

这是他的真心话。

朱盛庸看不懂那些商业贷款的人。造假工资流水，就为了多贷款。贷款批复下来，高兴得欢天喜地，更有甚者还要请客，跟贷款不用还似的。

他这样谨慎保守的人，连贷款都难以接受，只信奉有多大的能力，做多大的事，坚决不给自己找压力。

与其花50万购买一套差强人意的房子，不如在股市里赚一波。用赚到的钱买房子，岂不美哉？

朱妈妈一听这回答，脸都绿了！

赚完这一波？拜托！你知道这一波是3年、5年，还是10年、8年啊？

阿庸头不在市区内买房，怎么结婚？阿庸头不结婚，朱家岂不是要绝后？老头子半夜睡觉都在说梦话，喊的全是"孙孙""乖小囡"！这不是要逼疯人吗？

"你是不是故意的？"朱妈妈嗓子都尖起来。

朱盛庸有些茫然，没听明白。

"你故意不结婚，就是为了报复我！你恨我，从外公那里继承来的恨……"朱妈妈情绪激动。

朱盛庸没能共情到妈妈的情绪，他还保持着他所谓的理智与公允："有一说一，你私刻外公的章，确实不对。不过——"不过，说他继承外公的恨意，不结婚是为了报复她，就太夸张了。

朱妈妈完全听不得有人说她不对。她悲愤至极，抢话道："我不对？我为了谁？还不是为了你们！"

"'你为了谁'和'你对不对'，是两码事。"理工男的思维：就事论事。

朱妈妈可不这么想：否定她某件事做得不对，就等于否定她这个人！她含辛茹苦那么多年，合着就培养出了一个白眼狼？

"怎么就两码事了？不是为了你们，我何必做那件事？"

"承认私刻外公的章这件事做错了,就那么困难吗?人非圣贤,孰能无过?"

"我是为了你们好!"

"可我们并没有要求你为了我们好,去私刻外公的章!"

"够了!你左一句私刻外公的章,右一句私刻外公的章,你就是故意在揭我的伤疤,故意在打我的脸!"

"做得,凭什么说不得?"朱盛庸据理力争。

"我是为了你们才做得呀!"朱妈妈悲愤地喊道。

朱盛庸选择沉默。罗圈话!再讨论下去也没有意义了。

尽管是朱盛庸主动停止,争论还是给回暖的母子关系添上了一道裂痕。

父母偏爱哥哥朱盛中是不争的事实。朱盛中小时候确实是天才一般的存在,随着他长大,画风越来越不对,朱爸爸朱妈妈对长子的偏爱在默默滑坡。

加上朱盛中自从读上海中学起就大半时间不住在家里,婚后更是居住在外,导致他与父母之间相处时间越发减少。摩擦虽然少了,感情交流也少了。

又,朱盛中离婚没有跟父母商量,再婚娶的又是一个明言不会再生的女子,每一个行为,都是在戳朱爸爸朱妈妈的心。

朱妈妈渐渐意识到她在长子心中没有地位,不知不觉,感情倾斜向小儿子。

朱妈妈刚迁移感情给小儿子,小儿子就跟她吵了一架。内心顿时深感孤苦伶仃!

可是,她又只有两个骨肉。虽然两个都不好,但也只能在两个之中求安慰。

小的吵完,朱妈妈去找大的。

"你弟弟最近也翅膀硬了,不把我放眼里了,还批评我私刻外公的章是不对的,应该认错。向谁认错?向他吗?我还不是为了他,为了你。不然,我跟你们爸爸住蓬莱路上的小房子就够了!"

朱盛中站在公司所在的楼梯间,他真的很高兴手机里来了一则私人电话,使他从一起麻烦的纠纷中解脱出来。

至于妈妈在电话中说的内容,他觉得没有讨论的价值——妈妈为了儿子们才不得已这样做，儿子们理所当然应该感恩。

"阿庸头那个人认死理，你不用多想，他下回再说你不对，你就让他有本事别住你私刻章私刻出来的房子！让他硬气去！"

朱妈妈的委屈得到了有效的安抚，她开心地笑了，顺口问问朱盛中新工作做得怎么样。

朱盛中情绪当头，不由多说了几句。

他之所以被现在的保健品公司聘请，完全得益于他做过安利的经历。到了保健品公司后，他被安排做讲课老师，哄一群老头老太购买他们的保健品。

"都什么保健品啊？"朱妈妈问。

"能有什么？市场上什么热销卖什么呗。吃不坏的，效果全靠自己感觉。本来也挺好，最近出了一件事。"

朱盛中做保健品跟做安利异曲同工，也要安插自己人坐进观众席，让他们缲边。缲到了，可以拿好处费。

有那么一个缲边很有经验的老爷叔，在一次上课的时候，举手，上台发言，正当他大赞他们家的保健品的好处时，整个人突然昏倒在讲台上。

要了人命了。

120急救车当场呼啸着接走了昏倒的老爷叔。

这下把其他的老头老太吓得够呛，原本说好要买保健品的人也退缩了。总经理把朱盛中叫到堆满保健品的办公室里，敲着桌子跟朱盛中说：这是危机！需要危机公关！关键时刻，就看你的本领了！

朱盛中被哄带唬，不知深浅地接下了这次的危机公关任务。

等昏倒爷叔的子女登门，朱盛中才知道什么叫厉害。

爷叔的女儿四十五六岁，正值更年期，加上本身就泼辣，上门连喊带骂，把陈列的保健品扔了一地，扬言要报警取缔他们这个非法的骗人店铺，要让所有的人都逃不出干系，不蹲监牢不罢休！

朱盛中被昏倒爷叔女儿的气势唬住。他说尽了好话，只惹得对方更嚣张而已。而经理，早已经说好此事全权授予朱盛中解决。

经理自己憋在办公室里，以保护保健品库存的名义坚决不露头。

朱盛中被闹得一个头，两个大。

正不知如何收尾，朱妈妈的电话打进来。

朱盛中感激不尽地接起电话就往外冲。

冲出门的那一瞬，他看透了。闹得那么凶的爷叔子女，不过是为了讹诈赔偿。而说什么考验他公关能力的经理，不过是图清闲。

一群乌合之众！

朱盛中动了离职的心。

第 167 章　危机公关

离职的决心一下，意志顿时崩溃。

等朱盛中接完妈妈的电话，再回到空气污浊、室内一片狼藉的保健品公司时，气质大变，脸上生出不在乎和杀伐决断的气息。

他气场一变，昏厥爷叔的女儿不觉就收敛了三分。

"报警？去啊！别屄！就现在！我看着你怎么玩！自己家老爸身体什么底子，心里没点数？他们也可以讹诈你们身体有恙不如实告知，砸他们招牌的！招牌是无形资产懂哇？你得赔多少钱才能抵上他们的损失？"

昏厥爷叔的女儿的嚣张气焰以肉眼可见的速度在减少。

她清了一下嗓子，整理一下衣衫，假装端庄和通情达理："那我们坐下来谈一谈吧？"

"谈个屁！"朱盛中脱掉自己的外套——虽然是盛夏，为了招徕客户，公司花大成本开了空调。讲台正对着空调，一整天被冷风环绕，实在吃不消，所以朱盛中上班的时候是穿了薄西服外套的。

将外套往肩膀上一甩，脚尖踢门："出来！谁爱受这鸟气谁受，我要辞职！"

办公室房门开了一道缝，总经理的话从门缝里挤出来："别价，兄弟，我都听见了，你危机公关得很好，我很认可你，请继续！"

"继续你个头啊。半个月工资我周一来领！你们自己玩吧。"

"别冲动，大哥！别走……给脸不要是吧？行！下周一你要是能领走你的工资，我跟你姓！"经理气急败坏，办公室门洞开，他手指着离去的朱盛中的背影，喊出了雷霆气势。

旁边的小老师弱弱提醒他："朱经理，您本来就跟他同姓哎。"

朱盛中不顾总经理的挽留，义无反顾地抬脚跨出公司的门。

所谓公司，不过是临街的一间商铺而已。

他回头看了一眼那个他都不好意思写进简历的永春长健保健品有限公司，心里轻松得像长了翅膀。

但马上就没有那么轻松了：他该怎么跟陈静静交代？

说他被辞退了，最便捷。可那样的话太有损他的光辉形象了。自从朱古力连偷两百块假币后，家庭内三人的地位开始发生变化。

从前一手遮天的陈静静开始自我怀疑，疑心自己没有能力教育好朱古力，她开始跟朱盛中讨论孩子的教育问题。

朱盛中总能在理论上说服她。

陈静静不再将朱盛中屏蔽在朱古力的教育之外。

她甚至开始怂恿朱古力叫朱盛中"爸爸"。

在这之前，朱古力只肯在填写材料的时候把朱盛中写在父亲一栏，生活中也会跟第三方讲述"我爸爸"，但真的直面朱盛中的时候，多数是避免称呼的。逼急了，也是"叔叔"，实在被逼无奈，极限就是 Daddy。

"爸爸"这个称呼，是朱古力的禁区。

朱古力对他的亲生父亲怀有一种幻想。他年龄不小了，早已从奶奶（其实是姥姥）处套话，得知他的亲生父亲是个成功的富商，一个香港人，一个在深圳发家的香港人。

朱古力在小学二年级的时候，还在幻想他的亲生父亲从天而降，把他从恼人的学业中解救出来，带他经商，父子俩从此联手干一番惊天大事业。

当他满怀期待地问他妈妈这个问题时，他妈妈当时正笑着，突然凝滞，笑残存在脸上，眼睛里闪过死灰一样的雾气，再看向朱古力的眼神，也变得冷冰冰的。

朱古力由此知道，他妈妈的心里，也有禁区。

朱古力放弃了他的亲生父亲从天而降、救他于水火的幻想后，奋发图强了一阵子。他越是知道自己是被遗弃的，越是力争表现，处处显摆，可惜成绩总是不给力。

四年级开始后，朱古力在表现上松懈下来。他另辟蹊径，团结起班里的女生来。他突然发现，那些女生们可可爱爱的，比傻不拉叽的男同学好玩多了。

可是，玩着玩着，就出了问题。

他下课玩猜拳，赢了，按道理可以提要求，他提亲女生一口的要求，女生羞红了脸。他以为是默许，于是就亲了。

谁知道，"亲"这个动作还没有结束，女孩子就"哇"的一声惊天动地地哭了起来。

这下好了，全班同学从各个角度转头看向他们，见证了他把别人亲哭的名场面。随后，同学们用各式各样的形容词，争先恐后地向班主任马老师告状。

朱古力百口莫辩，几次试图解释他们是在玩游戏，可每次都被同学们的告状声压了下去。

那个被亲的女生，也不帮忙解释，只负责哇哇大哭，哭得脸都红了，额头还凸起一道青筋。

这件事的后续，毫无疑问，是请家长。

朱古力妈妈接到电话后，马上请假。奔学校的路上，越走心里越没底，于是给朱盛中打电话，要求他也请假去学校。

本以为要费一番口舌，没想到，电话里一提，朱盛中马上爽快答应。

其实，那时候朱盛中刚冲动辞职，正好无事可干，闲晃在马路上，心里正犯愁该怎么跟陈静静交代呢。

朱盛中马上打车去朱古力的学校。

陈静静从公交车上下来，正好看到朱盛中从出租车里出来。紧要时间，顾不得责备他花钱坐出租车。陈静静三言两语向朱盛中介绍了儿子在学校里犯的错。

朱盛中点评："此事可大可小。往小里说就是小孩子间闹着玩。往大里说就是咱们朱古力小小年纪术不正耍流氓。是大是小全靠咱们危机公关。咱们的任务就是劝服老师，这是小孩之间闹着玩的事儿。"

脑子里乱成一团的陈静静不住点头。是这个道理！

挽着朱盛中的胳膊，陈静静的心一点点安稳下来："老公！就指望你了！加油！"

朱盛中信心百倍，率先进了朱古力老师的办公室。

朱古力班主任老师没有独立办公室，一间教室改成的大办公室里，横七竖八沿墙摆着几张办公桌。朱古力班主任的办公桌居中，靠窗。

朱盛中的策略是抢在马老师前面开口。

第168章　算算开销账

解决事情之前先解决情绪。

朱盛中拿出做安利、做保健品的功力，展开三寸不烂之舌，对朱古力老师拍起马屁来。连班主任的办公桌、电脑屏、窗外视野都夸到了，夸到他险些词穷。

班主任马老师的脸色终于从阴沉变成了含笑。

"我看你们挺正常的，不是那种不上道的家长，怎么你家孩子上课就睡觉，下课就胡闹？今天还闹出强行亲女同学的极端事例来？"

朱盛中双手合十，笑着赔礼道歉："老师可千万别动怒，为那个臭小子不值得。

"这事得怪我们，我和他妈妈平时喜欢亲他。他也抗拒的，我们就跟他说这是发自内心的喜欢，因为喜欢才亲亲，很纯真很美好的。

"是我们没有告诉他界限，导致他亲了同桌。

"孩子是无辜的，责任在家长。老师，我们向您认错！我们积极反省！回家就修正我们的说辞，重塑孩子的世界观！"

班主任扑哧笑出声。

朱盛中除了态度虔诚，人也养眼帅气，他不停地拍马屁，又不住地道歉，班主任纵然一开始满腔不满，此刻也说不出什么了。

双方又交谈了一阵子，这件事就大事化小、小事化了了。

从学校里出来，陈静静高兴得差点蹦起来："老公！你真厉害！你听见了吗？班主任本来想给咱们儿子记过呢，被你说动，现在放咱们儿子一马了。今晚放学，无论如何也要让小家伙亲自谢谢你。"

朱盛中脉脉含情地注视着陈静静："我接到你电话的时候，公司里正在开一个重要会议，总裁亲自坐镇，我说我要请假，经理不允许，我非要请，经理就给我放狠话：非要走就辞职再走。"

陈静静的兴奋瞬间变吃惊。

"那一刹那，孰轻孰重？我不需要思考就得出了结论！当然我老婆的事情、我儿子的事情更重要！我就那么义无反顾地走出会议室。

"经理觉得我让他在总裁面前丢脸了，冲着我的背影大喊：下周一来办离职手续！"

"现在，站在你面前的我，是个无业游民。你会嫌弃我吗？"

陈静静默默擦了一下眼角，一下子扑进朱盛中的怀里。

朱盛中得意洋洋地笑了。

智商碾压的好处，他拿稳了！

陈静静高挑、匀称、漂亮，年轻时短暂地在深圳的工厂上过一阵班。后来来到上海，到上海的前两年怀孕生娃，后来，娃托给山东的姥姥，她才开始找工作，交友不慎，被介绍进安利里。

好在在安利里结下一段姻缘，不算完全浪费时间。

结婚后，靠朱盛中养了三个月，发现朱盛中是个伪富豪。

坐吃山空地又过了三个月。逼迫朱盛中卖了车，又过了三个月。连哭带闹逼朱盛中清仓了股票账户里的股票，又过了三个月。

婚后第二年，日子实在过不下去了。

夫妻俩才拉下脸面，退出安利，老老实实当起打工人来。

陈静静第一次在上海的人才市场找工作，没有底气，选了超市收银。很快，她觉得自己值得收入更高的工作。朋友推荐她去了超市对面的江风美容美发上班。

第一面，她就被录取了。

陈静静发现工作内容涵盖给顾客洗头，过不了内心这道坎，表示不干了。

老板为了留住陈静静，告诉她，她不需要帮任何人洗头，她只需要站在店内，以大堂经理的身份照顾好往来的顾客就好。譬如，跟客人搭搭讪、聊聊天，给等候的客人送杯水之类的。

考虑到新工作比超市收银工资高了三分之一，陈静静答应了。

陈静静请假，就是跟江风美容美发的老板请的。

江老板非常好说话，马上笑容可掬地答应下来。

陈静静解决完儿子的问题，又敬业地回到自己工作的美容美发店，顺便带朱盛中进店理个发。

江老板热情地安排首席美发师，认认真真帮朱盛中理发，并且坚持不收钱。朱盛中疑心江老板看上了陈静静。

江老板人精一样，一眼看出朱盛中的担忧。找了个借口，笑呵呵地把朱盛中拉到一边，一边吞云吐雾，一边亮出他放在胸前口袋里的全家福。

"我老婆，小我10岁，风风火火的重庆辣妹子。"说到这里，江老板对着照片亲了一口，"她个子小，才1米55，可是，一口气给我生了一个儿子和一个女儿。

"我每天的营业额全都上报给她。她拿捏我拿捏得死死的。我也是心甘情愿。

"现在，我的人生愿景就是多挣钱。让老婆随便买东西，给儿子女儿攒钱买房，请上门家教，让孩子们少奋斗20年。

"什么风花雪月，在我决定跟老婆结婚的那一刻，已经与我无缘！我的野心，全在这上面！"说罢，江老板拇指摩擦食指，做出数钱的动作。

朱盛中心中了然，打消疑虑。

"可……她好像也不干什么呀？"

"她漂亮啊。往那一站，我整个店的气质都提升了！漂亮就是生产力！"

朱盛中仔细一看，陈静静果然气质出众，穿着江风美容美发的紧身制服，显得优雅干练又迷人！

这位江老板，管理思想超出时代一大截啊。

自视甚高的朱盛中都忍不住甘拜下风。

朱古力没有在上海读幼儿园，因为户口尚未转到上海，没法就读公立小学。他读的民办小学算是收费低廉的，每学期仍旧要付5000块。

一年1万块的学费，2万块的英语培训费，1.5万块的钢琴费……光这些大头，都要4.5万块。

除此之外，还有校服费、鞋子、书包、玩具、乐园游玩等开销，一年杂七杂八的额外费用，节约地花，也要七八千。

算下来，朱古力一人一年，就要花去5.5万块左右。

家里网络、水电煤、物业、停车、保险等等费用加起来，也要四五千块。加上三个人的口粮，老婆的化妆护肤衣物开销，又要加上四五千。此外还有人情往来。

总体算下来，一年要开销17万到20万。

不算则已，一算，庞大的数字吓得朱盛中魂不附体。

据他所知，他和陈静静的工资收入，加在一起还不到15万。

即使两个人都上班，每个月依然在赤字。

他的存款已经耗尽。陈静静也是驴屎蛋子——面上光。她的账户，比他的还干净。他这一辞职，对家里财务状况来说，无疑是雪上加霜。

但朱盛中不着急。只有雪上加霜，才有机会劝动陈静静卖一套房。

第169章 挖空心思

朱盛中想劝陈静静卖一套房，没想到，陈静静很坚决，宁肯停下朱古力的英语培训、钢琴教学，也不肯卖掉一套房。

朱盛中的心，直线往下坠落。

"现在，我因为你们失业了！我就算是马不停蹄地找新工作，里面还有运气的问题，快也要两个月，慢的话说不定要小半年。你一个人的月薪能有多少呢？日子还过得下去吗？"

陈静静躺在床上，手无奈地盖住眼睛："老公，这个问题我们已经讨论一个晚上了。我不能卖房子，房子一套留着我们自己住，一套留着给朱古力当婚房。这是早就规划好的事情。"

"早就规划好？多早？跟谁规划的？"

陈静静不耐烦地翻了个身，后背朝朱盛中。

朱盛中贴过来，拨过陈静静："房子是你们的定情物，是不是？房子是他留给你的纪念品，是不是？你对他还旧情未了，是不是？"

陈静静没力气也没有耐心再回答："你真是够了！你明天不上班，我还要去上班！"

朱盛中手一松，跪坐在床上，大口喘息了一阵子之后，抱着枕头和被子，头也不回地出了卧室。

陈静静翻来覆去睡了一会儿之后，不得不起身去看朱盛中。

朱盛中躺在沙发上，半个被子都拖在地上。

陈静静走过去，帮他把被子捡起来，放到沙发上。

见陈静静走过来，朱盛中翻过身，面朝沙发靠背，不看陈静静，妥妥赌气模样。

陈静静尝试坐沙发上，没有空间给她坐，疲惫之下，只能坐在沙发前的地毯上，后背靠在沙发上。

"要是我把房子卖一套，将来你跟我还有能力再买回来吗？不能的吧。只有一套房子，朱古力结婚的时候怎么办？我们出去租房过，还是他们小夫妻出去租房过？

"卖房就是饮鸩止渴。

"你那么聪明,怎么会想不出其中的道理?

"除非是你不肯想。你不肯想的原因,只能是你没打算跟我们母子俩长久过下去……"

夜深了,朱古力早就睡了。

陈静静哀伤的声音格外打动人心。

朱盛中到底没有坏透,他被打动了。就像朱爸爸算计陈静静母子能刺激他的保护欲一样,陈静静哀愁的话同样能刺激他。

他翻过身,坐起来,抱住陈静静的脑袋,亲吻她的头顶:"对不起,是我没有想太深。我以为,未来我们会有机会的。"

陈静静摸着朱盛中抱她脑袋的胳膊,心里温暖极了。

陈静静以为她已经通过谈话打消了朱盛中卖房子的心,没想到,没过几天,朱盛中就卷土重来了。

"我想到一个绝妙的新主意!"朱盛中笑容灿烂地对陈静静说道。

在家投简历等待面试的时候,朱盛中收拾家、接送朱古力、买菜做饭,晚上作业交得也很积极。

陈静静感受到生活的便利与美好,因此也不怎么催问他面试的事。

接过陈静静的包,蹲下来解开陈静静的高跟鞋的鞋扣,把鞋取下,给脚套上拖鞋。站起身来,高兴地继续说道:"咱们可以卖一套房子,同时,在郊区再买一套。等朱古力结婚的时候,让他住现在的这一套,我们住郊区。反正到时候我们也退休了。"

陈静静呆呆地看着朱盛中。

"我已经找中介粗略地打听过了,哪怕是我们在郊区购买同样面积的房子,也能套出至少 20 万的现金。

"20 万!

"加上我们的工资,可以支撑到把朱古力养大了!"

陈静静嘴巴张了张,却没有说出什么话。

"这叫用地理位置换钱。同时,我们还可以用面积换钱。毕竟我们两个,不需要 138 平方米,只要 98 平方米就够了。

"这么一算,我们至少能套现 30 万朝上。

"朱古力甚至不需要停他最爱的钢琴课!毕竟钢琴我们都已经买了,小家伙也学两年了。"

陈静静吞了口空气，停顿片刻，问："你为什么这么执着于卖房？"

"因为我们的日子过不下去了！"

"你可以找你妈妈借钱！我可以把我的车卖掉！"

"我张不开口！我自己还欠着我妈妈3万块呢！"

"那就我把车卖掉！明天就卖！"

说完，陈静静朝卧室走去。她太累了，晚上10点才下班，到家已经快11点，周一到周四，她和儿子只能看睡着的彼此。

朱盛中的笑脸枯萎下来。

第二天，朱盛中给朱古力做早餐，留一份早餐给睡眠中的陈静静。时间到了，他开车送朱古力去上学。

原本应该送完朱古力，开车回家，等9点的时候再送陈静静上班。

不过，今天的朱盛中不高兴那么做。送完朱古力，他一踩油门，奔斜土路父母家去了。

朱爸爸下楼，刷脸跟门卫套近乎，让朱盛中免费将车泊进小区。

"今天是工作日。你怎么来了？"

"回家再说。"朱盛中不高兴讲两遍，他想回家后跟爸爸妈妈一并讲。

没想到，回家后才发现妈妈不在家。

"我妈呢？"

"在做股票的地方。"

"什么时候回来？"

"上午股票结束的时候。"

朱盛中躺在弟弟的沙发床上，百无聊赖。妈妈还可以说说话，跟爸爸说话都费劲。说一句，要解释两句。累。

"想——卖——房。"朱盛中躺在沙发床上，睁着眼睛，神情涣散地看着天花板。捉襟见肘的日子太难受了！当初和兰婷在一起时，他想怎么花钱就怎么花钱，账户里永远有个足以带给他安全感的数字。

现在呢？说起来有两套房和一辆车，可都是陈静静的！

等等！朱盛中猛然撑起身子，他几乎忘了，他自己名下还有一套房呢。在蓬莱路上，他还有一套10平方米的小房子呢。

"卖房！"朱盛中目光有神起来。

他退出安利后，那套小房子被他当初的领导借去继续当会议室使用。俩人之间也没有说具体的租用日期和金额。领导时不时请他吃顿饭、送他点茶叶什么的，就充当租金了。

朱盛中决定今天就去找老领导，把房子要回来。

"你们要卖房子啊？正好。你弟弟要买房子。"

朱爸爸取出藏进铁皮罐头里的饼干和糖果，招待好久不来的大儿子。

第 170 章　颠倒了个个儿

朱盛中精神大振，马上坐坐好。

初中时他买东西，附赠一次摸奖机会。一贯有偏财运的他，竟摸出一台双卡录音机来。那时候双卡录音机是时代潮流，炙手可热。

他扛着双卡录音机，还没有到家，就想到回家要跟爸妈讨价还价，把录音机低价卖给他们。

喜得眉开眼笑的朱爸爸一口答应买，让他价钱跟妈妈谈。朱妈妈口子放得很开，多出点钱也无所谓，为他头脑这么灵光而高兴。

他靠出卖录音机的所有权，在不损害使用权的基础上换回了一笔钱，可谓空手套白狼。这件事是平生得意事之一。类似的还有花几百块小钱买权证，赚到 5 位数的钱。

往事在脑海中一闪而过，朱盛中仿佛看到光明的新未来：他把蓬莱路的房子的产权卖给弟弟，反正弟弟也不会真的去住，他还可以继续租借给老领导。

"我把我蓬莱路上的房子卖给我弟弟，比市场价便宜 5%！要是不过户的话，便宜 10%！我私下写字据给我弟弟。"

朱爸爸扑哧笑了起来："你弟弟要在市内买婚房，蓬莱路的房子太小了！"

"我弟弟准备花多少钱？"

"50 万。"

朱盛中默默算起来。138 平方米的房子卖 50 万的话，均价还不到 4000 块，有点亏，但胜在拿钱快。

"我弟弟有那么多钱？"

"有啊。50 万现金。只多不少。"

朱盛中眼中露出羡慕的光。那个闷不吭声的弟弟，手里居然这么有钱。

"他川沙的房子还有多少房贷没还完?"

"沙田公寓的公积金贷款吗?早提前还完了。"

朱盛中的羡慕变成嫉妒。当年他有钱的时候,不知道甩弟弟多少条街。情况什么时候颠倒了个个儿?

"如果弟弟再加 10 万块,我可以把我们现在住的那套卖给他。"朱盛中斗胆说道。其实 50 万他也心动想卖,不过,既然弟弟赚钱那么容易……

"好。我是中意你们的大房的。"朱爸爸一口答应下来。朱盛中和陈静静住的 138 平方米涉外房他是去过的。房子方正,透光透亮,得房率高,小区环境跟公园似的。

"你留下来,中午你跟你妈妈说。"中意归中意,朱爸爸不当家做主几十年,不敢拍板。

朱盛中留在爸爸妈妈家,等妈妈中午从证券市场回来后,将买房卖房的事又跟妈妈说了一遍。

朱妈妈大喜过望。

这真是瞌睡了送枕头啊。陈静静家的小区和房型她都无比满意,再说了,两个儿子住在一个小区,以后走动起来也方便,实在算是美上加美。

"蛮好!"朱妈妈赞同道。

"不过——"她转念就想到一件事,朱盛庸把钱拿去买股票了!

"别担心,"朱盛中心虚地接道,"我会说服她!"他以为妈妈的"不过",是在担心陈静静不肯。陈静静确实不肯。

朱妈妈想当然地以为大儿子说的是会说服小儿子,心里彻底放松下来。太好了,所有的麻烦都解决了。

当天朱盛庸下班回到家,发现妈妈笑眯眯的,爸爸也喜不自禁。等到了晚上 8 点,也不见爹娘来说家里发生了什么喜事。他怀着模模糊糊的怀疑,睡了。

晚上,朱盛庸做了一个梦,梦见他重回童年时光。梦里,他拿了一块不知道是什么东西的东西,说那是他发明的收音机,准备命名"朱盛庸牌",哥哥回头,粲然一笑,说,要是他发明制造的收音机,就叫"上海牌"。

朱盛庸从梦中醒来,在黑夜中张开了眼。

他在琢磨,他为什么突然做这样一个梦?都说梦是反的,这个梦是不是说明,尽管哥哥比他聪明,其实他比哥哥更具有大局观?

朱盛庸为自己的争强好胜无声笑了一下。

这下更睡不着了。

他摸出枕头下的手机,翻开盖儿,时间是凌晨4点10分。他需要5点50分出门,还可以再眯一会儿。沙发床上辗转了一会儿,没睡着,忍不住给刚拿到手机号码的周画白发了一条短消息。

发完消息,理智回归。朱盛庸以为可以像电脑聊天一样撤回。等他发现手机短消息没有撤回功能时,吓得整个人都从沙发床上坐了起来。

余下的时间,更没有可能再睡着了。

他很造次地给周画白发了一条"很想你"的短消息。而在此之前,周画白不曾流露过任何跟他约会、谈恋爱的意思。周画白跟他说,她注册婚恋网,只是想找复旦大学的学姐学长。

他很怕这一条短消息,会断送他和周画白之间的联系。

忐忑归忐忑,朱盛庸还是忍住给周画白打电话解释的冲动,他怕他会弄拙成更拙。

吃过微波炉里加热的八宝饭,朱盛庸坐班车去上班。

如今他工作的金鹏,早已不是当初的美资独资公司,而是于2004年与新科(STATS)合并过的金鹏。与STATS合并后,公司的整体实力又上了一次台阶,在国际上排得上名号。

公司前景,一派欣欣向荣。

挨打还是趾高气昂的挨打。

杨还是风轻云淡的杨。

托尼已经离开了公司,被张江的同行公司挖走。

林彬的二女儿也已经半岁。怀着生儿子的强烈渴望,林彬坚持吃素,人非但没有瘦,反而像吹起的气球一样膨胀起来。

"怎么回事?吃素一点不减肥呀。"林彬摸着自己的肚腩,纳闷道。

"大象吃素,你见过马大的大象?大猩猩、水牛吃素,你见它们体型纤细吗?"杨机智反驳。

随着挨打统领两部门时间的延长,杨已经与客服部的同事打成了一片。经过时间的遴选,他最后选定跟朱盛庸和林彬这对组合走近些。

原因是,这俩人比别的同事对现实生活的态度更抽离。林彬沉迷于打游戏，朱盛庸沉迷于攒钱。两个人对发生在办公室里的阴谋诡计毫无兴趣。

"告诉你们一件劲爆的事情。"杨斯文地吞咽一口饭菜，神秘兮兮道。

"什么？"林彬接。

"昨天你们下班后，警察来了我们公司。"

"什么意思？"朱盛庸问。

"事关重大，还在秘密调查取证中。相信不出三天，就会爆出来。到时候，只怕有人要蹲监狱了。"杨微笑着挑了一下眉毛。杨长相一般，但是有无尽的风流倜傥感。

换作别的同事，肯定打破砂锅问到底。朱盛庸和林彬各自默默想了一会儿，竟然都不再追问。他们俩默契地想到了凡事都热衷于插一杠子的挨打。

"还有一件发生在我身上的大事情。"杨清了清嗓子。

这回朱盛庸和林彬连问都不问了。果然是很抽离的一对，一点没有八卦精神。

"我和老婆决定移民了。"

朱盛庸和林彬只是多看了杨一眼而已。

时至今日，因为上海发展得太好太快，连林彬都对移民不感兴趣了。

第171章　硬碰硬

"移民需要多少钱？"朱盛庸对移民不感兴趣，但是对跟钱有关的数字感兴趣。

"30万，外加中介费3万到5万。"

"加币？"

"不，人民币，元。"

"移到哪座城市？"

"魁北克省。"

"多久后走？"

"得看排队情况。不一定。"

"去了靠什么生活？"

"先去再说呗。"

林彬这才插话:"30万加中介费,够我交2次超生的社会抚养费了。"

等和杨分开,回他部门,林彬对朱盛庸道:"知道吗?杨跟他老婆是丁克族。别人拖家带口移民也就算了,他们俩丁克往外移,老了连个帮忙跑腿的亲戚朋友都没有,多作孽?"

朱盛庸摇摇头。

他想说,现在医学技术发达,自然不能怀孕的话,可以借助试管。只要杨的老婆还年轻,随时可以改变生育计划。

但他懒得开口说。

他一半的心思都在担心给周画白发短消息的事。时间过去了大半天,周画白没有道理没看见。但她什么都没有回,什么意思呢?

"要是你给人发了一则消息,但是对方没有回你,是什么意思?"朱盛庸忍不住,问林彬。

"懒得理你呗。"

当天下班,朱盛庸因为林彬的一句"懒得理你",破天荒改变规律,等不及第二天就去了网吧。

屋漏偏逢连绵雨,刚坐下来,就遭遇网吧少年打架。大概是因为组队打游戏,有人嫌弃队友拖后腿,骂了不好听的话,惹得双方互抢了椅子。

朱盛庸被波及,躲闪不及,胳膊还被刮擦到。

值班的网管一边打110,一边跟朱盛庸道歉。把他付的钱完整地还给他,表示当晚网吧免费赠送他一小时。

可是,少年们很冲动,对打很快变成群殴,网吧里肾上腺素井喷,弥散着莫名兴奋的味道。稳重如朱盛庸,觉得还是不要贪图那免费的一小时比较好。

他走在回家的路上,下定给家里扯一根宽带的决心。

正好,公司里做了这么多年,他已经晋升为主管,虽然实际上手下没有任何一名员工归他管,级别上已经达到了公司配发笔记本电脑,并免于打上下班卡的级别。

第二天恰巧是周六,朱盛庸电话问询装宽带的事,被朱妈妈听到。

朱妈妈甚至等不到朱盛庸结束通话,就反对起来:"装什么宽带!家里完全用不到!浪费钱!"

"有了宽带,上网很便捷,做股票也方便。"

说到做股票，朱妈妈就忍不住心一沉。她谨小慎微地做股票，至今还套着两万块。

"你哥哥劝动你了哇？"朱妈妈话锋一转，她想起大儿子承诺劝小儿子买下陈静静的房。

那本来就是个误会，朱盛庸当然听不懂妈妈在说什么。

"我哥劝我干什么？"

"买房呀！"

"你听岔了吧？"别说劝了，哥哥压根没提过与之相关的只言片语。

"不能啊。买的就是他们家的房！除非半路杀出个程咬金，他另有了买主！"

朱盛庸彻彻底底地愣住了。朱妈妈一句一句向他交代明白，两个人才各自恍然大悟。

"你哥哥真过分！跟我承诺得好好的，转身却只字不劝你。"朱妈妈抱怨。

"你们也很过分啊，都不跟我通气，张口就替我答应买下哥哥老婆的房……"朱盛庸也想抱怨，只是没有说出口。他认为没必要说，因为妈妈知道他的钱都拿去买股票了。

"你股票账户里还有多少现金？"朱妈妈问。

她知道朱盛庸开了股票账户，也知道他把买房子的钱拿去买股票了，她想的是，反正不必一次性给足大儿子50万，只需要先给一部分钱，后面约定一个时间，在约定时间前把钱给大儿子就好。自己人，好通融。

"5万。"朱盛庸回。

朱妈妈听到了，却没有反应过来："还剩45万现金？"

"不，还剩5万现金。"

朱妈妈吃惊到一哆嗦："你买股票已经花了45万啦？"

"嗯。"

朱妈妈觉得气短心虚，眼皮子直跳，喘了两喘，语气不由杀伐决断起来："卖掉！把钱退出来！"

朱盛庸抬眼看妈妈一眼，没吭声。

"我说的你听见了没有？"朱妈妈逼问。

朱妈妈一向温和、恬静，甚至羞涩，鲜少有强硬的时候。

但鲜少不意味着没有。

在朱盛庸的记忆中,妈妈的独断专行绝非孤例。妈妈曾不顾朱爸爸反对,坚持在家庭财务紧张的情况下给两个孩子零花钱;曾不顾朱爸爸反对,站在马路边上收国库券……

要知道,朱爸爸可不是文明人,更不是省油灯,他的反对是炸裂式的。照样改变不了朱妈妈。

朱妈妈独断专行最明显的例子就是她不顾外公的意愿,在众兄弟姐妹都不支持的情况下,刻私章,拿房子。

今天,轮到妈妈的独断专行指向他了吗?

朱盛庸转过身,正面朝向妈妈,字句清晰地回答:"不。"

"你说什么?"

"我说,不。我不答应。"

"你凭什么不答应?"买房是多么重要的事情啊。明眼人都知道,房价在缓慢上升!

"我自己的钱,我自己说了算。"

朱妈妈冷笑一声:"这么快就忘了?其中五分之一,是我的!我给你的!"

"我可以还给你!"

朱妈妈伸出手:"行啊。你还!"

她并不是真的要向小儿子要钱,她只是想让小儿子服软。尤其是,她知道小儿子的钱套在股市里,还不出来。

小儿子说句软化,她就罢休。

哪怕是嗔怪地叫声"妈",她也罢休。

万万没想到,朱盛庸手撑桌子站起来,声音发冷:"我会还给你的!周一就还给你!"说完,擦着朱妈妈的身体,走了出去。

朱妈妈眩晕地站了一会儿,心里懊恼起来。她绝对没有逼他马上卖掉股票的意思。以她的推断,朱盛庸是在股指900点左右陆续买进的。短时间花去45万,买得生猛了些。但眼下喊涨的呼声很高,相信择机卖出,不会亏太多。

周一,朱盛庸下班的时候夹了个小牛奶箱子。

"你买了一箱牛奶回来?"厨房里做饭的朱爸爸搭话。

朱盛庸也不正面回答:"姆妈呢?"

"屋里厢。"

540 | 凡人传 |

朱盛庸换鞋进里屋,将牛奶盒子往妈妈面前一推:"给你。"

朱妈妈暗想:应该不是送一箱牛奶给我吧?

朱妈妈打开一看,心里顿时一惊:牛奶箱子里全是钱!

很明显,是她非要借给他的10万。

第172章 机缘凑巧

朱妈妈惊骇的目光,从钱上移到朱盛庸身上。

这是钢铁直男听话不知道听音,还是心里堵着一口气非要给她难堪?

朱妈妈痛定思痛,再次认定是后者。

朱盛庸是亏本卖了5万块的股票才凑够10万块钱的。按照他做的Excel表,他本应该趁跌再买一把,没想到世事难料,竟不买进,反而要卖出去。

此种郁闷难以纾解,他无人倾诉,便写进了给周画白的信里。

周画白还真是义气,竟然给他回电话了。朱盛庸激动地接起,那感觉就像受委屈的小孩如愿以偿拿到棒棒糖。

接起电话,却听周画白叹息连连。原来,周画白之所以回电,是因为她也正点儿背,突然被房东勒令搬出,正满腔幽怨无处吐槽呢。

周画白如今已经是毕业的第二年了。第一年考博,成绩过了面试分,但分数排名比较靠后,来复旦面试没通过。她爸爸妈妈觉得可惜,跟她商量,建议她在复旦大学附近租个房,全职再考一回。

实践起来才发现,好家伙,上海的房租不是一般的贵!

周画白爸爸工作在安徽与河南交界处,薪资养家有余,存钱不足。心里知道爸爸手里辛苦攒下的钱还要养老用,周画白拿来交房租问心有愧。

后来想个折中的办法,就是一边工作,一边复习考博。

周画白找了一份地处苏州河畔的工作,工资不高,大约3800块,好在工作相对清闲。她与一个同公司的女孩合租,房租都要2200块。

付完房租和水电煤,每个月有将近2500块可自由支配。刨去饭钱和女孩子的零花,每个月也就剩个千儿八百。

周画白挺满足的。

唯一的不好就是室友谈了个恋爱,决定和男朋友同居去了。

撇下她一个人承受 2200 块的房租，哪里吃得消？才跟房东商量可不可以允许她再招进一个女孩，房东就让她赶快搬家。

给了她一个月的期限，她寻寻觅觅，找不到更便宜的房子。正愁眉不展，又缝上阴雨连绵，工作上出了点小岔叉，被上司当众骂了个狗血淋头。

她忍不住泪水叭叭直掉，想愤而辞职，又想到她的真正使命是备考。来回折腾换工作就有违初心了，于是只能忍着。

忍得心里委屈又惆怅。

读了朱盛庸的信，看到他不被父母理解，被迫在低点割肉亏本退出股市，不禁悲从中来，忍不住给朱盛庸打电话倾诉苦难。

本来就是抱怨抱怨，减缓心理压力的事，没想到，朱盛庸是个行动派。

他接到她电话后，周六就打电话来找她了。

他带她去了七八家租房中介。也是运气使然，在一家小中介，看到刚有一套 18 平方米的小房放出来，租金 1500 块。虽然又贵又小，好在麻雀虽小五脏俱全。

这套楼梯拐角处出来的 18 平方米的小房子，距离周画白上班的地方挺近，来回通勤相对节约时间。周画白感激涕零，当即邀请朱盛庸第二天再来，她做饭请他吃。下馆子太贵。

周日，朱盛庸带着一塑料袋的水果登门。

18 平方米的小家焕然一新，多了很多粉红元素。见昨天周画白盛情相邀的样子，还以为周画白是做饭达人，哪知高压锅里煮的饭，糊出一个邦邦硬的焦底，煮的猪蹄髈因为没有劈开才八分熟。

也就白灼虾和炒时蔬，还算正常。

朱盛庸吃着焦糊的饭，嗑着白灼虾，吃着青菜，也觉得蛮有滋味。

"下回送给你一个电饭煲，这样你就不需要用高压锅煮饭了。"

"不用破费。"

"算是乔迁之喜。"

"真不用。"

朱盛庸没再说话，但下个周五下班后，却拎着锅子来敲门了。

周画白恰好又一次煮焦了饭，她不好意思再逞口舌之强，就笑纳了："好吧，至少可以不再浪费米了。"

周画白要复习迎考,朱盛庸既然到了面前,就当面给她讲了几篇英文阅读。周画白自觉受益不少。

"你要是觉得好,我明天可以再来。反正周末股市休市,公司不上班,我也没事可干。"

周画白挠了挠太阳穴:"会影响你找女朋友吧?"

"不差这俩月。"

跟硕士研究生笔试考试安排在12月份不同,复旦博士研究生考试的时间在3月份。距离3月还有小5个月,远非朱盛庸轻描淡写说的"俩月"。

周画白嘟起嘴巴:"要不我付你钱吧?"

"那就请我吃饭抵补课费吧!"

朱盛庸为了让自己更称职,当天走的时候带走了周画白两张英语试卷,表示自己晚上回家先做,第二天给周画白讲。

周画白一个愣神,他便夹着卷子关门走了。

第二天,朱盛庸果然9点就来敲门。规规矩矩,废话不多说,严师一般给周画白计时,让她做英文真题卷。做完之后帮周画白批改。

虽然朱盛庸原始学历不高,英语的造诣着实深厚,做考博真题,随便做做也在80分朝上。辅导周画白绰绰有余。

有朱盛庸督促,周画白效率高了很多。加上朱盛庸无任何越矩的地方,周画白就接纳了他的存在。

朱盛庸雷打不动,风雨无阻,周六、周日都去周画白的18平方米小家。

就这样,两个人亲密有间过了一个月。

这天,周画白要做中饭的时候,发现家里大米只剩下半杯。朱盛庸趁机提议外面吃。附近有家小杨生煎,好吃不贵,物美价廉。

周画白本着请客要兑现的初心,就同意了。

俩人进店,点餐。周画白付款,朱盛庸也并不阻拦。坐定,餐食端上桌,刚要开吃,一双纤细的手捂住了朱盛庸的眼。

肯定是个女生,因为有股馨香香气。

朱盛庸不敢乱动,心里很着急。这……周画白要误会!

"猜猜阿拉啥人?"

声音里含着笑,听上去很年轻。

朱盛庸初听很陌生,很快又反应过来。

"刘流?"

刘流松开手,笑嘻嘻地跟周画白挥挥手。才两个月没见,刘流大变样。以前是冰雪寒霜刘流,现在是春暖花开刘流。

刘流一转身,把她身后的人拉过来。是满头银发,却明媚时尚的马骏妈妈。马骏妈妈优雅地跟朱盛庸和周画白点头致意。

刘流在朱盛庸旁边落座,搓着手笑:"真是巧。我和妈妈想吃虾仁生煎,没想到,随便进家小杨生煎,还能邂逅小哥哥和小哥哥女朋友。"

朱盛庸心虚地瞟了周画白一眼。周画白微笑着,居然没有反驳。

第173章 现实魔幻

事后才明白,原来周画白听不懂上海话。

拼桌吃小杨生煎的时候,刘流察觉周画白听不懂上海话,很快不露声色地说起普通话来。马骏妈妈的沪普很嗲。

刘流像逗哏,像快乐的小鸟;马骏妈妈像捧哏,像沉稳的大树。她们胜似母女,合拍得很。看来彼此疗愈的效果很好。

周画白听得不住地乐。

吃完饭,刘流提议一起去淘七浦路,被朱盛庸严词拒绝了。

七浦路的低档服装市场始于20世纪80年代。七浦路沿街都是老式房子,道路狭小,天天拥挤不堪,以价格低廉而闻名于上海。

到了2001年,由乐清虹桥商人投资的新七浦开张营业,生意火爆,七浦路进入了商场时代,成为华东地区最大的中低档服装批发市场。

周画白眼中的小星星,因为朱盛庸的无情回绝而熄灭。

与刘流、马骏妈妈告别后,回18平方米小屋的路上,朱盛庸给周画白讲了刘流和马骏,以及和马骏妈妈之间的悲情故事。周画白惊叹不已。

那天下午,他们说的题外话,远超认识半年来的总和。

一种和谐融洽的气息,弥散在小屋内。

朱盛庸的幻想刚蓬勃起步,现实很快让他清醒——门外响起大剌剌的敲门声。

周画白马上跳起:"听这敲门声,一定是我老乡来了!"

眨眼间房门打开,光线一暗,走进来一个人高马大的男生。朱盛庸和那个男生同时呆住。周画白浑然不觉,开心地对他们彼此进行引见。

"哦,你就是那个,在我出差期间,帮小白找房子的人啊。感谢感谢!"老乡叫焦祁,焦祁一副自己人口气。

焦祁这个人,行为跟长相一样粗犷。他仅背过身,张口就问周画白:"他谁呀?"

周画白:"你可以把他想成我的英语辅导老师。"

"你还没死心,非要当灭绝师太?"

"你对女博士偏见太大,不跟你讨论这个问题。"

焦祁转身对朱盛庸:"大哥复旦哪一届,什么专业毕业的啊?"查户口状态在线。

朱盛庸摇摇头:"我不是复旦毕业的。"

焦祁马上转身看周画白。周画白两手一摊:"我确实在网上找到一个复旦的博士在读生,可他张口就问我是否有支付宝?

"他想网购一个网球拍。我想教他注册支付宝,他学都不学,就说学不会,要我帮他买,见面时把钱再给我。我本来觉得也还行,结果他挑的球拍要一千多。"

焦祁转身向朱盛庸:"那,大哥是哪所高校博士毕业的呢?"

朱盛庸再次尴尬:"我不曾读过博士。"

"硕士?"

"也没有。"

焦祁连背过身都懒得背了:"这不是搞笑吗?"言外之意,本科生辅导硕士生考博?他其实没有追问,朱盛庸只是大专毕业,连四年制本科都不是。

周画白笑着推了一下焦祁:"行啦行啦,审查专家。上次有人就是被你这样怼走的。"

说完,转身向朱盛庸:"别介意,他怕我被骗。"

焦祁两手叉腰,看那架势,似乎在权衡要不要把朱盛庸轰出去。

三个人待在18平方米的一室户里,朱盛庸经常一回头就看到焦祁毫不掩饰地盯着他瞧,瞧得他呼吸都不顺畅了。朱盛庸坚韧地忍着。

直到焦祁真的开口:"你还不走吗?等着吃晚饭?"

朱盛庸这才站起身,向周画白告辞。不等周画白说话,焦祁就三两步迈到门口,帮朱盛庸打开了房门。

朱盛庸一脸傲气和正气,踱步出门。房门还没有关,就听见焦祁急吼吼问周画白："那个人多大？看上去总有三十好几。"

朱盛庸眉梢忍不住抽搐两下。

掐指算算，他应该大周画白8到9岁。学历上比人家低一截，年龄上比人家长一截。他似乎应该多些自知之明，有不当癞蛤蟆的觉悟才对。

满心忧伤地回到家。

推门看到小阿姨，小阿姨在激动地说着什么。

朱盛庸默默换鞋，回到书桌旁，无言翻出自己的自学本科毕业证书和在职研究生毕业证，有些伤心呐。这些自学来的证书，应该没法跟全日制的比吧。

朱盛庸神伤地坐着，听了一会儿，才明白，小阿姨激动地在交叉说两件事。

一件是刘流的事。说刘流遇到了她生命中的贵人，一个家里有企业的老阿姨，不知怎么生了眼缘相中了刘流，听说还打算把家里企业交给刘流打理，还认了刘流当女儿。刘流也因此情绪变得好起来。

朱盛庸茫然地听了一会儿。大家生活在同一个世界，面对同一件事，得到的信息不一样，勾勒出的故事轮廓也不一样。

另一件事是关于刘熙的。自从刘熙跟陈家栋结婚，小日子一直过得很滋味，唯一的问题是总也不能怀孕。

那幢老洋房，本来以为就那么搁置在那里，熬到美国的三爷爷死掉，后辈们均分——倘若三爷爷不捐出去的话。

谁知道！陈家栋堂哥的老婆竟然怀孕了！

朱盛庸抬头。他刚才跑神儿没有听仔细，哪个堂哥的老婆谁怀孕了？

"哎。她怀孕也没话可说。毕竟做过三次试管了。做试管，老作孽的。"小阿姨擦着眼角，替刘熙惋惜不已。

朱盛庸心猛然跳动两下。是冯嫣怀孕了！

这是好事，她终于不用再受苦了。

所有人的生活都在往前走，只有他还在原地踏步，真是令人消沉。朱盛庸把过去5年忙着攒钱时，利用闲暇时间考出的毕业证放进抽屉。

朱盛庸犹豫不决，拿不定主意该不该另选一条小鱼。

这期间，跟同学聚会的时候，他稍微流露了一下鱼塘里的鱼难捞。同学们纷纷表示现在的女孩子不要太好钓！

"我们正处在最好的年纪！不稚嫩，又年轻，手里有钱，脑子里有阅历，对那些小姑娘来说，不要太有魅力哦。"

"确实。有时候只是不想拈花惹草，不然一惹一个准。"

"小犁同学每次同学聚会都带一个不同的女孩来参加，哈哈哈，小犁同学快来给阿庸头讲讲泡妞经验。"

"身轻体柔易推倒，现在的小姑娘一代比一代惹火。个个都是我不愿结婚的罪魁祸首。"

当年最会娇羞的高中女生们，十几年过去了，听到男同学们大放厥词，也只是大度地一笑了之。

朱盛庸觉得，他已经活成了小阿姨。跟同学们处在同一个社会，又不在同一个社会。他遇到的女生，和他们口中说的女生，仿佛不是同一个上海里的女生。

好魔幻的现实啊。

他在魔幻现实中已经分不清，该信自己还是别人。

第174章 隐忍等待

放眼望望那些肚子已经凸起来的男同学们，其中也有两三位神情不放浪的。那是工作在体制内的已婚人士，夫妻关系没问题，且已有小孩。

朱盛庸不羡慕那些每次聚会都能带不同女孩子来的同学，倒是很羡慕那些生活稳定、感情顺遂的同学。

那些看似过得多姿多彩的同学，从宏观上来说，不过是在重复。

反倒是那些看似日复一日的，从宏观上来说，每年都不同。孩子在长大，感情在累积。那，才是朱盛庸渴望的生活。

同学聚会之后，朱盛庸的生活突然被迫精彩起来。

这得归因于焦祁。

焦祁从周画白的手机通信录里偷来朱盛庸的手机号码，用自己的手机号给朱盛庸发手机短消息：哥哥，偶好想你哦。你还记得我吗？

朱盛庸回：请问你是？

伪装过的焦祁：讨厌。你可真花心，上次见人家还是不久前的事，居然就忘记了？

朱盛庸回：给点提示？

伪装过的焦祁：给你三次机会！三次里有我的名字，我就原谅你。

朱盛庸没再回。他说不出三个跟他暧昧的女孩的名字。

几天后，伪装过的焦祁又给朱盛庸发消息。

伪装过的焦祁：嘤嘤嘤。今晚和室友闹翻。无家可归了……

朱盛庸：住酒店。

伪装过的焦祁：忘带身份证。

朱盛庸：跟室友道歉。

伪装过的焦祁：嘤嘤嘤。你就不能做点什么？

朱盛庸：我不是在帮你出主意？

焦祁长吸一口气，平息内心的气急败坏。他费尽心机给朱盛庸挖坑，以为能勾起男人色色的坏心思，没想到，朱盛庸也不知道是太精明不上钩，还是太实心眼以至于没有坏心眼，反正就是没上当。

有点怀疑朱盛庸识破了他的手机号，心虚的焦祁一口气买了三张手机卡，没事就设计惹火情景，轮番勾搭朱盛庸。

朱盛庸从头到尾没有起疑心，以为这些形形色色的女子是从婚恋网上拿到他的手机号。他以一颗诚恳的心，对待焦祁幻想出来的妖魔鬼怪，倒一直没有湿鞋。

焦祁穷尽所能，也没有勾动朱盛庸。

年前三天，周画白放假回家。朱盛庸送她去火车站——周画白已经习惯了朱盛庸的存在。

以为会碰到人高马大的焦祁，没想到，焦祁提早三天回家了。

提了几个月的心，稍稍放下来一些。朱盛庸琢磨，老乡焦祁连三天都不肯等周画白，想来心里没有把周画白放在重要位置，也就是说，焦祁没有追求周画白的意思。

7天后，周画白从老家回上海，朱盛庸去接。

以为会碰到焦祁，依然没碰到。朱盛庸心中小窃喜。

鼓足勇气，假当随意，问："焦祁呢？没跟你一起回？"

周画白有一瞬的失落，失落很快变成不平："他去非洲了。去了喀麦隆。"

"喀麦隆？"自认为博识的朱盛庸，想了一阵，才勉强想出喀麦隆的地理位置，"怎么会去那里？"

"跟着公司去援建。那里有个水坝项目。他读的是水利水电工程。他说与其在上海、江浙做些农田水利或一些小型河道整治工程，不如到外面的世界里好好闯荡一番,学以致用,大展身手。然后,他就去了非洲。"

"你,没有想过挽留他?"朱盛庸问。

"别人可以挽留他,我说不出口。我自己也在追梦,怎么能世俗地劝他务实些呢?"

朱盛庸暗嘘一口气。至此,基本可以确定周画白和焦祁之间没有故事,至少没有爱情故事。

3月到了。

周画白在紧张与志忑中,参加了复旦大学的博士生招生考试。朱盛庸陪她去复旦大学考试,看着她融入考生的人流中,那感觉,像是送恋人去残酷的战场,未来九死一生。

周画白考完笔试后,约半个月后出笔试成绩,倘若过线,复试将安排在4月中旬。

朱盛庸一颗红心,两手准备。要是周画白笔试面试都过关,被录取,他就以朋友的身份祝福她;要是没被录取,他想向她表白。

生活,一下子因为等待而生涩起来。

从他迈开大步进入股市起,股市轻微起浮,并一路下跌。他每个月从工资里攒下的钱,想,但是没敢真的投入股市。他不想把弦绷得太紧。

股票一再阴跌的时候,朱妈妈脸上全是洋洋自得。一开始含蓄着没挑明,后来终于忍不住,开口了:"早就告诉过你!把钱放股市里不靠谱!还是买房实在!

"一年前叫你买房你不听!这下好了,房价平均每平方米涨了一千块!一套房涨了十几万!你投进股市的股票赚到十几万了吗?不仅没有赚,反而跌了几万吧?"

朱盛庸被说得面红耳赤,无话反驳。

等待周画白考博成绩的时候,又被妈妈数落,日子从生涩变成煎熬。

跟朱盛庸一样,对未来陷入殷切期待的,除了周画白,还有3个人。

一个是怀孕6个月的冯嫣,一个是开始做试管的刘熙,一个是一再向陈静静施压想让她同意卖房子的朱盛中。

朱古力马上就要结束四年级的学习了。在上海,学生五年级之后会换学校,升入初级中学。六年级在初中校园读,被称为"预初"。

五年级升"预初",是极关键的一件事。

这是因为上海难在中考，初中生能升入高中的比例只有50%的样子，一半左右的初中生，初中毕业后只能去职高、中专等，无缘高中，更无缘高考。

朱盛中拼命向陈静静宣传上海的这一升学特点，制造升学焦虑。陈静静果然撑不住了，反向询问朱盛中该怎么办。

"怎么办？"朱盛中一副大公无私的语气，"当然是砸钱给朱古力了！孩子的大好前程，不能被我们的愚昧和吝啬耽误！"

陈静静内心感动至极："具体要怎么办？"

"第一，赶紧文化课补起来。要请名师，一对一家教。破费几万块，肯定有效果！"

陈静静不住点头。名师有经验，熟悉考点呐。

"第二，带咱们朱古力去看看医生吧。老师总说他上课坐不住，会不会是多动症？咱们不能讳疾忌医！"

陈静静一颗心往下坠。哪个母亲愿意听到活蹦乱跳的儿子是个隐藏的病人？

"第三，虽然明年可以转户口进来读公立学校，但是，能读私立，还是读私立吧。私立虽然贵一些，但学习抓得紧，考进高中的概率大。我们省4年，改变朱古力一生，值！"

陈静静听得心潮澎湃，泪眼汪汪。

马上，她就在朱盛中的引导下，意识到：一切行动的根源，是有钱。

第175章 意外售出

这次朱盛中段位大升，绝口不提卖房。

一个月后，爱子心切的陈静静妥协了。

"老公，你说得对，咱们现在入不敷出，你又连着几个月找不到工作，卖车的钱眼看要花完，这日子是过不下去了。"

朱盛中唉声叹气："对不起，都是我没本事。我心里可真太难受了。要不，我去给老板开车当私人司机吧？"

朱盛中曾被一安利同事询问，是否愿意替一位老板开车，陈静静和他都觉得说出去太掉价，严词拒绝了。

陈静静有气无力地摆摆手："先不说这个。要不，我们就卖一套房吧？按你之前说的，这边卖，那边马上再买一套偏远的、小的，套些现金过眼前的坎。"

朱盛中沉重地点点头，抱住陈静静呜咽了一声。其实脸在陈静静背后笑。

朱盛中早就无数次跑过房产中介，中介告诉他，他只要舍得把价格略微降低那么几万块，房子保证能在两星期内卖出去！

朱盛中大喜过望。

他真的受够了去菜市场买个菜都必须挑劣等菜！受够了买水果只能买打折水果！受够了超市购物只能买促销产品！

他路过以前买衣服的专卖店，看着穿在橱窗模特身上的熨帖、时尚的男士服装，心如刀割。爱而不得，实在太痛苦了。自打他毕业，就没受过这种罪。

功夫不负有心人，在他的有心施压和隐秘引导下，陈静静终于松口同意卖房了。向中介打听过两周包卖掉的价格后，朱盛中给妈妈打电话。

他都等不及亲自去斜土路父母家。

"妈！房子陈静静想急售。两周内钱款到位。我弟弟这边没问题吧？"

朱妈妈头"嗡"的一声就大了："那个，还是60万？"

"60万已经是几个月之前的价格了。现在少说也要68万。"其实中介说的是最高可以卖到70万，但若肯降价到65万，保证2周内卖出。朱盛中话到临头，心怀侥幸地加了3万。

"啊。"朱妈妈的这声"啊"，只是在制造毁约的气氛。

她和朱爸爸拿不出68万，朱盛庸也拿不出68万。把他们的钱和小儿子的钱合在一起，倒是有68万。可问题是，就算是她愿意，朱盛庸愿意吗？

以朱盛庸的倔强，是没可能同意的。

"我还有事。你晚上问问我弟弟，今天就给我答复。"朱盛中急急挂断电话。因为中介打电话进来了。

巧是巧得很，中介打电话进来，说有个很诚恳的意向客户，正好想要这么一套房。客户此时正在中介公司，想亲自上门，实地看一下房。

朱盛中没有道理不答应。

不多久，中介带着一个胖墩墩的嫩脸男生来敲门。

朱盛中打开门。嫩脸男一进朱盛中的家，就高兴地拍起手来，嘴里喋喋不休道："是这个房型，跟照片里的一模一样。70万是吧？我买了！"

朱盛中和中介同时傻眼。

两个人一个眼光凶恶，一个不住打手势告饶。两个人默契地在客户面前保持沉默。

嫩脸男当着朱盛中和中介的面，给家长打电话："爸爸妈妈，我找到了当年慧慧小阿姨住的一模一样的房子，我想把它买下来。拿它做婚房，慧慧一定很惊喜。"

家长似乎说了什么反对的话，嫩脸男当即拉下脸："喜欢为什么不能马上拍板定下来？你们不相信我的眼光吗？70万又不贵。"

朱盛中和中介面面相觑。朱盛中心中羡慕死阳台那个面团子一样的男生了。

"我不管。我给你们一天的时间，明天你们要是抽不出来空看房子，后天我就交钱过户。你们不给我转账，我就找爷爷要钱。"

嫩脸男说完，气鼓鼓挂断电话，腮帮子更显圆润了。

"这房子我看上了！最迟后天交钱办手续！"嫩脸男气势非常。

中介给朱盛中使眼色。朱盛中连忙开口："没问题。等你。"

中介两眼上翻，无奈地摇头，带嫩脸客户走了。

朱盛中是晚上10点，安排朱古力睡下，坐在沙发上等陈静静下班的时候，才突然顿悟：中介向他使眼色的意思就是让他坐地起价！

他真是脑子抽了，竟然没有意会到！

钱事大于天。

朱盛中当即给中介打电话。中介正奔波在带客户看房的路上。朱盛中长话短说："兄弟，我现在坐地起价，高出70万的部分咱俩对半分，还来得及吗？"

中介遗憾地告诉他："来不及了，回公司后，客户交了定金，打了意向合同。"

"我是业主，我不应该在意向合同上签字吗？"

"按道理是应该，但是懒得麻烦。你肯定不能出尔反尔，不然我们有本事让你永远卖不掉你的房。"中介风平浪静，甚至喜笑颜开地威胁朱盛中。

朱盛中贪图70万，顺口承诺不会出尔反尔。

结束和中介的通话后，朱盛中犯起难来：这套房，他今天还曾以68

万的价格许诺卖给他弟弟呢。

这可怎么办？

正绞尽脑汁想回绝弟弟的办法，怕什么来什么，家里的电话打进来了。

朱盛中紧提着一口气，正要开口，忽然听妈妈说道："你弟弟的钱，目前都在股市里套着……"

"哦，那可不能割肉！"朱盛中马上抢过话头，"都说牛市要来了！"

"你弟弟也这么说。"

"行吧。我知道了。我可以卖给别人。"

"哦，好的。"

双方都没有想到，谈话会如此顺利。

陈静静回来后，朱盛中惊喜不已地向她讲述了富二代来看房的事。他描述得事无巨细，连富二代梳着什么发型、戴着什么手表、穿着什么色系的牛仔裤都说得明明白白。

陈静静越听眉头皱得越紧，她望向朱盛中："我头天松口，今天房子就卖出去了？"剩下的话没有继续说，但意思很清楚。她在怀疑朱盛中背着她搞诡计，怀疑朱盛中早在她松口同意卖房之前就在中介挂牌了。

"天地良心！"朱盛中哭笑不得。他确实隔三岔五跑中介询价，但，并不曾挂牌过。他一直以为房子会卖给弟弟呢。

遇到富二代这样秒拍的爽快买家，他也始料未及啊！"我要是背着你，有提前挂牌的动作，叫我不得好死！"

陈静静伸手捂住朱盛中的嘴，半真半假道："你怎么这么容易多心！我没别的意思。"

不管双方隐秘地怀着什么样的小心思，两天后，陈静静的这套大房，真的卖出去了。

嫩脸男很急躁，只肯给他们一周的时间让他们搬家。

第 176 章 至暗的另一面

有钱，搬家可以很容易。

按下朱盛中租房、搬家不说，说说同样身处期待中的刘熙。

是刘熙告诉朱盛庸，做试管婴儿极恐怖，身心倍受摧残。在冯妈怀孕的消息传来之前，刘熙笃定自己绝不会去遭那种罪。

但，冯嫣怀孕的消息，还是从美国三爷爷那里绕了一圈后，落进了刘熙的耳中。

原本已经决定做快乐丁克的陈家栋，自从接了爸妈的电话后，深深地沉默了。他半夜总是辗转反侧，吃饭总是跑神。

虽然他一次也没有正面要求刘熙也为他去做试管，但刘熙还是感受到巨大的生育压力。

某一天，刘熙试探性地问陈家栋："要不，我也去做试管？"

陈家栋一下子握住刘熙的手，感激地把手拉到他唇边，高兴得一吻再吻，甚至泪花莹莹。

刘熙面上笑着，心里分明在哭。

爱情果然有保质期。

利益果然所向无敌。

刘熙去做试管了，重复了当年冯嫣经历过的一切痛楚。陈家栋那部分的配合工作，非常容易。小房子里关了几分钟，拿着杯子出来，就算完事了。

无数次的抽血、吃药、打针，日复一日，全是刘熙的。

刘熙忍耐着那些无妄的痛苦，内心感到莫名孤独。

等待种子发育的时候，刘熙的孤独感到达峰值。她发疯地想拜访反复做过3次试管的冯嫣。想知道她是怎么忍耐下来而没有发疯的。

她跟冯嫣是堂妯娌关系，算亲戚。手里有冯嫣的联系方式，刘熙打电话约冯嫣出来吃下午茶。

冯嫣的声音很平静，很安稳，她告诉刘熙，现在的她，不太方便逛街。

"喔喔，是的，你身子重。我来看你。你想吃什么？我带给你。"

"不用。家里什么都有。"

"那我就空着手去啦？"

"别客气，你来吧。"

和冯嫣打过招呼后，刘熙收拾收拾，踏上去冯嫣家的路。

冯嫣仿佛散发着圣洁的光辉。她穿着漂亮的孕妇装，肚子隆起，脸上带着恬淡的微笑，举手投足带着一股满足和安详。

刘熙目光在冯嫣的肚子上逡巡，眼馋极了。

她想去摸孕妇的肚子，又不知道会不会唐突，于是问道："我，我可以，摸摸它吗？"

"咳，"陈家康端着两杯饮料从厨房里走出来，打断冯嫣的回答，并且有意识地快步走到刘熙和冯嫣的中间，将手中的饮料递给刘熙，"还是喝饮料吧。"

一个"还是"，明确拒绝了刘熙的"可以摸摸它吗"。

刘熙有些尴尬："你怎么在家？今天不是工作日吗？"

陈家康倒也直言："本来要出门上班的，临出门听见你打电话说要过来，就没出门。"

冯嫣弯唇笑了笑，没有说话。

刘熙顿时就有些尴尬了。看陈家康的样子，像是要防备她害冯嫣一样。现实又不是宫斗剧，再说了，她是那种心狠手辣的歹毒之人吗？

刘熙坐了一会儿，见冯嫣淡淡的，陈家康又总是有意无意挡在她和冯嫣之间，渐渐觉得无趣，就起身告辞了。

刘熙走之后，陈家康准备去上班。临要出门，忽然又担心起刘熙会杀个回马枪回来，干脆在家里办公。

冯嫣摸了摸肚皮，白他一眼："你现在守着我，就像守着一个金矿。"

陈家康笑了笑。

三十年河东，三十年河西。现如今，冯嫣如何嘲讽他，讥笑他，他都会忍住不反驳。

他对冯嫣的闺蜜林青青起过疑心，现在，也不计较了。

冯嫣在家里跟着电视做过孕妇瑜伽后，眯在贵妃榻上看书，看着看着睡着了。

她做了一个梦。

梦见陈家康骑坐在她身上，打她，掐她的脖子，使劲摇晃她的脑袋，面色黑红，青筋暴起地质问她，吃他的喝他的为什么还拿他当傻子?!

她不明所以，不知所措，只想掰开他卡在她脖子上的手。

窒息的感觉太恐怖了。

他愤怒地撕毁她的衣服，野蛮地侵入她，她想喊张不开口，想哭流不出泪，她像是被封印住了……

"冯嫣，醒醒，醒醒？"陈家康小心翼翼地拍打冯嫣的肩头。

冯嫣睁开眼，额头已经沁出一层薄汗。

看到陈家康的瞬间，她哆嗦并躲闪了一下。

陈家康连忙松开手，露出人畜无害的笑容："别怕，你只是做梦了。"

冯嫣转过脸，脸朝阳台，不看陈家康。

她的梦境，是过去的真实重现。

她无法直面那惨烈的一晚，那一晚，她坐在飘窗上哭了整整一夜，想过一跳了之。可她还有父母啊。

第二天，顶着红桃一样的肿眼睛，冯嫣用无比平静的声音对陈家康说："离婚吧。"

陈家康只沉默了一秒，就点了头："那就离婚吧。"

离婚不是一句话的事，要分财产，办手续。陈家康找了一位离婚律师，离婚律师花了半个月，厘清了婚姻存续期间的陈家康的大额收入与开支，三次易稿写就了离婚协议。

要跟陈家康离婚的事，冯嫣既没有跟父母说，也没有跟林青青说，只轻描淡写向兰婷透露过，还是因为离婚后要到兰婷家的阁楼里借住。

真正签下离婚协议，是那惨烈一晚的一个月后。签完离婚协议，两个人约好时间去民政局办手续。

排队的时候，冯嫣突然干呕起来。

前面排队的离婚大姐一脸鄙夷地瞪向陈家康，路见不平一声骂："不要脸。老婆怀孕了还闹离婚！"

她旁边的男人"嗷"一声叫起来："瞅瞅，瞅瞅，你都火烧眉毛了还管不住你这张破嘴，天天叨叨叨，叨叨叨，我脑浆子都被你叨叨沸腾了。知道我为啥非要跟你离婚了吧？为了保命！"

而陈家康，脑子"嗡"的一声炸开。

再联想近十来天，他不止一次看到冯嫣干呕。他怎么就没有想到呢！

当即队也不排了，假借关心冯嫣身体的名义，执意要带冯嫣去看医生。冯嫣拗不过，不得不妥协。

果然应了排队离婚大姐的金口，冯嫣确实怀孕了。孕52天，医生说出受孕的可能时间段，跟陈家康的记忆完全吻合。

他愤怒的那一晚，他暴力发作的那一晚，小蝌蚪活力也史无前例地勃发。被孕育专家判了死刑的他，竟然迎来了生命的奇迹！

第177章　感觉很幸福

陈家康转身就跪在了冯嫣面前，甚至没有避开旁人。

他抱着冯嫣的双腿,脸贴在冯嫣腿上,感动到哭泣,像是一个虔诚而感恩的丈夫。

冯嫣也在哭。

她哭她那一晚受到的凌辱,哭她那一晚被他踏碎的尊严,还哭命运捉弄,竟然在那样糟糕的遭遇中,孕育出一个无辜的新生命。

孕育专家不知内情,感动地直擦眼角。他觉得好美好,上天酬答了这对渴望孩子的夫妻!

陈家康带冯嫣回家后,生活的重心就变成了央求冯嫣改变离婚的想法。聘请的离婚律师正好可以用来写赠予承诺。

陈家康向冯嫣承诺了他当下拥有的全部家当和未来收入的一半,恳求冯嫣不要离婚。

林青青也来劝冯嫣:"前面三年吃了那么多的苦,好不容易自然受孕,这是上天的恩赐啊,怎么能在这时候闹离婚呢?"

"不能任性啊!你凭什么自作主张,让孩子生下来就没有父亲呢?"陈家康跪在冯嫣面前,一副直臣死谏的样子。

冯嫣迟疑了。

孕3个月的时候,第一次去医院建档案。医生告诉她,小宝宝胎儿身长约9厘米,四肢可以活动,能在羊水里轻轻游动,心脏已经形成,肌肉组织正在逐步发育,外生殖器已初辨性别。

冯嫣深深地被护士的描述折服了,母性油然而生,感动之情包围住她整个人。她捂住嘴巴,泪水夺眶而出。

不能太情绪激动,小宝宝在她肚子里,正轻轻游动呢。冯嫣一边哭,一边劝自己。

陈家康无论多忙,每次产检,必陪着冯嫣。

时光倒流,陈家康变成冯嫣初见的那个陈总,风度翩翩,温文尔雅,俏皮风趣。随着肚子一寸寸隆起,关于那一晚的怨念,一点点被侵蚀、消解。

冯嫣和陈家康之间,达成了某种和解。

冯嫣孕7个月的时候,刘熙传来有孕的喜讯。

小阿姨到朱盛庸家,向二姐姐报喜,跟上次的激愤相比,这一次,小阿姨笃定很多:"虽然刘熙比堂嫂晚怀孕6个月,但堂嫂是自然受孕,只怀了一胎,是男是女,还不一定呢。

"我们刘熙啊,放进肚子里的,是两个受精卵。而且,两个都成活了。医生说,是龙凤胎!

"年龄大的都封建,那个闯荡美国的三爷,至今还认为传宗接代得靠男小囡。刘熙晚怀孕6个月不算什么,肚子里有男小囡才最重要!"

朱盛庸恰巧在家,恰巧听到小阿姨的这番话。他无所谓是冯媽赢巨额财产,还是表妹刘熙赢。对于这出人间荒诞,他已经不感兴趣。

周画白的笔试成绩出来了。比去年考得略差,但过了分数线,有资格参加复试。复试安排在4月下旬。

朱盛庸觉得自己比周画白还煎熬。

爱情上备受折磨,投资上也在遭受磨砺。股市眼看要涨,涨了三四百点,朱盛庸还没开始卖,又回落了。40万现金入市如今只剩下35万的市值。

股民中间,那个得哭着说的笑话已经悄然在流传——

本想抄底,结果抄在了地板上,没想到还有地下室;

以为抄在地下室,没想到下面还有地窖;

以为抄到了地窖,没想到下面还有地壳;

以为抄到了地壳,没想到下面还有地狱;

拼死抄到了地狱里的,结果还是没想到:地狱居然真有十八层。

2006年,"新老划断"启动在即。工商银行、中国银行等一批大体量的公司即将着陆A股市场。一旦着陆,工商银行、中国银行、中国石化、招商银行、上港集团、宝钢股份6只股票总市值均在1000亿元以上,将占据A股总市值的一半。

体量这么大,怎么涨得动?不容乐观!

已经戒备到空仓以待的朱妈妈,总是以"我早就跟你说过……"开头,数落朱盛庸的错误决策。朱盛庸忍无可忍:"就算是我决策失误,你至于得意成这样吗?"

"我哪里得意了……对,我承认,我挺高兴自己看得清楚,想得明白。你听我的,不就好了吗?"

"我全听你的,还活什么活?你替我活得了。"

"你怎么这么逆反?我还不是心疼你的钱!还不是担心你结不了婚!"

"用不着!真为我好就放手让我摸索,就闭上嘴巴让我冷静。"

"你真是不识好歹!"

"我都这么不识好歹了,你何必再跟我多说?"

朱妈妈小时候也算是大户人家的女儿,虽说老父亲忙于工作,疏于教导他们兄弟姐妹,相较家徒四壁的同学,算是养尊处优长起来的。加上婚后一直当家作主,骄傲惯了。

她贴心贴肺,想全力扶持小儿子,却得到这样的挤对,内心很是受不了。朱妈妈被怼后,当即下决心再也不跟朱盛庸说话。除非他向她道歉!

朱盛庸是安静几天之后,才意识到妈妈在生气。

只是他有些分身乏术。再过两天,就到了周六,周画白就要去复旦大学复试了。他陪在周画白身边的日子,已进入倒计时。

倘若周画白真的读了博士,他必然没有底气继续赖在她身边。

周画白为了复试,特意做了头发。她在电话里跟朱盛庸说,已经紧张得连续 3 天没能睡完整的觉了。

朱盛庸下班后,坐公交车去看她,买了一箱牛奶,准备告诉她晚上加热喝。据说有助于睡眠。

敲开周画白小屋的门,迎面却看到一个笑得东倒西歪的周画白。

"你免试被录取了?"

"哈哈哈,不是,我只是收到了焦祁的邮件。"

焦祁去了喀麦隆,在那里援建水坝项目。他怀揣着用知识改变世界的雄伟志愿,奔赴广袤的非洲大陆。去了 2 个月后,终于有机会去一个略大的城市给祖国的亲友打电话、发邮件。

焦祁在那个标题为"非洲奇遇记"的邮件里,说他到喀麦隆才 24 小时,就发现喀麦隆女郎又美又野,又野又美,可是,只敢看看。同事们告诫他说,要想不生病,必须管住腿。

焦祁说,"拖鞋"在喀麦隆人民的眼里独具魔力。皮拖、人字拖、洞洞拖、网面拖……只要你有足够多的拖鞋,就可以称霸非洲小镇,变身炸天高富帅。

焦祁还说,在非洲喝水,烧开是基本操作,但绝对不能等开水放凉了再喝。等把水放凉,细菌已经暗中大量滋生。

看着笑得眼睛里直冒小星星的周画白,朱盛庸觉得很幸福。

他很贪恋这幸福,哪怕只是他一个人的。

| 第 8 卷 |

隐忍 VS 追光

第178章　周画白的考博成绩出来了

一周后，周画白的复试成绩下来了。

她哭着给朱盛庸打电话，不住抽泣，话都说不完整。

朱盛庸慌乱极了，本能告诉他，这是周画白喜极而泣的哭声。她一定是被录取了！

"恭喜啊。"他惨淡说道。

"恭喜？你恭喜我落榜？"

朱盛庸瞬间眼睛都瞪圆了：落榜？

转瞬他就笑了起来。

"你笑什么笑？我第一个给你打电话，以为你会安慰我。你太让我失望了！"

周画白挂断了朱盛庸的电话。朱盛庸沉心静气，整理心情。

"谁呀？笑得那么开心。"林彬手撑墙体，抽一口烟，问朱盛庸。

这是行将放7天劳动节假的倒数第二个工作日。林彬中午破天荒点了黄豆猪手、红烧肉和鸭腿。他的老婆第三次怀孕，喜孕传来，使命结束，他可以大开荤戒了！

为了增加庆祝感，他请杨和朱盛庸随便点餐，他买单。

杨有些酸他将是3个孩子的爹，言语带刺道："你这是多想不开，养一个娃还不够，交一次社会抚养费也不够，还要找虐生第三胎！"

朱盛庸比较平和："养得起就养呗。人口红利快要结束了，相信只生一胎的计划生育政策，不出10年就会改变。"

杨瞥朱盛庸："你个单身狗！高谈阔论什么计划生育政策。你先向我看齐，把婚结了再说！"

杨话音没落，朱盛庸就想到了周画白。

巧的是，周画白的电话紧随其后就到了。接着就发生了朱盛庸慌乱间恭喜周画白落榜的囧事。

杨在午间聚餐中没有占到便宜，早早回了自己的部门。

朱盛庸站在明媚的阳光下接电话，那又笑又不笑的微妙表情，像极了爱情。

林彬点燃一根烟，抽了两口，等到朱盛庸结束通话，走过去问"谁呀"。朱盛庸抚了一把浓密的头发："朋友。"

"女的？"

朱盛庸露出大笑脸："是的。"

"女朋友？"

朱盛庸眼睛里小星星闪啊闪，没有否认。

"说说，什么情况？"

"确定的时候再跟你说。"

两个人你推我一把，我推你一把，像是校园里的青春男生。只是一个圆润得只能低头看到脚尖，另一个抬头时已见抬头纹。

"听说咱们公司又要被卖掉了。"林彬虽然在办公室里很没有存在感，但总有小道消息，而且十有八准。

"挨打说的？"

林彬没有否认。

"卖给谁？"

"新加坡。"林彬回。

朱盛庸点点头，对于这个答案他并不意外。

作为国土面积只有719平方公里的小岛屿，新加坡却是名副其实的全球半导体重镇和亚洲半导体桥头堡，被称为东方硅岛。

经过30年的布局、发展，半导体产业已经是新加坡电子工业两大支柱产业之一。从IC设计、芯片制造，再到封装和测试，新加坡的半导体产业已经形成了一个成熟的产业生态环境。

全球诸多半导体企业亚洲总部设在了新加坡，包括半导体大厂意法半导体（ST），射频大厂安华高科技，分销巨头安富利和富昌等。联发科早在两年前（2004年）就在新加坡成立了研发中心，新加坡成为仅次于中国台湾新竹的亚洲半导体生产中心。

"资方来来去去,挨打是常青树,抱紧挨打的大腿,保管万事无忧。"林彬近乎开导朱盛庸。

朱盛庸不像别的同事那样溜须拍马,又不像林彬这样有乡亲情分,导致他在挨打面前一点不吃香。

好在企业里凭本事吃饭,朱盛庸手里的客户稳定性高,挨打不喜欢朱盛庸,也挑不出朱盛庸什么错。

回到办公室后,整个下午,朱盛庸破天荒没把心思放在工作上。他心怀甜蜜地在百度上搜"如何哄女朋友开心",看了几十个回复,得到"送玫瑰花""有错认错,没错表忠心""送首饰"等经典回答。

下班后,他斥资买了……一包板栗和一个KFC全家桶,敲响周画白的房门。

一直没有人来开门。

生怕她有什么想不开的,朱盛庸焦急地给周画白打电话。

"我跟同事在小吃街哎……小吃街叫什么名字?我同事说叫乍浦路……你不用过来,我们已经吃半饱了。"

手中的板栗渐渐冷却,夜色降临,4月底的夜风还是蛮有攻击力的。

一直等到晚上九点半,楼梯响起轻微的脚步声,朱盛庸翘首去看,看到了楼梯拐角出现的周画白。

周画白的小脸在夜色中显得很白,她一抬头,看到门口立了个人,骇了一跳,待再一眼看出是朱盛庸时,拍着胸口嘘着一口气道:"你吓我一跳。"

朱盛庸也松了一口气。

"你打电话时才7点,然后一直等到现在?"

朱盛庸点点头。是的,他等得饥肠辘辘,两腿发抖。

"真傻。我不是跟你说我出去玩去了吗?"

周画白拿钥匙拧开门锁,朱盛庸跟着她进屋。

周画白自己渴了,倒了杯水,靠着水槽喝水,两腿交错搭在一起:"你真的等了两个多小时?"

朱盛庸搓着手:"还是饿着肚子等的。"

周画白噗嗤笑出声,口里的水差点喷出来:"你抱着食物,知道我在外面吃小吃,还饿着肚子等我?"

朱盛庸背靠着墙，与周画白面对面，点了点头。

"真傻。"周画白笑。可眉眼里，却生了情。

"为什么中间没再给我打电话？"

"我以为你很快会回来。"

"要是我再晚2个小时回来呢？"

"我也会不知不觉地等下去吧。"

"什么叫不知不觉地等？"

"等的时候，回忆跟你的点点滴滴，时间不知不觉就过去了。"

"什么样的点点滴滴？你说说，我听听。"

朱盛庸按了一下瘪掉的肚子，道："我们换一种姿势，我再慢慢讲给你听。"

周画白嘟起嘴巴，一脸嗔怪："什么嘛，还以为你会循序渐进。"

朱盛庸拿脚勾高脚塑料凳，勾到后，顺势坐下来："现在我可以讲了……等等，你刚才说的那句话，是什么意思？"

周画白一下子涨红了脸："没什么没什么。什么意思都没有。"

"哦，好的……等等，你是不是误会了我说的'换一种姿势'？你以为我是什么意思？"

周画白连忙摆手否认，看到朱盛庸揣着明白装糊涂地明知故问，又急又羞，干脆捂上脸，背过身。

"讨厌！真坏！"

第179章 官宣恋爱

第二天，五一劳动节假的最后一个工作日。

朱盛庸到公司后，不等午餐时间，就去找了林彬。他容光焕发地胳膊支在林彬的办公桌上，用喜悦的声音对林彬说："确认了！"

"什么确认了？"

"女朋友！"

林彬露出心照不宣的笑容，问："昨晚睡在那里了？"

"单纯点，朋友！"朱盛庸手指敲林彬办公室的桌面。

"想多了啊，朋友！"

朱盛庸吃了个哑巴亏，笑着摇头转身，往自己的办公位走去。他心情真的很好。

昨晚,在周画白家,阴差阳错闹了个小暧昧后,周画白娇羞的转过身,嗔怪"真坏",他福至心灵,觉得最合适的表白时间到了。

他站起身,走到周画白身后。

等着她转身,结果她迟迟不转身,他便张开双臂,圈抱住她。

成败在此一抱!

他紧张到闭上眼,屏住呼吸。

体温透过薄衣交换传递,朱盛庸感觉他抱了一团柔软和温馨,瞬间就想了兰婷的小君君还是小婴儿时,他抱过的那一次。

嘴唇自己寻到耳垂……周画白缩了一下肩膀,并没有推开他。

两个人的心意,在彼此试探中快速了解、靠近。

不过那天晚上,朱盛庸并没能在周画白的小家里留宿。夜里11点多,他披星戴月赶回家。躺在床上翻来滚去,睡不着。

大龄未婚男青年的心啊,比小年轻更容易激动过度呢。

中午的时候,林彬缠着朱盛庸讲他的爱情故事。杨也在场。

"我认识她有10个月了。"朱盛庸开口。

"切!10个月才追到手,太逊了。"杨点评。

"别打岔。"林彬道。

"陪她备考博士生陪了5个月。"朱盛庸继续。

"我去!准灭绝师太!长得一定很安全!"杨继续刺。

"……"林彬嘴巴张了张,没发声。他对学历高的女孩发怵。娶了本科生施静姝后,婚后的生活中,他听够了她说他"没文化"。

"你这是嫉妒我。她又清秀又可爱。"

"我不信。除非你给我看照片。"

"你爱信不信,我又不在乎。"

"啧啧,心虚了,明显在回避。"杨笑起来。

"等着,节后就给你们看照片。"朱盛庸被激将。

"兄弟,你要感谢我,我成功为咱俩谋到福利了。"杨转身拍林彬。

林彬笑了笑,没有说话。

饭后,杨回他在的进出口部,林彬忧心忡忡地拉住朱盛庸,说道:"作为过来人,我有个重要的人生经验,建议你一定要听一听。"

"什么?"

"不要找学历比你高的女孩子。真的！她们会在生活中鄙视你。真的！她们的优越感像钝刀一样日夜挫着你的心，让你一天也舒坦不起来。真的！过日子，真的犯不着……"

朱盛庸拍了拍林彬的肩膀。

他不好意思说，虽然他的第一学历比周画白低好几个档次，但因为这些年早就养成了看专题新闻的习惯，他的知识储备的宽度和深度，远超周画白。

这不是他一厢情愿的认为，而是和周画白接触 5 个月后的真实发现。

林彬一片好心，他犯不着在林彬面前卖弄。

林彬见朱盛庸像他当初一样迷途不知返，只好哀伤地摇头。好吧，这就是命！反正他是劝过了。等着以后多个难兄难弟吧。

这个五一长假，朱盛庸听周画白安排，过得十分"青春"。

他们去了锦江乐园，在人山人海中傻乐傻乐地排队，吃烤肠，吃棉花糖，玩过山车，肆意地喊叫。

他们去看电影，看后来翻拍的《金刚》，在影院里分享同一杯爆米花，挨着的两手全程十指相扣。

他们去短途旅游，乘坐渡轮去崇明岛，住前卫村民宿。朱盛庸将周画白的手捉进自己的上衣口袋，那里有一枚外包装方方实物圆圆扁扁的小东西。周画白愣了一秒，意会到那到底是什么，赶紧将目光扫向窗外。

他们去云南路，从街头吃到街尾。到人民广场坐双层观光巴士，让风吹得头发直往后飞。

五一 7 天假之后，朱盛庸再去上班，被好多同事夸"看上去至少年轻了 10 岁"。

时光荏苒，转瞬已过 3 个月。

冯嫣的临产期到了。

十月怀胎，一朝分娩。

陈总陈家康等在产房门外，膝盖上放了一个笔记本。从神情上看，他并没有太多期待。主要是因为他已经提前知道了胎儿的性别。

他是在得知堂弟陈家栋妻子试管了一对双胞胎后，才动了提前看胎儿性别的心思。知道冯嫣一定会反对，所以，他压根没有跟冯嫣商量。知道胎儿性别后，也没有告诉冯嫣。

产房的门推开了，小护士抱了一个蜡烛包："8 号冯嫣家属？"

陈家康合上笔记本，迎着小护士的目光站起身："我是。"

"女儿。快来看一眼。"

陈家康想把 IBM 放椅子上，又担心失窃，于是夹在胳肢窝，走到护士跟前，看了一下蜡烛包里的小毛。

小毛闭着眼，睫毛又长又翘，小脸蛋凸凹有致，一看就是个小美人胚子。

"你不要抱抱吗？"

"我——"

"算了，你还夹着电脑呢。我就给你看一眼，然后就抱回去放妈妈身边了。妈妈留观 2 小时后推出来。"

"哦。"

小护士扭身进去，产房的门吧嗒关上。

陈家康早就失望了的心，因为亲眼看过女儿，稍微有些触底反弹。原以为上天欣赏他的雄心壮志，给他打开一扇窗，没想到，只是一扇巴掌大的天窗而已。

倒是后怀孕几个月的堂弟媳妇，更有望助堂弟喜提老洋房。

陈家康不能想这些，一想就嫉妒到发狂。

他给冯嫣安排了双月份的月子会所，这样就可以避免跟冯嫣父母接触。等冯嫣出月子会所后，他计划借口出差，送冯嫣回金山住两个月。

等冯嫣和小宝宝从金山回来，他就安排一个住家保姆。冯嫣愿意上班或者不愿意上班，都随便她。

日子还要继续过下去，大不了晚 10 年实现梦想。

冯嫣出院后，果然住进月子会所。

月子会所每天只允许一位亲友探望一小时。冯嫣妈妈心急难耐，一连 10 天抢去了陈家康的探望名额。陈家康内心求之不得。

两个月后，思念女儿和第三代外孙女的冯嫣爸爸，主动提出要将女儿接回家住一阵子。陈家康再次求之不得。

冯嫣在娘家，一住住了两个月。

陈家康每个周末探视半天，倒也相处融洽。他总是在接电话，见他忙得不可开交，冯嫣妈妈就建议冯嫣再住一个月。

陈家康面带不舍，还是很快松口答应了。

这样一晃 5 个月过去，迎来了竞争对手刘熙生养小毛头的消息。

第180章 绝处逢生

陈家康爷爷辈兄弟姐妹有7个。陈家康与陈家栋是同一支，拥有同一个爷爷，他们的爷爷在叔伯中排老二，早在10年前就已经离世。

而在美国的三爷爷是7个兄弟姐妹中的老幺，比陈家康爷爷小将近15岁，至今精神矍铄。

老爷子家庭医生有2位，营养师有3位，非常注重养生。熬死三爷爷，均分遗产，目前实属白日梦。

三爷爷对世人人情看得明白，不允许第三代当寄生虫，也不允许第二代生活在他的别墅内。陈家康父母生活在三爷爷家三条街外的公寓里，作用只是震慑家仆。

陈家康不会违逆三爷爷的意愿，舍家弃业奔美国求个近水楼台；他也不是穷途末路之徒，更不会像电影中演得那样急于拿到遗产，进行暗杀。

他拿到老洋房遗产的唯一方式，是让冯嫣抢先生下家族里的第四代男孙。可冯嫣生下的是女儿，老洋房的悬赏目标指向了人工受孕的刘熙。

大堂哥和大堂嫂伉俪情深，又淡泊金钱，早已经放弃了争取老洋房。

亲戚里一直流传刘熙怀的是龙凤胎。

最初的两个月里，也确实如此。

可第三次做B超时，B超医生说只有一个胎盘了。停育的那个会自己液化，被吸收掉。刘熙没有感到特别难过，相反，她感到一丝善意和感动。

她身材娇小，总共155厘米高，体重不超过90斤，单薄纤细。当初种两个囊胚进去的时候，她父母和妹妹刘流还曾反对过。只因试管又贵又受罪，为了提高成功率，才不得不种两个囊胚进去。

她心里正担忧孕后期该怎么过呢，其中一个自然流掉了。

这是孩子对妈妈的爱。

刘熙手捂胸口，每每想起，就感动不已。

陈家栋是一个月后，才偶然从医生那里得知双胞胎已经变成了单胎。

"发生这么大的事情，你怎么提都没跟我提？"陈家栋质问刘熙。

"发生这么大的事情,孩子也没有跟我商量过。"刘熙回陈家栋。

自从陈家栋情感施压,迫使她不得不主动提出做试管,而陈家栋马上欣然同意,他的态度就变成一根深深扎在刘熙心中的刺,每每想起,心酸、委屈等负面情绪久久不散。

陈家栋哄刘熙去做性别鉴定,刘熙反问陈家康:"要是鉴定出来是女儿,难道你要让我去流产?"

陈家栋说不出话来。胎儿性别鉴定的事就此不了了之。

陈家栋将刘熙的孕情变化讲给父母,他父母决定秘而不宣。给对手制造精神压力也是好的。

上海的医院管理制度不允许抱养一个孩子,冒充消失了的那个胎儿。因此,纸终究有包不住火的那一天。

陈家康在刘熙生产两小时后得到确切消息:号称怀了龙凤胎的刘熙,最终也只生了一个女儿。

陈家康顿时沸腾了。

看完妈妈发给他的消息后,陈家康直接在会议室里站起来了。当时合伙人正在讲话,他毫无顾忌地起身离席,推开会议室的门走了出去。

合伙人惊呆,忘了自己刚才讲的是什么。

同事们也忍不住交头接耳。

陈家康走出会议室后,直奔地下车库,开车就奔金山而去。这一路,他心潮起伏,忍不住嘴角绽放笑意。

突兀地出现在冯嫣家里的小院里,冯嫣正抱着孩子在内室喂奶,忽听外面寒暄声。她妈妈高兴地问:"你怎么来了?"

"想她们母女俩了,临时起意就来了,都没有提前打电话,抱歉了妈妈。"

"太客气了。拿这里当自己家就是了,想什么时候回就什么时候回,不必客气的。"

"嫣呢?"

"在里面奶孩子呢。快进去吧!我去做饭。"

冯嫣吓了一跳。父母不清楚,她则再明白不过,陈家康是不会突然想她和女儿想到不能自抑的。一定有什么事情发生了!

冯嫣慌乱地到处看,想把女儿放到一个安全的地方。

正求而不得,卧室门开了。

陈家康面带恬静的微笑,出现在卧室门口。

他走进门口两三步后,停了下来。身子一歪,靠在了衣柜上:"妈,我工作上告一段落了。100米超高层的技术研发终于有了质的突破,从此以后,我们设计所多了一道护城河。我可以歇一歇了。"

他疲倦的样子,确实像战胜归来的勇士。

冯嫣睁大眼睛,戒备地看着陈家康。

看了一会儿,看不出任何破绽,这才慢慢放松下来。

她把女儿放进摇篮床,没有答应跟陈家康回家,而是反问他:"你拿不到老洋房的事,就这样算了?"

陈家康很有情商,所以他决定绝口不提刘熙生女儿的事。他苦笑着摇头:"我是不甘心的。可不甘心又能怎么办?"

冯嫣吞了口口水。听到陈家康坦言他不甘心,她反而有些放心。

"没有见到女儿之前,女儿是抽象的。看到女儿的小脸蛋后,女儿就不再是一个概念,而是具体可感的。

"她活生生的,又美又柔软,她让我成为爸爸,她是我在这个世界上唯一的血脉。我不爱她,这世界上还有谁值得我爱?"

冯嫣嘴角不由翘了翘。是啊,女儿也是这个世界上唯一一个流着她血脉的人,女儿这么美好,让她不由自主深深爱上她。

"命里注定的事,强求不得。可能是我没有偏财运吧。这是我和命运之间的恩怨,迁怒不到咱们女儿身上的。这一点你请放心。"

冯嫣终于肯抬眼看陈家康。

两个人隔着大半个屋子对视。

"我想明白了,我也不是绝对没有可能实现我的梦想。"陈家康道。

冯嫣抱住自己的胳膊,她想,要是陈家康提议离婚,再找一个年轻的妻子继续做试管,她会同意离婚的。

不料,陈家康开口说的却是:"只要我肯脚踏实地再累积10年,也是可能攒上上千万的。我不必非得等到拥有5000万一次到位地创业,我也可以一步一步地创业。最终,只要我有毅力,还是可以实现我的初心的。"

冯嫣抿了一下唇。

她被陈家康的正能量感动了。

"好。我跟你回家。"

第181章 国富与民富

陈家康把冯嫣母女俩接回家后，依旧只字不提刘熙生女儿的事。

他内心城府极深，有本事装作一切如常。

冯嫣忙着跟住家阿姨一起照顾女儿，有时候也会跟兰婷煲电话粥，分享初为人母的喜悦，讨教养娃的秘诀。

对冯嫣来说，当下的生活平静而美好。

直到有一天，林青青无意中提起刘熙："你那位妯娌，是不是也要生了？"其实那会刘熙早就生好了，只是没有人告诉她们。

"好像是的吧。"

"她会生儿子还是女儿呢？"

冯嫣弯腰帮女儿换纸尿裤，换好之后，直起身，端详纸尿裤。

林青青走过来，很快发现冯嫣在端详一坨便便，马上捏着鼻子："呦。你太变态了吧！"

冯嫣看了一会儿，笑道："我女儿的恩恩也是香的，好哇？"她边开玩笑边卷起纸尿裤。

"要是你妯娌生了儿子，陈家康会心理失衡的吧？"林青青心有余悸。

冯嫣微笑着望向林青青："可能吧。"

在这世界上，跟女儿相比，很多事情已经不需要在意，也不需要解释了。

"你不好奇你妯娌到底会生儿子还是女儿吗？"林青青不甘心地追问。

冯嫣拿手打了一下林青青的头："我早就知道了。她怀的是龙凤胎，既有儿子，又有女儿。"

林青青张大了嘴巴，说不出话来。

刘熙产女的消息，是小阿姨亲自登门送到朱盛庸家里的。小阿姨上次来的时候还对刘熙会生儿子抱有期望，这回事实既成，态度转得也快："上海人偏爱女小囡。女小囡贴心，好管教，嗲嗲的，全是优点。"

那天，正好赶上朱盛庸第一次带周画白回家。

朱盛庸和周画白恋爱后，股市上的牛市接踵而来。

牛市来得如此之快，出乎不少投资者的意料。

朱妈妈措手不及,看衰的她手上的股票很少。等股票价格蹭蹭涨上去,又不敢真的跟进,只能眼睁睁地看着别人赚钱。

朱盛庸股票账户里的市值,每天都在创新高。

惊奇之下,朱妈妈早已不记得她的"他不道歉就再也不跟他说话"的誓言,她每天迫不及待地登录朱盛庸的账户,查看账户市值又刷新高。

晚上,朱盛庸一回到家,朱妈妈就锲而不舍地劝说朱盛庸赶紧趁有的赚卖掉。朱盛庸倒也屏得牢,一直没有卖。

因为朱盛庸股市里反亏为盈,现实里又谈了女朋友,家里气氛特别好。

朱盛庸择其中一日,带周画白回家。

朱妈妈和朱爸爸欣喜至极。他们积极分工,买菜的买菜,打扫的打扫,等周画白到。

周画白带了一罐太妃糖。她一出现在朱家门口,立刻得到了朱爸爸和朱妈妈的欢心——时至今日,只要是活的、女的,都能得到朱爸爸朱妈妈的欢心。

朱爸爸在厨房里忙碌,朱妈妈陪周画白说着闲话,小阿姨到了。

小阿姨一到,就强势地占据话题。先是夸刘熙生的女儿多招人喜欢,再夸刘熙住的月子会所把产妇和新生儿照顾得多周到,再就夸刘熙老公陈家栋有多感激刘熙。

"家栋父母特意打电话感谢刘熙为陈家添丁进口,说话老客气了。"

朱妈妈唯唯诺诺,不好意思打断说话滔滔不绝的小妹,只好充满歉意地一眼一眼看周画白。

周画白很高兴朱盛庸家里有访客,这样她就不必当焦点。

午饭做好了,小阿姨被盛情邀请留下来一起吃饭。轻易不在姐姐家留饭的小阿姨,这回也没有破例。

"我不客气的,麻烦二姐姐跟大姐姐说一下我外孙女的满月酒日期和地点。我就不去跟她说了。"

朱妈妈应承下来。

自从她发现大姐姐大便进塑料袋后,猛着急了一阵子。被二哥哥以"人各有命"开导后,她松弛下来。

隔一阵子再去看望大姐姐,发现阿越为她定了老人餐。一日三餐有社工送上门。因为有人说话,大姐姐的精神不再深陷妄想世界里,状态好多了。

朱妈妈很高兴，她觉得自己起了间接作用。

送走小阿姨，朱爸爸、朱妈妈、朱盛庸和周画白吃起午餐。午餐很丰盛。朱爸爸是这样的，总有本事给人留下最好的第一印象。

饭后，周画白留下来打了几圈麻将，赶在晚饭前离开了。

朱盛庸去送她。

"你爸爸非常热情。"周画白礼节性客套。

"你不必跟他搞好关系。"

"什么意思？"

"他三分钟热度，情绪不稳定。以后你会明白。"

周画白懵懵懂懂点头。

周画白之所以着急回去，是因为她要继续备战第三次博士生考试。朱盛庸对此没发表过任何一句反对的话，他支持周画白追梦，哪怕追成功了可能舍他而去。

等公交车的时候，朱盛庸向周画白介绍说，今天来的小阿姨，就是上次遇到的要去逛七浦路的刘流表妹的亲妈，而小阿姨报喜讯时提及的刘熙，则是刘流的亲姐姐。

周画白不住点头。

公交车来了，周画白坐车走了。

朱盛庸默默站了一会儿，突然明白林彬为什么抽上烟了。此时此刻，望着周画白乘着离去的公交车，他也特别想来一根，排遣一下心中的惆怅。

2006年年底的时候，上证综指成功突破5年前2245点的高点，创出历史新高。接着，深证成指也成功改写了10年前的历史高点。

纵观整个2006年，上证指数年内实现翻番，市值规模翻番，股票成交金额翻番，融资金额刷新历史纪录！

正是国民经济持续健康增长、股权分置改革平稳推进、上市公司业绩不断增长等积极事实，为指数的上涨奠定了坚实的基础。

谁也没有想到，当初令股民恐惧的工商银行、中国银行、中国石化、招商银行、上港集团、宝钢股份6只市值几乎占A股总市值的一半的股票，不仅没有对市场形成冲击，反而成为带领指数不断上涨的"先锋"！

朱盛庸给李礼刚写信，这样总结道："在2006年之前，能感受到国在变富；今年，则感受到民在变富。"

在信里，他还向李礼刚透露：他想向周画白求婚。

是股市给他的勇气。

第 182 章　硅谷的生活

博士毕业的李礼刚在硅谷租房。

婚后第二年，他妻子五月生了一个儿子；婚后第五年，五月生了一个女儿。

就算他们没有计划生育，就算五月是天主教信徒，也没有可能像父辈那样随便生。生得起，养不起。

李礼刚年薪 10 万美金，鉴于他不是计算机行业从业者，已经算是普通打工族中的高工资。

李礼刚父母不在美国——即使去了，估计也无法适应那里的生活，五月的父母已经年迈，没有人帮他们带小孩。

美国没有幼儿园系统，不愿意将孩子塞进待遇不明的私人育儿所，五月只好辞职，待在家里，直到孩子去上小学。

从上海出去的李礼刚思想还停留在独生子女阶段，一直到婚后第四年，手中略略有了存款，他才敢松口要第 2 个孩子，这才有了女儿。

五月居家的时间又将延后几年。

李礼刚渐渐感觉到疲惫。

他给朱盛庸的信里这样写："真佩服父辈们能做到量入为出，每年攒钱。我穷尽所能，差点惹翻老婆，一年到头，才攒下几千美元。攒钱太难了。"

硅谷顶尖公司码农的年薪中位数也不过是十三四万美金，扣掉税，扣掉养老金，差不多只剩下一半。还要承受房租，以及 10％ 的消费税，攒钱确实太难了。

"听说好时候在 1997 年。那时候硅谷的企业家们信奉的商业逻辑是，公司应该用几十年的时间去寻找和积累人才。所以才会有门卫也能分股的传说。

"现在不行了，企业家们变狡猾了。

"清洁工、厨师、安保这样的体力工作者已经没指望成为公司的正式员工，人力、行政甚至程序设计师等职位，很多也变成聘用制。

"这意味着大家都成了临时工。

"公司不需对临时工提供全面福利，更不会分红或者配股给这些外包临时工。

"所幸我是正式工，但我预感，等几年后我女儿读小学，五月去找工作，只能找到临时工的工作。"

电视新闻上、财经数据上，硅谷的经济发展的确愈发欣欣向荣。

自2001年起，硅谷居民人均GDP增长了74%，是全美平均增长的5倍，但遗憾的是，投资人和顶尖的极小部分员工才是真正的受益人。

这导致贫富每时每刻都在拉大差距。

李礼刚这样的高学历正式员工还能随着公司发展，收入水涨船高。而那些中低收入的劳工……

"我对门的邻居昨天退租了。我也梦想着退租，住进自己的房子里。以我和五月的现状看，只能是空想。

"我问他在哪里买了房？他神色尴尬地告诉我，他不是买了房才退租，而是付不起房租才退租。

"我才想起来，五月跟我说过，对门邻居夫妻分别从事厨师和花店打工的工作。

"对门邻居搬家的时候，是个艳阳天。我站在阳台，站在阳光照不到的地方，心里生出巨大的恐惧。我怕等我老了，智力跟不上了，公司把我踢出来，我也不得不落魄到退租的地步。

"我吓得寒毛倒立，浑身哆嗦。

"后来我又想到，不对，我至少可以继承丈母娘的房产，不至于无家可归。那一刻，我回头看五月，从来没有觉得她如此有魅力。

"阿庸，美国的生活跟我想的不一样，可如今我拖家带口，已经难以退回。

"听说当年我花1万美金给弟弟买的婚房，如今价格已经翻倍。当初真应该听父亲的劝，把他家对门的那套也买下来。

"阿庸，你说你在股市里大赚，目前涨了34%，恭喜你。

"其实我也做过股票投资。

"在2000年左右，美国出现很多新公司。印象最深的是出现了第一家纯网络银行，Netbank。利息很高，我在这个银行里开过户头。

"我觉得这是新趋势,决定买它的股票。

"我没有多少钱,只能花 1000 美元买。记得它的股价约为 20 美元一股,1000 美元,买入 50 张股票。

"人生第一股!

"很不幸,这家公司倒闭了。

"Netbank 倒闭之后,被荷兰的一家银行重组,用户存款随即转移到荷兰银行里。

"存在银行里面的钱无碍,因为有联邦储蓄保险,10 万块以内的存款统统全额赔付。1000 块购买来的股票一分不值,成了废纸一张。

"你看,即使是银行,也不保险。

"当时国内有一家做小灵通的公司,UT 斯达康(UTstarcom),在美国上市。

"我从你和其他亲戚这里得知,小灵通在国内发展得很好。人手一机的趋势让我看到了美好的未来。

"小灵通到美国上市后,同样,我又去买了 1000 美金。

"当初买它时,股价大概在 50 到 60 美元一股,没想到后来蜂窝技术被移动网络取代,UTstarcom 的股票一路下跌。

"跌到五六块美元的时候,我把它卖掉了。

"如果没有卖掉,最后的结局也是破产,一分钱不值。

"幸亏我没钱,投的金额少,都是 1000 块、1000 块买的。这点损失还承受得起。

"几次失利之后,我老实了,开始学习投资。

"学到的最大经验是,买一个指数基金。跟着指数走,指数至少是不可能破产的。我买过纳斯达克指数和道琼斯指数。赚多赚少不说,至少不亏钱了。

"时间久了,靠投资赚钱的心又蠢蠢欲动起来。

"巴菲特这时候在美国已经有'股神'之称。而且,巴菲特是长线投资,不会马上把他手上的股票卖掉。

"我别出心裁,去看巴菲特的持股名单。

"但凡是亏损的,我都去买。

"我想的是,如果巴菲特的股票是赚钱的,那么就意味着我在以更低的价格在买入,将来赚钱的空间就更大。

"按照这个思路,我买了美国银行和康菲公司(Conoco Phillips,石油公司),这两公司好像都不怎么样。

"巴菲特也有失误的时候。

"总而言之,我似乎在股票上一直运气不佳,导致我兴致不高。

"加上美国的交易费很贵,它不是按比例,而是按次数。这样很不利于小户。花旗银行每一笔网上交易费用是 24.9 美元。这更打击了我的积极性。

"祝你大赚!

"祝你求婚顺利!"

第183章　求婚顺利……了吗?

朱盛庸的求婚,蛮另类的。

他这样问周画白:"你梦想中的求婚,是什么样的?"

周画白回答:"我害怕成为焦点。"

"意思是说,一切要低调?"

周盛庸"低调"地提了一个报纸包装的大纸盒子,送给周画白。周画白拆开一层,打开纸箱,里面取出个小纸箱;再拆开一层,里面又是个纸箱。如是反复,一直拆了七八个箱子,最终,拆出了一个黑色的天鹅绒小方盒。

周画白停下来。

不需要打开就知道,里面一定是一枚戒指。

问题是:她准备好了吗?

"就放在你这里。不一定要现在打开,可以等你明年博士生考试成绩出来后再做决定。"生怕被退回的朱盛庸赶紧说。

周画白微微垂着头。摩挲着黑天鹅绒小方盒,没有说话,也没有打开。

当天晚上,朱盛庸回家的时候,心里很伤感,酸涩难言。他这算求婚失败了吗?

周画白拿到黑天鹅绒小方盒后没有打开,其原因,很大程度上与朱盛庸无关。更多是她自己的问题。

第一个面临的,就是身为独生子女的她,决定留在上海发展了吗?

没有遇到朱盛庸之前,她来上海考博不假,但并没有留在上海发展的打算。就算不回到她的出生地,至少也会回到她父母所在的省会城市。

第二个面临的,是远嫁的问题。

她已经27岁,知道婚姻的复杂。她的同学中,早有人迈入婚姻。其中也有远嫁的。远嫁的委屈与心酸,并不能一一拿在桌面上说。她足够了解他了吗?她真的做好准备了吗?

第三个面临的,是钱财的问题。

由于一直在读书,工作的这一两年,为了迎考,选了工资低廉的清闲工作,导致她没有什么存款。会不会没有存款就没有家庭地位?

第四个面临的,是父母将来养老的问题。

虽然这是一二十年后的事情,现在未雨绸缪显得太早。但迈入婚姻前,重大问题先协商好,婚姻的大厦才能坚固。她开口谈之前,自己要先有态度。可她还没有想出她要秉持什么态度。

种种现实的问题,让她没有办法马上答应。

她需要时间,逐一解决那些萦绕在脑海的问题。

朱盛庸回到家后,朱妈妈朱爸爸凑上来问:"钻戒人家小姑娘接了哇?"

朱盛庸强作镇定:"接了。"

"婚期定了哇?"

"你们太着急了。怎么也应该等到她明年博士生考试之后。"

"还要考啊?"朱爸爸失望地喊道。

"万一考上了她还肯跟你结婚?"朱妈妈问。

朱盛庸只能用尴尬而不失礼貌的微笑回答妈妈。

确实有考上后拍拍翅膀飞走了的可能性。但是,如果不去赌一把,他就需要再去找一个女朋友。他的心已经在周画白身上了,没有心思再去找别人,更不可能脚踏两只船。

他愿意赌一把。

时光荏苒,转眼到了来年3月,周画白又一次来到复旦大学双子楼,第三次参加复旦大学博士生入学考试。

这距离朱盛庸送给她钻戒,已经过去了足足7个月。

在过去的7个月里,两个人的恋爱平稳又甜蜜,朱盛庸依旧像去年一样尽心尽力地辅导周画白英文阅读和写作。

在过去的 7 个月里，朱盛中和陈静静如同他们之前的规划，在嘉定某处买了一套 90 平方米的房子，新房子特意选了一楼，为了物业费更便宜。

90 平方米的电梯房，只能勉强做成二室二厅。一间卧室小到只能去定制床；餐厅里的餐桌只能靠墙摆放；厨房窄到只能容一个人在里面操作。

好在房子是精装房，不必操心装修的问题。

新房子买下来，前不着村，后不着店，住是不可能住了，因为是新装修，也不舍得出租，只好空关着。

但他们确实套利了 32 万之多。

这笔钱拿到手的时候，朱古力已经开始读五年级。

朱盛中如他对陈静静的承诺，于一个工作日带朱古力去看医生。医生对朱古力诊断一阵后，得出"多动症"的结论。

朱盛中一出医生的诊室，就给上班中的陈静静打电话："喂，静静，医生确诊咱们朱古力有多动症。我就说吧，这小家伙不正常！"

朱古力默默抬眼看一眼起劲打电话的朱盛中。

"多动症的意思？就是它的字面意思啊，明显注意力集中困难、注意持续时间短、活动过度、容易冲动等等。多动症的每一条典型特征咱们朱古力都有！这病不是后天养成的，是先天遗传的！"

说到这里，朱盛中嘴角抽动，隔岸观火地笑了一下。他小时候脑袋不要太灵光，专注力不要太强哦，他的孩子，肯定跟多动症无缘。

那嘴角隐秘的一笑，恰巧被翻眼看他的朱古力看到。朱古力默默拿脚踢一下墙。

"你问医生怎么说？医生说可以吃药，抑制神经太活跃。医生说药物治疗为主，配合心理行为治疗，就是说要带他去看心理医生。心理医生收费就贵了去了，按小时收费，一小时好几百。你说怎么办？"

一旁的朱古力感受到别人在注视哇哇叫着打电话的朱盛中，他自己则低下了脑袋。

"喔喔，好的。那我先去拿药。其他的回头再说。"

朱盛中收了电话，四下找朱古力，在离他较远的地方看到缩成一团的朱古力。

朱盛中喊他，他没回应。朱盛中不得不走过去，一巴掌拍到他头上："耳朵聋啦？喊你为什么不答应？"

朱古力头一低，一头撞在朱盛中肚子上。很有当初陈静静撞他那次的神韵。

朱盛中猝不及防，接连退了好几步，撞到一个路人身上，才止住步。

他惊愕地望着满脸挂着泪水的朱古力，心中熊熊燃烧的怒火冻结住了："你怎么了？怎么哭了？"

朱古力嘴角向下，撇啊撇。没说出话。

"气我刚才打了你一下？喏，你打回来。"朱盛中走过去，弯下腰，头递到朱古力面前。

他就是客气客气，并不以为朱古力会真打。

结果朱古力左右开弓，小胖手噼里啪啦对着朱盛中的脑袋打个不停。

朱盛中"啊啊"怪叫："你个小兔崽子你真打啊？"

第184章 超市里的意外

朱盛中用一顿萨莉亚摆平了朱古力。

萨莉亚是一家神奇的饭店。

2003年进入上海，首家店开在上海南丹路上，生意火爆到每天傍晚门口排队几十米。主打意大利菜，却创始于日本。

在"西餐"是高档餐代名词的时代里，萨莉亚人均消费二三十块就能吃饱，堪称西餐界的沙县小吃。

朱古力右手叉子吃着肉酱面，左手面包片夹着蒜香蜗牛，嘴上全是肉酱面的红色，像小猪一样。

朱盛中刀叉并用，切了一口菲力牛排，闭着嘴巴优雅地咀嚼。

看了一阵朱古力的吃相，朱盛中拿刀敲击朱古力的意大利面餐盘："你吃相太野蛮了。你学我是怎么吃的。"

他本意是让朱古力学他闭上嘴巴咀嚼，以免吧唧出声，吃完一口吞咽后再吃第二口。谁料，朱古力将半片夹了蒜香蜗牛的面包片塞进嘴巴里，手起刀落切断了意大利面，然后用叉子挑啊挑。

面被切短了，一根也挑不上来。

朱盛中看得直摇头，放弃去教。

陈静静晚上回到家的时候，朱古力已经睡了。她疲惫地换下鞋子，坐在沙发上，看开给儿子的那些药。看得她很忧伤。

"看心理医生的事？"朱盛中坐在她旁边。

"再说吧。"陈静静气馁道。茶几上有一份看心理医生的价目表，是朱盛中在打印店打印出来的。上面显示10次一个疗程，一次一小时，一小时600元。

陈静静没有仔细看，那张价目表上既没有心理咨询机构的名字，也没有咨询师的姓名。不过是朱盛中杜撰出来的一份价目表。

可它却起到了吓退的作用。

朱盛中移动一下座位，靠近陈静静，揽着陈静静的肩头，语气温柔地说："不用太担心，随着朱古力进入发育期，多动症会自然而然好的。据说过完青春期就好了。我们先看药效。根据需要，一步一步来。"

陈静静点点头。

朱古力吃药后，果然立竿见影地沉静下来。他开始能做进去题，听进去课了。但人也肉眼可见地发胖了。

本来是个结实灵活的小胖，现在成了发面团子小胖。

年后3月，周画白参加博士生入学考试的时候，也是小胖参加民办学校招生的时候。

小胖外形不佳，但看上去极富态，像是有钱人家四体不勤的傻儿子。朱盛中带他去上考前辅导班，很贵，咬着牙掏。

他这样围着小胖忙忙碌碌，倒也逃避了去上班。

陈静静的工资收入比当收银员时翻了一倍，加上卖房套到的钱，银行账面上终于宽松起来。手不知不觉也大起来。

为了面试，她给小胖置办了两千多块的耐克和阿迪达斯。

小胖上考前班，交报名费，考了三所民办学校。很不幸，三所都落榜了。

毕竟付得起民办学费又聪明博识的孩子太多了，轮不到小胖这样的。

朱盛中长舒一口气。陈静静也暗松一口气。账面宽松后，不知不觉就花去了七八万。按照民办学费一年5万算，他们的20多万存款也维系不了几年。

民办初中这条路断了之后，新的问题来了：是在闵行上初中，还是到徐汇上初中？

朱古力的户口可以迁至闵行陈静静的房产下，但前提是朱盛中的也迁进来，因为朱古力是投靠类迁户，只能投靠到朱盛中在的户口簿上。

而朱盛中的户口当前在徐汇他父母住的房子里——自从他把蓬莱路上的 10 平方米小房子卖掉后，就将户口迁至父母住处。

"我先把我的户口迁到你房子里？"朱盛中跟陈静静商量。

陈静静张着大眼睛，无声地望着朱盛中。

朱盛中从她的眼睛里看到一句问话，复读道："我父母的房子会不会被拆迁？"

复读完，他自问自答："有可能。拆迁的话只要我户口在里面，就能拿补偿金……嘶，如果这样的话，应该把朱古力的户口也迁进我爸妈的房子里！"

陈静静笑了。

朱盛中思量一会儿，又摇起了头："我们似乎忘了朱古力偷我爸爸钱的事。"

陈静静不满："这都一两年前的事了。还揪着不放？"

朱盛中道："明天我买点礼品，到我父母家探探口风。"

"你可要快一点。下个月朱古力就可以迁户口了。"

朱盛中连忙答应下来。

朱盛中趁机向陈静静道："银行账户里的钱，不管是存活期还是存定期，都不划算，赶不上通货膨胀，不如放在股市。你觉得怎么样？"

陈静静下不了决心："股市里能赚，也能亏。万一亏了，怎么办？"

朱盛中道："你问问你的老板，你的同事们，多打听打听。我是听我妈妈说，我弟弟的钱在股市里赚了很多。"

朱盛中早已摸准陈静静的犟脾气。越劝她，她疑心越重。索性就不劝。

果然，第二天，陈静静下班回家就松口了："我同事们都说现在行情很好，可以买。赶快趁行情好买进，跟风涨一波。涨一波抵一年工资结余。你明天就去开户。"

"好。我其实早就开过户。明天你请假，我陪你开一个你的股票账户。"

陈静静知道婚内财产是夫妻共同拥有的，又想到开了户她也不懂，还得靠朱盛中买卖操作，于是大方道："不用，把钱转到你的股票账户上就好。"

朱盛中深为感动："静静！谢谢你这么信任我！"

陈静静扑哧笑出声："怎么，难道你会背着我捣鬼，把我的钱转走？"

朱盛中大笑："这个世界，跟我关系最亲近的人，就是你和朱古力了。我转给谁？"

"你前妻呢？"

"那是过去式！"

"没有藕断丝连？"

"瞎说什么呢！"朱盛中伸手拧陈静静的脸。

他笑得有些不自然，有些事，只能隐藏在心中。

"对了，你今天去你父母家探口风，探得怎么样？"

"今天……今天拉肚子……明天一定去。"

其实并没有拉肚子。

早上，送朱古力上学后，他是准备去超市购点礼品，去看父母家探口风的。

不期然，在超市里遇到了前丈母娘和老丈人。

两位老人推了一辆购物车，车里坐着一个衣着粉嫩的小女孩。

他赶紧闪身躲藏在货架后。

偏偏一块镜子，将购物车内小女孩的面孔映出来。

那一瞬，他差点血液凝固。

简直是他幼时照片的容颜重现！

因为这个意外发现，导致他没有办法正常购物，也没有办法如约去父母家探口风。

第185章 突然发现一个5岁女儿！

第二天，经过一天和一晚的沉淀，朱盛中心情平静很多。

送完朱古力上学后，他按照计划，购买了一些物美价廉的礼品，驱车去徐汇区的父母家。

到了父母家后，照例家里只有爸爸。妈妈去了证券公司。

以往朱盛中总是脸上笼罩一层喜色。他总是不停地打小算盘，并不停地成功。可能那些小算盘仅限于让陈静静感激他，让朱古力认为他很厉害，让他父母以为他在家里地位很高之类。

今天，他一反常态，神色堪称凝重。

一回到父母家，就去扒小时候的相册。

"你干什么？"朱爸爸见长子翻箱倒柜，奇怪地问道。

朱盛中也不回答，翻到幼儿园时期的照片，找到其中一张对着脸拍的大头照，越看照片越觉得心里空出一大片。

"你这是要干什么？"朱爸爸追问。

朱盛中抬起头："当年兰婷为什么那么坚决跟我离婚？"

"……"朱爸爸呆住。

"为什么宁肯贴钱给我也要跟我离婚？为什么？"

朱爸爸嘴唇嚅动，但又下不了说的决心。

"爸爸早就知道了？"

"知道什么？"朱爸爸反问。

"我有一个孩子。"这其实是朱盛中在诈朱爸爸。

事实证明，以朱爸爸的智商，一诈一个准。

朱爸爸颓丧地摇头："其实我也从来没有见到过。我跟你妈，拎着礼物上门了很多次，兰婷妈妈堵在门口，铁了心不肯让我们相认。"朱爸爸说到伤心处，还擦了一把浑浊的老泪。

朱盛中惊呆。

这个世界上，真的有个他的骨肉！

朱盛中觉得体内的血翻江倒海，一阵阵涌上头顶，好像要冲出体内。他的心，已经被无形的手揉捏到变形，又痛又高兴。恐怕就是别人说的"痛并快乐"吧。

"男孩女孩？"朱盛中回过神之后，追问爸爸。他知道是女儿，只是想从爸爸这里再证实一下。

朱爸爸怅然摇头："不知道。他们搬家了。他们把旧房子卖了，也不知道在上海的什么地方买了新房，消失不见了。"

随着朱爸爸暴露出的信息越来越多，朱盛中越发确信兰婷背着他生下他的孩子，是一个事实。

他站起身，有些恍惚，不知道东南西北，不知道今夕何夕。

"有一次，家里电话响了。我去接，里面说话的人声音特别像兰婷，可是是找你弟弟的。可能是我听错了。"

朱盛中默默抽了张纸巾，擦起眼泪来。他没想着哭，可眼泪自己止不住地流。

"我知道孩子的生日。"

朱盛中呜咽着问:"哪天?"

"8月22日。"

朱盛中点点头。不需要刻意去记,这个日期已经刻在他的骨子里。

从2001年8月22日算起,他的女儿,如今已经5周岁9个月大。是读幼儿园大班的年龄。超市镜子里映出的漂亮面孔在他脑子里转来转去。

她有哮喘吗?

也是学霸吗?

兰婷会带着她另嫁吗?

朱盛中颓然坐在椅子上,丢了魂似的,松垮地坐着,驼着后背,耷拉着脑袋。

朱妈妈中午回到家的时候,看到的就是这样的朱盛中。

"你怎么来了?"

朱盛中抬起头,脸上近乎没有表情:"我来问问,朱古力可以迁户口了,可以迁到这里吗?"

朱爸爸回:"迁呗。万一房子拆迁,还可以多分一份钱。"

朱妈妈瞪朱爸爸一眼:"迁完之后,按照就近入学的政策,是不是要在这附近读书了?"

朱爸爸突然醒悟,马上改口:"那不行。住我们家,我天天得防贼一样防着,谁受得了?"

朱盛中出乎意料地没有跟父母纠缠:"行吧。你们的态度我知道了。我回去了。"

"哎——都中午了,不吃中饭?"

朱盛中摇晃着身体,什么也不回答,出了屋子。走出去一会儿又折回来。忘了换拖鞋了。

"这孩子怎么丢魂似的?"朱爸爸嘀咕。他说哪儿忘哪儿,中间插了朱古力迁户口的事情,就忘了兰婷孩子的事。

"会不会是我们没让朱古力迁户口进来,他没法跟他老婆交差?"朱妈妈猜道。

"没法交差就没法交差,能怎么样?"

"陈静静没啥好图,万一跟咱们儿子离婚呢?"

朱爸爸瞬间就瞪大了眼睛,心慌起来:"那不行。再离婚就三婚头了。"

朱妈妈想一想，说："不行我们就半答应他。"

"什么叫半答应？"

"答应他转户口，但是不答应朱古力住我们家。"

"这个主意好。"

"可是，不让住我们家，他们家离附近的中学那么远……"

"那是他们的事！"朱爸爸冷心肠道。

陈静静还没到家，就开始琢磨公婆答应朱古力迁入户口的可能性。她疑心是因为她带了朱古力的缘故，公婆对她淡淡的。

确实也没法强求。她不仅带着朱古力嫁人，还不肯再生小孩。

陈静静到家后，一推门，就看到目光呆滞盯着天花板的朱盛中。不好的预感浮上心头。朱盛中察觉陈静静回家，连忙收敛心思。

"你去过爷爷奶奶家了？"

朱盛中点点头。

"他们什么态度？"

朱盛中摇摇头。

"我就知道。"陈静静背靠上墙，难过地皱起眉头。

朱盛中站在她对面，唉声叹气。

"那你就把户口迁到我房子里吧。"陈静静只能妥协。朱古力户口进上海是大事。

朱盛中猛然醒过来，甩甩脑袋，提气道："明天我再去说。一定要说到他们同意！"

陈静静手捂住嘴巴：她感动到想哭！她越来越觉得，自己选了一个情深义重的男人，嫁对了。

话说兰婷，她正在办公室坐着，忽然右眼跳起来。

她手捂右眼，问旁边的同事："哪一只眼跳财，哪一只眼跳灾来着？"

"你哪只眼跳？"

"右眼。"

"那就右眼跳财。"

兰婷笑起来。

她按了按心口，觉得心跳莫名加快，按捺不住，走出办公室给父母打电话："妈，今天没有又带君君出去吧？不是我说你，她本来就是在家休病假，怎么能带她逛超市，又给她吃那么多糖呢？"

结束和妈妈的通话后，又和甜甜的女儿说了几句话，心情顿时清爽起来。

兰婷要回自己的工作位，忽然想起一件事，停下来又打了一通电话。

第 186 章　不肯再妥协

兰婷给冯嫣打电话。

"冯嫣，小珍珠拉肚子好了吗？"

冯嫣的声音在听筒里流过。

"你别担心，小孩子修复能力强。下班后我去看一下你和珍珠。"

冯嫣似乎说了推辞的话。

"你跟我就不要见外了。就这么说定了。"

兰婷下班后，买了一些肚脐贴和大号纸尿裤，去看冯嫣和她的女儿珍珠。

关于冯嫣，一切要从去年夏天说起。

那个夏末，陈家康得知堂弟生的并非是传言中的双胞胎，而是跟他一样，也是女儿时，开心坏了。

他借口思念妻女，从金山接回了冯嫣和小珍珠。

他以为老洋房大不了会平分给他和堂弟，可却低估了三爷爷对男性子嗣的执念。三爷爷说，既然都能生，那就再生一次，直到生出一个男娃娃。

陈家康深受打击。

他隐瞒着"堂弟已生女儿"的讯息，也隐瞒着"再生一胎，直到生出男小囡"的要求。

一方面是因为就算是再生也要等冯嫣身体恢复，另一方面，他在思忖，再生的话是换家医院做试管，还是拼一把运气？

如是过去了半年，小珍珠已经满周岁。冯嫣是在小珍珠的周岁宴上，从刘熙那里得知刘熙生下的也是女儿，且三爷爷要求继续生，直到生出带把儿的。

冯嫣粗略一推算，算出陈家康之所以忽然对她们母女热忱起来，原来是大家又站在新一轮的起跑线上。并不是如他所说，不靠她赢，靠他自己了。

冯嫣无疑是失落的。

失落之后，就是释然。

果然，小珍珠周岁生日刚刚过去，陈家康就冠冕堂皇地以"独生子女太孤单，给小珍珠生个伴"为借口，开始劝说冯嫣生二胎。

冯嫣淡淡地笑着，见陈家康绕来绕去，就是绝口不提三爷爷的老洋房悬赏。心里渐渐凉起来：他始终是在算计她。

冯嫣对陈家康的信任基石彻底破裂，她打断变着花样游说的陈家康，爽快道："我绝不会为了你再承受试管的痛苦了。我们之间，自然受孕的可能性到底有多少，你自己盘算吧。"

陈家康望着眼眸里尽是嘲讽的冯嫣，知道多说无益。

"明天我们一起去做一次体检。"陈家康褪去声音里的柔情蜜意，公事公办道。

"不去。"

"需要去。让医生评估一下我们用哪种方式要一个孩子的概率更大。"

"跟你说过我不会再接受试管手术！"

"你！"陈家康愤怒起来，不过，很快压住怒火，"你这是在逼我！"

"你反正还在高层，还可以再以公司福利的名义让未婚女员工体检，挑出最适合生育的子宫，花言巧语骗她们跟你结婚，让她们以为嫁给爱情。"

冯嫣冷笑着看被她激怒的陈家康，继续道："我可不像你前妻那么没有道德感，我是不会配合你演戏的。"

陈家康猛然扬起手，冯嫣并没有躲闪，反而仰起了脸。

女儿的啼哭声，让陈家康在愤怒关头清醒几分，他将巴掌攥紧，握成拳头，狠狠砸在沙发靠背上。

"你这是拿定主意要离婚？"

"如果你坚持靠女人赚创业金的话。"

陈家康权衡，不过，并没有权衡太久："好。我们彼此成全。"

一个月后，两个人办理了离婚手续。

陈家康聘请的离婚律师告诉冯嫣，虽然孩子在2周岁内原则上会判给母亲，但冯嫣没有工作，而陈家康经济条件较好，身体有不育的风险，且能举证孩子多数由住家阿姨照顾。他们一定会争取到小珍珠的抚养权。

为了争夺小珍珠的永久抚养权，冯嫣不惜选择、似乎也只能选择净身出户。

兜兜转转，恩恩怨怨，耗去了6年的时间，冯嫣梦醒。除了多了一个一岁的女儿，她跟结婚前一样一穷二白。

离婚后的冯嫣暂时搬进林青青的住处。

林青青似乎打定了独身到老的念头，她很高兴冯嫣和小珍珠能住进她的房子里。她这个人没有太多耗钱的嗜好，赚来的钱，攒到一定金额就买房，而且专捡便宜的二手小房买。

她名下已经有4套房子了。

一直独身的林青青，住的房子并不大。冯嫣和小珍珠搬进去后，立刻塞得满满当当。家小，东西多，看上去很凌乱。

林青青无所谓，冯嫣反倒一时难以接受，常常自责。

林青青大刺刺笑："你别急，我有一套房要动迁了，拿到动迁款我就去买大房。你想要多大的房子？130平方米够不够？150平方米够不够？"

冯嫣向父母隐瞒了她离婚的事，但没有向兰婷隐瞒。

兰婷带着君君找冯嫣玩，冯嫣每次都聚在外头。还是偶然一次遇到林青青，林青青盛情邀约，兰婷才得以走进冯嫣的住所。

那种逼仄、杂乱、近乎无处下脚，让兰婷心里异常感慨。原来，命运早已给每一种选择标上了归途。

冯嫣舍不得跟小珍珠分离，所以才隐瞒她的父母她已离婚。倘若她父母知道，一定会带走小珍珠，让她好好工作，努力挣钱。

兰婷比以往任何时候都更关心冯嫣，也更关心林青青。三个女人抱团取暖，日子也不算凄惶。

兰婷将肚脐贴给冯嫣，叮嘱她怎么使用。惦记着家里的女儿，与冯嫣说了一阵子话后，就走了。

兰婷下楼后，很想给朱盛庸打电话。她知道朱盛庸还未娶，她想问问朱盛庸，他是否还肯接受冯嫣？

电话要拨未拨时，兰婷妈妈打来电话。

兰婷一听，大惊失色："你说什么？他向以前的老邻居打听孩子的事？这么多年过去了，怎么突然抽风想起问孩子……妈妈你别急，等我回家再说。"

挂断妈妈的电话后，兰婷感到一丝眩晕。

她手扶墙，站了一会儿，继续给朱盛庸打电话。

不过，已经没有半点牵线搭桥的意思。

电话一接通，兰婷就急切问道："朱盛庸，我问你，你有没有跟你哥哥说过君君的事？"

"没有。"

"有没有跟你父母说过？"

"也没有。"

"确定？"

"确定！怎么，我哥哥找上门了？"

第 187 章　关于动迁

兰婷告诉朱盛庸，朱盛中找了她父母以前的老邻居，打听她养孩子的事。好在老邻居间关系好，老邻居不仅没有说什么，反而第一时间向她妈妈通风报信。

朱盛庸表示他会旁敲侧击，帮助兰婷打听哥哥是怎么回事。

朱盛庸回到家，三两句话绕到哥哥身上，朱爸爸便什么都说了。

不过，说的完全不是朱盛庸期待的。

朱爸爸说，哥哥朱盛中临中饭前到家里，大谈特谈动迁。

前几年，宛平南路向南，出了内环就是棚户简屋；中山南二路往东，越往东越冷清。高架南侧，不是旧厂房就是棚户区。

龙吴路上各种集卡；龙华烈士陵园周边一派乡土气息；漕宝路徐汇段有好几块大型城中村，还在用煤气罐……

现在呢？

平改坡的新村多起来，内环线附近的棚户都拆了，龙华机场没有了，很多马路都进行了拓宽。

南浦站被废弃，江边的沙土和煤灰码头也都被拆移，变成了美丽的绿化带。"徐汇滨江"的概念，也被提了出来。

不光徐汇区如此，其他区也一样。

在 1995 年，每 3 个住上新房的上海人，就有 1 人是动迁户。

"你哥哥说，动迁是趋势。1991 年到 2003 年间，约 300 万原本住在市中心的上海市民，迁往郊区的动迁房。

"按照你哥哥的说法,动迁完棚户区,就要动迁我们住的老公房了。动迁后,全部盖成豪宅。"朱妈妈总结道。

"××,地道的上海人都搬去郊区了。"朱爸爸不悦道。

"你哥哥的意思是,2001年前,动迁补偿按照被拆迁房屋的面积来。2001年之后就按人头了。

"所以他不仅自己户口要待在这套房子里,还要把他继子的户口也迁到这套房子里。好赚开发商的钱!"朱妈妈道。

朱盛庸这才听明白重点:原来是要把朱古力的户口迁进来。

"你们怎么回答哥哥的?"朱盛庸问。

"你爸爸已经答应你哥哥了。我担心将来分钱不均,会引起你们兄弟俩矛盾加深。"朱妈妈总是那么思路清晰,言简意赅。她已经看出朱盛庸和朱盛中之间的不合迹象。

"那就回绝哥哥。"朱盛庸道。

"可你哥哥已经把户口本拿走了。"

朱爸爸一副"这可怎么办"的为难神色。

原来木已成舟。

朱盛庸便没再吭声。

"我哥哥,说其他事了没?"沉闷一阵后,想起兰婷委托的事,朱盛庸闷声闷气又问道。

"说了。你哥哥说,陈静静把卖房套来的钱,转到他的股票账户,让他做股票。他问我你都买了什么股票,他也想照着买。"

朱盛庸差点冷笑出声:现在股指都那么高了,这会儿再买进,不是等着当接盘侠吗?

"你笑什么?"

"我还在想,我每天卖掉的那些股票,都是谁在买?原来是哥哥这样的人。"

朱妈妈不觉也笑了:"我也跟他说,现在再买进没啥意思,让他等这一波行情过去再入市。我看他急吼吼的样子,未必屏得牢。"

朱妈妈早在2400点时就全线退出股市了。她的钱,拿去买了南浦典当行的私人融资产品,也即民间借贷。相较别的24%、30%的回报率,朱妈妈选的这家南浦典当行的回报率只有14%。

回报率低,在朱妈妈看来,反而是一种保险。至少融资人相对比较理性。

而朱妈妈之所以知道有这么一家回报率为14％的民间借贷公司，是因为南浦典当行的业务员在大街上发传单，盲塞塞到朱妈妈手里的。

朱爸爸不肯让朱妈妈拿钱去投资，朱妈妈一句"你什么都不懂"，牢牢堵住朱爸爸的口。朱爸爸吭哧半天，道："把我的那部分钱分给我。"

朱妈妈便分给他5万，让他存5年定期。她自己，则投了10万到南浦典当行。另有5万，放在了股票账户里。

正如朱盛庸所感觉，国富之后，就是民富。朱妈妈、朱爸爸靠退休金，每年的存款都在增加。2007年，老夫妇俩每个月合计可以领取6000块的退休金。

朱盛庸几次将话题往哥哥身上扯，然而，无论爸爸还是妈妈，都没有提及兰婷，更遑论兰婷的女儿。

朱盛庸只好作罢。

他工作的金鹏果然如林彬所说，再次易主，被新加坡淡马锡收购。

两三天前，杨曾经神秘兮兮地说，办公室员工下班后有警察来公司，不久将有大事爆出。在那之后，果然爆出了公司财务部门一个小主管贪污公司几百万的新闻。

具体操作方法不太清楚，大致是以付供应商费用的名义，将钱款打入自己的关联账户。小主管本来想做几次就离职，从此消失在茫茫人海。一旦发现钱来得这么容易，"最后一次"就成了"下次一定"。

财务贪污公款的事情过去不多久，又爆出生产经理谎报废品率，将成品以垃圾的方式销毁，实则偷偷运出公司低价出售。

这件事被客户调查出来，再次成为发生在公司内的刑事案。

在这之后，新加坡淡马锡流露收购封装测试公司的意愿，美资就势离场。

新加坡国资进场后，按照他们的习惯，将高层换成他们信任的人。新上任的总裁是位菲律宾人。他带了几位菲律宾高官空降。

挨打的日子一下子不好过起来。

知道韩国上下等级思想严重，没想到，菲律宾人也如此。上级是很有权威的，他们说的话必须无条件服从。

菲律宾空降高管们带着这样的等级思想入场，可挨打却没有做好言听计从、无条件服从的心理准备。

没有人知道第一次正面冲突是何等惨烈，只知道，淡马锡收购金鹏不多久，挨打就从总监的位置上撤了下来。

　　这对自诩为常青树的挨打来说，无异于一记耳光。

　　高层想表达友善，于是告诉她，她可以选择当客服部的经理，或当进出口部的经理。

　　挨打思前想后，认清这一回是掰不动资方的大腿了，只好忍辱负重。她用"谁笑到最后还不一定呢"来宽慰自己。

　　刚对客服部下属宣布她将集中全部力量领导客服部，力争让客服部的行业竞争力再上一层楼，高层改主意了。高层突然觉得自己应该铁腕些，于是替挨打拍板：就当进出口部的经理吧。

　　挨打仿佛另一边脸也被狠狠甩了一记耳光。

　　挨打岂肯被动接受？

第188章　办公室暗潮汹涌

　　挨打气到发疯，然而无路可反攻。

　　维系面子的唯一可选，似乎变成绝不妥协，傲然离职。

　　就在所有人都以为挨打数次被针对后，会愤然离职时，挨打，选择了坦然接受。

　　挨打请二十几个部门员工吃了一顿大餐，然后洒脱地去了只有几个员工的进出口部。

　　吃大餐的时候，几个部门小姑娘，用义愤填膺的口气，诉说挨打遭受的不公平待遇。挨打手撑着下巴，仪态万方道："无所谓啦，我是连工资都不在乎的人。我老公做董事长好多年，名下连锁酒店就有2个品牌。

　　"我呢，只有一个目标：绝不做家庭主妇。

　　"公司高层换了，公司已经变天，以后，金鹏再也不是以前的金鹏，我就当重新找了工作。

　　"一份新工作，开局就是部门经理，可以了。"

　　在"凡尔赛文学"还未流行的年代，挨打就是深谙凡学的高手。

　　挨打去了进出口部，成了杨的顶头上司。杨面上依旧笑脸相迎，心里则近乎崩溃。"常青树"跑到他在的部门，他算是没有熬出头的那一天了。

但杨不会辞职。

他可是交过移民的钱,排队等着移民的人。

眼前的工作,不过是临时做做,能体验一下鸡头的感觉更好,不能也无所谓。他真正的生活,注定是不久后在加拿大展开的。

杨照旧跟朱盛庸、林彬一起午餐。自从挨打入主进出口部,杨吃饭的主旋律就变成了揭秘挨打。

杨说挨打其实远没有她说的那么有钱。例证之一就是挨打喜欢在淘宝上淘便宜货;例证之二是挨打为了讨好进出口部的员工,请员工们吃饭,通常只肯请人均20～30元;例证之三是挨打没有几件奢侈品;例证之四是挨打说歌剧听不懂,而话剧票太贵……

杨吐揭秘揭得红光满面,身心舒泰。

朱盛庸听得面无表情,身心神游。

林彬则两眼上翻,头歪到了一边……挨打换部门的时候,没有带走林彬。林彬意外发现,没了挨打,他也没有惨遭辞职。

杨是那种只求自己爽的人。就算是发现饭搭子们不爱听,他也照说不误。

就在朱盛庸认定工作只是为了赚钱之际,新来的部门经理忽然找上他。

新部门经理是位菲律宾人,男,短发,三十来岁,微黑面孔,圆圆的双眼嵌在圆圆的脸蛋上,人不是很高大,说的英语带着口音,但不影响交流。

菲律宾经理有一个具有西班牙风情的名字,叫桑托斯。为了表示亲和力,他告诉朱盛庸可以叫他的昵称:咚。

"有什么寓意吗?"朱盛庸问。

"也没有什么特别的寓意啦。我哥哥叫'叮',我就叫'咚'。哎,对了,作为中国人,你认为什么水果最好吃?"

朱盛庸想了想:"芒果。"

"Bingo,大部分菲律宾人,遍尝水果之后,也认为芒果最好吃。你看,我们都爱吃芒果,而且你已经知道了我的昵称,你以后可不可以协助我管理部门?"

朱盛庸暗自骇一跳:这弯拐的,他猝不及防啊。

朱盛庸尴尬地咳嗽两声,搪塞过去。

就在昨天,他还接到挨打的电话。挨打明里暗里,话里话外,都在表达同一个意思:不要配合新部门经理,大家齐心协力暗中闹别扭,她重回客服部指日可待。待她重回客服部,会力争给每个人加薪8%以上!

就算加薪8%很诱人,朱盛庸也并不打算拖后腿。

至于咚奇奇怪怪的套近乎,他也不打算承情。

办公室江湖暗潮汹涌,他只想做局外人。不光是他,很多上海人都不沉迷于搞人际关系。独善其身,才是他们推崇的处世之道。

对朱盛庸来说,当经理的走狗,哪有工资每个月准时到账香?既然不当走狗工资也会到账,那他何必费心思?

不知道别的空降来的菲律宾高管水平怎么样,管理客服部的桑托斯咚,水平非常一般。比起管理部门,他更多精力花在苦苦挣扎于"员工竟然不尊重我真是岂有此理"与"他们的文化推崇平等所以他们并不是不尊重我"之间,几乎疯掉。

墙倒众人推。

桑托斯咚在客服部挣扎半年后,光荣退休。

挨打几乎要笑出声。

就在她认为高层马上要发布让她调回客服部命令的时候,曾经的客服部员工托尼,从别的公司杀了回来,荣登客服部经理之位。

此番归来的托尼,一身精致名牌西服,衬衫白到反光,头发根根被精心打理,打眼一看,确实高端大气上档次。

跟盛装的托尼相比,挨打就显得乡气了一些。

三分之二的客服部员工不认识托尼,因此对托尼相当尊敬。挨打踩着10厘米的高跟鞋,整个人将近一米八,她摔荡着她的香奈儿小包,咯咯笑着进客服部,身后跟着杨。

挨打是专门挑托尼入职第一天来的。

她拿涂了大红指甲油的细长手指戳托尼的肩膀:"哈!托尼!我对你印象深刻。不是对你10年前初入职时瘦骨嶙峋、衣领发黄印象深刻,也不是对你在办公室里脚踩两只船印象深刻,而是,对你在我崴脚时第一时间趴下,要背我去医务室印象深刻。"

托尼脸已绿。

"托尼,从公司客服部离职后,听说你在外面换了两家公司,都混得不怎么样,是不是这回遇到了一家好猎头?"言外之意,托尼是被猎头包装进公司的。

托尼脸绿中发蓝。

他想爆发,想维护形象。可,当年老板娘的积威还在,他又初来乍到,不敢贸然行动。托尼知道他应该对挨打冷嘲热讽几句,好挽救被挨打折损的面子,可……懦弱使他只能一笑而过:"老上司,今天中午我专门请你吃大餐。"

"得了。拿人手短,吃人嘴短。我怕你以后翻脸让我给你吐出来。"

"哈哈哈,挨打你还是那么幽默。"

挨打耀武扬威一阵后,见好就收,带着贴心小跟班杨离开客服部。

林彬不合时宜地露出大笑脸,用充满惊喜的嗓门大喊:"天哪!我真是太开心了!"

所有人都看向他。

一贯低调的林彬精神错乱了吗?

第189章 真谈婚论嫁

林彬继续挥舞胳膊,欣喜若狂:"我有儿子了!我有儿子了!"

办公室的人露出了然的神情。林彬这个儿子控!

林彬奔跑到朱盛庸面前,抱住朱盛庸的脑袋,在他脑门上"姆啊"了一大口,蹦跳回自己的位置上,沿途拍着胸口向托尼道歉:"不好意思,我失控了,我老婆给我养了一个儿子!"

托尼咧嘴笑了笑,拍拍林彬的肩膀。他跟林彬是老同事了。有些威风,只适合在生面孔中树立。

办公室里风云变幻,朱盛庸看过就忘,听过就忘,独自平静。他全部的心思,放在两件事上:第一,等周画白博士成绩公布后,看她是否会接受他送的钻戒;第二,卖股票。

等到4月头上,复旦大学的博士生考试笔试成绩出来,周画白笔试成绩跟去年相差不多,过了面试线。

这下朱盛庸需要继续等下去了,等复试结果出来。

4月股市指数一再创新高,已经到达3600多点。朱盛庸的股票已经售出近半。这时候,朱妈妈每天的乐趣就是登录朱盛庸的股票账户,看账户总额创新高。

她不再针对买卖股票对朱盛庸指手画脚,是因为,若按照她的建议,朱盛庸早就将股票全卖光了。

"股票不可能一直涨,等涨过这一波,就把钱取出来。取出来赶紧买房子,看这一年房价涨的!陈静静老早后悔房子卖早了,想起这事就责怪你哥哥。"

陈静静的房子卖掉后的第二个月,古北的涉外房就疯长起来。两个月就涨出10万块,且用同样的速度继续在增长。

新买的嘉定的房子则以龟速在涨。

每当陈静静用哀怨的眼神看向朱盛中时,朱盛中就赶紧搬出弟弟的际遇:"房子这事谁说得准?我弟弟早前在川沙买的房子,买好就跌,差点腰斩。咱们嘉定的房子好歹还在缓慢增长,我弟弟买的沙田公寓那真是趴窝,纹丝不动哦。"

陈静静心里生气,可又发不出火。毕竟当初拍板卖房的人是她。

房子没能大赚,令人胸闷。好在股市的回报不错。朱盛中大约在3200点左右进场,目前涨出8千多的市值。

陈静静想,也不错,是她辛辛苦苦上2个月班的收入。

朱盛中在家接送朱古力,打扫卫生,买菜做饭,洗衣叠被,将家擦得一尘不染。此外,还做股票赚钱。陈静静几乎没有催促他找工作的底气。

朱盛中将自己的劳动时间算了算,满打满算四个半小时。为了少干活,他连中饭都不吃。四个半小时之外,他轻松惬意地躺在阳台躺椅上晒太阳,看小说,提前享受退休生活。

时间难熬归难熬,终究到了周画白去复试的日子。

朱盛庸早早吃过早饭,坐公交车去周画白的租房处。周画白打开房门,笑着从屋子里走出来。

今天的她延续一贯的风格,清新可人。

两个人十指相扣。

走着走着,朱盛庸觉得有些不对劲。

他抬起手,看周画白的指间,瞬间变得喜出望外:"你戴了戒指?"

周画白忍不住大笑起来:"其实我每天晚上睡觉的时候都有戴。"

"从什么时候开始决定戴的?"

"你送给我的第三周后吧。"

"当时发生了什么事?"

周画白目光向天，追忆状："我跟你讲，我的女同事结婚后，逢年过节给父母孝敬钱，要背着她老公偷偷给。因为她老公觉得婚后有了自己的小家，就不应该在父母不缺钱的情况下给父母钱。"

"嗯，是有这件事。"

"当时你说，给父母钱不叫孝敬，叫本分。把父母养大我们所花的钱，全部偿还给父母后，再给父母的钱，才叫孝敬。

"我问你偿还完你的父母了没，你说偿还完了。你每个月都在给父母钱。我问你将来你老婆可以按照你的标准反哺她的父母吗？你说反哺孝敬这件事，不分男女。"

"这的确是我的观点。"

"父母是我生命中最重要的人，安顿好他们，我才有幸福可言。你的观点、态度，让我看到了希望。"

朱盛中摇着头笑："你可以直接问我的。我会明确告诉你，你挣来的钱，你拥有全部的支配权。我来养家，不会花你的钱。"

周画白笑弯了腰："这么好？"

"我目前钱有限，还做不到我的钱让你随便花，但你自己挣来的，我肯定不干预的。"

周画白抿了一下嘴巴："已经很好了。我也没想过做米虫。"

两个人下了楼，往公交车站台走。

坐上公交车后，朱盛庸问："你还有什么问题，索性直接问我。"

"好。等我面试结束后。"

车到复旦大学后，周画白熟门熟路去双子楼。

2个小时后，她在双子楼高高的台阶上出现了。

朱盛庸本来坐在双子楼前的草坪上，看到周画白出现，他不知不觉站了起来。她像蝴蝶一样轻盈，很快就踏着台阶来到草坪前的主路上。

他想向她走过去，却沉醉于观望她的安宁里。

不一会儿，周画白跨过主路，踏上草坪，来到朱盛庸的面前。

"我想问问你，是否想过我父母养老的问题？"

朱盛庸差点笑场。看来周画白是认真的，博士生面试出来，第一句话竟然是这句。

很快，他收起笑意，认真回答："想过。你父母生活不便的时候，可以住在我们家。要是觉得住一起不方便，就在我们家旁边租一套房子。

住得近，就好照顾。"

周画白点点头："你还想过什么事？"

"不要婚礼，可以把婚礼的钱送给你的父母。这样可以吗？"

周画白想了想："可以。"

"不买房，在市区租房，拿买房的钱做股票。收益分给你一半。这样可以吗？"

周画白想了想："如果你喜欢，可以。"

"婚后你想做什么事，我也一定会在能力范围内支持你。"

周画白大笑起来："定语可真多。"

两个人站在阳光照耀下的草坪上，手拉手对视，眼光里充满浓情蜜意。

朱盛庸尤其激动：原来缘分到了，原来观念合拍，重大的事情如结婚，也可以这么顺利！

第190章　有人跳出来争遗产

喜悦于家族内像是个固定值。

朱盛庸陷入欣喜若狂之际，之前交上好运的刘流却迎来命运的回击。

许是马骏走后、找到刘流之前的那三四年时间里，马骏妈妈过得太痛苦了。长期压抑，又无心体检，等她发现吞咽困难的时候，已是甲状腺癌晚期。

全球范围内的甲状腺癌的发病率都在上升，而甲状腺癌又分好几种。其中的甲状腺乳头状癌较为常见，治愈后生存率高；而甲状腺未分化癌，即 ATC，恶性程度极高，中位生存时间仅为 7 到 10 个月。

很不幸，马骏妈妈罹患的就是 ATC。

她不缺治疗的钱，却输给时间。

手术后的第 6 个月，马骏妈妈握着刘流的手，微笑着离开了人间。

在过去的几个月里，她嗓音嘶哑，说话困难。但，但凡开口，内容都很积极向上。她对刘流说，活着对她来说太沉重了，上天要带走她，实在是怜悯她、疼惜她。她走得无怨无悔。

刘流的眼泪像小河一样往下流。

"孩子，你答应我，积极乐观地过下去。马骏会通过你感受这个世界。无论什么情况,无论发生什么事,都不要退缩。"

刘流明白马骏妈妈话里藏着的深意。她怕她想不开,寻短路。

马骏妈妈逝世后,马骏爸爸的侄子突然冒了出来。他找到刘流,跟刘流说,刘流只是个不相关的外人,不要定位不清楚,试图染指他们马家的公司。

刘流望着陌生的面孔,冷笑道:"你有法律认可的继承赠予文书吗?"

马骏爸爸的侄子顿时脸色阴沉起来,咬牙切齿道:"你不要逼我,逼急了我什么事情都干得出来!"

刘流冷冷看着他,什么话都没有说,只是无所谓地端起咖啡杯,优雅地啜了一口,眼皮都不带多抬一下。

马骏妈妈失去马骏后,不堪忍受同事们的怜悯目光和虚假安慰,拒绝再去上班。见她整天以泪洗面,马骏爸爸就威逼利诱,让她走出家门。

为了重燃她对生活的热爱,马骏爸爸重新注册了一家叫马达的快递公司,注销了当初马骏开的货代公司。

逢上网购浪潮的磅礴发展,马达快递业务很好,很快被大资金收购。被收购后,马达快递变成某知名快递公司的直营分公司。

马骏妈妈自己网购,深知网购的魅力。她认定快递是个可以充分再发展的行业,因此用收购的钱,以马骏爸爸的名义,又加盟了3家快递公司。

马骏爸爸的侄儿,也就是马骏的堂哥,想抢占的,就是那3家快递公司。

马骏妈妈曾多次邀请刘流到自己的公司里做管理,刘流并不想与马骏妈妈之间有太多利益冲突,因此数次都婉拒了。她依旧工作在旅行社,做上游资源开发。

马骏妈妈病逝后,她还没有从悲伤中缓过来,马骏堂哥就找上门。

第一次冷处理马骏堂哥后,他堂哥喊了几个流氓兮兮的男的,围堵在刘流公司门口。等刘流下班的时候,他们就笑嘻嘻地不远不近地跟着,大声地评头论足。伤害性不大,侮辱性很强。

刘流想过报警,同时也知道报警意义不大。

她决定反击。她找了几个公司男业务员,以她男朋友的哥们儿的名义,要那几个人不许再跟着她。

清闲没几天,刘熙火烧火燎地跑回家,开口就质问刘流是不是得罪什么人了,有人在小苹果幼教班门口跟踪她和小苹果!

刘流咬死不承认,心里越发生出战斗到底的倔强。

她的战斗力还没来得及爆发,马骏爸爸亲自来找她了。

马骏爸爸两鬓白霜,容颜憔悴,老态毕现。他把刘流约到她家附近的咖啡馆,话并不是很多,却句句戳在刘流的心坎儿上。

马骏爸爸说,他知道马骏最爱的,甚至唯一爱的女孩就是刘流,他知道马骏妈妈一心想认刘流当女儿,守着刘流过幸福的余生。

命运残酷。马骏和马骏妈妈但凡还有一位活着,他绝对百分百接纳刘流。

可问题是,如今,三口之家只剩下他这么个孤老头。

他一个六十几岁的鳏夫,刘流一个不满30岁的未婚小姑娘,她要如何照顾他呢?

"所以我养老的问题,还得指望马骏的堂哥,我的侄子。"马骏爸爸在句与句之间深深的叹息声,如同冰水,浇灭刘流的倔强之火。

"我侄子是个头脑简单的人,做事冲动,但心眼不坏,前面做过什么冒犯的事,请你多海涵。"

刘流垂下眼眸。两手摩挲着马克杯。咖啡她一口没喝。

"我老了。最多还有十来年可活。我还有一个90岁的老母要尽孝。刘小姐高抬贵手,让我安安静静地走完我的余生吧。"

刘流垂下了头。已经是"刘小姐"了,再争下去确实没什么意思了。

她当着马骏爸爸的面,将马骏妈妈硬塞给她的赠予遗嘱,一下一下撕碎了。

从咖啡店走出来,刘流一不小心,被门槛绊了一下。她踉跄着,一头撞到一个路人的身上。

那位路人没有躲闪,而是坚定地扶住了她。

"你没事吧?"路人问她。

"我没事。"刘流高傲地昂着头,大声回答。谁都不能打倒她!她要坚定顽强地活下去!马骏还要透过她看这个世界呢。

口里说着"我没事",眼泪却自作主张往下流。

"我认识你。你是安吉拉刘。"路人露出笑脸,直接忽视她的眼泪。

能喊出她安吉拉名字的,一定是职场上认识的。

"我是你曾经工作过的希尔顿的同事!我叫刘新!我上班的第二个

月，开内部大会，我坐在台下，看到你上台发言，还以为是新员工代表，没想到居然已经是小部门负责人……"

刘新唧唧呱呱说个不停，刘流很笃定地擦了一下泪水，手都没挥，转身走了，完全不顾话没说完的刘新。

刘新身旁的人笑了："她谁呀？"

"我未来的女朋友。"

"得了。这家伙上次还说某冰冰是他未来的女朋友呢。"

"这回是真的！"

第 191 章　另一面

刘流迎风走着，风吹动她的风衣衣角，衣角在风里翻动。

淮海路上的车水马龙和华丽商店橱窗从她身旁流过，她深吸一口气，自己让嘴角翘起来。

要说装坚强，没有谁比她更擅长了。不能因为被马骏妈妈温暖过一年，就忘了看家本领。

刘流昂起头，后背笔挺，站在路边拦了一辆出租车。

她没有明确的目的地，便吩咐司机到外滩转一圈。外滩巍峨的百年建筑稳稳立在路旁，见证过百年繁华的它们，沉默无声，坚毅有力。

坐出租车从外滩走一圈后，刘流重回打车的地方。拐过弄堂口，往里走，就是她家。

刘流爸爸正要出门，迎面看到刘流，赶紧缩回卧室。

这么多年过去了，刘流仍旧像恨仇人一样恨着他。

刘流爸爸不奢求刘流原谅他，毕竟中间隔着一条鲜活的生命，他只求刘流能找到她内心的平衡，不再陷入孤独与悲伤。

尤其是当下，那个有可能将她带出悲伤漩涡的马妈妈，已经命殒甲状腺癌。

偷偷观察一下，发现刘流表情平静，刘流爸爸放心不少。刘流跟客厅里的妈妈简短打声招呼，进了自己的房间。

刘流妈妈朝刘流爸爸招招手，刘流爸爸赶紧挂上相机，一溜烟跑出门。

待刘流爸爸走后，刘流妈妈去敲刘流的卧室门："刘流，你二姨妈今天过生日，我做了几个八宝饭，你要跟我一起送过去哇？"

"不去。"刘流干脆利落地回复。

刘流妈妈准备再劝，她要打开刘流卧室的房门，才发现里面反锁了："刘流？你怎么大白天的还锁门？"

刘流没回答。

刘流妈妈心中涌起不好的预感："快给妈开门。"

"烦死了。开门干什么？"

"妈妈的围裙落你房间里了。快点开门！"

"没见你的围裙！"

"有的！我刚洗过，跟你的衣服混在一起叠了！我自己知道在哪里！快给妈开门，别耽误我的时间！"

房门不情不愿地打开了。

刘流妈妈紧张地瞥了刘流一眼，见她表情平静，抿着唇不说话，脸色比往常要白。再看第二眼，刘流瘦瘦高高，衣衫整洁，似乎看不出哪里不妥。

"看什么看！快找你的围裙！"刘流恶声恶气。

刘流妈妈胡乱在衣柜里扒了两下，两手空空转身，自言自语道："我记错了。"边说边往外走。

她刚才猛然发现刘流白天锁门，心里无端浮出不祥的预感。这会儿亲眼看过女儿，又见她没好气地说话，便放下心来。

将要出门的时候，忽然瞥见刘流脚旁有一滴红色的污渍……屋里地板她明明刚擦过。

定睛再看的时候，又一滴红色坠落，落在地上，溅开。

是血！

刘流妈妈三两步冲过来，一把抓住刘流的胳膊，掰着她的胳膊要看她手里握着什么。刘流不提防，小臂一下子被妈妈掰到前面。

手臂内侧，一道道血痕，触目惊心。

有两道割得深了，血流出来，顺着小臂蜿蜒。刚才掉到地上的血滴，就来自它们。

刘流挣扎，推搡妈妈："干什么啊。"

"你干什么啊？"刘流妈妈嘶哑着嗓子大喊。

"不要你管！"

"我不管你我管谁?"刘流妈妈啊呜啊呜哀叫着哭起来,声势很大。

"死不了!哭得烦死了!"

刘流妈妈生怕刘流再反锁门,硬拖着刘流出卧室,找医药箱。刘流知她挣不脱,只好任由妈妈帮她贴创可贴。

创可贴贴好。刘流妈妈这才发现,刘流的小臂内侧,深深浅浅的白色有很多条,没有长好的伤疤也很多条。

"你这是……这是在剜妈妈的心啊。"刘流妈妈脸贴在刘流的小胳膊上,一副要昏过去的样子。

"行啦,行啦。我心里有数。"

"你为什么要伤害自己?!"

"心太痛了,受不了。胳膊的痛还好忍受一些。"刘流缓下声音,淡淡笑着。

"你还笑得出来!你这是在剜妈妈的心啊!"

从这天开始,已经10年不跟女儿睡一间房的刘流妈妈,死乞白赖非要睡进刘流的卧室。见刘流不肯去二姐姐家,她也不去了,就寸步不离守着刘流。

刘流周一上班后,刘流妈妈马上直奔二姐姐家。

刘流妈妈到朱盛庸家时,朱妈妈还没有去证券公司。刘流妈妈便浑身发抖地给二姐姐讲了关于刘流的发现。

"自残?"

刘流妈妈重重点头:"怎么办啊?会不会越来越严重,直到想不开?"

朱妈妈倒吸一口气,不敢乱回答。

姐妹俩沉默了一阵子,朱妈妈开口:"要不要问问二哥哥?"

刘流妈妈想了一会儿后,摇摇头:"要不还让阿庸头约刘流周末出去散心吧?像几年前一样。"

几年前,有将近一年的时间,每逢周末朱盛庸便把刘流约出来,同行的还有未结婚的刘熙和陈家栋,未结婚的朱盛中、陈静静和刚上小学一年级的朱古力。

朱妈妈见妹妹有所托,不忍拒绝,点头替朱盛庸答应。

朱盛庸当晚回到家,朱妈妈迫不及待向他讲述了刘流的现状。

"小阿姨让我继续周末带刘流出来?"

"是的。"

"好吧。下周六正好是我和小白去民政局登记的日子。让刘流当见证人好了。"

朱妈妈轻笑了一下。说起小儿子的婚事，她真的一万个也想不到。双方家长没有见面的情况下，两个年轻人像过家家一样就定下了终身。

真的很有当年她把自己嫁掉的风范。

不过，她当年是迫不得已；而周画白，是心甘情愿。

朱盛庸买了一对造型最简洁的对戒，自己套了一枚，给周画白套了一枚。周画白的左手无名指上，同时带了一个钻戒，异常和谐。

朱盛庸父母虽然没有见过周画白的父母，朱盛庸本人还是登门拜访过周画白父母的。

周画白的父母很尊重周画白的意见，而且秉持着"婚姻不必非得维持一辈子"的前卫想法，很容易就接纳了朱盛庸。

周画白的妈妈把话说得很酷，唬得朱盛庸一愣一愣的。周妈妈说"能过就过，不能过就分，我们肯定不会给压力的""都是成年人，不存在谁必须对谁负责之类的，对自己负责就好"。

回程的路上，朱盛庸感慨起没想到小地方的父母竟然这么开明，周画白咯咯笑起来："小地方的父母才没有那么开明，只是我父母比较开明而已。而我父母之所以这么开明，是我这四五年来，坚持不懈对他们洗脑的结果。"

"你怎么想到对父母洗脑这些?"

第 192 章　历史新高：6124 点!

朱盛庸问周画白怎么想起对父母洗脑这些的，周画白轻轻耸了一下肩，调皮地眨了一下眼："为了生活更美好。"

朱盛庸隐隐预感到，以后周画白也会对他洗脑。

周画白没有她看上去的那么简单单纯，这于他像是个意外惊喜。他的未来老婆是个洗脑高手，而他，他可是家族里出了名的犟龟。他对未来的"美好"生活充满了期待。

周六到了，朱盛庸跟周画白一起去民政局办结婚证。本来是要带刘流的，可刘流出差。

画了个淡妆的周画白和穿着衬衣、戴着领带的朱盛庸做了体检，拍了照片，走完登记的全部流程，拿到了小红本本。

"从此以后，我们之间就是被法律认可的关系了。"

"合法夫妻！"

将各自的小红本放进各自的包里，朱盛庸决定带他的老婆周画白吃一顿大餐。两个人选了暖香渔家，点了3样海鲜和1份海鲜汤。

午餐过后，两个人回了他们在父母家附近租的一室户。2000元一个月的一室户，真正的麻雀俱全系列。周画白很高兴，一点不曾挑三拣四。

这间一室户的由来是：博士生考试的面试没有出现奇迹，她落榜了。落榜之后带朱盛庸回家，被父母通过后他们定下婚期。在婚期到来之前租下房子。

周画白将一切安排得井井有条。

她计划着，等休过婚假后就辞职、换工作。开启正经沪漂的生活——正是没有将朱盛庸当成上海人，她才没有任何心理障碍地接受租房结婚。

朱盛庸人逢喜事精神爽，结婚之后，股市竟然直冲6000点！

2007年1月末的上证指数是2786点。

5月，上综指收盘顽强站稳4000点整数关口。

8月，上证指数就突破5000点大关。

10月15日又站到了6000点的历史高位。

连续上涨的过程中，股市有泡沫的说法从未停过。"不可能永远涨""早晚有跌的那一天"的道理人人都懂，但人人都兴奋地裹挟其中，认为自己可以在雪崩前完身而退。

就在连卖菜的大妈都在讨论股票的时候，朱盛庸已经悄然在退场。

朱妈妈已经不高兴看他的账户了。股价创历史新高，但他股票账户里的股数却在不断减少。没劲。

10月16日，股指达到6124点，再创新高。

尽管人人都明白"不可能永远涨""早晚有跌的那一天"的道理，却不是人人都做好了股票下跌的心理准备。

下一个交易日，股指有所回落。股民们并没有嗅到危机，以为只是正常回调。

11月底开始，股市下挫迹象明显。跟慢涨不一样，股指跌起来无休无止，一路走低。到了次年4月，上证指数为2990点，下跌3100多点，跌幅超过50%。

曾经流传过的顺口溜，又被人提留出来。这回，唱得更加感触深刻——

本想抄底，结果抄在了地板上，没想到还有地下室；

以为抄在地下室，没想到下面还有地窖；

以为抄到了地窖，没想到下面还有地壳；

以为抄到了地壳，没想到下面还有地狱；

拼死抄到了地狱里的，结果还是没想到：地狱居然真有十八层。

心酸！

别的股民哀鸿遍野之际，朱盛庸却偷着乐。他在将近6000点时抛得股票只剩下四分之一。剩下的四分之一在四五千点附近抛售。

顺便说一下，2008年9月，上证指数一举向下突破2245点。从本轮行情最高点6124点，下跌超过63%，创下当时全球股市最深跌幅。

股民们又要哭着唱了——

本想抄底，结果抄在了地板上，没想到还有地下室；

以为抄在地下室，没想到下面还有地窖；

……

别的股民哀鸿遍野，朱盛庸已经开始建新仓了。

美好的轮回！

朱妈妈心服口服。

叙述线重回朱盛庸刚结婚后。朱盛庸结婚了，股票赚钱了，但并不是生活无忧无虑了。"人无远虑，必有近忧"说得实在是太真实了。

结婚两个月后的某一天，他满床、满桌子找他的手机，哪里都找不到，心里奇怪得不得了。

瞥一眼坐在单人蓝沙发上安静看书的周画白，朱盛庸难为情地打扰她，问："小白，你见我的手机了吗？"

"没有哎。"

"好奇怪，我手机找不到了。"

周画白也就舍得将目光从书上移开一瞬，她摸出自己的手机："喏，用我的给你的打个电话。"

朱盛庸心怀感谢地接过周画白的手机，给自己的手机打电话。铃声忽隐忽现地传来。循着铃声，竟然一路找到洗衣机旁。

要命的是，洗衣机竟然是在工作中。

朱盛庸忍不住大叫一声："小白，你把我手机扔洗衣机里了？"

周画白这才意识到问题有点大。她把书扣在沙发扶手上，疑惑地走向洗衣机："没有啊。我是嫌弃你的手机太旧，但也不至于丢进洗衣机呀。"

"你是不是洗衣服之前又没有掏口袋？"

周画白夸张地倒吸一口气，手指摸着嘴唇，两眼瞪得溜圆，眼睛流露出无措的眼神："啊啊啊啊——"

朱盛庸两手叉腰，从关停的洗衣机里摸出嘀嗒滴水的手机。

类似的事情不止一次出现。有一次，周画白洗完衣服，所有的衣服上都沾满了小碎纸屑。原来她忘记掏衣服口袋里的纸巾了。

还有一次，衣服洗出来，晾晒裤子的时候发现裤子上划了好长一道口子。是她忘记取裤子上的钥匙串，钥匙串上的简易军工刀划破了好几件衣服。心疼死朱盛庸了。

"同样的错误，你到底要重复犯多少次才会改？"朱盛庸忍不住喊叫起来。

周画白捂着胸口，泪水吧嗒地望着朱盛庸："嫌弃我做得不好，你为什么不主动做？"

朱盛庸想驳斥，话到临头忍住了。

争吵没有意义，想办法解决问题才有意义。

一咬牙，他说道："好！以后衣服我负责洗。"

周画白一下子扑了过去，勾住他的脖子，吊在他胸前，"吧唧""吧唧"左右开弓亲了他好几口。他面上还生着气，心里已经气不起来了。

要是有人采访他，问他对婚后的生活满意吗？他的答案一定是不满意。但是，谁也不是谁肚子里的蛔虫，有磨合，是正常的。

朱盛庸心态很稳，并不会气急败坏。

但事实证明，他高估自己了。

周画白很快让他气急败坏起来。

第193章　笑泪参半

除了洗衣忘记掏口袋，周画白还总是忘记带钥匙。

朱盛庸建议她把钥匙串儿串在裤子上，被她无情拒绝。朱盛庸建议她绑在手机上，被她又一次无情拒绝。

朱盛庸还在想说服她的新办法，就又发生了她忘记带钥匙的事情。

那一晚，周画白跟同事们一起团建，回来的比往常晚。恰巧朱盛庸和老同学约了打室内网球。周画白回到家，到了家门口才发现忘记带钥匙了。

给朱盛庸打电话，朱盛庸的手机在更衣室。

周画白在泠冽的寒风中，穿过半个小区，走到公婆所在的楼宇。哆哆嗦嗦伸出手指按门铃，门铃响了许久，没有人接。

周画白走到楼前，仰头看公婆的房间，两间房都熄了灯。许是深冬的缘故，老人家睡得早。周画白来回搓手，不忍心再去按门铃惊扰他们。

她落寞地往自己住的楼宇走，边走边给朱盛庸打电话。电话始终没有人接。她心里又急又气，不小心，被一根停车桩绊了一下，磕倒在地。

隔着两层裤子，膝盖依旧火辣辣地疼。

周画白蹲坐在地上，痛到没法呼吸。远处车灯扫过来，有车开过来，吓得她手脚并用，赶紧往路边移，要多狼狈有多狼狈。

车擦着她身边开过去，她魂魄都吓得位移三寸。那情形，已经不足以用"狼狈"形容。

她忍不住哭唧唧、一瘸一拐往家走。

朱盛庸打好网球，一身爆汗，跟老同学说着闲话，俩人拾网球、装网球拍，往更衣室走。这位老同学，就是曾经跟他一起接过李礼刚机的那位。

老同学做了公务员，曾得意洋洋地对朱盛庸说，他卖了一套房，就是为了提前购车，因为"下个月开始拍车牌，要多缴一笔费用"。这份洋洋自得，两年后就变成了哭诉。

车子越开越不值钱，房子却眼见地越来越贵。老同学肠子都悔青了。

老同学最爱说的口头禅此后就变成了"要是当年我没有卖房……"，他最爱说的话题也变成了罗列认识的谁谁，跟他犯了类似的错。

真正卖房买车的，跟卖房炒股的一样少，久而久之，老同学的讲述主题就变成了谁谁，阴差阳错，也错过了买房发家这趟超快车。

譬如，罗小四花了大十几万买了一辆桑塔纳，而十几万，在2002年，甚至可以买2套房。真的，外高桥炼油厂附近的房子8万5就可以买一套。

陈小武动迁到宝山，宝山的房价才 1300 块一平方米。小武倒腾生意赚了钱，上海内环最好的房子他也买得起，可就是没有转过"房子不光可以拿来住，还可以拿来投资"的弯，生生钻进"房子就是拿来住"的牛角里，眼睁睁看着房价超过手里的存款。

打网球的这一晚，老同学嘴里翻来覆去说的还是错失买房的上海人的故事。

"当年我卖房买车，挺惨，我朋友中还有个更惨的。他花了 100 多万买了辆全进口陆虎，他的朋友花了 100 多万在上海买了好地段的房。

"现在他的陆虎跌价跌得不像样子，而他朋友买的房已经价值千万。1000 万啊，多少人一辈子也挣不到这么多！"

朱盛庸心静如水地听着。

他对那种做对了选择，把握住时代红利的人深为佩服。可是，他没有这方面的智慧，他总是慢个两拍三拍。等他反应过来，全社会都反应过来了。

他就做做股票挺好的。毕竟企业报表一年才出 4 次，他可以慢慢研究。

两个人走回到更衣室，准备拿洗澡的东西。

朱盛庸习惯性地看了一眼手机，只一眼，立刻骇了一跳，居然有 19 个未接来电！

他心跳急速，第一时间以为是父母中的谁出了问题。

解锁之后才发现，19 个未接全部来自周画白。

他更紧张了，心都要跳出嗓子眼：小白怀孕尚不足 3 个月，医生说前 3 个月最容易出意外。难道是小白的肚子出了意外？

朱盛庸赶紧手扶铁皮柜，给自己加点支撑，以免他腿软坐地上。颤抖着手给小白回拨过去："喂！小白！你怎么样了？"

"呜呜，好冷啊，你什么时候回来？我站在门外快 1 个小时了。"

朱盛庸沸腾的脑浆渐渐冷却下来，语气瞬间冰封："你忘带钥匙了？你又忘记带钥匙了？"

小白抽泣着，哼哼唧唧地哭着说是的。

朱盛庸气极之下，率先挂断电话，对着更衣柜生气。

"怎么啦？"老同学问他。

深深叹一口气后，朱盛庸道："今天我回家洗澡。"边说，边收拾东西。

"多难受啊。身上全是汗。干吗那么急?"

"我老婆忘带钥匙,还在房门外。"

"让她到你父母家待一会儿啊。去咖啡店坐坐也行啊。"

朱盛庸苦笑了一下,将收拾好的包往身上一背,朝老同学挥挥手,走了。

他骑着车,一路急奔,平时要花25分钟的路程,今天只花18分钟就到家了。车子锁好,脚不点地地一口气上6楼。

踩着楼梯,人刚露出6楼的走廊,就看到周画白蜷缩在门口,抱着自己的膝盖,举了个手机灯在看书。她看得那么专注,都没有意识到他回来。

朱盛庸驻足默默看了一会儿。看到小白表情沉静而纯粹,一门心思沉浸在书中的世界里。他忽然觉得,跟这样简单的没有物质欲的女孩子吵架,似乎有些不知足。

"不冷吗?"他冷着声音问,声音只覆盖着伪装的薄冰,底子是暖的。

小白抬起头,露出惊喜的大笑脸:"你回来啦?快来抱抱我!我需要你的温暖!我快冻僵了!"

朱盛庸声音里的那层薄冰,瞬间消融。

就这样,磕磕绊绊、不断磨合,生气又和解,和解又生气,两个人走过了他们婚后的第一年。小白的肚子也膨胀起来,进入孕后期的她,差2个月就到预产期。

朱盛庸将他笑泪参半的婚后生活写给远在美国的李礼刚。

李礼刚在回信中,给他提了一个他意想不到也不敢想象的猜想。

第194章 风云变幻十几年

李礼刚说,他在美国硅谷也有一个一起打网球的网友,是个50岁的北大毕业生。按照她的年龄,当年能从陕西考进北大,绝对是天之骄子。

北大女生工作在IBM,经常为国内家族里的后起之秀指点江山。在她的引导和出力下,家族里已经有3个人移民到美国。

李礼刚自认为善于学习,跟北大女生一比,马上甘拜下风。北大女生利用IBM的内部进修激励机制,不知道修了多少个没用的证书。

大约一两年前，认真推算起来，应该是从 2006 年中起，北大女生忽然不再积极怂恿国内的亲戚移民美国。

她认定，美国开始走下坡路，而中国正在崛起。

有一天，她跟李礼刚说："美国经济马上要不好了。"

李礼刚问她怎么得来的？

她告诉李礼刚，她定了一个"房子断供-银行拍卖"的推送。近来发现推送的内容越来越多，由此她断定美国的经济马上要不好了——她收入优渥，钟情房产，热衷在美国各个地方买房子。

对于这个明察秋毫、见微知著的结论，李礼刚很认可。

2000 年以后，美国经济下滑，泡沫破产，股市低迷。为了刺激经济，国家下调利息。利息降了之后，房价开始暴涨。

李礼刚对这一切深有感触。他正是那波毕业后赶上房价飞涨的可怜人。

房市越涨，越吸引投机的人。北大女生也是芸芸投机者中的一位。不同的是，她有钱，首付高。

跟中国人手里多数握有存款不同，很多美国人工作很多年还在还学生贷款、车贷款。

收入有限，只能断供的情况下，肯定会先断学生贷款、车贷，如果连重要的房贷都断供了，可以想象他们已经走投无路。

北大女生起了个引子，李礼刚马上意识到，他其实早就感受到了在硅谷生活的吃力。

他看过一篇文章，说美国的中位工资是 2 万美元，硅谷中位工资是 4 万美元。当时他还很得意，觉得他的工资高达 10 万美元，可以过得轻松自在。

后来又发现，美国的中位房价是 20 万美元左右，而硅谷的中位房价是 50 万左右。感觉顿时不好了。

在硅谷看似赚很多钱，但税重，房租贵，生活成本高，一年下来存不下多少钱，因此，在硅谷买房比在别的州买房更加遥遥无期。

有种看不到光明未来的绝望和憋闷。

早知道奋斗十年得到的是这种局面，他还读什么博，一定硕士毕业就回国。

"现在故乡已经回不去了。"

"我的五月是位虔诚的天主教教徒,她要每周去教堂的。而且她是二代移民,整个家族的人都在美国,不会为了我舍弃她的所有亲人。

"而我,总不能为了回国离婚。那真的成妻离子散了。

"每当想到困住我的可悲局面,我就心急如焚。可以宽慰我的,就是妻子很温柔,孩子们很可爱。

"如果时光能倒流就好了。可惜,现实就是现实,没有'如果'。"

朱盛庸捏着李礼刚的来信,读完之后感慨万千。

在他想尽办法争取去美国留学的年代里,中美差距非常大,去美国绝对是一个正确的选择。没想到,才过去短短十几年,就风云变幻,隐约有颠倒过来的趋势。

"小白,你怎么看美国?"朱盛庸转身问小白。小白肚子大得吓人。

他以为小白醒着,转身看才发现,小白睡着了。脑袋枕在靠垫上,小呼噜打得还挺幸福。

朱盛庸走过去,扯了条薄毯,轻轻给她盖上。

他跟小白讲过他和李礼刚的20年友谊,也讲过李礼刚去美国的名额是他争取来的。小白不曾针对后者发表过任何惋惜的话,只是非常羡慕他居然有维持20年的友谊。

小白内心对美国没有渴望。这一点让他很意外。

不过,很快,他就领悟其中的原因了。小白小他8岁,是个独得家人宠爱的独生子女,她是相对富足的,尤其在精神上。

富足的人,反而对物质没有执念。

他轻轻摩挲了一下小白的头发,头发又顺又滑。

她跟他,是完全不一样的人。他是浸润在清苦和对钱的欲望中长大的,而她,是蜜罐里长大的人。

她像一粒甜糖,也像……冯嫣。

朱盛庸的手抖了一下。

前两个月,他偶然听刘熙讲,冯嫣的丈夫陈总为了争夺老洋房,坚持要冯嫣再生。冯嫣不肯,两个人离了婚。冯嫣为了争夺女儿的抚养权,放弃了均分婚内财产。

刘熙还说,陈家康和冯嫣离婚后,很快新娶第三位小娇娘。小娇娘干劲十足,蜜月期还没有过,就开始了试管计划。

少女时期的娓娓道来,变成了中年人的喋喋不休。刘熙深感压力山大。她已经有了小苹果,无心生二胎;又不敢一口说死,断然决绝,怕陈家栋财迷心窍,有样学样,也拿离婚威胁她。

刘熙碎碎念的样子在脑海里渐渐虚化,凸显的,是几个大字:冯嫣离婚,带着女儿,净身出户。

一行字在心中流过,让朱盛庸忍不住手下一哆嗦。

放空的目光聚焦到小白的脸上,他想,陈总真是狠心,竟然将妻女赶出家门。他可做不到!

许是感受到注视,小白渐渐睁开眼睛。

"你在想什么?"她维持着入眠的姿势,眯着眼睛,用慵懒的声音问。

"前女友。"

"是我没睡醒吗?"小白咧嘴笑,声音清醒很多。

朱盛庸噤口。是他想太深,不知不觉就说了出来。

"她现在过得怎么样?"小白接着问。

"不是很清楚,听说离婚了。"朱盛庸声音有些虚。

"有孩子吗?"

"有个女儿,差不多一岁半。"

"在上海?"

朱盛庸点点头。说起来愧疚,当初冯嫣完全可以留在金山中石化,留在她父母身边,正是因为他的坚持,她才跟着他来到上海市区。

"你们之间靠电话联系、邮件联系,还是见面联系?"

朱盛庸苦笑着摇摇头:"我跟她之间早已不联系。只是因为中间有一些熟人,偶然会透露一些信息。"

"当初是谁要分手?"

"没有谁,都是阴差阳错。"

"你还爱着她吗?"

朱盛庸别过脸:"这么多年过去了,谈不上'爱''不爱'。听说她过得不是很好,确实有点可怜她,有点自责。"

小白坐了起来,腹部隆起得厉害,她开口,声音认真:"你心里怎么想我不管,有一点你记住,不要背着我去见她。"

朱盛庸看回小白:"不会背着你搞任何小动作的。"

小白又躺下去:"你的爱情故事我不要听,以前不要听,现在不要听,以后也不要听。"

朱盛庸摸了摸她的肚子。正好，他也不想讲。

跟冯嫣有关的，不只是初恋，还是他的青涩青春。里面有太多的错误，只能独自反省。

第 195 章　被神秘人跟踪

2008 北京奥运会开幕前的一个月，周画白生了。

是个儿子。

朱盛庸激动到数不清小宝贝的小脚丫上到底有几个脚趾头。

朱爸爸看上去比朱盛庸还高兴。他满屋子团团转，翻出床底下的老香樟木抽屉，准备绑个摇篮。没有耐心的他，一口气站在灶台前炖鲫鱼汤炖了两个小时。

"孩子他妈，我鲫鱼汤炖好了，你快去送到医院里！"

朱妈妈笑得合不拢嘴："知道了，知道了。"

朱爸爸在家里费心费力煮好鲫鱼汤，拜托朱妈妈给产后第一天的周画白送去医院，被小护士骂了一顿。按照小护士的意思，前三天都不能喝汤。

朱妈妈回家学小护士骂人的话，把朱爸爸气得脸红脖子粗。要搁往常，他的脾气准得撂挑子，一声"××"就撒手不干。

但现在今非昔比，朱爸爸气不起来。

脸红一阵子后，他嘟囔着，自己把煨了两个小时的汤喝了。算准日子准备第三天再开煮。

为了省钱，周画白没有住月子会所。周妈妈从老家赶来，睡地铺，帮周画白做了半个月的月子，朱妈妈接手，帮着周画白做完剩下的月子。

朱盛庸下班回到家就忙着看儿子。儿子多数在酣睡，偶然醒来，也只是安静地骨碌着眼睛四下看。

需要换纸尿裤的时候、需要帮小宝宝洗澡的时候，朱盛庸都乐得撸起袖子亲自下场。大家围绕着小宝宝的需求，随时准备战斗，家里气氛从来没有这么昂扬、欢快。

小宝宝行将双满月的时候，朱爸爸起劲地张罗，要办满月酒。朱妈妈有些为难地看了一眼周画白，生怕周画白多想——要知道，周画白跟朱盛庸结婚的时候，朱爸爸像缩头乌龟一样一声不吭，生怕找他花钱。

周画白淡淡地笑着,并不像多心的样子。

8月8号,举世瞩目的北京奥运会开幕了。全中国都在为之沸腾。

8月22日,小君君的7岁生日到了。

朱盛庸依旧要去扮演他一年一度的"爸爸"。

这天早晨,朱盛庸梳洗之后,提着带给小君君的生日礼物,亲过儿子,告别周画白。周画白帮他整理衬衣领子,忽闪着眼睛看朱盛庸。

朱盛庸心虚,几乎不敢跟周画白对视。他真怕周画白找借口留下他。也怕周画白问兰婷是不是那个他和冯嫣之间的熟人?

不过,周画白什么都没有说,只是亲了一下朱盛庸,抱了他一下:"一个XXXXL号的拥抱。缓释型的。"

朱盛庸笑了。

朱盛庸提着生日礼物往公交车站走。在他没有留意到的地方,有个戴帽子、戴墨镜、戴口罩的人鬼鬼祟祟腾挪着,跟踪着朱盛庸。

神秘人包装得太过分,非常打眼,不少路人投以怪异目光。

不过,心里琢磨送给小君君的祝福词的朱盛庸对神秘人的跟踪一无所知。

换车,一路向闵行,直至兰婷住的公园天下。

神秘人贴着墙,目视朱盛庸走进小区别墅区。

兰婷已经站在庭院门外迎客。远远看到朱盛庸,赶紧上前恭喜他喜得贵子。兰婷包了一个红包,非要塞给朱盛庸。

小君君已经有娉婷小小少女之感,她看到朱盛庸时,腼腆一笑,不再像三年前初见他时那么激动。

朱盛庸猜想,她可能已经模模糊糊明白,他不是她的爸爸。

朱盛庸向小寿星递上自己的生日礼物。

头上戴着皇冠的君君,再次冲着朱盛庸笑了笑。她没有说"谢谢",大概不想显得太生分。她再开学要读小学二年级了,身高有1米3的样子,哪里都很纤细,看上去又可爱又漂亮。

"不要马上拆开吗?"朱盛庸逗君君。

君君笑出了声,眼睛晶亮晶亮的。忽然,她手一指:"我妹妹。"

朱盛庸转身,看到一个肉乎乎的小女孩,走路还有些摇晃,一阵猛冲,冲到了君君面前。小女孩眼睛格外圆,格外大,漂亮得像个东方娃娃。

朱盛庸还没有反应过来，就看见冯嫣急匆匆追过来。冯嫣目不斜视，目光紧紧锁在小女孩身上，压根没有发现朱盛庸。

"珍珠！不可以跑那么快！"冯嫣追上叫"珍珠"的小可爱，蹲下来，捉住她的两只像投降一样的胳膊，迫使她面向自己，"不许突然跑开！不许跑那么快！记住了吗？"

"系住啦。"小可爱奶声奶气地回答。

朱盛庸目视着小珍珠，惊诧到无以复加。他从来没有见过比小珍珠更漂亮的孩子。这般可爱的孩子，陈总也狠得下心不要？

得到小珍珠肯定回复的冯嫣放松下来。她这才发现，身旁有一双男士的脚。循着腿往上看，看到朱盛庸的略显吃惊的面孔。

冯嫣像弹簧一样弹了起来。

几乎是同一时间，兰婷从房子拐角走过来，一抬头看到面对面在说话的冯嫣和朱盛庸，顿时停住脚。

她思忖片刻，没有贸然打扰那两人，而是向女儿招招手。

君君不明所以，小跑着朝妈妈跑去。

小珍珠也想跟着姐姐走，不过，她很自律地留在了原地，抱住了妈妈的腿。

冯嫣站在朱盛庸面前。

8年弹指过，昔日的恋人身份晋级，分别成了不同孩子的爸爸、妈妈。再次咫尺相遇，眼睛里传达的话远胜于口里说出来的。

"听说你最近当了爸爸？"冯嫣笑着问。笑不达眼底。她此刻心里是苦的。

朱盛庸内心情感翻腾，不过，他有小白的XXXXL号拥抱护体，因此心不曾动。他动的，只是理智上的怜惜。

"老婆养了一个儿子。小家伙很有意思。"

冯嫣继续在笑，笑有些僵，她低头寻找，弯腰抱起小珍珠："这是我女儿。珍珠，叫叔叔。"

朱盛庸想，应该是他幻听了。他听到冯嫣声音里的颤音和哭意。他定睛去看时，发现冯嫣很镇定，甚至有些平静，除了笑容有些假。

"珍珠是我见过的最漂亮的囡囡。"

"比你儿子还好看？"

"比我儿子好看得多。"

冯嫣笑了，这回是真笑。女儿是她的安慰。

冯嫣飞眼看一眼朱盛庸，脸贴着女儿稚嫩的面孔："希望她将来意志坚定，不会像她妈妈那样乱花眼，选错人。"

朱盛庸目光慌乱了一下。

糟糕！XXXXL号拥抱像是要破防。

第196章 追光

不过，朱盛庸很快镇定下来："你一定会幸福的。我等着看你幸福。"

冯嫣又看一眼朱盛庸，见他跟上次赌气不肯看她不一样，这一次，他平静而淡然地注视着她。看来是真的遇到让他情有所钟的人了。

冯嫣既失落又安心。

捂紧女儿的后背，目光里有留恋，但更多的是克制。冯嫣最后看朱盛庸一眼，抱着女儿毅然转身走了。

冯嫣抱着她沉甸甸的大宝贝，手里的沉甸甸慢慢化作充盈她身体的力量。没有人可依靠，那就靠自己！

冯嫣想好了，她要告诉妈妈她的现状，寻求父母的支持。

林青青的两套老房子都被拆迁，得了好大一笔赔偿款。其中，她让冯嫣和小珍珠迁户口到她的房子里，冯嫣和小珍珠也拿到一份补偿款。

林青青要将这笔钱转给冯嫣，冯嫣怎么都不肯要。

林青青就在购买大房子的时候，直接写了她和冯嫣的名字。没有约定比例，默认各50%的所有权。这算是铁姐妹了。

新房子装修好，通风后，两大一小欢天喜地搬了进去。

在君君生日上遇到朱盛庸之前，冯嫣一门心思扑在小珍珠身上，丝毫没有想过出去上班。

当她听到朱盛庸用肯定的声音说"你一定会幸福"时，她忽然醍醐灌顶，觉得她应该勇敢一些，不再拿舍不得女儿当借口，投入那个让她受过伤的滚滚红尘中。

从君君生日派对中离开后，冯嫣站在路边，给她父母打电话。

她才说了个开头，她妈妈就狂松一口气："傻孩子，爸爸妈妈早就猜到了。不忍心戳破你，一直憋屈着配合你演戏呢。"

话说开了，大家都感到莫名轻松。

当天，冯嫣爸爸就驱车载冯嫣妈妈直奔市区。他们做好了女儿生活凄惨的准备，结果，进入林青青的大房子后，顿时觉得这些日子他们想象力太丰富了。

林青青拿出房产证，跟冯嫣爸爸妈妈说，冯嫣拥有一半的房子产权，如果冯嫣爸妈决定住下帮忙带孩子，她请求蹭吃蹭喝。

冯嫣爸爸妈妈望着黑胖黑胖的林青青，心里有些不是滋味，怀疑林青青性取向有问题，担心女儿是不是已经被她带坏。但这些上不了台面的黑暗猜测，不方便求证，只能先放着，观望观望再说。

冯嫣爸妈爱女心切，在新房子的一间卧室住了下来，白天晚上帮着带小珍珠。冯嫣腾出精力后，一边健身，一边找工作。

追光！

不管受过多少伤，都要勇敢追光！

所有打不倒你的，都会使你更强大！

冯嫣内心充满了力量，决定重新拥抱生活，拥抱无限的可能。

君君生日那天，朱盛庸目视她离开，心中也生出尘埃落定的感觉。从此尘归尘，土归土，情感纠葛归记忆。

君君的生日派对很热闹，很顺利。送走所有的宾客后，朱盛庸跟小寿星君君道别。

君君望着朱盛庸，用清亮的童音问："你不能在家里住一晚吗？"收拾现场的兰婷顿时呆住。兰婷妈妈也紧张地侧头倾听。

朱盛庸没有急智完美回答君君，他只能面带为难地看着君君。

"如果你不能在家里住一晚，能带我去一次锦江乐园吗？"

朱盛庸忍不住怀疑前面的"在家住一晚"什么的不过是铺垫，小姑娘的真正目的，是让他带她去游乐场。

朱盛庸不敢贸然答应，扭头寻找兰婷。

兰婷正乐呢。确实如朱盛庸所猜，君君闹着去锦江乐园，已经闹很久了。

兰婷妈妈不肯松口，怕夏天阳光太烈，怕周末乐园人太多，怕工作日自己带体力不济，也怕再被朱盛中瞧见，虽然这种可能性不大。

见朱盛庸目光问询，兰婷不忍一再拒绝女儿，便点了头。

朱盛庸随即开口："行！距离开学还有2个周末，你挑一个。"

"明天！"

朱盛庸算是确认她是有备而来了，于是笑道："好的。明天早上9点我来接你。"小姑娘高兴得一蹦三尺高。

朱盛庸从兰婷家离开的时候，冯嫣和她女儿小珍珠已经被林青青接走了。朱盛庸走到一半，接到爸爸的电话。

朱爸爸的这个电话打得有些蹊跷，向来拿起电话就在脑海里自动计价的朱爸爸，没事绝对不打电话，有事也是长话短说，半点不啰唆。

这一次，朱爸爸却跟神游似的，东拉西扯，像是传说中的查岗电话。

因为租的房距离父母家近，朱盛庸和周画白的每日晚餐都在朱爸爸朱妈妈那里吃。朱盛庸见时间不早，便直接去了父母家。

推门进家，意外地，看到了哥哥朱盛中。

在朱盛庸的印象中，哥哥自从第二次结婚，周末就没有单独来过父母家。

"发生什么事了吗？"朱盛庸忍不住开口问。哥哥的脸色实在不容乐观。

朱盛中直直地盯着弟弟："穿得这么整齐，干什么去了？"

朱盛庸愣了一下："去见个朋友。"

"谁呀？"朱盛中露出塑料笑容。

朱盛庸心中警铃大作，想起兰婷曾说过哥哥打听过君君的事，立刻警觉起来："问这么详细，想干吗？"

朱盛中刚想说什么，被朱妈妈按了一下，就没再说话。

朱盛庸看看这个，看看那个，一个模糊的想法正要形成，周画白抱着2个月的小成到了。

朱妈妈接过小成，将小成塞朱盛庸手里，近乎推着他："抱着你儿子去阳台，给小家伙看看外面的小公园。"朱盛庸欣然同意。

朱盛庸抱着儿子去阳台后，朱妈妈则拉着周画白的胳膊，拉她到餐桌前，幽幽叹气道："你哥哥好可怜的，结婚了，又离婚；再结婚，对方带了个儿子，不肯再生。你说，作孽哇？"

周画白露出真诚的微笑："朱古力跟哥哥一起生活也有六七年了，跟亲生的也没什么区别了。"

"总归隔着心的。你哥哥其实有自己的骨肉的。"说到这里，朱妈妈看着周画白。

周画白没法装得很吃惊，毕竟她初认识朱盛庸时，就知道君君的存在。

"看你这模样，也是知道内情的。"朱妈妈柔声细语道。

第 197 章　想向神许愿

周画白没有否认。

"你见过那孩子的照片吗？"朱妈妈问。

周画白点点头。她确实看过，朱盛庸那里有君君的日常照、钢琴表演照、生日"全家福"照。其中的"全家福"还被她要到了自己的手机上。

"给我看看。"朱妈妈迅速要求道。

周画白下意识摸手机。

朱盛中"腾"地站了起来，吓周画白一跳。同时，也让周画白开始起疑，她很快停下动作，粲然一笑："我还以为你要给我看呢。我哪里有啊。"

朱妈妈暗中扯了一下朱盛中，朱盛中又默默坐下去。朱妈妈笑道："我是从阿庸头那里看到的，你也是从阿庸头那里看到的吧？"

周画白的疑心又落下去。她想，母子之间没有秘密，她这般戒心森严，反而显得谨慎过头了。

于是，点头。

朱妈妈和朱盛中不动声色递了个眼神。

"那孩子，马上要读小学二年级了，真快啊。"朱妈妈喟叹道。她知道兰婷生孩子的日期，推算得出来孩子的年龄，只是无从知道孩子的性别。

不知道朱妈妈弯弯绕的周画白，再次点头。

恰在这时，朱盛庸抱着小成进来了："我怎么闻着臭臭的，小成是不是拉恩恩了？"

窘迫气氛随着小成的进入而消解。朱妈妈不再绕着圈追问兰婷孩子的事，而是火速投入到清理小成屁屁的伟大事业中。

朱盛中没有吃晚饭，直接走了。

朱盛庸和小白吃过晚饭，回到自己的小家，俩人路上一对台词，彼此才恍然大悟：合着朱妈妈在替哥哥套小白的话！

小白手捂着嘴巴:"糟了糟了。我全承认了!"

朱盛庸心中燃烧着怒火,他气他妈妈竟然撒谎,说他给她看过君君的照片!

"谎话精!她以前还冒外公的名,签过不该签的字!"

话头一旦打开,一段跟朱妈妈有关的黑历史就随之抖落出来。

朱盛庸抱着小成,周画白跟在后面。两个人走在忽明忽暗的楼道里。小白望着朱盛庸的背影,心想:妈耶,这是一个原则高于亲情,理性高于感性的男人!

是好事,还是坏事?

小白低头上了两层楼梯,想明白了:是好事,也是坏事。好处是有原则的人会自律。坏处是原则性太强,难免显得无情。

6楼的家到了,朱盛庸怒火还没有熄灭的迹象。小白扫了他一眼,觉得自己不能帮婆婆洗白,那样会在朱盛庸眼中显得是非不分。但是劝还是得劝的。

"不要生气啦。小成能感受到大人的情绪。"

果然一句中的。

朱盛庸迅速平复下来。

话说朱盛中,他开车回家的手都是抖的。路上好几次都神思恍惚,差点发生追尾。副驾驶位置上,放着一顶帽子、一副墨镜和一个口罩。

他从爸爸那里获知8月22日是兰婷养孩子的日子,又从爸爸那里得知有声音像兰婷的女子打电话找弟弟,聪慧如他,马上做了联想,并且刻意记好日子,于8月22日这天徘徊在弟弟的楼下。

果然,弟弟一个人,拎了一个鲜艳的礼盒出门了。

绝对有情况。

朱盛中一路小心跟随,追到闵行公园天下。奈何小区门卫比较严格,但他也窥视到朱盛庸是朝别墅区走的。

朱盛中的心,一下子晃了起来。

兰婷跟他离婚后,住上了大别墅!兰婷是不是攀了高枝儿才执意离开他的?他的孩子是不是已经跟了别的男人姓?

好一个天道轮回!他的身边,长着别人的孩子,而他的孩子,跟着别的男人。

朱盛中欲哭无泪。

爱情成败上沉迷一阵子后，朱盛中抹了一把脸，叹了一个口幽深的气。兰婷他就不计较了，他现在迫切地想知道，他的骨肉是不是像他当年一样承受哮喘的折磨？那种被魔鬼扼住喉咙的恐惧，他至今都记忆深刻。

神啊，千万别让他的孩子再遭受他的痛苦。他情愿……

朱盛中陡然梦醒。他现在一无所有！他连许愿的资格都没有！

坐错几趟车，好不容易回到斜土路父母家。焦急难耐等弟弟回到家，套了半天也没有套出任何信息。

朱盛中觉得自己不能再耽搁了。惹恼陈静静，也不是好摆平的。

他开着车，有惊无险回到家。

一推开家门，就遭受劈头盖脸一顿臭骂。陈静静像是要吃了他。他努力睁开眼睛看着愤怒得变了形的陈静静。

"你他×的竟然抛下我儿子一个人在家！"

"你死哪去了？"

"老娘打了你打几十个电话！你一个没接。找死啊！"

朱盛中只管去抱愤怒的陈静静。陈静静连踢带打，最终，被朱盛中牢牢箍在怀里。陈静静像是个泄气的气球，她哭着贴在朱盛中胸前，两手抓着他的胸前的衣服，呜咽道："你吓死我了……我以为你也不要我们了……"

朱盛中用脸摩擦陈静静的头发，回应道："不会的。不会的。"

朱古力斜着眼，沉默地看着那紧紧拥抱在一起的俩大人。

朱古力开学就要读初一，真正的初中生了。他比五年级时又胖了两圈，因为嗓子处在变声期而不肯讲话。

他被嘴损的同学谑称为"陈寡言""陈死肥""陈猪仔"，那些又天真又残忍的同学让他又恨又怕，又怕又恨。

朱古力一点都不介意一个人在家，不知道妈妈为何大发雷霆。发了脾气又那么好哄，没劲。朱古力站起身，默然地进了自己的卧室，关上了门。

关门声惊动陈静静，她羞怯地擦了一把眼泪，嗔怪道："你真的太过分，明天补偿一下儿子吧。"

"行啊。"朱盛中心不在焉地回。

"他一直想去游乐场。要不，明天我们带他去锦江乐园吧？"

"行啊。"朱盛中无所谓地回。

晚上，躺在床上，朱盛中翻来覆去睡不着。察觉他的异样，陈静静翻身趴到他胸前："你有心事！你瞒不了我！"

朱盛中搂着她，神情晦暗："我在想，朱古力的亲爸，他是怎么做到对朱古力不闻不问的？他就不好奇长大后的朱古力长什么样吗？"

"怎么突然想这些？"

"因为……经你提醒，我意识到我今天亏欠了朱古力。我确实不应该因为我爸爸身体不舒服，就把他一个人留家里一天。

"我一个没有血缘关系的人，都做不到不在乎。他的亲爸爸，是怎么做到明知道有这么个孩子，却当作没有？"

第198章　锦江乐园变惊悚乐园

陈静静觉得这个话题没劲，就翻转身躺床上，面朝天花板，用不无鄙夷的声音说道："还不是怕分他的钱。"

钱？

朱盛中心里一紧张。他都忘了，世俗啥都绕不开钱！

说到钱，就想到抚养费。

想到抚养费，那沸腾的一腔感慨与思念顿时就冷静下来。

要是兰婷反口向他追要抚养费，账户上空空如也的他该怎么回复？

想给给不出，不给就是不爱。

这样一想，立刻觉得还是老老实实龟缩起来，等皮夹子里有钞票时再相认，或则，等孩子长大后再相认比较明智。

得出这个结论后，朱盛中踏实下来，安稳睡去。

第二天，朱盛庸赶在早上 8 点就要出门。他有些难为情地望着周画白："要不你也一起去吧？现在的小孩聪明得很，我觉得我在君君面前已经穿帮了……就介绍你说是我朋友。"

周画白扑哧笑出声："放心去吧，我不会乱吃醋的。再说，我也舍不得离开小成。"

朱盛庸捏捏小白的脸，转身走了。

8 点 50，到了闵行公园天下。还没有来得及进小区，余光发现有人朝他挥手，定睛一看，原来是等不及的君君。她已经拖着妈妈兰婷早早等在小区门口了。

兰婷撑了把遮阳伞。

君君穿着小短裙,上身薄长袖,小辫扎得精精神神,头上戴了个有小猫耳朵的遮阳帽。她雪白的皮肤映在粉红色的猫头帽下,显得白里透红,分外讨人喜欢。

赶在君君蹦蹦跳跳走远几步的时候,兰婷赶紧说客气话:"谢谢你愿意花时间陪君君。"

"太客气了。"

君君跑回来,俩人连忙住口。打了车,三人直奔锦江乐园。

听说在上海西南部的松江佘山国家旅游度假区内,正在建上海欢乐谷。在上海欢乐谷开业之前,锦江乐园绝对是孩子们甚至年轻人的不二乐园。

就在朱盛庸、兰婷和君君奔赴锦江乐园的时候,朱盛中和难得休息一天的陈静静,正带领朱古力去锦江乐园。两部车都已卖掉的他们,听从陈静静的指挥,在公交车站等公交车。

朱古力开心坏了,脸上的阴郁一扫而光。

公交车到站后,三人穿地下通道,购票,入园。小胖子灵活地奔跑在人群中,小狗一样来来回回撒欢。玩了两个项目后,他拿出自己的零花钱钱包,大方地要请妈妈和叔叔吃烤肠。

等待烤肠的人很多。一个工作人员负责收钱,一个工作人员负责给肠。当工作人员穿好一根肠的时候,两只手同时伸了过去。

一个圆滚滚肉嘟嘟,一个小小的嫩嫩的。

两只手的主人互不相让。

兰婷掰开女儿的手,柔声劝道:"让哥哥先吃。我们可以等一等的。"

"呜呜,明明是我先排队的。"君君委屈地嘟起嘴巴。

兰婷爱怜地拍了拍君君的头,没再说话。

人群外的朱盛中已经两眼僵直!那个!粉雕玉砌的小姑娘!就是他的女儿吗?

"发什么愣呢?"陈静静推朱盛中,"儿子给你吃香肠呢。"

朱盛中呼吸不过来,多年不犯的哮喘有发作的迹象。他真想抬手给朱古力一巴掌,居然跟他的女儿抢香肠!

可睁眼看到陈静静审视的目光,再想到抚养费什么的,立刻怂了:

"谢谢。"他接过香肠,难以下咽。

借口帮陈静静打伞,朱盛中试图偷窥人群中的君君。

"干什么呀你!伞都打到我脸上了!"陈静静大声嗔怪起来。

朱盛中做贼心虚,觉得所有人都在注视他,赶紧将遮阳伞压低。陈静静不满意自己被暴露在伞外,拉扯他手中的伞,吓得朱盛中脖子都缩了起来。

朱盛庸从卫生间走出来,迎面看到的就是拉拉扯扯的哥哥和嫂嫂。

他慌到不知道要迈哪条腿。

朱盛中本能回头,看到了烈阳下的弟弟,连忙暗中摆手。

于是,兄弟俩默契地装作没看见。朱盛庸找到兰婷和君君,拉着她们朝旋转木马的方向走。

朱盛中搂着陈静静,往相反的方向走。乐园里摩肩接踵,人极多。此刻倒成了很好的掩护。

陈静静回头:"人家要坐旋转木马。"

朱盛中和朱古力异口同声:"幼稚!"

陈静静咯咯笑起来:"你们这爷儿俩!"

锦江乐园就像是惊悚乐园,朱盛中随时戒备着不能跟弟弟碰头。没有弟弟还好说,有了弟弟,想擦身错过都难。万一碰到……想想就炸裂。

还好,在朱氏兄弟俩的默契之下,双方人马有惊无险,平安结束乐园里的一天。

锦江乐园之行后,朱盛中在没有陈静静催促的情况下,自行找起工作来。这次找工作的态度跟之前任何时候都不一样。他既认真又努力,失败了也不气馁。

陈静静看在眼里,深感欣慰。

努力迎来回报,一个月后,朱盛中找到了一份周黑鸭市场部设计师的工作。这个来自大武汉的品牌继在北京开店失败后,又辗转来开拓上海市场。

朱盛中在简历上做了点手脚,延长了之前在广告公司的工作时间,反正那时候交社保不规范,无从查证。靠着做过手脚的简历,他成功了。

工资有 8000 块之巨,可见地方品牌求贤若渴。

朱盛中求职成功的事以光速传遍朱家。朱爸爸、朱妈妈为之欣喜之际,朱盛庸替哥哥发愁道:"找到工作才是开始。他能胜任吗?"

没有人拿这个问题当问题。

朱盛中一上班就赶上了金融危机。

2008年9月9日，美国金融危机开始失控，导致多个相当大型的金融机构倒闭或被政府接管。

次贷危机引发的全球性金融危机，很快影响全球，全球股指的大幅下挫，沪深股市总市值也急剧缩水。

电视上播放着美国有150年历史的投资银行莱曼兄弟倒闭的新闻。

李礼刚的担心成了事实。

李礼刚激动地给朱盛庸打电话："虽然我认为美国经济在走下坡路，但绝对没有想到短短两年后就会爆发金融危机！"

金融危机来了。

它无形中影响到了每一个人。

第199章　金融危机之下

最明显受波及的是朱妈妈。朱妈妈购买的理财产品，爆雷了。

南浦典当行资金断裂，还不出利息钱来。朱妈妈拿了11个月的利息，却折了本金。整整10万块。简直要朱爸爸的命！

朱妈妈懊悔不已。她回想起来，爆雷前其实有征兆的。典当行运营出问题的流言在3个月前就传出。一位心地善良的业务员让他名下的客户都申请赎回本金了。这在典当行的投资圈里不是秘密。

她曾和那个业务员共乘一部电梯，业务员委婉提醒她，让她不要贪小利，差不多就赎回吧。怪只怪她太贪心。

最受伤的人是朱爸爸。朱爸爸心如刀绞，想一回哆嗦一回。气到发抖的他破口大骂朱妈妈。朱妈妈心高气傲，总是要想方设法反驳。朱爸爸又争辩不过她，气上加气。

孙子小成也不香了，怄气不肯做饭。家里冷锅冷灶，冷了好几天。

周画白只好自己煮面应付午餐，晚餐就等朱盛庸下班带外卖给她。

典当行爆雷后，找了小三的老板和找了小白脸的老板娘难得合体，向私募的客户保证，给他们点时间，他们能缓过这口气。

老板娘说得尤其细致，说她给小白好5000万炒股，股票账户目前已高达8000万，等她卖掉套现，就还给各位投资的阿姨、爷叔。

阿姨爷叔们群情激昂，纷纷表示要拿起法律的武器捍卫自己的权益。"报案""一定要报案"的呼声蔚为壮观，响成一片。

朱妈妈比较冷静，建议大家轻易不要报案，报案反而会拖很久，就算是官司打赢，也会面临没钱还的尴尬问题。如此建议的她差点被骂成奸细。

大多数没有经历过司法程序的人，对报案有一种天真的热情。少数服从多数的原则下，朱妈妈只好跟别的大多数一起去报案。

朱妈妈和众人等待被受理的时间，和站在她附近的人攀谈。她吃惊地发现，很多人并不是用闲钱投资，而是凑钱投资。

有人把全部的养老钱放典当行生利息，有人从银行贷款，把贷款来的钱拿来投到典当行里。还有人抵押房子或者变卖房产，拿得来的钱投到典当行……

跟他们一比，朱妈妈神奇地自愈了。

记得当时她有20万，5万放在股市，5万给朱爸爸拿去存了定期，她只投了一半的钱到典当行，实属万幸。

法院最终受理了这起受害人多达130多人的民间借贷纠纷。

案件被登记受理后，果然幺蛾子不断。大伙儿提供了关联股票账户里有8000万的信息，但法院认为没有证据证明账户持有人跟本案有关；等到证实股票账户持有人跟本案老板娘有瓜葛时，股票账户已经亏损得只剩下200万。

众人初报案时的锐气折了一半。

不多久，又突然多出几张白条来。白条个个高达几百万，几张白条加起来的金额已经超过那130多个散户的金额总额。白条上没有印章，但法院表示不能因为没有印章就不承认它们。

众人初报案时的锐气再次腰斩。

老板、老板娘以及一位财务主管被抓了进去，吃着牢饭，等着受审。

工作人员做沟通工作时，条分缕析，让那130多个报案人认清钱近乎追不回的事实。消息一传出，立刻病倒了两位80多岁的老人。两个老人没能挺过那个冬天。

噩耗传来，朱妈妈立刻开导起自己来：千万不能跟这件事较劲。钱没了，以后还可以再攒。命没了，就什么都结束了。

朱爸爸想不开，2008年的冬天本来就冷，又因为心情差，接连生了几场感冒，身体状态明显变差。

周画白看在眼里，本着好心，劝朱爸爸不要太在意。朱爸爸眼珠子一瞪，恶声恶气道："××！站着说话不腰疼！嘴皮子一碰算安慰我了？真有那心你们贴我5万！"

这——

周画白热脸贴了冷屁股，心中的恼怒小火苗噌噌直冒，但想着自己是小辈，便忍着没有发作。

从此以后，周画白再也没有开口劝过朱爸爸。

朱盛庸也不劝。

"你自己的爸爸，你怎么不劝劝他？"周画白忍不住问道。

"劝没用。只能靠自己想开。"

"那也要死马当活马医的劝一劝啊。你爸爸那么财迷，万一心里过不去怎么办？"

"谁有兴趣谁劝。我没兴趣。"

周画白叹了一口气。明白这个家，没有可能是相亲相爱的一家人了。都说上海人人情淡，周画白搞不懂，是都淡到这种程度，还是她嫁进的这家是例外？

冬天过去之后，天气回暖。朱爸爸稍稍随着天气变化，不那么暴躁了。

那时候还没有P2P，民间借贷爆雷的还不多，典当行的事情被媒体曝光。在大众聚光灯之下，法院审案很迅速。

审出来的结果却跟众人期待的相去甚远。

"本案在执行齐简等137人与上海南浦典当行有限公司民间借贷纠纷一案中，查明被执行人仅511万财产可供执行。申请执行人未能向本院提供被执行人可供执行的财产线索，本院依法予以终结本次执行程序。

"本次执行程序终结后，被执行人仍负有继续履行生效法律文书确定的义务。申请执行人如发现被执行人的财产线索，可凭此执行裁定书向本院申请恢复执行。"

大意是说，南浦典当行应赔，可是没钱全赔。按比值分，朱妈妈大概能分个上千块。

朱爸爸刚平复的情绪，又炸毛了。

朱爸爸朱妈妈遭遇私募爆雷的同时，小阿姨也不好过。

小阿姨要防着小女儿刘流再伤害自己，还要宽解做试管不顺利的大女儿刘熙。据说陈家康新娶的小娇妻已经顺利怀上双胞胎。刘熙要么不回娘家，回则必吐苦水。

小阿姨哪里是坚强的人。

她在女儿们面前装完坚强，马上折身跑到朱妈妈这里哭诉。朱妈妈弥勒佛似的，微笑着听，沉静地宽慰，看上去极超脱。

总是忧心不断的小阿姨肉眼可见地苍老了，她看上去比朱妈妈年龄还要大。

短短半年的时间，朱爸爸也明显比朱妈妈显老了。

可见维持年轻的秘诀，不在于护肤品，而在于一颗开朗笃定的心。

金融危机导致银行资金紧缩，周黑鸭进军上海的步伐被迫调整。第一步是减少人力成本，才工作4个月的朱盛中，被裁员了。

朱盛庸的公司也受到了波及，光青浦一个厂区，年收就亏了几千万美金。可怜的新加坡淡马锡资方，购入金鹏就亏损。

日子，一下子晦涩起来。

人人都在煎熬，期盼着能快点翻过这一页。

第200章 被上门求教

跟众人的晦涩日子形成鲜明对比的，是朱盛庸的生活。

一入股市就逢上大牛市，40万直接变90万。尝到甜头的他本来就不舍得把钱从股市里取出来，又千载难遇地遇到对婚房没有执念的小白。

顺利骗婚，啊不，结婚后，他继续按照自己的方式做股票。小白则为他生下儿子小成，组成了幸福的一家三口。

朱盛庸不靠投机，不凭运气，买卖股票全建立在财务数据之上的价值投资，对收益很有信心，所以敢把全部的钱放进股市。

小成1岁后，周画白找了一份新工作，在一家养老院做后勤支持。

"找的是什么工作！"朱爸爸听说后气鼓鼓的。他比较忌讳养老院。大约是朱妈妈总是敲打他，说他再不跟儿子搞好关系小心老了去住养老院。

"养老行业是关切夕阳的朝阳产业。"周画白解释。

不解释还好，一解释朱爸爸更生气了。他听不懂。

朱妈妈笑着对周画白说："别理他，天天阴阳怪气的。"周画白尴尬地笑了笑。

自那次朱妈妈撒谎诈小白之后，朱盛庸就不爱跟他妈妈讲话了。朱妈妈似有察觉，所以格外讨好周画白。

朱盛中在金融危机中失去工作后，那种奋发图强的劲头渐渐消失不见，整个人又疲沓起来。陈静静转给他的20万，已经被他折腾到只剩下10万的市值。

每逢陈静静指责他，他就猛烈地进行人身攻击："你不懂！你什么都不懂！只要我不卖，就有扳回的机会！跟你也解释不清楚，总之做股票就是这样的。需要等待！需要时机！不信你问我弟，我弟弟可是40万做成90万的人！"

陈静静望着虽然人到中年却依然儒雅英俊的朱盛中，被他说得半信半疑。周末，陈静静拎着水果礼盒，押着朱盛中，带着朱古力，来到了斜土路朱爸爸朱妈妈家。

朱爸爸本来就不待见朱古力，现在又有了小成做新欢，越发不在乎朱古力。他看到小胖，笑得眼睛都眯成缝儿："哈哈哈，你怎么又胖了。小心得三高哦。"笑里的幸灾乐祸掩饰不住。

朱古力一脸生无可恋。他气恼地看他妈妈一眼。

高挑靓丽的陈静静有爱地摸了摸儿子的头发："他像我，发育得晚。他估计得到高中时候，才会抽条长个儿。到时候就不胖了。"

"小成呢？"陈静静坐了一会儿，发现她今天的目标人物不在，于是迂回询问道。

"在他们自己家。他们最近周末不怎么过来了。"

"喊他们来呀。我们想看小宝宝。"

朱爸爸求之不得，赶紧给朱盛庸打电话。朱盛庸接了电话后不久，带着周画白和小成到了父母家。

气氛被陈静静维护得特别好。她不是夸小白，就是夸小成。在美容美发店做总经理的她，口才越发练得了得。

气氛烘托到一定程度，见目标人物脸上笑容可掬，陈静静开口："你们股票做得顺手哇？"

"还不错。"

"你哥哥把我给他的20万做成了10万，我心疼死了。你看我们，日子本来就不好过,这下更雪上加霜了。"陈静静自然过渡,泫然欲泣。

朱盛庸望了一眼哥哥。朱盛中坐在椅子上,整个人轻轻在摇晃,仿佛在跟什么音乐的节拍。他听到了陈静静的话,又仿佛没有听到。

"你,你肯不肯向你哥哥介绍一下你做股票的经验呀?"陈静静两眼盛满了央求,直直地望着朱盛庸。

"可以。"朱盛庸一秒都没有迟疑。不仅让陈静静意外,也让朱盛中意外。

他还以为弟弟会神神秘秘,秘而不宣呢。

"你要听吗?"朱盛庸将目光投向哥哥。这对朱盛中而言,无异于狠狠抽了他的自尊一耳光。本来想嗤笑表示其实自己也有一套,一抬眼,看到陈静静的注视,马上虔诚点头。

"好,我确实有几个经验之谈。你愿意听的话,我一一说给你听。"

"好哎,好哎。朱古力! 快把你的笔记本拿过来。Daddy要做笔记!"

朱盛中觉得自己的自尊被陈静静按在地上,并摩擦。他浑身燥热,心中烦闷,面上还要保持虔诚。

"经验一:股票和债券对冲。"朱盛庸开口。

"我在2006年建的仓,那时候遍地都是市盈率在10以内的股票。2007年头上,还有市盈率在10左右的股票。到2007年5月份,市盈率20以下的股票统统没有。这时候股指已经翻了个倍,从2600点涨到了5000点。

"牛市里股价涨得很快。

"我兑现出来的钱越来越多。

"虽然买的什么股票水涨船高都赚钱,但这种钱赚得有些心虚。看着日益升高的股价,我胆怯了,不太敢买,所以并没有真的买够20个股票。

"我发现一个现象:股票涨的时候,债券日益下跌。"

朱盛庸讲起他的心得,清晰明了,引人入胜。

陈静静发现,她完全能听懂!

朱盛庸说当时有种分离式的可转债,5年期限,利息只有1%,但是买债券,会白送权证。有人在权证上赚了钱,就把债券贱卖。

100元的面值,只花了76元就能买到。5年到期仍旧会支付给100元。

"我认为这是个稳赚不赔的买卖。我打算每跌0.25元,就追加买一些。

"没想到后来它一路跌，跌到 71 元。我不停地买，买了很多。2007 年，股市最好的时候，我的股票资产只占了我总投资的 15%，剩下的都是债券。

"2008 年，当股票达到 6124 点以后，一泻千里，跌到 1600，跌去 80%。那些追进去的人连退出的时间都没有。

"在股票跌的时候，债券一直在涨。

"因此股市跌的时候，我的资产并不曾因为大跌而缩水。我只跌了 1%。"

陈静静目光里多了景仰，连朱盛中都忍不住暗中称赞。周画白柔声给小成读绘本故事，耳朵里听到丈夫的讲述，嘴角的笑意越来越深。

"后来我看到巴菲特说过这么一句话：'别人赚钱的时候，我也赚钱，我尽量赚得跟别人一样多；别人亏钱的时候，我也亏钱，我肯定比别人亏得少。'我很得意，我觉得我做到了这一点。"

朱盛庸啜了口水，准备继续分享。

第 201 章　聪明是新式……

2009 年，股指从底部的 1600 点，涨到了 3400 点，粗略算涨了 100%。那时候，很多人还没有从 6000 点的灾难中恢复过来，朱盛庸已经赚了 50%。

"我的第一个经验之谈：股票和债券是对冲的。它们涨跌是相向的。作为投资者，你总是去买便宜的那一个，卖掉贵的那一个，这样你就可以保证立于不败之地。"

在陈静静的督促下，朱盛中重重写下"债券"两个字，并在后面画了三个感叹号。

"经验二：用前辈理论指导实战。

"我是一个从来不看书的人。2007 年，为了研究怎么投资股市，我特意买了一本巴菲特推荐的股票投资入门书，叫《聪明的投资者》。

"是巴菲特的老师在 1934 年写的，很老的书。李礼刚帮我在美国网站上买到，寄回来都花了一个月的时间。"

《聪明的投资者》的第一个章节就谈了如何投资债券——因为这是一

个风险相对较小，收益相对有保证的投资。

朱盛庸看后，认为整本书就说了一点：低市盈率。

当你和银行利率进行比较，20倍的市盈率就相当于5％的回报，超过20倍就不用买了。这就是巴菲特老师的想法。

"后来，我又看了巴菲特的《滚雪球》。"

巴菲特的投资有个关键词：净资产。把公司统统卖掉的钱，就是净资产。如果买进的价格低于净资产，即使股票不涨，把这个公司统统卖掉，价差就是利润。

巴菲特在书中将它描述为：好比一个人吸香烟，扔掉了，你把它捡起来，再吸最后一口。

"巴菲特说他要买股价低于净资产的公司。我当时很奇怪，这种事怎么可以发生？结果在股市大跌的时候，这种事比比皆是。"朱盛庸的脸上，散发出一种奇异的自信光芒。

"股市是动态的，过去的经验没法原搬照抄。但是那些经过时间检验的理论，尤其是基于相似性格的成功者说出的理论，是非常有指导和借鉴价值的。"

当朱盛庸侃侃而谈时，朱爸爸也被吸引了过来。他痴迷地听着，尽管全然听不懂。他只是发自内心地高兴，高兴他的孩子比他更厉害。

能听懂的朱妈妈反倒进进出出，不怎么在意。

"经验三：熊市年年有，牛市不遥远。所以，任何时候都可以进行股票投资。"

美国是这样定义熊市：道琼斯指数的最高一点下跌20％，熊市就确立了。如果以此为标准，那么中国熊市年年有。中国股市震荡得比较厉害。

"我把整个股市，从1991年到2007年的股指全部查一遍，发现每3年有一次上证指数上涨100％，根据这个规律，我给自己定一个目标，每6年上涨100％。到目前为止，我认为这个假设在实践中是可以实现的。"

朱盛中手指移动，在笔记本上写下"狂妄"二字，并在后面一口气打了好些感叹号。朱盛庸坐他对面，看不清楚。陈静静不太认得朱盛中的狂草。

"经验四：市盈率是试金石。

"2007年跌下来后，符合这个标准的就是钢铁公司。2008年，我手上基本都是钢铁股。市场上的几大钢铁公司,我基本收全。它们的市盈率在 7 左右,还能分利息。此外还买了不少机械制造类。

"现在回过头来看,2009 年股市复苏,第一个开始涨起来的,就是机械制造类股票。接下来涨的就是钢铁。基本上,市盈率从 6 涨到 20 以上。

"一般我赚钱从来不问为什么。不过事后回过头想,还是蛮有意思的:它很符合常识。

"中国为了刺激经济,政府进行 4 万亿投资,国家投资无非是基础建设居多。推土、挖掘等机械制造类理应第一个收益,紧随其后的就是钢铁。

"2009 年年头以后,股票高涨,债券暴跌。我的经验一开始启动。最后的格局是 15％的股票,85％是债券。

"倘若年底股市又跌,经验一又将生效,既帮我降低风险,又帮我赚钱。"

朱盛庸脸上散发的自信光芒更盛。这使他的容颜生出一种魅力,他看上去帅呆了。

陈静静说不出"聪明是一种新式性感"这种话,却体会到这种感受。

"经验五:财务报表可以信赖。"

这句话一说出来,立刻遭到朱盛中的反驳。朱盛中用一种万分肯定的语气说,他敢打包票,上市公司的财务报表绝对张张造假。

"我认同财务报表不是 100％真实。我也并不寻求数字的每一个细节真实。

"当大家都有水分的时候,横向比较,找一个各行业中相对好一些的那个公司,有水分的数字也是有参考价值的。

"何况,财务报表做假,被扭曲,把利润写高或写低,都只能为了某个目的短时期内造假,很难长时间一直造假。因此,财务报表还是值得信赖的。"

朱盛中嘴巴张了张,除了满腔的不认同的情绪,他竟然说不出反驳的话!

"上班赚钱是出卖劳动力。

"不上班,但需要做很多事情才能赚到钱,只能算是自由劳动者。

"而投资者,是让钱为你赚钱。你花的劳动越少,你越像一个投资者。

"成为一个投资者,并非只在钱足够多的时候才能做。投资回报是看比率，而非多少。何况钱的多少是相对的，你把你的钱分成够多的份儿，钱就够多。

"成为一个投资者，也并没有想象中的那么难。把要做的事情之中的道理想明白，一旦想明白了，事情就简单了。"

"人们怕股票跌，怕被套，怕亏钱。"

"仔细想一想，大家既然喜欢双11打折，股票下跌就相当于股票打折，这时候投资者应该欢欣鼓舞地大量买进才对。"

"所谓的亏钱，只是账面亏损，并不是真金白银损失了。"

当朱盛庸说这些时，朱盛中心中的不满顿时烟消云散。他沾沾自喜地斜觑陈静静，仿佛在说，看，我说过吧，账面跌没什么大不了。

朱盛庸接着说："譬如我买债券，今天95块买进，明天跌了，只剩90块。一般人会对自己说，我亏了5块。其实并没有亏5块啊，只是少赚了5块。不亏很重要，少赚不要紧。想通了这一点，心里就安定了。

"再说说被套。股市里投资的钱本应是平时不会用到的钱。不把现金流的钱绷紧到极限，被套与否就不重要了。反正是闲钱。今天被套的时间，明天会成为获利的空间。只要国家安稳，经济发展，股市就会在熊市之后迎来牛市。"

陈静静凝眉仔细听，仔细思索，突然，她开口叫道："不对！"

所有人的目光都被她吸引。

第202章　买房租房之辩

"中中在5000多点买进的，要等股市重回5000多点才会解套？"陈静静问。

朱盛庸想了想："投资不是投机。高位买入的，只能自求多福了。"

朱盛中脸上火烧火燎，堪比当众挨了一巴掌。他的自尊，令他暗中生出怨念。

"买股票就是赌将来。将来你永远不知道。能做的就是根据现有资料预判。

"很多人说股市是政府洗钱。我太不屑这种说法。政府要洗钱，直接印发钞票就好了，何必费此心机？

"人人都不是全才，有些方面做不来很正常。如果因为自己做不来，就疑心别人动机不纯,太幼稚。

"股市是全世界最棒的成年人游戏。会有运气的成分,比如中新股,但更偏爱理性、冷静、能独立思考的人。

"总之,先对自己做个判断吧。"

朱盛庸语重心长。在他眼中,哥哥明显不是一个适合做股票投资的人,希望今天的一席话,能让哥哥迷途知返。如果实在执迷不悟,至少能为他减少些风险。

陈静静气得动手敲朱盛中的头。

朱盛中抱着脑袋,不敢反抗。

朱妈妈看不下去了,打岔问陈静静朱古力现在学习怎么样。陈静静陷入新的忧伤:"老师说基本没有指望考入高中了。可能要去职业学校。"

朱爸爸从崇拜的状态中恢复过来,眼中的光芒随之消失。他转身去看孙子小成,嘿嘿笑道:"这么小,听得懂吗?"

"因为听不懂,所以才要听。"周画白回。

朱爸爸连这句也理解不了,但他已经不再发牢骚,也尽力不再说"××""瘪三""港×养子"。

暴力做不到的事情,爱,做到了。

朱爸爸出于对小成的爱,在尝试自我约束。

吃午饭的时候,朱盛中阴沉着脸一句话不说。午饭过后,他催促着快回家,因为"朱古力还要学习"。平白被当借口,朱古力吓一跳。

回家的路上,陈静静还没有开口,朱盛中先说话:"2006年到2009年,房价涨了多少?我弟弟在股市上是赚了一笔钱,赚来的钱抵得上房价上涨吗?说得好像他多厉害一样,还不是被社会甩下车了?"

朱盛中只顾着诋毁弟弟,忘了在陈静静面前提买房卖房就是捅马蜂窝。

"他好歹抓住了一个方面。你呢?你股市亏了一半!房子早卖半年!老娘我亏了多少钱?200万朝上了好吗?"

朱盛中想强词夺理说房子又不是他拍板卖的,转念一想,沉迷于争对错最没意义,于是偃旗息鼓。

在斜土路上的朱爸爸朱妈妈家,朱妈妈也在提买房的事情。

"上午跟你哥哥说得头头是道,其实呢,股市里赚的钱还赶不上房价上涨的钱!当初楼下那套房子,现在已经挂牌120万了。2006年40万还能当 100 平方米房子的首付，现在 100 万才勉强够当首付，你才 90 万，还亏着 10 万呢。"

朱妈妈说的句句在理，却句句不在朱盛庸的心上。

"房子能一平方米一平方米地卖吗？房子流动性太差了。再说，买来自己住太贵，出租不划算，性价比低。像我们这样租房多好。便宜，还不用操心硬装。钱嘛，就放在股市，也会很好地增殖。"

"总是租房也不是办法！你们现在年轻，新鲜；不做饭，家具少，还搬得动。将来怎么办？看看你爸爸朋友粉黛，租了十几年房，每次被房东赶出来，都又急又气，坐在路边直哭。

"我听粉黛说，超过 60 岁，连租房的中介都不敢给你介绍房子租了。你还真当租房是长久之计呢。"

朱盛庸处变不惊："我川沙还有一套房子呢。到时候我住川沙总可以了吧？"

朱妈妈坐下来，语气体己道："川沙前不着村后不着店，老了反而不方便去住。老了就得住距离医院近的地方。要我说呀，不如把川沙的房子卖掉，置换到这附近。

"你看，这附近有瑞金医院、中山医院、华山医院、龙华医院。啧，养老重地，千金难买！

"把川沙的房子卖掉，加上你手里的钱，我再资助给你 10 万，当首付绰绰有余了。现在赶紧买，还买得起！"

周画白听得很心动，殷切地看向朱盛庸。

朱盛庸摇摇头："钱，意味着自由。我可不愿意为了一套空中楼阁，搭上自己未来 30 年的自由。"

"你！"朱妈妈苦口婆心，见丝毫劝不动小儿子，不觉心中气起来，语气也跟着提高。但，自己的儿子自己心里有数，生气无济于事。

见朱盛庸油盐不进，朱妈妈转身向小白："小白，他就是个犟龟！你来评评理，租房能是一辈子的事吗？总是要买一套自己的房呀。有房才算有家。你们这居无定所的，我跟你们爸爸看在眼里，心里也不好受啊。你说，妈说的在不在理？"

周画白为难地看着婆婆。印象中她沉默寡言，原来关键时刻，也这么能说。

周画白不肯表态。

"你就不想在大上海有一套自己的房子吗?"朱妈妈发出灵魂拷问。

周画白目光僵直了一下。她当然想!

想是一种欲望,人之所以读书,就是为了让理智控制欲望啊。

见周画白表情懵懂,眼神迷离,就是不肯松口说想,朱妈妈放弃了。原来那句"不是一家人,不仅一家门"是有道理的。这个儿媳妇,看上去柔顺,其实也是一根筋。

朱妈妈叹了口气,起身离开桌子,去了厨房。

晚上,躺在床上,周画白把着床的一边,朱盛庸把着床的另一边,中间是爬来爬去的小成。

"川沙的房子有 100 平方米吧?要是把川沙的房子卖掉,置换到这附近呢?不动你股票里的钱,换一套小的。"周画白柔声建议道。

朱盛庸手撑脑袋,扑哧笑出声:"沙田公寓的房子是有 100 平方米。可你知道,它总价能卖多少吗?"

"多少?"

"40 万到 50 万。"

"不会吧?"

"沙田附近是全上海房价中唯一不动的板块。"

"哈哈哈。"小白笑起来,"居然被你买到了?"

朱盛庸也笑起来。

小成正在抠床单上的小动物图案,忽然听到爸爸妈妈笑个不停,他也凑热闹地笑起来。朱盛庸伸长胳膊,搂住小成:"我们在一起的地方,就是家。"

周画白点头。

"等我以后股市里挣大钱了,就去租大房子!在市区租大房子,给你和小成住!"

周画白默默期待起来。

第 203 章　是时候搬家了

小成一天天在长大。

周画白怀孕后,就在朱盛庸的支持下从原公司离职。朱盛庸说这是他送给小白的怀孕礼物。

小成断奶后,她新找的养老院综合部的工作,工资也不是很高,但胜在人际关系简单、和谐。周画白做得很开心。

金融危机爆发后,朱盛庸工作的公司年报显示亏损。朱盛庸看着自家上市公司披露的财务报表,直摇头:"惨了,惨了,年终奖肯定很惨。"

林彬听后,深表失望。

当年不差钱的地主家的傻儿子,养了3个娃,缴了两次社会抚养费后,早已不像当年那样粪土万户侯。小师妹自从结婚,就没有出来上过班。每年林彬妈妈按人头发家庭工资给小师妹。

养了3个孩子的小师妹一年能拿到50万。人均10万的家庭开销曾经像是华丽的天文数字,散发着富裕的金光。到了2009年,大女儿一个人就轻轻松松花掉了10万。光英语培训班一年就要2.8万!

小师妹还要节省出钱去接济娘家一大家子人,捉襟见肘,就狠命克扣林彬。

林彬的衬衣,由光鲜亮丽一天一洗,变成了普普通通三天一换。生活质量直线下降。残酷的现实,逼迫他不得不关注起工资和年终奖。

真到年底的时候,在营收亏损的情况下,客服部拿到的年终奖并没有减少。

这归功于托尼。

托尼生怕挨打反攻回客服部,他在年终奖分配上牺牲了自己的利益,以讨好部门员工。挨打与他正相反,发现自己可以自由调配年终奖的份额后,给自己和杨打了高分,给其他员工打了低分。

这件龌龊事,被拿了好处的杨在吃饭时抖落出来。

林彬听了直摇头:"我不信。挨打又不缺钱。她老公在杭州和扬州经营中高端品牌的酒店。"

"经济不景气时,最受影响的就是中高端消费。"朱盛庸开口。

"确实。我老婆都不闹着出国购物了。"杨跟道。

"你们还出国购物?"林彬吃惊道,"你们不是快要成外国人了吗?"

林彬既然提到这个笑点,朱盛庸就当仁不让地、不厚道地笑出声来。杨交了好些年的移民费,至今仍在排队中。朱盛庸深深怀疑他被骗了。

"土包子。"杨攻击林彬。

"乡下人。"住市区的朱盛庸替林彬撑腰。

"租房子的人。"杨反攻朱盛庸。

饭吃完，筷子一放下，三人立即和好如初，呵呵笑着挥手道别。

林彬待杨一离开，立刻用怜悯的口吻摇着头道："啧啧，杨跟他老婆老了怎么办？连个孩子都没有。活个什么劲？"

朱盛庸看一眼有2个女儿1个儿子的林彬，幽幽道："你以为孩子多就可以避免住养老院的命运吗？"

林彬愕然地瞪着朱盛庸，仿佛朱盛庸说了什么不吉利的话。

朱盛庸拍拍林彬的肩膀："我收回刚才的话。"

他总是忘记，林彬是"养儿防老"的死忠粉。

林彬松了口气，仿佛魔咒解除，他放松下来。他咧嘴笑着追朱盛庸。肚子上长出来的俩游泳圈颤动得动感十足。

头发凌乱、胡子拉碴，林彬已经放飞自我。

托尼总觉得林彬是挨打的眼线，动不得，惹不起，能绕则绕着林彬走。林彬上班天天无所事事，过着混吃等死的日子，他也不着急，反而认为那是福气。

十年前，上海语文高考作文题的题目，朱盛庸还历历在目。眨眼间，十年弹指过，上海世博会开幕了。

恋旧的他，坐在班车上搜索十年前的高考作文题目要求。

约从2003年开始，3G网大行其道，触摸屏手机也开始占领市场。跟迟迟不肯用手机的当年不同，朱盛庸早早用上了智能机。

爱因斯坦说宇宙中最不可估量的伟大力量，就是复利。巴菲特称之为"滚雪球"。

经过前面十几年艰苦卓绝的省钱，朱盛庸每年从股市投资里获的利，拉出了一条漂亮的上升线。

正是他当年省下的延迟买手机的钱，让他在几年后早早用上了智能机。

一个人享受是早早晚晚的事。过早追求能力之外的东西，会为虚荣付出翻倍的代价。延迟满足，是朱盛庸的人生信条之一。

字幕在手机屏幕上打开：

"世界博览会的历史源远流长，埃菲尔铁塔就是1889年后世博会的主题塔，它至今仍是法国巴黎的象征。

"1970年在日本大阪举行的世博会主题是：人类的进步与和谐。1993年韩国大田世博会的主题是：新的起飞之路。1998年葡萄牙里斯本世博会的主题是：海洋——未来的财富。新千年第一届世博会今年在德国汉诺威举行，主题是：人类·自然·技术……

"请你为2010年上海世博会确立一个主题，加以论证……"

重温当年的高考题目，令朱盛庸有时光穿梭之感。

谜底早就揭晓，2010年上海世博会的主题是：城市，让生活更美好。

城市，确实让生活变得更加美好。截止到世博会开的这一年，上海已经拥有1到11号线，外加13号世博线，共12条地铁线路！

坐地铁不再是摩登行为，普化为寻常人的日常生活。

曾经挤得像沙丁鱼罐头一样的公交车，反而有些空荡荡，沦为退休阿姨爷叔的超市买菜用车。

经过世博会前的动迁和筹建，浦江两岸变得异常漂亮。

街道里弄给每家每户发了跟世博会有关的宣传册和小礼品，朱盛庸所在的街道，每位拥有上海户口的人还拿到了价值200元的文明礼券。

电视上循环播放着跟世博会有关的新闻。街头上烫了头染了发的老阿姨们穿着世博会马甲，精神抖擞地当义工。马路上总能看到红袖章们拿着长长的垃圾夹在清理人行道上的垃圾。

上海整座城，因为世博会而焕新、跃动。

熟门熟路下班车。朱盛庸回到家后，从口袋里掏出两张世博会门票，跟小白说："要不要让你父母过来参观世博会？"

小白喜出望外："好是好。我父母来了，住哪里？"

"是时候租一个更大的房子了。"

| 第 9 卷 |

当梦想照进现实

第 204 章 第二套房

要搬家了。

小白环顾她住了 3 年多的家,心中很是留恋。这套一室户,从 2000 元月租开始入住,如今已经 2600 元月租了。

"等我有钱了,就把它买下来,当作私人纪念。"朱盛庸气势恢宏道。

小白飞眼看一眼朱盛庸,笑了。

她读过很多书,人很聪慧,又肯动脑子,把朱盛庸的性格琢磨得很透。除了一些积习难改,其他地方,跟朱盛庸都能融洽相处。

新房子预算在 4500 元一个月,按照行情可以租个老小区的不带电梯的两室一厅。按照这个标准,中介小哥最终帮朱盛庸找到了心仪的房子。只是距离朱爸爸朱妈妈家远了些,需要骑 10 分钟左右的自行车。

搬家就用朱爸爸借来的黄鱼车搬的。所有的家具都是房东的,他们只需要搬运细软物品。

利用下班时间,搬了整整一个星期。小家平移到新租房内。

跟原来的一室户相比,新家很大。

小成摇摇晃晃走在新家里,动不动就找不到妈妈了。他又兴奋又惊慌,不住地呼唤妈妈,把周画白笑得不行。

朱盛庸公司发的两张世博会参观票给了小白父母,街道发的两张世博会参观票给了朱家父母,朱盛庸同学又送了两张票,就这样,一家所有人都算去参观过世博会了。

"世博会结束后,有些展馆将作为永久建筑,保留下去。我们到时候再去看。"从世博会上回来,朱盛庸安慰遗憾没能看完的小白。

小白捶着自己酸痛的腿,高高兴兴地"哦"了一声。

世博会结束后,朱古力要去读职业技术学院了。他毫无悬念地败给了50%的中考升学率,无缘高中。他的妈妈陈静静伤心欲绝,觉得从此儿子要未来惨淡、低人一等了。

朱古力却深感欢喜。他真高兴能从学业压力下解脱出来。

选职校专业的时候,厨师、电工、焊工、水管工之类的蓝领专业,直接被他排除。他要选美容美发造型设计专业,他要做最靓的仔、最时尚的星。不过,直接被他妈妈否决了。

相互妥协之后,朱古力选了宠物美容专业。

"选的什么专业?"朱爸爸又要表示看不懂了。不过,没有人在乎他。他早已从生活的C位被甩到了家庭的边缘。朱妈妈很识相,对她不在意的事情一律不表态。

朱古力过于放飞自我,开学不到一个月,就被学校班主任紧急联系了家长。

朱盛中去看望父母的时候,唉声叹气,欲语还休。最后,还是带着八卦精神,爆了朱古力的料。

圆滚滚的朱古力跟班上的一位珠润润的小姑娘看对眼,火速恋爱,约会约到了小姑娘家,并且越了矩。

本来双方都是十五六岁的少年少女,约等于你情我愿,偏偏被早下班的小姑娘妈妈捉了现场。

小姑娘妈妈异常泼辣,先是一个电话打到了班主任那里做实这件事,再则要班主任立即马上现在就联系朱古力父母,否则就报警。

"我怀疑朱古力遭遇了仙人跳。这样想似乎太恶毒,可不这样想的话,很多事情又画不圆……"朱盛中在父母面前煞有介事地推理。

朱爸爸昂起头,下巴挂着一颗米粥粒:"什么是仙人跳?"

"跟你解释不清楚,总之,人家小姑娘妈妈开口讹我们20万。否则就要报警,给朱古力贴一辈子标签。"

"贴什么标签?"

"你说贴什么标签?"朱盛中两眼一瞪,凶神恶煞地看了老爸爸一眼,很有当年他爸爸暴力时期的风范,"跟你说话真费劲。"

朱爸爸明显生气了,但也明显忍耐下来。他敢怒不敢言地回瞪大儿子一眼,嘴巴闭得很牢。

朱妈妈不去看父子间的博弈,她关注的是更现实的问题:"你们没有20万呀。"

"是的呀!"

"怎么办?"

朱盛中将目光移向妈妈,跟妈妈对视。

朱妈妈对视了几秒才反应过来:"不行!我投资南浦典当行刚亏了10万!我跟你爸爸只有退休金,物价涨得这么快,我们年龄又大了,以后花钱的地方多了去了。眼看我们都要入不敷出,哪有余力接济你们!"

朱盛中挠挠头:"我也是这么跟陈静静说的。她让我找我弟弟借钱。"

"你弟弟他倒是有钱,可他的钱要买房的。你们说是借,什么时候能还?"

朱盛中再挠头:"是哦。我们没有能力还。除非——"

除非再卖房!

有了新盼头的朱盛中愉快地回家了。

陈静静等不到晚上,上班间隙,焦急地给朱盛中打电话,询问朱盛中是否借到钱。朱盛中回:"我就在你店外,中午出来吃饭,我们边吃边说。"

朱盛中在沙县小吃的小桌上,循循善诱地询问陈静静是否想弥补上次房子低价卖掉的遗憾?

"想啊,做梦都想!真有办法弥补?"

朱盛中神采飞扬地打了个榧子:"再卖一套!拉高均价!"

陈静静手抓着飘香拌面的盘子边缘,真想甩手把这碗面扔到朱盛中的脸上!这样的馊主意也好意思说出口?

朱盛中两手抓住陈静静的两只手腕:"你是要当六亲不认的守财奴,还是要当温暖有爱的妈妈?"

不给陈静静喘息的机会,朱盛中继续:"朱古力要是小小年纪就贴上强奸犯的标签,你这辈子还有奔头吗?难道你铁石心肠,为了一点钱财置儿子于不顾?房子在你心中就那么重要吗?"

几个连环反问,直接把陈静静问懵。

许久,陈静静才抓住要害:"你没有借来钱?"

"我豁出脸面,开口借了。我父母的钱被民间借贷骗了,他们连10万块也拿不出了;我弟弟有钱,可他反问我:什么时候能还钱?我回答不上来。"

陈静静抽出手，不住地擦眼角："他真狠。这种情况下也能见死不救。"

朱盛中重重叹口气，烘托悲情气氛。

"靠山山倒，靠人人倒。我们只能靠自己。"朱盛中边说边摇头，脸上表情十分到位。

陈静静手捂嘴巴，她的眉眼里有化不开的痛苦："一旦把手里的这套房卖了，我们可就再也住不回市区了！"

"古北本来就算不上市区，它只是富人区。可住在富人区，并没能让我们成为富人。树挪死，人挪活，也许，命里注定我们只能在别处发财。"

陈静静眼泪洒下来。

不得不说，朱盛中太会说服人。

陈静静在古北的第二套房，以2.8万块一平方米的价格售出，售价接近400万。

400万到手，20万反倒不必支付了。原来，那个珠润润的小姑娘真心实意爱上了朱古力。她以绝食相逼，表示此生非朱古力不嫁。她妈妈无计可施，只好妥协。此事大事化小，小事化了，最后不了了之。

陈静静两眼眩晕，深感被命运摆弄了一下。

"这可怎么办？我们把那套房子再买回来？"

"傻了你。将这400万一分为二，一半拿来买房，另一半用我弟弟介绍的方法做股票，岂不是两全其美？"

陈静静迷失在朱盛中的美好描述中。朱盛中承诺，为了做到百分之百保险，这一次他坚决不碰股票，200万全用来买弟弟说的企业债。

在陈静静和朱盛中看来，租房的行为实在太傻。与其把钱以房租的形式付给房东，不如以月供的形式付房贷。

夫妇俩一合计，以9000块一平方米的价格，在崇明最好的地段，买一套140平方米的房子。买房省下的60万，花了一半买了一辆车。从此陈静静开启了驱车一个半小时，翻山越岭去上班的日子。

房子买定，朱盛中股票账户里一下子多出230万。中年暴富，令朱盛中陡然想起自己尚不知道名字的女儿来。

"阿嚏。"兰婷打了喷嚏，"谁在念叨我？"

缓了一秒,兰婷的眼睛开始跳起来:"阿辉,左眼跳财还是右眼跳财?"

被唤做阿辉的男子转过脸:"你左眼跳还是右眼跳?"

"左眼。"

"左眼跳财!"

兰婷莫名觉得这对话很熟悉。

还记得那个说一定要追上刘流,让刘流成为他女朋友的帅弟刘新吗?刘新对刘流展开死缠烂打的猛烈攻势……似乎,只是让刘流更讨厌他而已。

年下学弟越挫越勇,花样百出,热烈地陷入他一个人的游戏中。

刘流自始至终,坚持把自己想成一件不相关的道具。道具没有感情,也不应该有回应。

有一天,刘新拦住刘流。

"你看着我,我要告别这个世界了。"

刘流看他一眼,仅一眼,硬撞了一下他的肩膀,横冲了过去。

"你以为我真的像我表现出来的那么坚强,那么厚脸皮吗?"

刘流脚步都不带停的。

刘新只好自己跟上去,好确保刘流不漏听。

"我的热情和勇气全部消耗殆尽了。我要告别这个世界了。我怕你以后想起我心里内疚,所以提前跟你告别。

"我想告诉你,虽然你一而再再而三三而四四而五六七八九地拒绝了我,可,我,依然,不,爱,你。"

刘流不自觉停下脚步。

她的耳朵收到的信息是"不爱",她的心纠正后的信息是"爱"。矛盾的结论激起她的好奇心。

"我爱的是别的人,一个我再也没办法碰触的人,一个无论我怎么呼喊都不会给我回应的人。她死了。也因此变得无敌。从此,我再也无法全心全意爱上任何人。

"我封闭了自己的心,虽然我知道她不希望我变成这样。

"我决心再也不恋爱,因为我不想让她觉得我背叛了她。

"我本来以为你有些特别,会愿意接受我只有半颗心爱你。

"我以为你跟我一样,心里装着一个人。我错了。你跟我不一样。这个世界上，没有人跟我一样，没有人像我这样活在牢笼里……"

刘流咬着嘴唇，脸色煞白。

她想离开，可双脚像是被钉了钉子，她抬不动。

刘新的话，字字诛心。她有些分不清，是他故意在说反话，还是他的情况真的与她的如出一辙？

刘新伺机从背后抱住刘流，长长的胳膊把瘦瘦的刘流圈在怀里。

他在她耳边呢喃："就让你心里装着一个人。我保证不会争风吃醋。只要给我一半的心，一半的爱。就够了。"

刘流冷哼了一下，本想冷嘲热讽几句，眼泪却先于话语落下来。

泪珠坠落，一滴一滴，热泪滴落到刘新的手背上。

从那以后，刘流躲刘新，躲得更彻底了。

刘新想堵刘流都堵不到。

情急之下，刘新干脆登门去了刘流家坐等。

刘流妈妈打开房门，看到一个年轻帅气的男孩子，心里一惊，还以为刘熙有了秘密的婚外恋——刘熙最近抱怨陈家栋，抱怨得厉害。

陈家栋在生儿子争老洋房一事上，彻头彻尾地输了。堂哥陈总陈家康第三任老婆试管一举成功，生下双胞胎儿子。

"刘流妈妈好！我找刘流。"

刘流妈妈顿时喜上眉梢："哦。刘流啊……刘流不在家。"

"我知道。我可以在你家里等她吗？"

"你跟她说好的？"

"并没有。我在追求她，可我不知道在哪里能找到她。"

"小伙子脑子很灵光。快请进！"

刘流做贼一样回到家，一回头，赫然发现要躲的人就在她家里！

刘流不肯跟刘新说话，刘新就乖乖地不说话；刘流让刘新快点走，刘新马上起身出门。只是第二天，刘流下班回到家，发现刘新像田螺姑娘一样又出现在她家里。

这样磨了半年，刘流终于接受了刘新的存在。

"我只是拿你当普通朋友而已。我是绝对不会跟你谈恋爱的！更不会跟你结婚！"刘流隔三岔五就来发表声明。

"我知道。我记着呢。刘流，我们一起去看电影吧？"

"不去！"

"我们一起去看话剧?"

"不去!"

"我们一起去逛家具城?"

"不去!"

……

一年后,刘新凭借顽强的意志,终于能够约刘流去逛世博会。与他们同去的,还有刘新的几个好朋友。

那几个好朋友,正好见证过刘新第一次在马路上搭讪刘流。

乘坐世博会中国馆那长长的手扶电梯时,刘新悄悄牵上刘流的手。刘流恐高,不敢乱动。刘新就趁机将刘流的手紧紧握在掌心。

第205章 熬出头

世博会之行后3个月,刘流结婚了。

婚礼很低调,只有一桌至亲在家里聚了聚。

刘流妈妈将藏在床下的圆桌台面翻了出来,上面积了好厚一层灰。她一边用湿毛巾擦拭台面,一边追忆:"这张对折圆桌台面还是对门邻居家的。"

刘流爸爸满脸笑容,小女儿要迎来幸福归宿,他心中沉重的负担一扫而空,他不要太开心哦。

"是呀。对门老张家买来这个圆台面时你还很羡慕。后来对门老张家搬家,这张圆台面被扔在楼下垃圾房门口。你喊我去捡,我脸皮薄,守在垃圾房旁,偷偷跟运垃圾的人说这是我家的,在等人抬上楼。

"运垃圾的默默看一眼旁边的一堆破桌子破椅子,又默默看我一眼。那一眼,把我臊得呀!

"后来,半夜,你跟我,我们俩吭哧吭哧,费了好大的劲,终于趁黑把它搬回家。

"我们还用它招待过好几年的家里亲戚呢。

"再后来,刘熙结婚了。刘熙家里更大,她家的餐桌不是小方桌,直接就是8人桌……不过,我们好像也不款待亲友了。"

刘流妈妈笑:"你今天话可真多。"

擦灰擦出半盆污水。刘流妈妈接了盆新水后,擦第二轮。她边擦边说:"在刘熙家,我们办过一次家庭聚会的。只是那一次,家栋把他堂哥也叫来了。才知道他堂嫂,是阿庸头分了手的女朋友。

"经历了那次尴尬后,我们就没有再办过我这边亲戚的家庭聚会了。

"你那边的亲戚……跑到山东谁用这种临时的桌上台面啊。你们山东房子大,桌子大,大方桌子随随便便坐8个人。"

刘流爸爸咧嘴笑起来,露出一口漂亮的假牙。

至简的婚礼过后,刘流低调地住进了刘新父母准备好的婚房内。刘新父母想来对刘流是有怨言的。一则刘流比刘新年龄大,二则刘流不肯办婚礼。

好在新郎父母很拎得清,认定只要儿子喜欢,他们就接受。

婚后,刘新父母才渐渐发现刘流的好。刘流收入好,性格单纯,不争是非。虽然什么家务都不干,但胜在镇得住刘新。

刘新愿意在她面前表现,主动把家里的卫生维持得很好。

刘新妈妈发现这个事实后,就基本不去儿子家了。受不了。亲眼看到一毛钱家务不干的儿子,在小家里又拖地又洗碗,又晾晒衣服又铺床的,心脏受不了。

没有双方父母干扰的刘流和刘新,婚后生活十分和谐愉快。倘若生孩子,连跟谁姓都免于争论了。

跟刘流的蜜月期形成鲜明对的,是刘熙的7年之痒。

眼睁睁地看着竞争对手的肚子鼓起来,眼睁睁地看着竞争对手顺风顺水养出一对男宝,眼睁睁地看着大几千万的老洋房轻轻落入竞争对手手里,被碾压的挫败感挥之不去。

堂哥家里喜气洋洋,刘熙家里冷冷清清。

刘熙发现她跟丈夫陈家栋之间,几乎没有了共同话题。

说柴米油盐,她自己也不感兴趣;说公司事务,她有小苹果后就没有再上过班;说小苹果,那才是吵架的根源。太多教育细节,两人意见相左,彼此看不惯。

陈家栋工作进入上升期,成了部门负责人。他将十二分的热情奉献给了工作,对刘熙的事情越发不闻不问。

刘熙感受到深深的孤独。

她时常情不自禁跟跄着脚步直奔女儿,不由分说把她抱在怀里,紧紧搂着她,希望用拥抱去填补心里的那个大窟窿。小苹果每逢这种时候,就手足无措，不敢说话。

"陈家栋，你想过离婚吗？"刘熙在心里无数遍重复这句话，但她不敢真的问出口，怕她和陈家栋真的会离婚。

"忍忍吧，忍过婚后的第一个十年，应该就会好了。"刘熙自己劝自己。

"你可以出来上班了。"刘熙妈妈将二姐姐的建议当成自己的，说给刘熙听。

"我不上班已经很多年，现在什么都不会了。我能做什么呢？"

"你是我们盛家唯一一个真正的大学生！"

刘熙吃惊地望着妈妈。她都快忘了，她是表兄弟姐妹中，唯一一个本科生。

"不对！还有大姨妈家的阿越呢。他读的是上海美术学院，也是本科学历。"

刘熙妈妈挥挥手："他不算。他半出家。"

妈妈的描述给了刘熙不少力量。她决心不再拿照顾小苹果当借口，她要靠自己重新站起来！

嫁了小女儿，安顿了大女儿，小阿姨内心欢喜，提着礼物去她二姐姐家。

过去的那些年，她可没少在二姐姐家抹眼泪。

"我终于熬到过好日子了。二姐姐也有了自己的亲孙子。真是再好不过了。"

朱妈妈心满意足地圈着小成。小成站在方桌边的椅子上，正聚精会神分拣桌上的黑白棋子。他很有耐心地用并不灵活的小手，专捡白子，放进围棋盒。

"就是大姐姐有些可怜。"

说到大姐姐，两姐妹同时沉默了。

大姨妈身体很硬朗，就是认知上有些混乱。她总是怀疑有人要在她饭菜里投毒，依旧害怕密闭小空间，不肯进卫生间方便。

每回朱妈妈去看望她，她都拉着朱妈妈的手，问："你是啥人啊？你来看我是不是因为我快要死了？"

那个争强好胜的姐姐，那个一工作就把全部工资用来买漂亮衣服的姐姐，那个婚后飞扬跋扈要当家作主的姐姐，那个凭借一己之力拉扯大两个孩子的姐姐,那个在子女长大后还要强势干预并安排出路的姐姐,谁能想到,到头来,最先失去的,反而是她引以为豪的主见和认知。

姐妹俩唏嘘感叹了一阵子。谁也不肯把话讲得更深,怕挖掘性格的根源,挖掘到老父亲身上。

小阿妹不愿意在二姐姐面前提老父亲,怕二姐姐想起那段老父亲拒绝她登门看望的尴尬日子。

朱妈妈露出会心微笑。

过往的恩怨,说不清楚。她已经统统放下。现在,她只有一个心愿。

第206章　深似海

朱妈妈的心愿就是劝说朱盛庸买房。

她把说动朱盛庸在她家附近买第二套房当作后半生的目标。持续努力几年后,终于确认自己的执着不抵小儿子的倔强。

好在她还有小成可供她分心。

小成3岁去读幼儿园后,朱妈妈的生活一下子空下来。

朱爸爸因为要采买家里的日用,每天都要出门,日常生活并没有因为小成入园而有所改变。相反,他越发兴致勃勃起来。

原来,朱爸爸发现马路两旁的店铺里,忽然多出不少保健品公司来。想当年,朱盛中曾经在类似的路边保健品公司上过班,还曾遭遇过缫边模子的子女讹诈。

跟老一代保健品小店相比,新一代的保健品小店显然更走心。

他们舍得下本。拿免费鸡蛋、大米、面、油、水杯等当诱饵,深入小区发传单,表示只要阿姨爷叔到店里参观,就免费送。

朱爸爸那样热衷贪小便宜的人,怎么能抵挡得住小便宜散发出的诱人香味呢。

朱爸爸自第一天拿到两枚免费鸡蛋,就兴奋地要拉朱妈妈跟他一起去蹭礼品。朱妈妈义正词严地拒绝了。

"肯定是骗人的!"朱妈妈理智在线道。

朱爸爸买菜的时间越来越长。终于有一次,他早上出门去买菜,一直买到中午12点钟。回到家后,朱爸爸双眼发红,表情甚是激动。

朱妈妈是不屑于骂什么"你怎么不死在外面"之类的话的。她只是冷眼看着朱爸爸,然后视而不见地转身走开。她是冷虐待的高手。

朱爸爸一改常态,热脸却贴冷屁股道:"今天我太高兴了。我感觉很幸福。"

朱妈妈马上扭头。

今天朱爸爸的词汇量超越了常规的用语范围。他在外面发生了什么事?

朱爸爸开始连说带比画起来。

朱妈妈根据他有限的表达,充分发挥想象力,还原了他上午所经历的事情的真实经过。

朱爸爸像往常一样去领免费鸡蛋,工作人员挽着他的胳膊,热情邀请他去听一场专家健康讲座。朱爸爸领了人家快10天的鸡蛋了,不好意思翻脸走人,于是坐了进去。

房门一关。

台上跳出一个人,主持人介绍说他是这家公司的创始人。

"董董!董董事长!今年48岁!就在刚刚,他不孕不育多年的妻子给他生下了一对双胞胎儿子!"

董董抢过主持人手中的话筒,声音哽咽:"我是个孤儿。我一路奋斗拼搏,攒下上亿的资产。可是,我却没有后代。

"有一天,我去高山造访得道高僧。高僧告诉我,我必须行善。而且,必须针对善良的人行善,这样才能积累福报。

"我的妻子,就在刚刚,给我生下了一对双胞胎儿子!"

说到这里,董董扑通一声跪在地上,两手伸向人群:"神呐!我感谢你!命运啊!我赞美你!在座的人们啊!你们是我的再生父母!是你们给了我福报,让我有了自己的孩子。我的人生圆满了!唯一的遗憾就是父母早亡。今天,就让我认你们做我的父母吧!"

董董"咚咚咚"地对着坐着的老阿姨老爷叔磕头。

老阿姨老爷叔们多数懵圈,真假傻傻分不清。

"为了孝敬父母,我特地花巨资,让助理购买来目前还处在保密阶段的延年益寿的保健品。这款保健品能治高血压,能降血脂,对肠胃好,对肾脏好,对肝脏好,还可以控制糖尿病……"

说到这里,朱爸爸分外激动。

朱妈妈一点不激动,她冷静,甚至嘲讽地问:"你买了?"

朱爸爸摇摇头："他不卖。他白送。"

"东西呢？给我看看。"

朱爸爸继续摇头："我没有拿到。因为我口袋里没带钱。"

"不是白送吗？"

"他白送，你能白拿？"

朱妈妈嗤笑出声，懒得跟朱爸爸掰扯其中被骗的道理。

朱妈妈叮嘱朱爸爸以后出门，不要带200块以上的钱。朱爸爸很听话。

朱妈妈认为自己戒备到位了，没想到，还是没有逃过深刻研究过客户心理的保健品公司的套路。

保健品公司的工作员工循着朱爸爸这条线，登门拜访朱妈妈。一见到朱妈妈，其中一位保健品员工就倒吸一口冷气，似有难言之隐，对着朱妈妈欲语还休。

朱妈妈心理素质并没有她想象得强大。

"你是不是想说什么？"她屏不住，问道。

"阿姨，你小中风过。"

朱妈妈摇头，用十分肯定的语气道："没有。"

员工之一从口袋掏出一面小镜子："您自己观察。您的嘴巴对称吗？小中风不同于大中风。轻微的口歪眼斜，就是小中风的典型特征。"

朱妈妈对着镜子看自己，果然越看越觉得自己的嘴巴不对称。

"赶巧了，我们今天下午正好有一场中风方面的专家讲座。请来的是市六医院心脑血管科最著名的专家。您去听听！听听又不要您的钱。"

出于对患病的恐惧，朱妈妈去了。

从此一入保健品深似海。

周画白发现家里总有些奇奇怪怪的杯子、碟、碗冒出来。譬如造型堪比皇宫用品的龙图碗，号称净化血液的磁杯，来自非洲大草原的荆棘木……

"这些，是在哪里买的呀？"一次吃晚餐的时候，周画白笑着问。

"不是买的。"朱爸爸很自豪，"都是赠送的。"

"买什么赠送的？"

"买保健品。"朱妈妈想拦一把，可惜，朱爸爸已经脱口而出。

朱盛庸嗤笑出声，那反应跟他妈妈初听他爸爸买保健品时一模一样。

"姆妈，你信那些卖保健品的胡言乱语？"朱盛庸盯着妈妈问。

朱妈妈支支吾吾，说不出话来。

倘若是朱爸爸去听，再怎么听也下不了买的决心。实在是卖保健品的心太黑，没有几十上百块的产品，不买则已，买则两千起。朱爸爸下不了那个决心。

朱妈妈不同。朱妈妈并不看重钱。

当穿着白大褂的医生用沉稳自信的声音告诉她需要吃什么补什么的时候，她折服了。一旦说服了她，她花钱不眨眼。

"姆妈，把你冷静果断的优点发挥到底啊。怎么能半路妥协，听信骗子的话呢？"

朱妈妈不快地沉下脸："怎么能说是被骗子骗呢。那是位穿白大褂的老专家！"

"他们说是专家就是专家啦？你看过证书吗？"

语言之外，更多的是视线交织进行的无声厮杀。

第207章 诡异的安静

那顿晚餐，不欢而散。

那顿晚餐之后，因为保健品而争吵不休的次数频频发生。

周画白目睹母子间嫌隙越来越大，劝朱盛庸道："爸爸妈妈花的是他们自己的钱，你何必强烈反对呢？"

朱盛庸摇头："这不单单是购买保健品的问题，这是'相信谁'的问题。"

周画白没听懂。朱盛庸解释道："我不反对他们吃保健品，我希望他们到医院或者药店，自主选择，而不是听从销售，被动接受。"

周画白安顿好小成，不赞同道："他们年龄大了，自己去药店也不知道该买什么。有人向他们推介，有什么不好呢？"

"那些向他们推荐的人，安的是好心吗？有从业资质吗？出了事能负责吗？他们只是想骗他们口袋里的钱。"

"他们高兴被骗，反正骗不到你这里。你急什么。"周画白早前试探朱盛庸的口风的时候，知道他不在乎是否有遗产继承，这才这么说。

"我急的是，怕他们以后生病不肯去医院。既然有包治百病的药，何必上医院呢?"

周画白无言以对。

不久,朱盛庸的担心果然变成现实。

朱爸爸因为风寒生病了,不去配感冒药,反而吃起牛初乳、赤松园等保健品来。感冒拖了三周没好,后背肩颈酸痛起来,他吩咐小成帮他踩背。

"小成站到爷爷后背上。小成的重量刚刚好!"

小成贪玩,不高兴踩背,胡乱蹦了两下就去玩积木去了。

朱爸爸喊朱盛庸踩背,朱盛庸便坐在椅子上,边看手机边一下一下帮爸爸踩。朱爸爸就趴在地上,有时候踩到痛点,就哎哟叫一声。

朱妈妈看到,忍不住笑。她心里其实挺喜欢这温馨的一幕。

当天晚上,朱爸爸躺在床上,看电视的眼睛有些不聚焦,嘴角露出持续不断的微笑。

朱妈妈以为他在追忆傍晚时候踩背的事,笑道:"美死你了。早点睡。"

朱盛庸出去租房后,因为生活习惯不同,朱妈妈便和朱爸爸分室而居。

第二天早晨,朱妈妈迷迷糊糊醒来,内心滑过一丝怪异的感觉。每天早晨四五点钟,朱爸爸都会起床,利用半价的电烧水。这种行为由来已久,今早似乎没有听到。

是他睡过头了,还是她睡太熟了?

朱妈妈翻了个身,彻底清醒过来。越躺越觉得家里安静得过分,朱妈妈疑惑地起床。推开朱爸爸房间的门,先是发现灯亮着,接着发现电视开着,朱爸爸保持着昨晚看电视的模样,看电视的双眼有些不聚焦,嘴角露出微笑。

朱妈妈愣了一秒,旋即感到毛骨悚然起来。

"他爸?孩子他爸?"

朱爸爸循着声音望向朱妈妈。

朱妈妈狂松一口气:"你吓死我了。我还以为你死了。"朱妈妈边说边转身出卧室门,她急着要去卫生间。

朱妈妈很直白,并不避讳死亡,口语上也习惯用"死"描述去世。但朱爸爸不是。朱爸爸小心谨慎,生怕不吉利。

耳边并没有熟悉的"××"传来，朱妈妈一只脚都跨过门了，忍不住又转回身。

这一眼，马上就看出朱爸爸的异常来。他始终不曾动过姿势！他嘴角始终翘起！

"你没事吧？"朱妈妈惊慌起来。

朱爸爸的嘴角，淌下一条水线。

朱妈妈吓得差点没跌倒。她慌忙扑过去，摇晃朱爸爸，朱爸爸木然地随着她的摇晃而晃动。不对劲！朱妈妈慌乱了一瞬后，很快镇定下来。她分别给两个儿子打电话。

朱盛中还躺在床上，听说爸爸状况异常后，道："给我打电话有什么用呢？打120呀。我住得这么远，就是马上起床赶过去，赶到也要2小时之后了。"

朱盛庸听说爸爸的状况后，马上表示他这就过来。

周画白被电话声惊醒。

朱盛庸一边扼要跟她解释，一边穿衣。

周画白摸到小床头柜上的手机："我来拨打120。你过去归过去，终究不是医生。"

朱盛庸看了小白一眼："不必。我父母家距离中山医院5分钟路程，我背过去也比救护车开过去快。"说完，转身出门了。

周画白有些愕然，不明白他是关心则乱，情急之下没想到有些病人需要专业医生判断是否好移动，还是纯粹是节约成性，习惯性省钱。

往常工作日的时候，朱妈妈会像上班一样赶在周画白上班前到小儿子家。今天看样子是要打破常规了。小白计划着等晚些时候，向领导请一天假。

差不多8点出头，朱妈妈神情恍惚地出现在小白家的门口。小白彼时已经将小成穿戴好，且向部门领导请过假。见婆婆状态不佳，也不敢多问。

周画白送小成去幼儿园，回家后看到婆婆依旧呆坐在沙发上。她偷偷躲进卫生间给朱盛庸打电话："医生怎么说？"

"脑中风。情况不乐观。医生说发现得太晚了。"

朱盛中大概是午饭时间到的。

那时候朱爸爸的检查已经做得差不多了。朱盛庸带着检查后的爸爸回斜土路的家。朱盛中、朱妈妈和小白从租房处赶过去。

"医生怎么说?"朱盛中问。朱妈妈已经丧失了问的勇气。坐在轮椅上的朱爸爸虽然没有口歪眼斜,但头明显耷拉下来,昏昏欲睡的样子。

"CT显示损伤到语言功能区,以后爸可能不能自由表达自己了。四肢目前不能控制,要做康复运动。医生怀疑是高血压引起的脑梗死。"

朱妈妈手抓着桌子边缘,没有说话。

夫妻感情不好,有一个好处就是其中一个老伴出现生死状况时,不至于悲恸欲绝。朱妈妈看到轮椅上的朱爸爸,第一反应是不敢相信,当年那个英俊暴躁的年轻人,竟然就这么变成一个濒死的老头。

她转过脸,不去看朱爸爸。不期然在玻璃窗上看到自己的面孔。那张面孔的眼角,即使不笑,也堆着清晰的皱纹。鬓角处,散乱的白发从没有像这一刻这么触目惊心。

朱妈妈索性闭上了眼睛。

确认爸爸病倒后的第三天,朱盛庸才去上班。

林彬望着朱盛庸,不安道:"我以为你辞职了呢。你可别走,别剩下我一个人,我跟他们谈不来。"

"辞职的话拿什么养活家?我可不是拆二代。"朱盛庸没好气道。

"靠做股票啊。你股票不是做得蛮好?"

林彬的话,像一道闪电,划亮朱盛庸灰暗的精神世界。

要是他辞职回家做股票谋生,是不是就可以顺便照顾病倒在床的老父亲?

第208章 "我不怪爸爸"

朱盛庸不是贸然行动的人,他更习惯在行动前三思。

"你们觉得我辞职做股票养家,怎么样?"午饭的时候,他问林彬和杨。主要是问杨。

"可以是可以。"林彬哭丧着脸,"就是我惨了。我真要成孤家寡人了。"

"不可以!"杨果断发言,"退一万步说,就算你能靠股票盈利,一个大男人窝在家里,总是不利于社交的,久而久之,会被老婆嫌弃的。"

"对对对,女人最会心理失衡了。"林彬有感而发,"女人最会攀比。

她会嫌弃你的。"

朱盛庸觉得杨和林彬的反馈很有价值。

晚上下班回到家,他第一时间询问小白的态度:"要是我辞职做股票,你会不会嫌弃我?"

小白本来想程式化地回答"不会呀,亲爱的,你想干什么就干什么吧",但,结婚四五年,她已经从理想落地到现实。现实是柴米油盐。

"你真的能靠做股票养家?"

"我能!"

"万一行情不好呢?你知道,总是有熊市的。"

"即使是熊市,我也能赚到钱。熊市里的股票价格只是起伏得比较小而已,并不是一条直线不动。只要有起伏,我就能赚钱。"

朱盛庸殷切地望着妻子周画白,其实,他并没有下最后的决心。当他等小白口中的答复时,突然觉得,要是她反对,他会感到失望,他反而可能会一意孤行,赌气离职。

然而,小白的回答是:"你觉得行就行。我相信你。"

相信。简简单单一个词,却无比沉重。

因为周画白说相信他,朱盛庸反而下不了离职的决心。他决心再观察一下,如果妈妈搞不定,就先聘请一位钟点工再说。

朱妈妈从震惊和慌乱中恢复过来后,就打起精神照顾起朱爸爸来。那些好几天没有等到朱爸爸去领免费鸡蛋的保健品员工,提着两斤蔬菜上门了。

很快,他们发现了发生在朱妈妈家里的异常。

"朱伯伯生病了?"

朱妈妈瞬间泪崩:"你们要负责任的!是你们告诉我,骨冲片可以替代高血压药的。他断了高血压的药,才引发的脑梗死!"

朱妈妈才擦一次眼泪的功夫,两个保健品员工就溜之大吉,消失不见。

朱妈妈回头望着整日昏昏沉沉的朱爸爸,心里有多懊悔,只有她自己知道了。

因为朱爸爸病了,朱妈妈没有办法再兼顾小成,周画白只好先请年假调休,在家照顾小成。

三口之家急需助手。

"让我爸妈一起来帮忙的话,他们倒是愿意,只是,房子就显小了。"小白环顾小小的一室户,跟朱盛庸商量道。

"那我们再换一套大房子租?"

"换90平方米的话,差不多要8000块一个月。"小白摇头。她上班,一个月薪水扣完税金,还不足8000块呢。

朱盛庸思前想后,下结论道:"你父母过来,过不过得惯且不说,含租房在内生活成本至少要增加6000。与其这样,不如考虑你我之间有个人辞职,专门负责照顾小成和照顾家。"

周画白露出勉强的微笑。

"从经济角度考量,你辞职是最好的选择。一则我工资比你的高,二则你比我年轻,辞职后过个一两年,还有再找工作、重返职场的机会。"

周画白的勉强微笑变成意外。

朱盛庸摸了摸她的头,笑道:"你一定以为我顺水推舟要求全职在家做股票吧?我是想啊,可你信任我,我必须把家里的经济基础打得再扎实些。我不能辜负你的信任。"

周画白不是矫情的人,当下家里人手不足,父母来上海帮忙的意愿也不强烈,为了控制生活成本和提高生活质量,她决定辞职了。

"老公,你现在股市里有多少钱?"

"180万。"

"这么多!预计年底能增长多少?"

"按10%的回报率算,应该在18万上下。"

周画白高兴地拍起手来,第二天,就去了公司办妥了离职手续。

周妈妈听说女儿辞职照顾家,打电话道:"一个是带,两个也是养,你们干脆再生一个孩子吧。两个孩子有个伴!"

周画白像听到大笑话一样大笑起来。不过,结束和妈妈的通话后,"再生一个孩子"的念头,却如一粒种子一样落在了她的心田。

朱爸爸的病情并没有好转,相反,因为进食不佳,身体抵抗能力下降,他的半条胳膊生出带状疱疹来。因为不方便去看医生,贻误了看病时间,导致疱疹发得很严重。

水泡一个连一个,起了一大片。

朱爸爸无法用语言表达,痛感还是有的。他痛得哇哇大叫,口齿不清的他却清晰地喊出"死,死"之类的音节。

朱妈妈帮他涂药，也涂得很不耐烦，朱妈妈将药膏一收，冷声道："去死呀，从阳台上跳下去，一了百了。"

朱爸爸反而忍耐住了。

待小阿姨来看望朱爸爸的时候，朱妈妈表情愤恨道："早知道他吃硬不吃软，我年轻的时候真应该强势一些，这样阿庸头就可以少挨很多次打了。"

恰逢周末朱盛庸、周画白和小成也在。

朱盛庸听到妈妈这样说，反驳道："我不怪爸爸。正是因为小时候犯错就挨打，我才养成谨慎的性格。正是因为我的谨慎，我才能做股票不亏损。我不仅不怪爸爸，相反，我觉得他赋予了我性格中的最大优点。"

朱妈妈轻轻低下头，她摩挲着自己的手，那双手上皮肤干燥，角质层老化。她万万没想到，家里最坏的人，最先得到原谅。而她用心良苦，却被疏离。这是什么道理？

小阿姨笑嘻嘻道："阿庸头是个好孩子。"

周画白直接走到婆婆身旁，双手很自然地搭在婆婆肩头，没有说什么，却给了婆婆最需要的支撑。

"你以后对妈妈好一些。"回到家后，朱盛庸收到来自小白的嗔怪，"妈妈这辈子，真的蛮苦的。"

"她苦什么？"

"她没有遇到一个能跟她心灵沟通的丈夫，孤独地活了一辈子。好不容易养大两个儿子，其中一个好高骛远，一事无成，另外一个身心独立，却独立得过了头。到头来，她什么安慰也没得到。你说她苦不苦？"

朱盛庸鲜见地沉默了。

第209章 遗产讨论

带状疱疹加剧了朱爸爸的躁动，卧床加心情不好，导致他免疫力更差，恶性循环，最终，坏习惯和坏脾气，要了他的命。

那是2013年的12月发生的事。

这一年的这一个月，正好实施单独二胎政策。

龙华殡仪馆永安厅里，朱爸爸的告别仪式简单朴素。朱妈妈神情尚可，在两个儿子、两个儿媳和两个孙辈的簇拥下，朱妈妈显得很有依靠。

粉黛是为数不多的来参加朱爸爸葬礼的外人。她和朱妈妈相视的时候，朱妈妈直接转过脸，走了。

所有朱爸爸方的人际关系，她都不必勉强自己去面对了。人死灯灭，说的就是这个吧。

从殡仪馆回到家后，朱妈妈坐在朱盛庸曾睡了好多年的沙发床上，自己静静的环顾这个家。总觉得一不留神，朱爸爸会大着嗓门骂骂咧咧走进她的视线内。

左等右等，只等到一片儿孙辈的聒噪。

朱妈妈用手盖住了脸。

"奶奶，奶奶，你怎么哭了？"小成稚嫩的小手抓住奶奶的手指头，关切地问道。这一年，小成已经五岁半，是个幼儿园中班的小朋友。

朱妈妈抱住小成，哽咽难言。

周画白怕吓到小成，连忙跑过去，将婆婆和儿子都搂在怀里。小成很安静地抬头看着妈妈，还体贴地笑了一下。

"爷爷什么时候回来？"

"爷爷以后不回来了。"

"爷爷就睡在我们今天去的地方不回来了吗？晚上就爷爷一个人，爷爷会害怕吗？"

周画白揉了揉小成的头发，不知道该怎么回答。

朱盛庸站在几步开外，两手揣在胸前，默默注视着妻子、儿子和老母亲。

朱盛中一家三口都在。朱古力虽然很胖很圆润，眉宇间却生出一股意气风发。那神态，颇有几分当年朱盛中刚从第二工业大的美术专业毕业，开启独立挣钱的时代的风韵。

时光从指间匆匆过，眨眼那个英俊有才的美术毕业生，变成了颓废多年的宅家中年男。

朱盛中在朱妈妈面前蹲下来，那时候朱妈妈已经松开了小成。她虽然没有哭出声，眼泪却止不住地流，擦也擦不断。

"姆妈，请您节哀。不要伤了身体。"朱盛中情深意切道。

"我不要去养老院。"朱妈妈开口道。答非所问，出乎所有人的意料。

"姆妈，你瞎说什么呢。谁也没说要你去住养老院啊。"朱盛中有些尴尬。

"好！谁都不许打房子的主意。我要住在里面！"

朱盛中眼睛不由睁大一圈，说不出话来。

"我手里也没有多少钱，留着我自给自足。你们不需要给我养老钱。等我生病的时候……到时候再说吧。"

朱盛中睁大的眼睛又眯起来。他站起身，两手叉腰，低头看妈妈。看了快一分钟，抬脚往外走："我去倒杯水。"

陈静静在卧室通厨房的门口站着，朱盛中走出去的时候顺便拉了她一把。两人在厨房耳语一番。耳语之后，陈静静借口还有事，带着朱古力先走一步。

陈静静母子离开后，朱盛中靠窗坐在方凳上，一眼一眼地看着周画白。

周画白被看得很不自在，终于意识到，她这个外人也应该带着孩子离场，好让他们娘仨摊开了说私房话。

意识到这一点之后，周画白便带着小成回家了。

朱盛庸目送妻儿离开后，去厨房尝试着给妈妈做点吃的。朱妈妈摆了摆手："不用了。我们把事情说清楚，你们也好早点回去。"

"以前将南市蓬莱路上的房子分给中中的时候，就说过，现在住的这套房子留给阿庸头。为了避免更改房产证的麻烦，这套房子的房产证上，只写阿庸头一个人的名字。这是好些年前的事了。"

朱盛中想说什么，被朱妈妈制止："你们爸爸说，这房子最终是小成的。小成是朱家唯一的后代，这件事上，中中就让一步，不要计较谁占便宜谁吃亏了。"

朱盛中似有不平，朱妈妈继续道："万一有一天，你人老了，没用了，你继子不要你了，小成这里就是你的退路。"

朱盛中张着的嘴巴立刻闭牢。知子莫若母，朱妈妈深知大儿子喜欢多条退路。

"典当行亏的 10 万不说了。我手上还有一些钱，不多，14 万。我手上还有 3 万的欠条。"说到这里，朱妈妈抬眼看一眼大儿子，"欠条就作废了。阿庸头也不要往心里去。这 14 万，你们俩谁都别惦记，我也不乱花。以后保健品是不买了，就老老实实拿来生活。以后我看病的钱就先从这里出。倘若我死之后有剩余的，就你们兄弟俩平分。要是不够……不够我也认了。"

朱盛庸飞快地望一眼妈妈，想劝她大可不必这么悲观。转念又想，来日方长，他可以做的比说的好。

"以后我还去阿庸头家里帮忙接送小成，可以让小成妈妈去上班。先说好，我不负责做晚饭。"

朱盛庸赶紧点头。

"我要说的说完了，关于钱财，你们想说什么就尽管说。要是没有要说的，就回去吧。我今天太累了，想睡了。"

兄弟俩默默彼此对望一眼，异口同声道："今晚我们陪你吧？"

"不用。"朱妈妈一口回绝。

兄弟俩一前一后走出父母家——以后，要改称妈妈家了。下楼梯的时候，楼梯间的灯忽明忽暗，显出几分诡异。

在忽明忽暗中，在一步步下楼梯时，朱盛中道："妈妈一定早就想好了一切。"

朱盛庸"嗯"了一声。

朱盛中又道："爸爸生病这半年多，基本没有麻烦到我们。妈妈一个人承受了所有，把麻烦挡在了我们的生活外面。"

朱盛庸又"嗯"了一声。

朱盛中继续说道："爸爸脾气那么暴躁，生病的日子肯定更加难伺候。陪爸爸走完生命的最后艰难时光，一定消耗了妈妈所有的耐心和爱。不然，妈妈不会这么平静就接受了爸爸的离开。"

朱盛庸想"嗯"，突然发现自己发不出声音。

"我很后悔，总是想着偷懒，没有替妈妈多分担一些。"哥哥的声音充满懊悔。

两人走到楼下，打开铁保险门。

朱盛庸觉得脸颊一凉。

一摸，不知道什么时候，脸颊湿了两行。

第 210 章　邂逅冯嫣

朱爸爸走后两个月，周画白重新找了份工作。

这回巧了，竟然跟冯嫣在同一家公司。

是周画白过了一个月试用期后才发现的事。

那是一家美容院线化妆品公司,旗下有近万家加盟店,市场上颇有知名度。冯嫣并没有像小白那样工作于总部,而是工作于上海区督导办。

督导是一个需要不停出差的岗位,好在只在全上海范围内出差。主要工作职责是规范加盟店的陈列及运作。

周画白过了试用期,要请部门员工吃饭,其中一位让她挑个好些的饭店请,因为"督导们外出巡视一个月,今天要回来了"。

周画白从朱盛庸的讲述和存放的照片上知晓冯嫣的存在。当冯嫣出现在周画白的视线内时,她差点没惊叫出声。

照片里的冯嫣很美,但那是静态的美,不及眼睛看到的真人的十分之一美。

衣着得体、肌肤莹润、唇红齿白的冯嫣,笑盈盈地跟部门同事们打着招呼,分发着她出差时买来的小食。坚果、麻花、瓜子、糖果、巧克力之类的寻常零食,经由她发放,魅力大增。部门里喜气洋洋。

分到周画白这里,冯嫣漂亮的眉眼温柔地笼罩着周画白:"我早就听说部门里进了一位研究生,迫不及待想回来看看,今天一看,果然气质出众,一看就是读过很多书的人,以后多熏陶熏陶我啊。"

跟冯嫣的从容得体相比,周画白觉得自己弱爆了。

当晚下班回到家,她嘟着嘴巴,从后背抱住烧菜的朱盛庸——他下班早。

"我今天看到冯嫣了。她居然跟我在同一家公司。"

朱盛庸做菜的动作并不曾有停顿。

"她真的好漂亮。温文尔雅,仪态万方。"

朱盛庸半转回身,喂给周画白一粒虾仁:"今晚的大荤是五彩虾仁,有胡萝卜粒、豌豆粒、玉米粒、洋葱粒和虾仁。颜色很好看。"

"真的真的好美!在她面前,我感觉自己像个丑小鸭。"

朱盛庸关了火:"快松开手,我要去拿盘子了。小成都喊饿喊了好几回了。"

周画白正要气跟朱盛庸说话完全是鸡同鸭讲,小成颠颠跑过来,敷衍了事地抱了一下妈妈,流着哈喇子问:"爸爸爸爸,五彩虾仁好了吗?"

"好了好了。等爸爸盛到盘子里,端上桌,咱们就开吃。"

"好哦,好哦。"小成欢快地拍起手。

眼前的这一幕太富烟火气,周画白觉得自己要是再纠结于冯嫣的美貌，简直是蠢到家了。

她去洗手，用高昂的声音喊道："我也要流口水了！我去盛饭！"

朱妈妈移动椅子，小成分筷子，周画白盛饭，朱盛庸烧最后的紫菜蛋花汤，一家人高高兴兴吃了顿晚餐。

晚饭过后，朱妈妈走路回斜土路的、目前只有她一个人的家。

这一晚，周画白躺在床上，手十分不老实。

东摸西摸之后，她声音含笑道："单独二胎政策出来好几个月了，我们符合条件，要个老二怎么样？"

朱盛庸立马警醒，拒绝上钩："不行。养不起。"

"怎么会？你明明工资加股票收益，一年能攒下 20 多万。多少人家夫妻俩收入加一起，还没有 20 万呢。"

朱盛庸摇头："再等等。再等等。"

周画白生气地背过身，碎碎念道："等等，等等，我等你，时间又不等我。超过 35 岁再怀孕，就算高龄产妇了。哼，到时候你求我，我也不要生了。"

朱盛庸扒着她的肩膀："又没有说不要……"

"先把你手上拿的丢进垃圾桶。"

"那不行。"

"不行就不要。"

朱盛庸傻眼，只能独自辗转反侧。

话说朱爸爸遗体告别的那一晚，朱盛中回到家，吓一跳，陈静静和朱古力都精神抖擞坐在沙发上等着他呢。

他听了妈妈的遗产分配方案后，没有直接回家，而是趁机到外面吃了夜宵，就是怕被陈静静追问。没想到，最后还是在劫难逃。

望着陈静静和朱古力贼亮的充满了期待的眼神，朱盛中只好先摇头，赶快说明情况，以免期待提升。

"遇到你之前，我父母现在住的房子就说好给我弟弟，他们把南市的一套房子给了我。所以，房子的事没什么可讨论的。"

陈静静立刻冷下脸，语气充满了嘲讽："你南市的房子早就贱卖了，跟前妻倒是合在一起买了一套房。结果呢？离婚让人家花 10 万块钱打发了。"

朱盛庸讪讪道："我也不算一无所获。妈妈把我们欠她的 3 万块给免了。"

"停！你搞搞清楚！是你欠的，而不是我们欠的。"陈静静不满道。

"就是，就是。"朱古力接腔。盼了大半夜，啥好处也没有捞到。他表示很失望。更难以忍受的是，他肚子里的馋虫，似乎影影绰绰从晚归的叔叔身上闻到了麻辣小龙虾的味道。

朱古力倾斜身体，朝朱盛中身上猛嗅两下。

吓得朱盛中差点断气。

陈静静的不悦，朱古力的补刀，给朱盛中留下了深刻的"母子俩才是一家人"的印象，越发觉得小成可能是他用得到的退路。

周画白提生二胎，遭到朱盛庸的果断拒绝之后，心思继续转到冯嫣身上。

她自认为隐秘地向同事们打探冯嫣的消息。同事们并没有生疑，毕竟冯嫣是那么出众。

渐渐地，周画白知道冯嫣至今未婚。未婚的冯嫣开着一辆颜色粉嫩的迷你库珀。据说是她身边的一位女性朋友送的。

而那位女性朋友，虽然其貌不扬，却极其有钱，在上海市区坐拥十几套房产。

没有人说得清楚她们俩到底是什么关系，也没有人因此乱嚼冯嫣的舌头。因为，冯嫣看上去是那么美不可方物，仿佛是坠落人间的天使，让人不忍中伤。

"冯督导那么漂亮，一定会有很多成功男士追求吧？就没有合适的吗？"周画白别有用心地问道。

冯嫣的助理傻乎乎地把周画白当作单纯的仰慕者，回道："冯姐姐对成功男士免疫。好像跟前夫有关吧，具体不清楚，反正她挺排斥那些衣冠楚楚的成功男士的。"

周画白不敢深打听，决定回家问朱盛庸。

第211章 吃飞醋

朱盛庸在下班的班车上研究好了第二天的菜谱，下了班车，就去路边菜店买第二天的食材。

回到家后，取出冰箱里头天买回来的菜，按头天想好的菜谱，心平气和地烧菜做饭。

小成在屋子里看《小小爱迪生》的英文碟片。朱妈妈搞不定的开影碟机的步骤,他已经熟门熟路。

朱妈妈不时走来走去,看看客厅里的小成,看看厨房里的小儿子。

母子之间话不多,不过,朱妈妈却明显感受到朱盛庸在变柔和。他不再努力证明她错了,也不再追究朱爸爸是否死于过于信赖保健品而不肯及时就医。

朱盛庸做好了一道菜,盛在盘子里。朱妈妈就默契地端到小餐桌上。

家务事是一笔糊涂账,朱盛庸努力做到睁一眼闭一眼。对于他这样把生活中的每一笔开销都要认真记账的人来说,并不容易。

周画白回来了,陪儿子看了一会儿动画片,陪婆婆说了一会儿话后,悄悄潜进厨房。

"亲爱滴——"

她才开口,朱盛庸就自以为默契地接:"我想了一天,得等到存款300万的时候才有资格考虑二胎的事情。"

"啥?"满心想着探究冯嫣故事的周画白有些猝不及防。

"300万是个分水岭。10年翻个倍的话,每年要有7%的收益。我的平均收益在15%,那么7年就会翻个倍,目前我已经累积到200万,还差100万,按照我的收益率,还需要再等……"

"停!"

朱盛庸说得慷慨激昂,手里的锅铲大幅度比画着,但周画白却眉头越皱越紧。

"如果你自信你的投资水平,钱早早晚晚会涨到你想要的数字。而我,今年已经34岁了!你要我冒风险当高龄孕妇吗?"

就是这么个插曲,让周画白第一次向朱盛庸打探冯嫣失败。

吃过晚饭,周画白带着小成,陪朱妈妈下楼。

他们之间不知不觉养成了一个习惯:晚饭后下楼,以散步的名义陪朱妈妈回家。有说有笑走到两家的中间地点,再各自回家。

路上的熟人望见这和谐的一幕,多数会夸朱妈妈有福气。

朱妈妈脸上笑盈盈的。待熟人走后,她有时会松垮下来脸:"我要老年痴呆了。我根本记不得刚才跟我打招呼的人是谁。面孔看上去蛮陌生,名字更是想不起。"

周画白试着宽慰她:"爸爸刚走没多久,妈妈可能心里有些不适应。

再过一段时间就好了。"

朱妈妈摇摇头："夫妻关系不好的一个好处就是，他走了我不难过。我就怕我脑子糊里糊涂，万一哪天痴呆了，不是拖累你们嘛。"朱妈妈已经默认养老要靠小儿子。

"妈别想那么多，你这是自己吓自己。要是不放心，让朱盛庸周末带你去医院做个检查。"

朱妈妈兀自摇摇头，没有说话。

小成无忧无虑地奔跑玩耍，偶尔听到大人聊天里的只言片语，也不往心里去。

他偶然会说起爷爷，但已经不问死是什么了。大概是周画白应他要求，为他读过几十遍的关于生命和死亡的绘本《一片树叶落下来》吧。

回到家，推开门，朱盛庸还是老样子——坐在电脑桌前，正在算他的账。

他每天要做很多跟股票有关的数据更新。收集意向公司的财务报表数据啦，更新当日成交的数量和金额啦，等等，不一而足。Excel数据库一个表格套一个表格，认真的感觉扑面而来。

周画白没去打扰他。她帮小成刷牙，洗澡，读睡前故事。小成在床上滚上几滚，很快自己睡去。

朱盛庸正在忙活他的数据和表格，忽然暗香袭来，周画白从背后搂住他的脖子，身子伏在他后背上："有个问题，搅得我心神不宁。"

朱盛庸输着数字，问："什么？"

"关于冯嫣……"周画白故意说得慢吞吞。

朱盛庸语气无奈："你说过你不想知道。你的原话我还记得，你说你'以前不想、现在不想、将来也不想知道'。"

"那是因为我没见过冯嫣。她对我而言只是一个概念。你懂的。前女友。谁知道你从小到大到底有几个前女友。"

朱盛庸头也不回，继续噼里啪啦往表格里输入数字："都是陈年往事了。"

"那你跟我说句实话，假如时光能够重来，你会怎么办？"

电脑屏幕上隐约映出朱盛庸上翘的嘴角，周画白想当然地认为他会说当然是等着遇见你。没想到，钢铁直男脱口而出的是："要是时光能够重来，我当年就拥有现在的心境，就不会跟她分手了。"

朱盛庸继续查找数据，忽然觉得身边安静得有些异常。扭身一看，周画白已经不在身后。再往后看,周画白正在弯腰提鞋子。

"这么晚了,你干什么去?"朱盛庸半转身,手搭在椅背上。

周画白没有发出任何声音,而是径直拉开房门。朱盛庸这时才意识到事情不对劲,他连忙起身去追。

当然没有追上。

他没有周画白的决绝,还惦记着家里睡觉的幼子,也不敢远追。

周画白消失在夜色中。

朱盛庸垂头丧气回到家,依然一脑门的莫名其妙。拿起手机,给周画白打电话,生怕小白不接。

小白也果然没接。

不过,倒是给他回发了短信。

"我现在心情不好。"

"我不想跟你吵架。"

"我需要静一静。"

"别担心,我不会做傻事。"

手机叮咚响个不停。

朱盛庸读完所有的短信,依然无法理解小白生气的点,他给周画白回短信:"你什么时候回来?"

"今晚不回来了。我要住酒店。"

"身份证带了吗?"

"带了。"

"晚上睡觉别忘了锁门。"

"知道了。"

别开生面的"吵架"后,朱盛庸只好忍耐着,等周画白气消后回家。躺在小成身边,他在安静的夜里默默追忆,大致推断出是冯嫣让小白自卑,而他没有及时安抚小白,才导致小白情绪失衡。

第二天,朱盛庸早早用短信问早安。

"昨晚睡得好吗?今天什么时候回来?"

小白很快回:"我还在生气。不想回。"

可见她昨晚睡得并不怎么好,不然也不会像他一样这么早就醒来。

"好的。我会照顾好儿子的。我和儿子在家等你。"

周六,朱盛庸在家当起奶爸。

第212章　箭在弦上

他给小成洗脸，拿错了毛巾；他给小成涂香香，涂完才发现是护手霜。好在小成也不介意。

他给小成做吃的，用模具切面包，做了一个维尼熊的头，还用海苔片剪了眼睛和鼻头。小成超喜欢，都忘了找妈妈。

饭后，朱盛庸给小成看英文故事片。他则趁机收拾家。

看完英文故事片，朱盛庸带小成去商场，逛了会儿书店，买了一本恐龙有关的书。抬腕看看时间，正好可以吃午饭。

拐弯抹角地寻找，找到商场内的萨莉亚。畅吃。

饭后看一会儿新买的书，进游乐场。

小成的快乐应接不暇，完全顾不上想妈妈。

"今天过得开心吗？"坐公交车回家的路上，朱盛庸问小成。

小成快乐地点头。公交车还没有开出几站，玩累了的小成就靠在朱盛庸的胳膊上睡着了。

朱盛庸暗想，这样留家里带娃，好像也不赖。

要是他辞职带娃，似乎一拖二效率更高。钱嘛，确实早早晚晚会涨到他理想的数字。这么算的话，养个老二似乎也不是不能接受。

周画白离家出走的这一天，朱盛庸自己想通了二孩的事情。

周六晚上，小白依旧不肯回家。

朱盛庸也不纠缠，就耐心地等周日。小白总不至于任性到班都不上吧？

果然，周日晚上，小白回家了。

像从来没有离家出走过，像从来没有突然心理失衡过，小白开开心心续上之前的日子，搂着小成看动画片，跟小成一样笑得在沙发上东倒西歪。

晚上，躺下后，朱盛庸从来没有那么紧地搂着小白。在他看似平静的等待之下，早已横生出惊慌：万一小白生气离开他，他该怎么办？

还好，小白是独一无二的小白。

"这两天，你都干了什么？"

小白往朱盛庸怀里拱了拱，自己乐了。

"做了什么报复我的事？"

小白笑出声："你高估我了。"

原来，她盛怒之下离家出走，在树干后目睹朱盛庸并没有追出楼宇多远，就自己折回去了。找不到台阶下的她，只好继续往生气的路上走。

她找了一家物美价廉的小旅馆入住，隔壁嘈杂的声音和委屈的心，双管齐下，令她无法安眠。

第二天，她坐在逼仄房间里的床上，入眼的一切都那么破败。脑海里闪过冯嫣光彩照人的妙曼形象，再看看连赌气都舍不得下本的自己，周画白彻底恼羞成怒起来。

她退过房，直奔记忆中最仰慕的五星饭店。

静安希尔顿酒店！

周画白下定决心，今晚就住这里。

她坐在大堂吧台，一杯咖啡喝了几个小时，等到12点刚过，就去前台订房。小四位数的房价付起来心肝儿直跳。还好她在赌气中，否则一定舍不得。

希尔顿的室内看上去极富品质感，躺在希尔顿的大床上，周画白深感自己的委屈被抚平了。

她本是出门生气的，可总是控制不住自己，疯狂地想，要是朱盛庸和小成也在就好了。尤其想小成。

要是小成能在酒店大浴缸里扑腾，肯定超开心。要是小成能在柔软的大床蹦跶，肯定笑声不断。要是小成能吃上五星酒店的早餐，该多美！

希尔顿虽好，小白却住得三心二意。

为了表示她是有出息的人，她特地勒令自己不到晚上不许回家。

中间那半天时间，无所事事的小白被人流裹挟，上了一辆观光车。一个外地旅行团，团内人人戴了一顶黄色的帽子，导游举了个小三角旗，戴着扩音器，声音嘶哑地介绍着什么。

周画白目光在上海的街景上流过。即使是看了很多遍的街道，也会有如同初见般的欣喜。上海的美，美得花样繁多，美得美轮美奂。

不知不觉，导游的声音飘进耳朵。

"对上点年纪的人来说，上海就是三个代表：上海总是代表着优秀和先进，代表着最正宗的现代工业文明，代表着这个文明下的精致生活。"

周画白看着一幢幢从视线内流过的精美老洋房，心里开始飘扬。在上海生活这么多年，她已经深深爱上这座包容博大复杂的城。

"旧时光，能拥有一块上海牌手表、一辆永久牌自行车、一架蝴蝶牌缝纫机、一件凤凰牌羊毛衫……不奢求拥有全部，以上的任何之一，都是很能让人羡慕的。讲真的，请别人吃一块上海奶油蛋糕或大白兔奶糖，比现在请吃生猛海鲜还有面子。"

风吹过周画白的脸庞，她情不自禁微笑。幼年时，她确实有一辆永久牌26寸自行车，也确实在很长时间内被同龄伙伴羡慕不已。

"现在呢，上海有全国最高的酒店建筑：金茂大厦；有全国最快的交通工具：磁悬浮；有全国最大的钢铁联合企业：宝钢；有全国最贵的房价：汤臣一品。"

游客们友善地哄笑出声。

周画白自己也笑了。上海的房价逐年在攀升，眼看着就要买不起，朱盛庸却执迷不悟，而她竟然还无所谓地听之任之。看来，他们，真的是一条路上的人。

"新上海最具代表性的就是浦东了。从1990年4月18日起，浦东就开始发生变化。二十几年过去了，在上海人的奋斗下，浦东开发取得了举世瞩目的成就！不来上海是人生的一个大遗憾，不看浦东更是遗憾中的遗憾。"

导游卖力地介绍着。

站点到了，小三角旗一挥，一大群团客跟着下车。

周画白还坐着。她忽然有些想不起，她怄的是哪门子的气！

人生苦短，岁月如梭，生什么气！时间不值得被浪费！

周画白的冷静时光，得出了"家和万事兴"的古老结论。

所以，她回到家后，才那么融洽地迅速对接上之前的快乐生活。

"你笑什么？"

"笑我自己傻呀。"

"就是。乱吃什么陈年老醋。"

小白忍不住翻白眼，真会蹬鼻子上脸！

"对了，我有个好消息要跟你说。"

"什么？"

"说不如做。"

"什么……啊——"

小白赶紧自己捂住嘴,将惊叫声扼杀在摇篮里。

二胎,箭在弦上。

第213章 公司第三次被收购

2014年,上证指数从前一年的收盘2116点到3235点,涨幅达到52.9%。

朱盛庸重仓的银行股涨幅更大,他终于跨过心心念念的300万的坎。

2015年上半年,股民的投资热情随着大盘指数不断的上升而高涨。朱盛庸再度跟着水涨船高,心情甚好。

每天见他喜气洋洋,在公司吃午饭的时候,杨忍不住刺他。

"后悔没买房了吧?股票赚再多也买不起房子的人!"

"他老婆怀上二胎了!"林彬补充,算是对杨的无声反击。杨根本不理睬这茬。

"2009年房子均价比2008年的涨了30%,2010年又比2009年涨了60%,接下来4年的涨幅虽然是个位数,但2015年一开年,房市,尤其是二手房市场就异常火爆呦。像脱缰的野驴一样狂奔哦。"杨欠兮兮地拖长声音。

林彬哧溜着面条,斜眼看朱盛庸。

"看不懂房子为啥涨这么厉害。空中楼阁而已。我已经放弃了购房的打算。"

杨笑起来:"别偷换概念,我说的是投资!你投资股市赚来的钱,没有我投资房子赚到的钱多,甚至也没有你看不上的哥哥买房赚得多。承认了吧!"

朱盛庸抬头,直视杨:"知道什么叫资产吗?不能带来经济利益的资源不能作为资产,你名下的房子,贷款没有还完,那是银行的资产,不是你的!"

"就算你还完贷款,你住的那一套,只要不卖掉,也不算!"

"房子可以永远涨上去吗?只要你没有疯掉,答案一定是否定的吧。股市就可以永远投资。咱俩之间,谁可以更乐观?"

杨反驳不出,但心里是不服的。哼了一声,他反击道:"我的房子肯定会卖掉的。溢价我肯定拿得到手的。我可是要移民的。"

林彬扑哧笑出声："你的移民到底排了多少年的队了？"

杨瞪一眼林彬。林彬赶紧比划一个给嘴巴拉拉链的动作。

互相攻击、边恨边爱的午餐过后，杨破天荒没有马上回自己的部门。

"不急着讨好挨打女王啦？"朱盛庸不无嘲讽道。

"挨打这棵常青树大概要倒了。"林彬现在也敢议论挨打了。

"对于这次收购，你们怎么看？"杨点了支烟，难得递一根给林彬。

已经晋升为全球第 4 大封装测试厂的金鹏，在这一年的第二季度伊始，发布声明指出，收到来自第三方的无约束力收购意向书。金鹏在新加坡交易所挂牌股价大涨，据说涨幅高达 57%。

林彬接过烟，一脸凝重地摇头："糟糕。实在是太糟糕了。"

朱盛庸惊讶地看向林彬。这位整天沉迷于打游戏的三娃爸爸什么时候对跨国收购也有看法了？

"真要被江阴的同行收购过去，全体搬迁到江阴，我是跟着过去呢还是不过去呢？不过去是无业游民，过去就是夫妻两地分居。真是太糟糕了。"

朱盛庸了然，心中的小期待落空。

杨也跟着摇头："不灵，不灵。"

"敢问你也是担心失业或分居？"朱盛庸问杨。

"我哪能跟土包子一般见识？"杨反驳道，"咱们金鹏好歹算外资企业，在全球拥有一万多名员工，新加坡、中国、韩国、马来西亚和美国都设有工厂。一旦被江阴的同行收购，岂不是算民企了？说出去没腔调啊。"

朱盛庸和林彬异口同声批评道："虚荣！"

朱盛庸是金鹏的老员工，但对金鹏实在爱不起来。自从淡马锡收购金鹏后，金鹏的营运就没好过，去年更是爆出 4000 万美元亏损，而今年第一季度，业报亏损 1500 万美元。

一个越忙越亏的公司！朱盛庸内心嗤之以鼻。

没有人问他怎么看，他也懒得说。

虚荣人士杨抽完一根烟后，跟两位饭搭子告别。

林彬问朱盛庸："到时候你会随着工厂去江阴的吧？"

朱盛庸笃定地摇摇头："不去。"

"重新找工作？"

"不找。"

林彬吃惊："你是两个孩子的爸爸，可不能任性。"

朱盛庸拍了拍他的肩膀："我心里有数。"

朱盛庸做股票整10年，他已经建立了充分的自信，自信自己即使在熊市，也能稳定获利至少5%。只要家庭年开销控制在15万之内，他就无生活之忧。

回到家后，望着妻子小白微隆的肚子，朱盛庸忽然心头一动，对小白说道："趁你行动还方便，我们去美国玩一趟怎么样？"

周画白以为自己幻听。美国？

这次怀孕，比上次明显困难。好在也终于怀上了。如同上次，小白怀孕后就在朱盛庸的支持下离了职。小成超开心，每天放学就能看到妈妈。

"你进入孕中期，行动不受影响。我们赶在暑假前去，我带你去礼刚曾带我去过的那些地方。"

这样他们就会拥有更多共同的记忆。朱盛庸目光温存地望着小白。

小白摸了摸自己的肚子："我这样，签证签得出来吗？"

"现在中国经济发展得好了，移民倾向轻了，大概率是能签出来的。试试吧。不然小的养出来，至少要拖我们两年不能出远门。"

周画白点头。她当然也想瞧一瞧传说中的美丽国。

"带小成吗？"很多年轻父母出去旅游，会选择不带小孩。

"当然带。"

周画白旋即露出笑脸。太棒了，不然会有不圆满之感。

这一年的6月中旬，朱盛庸大手一挥，斥资15万人民币，带着妻子、儿子，奔赴他内心曾经向往过的美丽国。

"上次礼刚结婚，请我飞过去做伴郎。他的蜜月我全程都在。"

周画白搂着小成，内心充满了期待。小成则浑然无感。

半个月后，一家三口从肯尼迪机场飞回浦东机场。朱妈妈挑战自己，坐着公交、地铁和机场专线去接机。

小成一看到奶奶，就飞奔起来。他扑到奶奶怀里，差点把奶奶撞个趔趄："奶奶奶奶，我想死你了。"

"美国好玩吗？"

"不好玩！我以后再也不去了！"

说话间推着行李的朱盛庸和大着肚子的小白走近了。小白听到小成的抱怨，解释道："美国动不动就要开车，只要开车，小成就必须坐儿童安全椅。总是被绑扣在儿童安全椅内，小成腻烦死了。他说以后再也不去美国，说了不知道几十上百遍了。"

"就不能不开车，坐地铁吗？"

朱盛庸回道："旧金山就那么几条地铁，不能覆盖出行需求。而且，旧金山地铁站内站外，破旧不堪，车厢内没有报站名的电子显示屏，陈旧落后，体验感受很不好。我们租了车，就靠开车出行。"

奶奶摸着小成的脑袋："还是咱们的公交、地铁好，是不是？"

"是。"晕车体质的小成欢呼。

周画白的肚子明显大一圈。朱妈妈认真看一眼后，道："这肚子好尖啊，不要再是个儿子。"

第214章　指间流过的时光

周画白目光随之低垂。确实，从背后看，几乎看不出她怀孕。肚尖却耸得很高，肚皮紧绷绷的。随着孕后期到来，圆肚子上还会踢出一个小脚印。

"儿子也挺好。"朱盛庸将小成抱上行李车，顺便亲了小成一口。

朱妈妈看了一眼朱盛庸，不置可否。

小白将朱妈妈微妙的情绪看在眼里，笑道："儿子女儿都好，都是上天的恩赐。"不想做高龄孕妇的她，还是在孕后期跨进了36岁的门槛。

朱盛庸拖家带口从美国旅行的时候，国内股市风云突变，暴跌起来。从5178点一路下跌，到了月末朱盛庸回国前的工作日，甚至出现百股跌停的局面。

周画白10年熏陶下来，对股市也多少有点了解。

"一定跌去了不少钱吧？我们又刚花掉13万。"

预算的15万旅游经费，并没有全部花完，两个人都没有购买太多东西。在美国的大购物商城里，衣服鞋子玩具，随便拿起一件，背后十有八九写着 made in China。

"只是账面上的涨跌而已。不用往心里去。"朱盛庸笃定道，"让我感慨的不是国内股市暴跌，而是礼刚……"朱盛庸欲言又止。

李礼刚，当年那个一米八二的高瘦的寡言学霸，在周画白看来，只是个肚子圆圆的普通胖子而已。头发稀疏，身材圆润，脸庞没棱角。他笑得很佛，言行举止间已经没了冲劲和斗志。

五月是个瘦瘦的漂亮姑娘，丝毫看不出是两个孩子的妈妈。她柔和文静，不对李礼刚提要求，充分尊重他的意愿。

李礼刚越发没有动力。

努力也看不到希望，不努力也差不到哪里，何必再努力？

放弃努力的李礼刚，日渐肥胖起来。

他胖得毫无压力，因为美国胖子巨多。尤其墨西哥后裔。

朱盛庸还保持着精神小伙的状态，对未来充满了无限的期待，精神面貌大不一样。

周画白没有见过意气风发的李礼刚，因此不怎么有感慨。在她看来，李礼刚过得不错，家里两辆车，两个娃，住着相当于国内120平方米的房子，还有一个洗衣机房，同时能烘干衣服。

朱盛庸摇摇头。对于一个男人来说，锐气之宝贵，无法言说。普通人过上李礼刚这样的生活，或许叫不错。可李礼刚，是李礼刚啊，他可是那个转学进大境中学之后，不声不响就把从前的第一名远远甩在后面的男人！

周画白歪在贵妃榻上："倒是你哥哥，最近闹着要让你嫂嫂的户口也迁到斜土路妈妈住的房子里。"

朱盛庸继续摇头。也不知是陷入对李礼刚的感慨里没出来，还是对哥哥的事无话可说。

陈静静在古北的第二套房卖掉后，套现了两百多万。朱盛中拿这笔钱去买了企业债"11蒙奈伦"，万万没想到，遇上了企业债违约。

违约理由是"公司经营困难，无法按时、足额筹集资金用于偿付本期债券的应付利息及回售款项"。我国第一只在交易所上市交易而违约的企业债券，被朱盛中碰上了。

"真倒霉！"朱盛中跑到朱盛庸家，唉声叹气。之所以跑到弟弟家，一是妈妈在弟弟家，二则是弟弟侃侃而谈，大赞企业债他才去买的。

"你看过这家公司的财务报表中的负债部分了吗？媒体说奈伦集团是典型的前期盲目扩张，导致债务负担高，最终出现流动性问题的案例。"

"我怎么知道要看报表中的哪部分！"朱盛中大叫。

朱盛庸不再说话。两百万花出去，什么都不看，只能说活该倒霉。

企业债刚性兑付被打破，这件事朱盛庸也始料未及。

"对了，你哥哥买的企业债券，后来怎样了？"小白问。

"公司发布公告说，去年12月向国家发改委以及内蒙古地方政府汇报过，请求援助，已经成立相关调查小组帮助解决，但是解决方案还没有最终敲定。

"目前公司自称在采取自救，包括处置资产、引入重组方、进行大规模的债务重组。结果未定。"

"这笔钱不会真的打水漂吧？"小白替朱盛中担心。

"投资回报伴随着风险，什么都有可能发生。只能边等边看。"

这一看，就看了两年。

两年后，深陷艰难漩涡的朱盛中终于等到了违约债兑付。

自认为小心谨慎的朱盛庸，也不小心踩了11新光债的雷。还好，他坚持"把鸡蛋放在不同的篮子里"，11新光债只套牢了10万块。

朱盛中蒙奈伦兑付的日子，闹了两年的离婚风波随之消停，陈静静表示要请客。朱盛庸一家四口，去斜土路的家去接朱妈妈，接好朱妈妈后去饭店。

当初周画白肚子尖尖，几乎所有人都预判她会再生一个儿子。预产期过后10天，周画白等得耐心消耗殆尽，就要坐不住的时候，肚子在凌晨发动。到医院后，仅2个小时就诞出了她的第二个孩子。

是个女孩。

头发茂盛，小脸通红，攥紧小拳头，哭声很嘹亮。

周画白一眼就爱上了她。

接上朱妈妈，小半月用奶声奶气的声音喊："阿布阿布（阿婆）。"半月的小名拆分自"胖"，又觉得叫"月半"太不含蓄，才改为半月的。

半月肉乎乎的，小圆胖脸上嵌着两只机灵灵动的眼睛，小嘴巴嘟嘟的。粉妆玉砌，人见人爱。朱盛庸很喜欢单手抱着她。

朱妈妈穿戴一新，精神很不错，笑着朝半月伸出手。没有养过小女孩的朱妈妈，对半月爱得异常投入。

小成已经9岁，读三年级，是个1米48的帅气小男生。

5个人叫了一辆出租车，小半月被抱在妈妈怀里，开向订好的饭店。

这几年，上海渐渐多出很多社区商业。有了社区商业，市区的地位被进一步冲淡。无论住在嘉定、松江，还是住在金山、闵行，只要附近有社区商业，生活品质马上直逼市区。

出租车到了徐汇日月光中心，一行人陆续下车。

8年前竣工的日月光中心，是国内首个地铁上盖商业项目，只用了几年时间，就形成了与徐家汇争辉的局面。

第215章 庆祝解套

陈静静将聚会餐厅定在日月光中心的左庭右院——一家专注做鲜牛肉的火锅店。

朱盛庸付过车资后下车，抱过周画白手中的女儿，一家人热热闹闹进了日月光中心。

小成拿着手机看导航。

朱妈妈夸赞道："小成现在比奶奶能干，我进了地铁站一头雾水，小成就知道怎么走。真能干！"

小白笑了笑，同时暗中拉扯了一下朱盛庸的衣服。

朱盛庸什么话都没说。这正是小白的目的。

往常朱妈妈说"奶奶落伍了""奶奶什么都不会"的时候，他总是生怼。气势汹汹质问奶奶"你为什么不肯学""既然不肯学就不要抱怨"之类。

朱妈妈是个生性高傲的人，被小儿子像训小孩一样训斥，内心很难接受。可人一老，能力退化，到了仰仗孩子的年龄，就算内心难以接受，似乎也只有忍耐一条路了。

周画白就尽其所能，圆缓母子之间的小摩擦。

因为小白的友善，朱妈妈日渐情感依赖起小白来。走路挨着小白走，吃饭靠着小白坐，闲话就跟小白说。小白情绪稳定，靠山当得很稳当。

小成精准地把家人领到左庭右院。在门口等候区，一眼看到朱盛中一家人。

两家人汇成一大家。

"生意太火爆了！要等位。"陈静静人逢喜事精神爽，调门略高。熬了两年，两百多万终于平安归入袋中，其中的欣喜，不言而喻。

"给利息了吗？"朱盛庸问哥哥朱盛中。

朱盛中摇摇头："已经不奢望连本带利了，回本已经是各方努力的最好结果了。你踩雷的新光债怎么样了？"

朱盛庸摇摇头："目前没动静，还要等。"

"华林证券不行啊，我们俩的倒霉债券，都是华林发行的。"

兄弟俩站着讨论债券，远远看着，也蛮和睦。

经历过两年的维权讨债，朱盛中明显老了很多。他的鬓角，已见白发。

陈静静也跟两年前没法比。生活遭遇重大变故时，变老是断崖式的。如今的陈静静，脸庞依稀还能寻到年轻时靓丽的影子，但奈伦债带来的憔悴伤害已经一览无余。

他们家，受奈伦债影响最小的，就是朱古力了。

朱古力从职校毕业后，以中专职校毕业生的身份，顽强地挤进遍地都是大专、本科甚至研究生的上海职场。

不善于学习的他，交际能力非常强，于是果断选择做销售人员。他盯着宠物市场，做跟宠物健康有关的销售。随着职场经验的累积，薪资不断提升。

就他的起点而言，发展得相当好。

唯一的遗憾是，读书期间女朋友不断的他，随着毕业，竟然越长越没有女生缘了。

为了给儿子增加个人魅力，陈静静拿回两百多万的企业债兑付本金后，立刻拍板给儿子买了一辆三十几万的汽车。

朱古力越发意气风发。

家里的钱回来后，他立刻放量挥霍自己辛苦攒下的工资。找最酷的发型师做最帅的头发，穿力所能买的最贵的衣服鞋子。

探店拔草吃美食，一直是他业余时间最爱做的事情，只把人均价位从 50 元以下，提升到 100 元以上。

朱古力发挥社交魅力，一见到小成就像长兄一样问他读几年级，学习成绩怎么样，交了几个女朋友。

陈静静一巴掌拍在朱古力的肥厚后背上："瞎说什么呢。弟弟跟你不一样，弟弟是个好学生。"

陈静静一回身，对着略微腼腆的小成道："别理他。"

小成强作镇定："我有 2 个女朋友。"

"哎哟嗬。后生可畏啊。"朱古力大笑。这个话题把两步之外的朱盛中和朱盛庸也吸引过来。

"说说看。"朱盛庸坏笑着怂恿儿子小成。

"一个是悦悦,她是我的幼儿园同学,进小学后依然跟我同班。我们每天放学后一起去社区图书馆写作业。

"一个是欣欣。她是我的同桌。是我同桌时间最长的同桌,也是我所有同桌中相处最好的同桌。"小成红着脸,语速不紧不慢,勉强算得上落落大方。

朱古力还要调侃,被朱盛中制止:"别皮!不许带坏弟弟!小成是块读书的料,他可是我们朱家唯一的希望。"

朱古力知道自己不姓朱,听叔叔这么说,心中觉得甚是无趣,便笑着点头。他工作一两年后,就学会了隐藏自己的真实情绪。

陈静静心里不满,斜眼笑道:"你这话说得,不是直接忽视我们漂亮的半月了吗?大伯伯坏哇?"

小半月听得半懂不懂,见陈静静抓着她的手冲她笑,她便也跟着笑。

周画白笑着接:"我们小半月才不要参与光耀门楣的事。我们只要自己开心就好。"

朱盛庸笑:"所以说富不过三代。"

一大家子你一言我一语,倒也蛮热闹。

朱妈妈站在边上默默地看,在她的意识世界里,眼前的画面已经补全了过世 5 年的朱爸爸。朱爸爸揣着手,无声地笑,笑得直缩脖子。朱妈妈仿佛耳边听到那声熟悉的"××"。

服务员叫号,叫到了朱盛中手中的号。8 个人便簇拥着走进店内。大火锅桌能坐下 9 个人,给小半月要了张宝宝餐椅,一家人宽宽松松坐下来。

陈静静是个好面子的人,点起餐来很大方。朱古力年轻胃口好,不嫌多。只有朱妈妈,不住地说"够了够了"。

吃饭的时候,朱盛中正好比邻小成。他不停地给小成夹涮好的肉,关切的样子落在陈静静的眼里。

陈静静眼睛里暗了暗,终究没说什么。随着年岁增加,她已经没有了当年甩男人耳光的勇气。

陈静静一直工作在那家美容美发店,从徒有其名的大堂经理,做成了真正的掌权经理。店里的营收，她年底可以提成。

只是，街头的美容美发店越来越多，竞争越来越大，做熟的首席也特别容易外出单干。虽然当了一店之主，并没有时间空闲出来。

幸亏有她的提成收入，才不至于在全部的钱买了奈伦债后，无法维持日常生活开销。

奈伦债悬而未决的时候，陈静静日日将"离婚"挂在嘴上。朱盛中靠嘴巴能说善骗糊弄来的家庭地位，迅速瓦解，地位一泻千里。

为了不离婚，朱盛中只好出门找工作。在过去的两年里，他当过值夜班的门卫，当过售卖福地的推销员，当过超市里的上货短工。要是奈伦债再不兑付，他恐怕连扫大街的环卫工都要去做了。

一辈子心高气傲，没想到，行将50岁，倒被迫过起忍辱负重的生活。

心中不再有傲气的朱盛中，英俊面孔也随之变得直白空洞。两年的底层打工生活，使他目光习惯露出讨好的笑意。

跟他形成鲜明对比的，是朱盛庸。

第216章 2018

朱盛庸的年轻，更多的是气质上的年轻。

他打定主意，等公司搬迁到江阴后既不再跟去江阴，也不再找新工作，就提前退休，全职做股票，兼职做奶爸。全新的生活在前方等着他，因此内心充满了期待。

他因为对未来充满期待而两眼发亮，显得年轻。

2015年以后，上海房子均价像脱缰的野马，每年以25%的幅度增长。市区内的两室或三室电梯房，动辄上千万！朱盛庸因为早就断了买房的心思，倒也不觉得压抑或痛苦。

吃火锅的时候，朱盛中一扫之前的压抑，变得洋洋得意。

"我当初在郊区买房，是劝我弟弟一起买的。我弟弟不肯，现在嘛，当初一两百万买的房，现在已经是原来三倍的价格了。倘若卖掉的话，两套房加起来，可以卖到1000万！我和静静，是身价1000万的人！"

朱盛中搂着陈静静的肩膀，将"1000万"三个字咬得极其重。

"你们卖掉哇？"

"我们干吗卖掉！"曾经为了生活卖过两次房的朱盛中和陈静静异口

同声反驳道。在他们的意念里,卖房是走投无路的情况下的不得已选择。

试想一下,倘若他们古北的房子没有卖,现在就是3000万身价的人了!

"所以,房子涨或跌,跟你们又有什么关系!"朱盛庸嗤笑。

他的语气明显刺伤了朱盛中。朱盛中脸色顿变,可,又无话反击,只得重重掷一下筷子。

沉默了一分钟,朱盛中想起了反驳的话:"你川沙沙田公寓的房子,是全上海唯一房价不涨的房子。"

"又怎么样。涨或不涨,我又不卖。"

朱盛中再次哑口。

这顿左庭右院,花了快1000块。让朱盛中和陈静静非常不爽的,不是火锅的价格,而是朱盛庸。朱盛庸言谈举止之间,竟然没有对身价1000万的他们表达应有的尊重。

朱盛中趁机向妈妈打探弟弟的身价:"阿庸头股市里有多少市值?"他知道,弟弟是他认识的所有人中唯一一个将全部现金放进股市里的人。问出股市里的市值,就等于知道弟弟的身价。

"将近800万。"朱妈妈回复。

"怎么会那么多!"朱盛中惊诧。

"基数越大,涨出来的越多。你弟弟昨天还对小成说,他从零到100万攒了14年,从400万到800万,只用了6年。"

朱盛中惊呆:"那要是再过6年……"他有点不敢想。

"6年翻倍是运气,一般要七八年才能翻个倍。运气不好的时候,恐怕10年才能翻倍。"朱妈妈一本正经纠正。

朱盛中已经心理失衡,酸到崩溃。

但朱盛中马上调整表情,假装没有打探过弟弟的市值,并且绝口不向陈静静提。

收购不是一句话的事。

被媒体人士形容为"蛇吞象"的江阴同行收购金鹏,没有个一两年的时间,完不成收购过程。

从排位上看,江阴长电科技在全球封测行业排名第六,金鹏排名第四。从财务报表上看,金鹏的收入是长电的近2倍,总资产的收入是长电的近2倍。江阴同行需要借助外力,才能够完成这场海外收购。

在金鹏台湾子公司重组剥离后，江阴同行派工作人员进驻金鹏。一旦完成收购，江阴同行将跻身全球前三。

从发布收购信息，到完成真正意义上的收购，耗时约两年半。

"是不是应该伺机购买江阴同行的股票啊？"

金鹏搞定一切手续，即将搬厂，在上海办公进入倒计时时，林彬曾于一个工作日这样问朱盛庸。

林彬以前还能自主花自己的工资，随着孩子们纷纷长大，小师妹开始朝他伸出魔爪。身为孩子的爹，他又没脸拒绝。窘迫到极致，忽然想起身边坐着个理财达人。

"爱谁买谁买，我是不买。就金鹏这烂摊子，年年亏损到姥姥家，江阴居然还贷款收购。脑子进水！"

"战略！这里面有战略意义！"林彬重申。

朱盛庸耸耸肩："我不懂。我只赚我懂的那部分的钱。"

林彬叹气："我啥都不懂，难怪我啥钱都赚不到。"

江阴同行对金鹏完成收购，要大搬家之前，上海办公室内的员工要重新签一份劳动合同。不愿意去江阴的和公司不愿意续签的，则领补偿金走人。

一直宣称自己生活富裕的杨，颠颠跟去了江阴。与丁克妻子过上了分居两地的生活。他的妻子表示要辞职，跟到江阴去，因为"不相信杨守得住空房"。

杨无奈之下，只好每周周末风雨无阻返回上海。周五下班后开车回沪，周一绝早起床开车奔赴江阴。

那时候，朱盛庸已经做了全职奶爸。

他惬意地喝着咖啡，跷着二郎腿，在微信里对杨进行"关怀"：小杨路上开车睁着点眼睛！移民队伍又往前蠕动了几米，不要队伍排到了，人累没了。

杨在等红绿灯的时候，礼尚往来地给予回复：滚！

江阴同行收购完金鹏后，续签的合同里，没有挨打的名字。倒是有林彬的名字。林彬思考了好些个晚上，最终下定决心追随杨去江阴的步伐。但，被他的妈妈阻止了。

妈妈告诉他，大可不必。

林彬压在心底的大石头，瞬间灰飞烟灭。妈妈是他们家的当家的，妈妈说不用，那就是不用了。

当年的三个饭搭子，出现了三种生活状态。

最潇洒的杨过上了最辛苦的生活。

最节俭的朱盛庸反而过上了最闲适的生活。

林彬妈妈给林彬找了一个商场保安的工作，林彬眼睛一闭，一秒过了心理关，穿上制服去上班了。

三个人拉了一个微信群，继续在线上过你怼我、我嘲你的生活。

2018年8月22日，朱盛庸去参加小君君生日派对的时候，已经做了整一年的全职爸爸。小君君娉婷玉立，已经是一位17岁的大姑娘了。

她早已知晓朱盛庸不是她的爸爸，但仍然盼望着朱盛庸能出席她的生日派对。不知道周画白选的生日礼物是否贡献了力量。

好几次，朱盛庸邀请小白一起出席君君的生日宴会，小白都坚决地拒绝了。并不是因为不想在工作场合之外见冯嫣，而是不想破坏一个小女孩的幻想世界。

这一天，朱盛庸提着小白准备好的生日礼物，早早出门去兰婷家住的闵行区的公园天下。

他像多年前一样，丝毫未察觉身后有人跟踪。

第217章 有血缘关系

陈静静婚前的房产在婚后变卖，法律层面上就变成了夫妻共同财产。所以，朱盛中在认知上，会认为他是一个在上海拥有两套房子、账户里拥有200多万的人。

1000多万的身价，怎么也算中产了吧？

30多万的车已买下，绿牌也拿到，而朱古力的驾证还未考出，陈静静上班有自己的代步汽车，待母子俩都去上班的时候，朱盛中会把新车开出去溜一圈。哪怕没有明确的目的地。

开车在路上，豪情一寸一寸涨起来。

200多万企业债兑付后3个月，就到了他女儿君君的生日。这些年，因为生活窘迫，因为君君未成年，他一直屏得很牢，没敢动与君君相认的心。

钱壮尿人胆。

8月22日一早，朱盛中埋伏在弟弟朱盛庸家楼下。他直觉觉得弟弟还会去参加君君的生日派对。

朱盛庸在小白怀上二胎之后,又搬了一次家。这次搬进了电梯房。怕小白后期上楼太辛苦。建筑面积100平方米的电梯房,房租9000块一个月。

朱盛中因为要看妈妈,而妈妈在弟弟家,所以熟悉弟弟的每一次搬家地址。

朱盛庸没有私家车,这些年来,出行始终靠公共交通系统。

2018年浦江线、5号线南延伸、13号线二三期建成试运营,上海轨道交通运营总里程达到705公里、车站415座,网络规模继续位居世界第一。

这一年,上海地铁全面实现使用"Metro大都会"APP扫码乘行,"沪杭甬"三城地铁二维码互联互通,助力"长三角一体化"。

新线工程依然在繁忙建设。连朱盛庸的川沙沙田公寓门口都通了地铁。

2号线过沙田公寓的时候,还动迁了沙田公寓的第一排沿路楼房。朱盛庸的房子在小区最后一排,只能暗自遗憾。

朱盛庸在地下乘坐地铁。

朱盛中在路面上开着新车。

他潜伏在弟弟家小区,只是想确认弟弟出不出门,并不打算跟着弟弟挤公共交通。

车开到公园天下,想找个停车位,兜兜转转找了半小时。等终于泊好车,距离公园天下已经1000米开外。

朱盛中吭哧吭哧于烈阳下走到公园天下门口,类似于近乡情怯,没敢再往小区内进。他站在有半月形栅栏的院墙门外,充分发挥想象力,想象着他的女儿正在经历一场盛大的派对。

臆想得太投入,连炎热也没感觉到。

在想象的世界里,君君穿着蓬蓬裙,戴着小皇冠,出现在布置得热闹华丽的别墅一楼大厅,被人众星拱月般环绕着,赞美着。

事实上,在兰婷住的别墅里,君君的17岁生日过得相当简约。

长餐桌旁,少了总是对君君担心个没完没了的外婆,年逾80的外公即使坐着也呼哧呼哧直喘气。

君君穿着朴素的白色领子的黑色无袖裙。外婆的忌日还没有出100

天,兰婷也穿得相当素净。

冯嫣像绽放的玉兰花一样美丽,小珍珠则耀眼得像童星。这是一对熠熠生辉的母女。她们跟兰婷、君君一样,穿着黑白两色的衣服。

冯珍珠12岁,比小成高2个年级,开学要读预初。

在同一张餐桌上,朱盛庸亲切友善地询问珍珠是否喜欢上学,成绩怎么样。珍珠比小成还腼腆,她经常忽闪着眼睛,羞涩地笑笑,眼睛骨碌转向她的妈妈,似乎在央求妈妈代为回答。

每逢这种时候,冯嫣就温柔地鼓励她自己说。

厨房里的钟点工将做好的饭菜端上桌,时间到,就自己走了。

朱盛庸他们吃完相对平淡的生日餐,两个女孩子胳膊挽着胳膊上楼去。兰婷送外公去卧室睡午觉。冯嫣独自收拾餐桌。

朱盛庸站着无聊,便与她一同收拾。

他们俩,谁都没有问谁过得好不好。毕竟只需要看对方一眼,就知道对方过得非常不错。

两个人自然而然聊到孩子。

"儿女双全是一种什么感觉?"冯嫣麻利地将残羹拨到湿垃圾桶里,语气自然地问朱盛庸。

"一样的满足,双倍的辛苦。"朱盛庸回。

冯嫣停下手中的动作,品味一二,笑出声:"你更喜欢你儿子,还是你女儿?"

朱盛庸回:"很难分清楚。儿子自负一些,聪明一些,我很担心他重蹈他大伯伯的覆辙。女儿像妈妈,情商很高,会察言观色,所以很讨人喜欢,但她似乎不爱学习。"

冯嫣出神地想象了一会儿,忽然转头望向朱盛庸:"你敢不敢带你的孩子们一起出来跟珍珠、君君他们见面?"

朱盛庸平静地回答:"这有什么不敢的。"

"你太太她不会多心?"

"要多心早就多心了。她跟你做同事这么多年,对你的人品……"

冯嫣脸色立变:"你说什么?"

"我说她对你的人品早就……"

"前一句!"

朱盛庸停顿思考一二,了然。哦,是的,小白没说自我介绍的话,冯嫣是无从知道她是他妻子的。

"你太太跟我是同事?"冯嫣不敢相信地追问道。

朱盛庸点头。

"她叫什么名字?"

"周画白。"

冯嫣瞪圆了眼,吃惊地看着朱盛庸。约莫过了半分钟,她忽然笑了:"好吧。我竟然被彻头彻尾地蒙在鼓里!"

兰婷恰逢此时走进厨房间。她好奇地发问:"什么蒙在鼓里?"

冯嫣笑,妩媚又生动,只是,朱盛庸视若无睹,并未因此起涟漪。

"他的太太,竟然是我多年的同事。我对此一无所知。"

兰婷围上围裙,开始洗碗。

"我见过阿庸的太太,是个又快活又通情达理的人。阿庸头运气好。"

朱盛庸露出得意的笑。纵观11年来的婚姻,他总体也是非常满意的。

"既然是我的老同事,那我干脆周一上班直接问她!"冯嫣语气嗔怪又骄纵。她这样的年龄,还能有这样的说话语气,可见日子过得真的很轻快。

"问什么呀?"兰婷好奇。

"问她肯不肯把她家的两个宝贝带出来,跟咱们的宝贝们认识一下呀。"

兰婷洗碗的手微妙地一停。

冯嫣立刻收敛了笑声。她差点忘了,君君和朱盛庸的孩子们之间有血缘关系!

第218章 新生代

兰婷洗碗的手又流畅起来,她飞一眼冯嫣,道:"要是一年前你这样说,我肯定第一个反对。不过,经历过妈妈的离世后,我改变了很多。

"君君这样子,实在是太孤单了。

"我很愿意她和阿庸的孩子们见面,我也愿意告诉她他们是她的堂弟堂妹。就是不知道会不会惹阿庸太太不开心。"

朱盛庸大包大揽道:"小白不是那种小心眼的人。"

冯嫣高兴地直拍手:"那就这么说定啦。我们找个日子,哎呀,择日不如撞日，干脆今天就把孩子们和周老师一起叫出来吧。晚上我请客。"

"那你把青青也叫上。"兰婷顺口建议道。

冯妈不自在地抿了一下嘴巴，咬了一下唇。

兰婷不觉飞快地看朱盛庸一眼，想圆过去，又嫌此地无银三百两。正踌躇间，门铃响了。兰婷于是提高嗓门，咋咋呼呼道："快，冯妈，帮我去开门。"

冯妈擦手，正要出去，楼上的两个小姑娘踩着轻快的步伐，飞一样下楼。珍珠回头偷偷看一眼朱盛庸——君君姐刚才在楼上告诉她，朱叔叔当年和她妈妈是恋人。相恋好多年的那种恋人。

没想到，自己偷看的那一眼正好对上朱叔叔的目光，珍珠脚下一乱，差点摔跤。

君君跑到了前头，接起可视门铃。

"谁呀……哦，快递！"君君的语气明显带着失落。也许生日这一天，她在期待着连她自己也不知道是什么的意外惊喜。

君君扭身往来时的路走，被兰婷喊住："快递只送到院子门口，君君快帮妈妈拿回来。"

"那么热。"君君一边嘟囔，一边不情愿地推门进庭院。

庭院只有七八米长，君君迈开大长腿，几步就穿过烈阳照耀的区域，来到院门处。她拉开门栓，很意外，快递员竟然还站在门口。

一大束绚烂开放的粉红蔷薇率先递过来。

君君惊喜至极，瞬间容光焕发。她激动地望向快递员："谁订的？"

"呃……"朱盛中有些措手不及，好在他戴着头盔，可以适当掩盖他的窘迫。

"你不知道！你只是快递员，不是店家。"君君快乐地自问自答。

朱盛中摸了一下头盔，他多想开口直说：我不是快递员，我是你的爸爸。但，17年的亏欠使他没脸说。

"还有这个。"朱盛中赶紧递上DQ的冰激凌生日蛋糕。

"哇——"君君叫起来，"真的很懂我哎。"

珍珠跑过来，踮着脚尖透过君君的肩膀往前看，边看边问："君君姐，谁送的？"

君君娇媚一笑："我猜是方哥……哎呀，也不一定。"小女儿的娇羞一览无余。

朱盛中瞬间急了！什么方哥圆哥！马上要读高三的孩子可不能搞暧昧！

他正要开口，院门在他鼻尖前重重甩合上。

朱盛中急得直挠头，结果，只是挠到饿么上面叮当猫一样的小风扇。要不是这身衣服还压着押金，需要完好如初地归还，他真想把头盔砸地上，以发泄他的气闷。

三个小时前，朱盛中在小区门外臆想他女儿的 17 岁盛大生日，正想得起劲，忽然想到，他可以锦上添花！于是拿出智能手机，唰唰上网订购了大花束和 DQ 冰激凌蛋糕。

本来想订哈根达斯的冰激凌蛋糕的，看到价格生生吓退。

订完之后，他就站在公园天下的小区门口耐心等待。一直等到快递来送。他拦住快递员，花了 100 块钱租了他们的快递服装，为此还压了 400 块以示他无意于诈骗快递套装。

朱盛中没敢奢望君君来开门。

他只是想默默地锦上添花而已。

见到君君实在是意外之喜。只是，没过一分钟，意外之喜又带来意外惊吓。

朱盛中在门外徘徊了一阵子，想敲门又怕遇到弟弟来开门，更怕遇到兰婷来开门，更更怕遇到他泼辣的前丈母娘——他不知她已驾鹤西游。头盔戴得他越来越闷，确认了自己没胆量敲门，只好弃门而去。

糟糕的是，当朱盛中脱了快递马甲，夹着快递头盔走出公园天下小区时，说好要在小区门口等他的快递员，不见了！

他的押金！

400 块押金迅速撵走他对君君早恋的担忧！

话说君君抱着花，提着冰激凌蛋糕，像鸟儿一样飞进屋内。她快乐地在充满冷气的舒适室内转了两个圈。

"谁送的？"兰婷彼时已经洗完碗，从厨房走出来，正好看到君君快乐的样子。

"不告诉你。"君君将冰激凌蛋糕往餐桌上一放，自己抱着花去楼上。

"君君姐的一位爱慕者。"珍珠跑到妈妈冯嫣跟前，耳语告密道。

兰婷一听，神色立刻严厉起来："君君！你给我站住！"

君君楼梯上到一半，慑于妈妈的威望，挺住了脚。停是停了脚步，却不肯回头,全身上下写着倔强。

"你给我说清楚!"

冯嫣见状,揽着兰婷的肩膀:"今天是君君的生日,寿星最大,什么事都放到明天再说。"

劝完兰婷,冯嫣做主道:"君君,回你房间去吧。"

君君头也不回地上楼了。

兰婷手捂住脸:"不好意思,让你们见笑了。我脑子里的弦绷得太紧,生怕她走歪,辜负了我这十几年的养育。"

冯嫣深有同感地沉默着。

朱盛庸慢吞吞开口道:"与其说你怕她走歪,不如说,你怕被证明自己做错了选择。"

兰婷和冯嫣同时抬头看朱盛庸。

兰婷的目光带着不解,而冯嫣的目光带着警告,明显是要他不要乱说话。

朱盛庸并没有因为冯嫣的警告而改变自己的主意:"你决定离婚,以保住孩子。你为了孩子的生活不被意外打扰,选择不再结婚。

"这么多年,你付出了那么多,万一孩子没养好,你会自我怀疑,甚至全盘自我否定。孩子越大,越失控,你越担心。你害怕被证明你这些年的选择,是个错误。"

冯嫣紧张地看向兰婷。要是兰婷因为朱盛庸自作聪明的剖析而崩溃的话,就别怪她翻脸赶人了。

第219章 没有见好就收的觉悟

没想到,兰婷被朱盛庸戳破她想掩盖的隐秘内心后,反而生出解脱感。

"你说的没错。"她苦笑,"我想用女儿很优秀,来证明我这些年的选择没有错。"

冯嫣幽幽叹口气,她扶着兰婷的胳膊,劝道:"我们不应该从女儿身上索取意义。鸡娃不如鸡自己。"

兰婷跟着叹一口明显深重的气:"道理我懂,就是事到临头控制不住自己。"

朱盛庸为她加油鼓气道:"我相信你。你一定会走在正确的路上。"

兰婷感激地看看朱盛庸,看看冯嫣,重重点头。

朱盛庸牵挂家里的两个孩子,先行告别。回到家后,他事无巨细跟小白分享白天的所见所感。小白蜷缩在单人沙发上,膝盖上摊了一本书,书页每隔一会儿就翻一页,看样子根本没有在听。

朱盛庸毫不在意。

在小白那里絮叨完他想说的之后,他往沙发旁走。沙发上坐着看熊大熊二的兄妹俩。走了一半,朱盛庸回头:"哦,对了,那个,冯嫣和兰婷想问你介不介意让孩子们认识一下?"

小白抬起头,看了一眼朱盛庸:"干吗问我?问孩子们呀。"

朱盛庸笑了一下。

这回答"很小白"——谁的问题谁负责。

朱盛庸在沙发上一坐下来,就情不自禁搂上要上幼儿园的小女儿。他忍着对熊大熊二的排斥,陪着孩子们看完一集动画片。

动画片结束,朱盛庸关电视。

"孩子们,有两个姐姐,想约你们周末一起出去玩,你们愿意去吗?"

小半月欢呼起来:"愿意!愿意!"

小成比较谨慎:"谁?多大?"

朱盛庸扼要向小成介绍起来。这一介绍,像是讲起了长篇故事,时间跨度足有二十几年。小成满脸惊奇,很感兴趣。

小半月听得半懂不懂,但也是听得一脸惊奇。

小白本来在看书,看着看着眼光就飘了起来。她忽然想起与朱盛庸第一次相见的场景。

"我想起来了!早在我们认识之前,我们就见过面!"小白突然大喊道。

爷仨齐齐转头看向她。小白眼睛发亮,神采飞扬:"是的!有一次我走在路上,忽然灵光一现,想到去世纪佳缘注册账号,借着平台认识复旦的学姐学长。于是,我就随机拐进了路边的一家网吧。

"我坐下没多久,吧嗒,隔壁桌子上掉下一个东西。

"我低头一看,是一张身份证!

"捡起来后,我当时扫了一眼身份证,目光被身份证上的'庸'吸引!

"现在,我想起来!身份证上的名字就是'朱盛庸'!"

朱盛庸细细追忆,似乎有这么一件事。他之所以模模糊糊还记得,是因为他一般不丢东西。小时候因为丢三落四,曾经被爸爸拿着皮带抽。

"你的记忆力也太神奇了吧。"朱盛庸点着头笑。

小白从沙发上站起来,飞扑到朱盛庸身上:"千里姻缘一线牵。好神奇的命运啊。"

小半月最喜欢凑这种热闹。她爬到沙发靠背上,扑到爸爸的后背上,紧紧抱住妈妈的脑袋,嘴里不住大喊:"抱抱!给我一个抱抱!给你一个抱抱!"

小成无奈地看天花板。他这个年龄的小男生,最厌弃卿卿我我。

话说朱盛中。

他发现自己被骗去 400 块押金后,决心维权。作为证据的饿了么外卖服和头盔当然不能丢。他将饿了么外卖服压在后备箱的垫子下,心虚地驱车回家。

车停在地下车库。

朱盛中回到家后,一边给手机充电,一边给冰激凌蛋糕接单员打电话。电话接通,他开始跟外卖员理论,才说一半,就被对方挂断了电话。

他怒不可遏,叉着腰继续打。

连着拨打几次,终于又被接通。气势万钧地开骂,忽然耳朵一动,听到了门锁转动的声音。他回头一看,魂儿差点吓飞。

陈静静回来了!

她平时要晚上 11 点才回。今天回来这么早,事出反常必有妖!

果然,陈静静之后,露出朱古力皮笑肉不笑的大肉脸。

朱盛中哪敢再跟电话里的外卖员理论,驴头不对马嘴地"噢噢噢好好好"起来。噢好一阵后,朱盛中自顾自挂上电话。

他自认为演得很好。

一回头,直接吓得魂飞天外。

朱古力手里托着的,正是他塞到后备厢垫子下的外卖服。

"你知道现在很多新车里都内置有 GPS 吗?"朱古力连称呼也不喊,语气有几分高高在上。

朱盛中气场被压制,人似乎也缩小一圈。

陈静静将头盔往地上一扔:"你不打算说点什么吗?"

朱盛中急智之下,缓缓开口:"被你们发现了。我也是想为家里做点贡献，所以才去做兼职。"

陈静静一下子心软了。她似有责怪地瞥了朱古力一眼。

朱古力不可思议地望着朱盛中："你开着三十万的车，送外卖？而且只送一单？"

"你听说过轮班的出租车司机吗？就是两个人开一辆出租车。我就是那个轮班的外卖员。我是骑着别人的电瓶车送的外卖，只是跟我搭班的那个人住闵行而已。"

"怎么证明？"朱古力年轻气盛，没有见好就收的觉悟。

"呐。这是我搭档的电话。你可以打电话给他。"朱盛中拽掉充电线，毫无半点迟疑地将自己的手机递给朱古力。

没想到，朱古力这家伙真的拨了过去。

"我搭档这会儿正忙。他要是不接电话，你别怪他。"朱盛中慢悠悠道。赌徒的特性就是不见棺材不落泪。不到被拆穿的最后一瞬，是不会主动缴械投降的。

朱古力听了一会儿，"饿了么骑手刘"果然没接电话。

朱盛中以为戏演到这里，差不多各退一步，就好收场了。

谁知道，朱古力拿出自己的手机，拨打起骑手刘的手机号码来。骑手刘接起电话，习惯性自爆姓名："我饿了么，你要催单？"

朱古力脸上闪过意外，果断掐断电话，脸上旋即浮出笑容："我就说嘛，叔叔对这个家，忠心耿耿。"

朱盛中脸上笑着，后背凉着。

他从朱古力不死不休的追究中，看出了他对他的厌恶。

当天晚上，躺在床上，朱盛中侧身向陈静静，揉捏着陈静静的手，悲伤地追问："朱古力是不是对我有意见？"

"没有。你多心了。"

"别敷衍我。只有你真诚地告诉我，我才有机会消除他和我之间的误会。"

陈静静一如既往很快被朱盛中说服，开口转述朱古力的不满。

第220章 从此有了假想敌

陈静静开口。

"朱古力问我,你到底为这个家做了什么贡献?我仔细算算,我们结婚15年,你上班的时间加在一起没超过3年。我们孤儿寡母本想找个依靠,最后反倒是多养了一张嘴。"

朱盛中暗中心里一紧,愤怒地想到"过河拆桥""兔死狗烹"之类的成语。不跟他结婚,没有他的上海户口,朱古力和陈静静能有上海户口吗?

问题是,现在人家户口拿到手了!他再提这茬,反倒坐实他心中在拿户口当买卖。

朱盛中默默松开陈静静的手,躺平,将空调被拉没过脑袋,一声不出。

他心中默默算计着时间,果然,没过三分钟,陈静静开口了:"你怎么了?不开心?"

朱盛中哼了一声:"我开不开心,又有谁在乎?一日三餐、风雨无阻,每天接送长大的孩子,张口问我到底为这个家做过多少贡献……难怪整个社会都不赞成女性做家庭主妇,因为没有人将琐碎的家庭付出当成对家的贡献。"

朱盛中说完,翻身,侧躺,背对着陈静静。

陈静静摇晃他:"我心里明白着呢,没有你在家里打理一切,我也做不上店长。儿子的话,不用往心里去。他早早晚晚有一天会理解你。"

朱盛中的目光里,灰暗连成片:"我还能指望朱古力吗?"

"你瞎说什么呢。"

"是不是跟你无法指望儿媳妇一样,我也无法指望朱古力?"

陈静静本来置身事外,忽然被朱盛中拉进话题内,内心顿时紧张起来。

朱古力21岁了,马上就到法定结婚年龄。他是要有自己的小家庭的,她是否能和谐融入儿子的小家庭里,确实是个未知数。

这么一想,还是跟睡在身边的人当战友,更保险。

陈静静贴上朱盛中的后背,鼻息吹到朱盛中的脖颈:"不管能不能指望儿子、儿媳妇,我们能相濡以沫、白首到老就够了。"

朱盛中要等的,就是这一句话!

他按捺住洋洋自得,满意地露出笑脸。

有种陈静静这只小猴子逃不出他如来佛掌的感觉。

第二天，朱古力起床，明显感觉妈妈的天平在朝朱叔叔倾斜。

逮着朱盛中蹲厕所的时间，朱古力将妈妈堵到厨房间，问道："他是不是又对你洗脑了？这回用的什么说辞？"

陈静静手指直戳朱古力的脑门："怎么说话的？没大没小。"

"大小不是年龄问题。是贡献程度的问题。妈妈，我现在每个月收入都过万，你完全可以依赖我！"

陈静静拿手去捂朱古力的嘴巴，眼睛飞快往外窥视，发现厨房门口空无一人后，压低声音道："妈能指望你，也能指望你将来的媳妇？别傻了。妈不想拖累你。

"我跟你朱叔叔过，挺好的。他虽然没有大本事，也没有大脾气。到底一起生活 15 年了，是块石头也焐热了。我跟他之间，还是有感情的。你就不要死揪着他不上班不赚钱不放了。"

朱古力拧着眉毛，意识到自己没有力量促使妈妈甩掉吃软饭的。他跟不见棺材不落泪的赌徒之辈不一样，学习不好的他，情商高，看事情有种无师自通的通透。既然妈妈无力离开朱叔叔，他就马上停止挑拨离间。

"是我不够成熟，月薪一过万，就膨胀了。妈妈觉得好，就好。"

陈静静粲然一笑。依然能看到当年美人的影子。

一墙之隔的朱盛中，努力拿一只酒杯贴墙上，想收拢一些声音。结果只能听到母子讲话声，却听不见到底说的是什么。

真真急死他了。

急到极致，反倒生出破罐子破摔的无所谓。最后的最后，他还有侄子小成兜底。

放松下来的朱盛中，神情笃定地走出卫生间。意外地，不仅陈静静没有反水，朱古力也全无叛逆了。

朱盛中假装对一切变化都一无所知，只是暗中叮嘱自己，最近一定要老实些。他开始懊悔昨天太孟浪，居然又送花又送蛋糕的。幸亏朱古力没想到查他的支付 APP。

朱古力在家吃过早饭，陈静静开车送他去驾校学车。

朱盛中一个人在家，眯在沙发上，未雨绸缪想对策。他开始猜疑，这个家里，在他不知道的隐秘角落里，安装了一个监视他的摄像头。所以，即使独处的时候，他也要谨慎。

想到这里，他便实打实地免去了跟昨天的外卖员讨公平的想法。

朱盛中从此陷入一个人的战争。他的假想敌是朱古力，战场即随时随地的生活。他必须保持警惕，避免被抓把柄，三振出局。

为了彰显对三口之家的忠诚，朱盛中连妈妈都不怎么探望了。

朱妈妈扳着手指数日子，总觉得大儿子要来了，可总也等不来他。越是年龄大，越是敏感气傲。朱妈妈就忍着，不主动联系大儿子。

内心藏着"大儿子为什么突然不来了"之心事的朱妈妈，开始反向往妹妹家跑。

刘熙的女儿小苹果比珍珠小三个月，与珍珠读同一年级，也是开学要上预初。小苹果暑假多厮混在外婆家，因为父母都在忙工作。

"刘熙现在这么要上进啊，上班还没有出门就开始接电话了。"朱妈妈望着刘熙出门上班的背影，对妹妹说道。

"哎，是的呢。不上班的时候闲适得很，还要用钟点工。现在嘛，上班了，连孩子功课都不辅导了。看她说话不紧不慢，其实比刘流容易走极端。"

朱妈妈给妹妹使了个眼色，小阿姨一转头，看到小苹果正气鼓鼓地瞪着她。

"瞪什么呢。你妈妈是我女儿，我养的，我凭什么说不得？"

小苹果噘着嘴巴走开了。

"看苹果这两条细长腿，恐怕身高要仿刘流了。"

小阿姨扬了一下她手中的抹布，兴致缺缺道："千万别像刘流。我们刘流太苦了。刘流她年轻时多快活啊，结果，谈了个恋爱，谈得人生差点支离破碎。好不容易遇到刘新，总算是老姑娘嫁人了。

"刘新高兴着他俩都姓刘，免得争论孩子跟谁姓。谁知道，他们竟然养不出孩子。"说到这里，小阿姨擦了擦眼角。

"医生说是谁的问题？"

"俩人多多少少都有问题。按道理说都不是很严重，可俩人都有问题，就严重了。结婚这么多年，一男半女也没有养下。

"刘流将来老了，指望得上小苹果吧，心疼小苹果。指望不上小苹果吧，心疼刘流。

"真是作孽。"

育龄夫妇生育难的问题，在身边日益凸显。有人说是吃了太多包装食品，有人说是快节奏的生活下精神压力大导致……不管是什么原因，主动或被动做丁克的夫妻越来越多。

第221章 当意外发生

小阿姨话锋一转："阿庸头倒是好命，儿女双全。"

朱妈妈接："可我大儿子没有自己的孩子。"

"我们做父母的，总是替孩子们贪心。"

两姐妹俩在铺满阳光的阳台里坐着，低头就是弄堂。如今的弄堂，已经没有昔日的拥挤和热闹。

"大姐姐近来可好？"

"她身体倒是很好，头发比我的还黑。就是脑子错乱得厉害。听她儿子说，医生诊断说是认知障碍症。也不知道这病跟一辈子要强有没有关系。

"现在嘛，就是在加拿大的女儿补贴钱，跟前的儿子负责请阿姨照顾。大姐姐本来个子就小，人老了又缩小两圈，阿姨照顾起来也不困难。"

小阿姨捶着腿："我这老寒腿，夏天也开始隐隐作痛了。"

朱妈妈站起身，扭扭腰："我其他还好，就是养阿庸头那会儿，月子里要不停地往医院跑着送奶，没休息好，盆骨没恢复。"

"为啥不停跑医院啊？"

"阿庸头出生在医院走廊，一出生头上就有块血包呀。"

"喔喔，是有这件事。我这脑子，越来越健忘了。"

"我也是经常丢三落四，脑子糊里糊涂的。"朱妈妈轻拍脑袋。

"老了老了。"小阿姨笑着直摇头。

朱妈妈也跟着笑，心里却一寸一寸发凉。

总觉得这一辈子还没有正儿八经过，蓦然发现，已到暮年。时光都去哪儿了呢？

朱妈妈赶在妹妹家饭点前回家。

骑到一半，等红绿灯的时候，她忽然抬头，朝前方喊道："又闯红绿灯！就那么迫不及待！非得给孩子们带坏榜样！"

她转头看身旁，清楚地看到青春期的英俊的长子和矮哥哥一个头的穿着哥哥淘汰下来的旧衣服的小儿子。

她要伸手去理小儿子的衣服领子,却摸了个空。

眨眨眼,再去看。前方既没有迫不及待闯红灯的朱爸爸,也没有少年时期的儿子们。她自己的手,也不似印象中那么葱白,而是布满了老年人特有的皱纹。

前方的绿灯亮了。

身旁的电瓶车们呼啸着开过前方路口。只朱妈妈一个人,手握着破自行车的手把,一脸茫然地站着。

还是路边的交警,发现她等了好几个红绿灯,觉得奇怪,过来询问她。

朱妈妈惊恐地望着交警:"同志,我要回家!可是我突然想不起我家在哪里!"

交警协助她把自行车搬上人行道,问她是否带了手机。

朱妈妈摸口袋,摸出一张纸条。

交警拿起纸条。那上面有一行幼稚的字体:如果我奶奶忘了回家的路,请拨打我爸爸的电话号码:138××××9100。

交警刚拿出手机,朱妈妈又从另一只口袋里摸出一张纸条。这张纸条上什么汉字也没有,只歪歪扭扭大小不均地写了一串数字,正是之前的那个手机号码。

越来越多的纸条从不同的口袋里掏出来。

交警手里一会儿就拿了四五张。

"老人家,这些纸条,应该是你的孙子或孙女放您口袋里的吧?"

"喔喔。"朱妈妈的眼睛一下子亮了,"我有孙子,也有孙女。"

"老人家,您别急,我这就打电话联系你儿子。"

这不是朱妈妈第一次突然认知断层。只是,上一次发生是半年前。当时在家里,她正坐着吃饭,突然看哪儿哪儿陌生,一切都像从未见过一样。

她知道跟她坐同一张桌子吃饭的人是她的儿子、儿媳、孙子、孙女,可就是觉得面生。她突然停止咀嚼和惊慌的眼神被孩子们发现。他们问她怎么了,她便平静地如实相告。几分钟后,她渐渐恢复认知,又觉得看什么都熟悉了。

这件事她自己没怎么放心上,没想到,小孩子是那么认真,从此小成就养成了往她口袋里塞纸条的习惯。

朱妈妈的眼睛渐渐有了笑意："交警同志，谢谢你，不用打电话了。我想起来了，我是从妹妹家出来，要去我小儿子家。我记起路了。"

交警正好结束通话："人呀，一天三迷。您别担心，也别着急走。先站着陪我说说话。你儿子10分钟后到。"

10分钟后，朱盛庸骑着一辆小黄车赶到了。

没有责怪，也没有装腔作势的庆幸，朱盛庸很平静地带朱妈妈回家。他锁了小黄车，推着妈妈的自行车，沿路看到什么说什么。

"这条路曾经是条河浜，后天填平当马路了。"

"这里曾经是片棚户区。棚户区改造的时候外公还在世。"

"这条路叫制造局路。这是妈妈曾经上班过的地方。"

"我们从制造局路上小拐弯，进斜土路。妈妈是看着斜土路发展起来的，是吧？"

就这样一路轻声细语聊天，聊到家里。

小白去上班了，暑假的尾巴上，小成和半月都在家。朱盛庸出门接朱妈妈的时候，小成在家看妹妹。

房门打开，看到立在门内巴巴望着门开的小兄妹俩。

"奶奶！"半月扑进奶奶的怀里，"奶奶你走丢了吗？"

"奶奶老糊涂了，在外面突然想不起回家的路了。"朱妈妈蹲下来，搂着半月。

"放在口袋里的纸条起作用了吗？"小成问。

"起作用了。奶奶要谢谢你！还要谢谢妹妹。妹妹写的也起作用了。"

小半月蹦跳着欢呼起来。

晚上，小白回来，半月争先恐后将奶奶走丢的事情讲给妈妈听。半月是用喜悦的语气讲的，边讲边在沙发上跳。她还分不清事情的轻重。

半月的讲述为这件悲伤的事减去很多悲情的色彩。

饭后，朱盛庸难得也加入进饭后散步的队伍中。一家四口把奶奶送到家门口，才折返回来。

回家的路上，小成不无担心道："要是奶奶从此糊涂了，清醒不过来了怎么办？"

朱盛庸用平静的声音回："就相当于我们家又多了一个孩子。"

半月笑嘻嘻地，手指自己："我是小小孩。哥哥是中小孩。奶奶是老小孩。"

一家人都被半月逗笑，心底的沉重也因此减轻过半。

小白于无声中牵上朱盛庸的手，算是给他某种情感支撑。

晚上，哄睡孩子们之后，夫妻俩在卧室里交谈开来。

第222章 孩子的好处

夫妻俩先讨论朱妈妈的事情。俩人一致认为应该带妈妈去医院做一个全面检查。倘若真的有老年痴呆的倾向，干预性的药物先吃起来。

接着讨论冯嫣的建议。

早上，小白刚到公司，冯嫣就眼睛发亮地走到她的办公桌前。她压低声音对她说："真是太不公平了。这么多年，你多一层视角看我，我却一无所知！"

小白旋即明白她在说什么。她无法辩驳，只好笑着认下。

"你老公有没有跟你说过，我和兰婷想让孩子们彼此认识一下？"

小白点头："已经征求过孩子们的意见，他们表示很有兴趣。"

"周末就安排！你定日子，我们配合！"

小白约略跟朱盛庸讲过白天办公室里的对话，问朱盛庸："定周六还是周日？是去公园，还是去欢乐谷、迪士尼？"

朱盛庸毫不犹豫地回："欢乐谷、迪士尼太贵。就去公园吧，免费，场地还大。至于周六还是周日，随你便。"

小白想到冯嫣期待不已的表情，便道："那就周六。约定周六上午十点半，在缤纷城碰头。先一起吃顿早中饭，饭后一起在商场内逛逛，避避暑，等到下午三四点，再去公园跑一跑。"

"听上去不错。"

讨论完当日要事，小白照例询问道："今天奶爸当得怎么样？"

朱盛庸一下子被问笑了。

一年前他离职，第一天当全职奶爸，雄心勃勃要做世界上最完美的爸爸。他带着小半月去上幼儿美术课，以为知道时间，知道在缤纷城上就足够。

跑进缤纷城，顿时傻眼：彩虹幼儿艺术画、番茄田、星空大师、天空花园宝贝艺术绘……世界上怎么会有那么多美术学前教育班?! 还凑在一起!

小半月直奔彩虹幼儿艺术画,但他严重怀疑女儿是冲着人家的彩虹滑梯去的。

没办法,他只好羞涩地给小白打电话,询问女儿到底上的哪家绘画班。

还好小白没有趁机嘲讽他。

小半月去上课,他闲来无事,去楼下的711买便宜咖啡,坐在楼下的公共区域边喝咖啡边聊天。

他问杨,到江阴打工,放着几百万的房子不住,住100块一晚的简易宾馆,心情如何?

杨问他,当无业游民,还要养活两个娃,压力大到是不是快撑不住了?

林彬不停地发语音,大意是看到一个美女,又看到一个美女,工作日逛街的美女好多啊之类。

朱盛庸猜杨跟自己一样,直接忽视林彬的那些语音消息。

小白的电话突然打进来,劈头询问他在哪儿。他猛然想起,他之所以坐在商场椅子上,是在等接女儿下课!

"糟了糟了!"他顾不上回答小白的询问,站起身就朝彩虹幼儿艺术画教室跑。

以为女儿会可怜巴巴哭鼻子,翘首以盼等着他来接。还好还好,他气喘吁吁跑到三楼之上,女儿在彩虹滑梯上滑得不亦乐乎。

当全职奶爸的第一天,惨败收尾。

他拿出笔记本,认认真真记录下儿子的班级、班主任姓氏、联系电话,女儿每周要上的课,上课的时间和地点,铃声设了一大串。

以为这样就可以了,没承想,考验才刚开始。

做饭远没有以为的容易。

做出来的自己都不爱吃,更别提嘴巴挑剔的孩子们了。

他被迫计划潜心研究菜谱,并加以实践,以增加自己奶爸的职业技能。

就这样,一点一滴,从零做起,倒也练就一身本领。

只一样,他至今还没有搞定——那就是使兄妹俩和睦相处。

很多人想当然地认为哥哥会宠爱妹妹,其实才没有。不仅没得宠,还拿妹妹当撒气包用。

妹妹人小体弱，可胆子肥啊。

她对哥哥没有半点畏惧心，经常在哥哥忍耐的极限边缘来回挑衅。

家里经常鸡飞狗跳。他实在弄不明白，小白是怎么于无声无息中搞定他们两个的。

朱盛庸偷偷瞥了一下正在卸耳环、项链的小白，语气略带欣喜道："今天我接到交警电话前，家里哥哥妹妹闹得正不可开交，我是一个头两个大，也就是想到我爸爸暴躁压制，并不能起到正面作用，我才苦苦忍着。

"我接交警电话的时候放了外音，哥哥和妹妹同步听到了交警的话，他们俩一秒和解。哥哥还催促我快去接奶奶。妹妹也跟着催促，还保证她一定会听哥哥的话。

"等我接好妈妈回到家，他俩果然相处得很和平。

"我心中甚是欣慰。

"而且，我很感动，在我不知道的情况下，两个孩子默默往奶奶衣服口袋里塞纸条，已经塞了很久了。"

朱盛庸手按在胸口，一脸陶醉。

"有时候他们就像天使一样可爱。是不是？"

朱盛庸开心地点头。

一夜无事。第二天，小白告诉冯嫣她的提议。冯嫣欣然答应。冯嫣如此积极，令小白也不由期待起孩子们周六的首次聚会来。

"兰婷的女儿马上要高三了，有时间玩一天吗？"小白担心道。

"她女儿聪明得很，只用八九分力气，就能保持在班级前三名。"冯嫣回，"你放心，她女儿一直正常过周末的。"

小白瞬间就想到了朱盛庸的哥哥朱盛中。据说朱盛中小时候也聪慧异常，凭借一己之力，考进了上海最棒的上海中学。

正因为有朱盛中的前车之鉴，朱盛庸才认为聪明与否不重要，重要的是价值观。价值观正确，才能保证安全长久的发展。

朱盛庸按照头天和小白商量的结果，要带朱妈妈去医院体检，遭遇滑铁卢。

朱妈妈怎么都不肯去医院，她语气凿凿地告诉朱盛庸：她没事！一点事都没有！

"奶奶，今天几月几号？"小成突然开口问道。

朱妈妈手扶额头，努力去抓脑子里的线索，眼睛都闭上了，还是一无所获。

小成看一眼爸爸，耸耸肩，活脱脱在说：帮你帮到这里，剩下的，看你了。

朱盛庸立刻接道："还说自己没事！正常人能连今天是几月几号都想不起来吗？"

正坐在地板上玩积木的妹妹半月忽然抬头，奶声奶气地问："今天是几月几号？我就不知道。"

"你不是正常人。"小成用肯定地语气对半月说。

半月欣喜地点头："我就说吧，我不一般，很优秀，棒极了。"

一家子轰地笑起来。

笑了的朱妈妈不再像刚才那么坚持，她的态度软下来："我可以跟你一起去一趟医院。先说好，医生开的药我可不吃。是药三分毒！"

"晓得了。晓得了。"朱盛庸推妈妈往门口走，同时不忘回头，给小成比了一个赞。

小成回了一个OK。仿佛在说，放心去看病，妹妹包给我了。

朱盛庸会心一笑。

孩子还是很有必要的。两个孩子并不多。他想。

第223章　当年不肯出国的原因

朱盛庸带朱妈妈去中山医院看神经内科，医生建议他同时去宛平南路600号，挂精神心理科，确认一下幻觉的问题。

朱妈妈很抗拒，觉得去精神病医院看病很丢人。

她站在十字路口，不肯过人行道。

朱盛庸晓之以理，却无法说动她。灵机一动，他决定给哥哥打电话。

"什么意思？医生说妈妈可能抑郁？可能老年痴呆？"朱盛中在电话里大叫。

朱盛庸将电话移开一点，等哥哥情绪平复后，说："现在还没有确认。妈妈不肯去宛平南路上的精神卫生中心。你劝劝妈妈。"

朱盛庸把电话给妈妈。朱妈妈委委屈屈地接过电话。

不知道哥哥在电话里跟妈妈说了什么，只见朱妈妈不断地点头，不断地"嗯"着回应。

朱盛庸内心浮起轻微的酸涩。他好像没有办法忽略那个事实——妈妈一直偏爱哥哥，只是后来哥哥一再令她失望，她才慢慢将关注倾斜给他。

虽然已经四十好几，他心里还住着一个争风吃醋的小孩。

朱妈妈电话接了二十几分钟，结束了通话，同意去精神卫生中心。

"哥哥跟你说了什么？"朱盛庸忍不住好奇。

"他跟我说，他上周刚去过宛平南路600号。去给他丈母娘开了点帮助睡觉的药。上上周朱古力也去过。现在很多年轻人去咨询睡眠问题。里面跟正常医院一样，只是医生在精神健康上更专业。"

朱盛庸不得不默默叹一声服气。

朱妈妈被医生安排独自做了几套题，机器分析出做题结果：轻度抑郁。

坐诊的医生很和蔼，口里讲的上海话软软糯糯的。她特别会说话，几句话就打开了朱妈妈的心扉。她问朱妈妈："阿姐衣食无忧，儿孙俱全，为什么还不开心？"

朱妈妈叹气："我总是担心自己会老年痴呆，我怕痴呆后会拖累孩子。"

坐诊的医生抬眼看了一下朱盛庸，温温柔柔地对朱妈妈说："阿姐，你的心事完全可以摊开了跟你儿子说的。把话说开就好了。"

朱盛庸作为陪同家属，站在旁边倾听了全部的谈话。

他有些吃惊。一直以为妈妈的内核是独断、强势，没想到，竟然也会被"担心"拖累到轻度抑郁。

与其说她是担心自己会得老年痴呆，不如说她担心得了痴呆会拖累他的生活。

妈妈担心拖累他，是不是说明妈妈心里爱着他？

作为一个缺爱的孩子，朱盛庸受到一种震动。

"妈妈，你知道我当年为什么执意放弃出国留学的机会吗？"从医院回家的路上，母子二人安详地走在人行道上。朱盛庸开口问。

"我暗自猜测过。我想可能是你胆怯了，你害怕独自面对美国的陌生生活。"

"不是的。"朱盛庸平静地否定道，"我放弃留美的机会，是为了报答外公。"

"报答外公?"

"小时候,哥哥又漂亮又聪明,爸爸明晃晃地夸赞他,抱他,摸他的头,亲他。我和哥哥一起犯错,挨骂挨打的永远是我。我很小就知道爸爸偏心。

"你也偏心。你给哥哥穿新的衣服,这姑且认为是因为他个子高;后来,他因为哮喘发育得慢,我在初二的时候赶上他的身高,初三的时候超过他的身高,可依然是只有他有新衣服穿。我穿的是你或者爸爸的旧衣服改的。

"不光是在吃穿的方面。

"你怕黑,怕跟人打交道,可只要哥哥从寄宿学校回家,你总会等在楼下,等着接他。你会看着他微笑,跟他说话更有耐心。你其实跟爸爸一样,也偏心哥哥。"朱盛庸说得很认真,宛如一个计较的孩子。

朱妈妈无奈地笑笑。

她没法否认,读大学之前的朱盛中,是一种光明的存在。她是他的母亲,自然对聪慧的、前途光明的中中充满爱的期待。

"只有外公偏心我。外公心疼我在家挨爸爸的打,每回都偷偷在抽屉里藏糖果、饼干、蜜饯给我吃。偷偷摸摸只给我一个人吃。

"外公用他布满老茧的粗糙的手抓在我的手腕,手心里握着叠成小块的10块钱,非要我伸手接住。我不肯,外公就沉下脸。外公对我是真心实意的,没有半点虚头。

"每逢我想起外公对我的种种小细节,就忍不住想哭。

"外公补偿给我的爱,让我有勇气面对我在家里的生活。

"外公生病的时候我刚刚高三,还没有独立,唯一能回馈给外公的,就是陪伴。

"投桃报李,就是我放弃留美,执意留下来的真正原因。"

朱妈妈笑不出来了。她低头沉默了一会儿,抬头,开口道:"那你一碗水一定要端平。你也有两个孩子。"

朱盛庸点头:"我会注意的。就算是心里实在有偏爱,也争取不表露出来。"

朱妈妈难得表达一次认同:"你会做得比我好。我那时候,虽然是两个孩子的妈妈,其实什么都不懂,都是后知后觉。"

两个人并肩走了二十多分钟，走回了家。

烈阳虽大，额头汗水也沁出了一层，却别有一种畅快。

进了小区，刷卡进入单元楼，等电梯的时候，朱盛庸重新开口："妈妈，我跟你说一句交底的话，我会负责你的养老。负责到底。

"你不会拖累我的。

"如果需要，我会把你现在住的房子卖掉。卖来的钱统统花在你身上。你可以把心放肚子里，你会得到很好的照顾的。"

朱妈妈扭过脸，看电梯内的宣传广告，其实是避免被朱盛庸看到她湿了的双眼："爸妈这一辈子没本事，没远见，唯一给你留下的，就是这套房子。房子不许卖，里面还上着两个孩子的户口呢。"

朱盛庸抬起胳膊，缓缓搂住妈妈的肩膀："钱财都是身外之物。小成和半月，会通过他们自己的努力过上好生活。他们的爸爸，我，已经给他们做出了榜样。你跟我，都不需要替他们操心。"

朱妈妈想反驳，仔细一想，除了上学期间为朱盛庸付过学费，成家立业买房子之类的大事上，她确实没有花过钱。

她曾经给过他 10 万。

得知他把 10 万投入到股市后，又向他要了回来。

从头到尾，她就没有不计成败地支持过他。

出电梯，朱妈妈故意落后一步，飞快地擦了一下眼角和鼻子。

第 224 章　很早的时候

回到家后，朱妈妈情绪意外的平静。朱盛庸也是心平气和的样子。

小成看到奶奶和爸爸皆是放松的样子，还以为奶奶就诊的结果是虚惊一场。他满脸惊喜地问："奶奶没事，是吗？"

朱妈妈摇摇头："奶奶有些小脑萎缩。有一天，奶奶可能认不出最爱的小成。"

小半月一脸惊悚，她大叫一声，成功地吸引了所有人的注意力："奶奶最爱的人，难道不是我？"

所有人都为小半月奇葩的关注点哭笑不得。

朱妈妈搂住小半月，搂着她轻轻摇晃："是，是。怎么会不是？"

小半月夸张地松了一口气："好了。我满意了。奶奶你可以松开我了。我还要给茉莉洗澡呢。"

半月有一个芭比娃娃,她今天给它取名叫"茉莉",明天取名叫"小花",后天又叫"美美"……久而久之,家人们习以为常,听到什么陌生名字都不奇怪了。

周画白下班回到家时,一荤二素带一汤的晚餐刚刚端上桌。周画白洗过手,去厨房盛饭。

5碗饭和5双筷子放好,一家人齐齐整整围着餐桌坐下来。

"以后,我们每个月出游一趟怎么样?"朱盛庸提议。

"出游是什么意思?"半月认真地问。

"真聪明。"总是一本正经对着妹妹反话正说的小成道。

"谢谢。"半月彬彬有礼回复。

"出游就是我们一家人去探索陌生的世界。我们可以去远一些的地方,看看风景,拍拍照片,住住酒店。"

"好耶。好耶。"半月欢呼。

"那不是要花去很多钱?"小成迟疑。他从小深受爸爸熏陶,对花钱持谨慎甚至排斥的态度。

"有钱的意义就是有自由。当我有什么想法的时候,我的钱让我有实现它的自由。"朱盛庸回。

"你假装不喜欢这个想法,岂不是更省钱?"小成反问。他十岁半,语气尚稚嫩,已经颇有思考力。

朱盛庸目光温柔地注视着自己的儿子:"钱如果不拿来花,就是一张纸。我平时让你谨慎花钱,只是不想看到你把钱浪费在没有意义的事情上。"

"出游对你来说有什么意义呢?"小成打破砂锅问到底。

小成不断发问的时候,周画白早就了然于心。朱盛庸一定是想趁着他妈妈还清醒,多共同度过一些时光。

朱盛庸下意识看了一眼妈妈,目光又回到与小成视线交织的状态:"意义嘛,人生全部的意义,就在于无悔。花钱买记忆,我会觉得无悔。"

小成虽然年龄小,还是听懂了爸爸的话外音。他看向奶奶,重重点头:"好。每次出游,我贡献100块,请大家坐地铁。"

半月高高举起手:"我贡献200块。"

小成瞥妹妹:"首先,你得有200块。"

半月赶紧问妈妈："妈妈，我有200块吗？"

周画白迟疑："呃……暂时还没有。不过你可以挣。做10道10以内的加减题，挣1块钱。"

半月眯着眼睛笑着认怂："那还是算了吧。"

每个月出游一次的事情就此拍板定下来。朱盛庸是个严谨的人，他当晚就开始规划目的地、路线、酒店等。

等小白哄睡两个孩子，走进书房，发现朱盛庸还在对着电脑奋战。这分明是在争分夺秒抢时间啊。

"妈妈的病情这么严重？"她吃惊道。

"并不是。"朱盛庸否认，"是我越想越觉得这个主意好，忍不住赶紧把出行计划做出来。我们5个人一起出游，共同的经历会让我们成为亲密的一家人。"

周画白摸了摸他的脸，笑着点点头。

"等寒暑假的时候，时间宽松，我们可以长足旅行。把你的父母也带上。"

最后一句话，点亮了周画白眼睛里的小火苗。

"好期待啊。"小白笑着说。

朱盛庸带朱妈妈看病的第二天上午，朱盛中来了。

那时候朱盛庸、朱妈妈和小成正在合力教半月玩麻将。半月已经被教得认出了所有的麻将牌，小成正在给她讲"和牌"的条件。

半月忽闪着眼睛，东摸西看，听得不算很认真。

就在朱盛庸和朱妈妈认为小成不过是鸡同鸭讲时，半月忽然说："好了，我会了。"

"真的假的？"朱妈妈笑起来。

"打一圈就知道了。"朱盛庸回答。

大家很老到地洗牌，砌长城，拿牌。

半月认真看面前的麻将牌，脸上呈现思索的神色。

大伯伯朱盛中就是这时候到的。

"我的妈耶，你们在教一个幼儿园小孩打麻将！有几个正经家长会干这事？"朱盛中嚷嚷起来。简直是祸害无辜的祖国花朵嘛。

"比去画画有意思多了，是不是？"朱盛庸冲着小半月挑拨道。

他第一次送半月上绘画课，不知道半月上的是哪家画画机构；第三次送半月上绘画课，不敢远离，因为太无聊，在等候区睡着了，差点从椅子上跌下来，惹得旁边的家长哧哧直笑，自此厌恶起女儿的绘画课来。

半月翻眼看一眼爸爸："我是不会放弃画画的。我长大是要当教画画的老师的。"

得了个没趣的朱盛庸站起身，给哥哥泡咖啡。

朱盛中目光不断地在小成身上溜，发现小成对他的态度称得上毕恭毕敬，心里十分满意。

他此来的目的是落实妈妈养老的问题。从手机微信上，他已经看过妈妈的诊断书。那是一个不容乐观的诊断。他跟陈静静内部讨论过，陈静静的态度很明确：不能影响到她。

这就意味着，为妈妈花钱是不可能了。

也就剩下出力这一条路了。可他住得远，出起力来也多有不便。

这事到底要怎么办，还需要探探弟弟的口风。

朱盛庸在厨房泡咖啡的时候，朱盛中走了进去。

"咱妈生病的事，你有什么想法？"朱盛中开门见山。

"妈妈10年来一直帮我和小白带孩子，我住得又近，又不上班，我可以负责照顾妈妈。"

朱盛中点头："在你还没从金山毕业的时候，妈妈就做好晚年跟你一起生活的打算了。"

朱盛庸吃惊地看向哥哥。

朱盛中继续点头："大概是你在金山读书的第二年，家里分了房子，爸爸想写他和妈妈的名字，妈妈一口拒绝，说不要写大人的名字，省得以后改房产证，麻烦。

"爸爸说，那就写中中和阿庸头的名字。

"妈妈看了我一眼。那个周末，我正好在家。那一眼，我至今记忆犹新。那是不信任的一眼。妈妈说，要不就把蓬莱路上的小房子给中中吧。大房子就留给阿庸头。

"爸爸觉得不够公平，表示反对。妈妈却很坚持。妈妈说，阿庸头踏实，守得住。她说，她不惜跟外公反目，好不容易争取来的房子，要作为家产，传下去，才有意义。

"那时候我读的学校刚从专科升本科，我心里有种与有荣焉的自豪，觉得自己高考失利只是一个偶然，我将来还能打败同龄人，过上人上人的生活。就像我打败同龄人,考上上海中学一样。

"我一直认为自己很厉害,我也一直认为妈妈眼中的我很厉害,甚至,戴着爱的有色眼镜,更厉害。

"那一眼,让我陡然惊醒。

"多年以后,我才明白。妈妈在很早的时候,就看穿了我的浮华。在很早的时候,就认定你早晚会比我过得更好。"

朱盛庸泡咖啡的手,早就停在半空中。

第225章 三家相约

一种极大的满足感,弥散朱盛庸全身。

朱盛庸心中那个争风吃醋的小孩满足地笑了。他感到一种真正的放松,从此以后,他不必再争强好胜,他已经得到认可——早在很多年前!

朱盛中吃过弟弟做过的午饭后,和小成、小半月以及妈妈一起打了几圈麻将,开心异常,驱车回家。

半路,他转道去陈静静上班的美容美发中心。

美容美发中心有4个年轻的女孩,女孩们穿着黑色的紧身短裙,白色的短袖衬衫。她们像蜜桃一样香甜。跟她们一比,陈静静就像半老徐娘,已经没有魅力可言。

陈静静坐在柜台后面,像老板娘一样审视着往来的客人。

朱盛中进去后,两个女孩笑着迎上来。朱盛中目不斜视,径直走向柜台。

陈静静看着他,露出假笑,很快因为认出他而停下假笑:"你怎么来了?"她问。

"我从我弟弟家过来。"

陈静静语气不由急切,低声追问:"谈得怎么样?"

朱盛中胳膊横在柜台上,朝陈静静笑:"我弟弟嘛,你懂的,他可不是一般地爱财。走路不捡钱就算丢。他认为理所当然是我和他一起分担妈妈的养老。"

陈静静的脸沉下来,有些吓人。

朱盛中赶紧继续:"我就跟我弟弟说,这些年,因为这样那样的原因,我一直没有挣钱养家,已经很愧对老婆,如果再给老婆增加负担,我脸往哪里搁？我跟我弟弟说，除非他想闹到我离婚！

"我弟弟思量再三，同意他一个人养老。我有时间则出出人力。"

陈静静如释重负，笑起来。她伸手摸了一下朱盛中的脸："不错。不亏就是赚。不花钱就是省钱。"

朱盛中见好就收，没有再添油加醋。

他今天出来，穿了最好的Polo衫，深粉色的，加上他的身高颜值，显得极有腔调。他知道自己形象加分，才敢贸然进陈静静工作的店。

讨好了陈静静后，朱盛中开心加倍，驱车回家。他还要给朱古力做晚饭。

朱盛中离开后，朱盛庸加入到孩子们的麻将活动中。朱妈妈坐在小半月的身旁，不时提点小半月。新手的运气加持，小半月和了好几回。

每和一回，她就离开位置跳一会儿舞蹈。

"海草海草海草，随风飘摇～"

小成无奈得直翻白眼。

傍晚时候，周画白回到家时，餐桌上已经热菜热汤端上桌。家里开着空调，飘着香味，孩子们打闹的声音填满了房子。

这大概就是世俗的幸福吧。

吵吵闹闹，嘻嘻哈哈，一天过去。已经是周四的晚上了，再过一天，就到了三家孩子相聚的日子。

周画白偷偷摸摸将面膜敷起来，漂亮衣服搭配起来，期待着周六到来，痛痛快快拉家常。

尽管与冯嫣一起工作了很多年，她对冯嫣还是相当好奇。公司里有很多跟冯嫣有关的黑暗传说，最恶毒的是说冯嫣被一个巨丑无比的女富豪养着。周画白无论如何都不会相信的。

恶的土壤里，开不出冯嫣这样和善纯美的花。

眨眼周六到了。

朱盛庸一家人早早等在约定的地方。9点50分，商场的门还没有开，冯嫣她们就到了。

一辆陆虎停泊在缤纷城前面的可泊车路边，兰婷先下车，珍珠紧随其后，接着是君君。从副驾驶位置出来的，是冯嫣。

冯嫣比平时朴素多了，大概是不想太抢风头。

陆虎随之离开。

冯嫣和兰婷一眼看到商场小广场上站着的朱盛庸一家人,于是热切地挥起手来。

朱盛庸看到了冯嫣她们,不过,他刻意慢小白一步挥手。这是这么多年来,他情商上的一小步进步。

半月惊呼起来:"我认识那个小姐姐!"她手遥遥指过去。

小成顺着妹妹的手望过去。他先看到了个子高高瘦瘦的君君。君君17岁,在十岁半的小成看来,她大得像个大人。

小成的目光很快从君君脸上滑过,看向珍珠。

哇,那女孩漂亮得熠熠发光!

"你认识高的,还是矮的?"小成趁她们还没有走到跟前,赶紧问妹妹。

"矮的……不过,矮的好像也比你高。"

小成闹了个红脸。这是4岁的孩子嘛!不带这么犀利的!

说话间珍珠他们已经近在跟前。冯嫣稀奇地望着小成和小半月,拍着小白的胳膊道:"你好会养,儿子、女儿都这么漂亮。"

"哪里比得上你女儿!美得都让人挪不开眼睛。"小白由衷道。马上意识到这样似乎怠慢了君君,赶紧补充:"君君真是人如其名,妙曼又优雅,有君子的风范。"

珍珠被夸得红了脸,往妈妈冯嫣身后躲了躲。

君君落落大方,一笑了之。说实话,她一点不在意长相好看不好看。在她看来,皮囊再美,保期也有限。只是思想的睿智,才能恒久发光。她追求的,是思想上的深邃。

"这是小成,朱熠成。这是半月,朱——"

"好名字!"冯嫣和兰婷齐声夸赞。

"确实呢,"小半月欣喜异常,用稚嫩的声音不客气地回道,"我的名字天下第一好写。"

小半月天真烂漫,童言无忌,最能挑动气氛。大家都笑了起来。连羞涩的珍珠都忍不住从妈妈身后露出面孔,朝小小的半月望过去。

朱盛庸默默地听,默默地看,默默地笑,称得上合格的背景墙。

"走吧,商场开门了。"小白指了指商场的入口。

"等一等。"冯嫣自然而然开口,"等等青青。"

"谁?"小白没听清。

"林青青,我朋友。"冯嫣微笑着解释。

不远处的地铁口,走出来一位黑胖黑胖的胖子,短发,三层下巴。那是穿了一身黑衣的林青青。

"青青,这里!"冯嫣大方挥手。珍珠也跟着小幅度挥手。

林青青试图跑过来,可根本跑不动,浑身肥肉乱颤。她只做出摆臂的动作,快走近时,一叠串地道歉:"抱歉抱歉。地下停车场我不熟,让你们久等了。"

朱盛庸是认识林青青的。不知道冯嫣和林青青这些年一直住在同一套房子里的他,仅吃惊林青青居然胖成这样。

"林青青,你怎么噶胖啦?"朱盛庸脱口而出,祭出他此番聚头来的第一句话。

"就知道你不会含蓄,吐不出象牙来。"林青青依然保持着她当年的犀利。

小成和珍珠突然笑起来。扑,扑,像是小金鱼吐水泡。

第226章 难得重聚时能笑谈

"你们笑什么?"小半月好奇追问。

"姨妈在骂人。"珍珠笑着答,声音清亮。

"骂爸爸是狗。"小成跟着笑着回答。

俩小只之间别有一种默契。

小半月吃惊地睁大眼睛:"有吗?我怎么没有听见。"

她活泼地转身,拉扯着爸爸的短袖衫:"爸爸,你听见了吗?"

朱盛庸尴尬地咳嗽了起来:"有一句俗语,叫'狗嘴里吐不出象牙',这位林青青阿姨,她说我吐不出象牙。"

"所以她悄悄把你当成狗!啊,原来是这样!"小半月露出了然的神情,脸上全是欣喜。她爸爸被骂,不值一提。她学会了一个新本领,可喜可贺。

"这位小妹妹一点就透,还蛮聪明的。"君君感兴趣地说道。

"你身上,和——一身上,有共同的血缘。"

"她就是我的堂妹喽?"君君问妈妈兰婷。兰婷点点头。

显然此番聚会前,兰婷向君君普及过跟她有关的过往。君君弯腰摸摸小半月的头:"小可爱,叫姐姐!"

"姐姐好!"小半月从谏如流。

"这位是二姐姐。"君君指了指羞涩的珍珠。

"我认识她。"小半月认真地说。

珍珠眼睛睁大了一圈。对上妈妈冯嫣询问的目光,她肯定地摇摇头。她之前从没有见过小半月,这一点她敢肯定。

"你在哪里认识我的?"羞涩的珍珠在好奇心的驱使下,壮胆问小半月。

"在墙上!"小半月语气凿凿。

众人听得一愣。

"在我跳芭蕾舞的墙上!"半月补充。

珍珠和冯嫣以及青青旋即了然。君君不跳芭蕾,所以兰婷不知道。珍珠因为芭蕾跳得好,容貌又出众,成为她跳舞学校的形象大使,拍了一系列芭蕾有关的艺术照,分发到各个校区,挂在校区的走廊上。

一方面是展示学员的气质面貌,另一方面是激励其他学员继续努力前行。

很多人对熟悉的风景熟视无睹,小半月每次去跳舞,都会仔细看一遍所有的宣传照。众多学员中,她最爱的就是珍珠的那一张。

万万没想到,她居然会看到真人。

小半月蹭啊蹭,蹭到珍珠面前,扬起小脸,"喵喵"地叫起来。

小成简直哭笑不得。

珍珠有些无措。

小成便好心告诉她:"她想当你的宠物猫。《猫武士》听多了。"

珍珠一脸惊喜:"你怎么知道我想养一只猫?妈妈一直不肯,姨妈对猫毛过敏。啊,太棒了,就当我的宠物猫吧。"

大人们目瞪口呆,争取视而不见,听而不闻。

小成耸耸肩,表示很无奈。

君君和小成视线相遇。君君道:"所以,这就是我的小堂弟?"

兰婷笑:"别骄傲。早晚有一天,他会长得比你高。"

君君拿出长姐的威严:"学习成绩怎么样?"

"还行吧。"小成回答。

君君脸上毫无波澜。

"也就第二、第三名的样子。"

君君恍若生吞了一个八爪鱼。这位堂弟你先抑后扬的方式用得太溜,让人猝不及防啊。

大人们友善地夸赞起小成来。

林青青抹了一下额头:"我说,我们快点进商场吧。进商场后你们再寒暄。这太阳辣得直晒得人出油!"

"谁叫你那么胖。"朱盛庸接。

"就知道你嘴里吐不出象牙!"林青青中气十足地笑骂。

"啊呀,爸爸又挨骂了。"小半月抖机灵道。

一大群人一起笑起来。

大家走动起来,往商场走去。

周画白有些不自在。她心里五味杂陈,满脑子想的是那个跟冯嫣有关的恶毒的传说。她都有些不敢看冯嫣,更不敢看传说中的女富豪。

周画白心思太乱,以至于脚步迟疑,落在了最后。

进商场后,大家直奔之前约定的吃饭处。饭店要11点才对外营业。大家就散落在走廊上摆放的餐桌边。

自然而然,大人围成一桌,小孩围成一桌。君君勉为其难,去了小孩那一桌。

"时间真快啊。"兰婷感慨。

"回想过往,像做梦一样。"冯嫣感慨。

"我现在,很有钱。"这是林青青在感慨。朱盛庸隐隐觉得她抢了自己的台词。

"多有钱?"他不爽地直问。

"半个亿。"林青青回。

"真的假的?"一向沉稳的朱盛庸鲜见地大叫起来。

"我从不撒谎,除非刀架到脖子上。"林青青拍着桌子回。

"失敬失敬!"朱盛庸笑着拱手。

周画白在众人的哄笑声中,斗胆偷偷看林青青。就算是用包容的眼光,秉持着审美多样性的原则,林青青依然称不上美。

黑色显不出衣服的质感。她又因为太胖而肌肉松弛,浑身上下,全无半点富豪的气息。

"无心插柳。我不是年轻的时候没有谈恋爱嘛,挣来的钱全拿来买市区内的小破房子了。后来这些房子十有八九都拆迁了，有些甚至经历过两次拆迁。拆迁后生出更多的房子。房价疯长，我的身价也跟着长。都没弄明白是怎么回事，我就腰缠万贯了。"

林青青捏了捏自己的肚皮："冯嫣总是让我少吃点，减减肥。我怎么能减肥呢，腰缠万贯的我，减肥不就自掉身价嘛。"

大家友善地笑。

聚会里的笑声非常多，可见大家心情都很愉悦。

大概只有小白笑不出来。

不过，她的沉默并不使她突兀。大约她是熟人圈里唯一不熟的人。

"你们俩的友谊保持那么久，真让人佩服。"朱盛庸有感而发。不消说，指的是林青青和冯嫣之间的友谊。

"你恐怕还不知道，我离婚后，多亏青青收留我。而且，一收留收留至今！"冯嫣主动暴露秘密。

小白觉得自己的耳朵都忍不住动起来，生怕错过任何秘辛。

"如果你非要提这茬，那就是逼我当众感谢你。我这个人这么含蓄，爱在心里口难开，你既然出手相逼了，我就豁出去一回。"林青青大笑，嚷嚷着，"冯嫣，你听好了，我特别特别感谢你和珍珠！"

小白觉得自己快哭了。不，不，她拒绝相信，哪怕亲耳听到！

"我感谢你们让我不孤单，感谢你们给我单调枯燥的生活带来烟火气。"林青青说得很认真，虽然她嚷嚷得厉害。

小白一眼洞穿她的嚷嚷，那不过是在掩盖她的难为情。

"冯嫣，你刚离婚的那会儿我拼命劝你独立，反复跟你说离开男人也能活。现在，我想劝你，遇到合适的就再走一步。你值得拥有世间一切的幸福。"

小白内心已急哭。她和她之间，到底是什么关系啊。

第227章 "老朱一家人"

"今天说这些，也太不分场合了。"冯嫣有些不悦，但没有表现得太明显。

"我也是有感而发。以前不觉得什么，今天看到老朱一家人，突然意识到我犯了错。人生并不是有钱就够了。人生还应该尽可能圆满。

"我自己外形差,脾气大,找不到爱我的男人。但我不应该因此自私地把你拴在我身边。我不应该吓你、骗你、劝你,我一开始就应该全心全意地支持你、鼓励你才对!"

林青青拿着餐巾纸在脸上胡乱地擦,没有人知道她是不是顺手擦了眼泪。

冯嫣脸上得体的微笑消失了,她脸上露出疲惫和茫然,这使她瞬间老了几岁。

小白从来没有见过这样的冯嫣。她连忙看隔壁桌,还好。珍珠正在跟小半月闹着玩,没有发现大人这一桌的异常。

冯嫣胳膊肘撑在餐桌上,手指插进浓密的发丝中。她似有若无地叹了一口气。她一定是想起了很多过去留在心底的事。

兰婷伸手摸了摸冯嫣的头,又拍了拍林青青的胳膊。

"青青,今天没有外人,我就替冯嫣直说了。我早就发现,冯嫣跟我不一样。我发自内心不想再结婚。除却巫山不是云,虽然我前夫也不过是一只绣花枕头,但他已经消耗掉了我对男人的所有幻想。

"冯嫣不是。

"冯嫣的第一段婚姻,在于她涉世不深。她对婚姻还是向往的。我劝过她遇到合适的不妨大胆谈恋爱,也帮她牵线介绍过男朋友。"

林青青"啊"了一声,一双溜溜的小圆眼睛从餐巾纸下露出来。

"冯嫣能感受到你不希望她结婚搬出去。所以她偷偷摸摸谈的那几次恋爱都无疾而终。那感觉就像是乖乖女不敢真的违逆老父亲的意愿。

"这些年,你又对冯嫣和珍珠出钱出力,尽心尽力,看得出你是发自内心地对她们母女好。我就很徘徊,无法断定什么是对,什么是错。

"今天既然把话说到这里了,我想,你刚才的那番表态,无论是对你,还是对冯嫣,都是好事。"

冯嫣垂着眼眸,嘴角露出一丝苦笑。人非圣贤,有私心很正常。青青并不曾蛮力阻止过她。她没有再婚,根本原因在于她自己胆怯。

林青青转向朱盛庸:"老朱你应该带着一大家子早点出现!"

"怪我喽?"

"当然怪你了!早让我看到你们一家子,我早就开悟了!"

"喊。"朱盛庸咻了一声。

"罚你!今天你得请客!你买单!我要大点特点!"

"当我请不起啊?"朱盛庸气势汹汹地反驳。

一群人又笑了起来。

这一回,小白也笑了。

既然事情有了最完美的结局,又何必自寻烦恼去追究过去?

11点到了,大家进饭店吃午饭。孩子们沉浸在他们的聊天中,没有意识到大人们已经起身。兰婷要喊孩子们,林青青制止道:"勿用!勿用!孩子们单独开一桌!老朱请客。大家气派些!"

冯嫣和兰婷都是不拘小节的人,觉得林青青的提议挺好玩,就随她去。孩子们玩着玩着,发现餐桌上开始上菜了。君君坐在餐桌旁,给妈妈发微信。

君君:肿么回四(怎么回事)?

婷婷:见你们聊得欢,就不打扰你们了。给你们单独开一桌。

君君:晓得了。

君君像是一桌之主,用公筷照顾弟弟妹妹们。虽然是第一次见面,小成和小半月在她心中已经晋升到跟珍珠同等的地位。大概就是血缘的奇妙作用吧。

大人们推心置腹,说了不少对人生的个人体会。

林青青叫了一瓶白酒,一定要跟朱盛庸对饮。

"我喝不来。"朱盛庸推却。

"哪有男人喝不来酒。"

"确实喝不来。"

"今天必须喝!"林青青解除内心的内疚后,人变得异常活跃。

"抱歉。在我眼里,没有什么事是必须的。"朱盛庸寸步不让。

气氛眼看尴尬起来。小白有些紧张,但,无论是冯嫣,还是兰婷,都无所谓的样子。她们的无所谓,不像是不关心,更像是笃定事情闹不僵。

果然,林青青歪着头看了朱盛庸一分钟。朱盛庸笃笃定定地让她看。

"哦。"林青青一拍脑门,"一高兴忘记了,这不是职场酒桌。这是朋友聚会。行,我干,你随意。"

朱盛庸随意到连杯子都不碰一下。林青青就假当没看见。

林青青自斟自饮,喝得有些急。几杯下肚,人隐约有些醉。

她指着朱盛庸道:"我读大学的时候,全班,不,全校就这一个男生天天上早自习、晚自习。

"没有人监督，不管是严寒的冬天，还是有很多校内活动的夏天，他雷打不动，按时去上早晚自习。偌大的一间教室，就他一个人！真是神人。"

小白听得很稀奇。朱盛庸从来没有提起过这样的细节。

"当初我就是因为这一点对他另眼相待，也是因为这一点支持冯嫣跟他恋爱的。"林青青道。

弯拐得猝不及防，冯嫣和兰婷下意识看了一眼小白，怕她生气。

"你醉了。胡言乱语些什么！朱太太还在呢。"兰婷嗔怪道。

"这有什么。我还有更劲爆的呢。冯嫣结婚的那一天，朱盛庸跑到冯嫣家门口，晚了一步，只能看到冯嫣提着婚纱裙坐上车。号称不会喝酒的老朱，在酒吧里喝到醉，醉到哭。还是我叫车把你送回的家呢。"

兰婷伸手去捂林青青的嘴巴，林青青有一股子蛮力，不断挣脱，还是把想说的全说了出来。

冯嫣脸有些发烧，她转向坐她身旁的小白："她醉了。都是没影儿的事。你不要往心里去。"

小白摇摇头："这算什么。我还有比林总说的更劲爆的呢。"

所有人都看向小白，包括朱盛庸。

"阿庸说过，倘若他当年有现在的心态，肯定不会跟你分手。"

冯嫣两手捂着脸颊："这句话很疗愈。谢谢。我很满足。"

朱盛庸坦然地笑了一下。

当众，他伸手搂过小白，捏了一下她的脸蛋，毫不避讳地说："不是我跟你说的每一句话，都适合对外说出来。有些话，只是说给你一个人听。知道了吗？"

小白反倒闹了个脸红。她推了一下朱盛庸，没有推开，就作势靠在他身旁。

第228章 "给我一张全家福"

林青青望着朱盛庸和小白，眼睛眯缝道："你们知道吗？我本来做采购，满世界飞。后来不想那么动荡，就做销售，国内到处跑。我在的行业，销售精英都是男人。我是其中为数不多的女人。知道我是怎么干出名堂来的吗？"

小白摇头。

"我把自己变成男人,甚至比他们男人还男人。喝白酒,飙脏话,开黄腔……没有我不能或不好意思的。

"可我是个女人啊。我之所以吃这么胖,就是因为我想转移我的羞耻感。

"现在,十几年下来,在半睡半醒之间,连我自己都分不清我是男是女了。我是不是心理有问题?"

小白被问得哑口无言。

朱盛庸哼了一声:"对。你有问题。你的问题要么在于太贪心,要么在于太没有安全感。"

林青青咂嘴:"我是太贪心,还是太没有安全感呢?"

想了一会儿,一拍大腿:"我是没有安全感啊!我要是贪心赚钱,就不至于挥金如土了。这么一撸就顺了。说到底我还是想结婚!想过普罗大众过的生活!"

"先减肥!"另外三个女生叫起来,声音太响,冲出半开的玻璃门。君君扭头往餐厅里眺望了一眼,看到她的妈妈笑得前仰后合。她自己也不觉微笑。

"好。"林青青一口答应。

"我教你穿搭和化妆。胖胖也有春天。"

"好。"

"现在就要少吃。"朱盛庸开口,比其他人的都犀利。

林青要夹菜的筷子停在半空。看得出来,她极纠结。

就在所有人都认为她会说出"下次一定"时,她竟然"啪"一声把筷子扣在了桌面上。

"老朱!你送给我一张全家福!有你们的全家福刺激我,我一定会瘦下来的。"

冯妈忍不住率先鼓起掌来。她跟林青青同住一个屋檐下,感情相应也最深。见林青青不再破罐子破摔,她其实最高兴。

"送!我现在就有。"小白说着,翻出背包里的皮夹子,从中抽出一份塑封过的全家福。照片上,一家四口穿着白色的衬衫,袖子整齐地挽着,下身统一穿着牛仔裤,赤脚坐在白色地面上。

他们簇拥在一起,一家四口,各个都笑得很灿烂。

"我就舍不得给出去。"朱盛庸不满道。

照片经由兰婷传给林青青。

兰婷贪恋地多看了一眼。一时眼花,把里面的朱盛庸看成了朱盛中。她拇指盖住了一张面孔,露出的那三个人,仿佛变成了她、朱盛中和君君。

那一瞬,那一眼,使她确认一件事:理智和情感,是完完全全不相干的两件事。

理智上,她知道中中赌性太大,仗着小聪明,人又浮躁,确实不是结婚伴侣的良选。但情感上,她就是爱他。爱他的缺点,爱他的不足,爱他的张狂,爱他的自傲……离开他,只是因为她更爱孩子而已。

要是没有君君,她一定会不离不弃。

兰婷将朱盛庸的家庭合照递给林青青后,忍不住扭头看走廊上的女儿那一桌。餐厅门洞开,于服务生来来往往送餐的身影之间,她看到了她的君君。君君正伸长胳膊给小半月夹菜,脸上笑得很满足。

君君是君君,也是半个他。

一个经由她的手,从小就倾注无数心血、刻意塑造而成的他。一样的聪慧、可人,带着小傲慢,但是全无赌性,非常踏实。

她会亲眼看着这半个他,稳稳当当地幸福生活下去。

兰婷挺起后背。她从未对当年的选择后悔过。

林青青从兰婷手里接过朱盛庸一家的全家福,仔细看了看,感叹道:"这就是俗世中幸福的模样啊。对了!老朱,我想跟你赌一把。"

此言一出,举座皆惊。

"赌什么?"朱盛庸语调平稳地询问。

"我在未来的一年里,会瘦下20斤。如果我做到了,你得同意我认你女儿当干女儿。"

朱盛庸笑起来:"我女儿能攀上一个半亿干妈,我不要做梦都笑醒哦。"

"好!"林青青右手砸左掌上,端起水杯一饮而尽。

快要吃好的时候,朱盛庸忽然看到一个熟悉的身影。

"刘流!"

是刘流和刘新。两个人神情愉悦地胳膊挽着胳膊从外面走进餐厅。

"就说是吧。我觉得外面那桌的男孩子和女孩子好像小成和半月。没有大人，不敢相认。果然就是！"刘新比刘流还活络，仿佛和朱盛庸有亲缘关系的人是他。

"瞧瞧，这亲戚当的，明显疏于走动啊。"兰婷跟着打趣。兰婷是认识刘流的。

"是应该多聚聚。不然就真的生疏了。我们难得来这种高档餐厅，"刘新环顾一下四周，笑得脸上都要开出花，"今天来是为了庆祝。"他的话，明显有些多。

刘流早已不似当年那般满身是刺，她虽然不怎么活跃，也是平和中带着愉悦。

"庆祝什么？"小白水到渠成地接。

"我和她，"刘新揽住刘流的肩膀，"要当爸爸妈妈了。"

"哇——"小白欣喜地叫起来。大家目光不由落到刘流的肚子上。刘流还是那么高挑、苗条。她穿着尖尖的高跟鞋。

"不不不，我舍不得她做试管受罪。我指的是，我们的领养手续，就差最后一步了。跟我们有缘的女儿，正等着我们接她回家。"说到最后，刘新明显哽咽了一下。

"太好了！恭喜恭喜！"大家此起彼伏祝福起来。

"到时候向你们讨教养娃秘诀。"刘流忍不住也嘴角翘起。她往外面孩子那桌看了一眼，满眼柔情蜜意。

"好好！以后多聚聚！"朱盛庸和小白异口同声。

林青青因醉而踊跃，她大着嗓门道："我要设立一个吃饭基金。每个月定期聚餐。谁有空谁来，永远我买单。"

"这不是天上掉馅饼嘛。"刘新就差鼓掌了。

"来来来，当面建群。"

大家掏出手机，建了一个"人间吃吃喝喝玩乐群"。

晚上，朱盛庸跟小白抱怨："这群名字起得不好，太颓废。"

小白刚从儿童房里走出来。

第229章 终章（平凡亦伟大）

饭后，大人和孩子们一起去滨江。

从东安路滨江一路向东，一直到南园。

浦江右岸凉风习习，黄浦江平静宽阔，时有一只两只鸟从江对面的芦苇丛里飞起。运输船鸣笛开过，成为游人眼中的风景。

孩子们在上海的母亲河旁奔跑，你追我赶，笑闹声撒了一路。不知不觉，玩到体力透支。

晚饭简简单单吃了比萨饼。大家依依不舍道别。

林青青劝解大家不要这么难分难解："每个月的最后一个周日。咱们不聚不散！"

叫了两部车，朱盛庸一家人回家，林青青她们打车回缤纷城取车。

回到家后，小成和半月洗过澡，很快睡去。

小白从儿童房出来后，疲倦地打了个哈欠。

"我谢谢你。"她回朱盛庸道，表示懒得接他的话题。

朱盛庸独自摇头："吃吃喝喝，玩玩乐乐，像什么样子。起码也要叫'幸福人生学习群''努力追梦群'之类。"

"相亲相爱的一家人群？"小白不无嘲讽。

朱盛庸却点头称赞："好，好。不是亲人，胜似亲人。"

小白无奈地摇摇头。天天忙着看新闻、看报表的朱盛庸，好像真的不知道人人家里都有一个"相亲相爱一家人"的群。

三天后，孩子们开学了。

新升一级的孩子们对新生活充满了期待。

朱盛庸又开始送娃、买菜、做股票、做午饭、接娃、辅导功课、做晚饭的规律生活。小白照常上下班，照常回到家就能吃到喷香的晚饭。

本以为下一次聚会会发生在9月末，没想到，开学后一周就又聚上了。

是平日里低调得厉害的刘流组的局。

为了庆祝她和刘新领养的女儿到家，她广撒"孩童帖"。所有她认识的家里有孩子的人家，她都发了邀请，还鼓励再带一个孩子的好朋友前来参加"芮芮生日宴"。

芮芮是个11个月18天大的小女婴，除了脖颈处有一块红色胎记外，非常健康。刘流为她过的是一周岁生日。

生日设在万豪大酒店。

生日宴开了12桌，堪比结婚的场面。

五六十个大大小小的孩子们在她们的爸爸妈妈带领下盛装出席。林青青夹杂在里面，非要以"预备干妈"的身份凑热闹。

她牵着小半月的手，走过摄像位，笑得眼睛眯成一条缝。幸亏小半月比较随和，谁牵她的手她都可以。

朱盛庸和周画白则一人牵了小成一只手，笑着走过摄像位。

兰婷带着君君，冯妈带着珍珠，各自从摄像位走过，露出甜甜的笑容，留下幸福瞬间。

朱妈妈也去了，不过，她是跟小阿姨一家一起去的。

朱盛中没有娃可带，朱古力已经二十多岁，不在邀请范围内。但朱盛中还是受邀出席了，是以舅舅的身份受邀的。

朱妈妈、小阿姨、小姨夫、刘熙、小苹果和陈家栋，阿越和他推着的坐轮椅的大姨妈，伴随着刘新、刘流和刘流怀里的小女婴，一同压轴出现。

刘流看上去激动极了，像是抱着世界上最珍贵的宝贝。她半数目光都黏在小女儿身上，而刘新的目光，则来回在新手妈妈和女儿身上逡巡。

摄影师和摄像师有条不紊地找准位置，将人们的笑脸定格。

君君手托下巴，在喧嚣的热闹声中，她显得格外安静。正骨碌着眼睛的她，忽然感受到一束被注视的压力。凭借敏锐的第六感，她本能转头，赫然看到一张五官出众的面孔。

只一眼，没有任何推理过程，就凭着本能，她认出了他是谁。

差不多十年前，她才七八岁，就识破了妈妈善意的谎言。此后过去五六年，她十一二岁，开始进入少女期。本就聪慧的她也因为聪慧而敏感。无数个夜晚，她躺在床上，自行推演为什么她的爸爸从不来找她？

最后，她得出结论：他不在乎她。

既然他不在乎她，她就不必在他身上花时间。她对爸爸的所有期待，像开关一样，"啪"一声断开，从此再没有想过爸爸。

这一眼认出爸爸后，她淡然地转过头，心中不曾有半点涟漪。是的，她不是一个好讨好的女孩。

反倒是兰婷，于人群中看到朱盛中后，身体冷不丁打了个哆嗦。她的笑容，瞬间凝结。

朱盛中的目光黏在女儿君君身上，并没有分神看到兰婷。

兰婷在窘迫中，强迫自己移开目光。她以为自己伪装得很好，但她的忐忑还是被女儿发现了。

君君握着妈妈的手,嘴巴贴在妈妈耳边,轻声说道:"他第二个老婆丑死了。"其实陈静静很漂亮。

兰婷没有勇气去看坐在朱盛中身边的第二任朱太太。

君君又凑在她妈妈耳边,用肯定的语气说道:"我属于你。永远、只、属于你。"

兰婷憋在胸口的气团,终于理顺,幽幽抒了出来。

生日宴在主持人的主持下,异常热闹。跟小孩子有关的节目层出不穷,简直像一场儿童晚会。

到了宴会谢幕的时候,孩子们和他们的家长都有兴尽而归的感觉。

众人散去,一些至亲走得迟一些。

不知是谁,高声提议:"背景这么漂亮,来一张超级大合照怎么样?"

林青青本来都转身往外走了,闻声赶紧四下寻找她的预备干女儿。干女儿在好几场儿童比赛中所向披靡,太合她的胃口了!

有心合照的人渐渐向舞台聚拢。

你帮我整整衣衫,我帮你拢拢头发。

"好,看镜头!"随着摄影师高声呼喊,大家停下手中的动作,纷纷注视起前方的镜头来。

"我数三、二、一。你们大声喊茄子。"

"我要喊西瓜。"小半月奶声奶气大喊。

拘谨的人群一下子笑了,大家变得放松起来。

朱盛中想靠君君近一些,被陈静静牢牢勾住了胳膊,他便没有再动弹。

"三!二!一!"

"茄子——"

"咔嚓。"

一张满屏笑脸的超级大合照,出现在摄影师的镜头里。

上海 30 年波澜壮阔的城市变迁下,朱家一家人的故事,到此暂告一段落。普普通通的市井故事里,融合了不少我们身边人的影子。

平凡亦伟大。

谨以此故事,献给每一位踏实、努力、怀揣梦想奋力向前的平凡人。

图书在版编目（CIP）数据

凡人传 / 和晓著. -- 上海：上海文艺出版社，2025

ISBN 978-7-5321-8865-9

Ⅰ．①凡… Ⅱ．①和… Ⅲ．①长篇小说－中国－当代 Ⅳ．①I247.5

中国国家版本馆CIP数据核字(2023)第187402号

责任编辑：冯　凌
封面设计：钱　祯
封面插画：曹艾文

书	名：凡人传
作	者：和晓
出	版：上海世纪出版集团　上海文艺出版社
地	址：上海市闵行区号景路159弄A座2楼 201101
发	行：上海文艺出版社发行中心
	上海市闵行区号景路159弄A座2楼206室 201101 www.ewen.co
印	刷：启东市人民印刷有限公司
开	本：1240×890 1/32
印	张：23.25
插	页：2
字	数：738,000
印	次：2025年4月第1版 2025年4月第1次印刷
ＩＳＢＮ：978-7-5321-8865-9/I.6986
定	价：98.00元
告　读　者：如发现本书有质量问题请与印刷厂质量科联系　T:021-59404766